Açık Yaralar ve Dikiş İzleri

Açık Yaralar ve Dikiş İzleri
Beyza Aksoy

Genel Yayın Yönetmeni: Aslı Tunç
Editör: Eren Abaka
Düzelti: Fahrettin Levent
Kapak Tasarım: Dilan Kaya

12. Baskı: Kasım 2024
ISBN: 978-605-173-692-1

Baskı ve Cilt:
My Matbaacılık San. ve Tic. Ltd. Şti.
Maltepe Mah. Yılanlı Ayazma Sk. No: 8/F
Zeytinburnu / İstanbul
Tel: 0212 674 85 28
mymatbaa34@gmail.com
Sertifika No: 47939

Yayımlayan:
Epsilon Yayınevi Ticaret ve Sanayi A.Ş.
Osmanlı Sok., No: 18/4-5 Taksim/İstanbul
Tel: (212) 252 38 21 Faks: (212) 252 63 98
İnternet Adresi: www.epsilonyayinevi.com
E-posta: epsilon@epsilonyayinevi.com
Sertifika No: 49067

BEYZA AKSOY

Açık Yaralar ve Dikiş İzleri

epsilon

gitmek mi istiyorsun?
kanayacaksın,
kapıdan çıkacak cesareti bulana kadar
ve çıktığında
küçüğüm,
kalacaksın
yaraların iyileşene kadar
bu kısır döngü nefes aldığın sürece
devam edecek zihninde
ağlayacaksın,
gözyaşlarını silemeyecek duruma gelene kadar
kesilecek avuç içlerin
kanayacaksın
saçların örülemeyecek kadar kısalacak,
dudakların öpülemeyecek kadar kuruyacak,
ciğerlerin nefes alamayacak kadar sönecek
yara bandı tutmayacak açık yaraların,
neşter kesti
iğne dikmeyecek
ipler yeterince uzun değildir, bilirsin
kavuşamazlar sevdiklerine
bana nasıl bir kalp verdiğinin farkında değilsin,
zehir pompalıyor zihnime
ve bir kapı görmediğinde artık dört duvar arasında
anlayacaksın,
yalan söylediler
küçüğüm,
bize yalan söylediler
bu dünya gerçek cehennemdi
ve senin kolların
cennetine hiç yetişemedi

•

Küçükken uzun, sarı saçlarım, paltomun cebinden hiç çıkarmadığım sıcak evimizin anahtarları ve kırmızı rugan ayakkabılarım vardı. Soğuk kış aylarında bile okula giderken ayaklarımdan çıkarmadığım günleri hatırlıyorum, sürekli üşütür ve hasta olurdum ama yine de aşağı baktığımda onları görmediğim bir günüm geçsin istemezdim. Sevdiğim şeylere böyle bağlanıyordum işte. Sorgusuz sualsiz, karşılıksız ve asla kâr gütmeden. Dışarıda kar yağdığını bildiğimden ayakkabılarımın bantlarını bağlarken iki kere düşünmezdim, kapıyı kapatırken dönüp ayakkabılığa bir kere daha bakmaz; iki kere düşünmezdim. Güvendiğim şeylerle böyle hayal kırıklığı yaşıyordum işte, kimse her sabah kapıma dikilip bana güven diye bağırmıyordu ama ben gömleğimin düğmelerini açar gibi açıyordum içimi.

Bir gün kırmızı rugan ayakkabılarımı kaybettim. Sıcak evimizin anahtarlarını da.

Asla yenildiğimi söyleyecek kadar cesaretimi toplayamadım. Bunun yerine her sabah kalktım, kahvaltımı yapıp okula gittim. İnsanlarla konuştum, gözlemledim; bir şeyler yanlış gittiğinde ya da öyle hissettiğimde kendimi geliştirmeye çalıştım. Çok duş aldım. Suyun altında izler kaybolur, her şey iyi olur sandım. Bana sorulmadıkça pek anlatmadım. Sanırım en çok burada yanıldım. Dışarıda koca bir dünya vardı ve ben de herkes gibi değerliydim. Ben nasıl değerliysem bir karınca da değerliydi, hatta ortak bir noktamız bile vardı. İkimiz de küçüktük, yalnızca ben daha da küçük hissediyordum.

Kutudan büyük çıktı.

1

Okyanus Mavisi İntiharlar

Ateş olmak.

Ne kolaydı, bir mumun ucunda yanan ateş olmak. Ateş olsaydım yerimi bilirdim, başladığım ve biteceğim yeri bilirdim mesela. Yanmayı ve sönmeyi bilirdim. Isıtmayı ve aydınlatmayı severdim en çok da. Kibritçi kızın ilk çakışında, ilk kibritinde yanardım hatta; çok bekletmezdim onu bu tatlı his için. Böylece küçük kalbi etraftaki evlerin içinde kutlanan sıcak yılbaşı için çaresizce çırpınmaktan yorulmazdı, nasır bağlamış ellerini defalarca yırtık paltosundan çıkarmak zorunda kalmazdı, daha uzun dayanırdı ve daha geç dalardı uykusuna. Biraz daha görebilirdi kafasını kaldırsa, henüz şehrin o kadar da yok etmediği yıldızları. Bir dilek tutmak için umut ışığını da görseydi... Tamamdı işte.

Ateş olsaydım keşke.

Hiç yakamazdım belki ama yanmayı bilirdim.

Ortama loşluk katsın diye öylesine yakılmış mumların ucunda bir o yana, bir bu yana savrulan ateşi izliyordum dakikalardır bu düşüncelerle. İçtiğim kahvenin soğumasını fırsat bilip mutfağa gidiyorum bahanesiyle odadan kaçacaktım ki İrem allık fırçasıyla aynaya vurdu ve yansımasıyla bana kötü bakışlar atmaya başladı.

"Gidemezsin. Bırak kupayı şuraya bir yere, alırlar."

Tabii ki alırlardı, İrem zengin bir ailenin iki kızından biriydi. Ne zaman evlerine gelsem sürekli ikramda bulunmak için bir şeyler getiren kadınlar odaya girer çıkardı, o kadar sistematik bir evdi ki İrem susadığında tek yaptığı odasındaki telefondan 1'i tuşlayıp aşağıdakilerden istemek oluyordu. Bu zenginliğin getirdiği ilahi bir özellik miydi yoksa tembellikte boyut atlamanın elit versiyonu muydu?

Derin bir nefes aldım. *Tamam. Beni yakaladın İrem. Ama kendi makyajımı kendim yapacağım.*

Kupayı masanın üzerine bırakıp makyaj masasına yürüdüm ve çekmeceleri açtığım an kendimi mağazaların kozmetik reyonlarındaymış gibi hissetmekten alıkoyamadım. Uzanıp vişne çürüğü renginde likit bir ruj ve rimel aldım. "Bunlar yeterli mi?"

Kafasını salladı. "Otur, kontürünü ben yaparım."

"Türkçe mealini alalım?"

"Genel olarak, suratının oval şeklini baz alarak gereken yerleri hem aydınlatacak hem de gölgelendirecek ve hatlarını keskinleştireceğim, böylece bir heykele dönüşeceksin."

"Boya tahtasına dönüşeceksin demek istedin herhalde," diye homurdanıp kafamı salladım olumsuzca. Ciddi olduğunu elindeki fırçadan anlamıştım. "Yavaş ol altın kız, o fırçayla suratıma badana yapamazsın. Ciddiyim, hafif bir şeyler yap."

"Kaçıncı yüzyılda yaşıyorsun Liva? Biraz modaya ayak uydur. Bugünlerde kimse suratını senin tabirinde *boya tahtasına* çevirmeden dışarı çıkmıyor."

"Eğer sıfır makyajla dışarı çıkmak moda olsaydı bunu yapar mıydın?"

Durdu. Bir süre bana baygın bakışlar attı. Sonunda neşeyle bağırdı. "Tabii ki!"

"Bu akımı nasıl başlatabilirim? Yeni nesli bu işkenceden kurtarmak hayattaki tek amacım olabilir." *Çünkü inan hiç yok.*

"Lise birinci sınıftayken Nehir diye bir arkadaşım vardı, o da senin gibi saf suratı savunurdu. Sonra bir gün sevdiği çocuk aşk itirafına *daha suratına çeki düzen veremiyorsun* diye başlayan bir cevap verince, her gün 8'deki ders için 5'te kalkıp hazırlanmaya başladı. Çok romantik!"

"Hayır!" Suratımı buruşturdum. "Bu çok aptalca."

"Yine de işe yaradı. Umarım evlenirler."

"Aptal genleri nesiller boyunca taşınabilsin diye mi? Bu yasal olmamalı."

"Sonuç olarak suratını kontürleyeceğim."

"Gelmem," diye homurdandım ve dudaklarıma sürdüğüm likit ruju masaya bıraktım. "O fırçayı suratıma değdirdiğin an eve geri dönerim. Sen de bütün geceyi o boklu barda likör kusarak geçirirsin."

"Aman Tanrım Liva. *Aman Tanrım.*" Geriye çekildi ve elindekileri bıraktı. "Sen çok kötü bir kızsın."

"Suratımı büyük bir eziyetten kurtardığım için mi? 21. yüzyıl gençliği benden utanıyor olmalı."

Gözlerimi devirerek rimeli sürmek için aynada kendime döndüğümde dudaklarımı birbirine bastırdım. Birden çenem kilitlenmişti. *Neden suratımın mahvolmasını umursuyordum ki?* Yakında her şey son bulacaktı. Aksine denemem gerekmez miydi? Hatta bütün saçmalıkları bedenimde toplamam, her şeyi denemem? Benden istedikleri de tam olarak buydu nasıl olsa.

"İrem."

"Highlighter bile süremez misin sen? İndir donunu, cinsiyetine bakacağım."

"Yap."

"Yap mı? Kendin yap be! Bir dakika. Neye *yap?*"

"Makyaj yap." Pamuğa krem sıkıp rujumu sildim ve kafamı geriye yaslayıp gözlerimi kapatarak ona döndüm. "İstediğin gibi makyaj yapabilirsin suratıma."

"Sen ciddi misin?"

"Hiç olmadığım kadar."

"21. yüzyıl saçmalığı ve boya tahtasına dönmekle ilgili söylediklerine ne oldu peki?"

"İnsanlar fikirlerini değiştirebilirler."

"İnsanlar fikirlerini bu kadar çabuk değiştirmezler." Bir yandan da çekmeceyi açmış, bir ton palet ve fırça çıkarıyordu. "Her neyse, sonunda benim istediğim şey olduğu için sorgulamayacağım."

Çığlık attı. "Seni bir tanrıçaya çevireceğim Liva! Öyle ki bu akşam o kulübe girerken kimliğini bile sormayacaklar."

"Genelde içeride kız bolluğu olsun diye zaten kimliğe bakmıyorlar İrem."

"Sen de bozmasan olmaz bir lafımı."

Omuz silktim.

Hazırlanıp evden çıktığımızda saat dokuzu geçmişti. İrem, siyah cipi garajdan çıkardığında öne, yanına oturdum ve yol boyunca radyoda çalan şarkıları dinledim. Aslında tek yaptığım geriye yaslanıp camdan görünen aya bakmaktı; ay bulutların arasına bir giriyor, bir çıkıyordu. Öylesine yorulmuştum ki onu izlerken uyumak istiyordum ama suratımdaki makyajın varlığı kendini belli ederek buna engel oluyordu. Bulduğum ilk suyla yüzümü yıkamazsam bu geceden sağ çıkabilirdim.

Gece kulübünün otoparkına geldiğimizde arabayı park etti ve çantasını açıp içindekileri kontrol etti. "Pekâlâ, rapor kâğıtları ve dosya tamam. Kamera tamam. Cem gelmiş midir acaba?" Saatine baktı.

"Cem kim?"

"Ortaokuldan yakın arkadaşım, içmeyi çok sever ve dayanıklıdır bu yüzden o benim ikinci deneğim."

Kaşlarım çatıldı. "Birinci kim?"

Arabadan çıkmadan önce gülerek bana baktı. "Sensin."

Ben mi? Bana mı içirecekti? Daha önce hiç içki içmemiştim. Arkadaşının içkiye dayanıklılığından bahsediyorsa muhtemelen içen ve içmeyen üzerindeki etkileri incelemek istiyordu. Konu bana çok saçma gelse de bir şey demiyordum çünkü bu onun projesiydi, buraya yalnızca evde oturmamak için gelmiştim. Böyle geceler hızlı geçerdi, bir günümün daha hızlı geçip çöpe gitmesi de benim hoşuma giderdi.

Arabadan indim ve kapıları kilitlemesini izledim. Yanıma geldi ve beraber yürümeye başladık. "Heyecanlı mısın?"

Ona baktım.

"Yüzünden okuyabiliyorum heyecanını, oynamayan mimiklerinden ve boş bakan gözlerinden... Gerçekten çok heyecanlı olmalısın Liva."

Önüme döndüm ve yalnızca yürüdüm. İrem'le arkadaşlık kurabilmemin tek sebebi hareketlerimi sorgulamıyor oluşu ve zamanımı nasıl harcayabileceğimi çok iyi biliyor olmasıydı, bu yüzden tekliflerine genelde evet derdim. Saat kaç olursa olsun, istikamet neresi olursa olsun. Hayatımın sonuna kadar anılarımı paylaştığım son kişi olacaktı muhtemelen.

Kulübün kapısına yaklaştığımızda kimliklerimizi gösterip içeri girdik. Kızıl ve loş bir ışıkla aydınlatılmış koridor oda parfümü kokuyordu. Duvarlarda tablolar asılıydı ve bir gece kulübüne göre oldukça lükstü. Sanki bir otelin koridorunda yürüyor gibi hissettiriyordu insana.

"Bu taraftan," dedi İrem ve kolumdan çekiştirdi. Kalabalığın içine girdiğimizde her bir köşenin dolu olduğunu gördüm, buna rağmen içerisi iyi havalandırılıyor olmalıydı ki gayet ferahtı. Bar kısımları parçalara ayrılarak koca salonun her bir yanına dağılmıştı, en sonda bir platform vardı. Bu da demek oluyordu ki burada farklı etkinlikler de düzenleniyordu.

"Şurada!"

Bir anda birine delice el salladı. Ardından tekrar kolumu tuttu, masaların arasından ilerledik ve en öndeki, kenardaki masaya yürüdük. Masada 20'lerinin başında bir çocuk oturuyordu, İrem'e gülümsedi. Eli sürekli telefondaydı, esmerdi ve muhtemelen boyu uzundu.

"İrem, n'aber?"

İrem heyecanla kalkan Cem'e sarıldı ve yanaklarından öptü. "İyidir Cem, senden?"

"İyi ben de."

Bakışları bana döndü. "Sen de Lina olmalısın."

"Liva," diye düzelttim ve uzattığı elini sıktım.

Kaşlarını kaldırdı. "Ne değişik bir isim, yabancı mısın?"

Kafamı olumsuz anlamda salladım. "Büyükannem İngiliz sadece."

"Bu güzel ismi o koydu o zaman?"

İrem'le beraber masaya otururken, "Hayır," dedim. "Annemler uydurmuş. Böyle farklı şeylere meraklıydılar."

"Artık değiller mi?"

Keskin bir sızı kulağımda yankı bulurken kafamı kaldırdım ve gözlerinin içine baktım. Daha yeni tanıştığı biriyle konuşmaya bu kadar hevesli olması hoşuma gitmemişti. "*Artık değiller.*"

"Herkes değişir," dedi ve omuz silkti.

"Arkadaşıma asılmayı bitirdiysen ödevimi yapabilir miyiz artık? Düşük not almak istemiyorum, annem kredi kartıma limit koyuyor."

Cem güldü. Kollarımı masada birleştirdim ve İrem'in çantasından dosyayı ve kamerayı çıkarmasını izledim. "Bugün bol bol suratınızda flaş patlatacağım, kör olmamaya bakın." Gülerek Cem'e döndü. "İstediklerimi hazırlattın mı?"

Cem arkasına dönüp bize en yakın bar köşesindeki barmene baktı, göz göze geldikleri an barmen kafasını sallayıp yanındakine bir şey işaret etti. Bir dakika sonra elinde koca bir içki tepsisiyle geldiğinde İrem'in ne istediğini anlamıştım. Elbette. Bolca alkol.

"Önce Liva'yla başlıyoruz, hazır mısın?"

Kafamı salladım.

Üzerinde tuz olan, kenarına limon asılı üç küçük bardağı önüme bıraktı. "Önce tuzu yalıyorsun, sonra limonu ısırıyorsun, sonra da kafana dikiyorsun. Her seferinde bir tane ve 40 saniye arayla."

Bardaklardan birine uzandım. Daha önce hiç yapmadığım şeyleri listelemiştim, bu sanırım 12 numaraydı. Eve gidince üzerini çizmeliydim.

Tuzu yaladım, fazla tuz beni yakmıştı fakat durmadım ve limonu ısırıp tadını aldım. Ardından küçük bardağı kafama diktim. Bir anda tadı boğazımı yakıp geçtiğinde dehşet bir acıyla sarmalandım ama bu yalnızca birkaç saniye sürdü, çünkü hep böyle olurdu.

"İlk defa içtiğine emin misin?" diye sordu Cem, İrem fotoğraflarımı çekerken.

İrem, "Evet, ilk içişi," diye onayladı.

"Nasıl bu kadar tepkisiz olabilir? Suratını buruşturması gerekmiyor muydu en azından?"

İrem güldü. "Ah Cem. Liva'yı hiç tanımıyorsun. Ama sorun değil, insanların onu çözmesi için bir saat yetiyor." İki flaş ardı ardına patladıktan sonra diğer bardağı elimde çevirmeye başladım. Onları dinlemiyordum.

"Neden? Çok basit bir kişiliği mi var?"

"Hayır. O, ruhsuz."

...37, 38, 39, 40.

Diğer bardağı da aynı şekilde kafama diktikten sonra masaya bıraktım. İrem tekrar fotoğrafımı çekti.

"İlk içen başlığı altında beni denek olarak kullanman biraz saçma," diye mırıldandım.

"Biliyorum, bilerek seni seçtim."

"Neden?"

"Çünkü farklı olman projemi daha ilginç kılıyor. Ayrıca senden başka daha önce içki içmeyen hiç kimseyi tanımıyorum."

Diğer bardak için beklemedim. Hepsi aynı şekilde mideme gittiğinde geriye yaslandım ve İrem'in bir kez daha suratımda flaş patlatmasını izledim.

Sıra Cem'deydi.

İrem aynı şekilde üç tuzlu limonlu küçük bardağı Cem'in önüne bıraktı. "Sen de 40 saniye arayla üçünü içeceksin."

Cem kafasını salladı ve ilk bardağı hızlıca kafasına dikti. İkinciden sonra üçüncüyü içerken suratını buruşturmuştu.

İrem kahkaha attı. "Sanırım ilk içen sayfasında Liva'nın değil de senin fotoğraflarını kullanmalıyım Cem."

Cem kaşlarını çatarak bana baktı. Birkaç saniyeliğine ona baktım ama sonra gözlerimi masaya çevirdim. Bütün gece bunu mu yapacaktık cidden? Tepsi kocamandı ve üstündeki bardaklarda envaiçeşit içki vardı.

"Bu çok sıkıcı," diye mırıldandı Cem. "Bu projeyi eğlenceli bir oyun haline getirebiliriz."

"Nasıl olacakmış o?"

"Her bardaktan sonra bir şey itiraf edelim." Bana döndü. "Uyar mı?"

Omuz silktim.

"Sen ona bakma," dedi İrem. "Ortaokuldayken de hep böyleydi. Çıkarcı pislik. Bana hatırlat, seni iyice bir sarhoş ettikten sonra rezil anılarını ortaya dökeyim."

Cem ona dişlerini göstererek gülümsedi.

İrem dil çıkardı. Ardından bir kadeh kırmızı şarabı ve bir kadeh beyaz şarabı önüme bıraktı. "Önce beyaz, sonra kırmızı."

Kafamı salladım ve içi beyaz şarap dolu kadehi yudumladım. Zaten iki yudum anca vardı. Bitirip masaya bıraktığımda ağzıma tentürdiyot gibi bir tat gelmişti, ağırdı.

"Bugün bize ilk olarak ne itiraf ediyorsun Liva?"

"İtiraf edecek bir şeyim yok."

"O zaman ben sorayım," dedi Cem ve boğazını temizledi. "Sevgilin var mı?"

"Hayır."

Ona bakmadan kırmızı şarap dolu kadehe uzandım ve kafama diktim. Bu beyaz olana göre biraz daha hafif kalmıştı, üstelik tadı da farklıydı. Kırmızı renginden dolayı aroma olarak vişne gibi bir şey bekliyordum fakat demek ki şarap böyle bir şey değildi.

Cem bir an telefonuna baktıktan sonra kafasını kaldırıp bana döndü. "Edward mı, Jacob mı?"

Kaşlarımı çattım. "Onlar kim?"

"Bu neyi kanıtlayacak Cem?" diye sordu İrem oflayarak.

"Sen bir sus güzellik." Gözlerime baktı. "Onları tanımıyor musun?"

"Hayır."

"Cidden *Alacakaranlık* izlemedin mi?"

Kafamı olumsuz anlamda salladığımda şaşırarak geriye yaslandı ve saçlarını karıştırdı. "Ona nasıl izletmezsin?"

İrem, "Ben mi suçluyum yani?" diyerek isyan etti. "İnternette olan hiçbir şey onun hoşuna gitmiyor."

"Ne bakımdan soruyorsun?" diyerek araya girdim. "Tip mi? Karakter mi?"

"Tip," dedi ve telefonunu eline alıp bir şeyler yazdıktan sonra bana döndü. Kare bir fotoğrafın bir tarafında beyaz tenli, kumral, mavi gözlü bir çocuk ve diğer tarafta da esmer, koyu renk gözlü başka bir çocuk vardı. "Sarışın olan Edward, esmer kaslı olan Jacob."

"Edward sarışın değil," dedi hemen İrem.

"Burada sarışın çıkmış işte."

Fotoğraflara biraz daha baktıktan sonra yeniden arkama yaslandım. "İkisi de ilgimi çekmedi. Pas geçemez miyim?"

"Jacob orada parlamıyor mu cidden? O koyu teni, kaslar, keskin gözleri falan... Bana benziyor, bak," dedi ve telefonunu yanağına yaslayıp onun gibi durmaya çalıştı. "Çok yakışıklı."

"Cem, kes şunu. Seni Liva'ya yamamak için kızı buraya getirmiş gibi hissediyorum." Tepsiden kırmızı ve beyaz şarabı alıp kadehleri yeniden doldurdu ve Cem'in önüne uzattı. "İç şu zıkkımı. Ay bir bitse şu gece... Neler hayal etmiştim ben buraya gelirken." İç çekerek arkasına döndü ve gözlerini etraftaki erkeklere çevirdi.

"Yukarıda boş odalar var, sevişebilirsin," dedi Cem ve İrem ona vurmaya yeltenmeden önce kalkıp elindeki beyaz şarabı kafasına dikti.

İrem ona vurmaktan vazgeçip, "Şerefsiz," diye mırıldanırken hızlıca fotoğrafını çekti.

Tam o sırada, salonun ışıklarının parlaklığı yarı yarıya azaldı. Çalan müziğin sesi de kısılarak duyulmaz olduğunda sahneye biri çıktı. Uzun boylu, üzerinde kot pantolon ve siyah deri ceket olan bir çocuktu. Yalnızca sırtını görebiliyordum çünkü mikrofonu düzeltiyordu. Kenardaki gitarı aldı ve ilerleyip sandalyeye oturdu.

Bir anda bütün ses kesilmişti. Herkes sahneye bakıyordu.

Cem de yerine oturdu ve İrem gibi sahneye bakmaya başladı. En önde oturduğumuz için ışıklar ne kadar loş olsa da her şeyi görebiliyorduk.

Gitarını kucağına aldı, parmaklarını üzerine yerleştirdi ve kafasını mikrofona yaklaştırdı. Keskin hatları ve biçimli bir yüzü vardı, hafif kirli sakallıydı. Yine de en fazla 22 yaşında olabilirdi, bebek yüzü onu ele veriyordu.

Bir nota üzerinde gezindi parmakları ve ses bütün salonda yankılandı. Daha sonra devam etti, birkaç saniye sonra dudakları mikrofona değiyordu. Bir şeyler söyledi, şarkının sözleriydi. Algılayamadım. Daha sonra devam etti. Kelebeklerden bahsediyordu, sevmekten. Daha önce hiç duymadığım bir şarkıydı. Pek müzikle ilgili biri değildim fakat bu şarkıdan etkilenmiştim. Hemen o an, ambiyansı bozmak istemediğimi bilmesem İrem'i dürtüp şarkının adını sorabilirdim.

Kollarımı masaya yaslayıp dudaklarının mikrofonla ettiği

dansı ve gitarın tellerini tavaf eden ellerini izledim. Müzik insanı bu kadar zevke getirebiliyorsa belki hâlâ tutunabilecek bir şeylere sahip olabilirdim. Her şeyi yitirmemiş olabilirdim.

Ama çoktan yitirilmiştim.

Nefes bile almadan, diyordu. Bir kere. İki kere. Üç kere. Dört kere söylemişti.

Tam gitarıyla melodilere dalmıştı ki bir anda arka taraftan bir silah sesi geldi ve herkes ayaklandı. Bir adam bağırmaya başlamıştı. Müzik durdu. Çocuk kalkmıştı.

"Nerede o pezevenk? Nerede o orospu çocuğu? Bana yerini gösterin, yerini!"

İnsanlar şaşkınca bu tarafa yaklaşan sesleri dinlerken bir anda tekrar silah patladı ve birkaç kişi çığlık attı. Ardından ışıklar açıldı, saniyenin onda biri kadar bir sürede salonun üç kapısından içeri bir grup siyah takım elbiseli adam girmişti. Görünüşlerinden maganda tipler olduğunu anlayabiliyordum.

En öndeki bıyıklı olan, "Nerede o!" diye bağırdı, demek ki gelmeden sesini önden gönderen opera sanatçısı buydu. Bir bağırışıyla önümde duran tepsideki bardaklar kırılma noktasına geliyordu.

"Nerede o dedim!" diye bağırdı yeniden ve insanların arasından yürümeye başladı. Elinde silah vardı, arkasından da adamları geliyordu.

Birkaç insan korkuyla geri çekildi, herkes tedirginleşmişti ve kimseden çıt çıkmıyordu.

Kafamı masaya çevirdiğimde Cem'in ortalıktan kaybolduğunu gördüm. *Yoksa onu mu arıyorlar?*

İrem gözleriyle masanın altını işaret ediyordu ama hiçbir şey anlamamıştım. Muhtemelen Cem'in kaçışından bahsediyordu. Masanın altına mı girmişti? Kafamı tekrar adamlara çevirdim. Birkaç masa devirdiler ve birkaç çığlık koptu.

"Gördüm," dedi adam öfkeyle. Cüssesiyle bile bir masa devirmişti. "Gördüm! Burada, biliyorum! Eğer içinizden biri onu saklıyorsa... Eğer saklıyorsa..."

"Arka tarafa gitti," dedi İrem bir anda. "Arka çıkıştan kaçtı." Eliyle bir yerleri işaret etti. Sahnenin arkasını.

İrem'e inanamayarak bir adım gerilerken sert bir şeyin üstüne bastığımı hissettim ve topuklu ayakkabının sardığı ayağımı çekip aşağı baktım. Örtünün altında biri mi vardı gerçekten?

Adam ileriye yürüdü, İrem'e keskin bakışlar atarak ellerini arkasında kenetledi ve masanın yanından geçip arka tarafa ilerledi. Sahneye çıktı. Yerde bir gitar vardı. Gitarı görünce sinirlenip eline aldı ve ileriye fırlattı. "Ne duruyorsunuz lan! Gidin peşinden!"

Birkaç adam koşarak yanımızdan geçtiklerinde sahneye çıkıp arka tarafa ilerlediler. İrem korkuyla geriye adım attığında bir anda içi içki dolu tepsi devrildi ve büyük bir gürültü meydana geldi. Yavaşça örtünün kaydığını fark ettim. Azar azar İrem'in olduğu tarafa doğru kaydı, İrem ise farkında değildi.

Benim tarafımda masanın ayaklarını gördüğüm an deri ceket ve kot pantolon gözüme çarptı. Önüne bakan kafasını yukarıya kaldırdı ve göz geldik. *Mavi, masmavi* gözleri vardı. Daha önce hiç böyle bir ton görmemiştim.

Örtü daha da kayarken elimi uzattım ve masanın üzerine bastırdım, böylece durdu fakat masanın altı herkesin görebileceği şekilde çoktan ortaya çıkmıştı.

Çocuk masanın altından fırlarken, "Siktir!" diye bir küfür savurdu. Adam onu fark ettiği an bağırmaya başladı ve sesler bir anda o kadar çoğaldı ki algılayamadım. Kaçarken önündeki masanın üzerine çıkıp ayağıyla üzerindekileri ona doğru gelen adamlara fırlattı. Birkaç tanesini yaralayıp afallatabildiyse de arka taraftakiler de olayı çakmış, ona doğru koşmaya başlamışlardı.

"Durmayın it herifler! Yakalayın şunu!"

Adamların hepsi bir anda çocuğun gittiği tarafa yönelince millet çığlık çığlığa çıkışa koştu. İrem ise topuklularını eline alıp yalınayak kolumdan tuttuğu gibi dışarıya sürüklemeye başladı beni. Dışarıya çıktığımızda etraf çok kalabalıktı, uzaktan siren sesleri geliyordu ve kimileri araçlarına binip uzaklaşıyor, kimileri de caddenin karşısına geçmiş uzaktan olacakları izliyordu.

İçeriden iki el silah sesi daha geldiğinde, "Gidiyoruz," dedim ve bu sefer ben İrem'in elinden tutup arka tarafa, otoparka sürükledim. Siren sesleri ön taraftan gelmeye başladığında biz çoktan arabaya atlamış, caddeye çıkmıştık.

"Az önce ne oldu?" diye sordu İrem nefes nefese. "Hayatımda... hiç... böyle... bir şey... yaşamamıştım. O çocuk da kimdi öyle?"

"Bilmiyorum. Kafanla işaret ederken onu mu kast ediyordun?"

"Evet. Bir anda sahneden atlayıp masanın altına girdi, o kadar hızlıydı ki zar zor fark ettim."

Arabayı evimin önüne park ettiğinde inip hızla kapıya yürüdük ve anahtarlarımı çıkarıp kapıyı açtım. İçerisi sıcaktı fakat sessiz ve büyüktü. "Ben duş alıp yatacağım. Bir şey istiyor musun?"

"Hayır, kendim hallederim. Sen git yat. Sabah okul var."

Kafamı salladım ve merdivenlere yöneldim. O ise mutfağa yürüyecekken bir anda durmuştu.

Merdivenleri çıkmayı bırakıp ona döndüm. "Ne oldu?"

"Başın ağrımıyor mu? Ya da herhangi bir bilinçsizlik, baş dönmesi, mide ağrısı?"

O ana kadar fark etmemiştim, midemde solucanlar dolanıyordu. İrem'in dediklerinden sonra elim yavaşça karnıma gittiğinde bir anda iki büklüm oldum. "Bağırsaklarım düğümlendi galiba."

İrem gözlerini kocaman açarak yanıma gelmeye çalışırken midemdekilerin ağzıma gelmek üzere yolda olduklarını fark edip hızla banyoya koştum ve iki saat boyunca aralıklı olarak kustum. Hayatımda hiç böyle bir gece geçirdiğimi hatırlamıyordum. Sabaha kadar kusmuk kokusu geçsin diye üç kere duş almış, sayamayacağım kadar çok gargara yapıp dişlerimi fırçalamıştım ve dudaklarım aşınıp şişmişti.

Sabahın yedisinde telefonuma kurduğum alarm çaldığında İrem'le salondaki koltuklarda yatıyor, tabiri caizse dışarıdan çok farklı anlaşılabilecek pozisyonlarda hayatta kalmaya çalışıyorduk çünkü bir önceki gece evde yaşam savaşı vermiştik.

Gözlerimi açtığım an alarmı kapatıp, "Şu boklu proje konunu değiştirirsen sevinirim çünkü kalan maddeleri tamamlamayı ya da yılışık arkadaşının mekânına bir daha gitmeyi düşünmüyorum İrem," diye mırıldandım. "Sahi o Cem nereye kayboldu dün akşam?"

"..."

"Ne?"

Bir şeyler daha mırıldandı ama duyamadım. "Sesin çıkmıyor İrem." Beynime kan gitsin diye ters durduğum koltuktan inip yanına gittim ve ağzı açık bir şekilde yüzüstü yatan İrem'e kulak verdim. "Şimdi söyle."

"*Ananınilayyo...*"

Kafamı geri çekip alnına tokat attım. "Kalk sabah sabah sinirlerimi bozma benim."

Alnını tutup kaşlarını çatarak bana baktı. "Ya! Ne vuruyorsun?"

"Ananınilayyo ne demek İrem?"

Ciddi bir ifadeyle suratıma baktı. "Bilmem, ne demek?"

Seslice nefes verip üzerindeki battaniyeyi çektim ve üşümesi için ondan uzaklaştırdım. Anında ellerini bedenine sarıp koltukta küçücük kaldığında dişlerini birbirine çarptı. "Kombiyi açsaydın Liva. Evine ülkenin en zengin ailelerinden birinin en büyük kızı geliyor ve sen onu incecik bir battaniyeyle salondaki sert koltukta yatırıyorsun, üstüne kombiyi açmıyorsun bile. Bu kaçıncı seviye cimrilik?"

"Mira senden önce doğmadı mı?"

"İkizlerde sonradan doğan daha büyük sayılır."

"Öyle mi? Tam tersi sanıyordum. Hangi doktor söyledi?"

"Ben."

Gözlerimi devirerek ona baktım. "Diploman nerede senin?"

"Beş yıl sonra gösteririm."

Dağıttığımız salonu toplayıp formalarımızı giydikten sonra evden çıktığımızda, derse on beş dakika vardı bu yüzden yolun üzerindeki bir fırından simit alıp arabada kemirdik. Lisede hazırlık okumuş olmanın tek iyi yanı, son senenizde çoktan reşit olmanızdı çünkü eğer araba kullanamıyor olsaydık devamsızlıktan sınıfta kalırdık.

Bunun benim için bir önem arz edip etmemesi gerektiğini bilmiyordum.

Başım ağrıyordu, çatlayacak gibiydi. İlaç alıp bütün derslerde uyumuştum, bu sefer de belim ve eklemlerim ağrımaya başlamıştı. Son ders olan fizik laboratuvarından çıktığımızda İrem'in kolunda merdivenlerden inmeye çalışıyordum ki son katta okulun amatör gazetecisi Serdar'ın mikrofonuna yakalandık. Yanında da omzunun üstünde büyük bir kamera taşıyan ve adını bilmediğim arkadaşı vardı.

"Yaşıtlarınız üniversiteye geçmişken hâlâ lisede olmak nasıl bir duygu İrem Hanım?"

"Bilmem, sen söyle Serdar. 9. sınıfta kalıp hazırlık sınıfı olan bir okula geçiş yaptığın için altı senedir lisede okuyor olmak nasıl bir duygu?"

Serdar dudaklarını büzdü. "İrem, kalbimi kırıyorsun."

İrem onun taklidini yaptı. "*İrem, kalbimi kırıyorsun.*"

Serdar mikrofonu indirdi ve arkadaşına kamerayı kapatması için bir hareket yaptı. "Bu arada bir şey söyleyeceğim, caddedeki gece kulübünde dün silahlı saldırı olmuş ve bir arkadaşım sizi de orada görmüş. Ne olduğunu biliyor musunuz?"

"Hayır." Kafamı olumsuz anlamda salladım. Sallarken boynum tutulmuştu bu yüzden elimi enseme atıp ovalamak zorunda kalmıştım.

"Anlatabilir misiniz?"

"Bir çocuk çıktı sahneye, şarkı söyledi. Sonra bir anda eli silahlı bir grup maganda salonu basıp ateş etmeye başladı. Biz de kaçtık."

"Nasıl bir çocuk?" diye sordu Serdar kaşlarını çatarak.

İrem, Serdar'ı kolundan tutup bahçede kenara çekince ben de yanlarında yürüdüm. "Serdar, sen bir şeyler mi biliyorsun?"

Kafasını salladı. "Ama burada olmaz, duyulursa başım belaya girer. Bir saat sonra ben size mekânı mesaj atarım, gelirsiniz ve anlatırım."

Kaşlarımı çattım. "Olmaz. Neden burada anlatmıyorsun?"

"İnan bana Liva, anlatınca şu an bu konuşmayı bile yapmıyor olmayı dileyeceksin."

Serdar kameraman arkadaşının koluna vurdu ve uzaklaşmaya başladılar. "Sonra görüşürüz!"

İrem bana döndü. "Ne demek istedi sence?"

"Bahse varım tek derdi mekânında kız görünsün," diye homurdandım. O sırada telefonuma mesaj sesi geldi. Aynı anda İrem'in telefonu da titremişti.

Mesaj bilinmeyen bir numaradan geliyordu, hiçbir şekilde

aranmayan ya da geri cevap yazabilmem için kutuya tıklayamadığım bir numara. Böyle bir şey olabilir miydi?

Dedikoducu kızları sevmeyiz. Ağzınızın kapalı olduğundan emin olun yoksa hiç hoşlanmayacağınız şeyler için açmak zorunda kalacaksınız.

2

Mavi ve Siyahın Sessiz Kavgası

Peri masallarıyla büyüyen bir kız olmamıştım hiçbir zaman. Kırmızı Başlıklı Kız'ın gözlüklü büyükannesini kıllı bir kurtla karıştıracak kadar kör ya da Rapunzel'in hiç tanımadığı bir adam için saçlarını aşağı salacak kadar aptal olduğu bütün o saçmalıkları dinlemediğim için memnundum. Gerçi bunları küçükken dinleseydim de deli saçması olduğunu düşünürdüm ama bütün bu kurgulardan ve görsel şölenden kendimi soyutlamam bana eksi bir yan olarak geri dönmüştü, bunu inkâr edemezdim.

Hayal gücüm bu dünyanın sınırları içerisinde gelişmediği için, bu dünyaya oldukça çiğ kalan bir zihne sahiptim. Etrafımdaki insanların ahlak sınırları diye çizdiği parklar benim oyun alanımdı, küfür diyerek üzerini karaladıkları kâğıt parçaları dilimde tekerleme; gece yatmadan diledikleri dilekler kelime israfıydı. Karşında kimse yokken konuşursan deli damgası yerdin ama hayallerin için dilenirken bunun adı dilek mi oluyordu? Umut parçaları yerdeler, ayakların çırılçıplak. Düş kırıkların batmıyor muydu?

Boş bir sayfa açtım çantamdaki defterden.

Bir şeyler oluyor. Sana sonra yazacağım.

"Burası nasıl bir yer ya?"

İrem öne eğilip geldiğimiz yere bakarken gaza bastı ve bulduğu ilk park edilebilir yere arabayı park etti.

"Sana söylemiştim," dedim defterimi çantama atarken. "Amacı bizi mekâna getirmekti. Eğer ağzından işe yaramaz kelimeler çıkarsa onu boğarım." Çantamın fermuarını çekecekken içinde parlak, siyah, küçük bir şey olduğunu fark ettim. Yanılıyor muyum diye kontrol etmek için çantamı kucağıma aldım ve İrem'e çaktırmadan kafamı içine sokup bakınmaya başladım. Gerçekten çantamın dibinde bana ait olmayan bir şey vardı. Küçük, plastik-

"Peki ya mesaj? Onu nasıl açıklayacağız?"

İrem bana dönerek konuşmaya başlayınca çantamın fermuarını çekip geri bıraktım ve sonra bakmaya karar verdim. "Bence gerçekten bir şeyler dönüyor. Sonunda hayatım anlam kazanıyor. Uğrunda ölebilecek bir şeyler bulmuş olabilirim Liva! Adım çok sıradan diye bir hikâyenin başkahramanı olamam zannediyordum ama sanırım yavaş yavaş havaya giriyorum."

Arabadan indikten sonra çöp konteynırlarıyla dolu bir sokağa girdik. Sokağın sonu tellerle örülüydü ve eski bir binanın arka giriş kapısı aralıktı. Etrafta keş tipler dolanıyordu, dün gittiğimiz gece kulübüyle yakından uzaktan alakası yoktu.

"İyi ki eve uğrayıp üzerimizi değiştirmişiz. Formalarla buraya geldiğimizi düşünsene? Rezillik! Şu ortama bak."

"Kimseyle göz göze gelme," diye mırıldandım ve yanında yürüyüp onu yönlendirdim. Serdar aradığında bahsettiği kapıdan içeri giriyorduk. Eskimiş demir merdivenlerden aşağı inerken aşağıdan gelen dumanı görebiliyordum, sanki filmlerdeki gibi bir bilardo salonuna iniyordu bu merdivenler. Kimsenin ne yaptığı belli değildi, bunu anlamak için bir süre onları izlemeniz gerekirdi ama o kadar sakat tiplerle doluydu ki kimseye üç saniyeden fazla bakamıyordunuz.

Bir anda Serdar önümüze atladı. "Karadelik'e hoş geldiniz kızlar! Ne içersiniz? Bira? Şarap?"

"Sen ne içersin Serdar? Zıkkım?"

Bana bakıp yutkundu. "Kalsın."

"Okulda anlatamadığın şeyi burada nasıl anlatmayı planlıyorsun Serdar?" diye sordu İrem ellerini beline koyarak. Böyle ortamlara meraklı olduğunu biliyordum ama Serdar'a karşı dik durup derdini öğrenmek istiyordu.

Serdar tekrar yutkundu. Bu sefer ciddi bir surat ifadesine

bürünmüştü. "Tamam, beni takip edin ve kimseyle göz göze gelmeyin."

Önümüze geçip yürümeye başladığında İrem önde, ben arkada yürümeye başladık. Etrafta yürümek için açık alan o kadar kısıtlanmıştı ki tek sıra halinde ilerliyorduk, sigara dumanı ciğerlerime dolmasın diye nefesimi tutuyordum. Nefret ederdim sigaradan. Birkaç kere denemiştim ve berbattı.

Kazan dairesini andıran bir yere demir bir kapıdan girecekken ceketimin kenarı masanın birine takıldı ve ayağım tekledi, aynı anda arkamdan geçmeye çalışan bir kız da sendelediğinde öfkeyle omzumu ittirecekti ki bu çirkefliği önceden sezip elini tuttum.

"Ne yaptığını sanıyorsun sen?"

Elini ittirdim ve ceketimi masadan kurtarıp doğruldum. "Hiçbir şey. Sen?"

"H-hiçbir şey." Kafasını salladı.

Önüme döndüm ve daha fazla vakit kaybetmeden kapıdan girip kaybolan İrem'in peşinden koşturdum. İçeri girdiğimde gerçekten kazan dairesinde ya da bir apartmanın bodrumunda olduğumuzu fark etmiştim. Her yer kir ve pas kokuyordu, daha önce hiç bu kadar pis bir yere gelmemiştim.

"Neden buraya *Karadelik* dediğinizi artık daha iyi anlıyorum," dedi İrem burnunu tutarak. "Ama şey daha güzel olmaz mıydı? Lağım. Tam uyardı bence."

Bu sırada Serdar gergin hareketlerle etrafı süzüyor, biri var mı diye kontrol ediyordu.

"Ne yapıyorsun sen?" diye sordum hareketlerindeki tersliği fark ettiğimde. Bir anda demir kapıyı kapatıp sürgüyü indirdi ve sırtını kapıya yaslayıp alnından akan teri, o gergin ve korku dolu surat ifadesini bize gösterdi.

İrem geri sıçramıştı. "S-Serdar ne yapıyorsun?"

"Buradalar!" diye bağırmaya başladı birden Serdar. "Getirdim! Getirdim onları!"

"Liva sen tekvando biliyorsun," diyerek arkama sığındı İrem ve omzumun üzerinden Serdar'a baktı.

Bir adım yaklaşıp, "Ne diyorsun sen Serdar? Neyden bahsediyorsun?" diye sordum ama korkuyla koşmaya başladı. Karanlık kazanların o tarafa koştuğunda bir kapıyı açtığını gördüm, gün ışığı içeri sızarken, "Buradalar!" diye bağırdı tekrardan.

"Serdar ne halt yiyorsun!"

"Bağırma."

Bir anda açtığı kapıdan içeri kafasını eğerek bir erkek girdiğinde İrem kolumu tuttu. Çocuk sarışındı, saçları nemliydi ve kaşında bir iz vardı. Boyu çok uzundu. Serdar yanında o kadar küçük ve cılız kalmıştı ki, bir an cüce olduğunu zannettim. Rengi atmıştı, soğuk soğuk terlemişti. Korktuğu şey neydi?

Kapıdan biri daha girdi. Bu seferki esmerdi, gözleri esmer tenine tezat gelecek şekilde yemyeşildi ve elmas gibi parlıyordu. Serdar'a baktı. "Kaybol velet."

Serdar kapıdan kafasını uzatıp çıkacakken biri daha girdi ve Serdar geri geri gidip diğer kapıya koşturdu. O buradan çıkıp kapıyı tekrar üzerimize kapatırken üçüncü giren kişinin suratına bakıyordum, o kadar kemikliydi ki suratına yumruk atacak kişinin elini gözden çıkarması gerekirdi.

Üçü de gözlerini bize çevirmişken ve ben kapıyı kapatacaklarını zannederken biri daha girdi.

Üzerinde siyah bir tişört ve ceket vardı, diğer üçü kadar uzundu. Saçları dağınıktı, alnına düşmüştü ve siyahın tehlikeli cazibesinin peşinden gittiğine emindim ama yine de gözleri onu ele veriyordu. *Masmaviydi.* Daha önce böyle bir mavi görmemiştim. *Düne kadar.*

Bu oydu. "Sen."

Kafasını hafifçe yana yatırdı. "Ben?"

Boynuna doğru çıkan bir dövme vardı: güller, saat, akrep ve yelkovan. Uzaktan görebildiğim yalnızca bunlardı. Gözlerimi boynundan çekebildiğim sırada İrem yutkunarak, "Yemin ederim her şey Cem'in suçu," diyerek arkamdan çıktı. Çocuklar bize doğru yürüdüler ve yaklaştılar, böylece suratlarını daha yakından görebildik.

İlk giren sarışın, "Cem'in ne alakası var?" diye sordu.

"Kameralar yüzünden burada değil misiniz? Ben Cem'in kız arkadaşı değilim, benden intikam almanıza gerek yok. Size onun adresini verebilirim."

Esmer olan kaşlarını çattı. "Kameralar?"

"Seni almaya geldiler," dedi İrem işaretparmağını kaldırıp mavi gözlü çocuğu işaret ederek. "O adamlar, seni almaya geldiler. Cem kameralarla ilgili konuşuyordu, adamlara sorun çıkmayacak diyordu. Telefonundan bütün yazışmaları gördüm."

"Orospu çocuğu," dedi mavi gözlü çocuk öfkeyle gözlerini kapatarak ve burnundan soludu. "Daha herifler kapıyı açmamışken masadan kalkıp siktir olup gitmesinden anlamalıydım."

"Sana o it bizi satar dedim," dedi üçüncü giren, kemik surat. Onları numaralandırmalı mıydım yoksa isimlerini sormalı mıydım? Neler döndüğünü henüz anlayamıyordum ama birazdan parçaların yerine oturmasını umuyordum.

"Sana bunu söyledim ama sen ona güvenmeyi seçtin ve mekânına gittin. Herifler seni yakalasaydı planlar tümüyle bataklığı boylardı!"

"Ama hiçbir şey olmadı Zamir, sakin ol."

Kumral olan ortamı sakinleştirmek için araya girerken mavi gözlü çocuk sakinliğini koruyor, bir şeyler düşünüyordu.

İrem, "Bizi bırakacak mısınız?" diye sordu.

"Sizi buraya getirmemizin bir sebebi var, boş yere Serdar'ın ipini salmadık," dedi sarışın olan ve mavi gözlü çocuğa döndü.

Mavi gözlü çocuk ise kafasını kaldırdığı an sanki iki saniyede bütün yüzümü ezberlemiş gibi tam on ikiden gözlerime bakmıştı. "Sen," dedi.

"Ben?"

"Çantana bir şey koydum."

İrem gözlerini kocaman açtı. "Hii! Uyuşturucu mu?" Koluma vurdu. "Nasıl fark etmezsin? Ya alışveriş merkezine gitseydik ve çantan X-ray'den geçseydi?"

Gözlerimi kıstım. "Uyuşturucu değil."

Kaşları gerildi. "Farkındasın."

"Fark etmemek mümkün değil." Tamamen sallıyordum, çantama koyduğu şey her neyse buraya gelmeden önce arabadayken fark etmiştim ve bakmaya fırsatım olmamıştı.

"Güzel," dedi ve dudaklarını yaladı. "Ver."

Kaşlarımı kaldırdım.

"Ne?"

"Yanımda değil." *Yanımdaydı. Çantamdaydı.* Blöf yaptım. Çantamı uzattım. "Bu çantama atmıştın değil mi? Masanın altına girdiğinde. Ama dün akşam çantamı boşalttım ve bıraktığın şey şu an odamda. İstersen kontrol edebilirsin."

Kontrol etmek isteme. Lütfen. *Lütfen.*

"Bir zarar gelmedi değil mi?" diye sordu adının Zamir olduğunu duyduğum kemik surat, gözlerinde hiç dinmeyecek bir öfke varmış gibiydi. Diğerlerinden daha hareketliydi ve yerinde duramıyordu. "Nereye bıraktın onu? Güvenli bir yerde mi?"

"Tabii ki." Çantamı geri çektim ve koluma astım.

Elini saçlarından geçirdi ve yanındakilere döndü. "Siz mekâna geçin, ben alıp geliyorum."

Kaşlarımı çattım. "Nereye geliyorsun?"

"Sen benimle geliyorsun," dedi sertçe. "Onu almadan sizi bırakmam."

"Şu an sizin için önemli olan şey bende. Adımı, evimi bilmiyorsunuz ya da benimle ilgili en ufak bir bilgiye dahi sahip değilsiniz bu durumda avantajlı olan taraf ben oluyorum. Bana adresi yollarsanız size getiririm."

Sarışın ve kumral olan kaşlarını kaldırdı, esmer ise öfkelenmişti ve burnundan soluyordu. Mavi gözlü olan bir süre gözlerime baktı, daha sonra, "Tamam," dedi.

"Abi nereye-"

Zamir olan sorun çıkaracaktı ki elini kaldırdı ve onu susturdu. Bakışlarını kesmeden bana bakıyordu. "Sana adresi atacağım ve sen de onu bana getireceksin."

Kaşlarımı çattım. "Bu cümlenin devamı var gibi?"

Kafasını salladı. "Arkadaşın bizimle gelecek. Onu getir, kızı al."

İrem gözlerini kocaman açtı. "B-ben mi?"

Mavi gözlü çocuk kafasını salladı. Oldukça sert ve kendinden emin bakıyordu. Bir süre dördünü de süzdüm, İrem'e zarar verebilecek tipler gibi durmuyorlardı. Yalnızca çantamdaki her neyse onu istiyorlardı. Eğer en başında bunu tahmin edebilseydim direkt olarak verirdim ama şimdi söylediklerimden geri dönemezdim. İrem'i bırakıp eve dönerek onlara ait olan şeyi getirmemi bekliyorlardı benden ama o şey zaten şu an çantamdaydı. Çantamı hiç boşaltmamıştım.

Hiçbir şeyi bozamazdım. Yalnızca her şeyin yolunda gideceğine inanmam gerekiyordu.

İrem ileriye doğru bir adım attı, derken bir adım daha ve sarı saçlarını geriye savurarak yürümeye devam etti. "Benim babam bölge savcısı. Sakın bana bulaşmayın."

"Uuu, çok korktum," diyerek dalga geçti ve güldü sarışın çocuk. İrem onların yanına ulaştığında mavi gözlü, dövmeli çocuk saatine baktı ve "Tam üç saatin var," dedi. "Akşam saat 8'de sana atacağım adrese getir. Dikkat et bir zarar gelmesin ve sakın açayım deme. Çünkü anlarım."

Belli etmeden yutkundum ve kafamı salladım. "Adres? Nasıl atacaksın?"

Yamuk bir gülüş sergiledi. Ardından yanındaki kumral sırıttı ve dudaklarını aralayıp okul çıkış İrem'le bana gelen mesajı ezbere okudu. "*Dedikoducu kızları sevmeyiz. Ağzınızın kapalı olduğundan emin olun yoksa...*"

"Terbiyesiz," diye homurdandım.

Sarışın kahkaha attı. "Kız haklı Giray, çok terbiyesizsin."

Adının Giray olduğunu öğrendiğim kumral, "Ne?" dedi ve omuz silkti. "Ağzınıza acı biber sürmekten bahsediyordum ben. Siz ne anladınız ki?"

İrem gözlerini devirdi ve çantasından çıkardığı araba anahtarlarını bana attı. Havada yakaladım. "Şu gereksiz muhabbeti kesin de gidelim. Akşam proje ödevi yapmam lazım."

Sarışın ilerleyip kapıyı açtı ve esmerin geçmesi için çekildi. Giray, İrem önünde ilerlerken, "Kaçıncı sınıfsın sen? Lise bir mi?" diye söyleniyordu. En son mavi gözlü çıkacakken son bir kez bana baktı, sonra da çantama. Daha sonra ise kapıyı kapattı.

Onlar gittikten sonra bir anda omuzlarım çöktü, derince nefes aldım ve gözlerimi kapattım. Az önce neler olmuştu öyle? Nasıl birine dönüşüvermiştim ve ne palavralar atmıştım? Eğer aptal blöfüm yüzünden İrem'in başına bir şey gelirse kendimi asla affedemezdim.

İlerleyip kapıyı açtım ve koşarak merdivenlerden çıkıp arabaya yürüdüm. Sürücü koltuğuna binip geri manevra yaparak buradan kurtulduğumda sahilden gidiyordum, bütün camları açmıştım çünkü temiz havaya ihtiyacım vardı düşünebilmek için. Evin olduğu sokağın başındayken telefonuma mesaj geldiğinde gaza basıp arabayı evin önüne park ettim ve rehberimde olmayan numaradan gelen mesaja baktım. Yalnızca bir adres yazılıydı.

Eve girdiğimde yalnızlıkla baş başa kaldım ve odama çıkıp çantamı yatağımın üstünde ters çevirerek içindeki her şeyi boşalttım.

O küçük, siyah, parlak şey de yatağımın üzerine düştüğünde çantamı kenara fırlatmıştım. Uzanıp elime aldım ve günışığında baktım. Kapağını açtığımda ne olduğunu anlamıştım, bu bir USB'ydi. İçinde bu kadar önemli olacak ne vardı?

Bir an açıp bakmayı düşündüm fakat daha sonra eğer açarsam bunu fark edeceğiyle ilgili savurduğu tehdidi aklıma geldi. Sakince oturmalı, USB'yi güvenli bir yere koymalı, onlara götürmeli ve daha sonra İrem'i alıp dönmeliydim.

Üzerimdekileri çıkarıp duş aldım ve siyah bir pantolon ve boğazlı bir kazak giydim. Sakince saçlarımı kurutmaya başladığımda bu işin nasıl sonlanacağını merak ediyordum, bu yüzden aklım tamamen mesaj atılan adresteydi, orası her neresiyse ya da her nerdeyse. Yalnızca alıp gelmem için üç saat fazla değil miydi? Bütün bu süre boyunca evde oturup ayaklarımı uzatarak televizyon izlememi falan mı bekliyorlardı benden?

Erken gidersem sorun çıkmayacağını düşünüyordum. Bu yüzden montumu ve çantamı alıp evden çıktım ve araba binip telefonuma gönderdiği adresi girdim. Yakın mesafeydi.

Geldiğimde arabayı karşı kaldırımın kenarına park ettim ve indim. Yağmur yağıyordu bu yüzden kapüşonlumu kapatmıştım, hava kararmak üzereydi ve oldukça soğuktu.

Bana verdikleri adres sahile yakın bir binaydı, alt katının başka işler için kullanılan bir yer olduğuna emindim fakat ne dışarıda bir tabela vardı ne de içeride bir ışık. Yine de karşıya geçip merdivenlerden çıktım ve kapının önünde durdum. Pencerelerin perdeleri kapalıydı bu yüzden içeri görünmüyordu, ben de telefonumu çıkardım ve bana mesaj atan numarayı aradım.

Üçüncü çalışta açtı. "Ne var?"

"Zıkkım." Dudaklarımı birbirine bastırdım. "Kapının önündeyim."

Kim olduğumu anlamıştı. "Ne demek kapının önündeyim? Daha iki saat var."

"En yakın arkadaşım kim olduklarını bilmediğim dört çocukla beraberken evimde oturup keyfime bakmamı mı bekliyordun üç saat boyunca? Getirdim işte."

"Öyle mi?" diye sorarken zihnimde tek kaşını kaldırdığı bir görüntüsü canlanıvermişti. "Arkadaşın halinden memnun gibi görünüyor oysa."

"Telefonu ona ver."

"Kız mı kaçırdık da fidyeyi vermek için sesini duymak istiyorsun sanki? Kapıyı tıklat ve içeri gir. Yarım saate oradayız."

Telefon suratıma kapandığında bir an öfkeyle doldum, suratına yumruk atmak istiyordum ve daha tanışalı yalnızca birkaç saat oluyordu.

Telefonumu çantama atıp kapıyı tıklattım. Birkaç dakika sonra bir elinde cam bardak, diğer elinde bez olan, uzun boylu bir erkek kapıyı açtığında şaşırmıştı. "Henüz açmadık," dedi içeriyi göstererek.

"Neyi açmadınız?"

"Barı. Henüz açmadık."

"Ben onun için gelmemiştim." Elimi enseme attım ve ona nasıl açıklamam gerektiğini düşündüm. Burası henüz açılmamış bir bardı, karşımdaki çocuk da elindeki bez ve cam bardaktan anlaşıldığı kadarıyla barmendi.

Tam ona, mavi gözlü çocuğun bana gönderdiği mesajı göstermek için telefonumu çıkarıyordum ki telefonuna mesaj geldi ve elini cebine atıp mesajı okudu. Bir anda ifadesi değişmişti. Bir adım ilerleyip etrafı kolaçan ettikten sonra geri çekildi ve "İçeri gir," dedi. Temkinli adımlarla içeri girdikten sonra ise arkamdan kapıyı kapattı.

Bezi omzuna attıktan sonra elini uzattı. "Ben Oğuz, burada çalışıyorum."

Kıvırcık saçları ve uzun kirpikleri vardı. Elini sıktım. "Liva."

Kaşlarını kaldırdı. "Güzel isim."

"Teşekkürler."

"Oturalım," dedi ve bar sandalyelerini gösterdi. Daha yeni içerisinin dizaynını fark edebiliyordum, kesinlikle bir bar havasında döşenmişti ve her şey çok temiz ve yeniydi. Yine de odada küçük bir loş ışıktan başka hiçbir şey yoktu bu yüzden oldukça karanlık ve boğucu bir havası vardı.

"Buraya gelirken hiç takip edildiğini hissettin mi Liva?"

Etrafı süzerken bir anda bakışlarım ona döndü. "Neden böyle bir soru soruyorsun?"

"Sadece tedbir için."

"Tedbir için bana takip edilip edilmediğimi soruyorsun?" Tek kaşımı kaldırdım. "Neden takip edileyim?" Elimi çantama attım ve USB'yi çıkardım. "Bunun için mi?"

Çocuk bir anda ellerini kaldırıp geri çekildi. "Vov, vov, vov, yavaş ol."

Verdiği tepkiye karşılık USB'yi yaklaştırdım ve USB görünümlü herhangi bir silah olup olmadığını kontrol etmeye çalıştım. Değildi. Normal kapaklı bir USB'ydi. "Ne var içinde?"

"Senin gibi tatlı kızların bakmaması gereken bir şey."

"Po-"

"Hayır."

Cebime attım. Ayağa kalkıp arka tarafa geçti. "Sana ne ikram etmeliyim?"

"Hiçbir şey."

Kaşlarını çattı. "Olmaz öyle, meyveli kokteyl gibi bir şeyler hazırlamamı ister misin? Bu konuda iyiyimdir."

"Hayır, sadece arkadaşımı alıp gitmek istiyorum."

"Büyük gözlü sarışın kız mı?"

Kollarımı tezgâha yaslayıp ona döndüm. "Onu gördün mü?"

"Evet, çocuklarla gitti. Birazdan burada olurlar."

"Nereye gittiler?"

"Çok fazla soru soruyorsun, benden bu kadar." Ağzına hayali bir fermuar çekti.

Önüme dönüp sıcak olduğu için montumu çıkardım ve kenara koydum. Şimdiden yarım saat geçmişti.

En sonunda kapı tıklatıldığında Oğuz arkada bardakları temizlemeyi bıraktı ve yürüyüp kapıyı açtı. İçeriye yarı ıslanmış dört uzun boylu erkek ve sarışın bir kız girmişti. İrem'i görünce oturduğum yerden kalktım. "Sonunda gelebildiniz."

Sarışın olan, "Kusura bakma tatlım, trafik vardı," dedi ve boynundaki atkıyla ceketini çıkarıp ilerideki deri koltuklara attı.

Diğerleri de yanımdan geçip giderken İrem gerçekten de halinden memnun gibi görünüyordu. Mavi gözlü çocuk yavaşça yanıma yürüyerek önümde durdu ve "Nerede?" diye sordu. Bir süre ters bir şekilde gözlerine baktım fakat sonunda elimi cebime attı.

Cebim yoktu.

Montumu çıkardığımı unutacak kadar afalladığıma inanamayarak iki adım geri attım ve daha sonra dönüp sandalyenin üzerinden montumu aldım. Tam o sırada kapı tekrar tıklatıldığında herkes bir anda yaptığı işi bıraktı, ortamda garip bir sessizlik oluştu.

"Ne oldu?" diye sordum suratlarındaki ifadeye bakarak.

Mavi gözlü çocuk diğerlerine baktı. Bir an herkes birbirine baktı. Daha sonra Oğuz'a İrem'i ve beni işaret etti. Oğuz hızla yanımıza gelerek, "Benimle gelin," diye fısıldadı ve bizi bar tezgâhının arkasına çekip üzerimize önlük fırlattı. Ne olduğunu anlayamadan kafamdan geçirdiğim önlüğe baktıktan sonra kafamı kaldırdım ve Giray'ın kapıyı açmaya gittiğini gördüm. O sırada da Oğuz iki kırmızı, bir beyaz şarap ve değişik renkte birkaç sıvıyla dolu şişe daha çıkarmıştı tezgâhın üstüne. Ne yaptıklarını anlamıştım, bizi buranın çalışanı olarak göstermeye çalışıyorlardı.

Kapı açıldı. Aynı anda şimşek de çaktığı için içeri giren kürklü ve iri cüsseli adam gözüme bin kat daha korkunç görünmüştü. Arkasından takım elbiseli dört adam daha girdiğinde Giray kapıyı kapattı.

Gözünde güneş gözlüğü olan takım elbiseli adamlar arka dik bir şekilde dururken kürklü ve cüsseli, 40'larının sonundaki adam yavaş adımlarla ileriye yürüdü ve etrafı süzdü. Yüzünde beğenmiş gibi bir ifade vardı. "İyi iş çıkarmışsınız." Arkasını döndü ve adamlara eliyle etrafı işaret etti. "Görüyor musunuz? İşin ehli sayılan bunakları solladı bu dört oğlan."

Giray, diğerlerinin yanına geçmişti. O an hem sarışın, hem Giray, hem Zamir, hem de mavi gözlü çocuğun gerilmiş olmaları gerekirken çok rahat görünüyorlardı. Oğuz'un elindeki cam gerginliğinden çatlayacaktı çünkü. Korktuğunu fark ettiğimde elindeki bardağı aldım ve kenara bıraktım. İrem de ne olduğu hakkında hiçbir fikri olmadığını gözlerinden okunan koca bir destanla anlatıyordu. Genelde böyle durduğu zamanlarda birkaç dakika sonra korkusunu belli edecek seviyede titrerdi.

"Ne zaman açılıyor?" diye sordu adam ellerini ceplerine koyarak.

"Haftaya pazar gecesi," dedi mavi gözlü çocuk, o kadar sert ve duygusuz duruyordu ki karşısındaki babası yaşındaki adama karşı, ondan ne kadar nefret ettiği suratından okunuyordu.

Kafasını salladı adam memnun olmuş gibi. "Güzel. Güzel bir tarih. Mart bitiyor neticede artık, değil mi? Açmak lazım burayı." Sanki bir kadını okşar gibi ellerini koltukların üzerinde gezdirdiğinde midem bulandı. "Ağzı olsa konuşacak hale getirmek lazım." Çocukları süzdü. "Yukarısı hazır mı?"

Giray kafasını salladı. "Evet. Bakmak ister misiniz?"

"Yo, yo, lüzumu yok," dedi adam rahat bir ifadeyle kafasını olumsuz anlamda sallayarak. "Ben sadece her şey yolunda mı diye kontrol etmek için geçerken bir uğrayayım dedim." Tam dönüyordu ki bir anda gözleri Oğuz'a ilişti. Ardından İrem'e. Ardından bana. Bende asılı kaldı.

Kafasıyla burayı işaret etti. "Çalışanlar mı?"

"Evet," dedi Zamir. "İşi şimdiden öğrensinler diye akşamları gelip çalışıyorlar."

"Hmm," diye mırıltı çıktı adamın ağzından. Ya da homurtu. Kastettiği her şeyi anlayabildiğim için midem çalkalanıyordu, suratına kusmak istiyordum. Burası normal bir bar olmayacak mıydı? Neyden bahsediyorlardı? Çok başka işler dönüyordu. USB'nin bu hikâyedeki önemi neydi?

Bu adamla aynı tarafta gibi duruyorlardı ama değillerdi, sanki öyle görünüyor ama el altından iş yürütüyorlardı. Şu manzarayı görüp de bunu anlamamak için aptal olmak gerekiyordu ama neden adam bunu anlamamıştı? Ya da arkasında her şeyi izleyen dört takım elbiseli adam, gerçekten fark etmiyorlar mıydı?

"Onlar da olacak mı?" diye sordu adam bir anda, elinde evirip çevirdiği gözlüğünü ceketinin cebine iliştirerek.

Mavi gözlü çocuk tehditkâr bir şekilde duruyordu. "Nerede?"

Adam güldü. "Nerede olacak canım? Listede. Serviste. Haftaya pazar?"

Birden, "Katılacak kişilere göre değişir," dedi sarışın. Bu lafıyla üçü birden ona dönmüştü. Adamın da dikkatini çekmiş gibiydi.

"Güzel," dedi adam dönerken son bir kez benimle göz teması kurarak. Resmen alıcı gözüyle bakıyordu, o kadar rahatsız olmuştum ki Oğuz'dan aldığım bardak hâlâ elimde duruyor olsaydı muhtemelen parça pinçik olmuş olurdu şimdiye kadar.

Adam döndü, "Gidelim," dedi sertçe ve takım elbiseli adamlar ona kapıyı açtıktan sonra gittiler. Kapı arkalarından kapandığında boynumdaki önlüğü çıkarıp tezgâhın arkasından çıktım.

"Bu da ne demek oluyor?"

Mavi gözlü çocuk, sarışına döndü. "Evet, Kayra. Ne demek oluyor?"

"Kıza hiçbir sikim anlatamazsın," diyerek araya girdi Zamir. "USB'yi alırız ve biter. Giderler. Bitti. Hikâyenin sonu." Artık mavi gözlü dışında üçünün de isimlerini biliyordum. Sarışın olan Kayra, esmer ve sinirli olan Zamir, kemik surat da Giray'dı.

Kayra oldukça sakin görünüyordu. "Bunun ne kadar iyi bir fırsat olduğunu göremiyor musunuz? Onun dikkatini çekti," dedi başıyla beni işaret ederek. "Bu da demek oluyor ki gittiğinde reddetmeyecek. Odasına girmek için bundan daha iyi bir zaman olamaz."

"Teklif bile etmemeliydin bunu," diyerek kısa kesti ve fikrini belirtti mavi gözlü çocuk.

Giray araya girdi. "Aslında düşünüyorum da... Kayra haklı. Bu işi tek celsede bitirebiliriz. Çok yaklaştık."

Zamir hareketlenip dikkatleri üzerine çekti. "Bunu başka bir yerde konuşalım." Kafasıyla beni ve yanıma gelen İrem'i işaret ediyordu.

"Burada tartışılan benim," dedim. "Ve siz başka bir yerde konuşmak istiyorsunuz?"

Kayra kafasını olumsuz anlamda salladı ve Zamir'e baktı. "Bunun için çok geç."

"Hay sikeyim."

"Size söylüyorum, eğer bu fırsatı kullanmazsak çok pişman olabiliriz." Kayra ısrar ediyordu.

Mavi gözlü çocuk çok fazla konuşmuyordu, arkadaşlarının tepkilerini izleyip en son karar veren kişi olmak gibi bir özelliği vardı sanırım çünkü diğer üçü konuyu tartışırken tek yaptığı müdahale etmesi gereken yerde müdahale etmekti.

Zamir en son sinirle saçlarını karıştırıp, "Ona bak," dedi ve beni gösterdi. "Hiç babası yaşındaki adamı bedeniyle oyalamak için iki üç bez parçası giyinip salınmayı kabul edecek bir tipi var mı?"

"Yok mu?" Kaşlarımı kaldırdım.

"Bu kabul ediyorum demek mi oluyor?" diye sordu Kayra.

Omuz silktim. "Bedeniyle oyalamak konusu tartışılır ve yapacağınız açıklamanın beni tatmin edip etmemesine göre değişir. Nasıl bir işe bulaşmak istediğimi merak ediyorum."

Mavi gözlü çocuk bana döndü, gözlerinde şaşkınlık ve öfke kırıntıları vardı. Sertçe konuştu. "Kendini nasıl bir ateşe attığının farkında değilsin."

"Yanmak isteyen ben değil miyim?"

"Yatağına dön ve uyu."

"Geceleri uyumaktan çok daha farklı şeyler de yapabiliyorum."

Tek kaşını kaldırdı. Kafasını bir saniyeliğine yan tarafa çevirip dilini dudağının üzerinde gezdirdikten sonra sanki boyu yeterince uzun değilmiş gibi biraz daha yukarıdan bakmaya başladı. "Bizi tanımıyorsun bile."

"Siz de bizi tanımıyorsunuz."

İrem'in omuzları dikleşti. Bu tavrına gülüp kafamı kafasına tokuşturmak istesem de ifademden ödün vermedim.

Mavi gözlü çocuk yutkundu, âdemelması uzun boynunda hareket etmişti. Bir anlığına gözüm oraya takılsa da yeniden gözlerine odaklandım. Odadaki loş sarı ışık gözlerine vuruyor ve maviliğini sıcak bir tona çeviriyordu. Bir şeyler söylemek istedi çünkü dudaklarını araladı ama söylemedi. Muhtemelen nasıl biri olduğumu anlayamamıştı.

Montumun cebine elimi sokup USB'yi aldım ve işaret ettikten sonra ona doğru attım. Havada kapıp cebine attı.

"Bunun için pişman olacaksın," dedi mavi gözlü çocuk.

İrem şokla bana döndü. Sanki transa girmişti ve yeni çıkıyordu. "Voah, az önce ne oldu öyle?"

Ben de bilmiyorum.

"Öyleyse biz şimdi gidiyoruz, size iyi akşamlar," diye mırıldandım ve montumu üzerime giyindim. Çocukların üzerinde gözlerimi gezdirdikten sonra bar tezgâhının arkasındaki Oğuz'a da başımla selam verdim, ardından kapıyı açmak için kolunu tuttum. Bir şeyi unutuyordum.

İrem arkamdayken kenara çekilip geri döndüm. "Bir şey daha," diye mırıldandım ve bakışlarım aynı yerde dikilen dört erkek arasından mavi gözlü olanını buldu. "Adın ne?"

Bir saniyeliğine çarpık bir şekilde güldükten sonra okunamaz bir ifadeyle gözlerime baktı. Gözleri masmaviydi, karanlığın içinde bir deniz olduğunu düşündürecek kadar, dalga seslerini kulaklarında çınlatıp seni bir şizofrene çevirebilecek kadar, çok bakarsan seni o denizin içinde boğabilecek kadar.

"Pars," dedi.

Ateş olmak istemiştim. Meğersem Tanrı beni derin okyanuslarında boğmak istiyormuş... Kıyametimin adını böyle öğrendim.

3

Orası Kimseyi İlgilendirmez

Ertesi gün uyandığımda tipik bir günümdeydim: Ev dağınık değil, tozluydu. Bu da tek başıma yaşadığımın ve yalnızca akşamları uyumak için eve geldiğimin acınası bir kanıtıydı. Her zamanki gibi su içmeyi unuttuğum için boğazım kurumuştu ve perdeyi açık unuttuğum için güneş ışınları tam da yüzüme düşüyordu. Birazdan kalkıp yarım saat sonra çalacak alarmı kapatacak, duş alacak, giyinecek ve bir şeyler atıştırıp çıkacaktım. Daha sonra akşam eve gelecek ya da İremlere gidecek, sonuç olarak ertesi gün yine aynı güne uyanacaktım.

Daha vaktim olduğunu bildiğimden çantamdan defterimi ve kalemimi çıkarıp yatağa yüzüstü uzandım.

2018-3-18

Aynı gün, aynı şeyler.

Bardaki mavi gözlü çocuğun adı Pars'mış.

Bu kadardı. Bundan fazla yazamıyordum bir sayfaya. Not tutma işi berbattı, bunun yerine Edebiyat hocasının tahtaya yazdığı her şeyi harfi harfine defterime geçirmeyi tercih ederdim. Neden mi yazıyordum? Çünkü yazmam gerekiyordu. Bir kelime de olsa. Bir cümle de olsa. Küçük bir nokta ya da çizgi de olsa.

Kalkıp duş aldım ve okul formamı giyindim. Koyu gri pileli bir etek, beyaz gömlek, siyah kravat ve gri bir ceket. Müdür yardımcısı üzerimizde forma görmeyince kıyameti kopartıyordu, kimse onunla ve kaprisleriyle uğraşmak istemediği için forma kuralına uyuyordu çünkü bir keresinde sırf kravatına ketçap bulaştığı için o gün takmayan bir öğrenciyi disipline vermişti. Ailesi bilinçli olduğu için elbette karşı çıkıp Müdür Yardımcısı'nı azarlamıştı ama bu olay birkaç kere daha tekrarlanmamış değildi, huylu huyundan vazgeçmezdi.

Çikolata kahvesi uzun saçlarımı tarayıp kuruttuktan sonra çantamı hazırladım ve aşağıya inip dolaptaki reçel kavanozuyla dilim ekmeği çıkardım. Ekmeği kızarttıktan sonra üzerine reçel sürüp süt çıkardım. Genelde reçel ve bal arasında değişen kahvaltım yalnızca hafta sonları hareket kazanıyordu çünkü İrem'in beni sürükleyecek bir planı oluyordu mutlaka. Biz de sabah dışarıda kahvaltı yaparak başlıyorduk güne. Öğlen yemeklerim okulda geçerdi. Akşam yemeklerim ise...

Akşam yemeği yemezdim. Birlikte sofraya oturabileceğim kimsem yoktu. Sofraya oturmayı da sevmezdim. Televizyondaki saçma sapan bir programda beni güldürecek bir şey bulmayı da sevmezdim, çünkü gülerken insanın gözleri salondaki sessizliğe takılıyordu. Çünkü ruhu o sessizlikle sarmalanmadan boynuna intihar ipi geçmezdi insanın.

Birkaç sokak ilerideki okula yürüdükten sonra otoparka arabasını park eden İrem'i gördüm. Ona selam vermek için elimi kaldırdığım sırada Serdar'ın da karşıdan geldiğini görmüştüm. İrem'le aynı anda gözlerimiz açıldı. Serdar da bunu fark etmiş gibi adımlarını durdurmuştu.

İrem arabayı kilitlediğinde adımlarımı hızlandırdım Serdar'a doğru. Kafasını kaldırıp beni gördüğü an gözlerini kocaman açarak koşmaya başladı. Bir anda İrem de ben de peşinden koşmaya başlamıştık.

"Dursana şerefsiz!"

İrem'in bağırışının ardından okul binasına girdiğinde Müdür Yardımcısı'nın kameraları izlememesini umuyordum, aksi takdirde onun katı ve abartı kurallarına göre okuldan bile atılabilirdik. Bunca zaman nasıl atılmamıştık onu merak ediyordum aslında.

Tam merdivenlerden çıkacağı sırada bir grup öğrencinin merdivenleri doldurduğunu gördü, geri çekilip sağa mı sola mı döneceğine karar veremediğinde bir anda İrem'le iki koluna birden girdik ve o, "Bırakın beni!" diye çırpınırken malzeme odasına doğru sürükledik. İçeri girdiğimizde İrem kapıyı kapatıp kilitledi.

"Sen nasıl bir insansın ya?" diye bağırdı İrem bir anda üzerine giderek. "Ya o çocukların niyeti gerçekten kötü olsaydı? Ya kötü şeyler yaşansaydı? Sen de babası bölge başsavcısı olan bir kıza bunu yapacak kadar göt var mıydı be oğlum?"

"T-tehdit ettiler beni de-"

"Onlar seni sözlü tehdit ettiler, biz şimdi seni darp edeceğiz," diyerek üzerine yürüdüm korkutmak amaçlı. Vuracağım yoktu, Serdar zayıf bir erkekti. Yalnızca korkutmak istiyordum ki bir daha böyle bir işe kalkışmasın.

"Yapmayın, suratım mahvolursa kamera karşısına nasıl çıkarım? Haber sitem mahvolur, olmaz!"

"Beni dinle," diyerek yanına oturdum. İrem de diğer yanına oturmuştu.

"Eğer böyle zorbaların her istediklerine boyun eğersen nasıl biri olursun Serdar? Onların köpeği mi olmak istiyorsun? Böyle hiçbir sorun yok mu senin için? Biraz cesur ol, *hayır* de."

Kafasını olumsuz anlamda salladı. Gözleri dolmuştu. "Yapamam..."

"Nasıl yapamazsın?" İrem sert çıktı. "Ne biçim erkeksin sen ya? Böyle sözler mi duymak istiyorsun hep, aşağılanmak mı istiyorsun? Ezik olma, ezen ol. Çiğnendikten sonra tadı geçen iğrenç meyveli sakızlardan olma Serdar. Kalk git şimdi."

Başını eğdi. Kalkıp kapıyı açtı ve gitti.

"Sence işe yarayacak mı?"

"Bence daha çok yolu var," diye mırıldandım. Bu okul çok kötü tiyatrolara sahne olmuştu, herkesin gözü önünde bütün kötülüklerin sergilendiği türden tiyatrolar hem de. Öğrenciler burslu burssuz olacak şekilde değil de fiziksel özelliklerine göre sıralanıyordu herkesin gözünde. 90-60-90 bir kızın sözü okulda geçerdi ya da uzun boylu, yakışıklı ve kaslı bir erkeğin. Genelde bu iki tipleme birlikte dolandığı için onları ayrı ayrı anlatmama da gerek yoktu gerçi. Herkes okul kameralarının kantinin girişindeki karanlık koridoru, çatı katına giden merdivenleri ve zemin katın altındaki boş odayı görmediğini bilirdi, bunlar kör noktalardı.

Okulun tarantulası Müdür Yardımcısı'nın oraları öğleden sonra kontrol etmeye gitmediğini bilirdi. Ona tarantula deniliyordu çünkü kalın çerçeveli ince ve keskin gözlükleri, çekik kara gözleriyle birleştiğinde tam bir tarantulaya dönüyordu. Her zaman karışık ve siyah, topuz saçları da bu benzetmeye dahildi tabii ki.

Serdar'ın o kör noktalara çokça çekildiğini ve zorbalık gördüğünü biliyordum, biz İrem'le genelde sessiz kalan taraftaydık. Kimse bize bulaşmadıkça biz de kimseye bulaşmazdık. Okuldaki gruplaşmaları görmezden gelir, başkalarının baş ağrılarını çekmezdik. Belki de yanlıştı ama 2000 küsur kişilik koca bir okulun kahramanları kesilmeye hiç niyetimiz yoktu. Hem bir gün birileri bize bulaşsa, kimsenin ses çıkaracağını sanmıyordum. Her şey karşılıklıydı.

Sakin biten bir cuma gününden sonra bütün cumartesi odama kapanıp yattım, kitaplarla dolu odadaki ansiklopedileri karıştırmaktan sıkıldığımda aklıma Cem'in bahsettiği film geldi. Kötü bir fikir olmayabilirdi, bu yüzden odama dönüp bilgisayarımı açmış ve ilk filmi başlatmıştım.

Filmin 10 yıl önce çekilmiş olduğu gerçeğiyle yüzleşirken ilkel oyunculuklarını sindirmek oldukça zordu ama filmi sonuna kadar izlemiştim. Jacob'ın fazla sahnesi yoktu, Edward'ın davranışları ise çok soğuktu. Müzik geçişleri berbattı. İzlerken hiçbir şey hissetmemiştim.

Ama daha sonra, üç devam filmi daha olduğunu gördüm. Hatta son film iki kısıma ayrılmıştı, bu da dört film ediyordu.

Böylece ertesi gün, yani pazar, İrem'in dışarı çıkma teklifini reddedecek bir bahanem oldu. Alacakaranlık izlediğimi duyunca çok şaşırmış ve beni filmle yalnız bırakmıştı.

İkinci film, ilkine göre daha çok Jacob doluydu ama Edward karakterini canlandıran çocuk artık yerine tam oturmuş olmalı ki bu film ilkine göre çok daha iyi gelmişti. Üçüncüsüne geçerken mısır patlatmış ve odamdaki bütün perdeleri kapatmıştım.

Akşam 9'da kapatmıştım bilgisayarı, bütün seriyi izlemiştim ve gözlerim patlamak üzereydi.

Ertesi gün okulda bütün teneffüslerde kahve içip bunun hakkında konuştum. "Jacob karakterine sinir oldum. Nasıl olur da

Edward-Bella ilişkisi bu kadar gözler önündeyken kendini belli etmeye çalışabilir?"

"Deme öyle," dedi İrem dudak büzerek. "Umutsuzca âşık. Tek yapabildiği kendini belli etmekti, ben bütün filmler boyunca ona acıdım çünkü Bella ona hiç bir erkek olarak şans vermedi."

Kaşlarımı çattım. "Nasıl verebilirdi ki? En başından beri Edward vardı."

"İkinci filmde gitti. Kızı ortada bıraktı, terk etti Liva. Bella onu unutup Jacob'a gerçek bir şans verebilirdi ama unutmamayı tercih etti, kendine zarar verdi dönsün diye. Başardı da."

"Kalp istediğini ister."

"Çok acımasızsın," diye mırıldandı kafasını sallayarak. "Hiç âşık olmadığın için doğru pencereden bakamıyorsun, empati yoksununun tekisin Liva. Bu huyundan nefret ediyorum."

İrem bana kızdığında konuyu kapatma vaktinin geldiğini fark ettim ve zilin de çalmasıyla kahveyi bitirip karton bardağı çöp kutusuna attım. Sınıfta çıktıktan sonra sıraya geçerken bana döndü. "Sence çocuklar ne zaman gelecek?"

Kaşlarımı çattım. "Neden gelsinler ki?"

"Kayra'nın teklifini kabul ettin sanıyordum."

"Teklifin kabul edenin varlığının sayılabilmesi için önce ortada o teklifi gerçekten edenlerin olması gerekir," diye mırıldandım ve etrafı gösterdim. "Hani? Yoklar."

Kafasını salladı. Bana onlarla geçirdiği saatler boyunca şehir dışına çıkıp geri döndüklerinden bahsetmişti; kötü hissetmediğinden, aksine bundan keyif aldığından ve bir hafta sonu bizim de şehir dışına çıkıp sahil kenarında gezmemiz gerektiğinden. Neden yalnızca benimle arkadaşlık yaptığını bilmiyordum, bir sürü zengin, güzel ve yakışıklı kuzeni vardı. İstese her şey elinin altındaydı ama o neredeyse her gece büyük ve yumuşak yatağından vazgeçip benim kanepemde yatmak istiyordu, lüks otellerde verilen davetlere ikizini yollayıp benimle gezmek istiyordu. Ailesinden uzak kalmayı seviyordu ve bunun sebebini açıklamıyordu. Kim ailesinden uzak kalmak isterdi ki? Üstelik iyi insanlarken?

Ben istemezdim.

Okul çıkışı, bölgedeki okulların ortak gazetesinin editörlüğünü yapan kıvırcık saçlı ve gözlüklü bir kız peşimize takıldı. Adı Aslı'ydı ve İrem'e ülkenin en zenginlerinden birinin kızı olmanın nasıl hissettirdiğiyle ilgili bir röportaj yapmak için teklifte bulunuyordu.

"Hayır diyorum Aslı, böyle bir röportajı veremem. Kişiliğime ters."

"Bir ay boyunca bütün ödevlerini yaparım."

Durdu ve bir anda ona döndü. "İki."

"Bir buçuk?"

İrem elini uzattı. "İki buçuk."

Aslı'nın reddetmesini beklerken şokla elini sıkmasını izledim. "Tamamdır. Telefon numaran?"

"Hani kişiliğine tersti?" diye sordum kaşlarımı çatarak.

Uzanıp Aslı'nın telefonuna numarasını yazarken, "Kişiliğimi siktir et," diye homurdandı.

"Bunu da yaz," dedim Aslı'ya gülen İrem'i işaret edip. "Ülkenin en zengin ailelerinden birinin kızının ağzı bozuk bir küfürbaz olduğunu."

"Orada kim var?"

İrem dediğime gülerken bir anda kafasını bahçenin çıkışına çevirdiğinde kalabalığı fark etmişti. Aslı telefonunu alıp teşekkür ederek yanımızdan hızlıca ayrıldı ve o tarafa doğru koştu. İrem de bana dönüp kaşlarını çatmıştı. "Ünlü mü geldi acaba?"

"Ünlünün bizim okulda ne işi var İrem?" Ona bakıp söylenirken telefonum çalmaya başladığında cebimden çıkarıp ekrana baktım. Numara kayıtlı değildi ama tanıdıktı. "Efendim?"

"Kapının önündeyim."

Aynı anda İrem bir anda suratını bozdu. "Ay ben ek derse kalacaktım!" Ellerini havada salladı ve saatine baktı. Gözleri bir anda sonuna kadar açılmıştı. "Ay Liva benim gitmem lazım!"

Ona kafamı sallarken okul binasına geri koşuşturmaya başladı, sonra dönüp, "Kapının orada ne olmuş öğren!" diye bağırdı ve koşmaya devam etti.

Telefonu geri dönüp kapıya yürümeye başladım. "Okulumu nereden biliyorsun?"

"Birlikte iş yapacağım kızı araştırmayacağımı mı düşündün?"
Sıkıntıyla nefes verdim. "İyi de nasıl?"
"Orası seni ilgilendirmez."
Tam o sırada kapının önüne gelmiş, kalabalığı yarmıştım. Okul çıkışında olduğumuz için etraf kalabalıktı ama yine de gereksiz bir kitle ısrarla kapının önünde dikiliyor, yerinden milim kımıldamıyordu. Bunun sebebinin çıkış kapısının hemen önüne çekilmiş spor bir Lamborghini olduğunu fark ettiğimde adımlarım anında durdu. Arabanın önünde 1.85 civarı, üzerinde kot pantolon ve deri ceket olan ve ülkedeki erkeklerin yakışıklılık standart sapmasını bir hayli yerinden oynatan biri dikiliyordu. Kulağında telefon vardı, ensesinden boynuna doğru bir dövme yükseliyordu. Kafasını kaldırınca gözlerini gördüm.
"Neden okulumun önünde müzeden çalınmış heykel gibi dikiliyorsun?" diye sordum kızgınca, hâlâ aramızda mesafe vardı bu yüzden telefona konuşuyordum ama beni görünce telefonunu kapattı ve cebine attı. Bu, *gel* demekti.
Öyle de yaptım. Telefonumu cebime attım ve üzerine doğru yürüyüp önünde durdum. "Arayabilirdin."
"Aradım."
"Gelmem için."
"Ben geldim?"
"Ve beni klişe bir dramanın içine sürükledin," diye homurdandım etraftakilere döndükten sonra.
Sürücü koltuğunun kapısını açıp diğer koltuğa binmem için işaret etti. "O zaman ensenden tutup gerçek hayatın içine atmam lazım."
Kaşlarımı çattım. "Neden ensemden tutup?"
"Kedilere böyle yapılmaz mı?"
Dediğini anlamadığım için ona sorgular bakışlar atmaya başladığımda seslice nefes verdi ve "Sadece bin şu arabaya," dedi. Daha fazla uzatmak istemediğim için ön taraftan dolandım ve yanına binip kapıyı kapattım. Gaza bastıktan bir saniye sonra caddede, akan trafiğin içindeydik.
Yanımda oturan çocuk kimdi? Ya da adam? Benden büyük olduğunu biliyordum ama en fazla yirmilerinin başındaydı. Taş

çatlasa 23. Ama bu araba? O bar? Çocuklar? Çantama attığı USB? Hangi denizin içinde sürüklendiğimi bilmiyordum ama kendimi atlamaktan alıkoyamamıştım çünkü bir uçurum-severdim, boşluk görünce düşünme yetim kanatlanıp uçuyordu. Ben de uçmak istiyordum.

Sahile doğru gittiğimizi fark etmiştim. "Eee, nereye gidiyoruz?"

"Mekâna," dedi. "Pazar günü açmayı planlıyorduk ama iki gün sonra açacağız. Kayra'nın teklifini kabul etmiş olabilirsin ama hâlâ kendini nasıl bir bok çukuruna attığının farkında değilsin bu yüzden konuşacağız."

"Karar benim kararım."

"İki saat önce tanıdığın ne bok yediği belirsiz dört herifin peşinden kör sağır koşup pedofilinin tekine sarılmayı kabul etmek mi senin kararın?"

"Bu senin bakış açın."

"Öyle mi?" Dalga geçer gibi güldü. "Seninki ne?"

Az önce beni terslediği laf aklıma geldiğinde durmadım. "Orası seni ilgilendirmez."

Aniden arabayı durdurduğunda ona sinirle bakacakken kapısını açıp dışarı çıktığını fark ettim. Geçen sefer USB'yi getirmem gerektiğini söylediği yere gelmiştik, pazar açacakları ama iki gün sonrasına çektikleri yere. Kapıyı açıp dışarı çıktığımda kapıyı kapatır kapatmaz arabayı kilitledi. Peşinden merdivenlerden çıkarken ona küfretmemek için kendimi zor tutuyordum, bu kadar sinir bozucu olabildiğinin farkında değildim. Daha çok sessiz ve işler ciddiye binmeden harekete geçmeyen biri gibi duruyordu.

Kapıyı açıp içeri geçtiğinde peşinden girdim ve kapıyı kapattı. İçerisi her zamanki gibi karanlıktı ama duvara monte edilmiş loş lambalar sayesinde öncekine göre biraz daha aydınlıktı. İleride, koltuklarda oturmuş, güzel giyimli bir kız gördüğümde etrafı süzmeyi daha sonraya bıraktım ve ona baktım. Telefonuyla uğraşıyordu. Daha sonra içeriden başka bir kumral kız çıktığında kaşlarımı çattım.

Pars da onları fark ettiğinde bıkkınca nefes vererek, "Kayra!" diye seslendi.

Kayra içeriye açılan bir kapıdan dışarı çıktığında, "Efendim?" diye cevapladı onu. Dudağının kenarındaki ruj lekesi miydi ve gömleğinin düğmeleri mi kopmuştu onun?

Pars kafasıyla kızları işaret etti. Kayra'nın bakışları bana döndüğünde yanımıza yürüdü. "Ooo, en sevdiğim XX kromozomlu yaşam formu teşrif etmiş."

Pars tezgâhın üzerindeki bezi onun suratına fırlattı. "Git ağzını sil sen önce."

Kayra kucağına düşen bezi yakaladı. "Ne var ki ağzımda?"

O sırada arkada, odadan çıkan kız da çantasını toparlamış bu tarafa doğru yürüyordu. Kayra'nın yanağından bir makas alıp, "Sonra görüşürüz yakışıklı," dedi ve gözleriyle Pars'ı süzüp çıkışa yürüdü. Kapı kapanma sesi geldiğinde Pars kızgın görünüyordu. "Artık şunları da mı getirmeye başladın buraya?"

"Yapma Pars, zaten iki güne burası östrojen testosteron kaynayacak."

"Ama iki gün sonra," diye diretti Pars.

Kayra geçiştirdi. "Neyse işte." Yüzü canlanırken bana döndü. "Hoş geldin! Ne ikram edelim sana? Bira? Şarap? Tekila?"

Geçen hafta İrem'in deneği olduğum günün gecesi aklıma geldiğinde istemsizce elim karnıma gitti. "Kalsın."

"Giray'la Zamir nerede?"

Kayra, Pars'ın sorusuyla ciddileşip ağzını silmeye başladı. "Aşağıdalar."

Kayra döndüğünde Pars da peşinden ilerlemeye başlamıştı ki arkasına bakıp, "Sen burada bekle," dedi ve beni durdurdu. Ben yerime çakılırken ise ikisi yürüyüp ilerideki koridora girmiş ve ortalıktan kaybolmuştu.

Sıcak olduğu için montumu çıkardım ve bar sandalyelerine oturdum, bu sırada ilerideki deri koltuklarda oturan kızın koltuğa yüzüstü uzanıp telefonuyla uğraşmaya devam ettiğini fark etmiştim. Az önceki Kayra'nın oynaştığı kız ise, bu kimdi? Her kimse, Pars ona bir şey dememişti.

Bir süre göz göze gelmek için ona baktım ama o kafasını kaldırmadı bile. Sıkılmaya başladığımda ise telefonumu çıkarıp kelime oyunu oynamaya başladım. Resmi gösterilen nesneyi ya da fiili harfi kadar olan boşluklara yazıyorduk ve bayağı bir ilerlemiştim. Normalde oyunlardan çok çabuk sıkılır ve bırakırdım ama bu eğlenceliydi.

Bir süre sonra koridordan çocukların sesleri gelmeye başladığında oyunu kapatıp telefonumu cebime attım. Kayra, Giray, Zamir ve Pars içeri girdiklerinde bir konuyu tartışıyorlardı. Tam içeri girerken Giray'ın, "Ona söyleyecek misiniz?" diye fısıldadığını duydum.

"Neyi söyleyecek misiniz?"

Zamir, Giray'ın kafasına vurdu. Giray kafasını ovalayıp, "Ah," diye inledi. "Ne vuruyorsun pezevenk?"

"O kadar da önemli bir şey değil," dedi Kayra kafasını sallayıp. Dalgalı bir konuşma tarzı vardı bu yüzden tamamen düz bir surat ifadesine bürünmediği sürece ne hissettiğini anlayamıyordunuz.

Bar sandalyesinde dönmeyi bıraktım. "O zaman söyleyebilirsiniz."

"Oyalayacağın şu adam..." Giray elini ensesine attı. "Adı Taylan."

"Ve?"

Kayra seslice nefes verdi. "Elli bir yaşında."

"Ve?"

Bu sefer önce Giray, sonra Kayra ve sonra da Zamir konuştu.

"Farklı biri."

"Testosteroncu."

"Yatakta tercihleri farklıdır."

Kaşlarım çatıldı. "Elli bir yaşındaki bir adamın seks hayatını mı konuşuyoruz şu an?"

Pars sıkılmış gibi gözlerini üzerime çevirip çocukların laf oyunlarına bir son verdi. "Herif eşcinsel."

"Ne?"

"Söylemesek olmaz mıydı?" diyerek ofladı Kayra.

Zamir bu sefer de Kayra'nın kafasına vurdu. "Ya!"

"Farklı tercihleri olan bir adamı nasıl oyalayacağım ben?" diye sordum sandalyeden inip ellerimi açarak. Kayra kafasını olumsuz anlamda salladı. "Tercihleri değişiyor olabilir, sonuçta buraya geldiğinde sana baktı ve açık açık seni sordu."

Elimi alnıma götürüp ovaladım. Ne yani, eşcinsel bir adamın dikkatini mi çekmiştim? Erkeğe mi benziyordum ben?

"Madem tercihleri farklı gidin siz etkileyin adamı."

Pars elini şaklattı. "Değil mi ama? Ben de Kayra'yla bunu konuşuyordum. Sarışın sonuçta, bayağı rağbet görüyor bu piyasada."

"Adamın asabını bozma Pars," diyerek Pars'ın üzerine yürüdü Kayra. Sonra bana döndü ve yumuşadı. "O kadar hevesle atladın Liva, şimdi topu millete pas atma."

"Benim açımdan sorun yok ama ya adam yanına gittiğimde beni istemezse?"

"İster," dedi Pars. "Zaten alacağın alt tarafı bir defter. Ceketini çıkarmasını sağlayıp iç cebinden yürüt, yeter."

Plan basitti. İki gün sonra akşam buraya gelecek, garsonmuş gibi davranacak ve adama yaklaşacaktım. Sonrasında ceketine içki döküp çıkarmasını sağlayacaktım, tabii Kayra'nın anlattığı versiyonun bu kısmında adamın kucağına oturup ellerimle göğsünden omuzlarına doğru daireler çizerek ona fark ettirmeden çıkarmam gerekiyordu ama ben kendi yolumla da ona o ceketi çıkarttırabilirdim. Daha sonra ise o karmaşada elimi cebine atıp defteri aşırmam gerekiyordu. Gerisi kolaydı. Sabaha kadar yukarıdaki odalardan birinde saklanıp herkes gittikten sonra eve dönecektim.

Herkes onay verdikten sonra Zamir alt kata inmek için ayrıldı, Kayra'nın telefonu çalmaya başladı ve Giray da karnının acıktığını söyleyerek dışarı çıktı.

Montumu sandalyenin üzerinden alırken Pars'a döndüm. "Beni eve bırak."

Elleri cebinde bana baktı. "Neden ben?"

"Çünkü arkadaşların seni sattı."

Etrafına baktı. Gerçekten herkesin tam da benim gitme vaktimde ortadan kaybolduğunu gördüğünde kafasını olumsuz anlamda salladı ve kapıya ilerledi. "Düş önüme."

Montumu giyerken kapıya doğru yürüdüm ama bir yandan da hâlâ arkadaki koltuklara yayılmış telefonuyla uğraşan ve bir saat önceye nazaran kulaklıklarını da kulağına geçirmiş kıza bakıyordum. Bir saniye olsun kafasını kaldırıp bakmamıştı. Ya telefonunda gerçekten dikkatini çeken bir şeyler vardı ya da umursamıyordu.

Mekândan çıkıp arabaya bindik ve o, sanki evimin adresi ezberindeymiş gibi sürmeye başladı. Bir süre doğru sokaklara girmesini dehşetle izleyerek son dönemeçten de ben söylemeden dönmesine dayanamayacağımı fark ettikten sonra, "Şuradan dön," diye mırıldanıp ileriyi gösterdim.

"Evini biliyorum."

"Fark ettim," dedim şokla. "Nereden?"

"Orası seni ilgilendirmez."

"Benim evimin adresini bilmen beni ilgilendirmez öyle mi? Hiç gitmediğin evimin adresini bilmen? Hiç tanımadığın birinin?"

"Artık biliyorum," dedi evimin önünde durduğunda. "Liva Uz. Eylül 1999 doğumlusun, on dokuz yaşında olmana rağmen hâlâ lisedesin çünkü hazırlık okudun. Devamlı kontrole gittiğin bir hastane, bağış yaptığın bir hayvan barınağı var. Sicilin temiz, notların yüksek, sakin bir hayatın var. Yalnız yaşıyorsun..."

Devam edecekken durdu, bana doğru dönmüştü. "Peki neden? Neden bu kadar dikkatsizce davranıp oldukça riskli bir işe bulaşıyorsun? Sırf bir haftadır tanıdığın üç it yanında havladı diye?"

Gözlerine baktım. Gerçekten bu sorunun cevabını arıyor olmalıydı çünkü kendi aklında gerçek cevap olma ihtimali taşıyan bir şeyler yok gibi görünüyordu. Olsa kesin yargıya varıp beni onunla itham edecek biri olduğunu hemen anlayabiliyordum çünkü her ne kadar iyi gizleyebilse de öfkeli bir insandı.

Gözlerinde denizler olduğunu söylemiştim, dalgaların kayalara çarpma sesinin kulaklarımda yankılandığını ve en ufak bir rüzgârın güç kuvvet kazanıp lodos çıkardığını. Bu yüzden daha fazlası için hevesliydim, belki de tsunami çıksın istiyordum. Bu çok sinir bozucuydu ama inkâr etmiyordum, sanki hipnoz edilmiş gibiydim ve insanlar bundan çıkmam gerektiğini söylediğinde sakince kafamı sallayıp *biliyorum, sorun yok, böyle iyi* diyordum.

"Neden anlatmaya devam etmedin?" diye sordum yutkunarak. "Beni araştırmışsın. Öyleyse her şeyi dinlemek isterim."

"Daha fazla bakmadım, zaten çok *sıkıcıydı.*"

Kaşlarımı kaldırdım. "Belki bir gün özgeçmişime heyecan verici bir başlık atılır, o zaman beklentini karşılar."

"Bir beklenti içerisinde değilim."

"Güzel," diye mırıldandım ve çantamı topladım. "O zaman..." Kapıyı açıp ayağımı dışarı attım. "*Seni ilgilendirmez.*"

4

Yara Bantları ve Yaralayıcı Adamlar

Elleri uyuşuyor,
Gözleri kapanıyor,
Geçmişi için yaktığı ateşte geleceği cayır cayır yanıyordu.

Soğuktu. Çok soğuk.

Üzerime çektiğim yorgan buzdan bir tabakaya dönmüştü sanki, yattığım yatak da buzdolabı gibiydi. Biri beni uykumdan çekip Antarktika'ya yakın bir yerlere atmış gibi hissediyordum, çenem titriyordu. Bilincim yerindeydi, bilincimin yerinde olduğunu biliyordum ama gözlerimi dahi açamıyordum. Öyle bir vaziyetteydim ki yağmurun camı tıklatan sesi bana ardı ardına patlatan bombaları hatırlatıyordu.

Ölüm bu muydu? Ölüm böyle miydi? Sanki camdan içerideki sıcak yemekleri yiyen insanlara bakan küçük ve aç bir çocuk sonsuza dek aç kalıyordu. Sanki geçmişte bir insana kötü anılar yaşatan ve bunu yaparken kahkaha atan insanlar hep mutlu kalıyordu. Sanki hiç yaz gelmiyordu, kış hiç bitmiyordu. Sanki Pandora'nın başka bir kutusu vardı ve onun kapağı da açılıyordu.

Sanki bütün kötülüklere gebe kalmış bu dünya, ikiz doğuracağı haberini veriyordu.

Yatakta dönüp durduğum gece boyunca kaç kere kafamı nefes almak için yorganının dışına çıkardım hatırlamıyordum ama kaç kere aklımı kaybedecek dereceye geldiğimi hatırlıyordum. Birincisi, soğukla ilk uyandığımdaydı. İkincisi, bunun artık katlanılamaz hale geldiği zamandı ve üçüncüsü de odamın yavaş yavaş aydınlandığı o alacakaranlık vaktiydi çünkü hava en çok o zaman soğumuştu. Sonra bilincimi kaybetmiştim sanırım.

Söylenmesinden İrem olduğunu anladığım birisi odama dalıp çığlık attığında ise hangi pozisyona girersem burnum açılır ve nefes alabilirim acaba sorusunun cevabını arıyordum.

"Liva! Bu halin ne?"

Çıldırmış bir şekilde elini saçlarına daldıran İrem'i kafamı yorganın içinden çıkarınca gördüm. Daha sonra ağzımı dışarı çıkardım ve "Dolaptan yorgan battaniye ne bulursan üstüme at," diye söylenip aralığı kapattım.

Bir süre ses gelmeyen İrem aniden bütün yorganı üzerimden çekip beni yatağın üzerinde yalnızca pijamalarımla bıraktığında daha önce hiç etmediğim bir küfrü dudaklarımdan kaçırdım ve kendime sarıldım. "Ne yapıyorsun!"

Yorganı atıp alnıma dokundu. "Liva sen yanıyorsun!"

"Yanıyor muyum?" *Ölmüyor muyum?*

"Kalk, hastaneye gidiyoruz."

Gözlerim kocaman açıldı. "Hayır, gitmiyoruz. Ver şu yorganı."

"Rüyanda görürsün. Çabuk kaldır totonu duş al, ben de yakınlardaki çorba yapan restoranlara bakayım internetten."

"Çorbayı bana senin yapman gerekmiyor muydu?"

"Ben nereden bileyim ki nasıl çorba yapıldığını."

Elimle alnıma vurdum ve titrememin geçmeyeceğini düşünerek ayağa kalktım. Çıplak ayaklarım zeminle buluştuğu an mahvolmuştum, bu kadar üşüyor olduğuma inanamıyordum.

Öğleye kadar toparlanmaya çalışıp İrem'in sipariş ettiği çorbadan içmiş, aralıklı bir şekilde uyumuş ve ateş düşürücü grip ilacı kullanmıştım. Televizyonun karşısında, İrem'in açtığı saçma sapan bir programı hiçbir şey anlamadan izlerken, bugünün günlerden ne olduğu dank etmişti kafama.

Bugün o gündü ve benim akşam barda olmam gerekiyordu.

Üzerimdeki battaniyeyi atıp, "Siktir," diye mırıldandım ve ayaklandım ama aniden ayağa kalktığım için başım dönmüştü. İrem bana döndü ve televizyonun sesini kıstı. "Ne oldu?"

"Benim hazırlanmam lazım." Odama doğru yürüdüm, daha

sonra duş almam gerektiğini düşünerek banyoya. Adımlarım, değişen düşüncelerimle beraber salonda bir ileri bir geri şeklinde kararsızken İrem kalkıp kolumdan tuttu. "Şu Girayların teklif ettiği tavlama olayından mı bahsediyorsun? Pazar günü değil miydi o?"

"Hayır, planlar kesinleşince bugüne almışlardı."

"Liva, bu halde..."

"Giderim," diye mırıldandım ve yutkundum. "Ne olursa olsun bu kadar emin konuştuğum bir olaydan cayamam, üstelik onlar teklif bile etmemişken resmen zorla oyunun içine soktum kendimi."

"Ben de geliyorum." Televizyonu kapatıp çantasını ve montunu aldı. "Sen de üstüne bir şeyler al, bize gidiyoruz."

"Neden?"

"Gay bir adamın aklını çelip ceketinden defter yürütmekten bahsediyorsun Liva, tabii ki kendi dolabından giyinemezsin. Oraya nasıl gitmeyi planlıyordun? Tayt ve kapüşonluyla mı?"

"Benim dolabımın nesi var?"

Ellerini beline koydu. "Nesi yok ki?" Kapıyı işaret etti. "Ben bilirkişiyim. Sus ve beni takip et."

Ama onunla bu tartışmaya girmedim. İrem okuldaki en dişi kızlardan biriydi, ilişkiler ve erkekler konusunda sayılı kişilerdendi.

Saçlarımı topuz yapıp yanıma yedek kıyafet aldım ve yarım saat geçtikten sonra kendimi onun odasındaki kapakları açık büyük dolabının karşısında buldum. İçindeki kıyafetlere bakıyordum. "Çok da abartma."

"Çok konuşma da git duş al."

"Alt tarafı defteri araklayacağım, sen söyledin."

"Adam seni bu pasaklı halinle yanına yaklaştıracak mı orası da meçhul. Çocukların yanında fısıldayarak konuş bari anlamasınlar hasta olduğunu."

"Çocuklar falan, kaptırdın sen kendini iyice."

Saçını geriye savurdu. "Tabii kızım, deli misin? Buralarda ne arasın öyle dört yunan tanrısı? Birini kapmam lazım."

Ona gözlerimi devirip duşa girdim ve kurulanıp getirdiğim iç çamaşırlarımı giydim. İrem banyoya girdiğinde saçlarımı kurutuyordum ki elindeki elbise dikkatimi çekti. Mat, siyah bir elbiseydi. Kısa olduğunu görebiliyordum ve sırt dekoltesi vardı.

Uzanıp elinden alırken, "Abartmamana sevindim," diye mırıldandım ve hızlıca giydim. Saçlarım uzun olduğu için kurutmak uzun sürdüğünde İrem kurutma makinesini eline alıp kendi halletmeye başladı, kuruturken bir de şekil veriyordu.

Saçımı hallettikten sonra, "Unutmadan," dedi ve cebinden paketinden henüz çıkarılmamış iki hap çıkardı. "Bunlar çok güçlü antibiyotikler, seni bu gece idare eder. Birini gitmeden iç, diğerini de ilerleyen saatlerde fenalaşırsan alırsın. Hasta olduğun anlaşılırsa plan yatar."

Kafamı salladım. Hafif bir makyajdan sonra hazır olduğumda İrem de giydiği koyu mavi elbiseyi ayakkabılarıyla tamamlayıp kabanını aldı.

Evden çıktığımızda saat 7'ye geliyordu, adresi bildiğimden İrem'e söyleyecektim ama beni şaşırtmayarak doğru sokaklardan ilerledi ve adresi çoktan bildiğini gösterdi.

"Cidden onlardan birini tavlayacak mısın?"

Kafasını salladı.

"Alperen'i unutmadın sanıyordum."

"Ben herkesi unuturum," dedi. "Hatırlanmayı hak eden kimse gitmez çünkü."

"Bazen soğukkanlılıkta beni geçiyorsun."

Kafasını devirdi ve gülümsedi. "Bazen."

Barın önüne geldiğimizde, sonunda isminin ince, mavi ışıklı borularla duvara sabitlenmiş olduğunu gördüm. *Pusula.*

İrem arabayı park ettiğinde inmeden hemen önce verdiği antibiyotik haplarından birini ağzıma attım ve suyla beraber mideme yolladım. Dışarı çıktığımızda yağmur atıştırıyordu ve sürekli mekâna giren bir kalabalık vardı. Müziğin sesi her kapı açıldığında dışarı çıkıyordu.

"Seni uzaktan izleyeceğim," dedi ve merdivenlerden çıkarken cümlesini tamamladı. "Ve diğer herkesi de. Eğer yakışıklı çocuklar olmazsa bu beni hayal kırıklığına uğratır."

Kapıdaki korumalara kimliklerimizi gösterdikten sonra içeri girdik, sürekli etrafta dolaşan mavili morlu ışıklar hemen gözlerimi almaya başlamıştı. İlaç ne zamana etki ederdi? Beynim zonkluyordu.

Kabanlarımızı arabada bırakmıştık, yanımda sadece telefonum vardı. Onun da titreştiğini fark ettiğimde İrem, "Ben oturacak bir yer bulayım, bir şey olursa tetikteyim," diyerek yanımdan ayrıldı.

Gönderen: P

Merdivenlerden yukarı çık ve sol koridorun sonundaki odaya gel.

Dans eden ve içki içen insanları yararak merdivenlere çıktığımda ilk işim geriye dönüp etrafa bakmak oldu. Burası farklıydı. Burası normal barlardan farklıydı. Etrafta normal insanların yanında aynı tipte başkaları da vardı: Mesela üzerlerindeki bez parçalarını o an çıkarsalar yatak fantezilerine hitap edecek iç çamaşırlarıyla kalacak aşırı makyajlı kadınlar ve bütün gün şirkette yayılıp akşam da toplantı var diyerek karılarını kandırarak buraya gelip ilerideki deri koltuklara yayılan yaşlı işadamları. Burası nasıl bir yerdi böyle?

Merdivenlerden çıkıp Pars'ın mesajında yazdığı gibi sol koridora girdiğimde sonuna kadar yürüdüm ve bahsettiği kapıyı tıklattıktan sonra açtım. İçeride iki kişi vardı: Pars ve Zamir.

"Sonunda gelebildin, aklımı sıyıracaktım," diye homurdandı Zamir ve uzandığı yatakta ayaklandı. "Ben kontrole gidiyorum, siz de konuşup aşağı inin bir an önce. Herif geleli yarım saat oluyor. Kudurdu herhalde, bu saatte içilir mi?"

Zamir söylene söylene odayı terk ettiğinde, Pars ellerini cebine sokarak kafasıyla yatağın köşesindeki küçük, siyah bez parçasını işaret etti. Bundan görmüştüm, aşağıda dolanan garsonlar bellerine bundan bağlamışlardı.

Uzanıp bez parçasını alırken Pars'ı süzdüm, üzerinde başkasında görsem kusacağım kadife bir ceket, beyaz bir gömlek ve pantolon vardı. Kadifeden nefret ederdim ama ona yakışmamış diyemiyordum. Dağınık saçlarını da düzeltmişti, daha düzgün ve ciddi bir görünüme kavuşmuştu ama buraya ait gibi durmuyordu.

Beni duysun diye yakınına yürüdüm, hasta olduğumu kısık sesimden anlamasın diye fısıltıyla konuşmak zorundaydım. "Neden üzerindekiler *ben buraya ait değilim* diye bağırıyor?"

Yanına yürümüş olmamı, *şunu belime bağla* mesajı olarak algılamış olacak ki elimden bezi aldı ve dönüp belimden geçirdikten sonra arkamdan bağladı.

"Çünkü buraya ait değil," diye mırıldandı.

"Buradan sonra bir yere mi gideceksin?" Aslında şey demek istemiştim: *Neden ağzından cımbızla laf alıyormuş gibi hissediyorum?*

Ona döndüğümde kafasını salladı. "Planı biliyorsun, ceketini çıkarmasını sağla ve defteri kap. Bu bezin arkasında bir cep var, kalabalıkta nereye koyacağını bilemezsin diye diktirdim. Oraya atarsın. Aldıktan sonra hemen bir şeyler uydurup kaybol ve arka çıkıştan çıkıp benimle sana atacağım adreste buluş." Bir adım daha yaklaştı. "Sakın ismini söyleme ya da kendinle ilgili bir bilgi verme. Mümkün oldukça konuşmamaya çalış hatta."

Kafamı salladım.

"Oğuz sana götüreceğin içkiyi verecek, şimdi ayrı ayrı aşağı inelim."

Tekrar kafamı sallayarak onayladığımda kapıyı açtı geçmem için. Ben çıktıktan sonra o da çıktı ve koridor boyunca ilerledik. Arkamdan gelmediğini gördüğümde ilk olarak inmemi istediğini fark edip merdivenlerden aşağı indim ve derin nefesler alarak bar kısmındaki Oğuz'un yanına gittim. "Selam."

"Sonunda gelebildin," dedi gergin bir şekilde.

"Neden herkes bunu söylüyor?"

"Adam o kadar erken geldi ki herkes çok gerildi. Kusura bakma." Bir yandan da içkisini hazırlıyordu. Bittiğinde küçük bir tepsi çıkarıp tezgâha koydu ve soluk sarı renkli bir viski bardağını da üzerine bıraktı.

"Düz git ve deri koltuklu kısmın sonuna doğru yürü. Muhtemelen seni yanına yaklaştırmayacak korumalar olacak ama yüzünü gördüğü an sana izin verecek, yanında çok duramazsın bu yüzden zamanını iyi kullan."

Kafamı salladım.

"Bol şans."

Şans kelimesi beni sevmezdi.

Tepsiyi alıp boş bölgelerden geçerek deri koltuklu kısma yürümeye başladığımda başım dönüyordu, ateşim düşmüştü ve sabaha göre çok daha iyiydim ama yine de o kadar kırgın ve huzursuzdum ki kendime inanamıyordum. Bünyemin bu kadar zayıf olması beni öldürüyordu, doktora gitmem gerektiği her seferinde kendimi durduruyordum.

Adamı gördüm. Başköşeye yayılmıştı ve yanında bir kız vardı, ağzına meyve veriyordu. Uzun saçlı, esmer bir kızdı ve bahsettiğim tiplemeyle birebir uyuşuyordu. Bu mesafeden eteğinin altından belli olan jartiyeri görebiliyordum mesela ya da ucuz fondöteninin biraz daha terlese suratından akacak olduğunu.

Adama iki metre kala iki koruma önümü kesti ve tam ağzını kızın uzattığı iki üzüm için açmıştı ki dikkatini çektim. Tek kaşını kaldırdı. Kızın meyve uzattığı elini itekleyip ayağa kalktığında sakinliğimi koruyordum ama öksürmemek için kendimi zor tutuyordum.

Adam korumaları eliyle def ettiğinde gözümün önüne gelen bir tutamı kulağımın arkasına itti. "Bak sen, kimleri görüyorum. Patronunun özel ikramı olmalı."

O an içkiden mi benden mi bahsediyordu düşünmek istememiştim çünkü barın bu kısmı o kadar leş kokuyordu ki kusmak istiyordum. Bu tamamen psikolojikti ama yine de kusacak olsam böyle bir adamın üzerine kusardım sanırım. Nasıl biri olduğu suratından okunuyordu. Üstelik parmağında yüzük vardı, yani evliydi. Karısı biliyor muydu acaba? Hangisi daha çok acıtırdı? Akşamları çıkıp başka kadınlarla birlikte olan bir adamla evli olmak mı yoksa akşamları çıkıp başka adamlarla birlikte olan biriyle evli olmak mı? Çünkü ikinci seçenekte, kadının kendisi bir tercih olmaktan çıkıyordu.

"Size ikram etmeme izin verin," diye fısıldadığımda iğrenç sarı dişlerini göstererek gülümsedi ve oturduğu yere yürüyüp yeniden yayıldı. "Et bakalım."

Dikkatlice yürüdüm, tam tepsiyi ona doğru eğilerek önüne uzatacaktım ki ayağım burkulmuş gibi numara yaptım ve viski bardağı adamın ceketinin üzerine devrildi.

"Efendim! Çok özür dilerim," diye mırıldandım ve elimi sanki mani olabilirmişim gibi ıslanmış ceketine götürdüm. "Lütfen çıkarın, hemen temizleyeceğim."

Korumalar da bir anda sanki Başkan Obama'ya suikast düzenlenmiş gibi hareketlenmişti ama adam, rol yaptığım suratıma inanmış olacak ki onları durdurdu ve ceketini çıkardı. "Temizle bakalım."

Ceketine iki elimle uzandım ve ellerim içine kaybolurken iki iç cebini de karıştırdım. Defter falan yoktu. Dış cepleri de boştu, ağırlık yoktu.

Hay...

Uzakta Zamir'i bir kıza asılırken gördüğümde aslında bana göz kulak olduğunu fark ettim, yalnızca panik yapmamam gerekiyordu.

Şerefsiz herif elini yanındaki kızın çıplak bacağına attığında en başından beri kenarda dikilip gözlerini kısarak beni izleyen diğer sarışın kızı fark ettim. Bir yerlerden gözüm ısırıyordu ama tanıyamamıştım. Yine de elindeki diğer uzun ceketi görünce ifademi sabit tutmak için çok çabaladım. Eğer defter bu cekette değilse, kesinlikle o cekettevdi.

"Efendim, burası çok soğuk," diye mırıldandım ve tek yaptığı ayakta dikilip adamın ceketini tutarak bana sinsi bakışlar atmak olan kızın elindeki kabana uzanıp aldım. "Lütfen giyinin, patronum ceketinizi ıslatıp sizi bu duruma düşürdüğümü görürse beni kovar."

Kabanını düzeltip üzerine götürüyormuş gibi yaparken elimi iç cebine attım ve attığım an defter elime geldi. Hızla elimi kaydırıp belimdeki bezin iç cebine attığımda adam kabanı eliyle itti. "İstemez," dedi.

Ve o an kaban yere düştüğünde beni kolumdan tutup koltuğunun kenarına oturdu. Elbisem kısaydı, bu şekilde oturamazdım.

Elimde eteğimi kapatmaya çalışırken, "Söyle bakalım neden bu işe ihtiyacın var?" diye sordu.

"Çünkü annemin ilaçlarını almam gerekiyor ve çok pahalılar," diye bir yalan attım hemen. Ayaklı yalan makinesiydim resmen.

“Öyle mi?” Dudaklarını büzdü. *Birazdan kusacaktım.* “Sana burada kazandığının kat be kat daha fazlasını kazanacağın bir teklifim var.”

Sanki gözlerim parlamış gibi numara yaptığımda eteğimde *cart* diye bir ses geldi.

İrem beni öldürecekti.

“Çok özür dilerim efendim!” diyerek ayaklandım ve elimi kalçamın üstüne kadar yırtılan eteğime götürerek koşar adımlarla oradan uzaklaştım. Halimi gören adam sadece arkamdan kahkahalar atmıştı. Utanarak kaçtığımı düşünüyor olmalıydı. Böylesi işime gelirdi.

Yine de yırtık bir elbise işime gelmezdi. Ne benim ne de İrem'in.

Telefonumu çıkarıp arka kapının önüne doğru gittiğimde Pars'ın bu sokağın sonuna doğru yürümemi söylediği mesajını gördüm, aynı anda deri koltukların olduğu taraftaki adamın korumalarından biri de bu tarafa yürümeye başlamıştı. Tam çıkıp gidecekken ise İrem'in de beni görüp bar sandalyelerinden kalktığını fark ettim. Hayır, o bu işe karışırsa başı yanardı. Ben hiç kimseydim ama o birçok şeydi.

Beklemeden arka kapıyı açıp kapattım ve topuklularımı elime alıp koşmaya başladım. Eğer Pars'ı bulduğumda bir arabanın içinde olmazsa başım belaya girerdi çünkü koşarken kalçamdaki yırtık belime kadar çıkmıştı ve altımda sadece iç çamaşırlarım vardı.

Sokağın sonunda, boş bir arazideki Lamborghini'yi fark ettiğimde çamuru umursamadan toprak alana girdim ve ön kapıyı açıp kendimi içeri attım.

Pars bu halime o kadar şaşırmıştı ki bir anda arkaya bakmaya başlamıştı. “Takip mi ediliyorsun?”

“Bilmiyorum, defteri aldım.” Belimdeki bezi çıkarıp defteri uzattım. Hiç bakma fırsatım olmamıştı ama ince sayfaları olan, oldukça küçük ama kalın bir defteri.

Deftere kısa bir bakış attıktan sonra elini koltuğumun arkasına götürüp geri manevra yaptı ve toprak araziden çıktı. “Torpido gözüne koy. Neden koşuyordun?”

“Çıkarken adamlarından biri benim olduğum tarafa geliyordu. Taylan mıdır nedir, o herif bir şeyler saçmalayıp durdu.

Bu arada eşcinsel olduğundan emin misiniz? Çünkü yanındaki kadınla oldukça ilgili görünüyordu."

"O kadınları kendisi için değil, partneri için topluyor."

Caddeye çıktığında gaza basmıştı. "Nereye sürüyorsun?"

"Yetişmem gereken bir yer var. Seni evine bırakacaktım ama duramam, geç kalırım. Sorun olur mu?"

Gözlerim bir anda yırtılan eteğime kaydığında bezle kapatmaya çalıştım. "Aslında evet." Telefonum elimde durmasın diye Oğuz'a bırakmıştım, İrem delirmiş olmalıydı.

Bir an gözleri yırtık elbiseme kaydığında, "Siktir," diye söylendi ve sıcak hava üflesin diye klimayı açtı. "Bir şey mi yaptı?"

"Hayır, sanırım İrem'le beden ölçülerimiz uyuşmuyor sadece."

Aynı hızda bol yolda sürmeye devam ederken bir kolunu direksiyondan çekip ceketini çıkardı, diğer kolunu da çıkardığında ceketi bacaklarıma bırakmıştı. Böylece geniş omzunu ve kaslarını saran beyaz gömleğiyle kalmıştı sadece. "Çok alışma, gideceğimiz yere varınca geri alacağım."

"Camlardan içerisi görünmuyor değil mi? Arka koltukta uyuyabilirim. Yine de bagajda battaniye falan yok mu?"

"Bagajda battaniye ne arasın?"

"Ne bileyim," diye homurdandığımda elimdeki sızı birden kendini belli etti. Avucumun kenarında bir kesik vardı ve kan damlıyordu. Kesikçe inledim.

"Yaralandın mı?"

"Herifin cebinde ustura mı vardı ne? Ondan oldu sanırım." Ona döndüm. "Yara bandın var mı?"

"Bende yara bandı ne arasın?"

"Cüzdanını açsak prezervatif buluruz ama," diye homurdandım ve elimi yukarıda tutmaya çalıştım ki kan akışı dursun.

"Ne dedin, ne dedin?"

"Yavaş sür korkuyorum dedim," diyerek geçiştirdiğimde hızı daha da arttırdı. Aslında korkmuyordum, sadece ilkinde anlaşılmayan aynı lafı tekrar etmeyi sevmezdim.

Sonunda arabanın içi sıcacık olduğunda ve hızı giderek düşürdüğünde geldiğimizi anlamıştım, şehrin dışındaki büyük bir restorana gelmiştik. Otoparkın en ücra köşesine arabayı park ettiğinde bezi tekrar yırtığın olduğu tarafa çekip elimle elbiseyi tuttum ve ceketini ona uzattım. Giydikten sonra "Burada kal ve hiçbir yere gitme. Havalandırmayı ve klimayı açık bırakacağım ama kapıları kilitleyeceğim, arkada uyuyabilirsin," dedi.

Dışarıdan yansıyan ışık yüzünden gözleri zümrüt mavisine dönmüştü ve konuşurken yalnızca gözlerine odaklanmayı biliyordum. Kafamı salladım. "Kaç saat sürer?"

"En az iki."

Kafamı salladığımda torpidodan defteri alıp cebine attı ve indi, ben de arka koltuğa geçtim ve ayağımdaki topukluları çıkardım. Kapıları kilitledikten sonra son kez camdan içeri baktı ve arkasını dönüp gitti.

Ben de içimde tuttuğum öksürüğümü özgürce dışarı saldım ve burnumu çektim. Mahvolmuştum, gittikçe daha kötü hissediyordum ve antibiyotiğin etkisi geçiyordu. Üstelik diğer hapı yanıma almamıştım, kabanımın içinde yani İrem'in arabasındaydı.

Sıkıntıyla nefes vererek gözlerimi kapattım ve yana doğru yatıp koltuklara uzandım. Nasıl olsa arabanın içi görünmüyor, Pars gelince de sese uyanır doğru düzgün otururum diye düşünüyordum. Yine de beni buraya getirmesi akıl kârı değildi, o kadar arkadaşı vardı, biri bile beni eve bırakamaz mıydı? Üstelik bu yaptığımdan sonra? Zamir ne halt yiyordu orada, kızın tekiyle içli dışlı dolanırken bana göz kulak olmuyor muydu? Peki ya Giray, Kayra? Onlar neredeydi? Pars nasıl olur da böyle bir olayla aynı akşam önemli bir yemeğe çıkabilirdi? Sanki her şey bir anda bu sabah gelişmişti. Söylemiştim, şans kelimesi beni sevmiyordu.

Bir süre burnumun akmasıyla uğraşıp arabanın içindeki her yeri karıştırdım ve bulduğum peçeteyle burnumu silip arka koltuklara geri devrildim. Hasta olmaktan nefret ediyordum, ne bana bakabilecek biri vardı ne de ben kendime bakabilirdim...

Bilincimin gidip gidip geldiği birkaç saat sonrasında kapıların açılma sesini işittim, daha sonra kafamın olduğu taraftaki kapı açıldı ve Pars'ın küfredişini duydum. Eli alnıma gitti. Titrediğimi biliyordum ama o kadar kötü mü görünüyordum ki?

Üzerime ceketini bıraktığında hızlıca tekrar kapıyı kapattı ve direksiyona geçip gaza bastı. O sırada gözlerimi açıp doğrulmaya çalışıyordum ama olmuyordu, camdan bakarken ileride bir hastane olduğunu ve Pars'ın oraya sürdüğünü fark ettiğimde birden vücuduma bir güç geldi ve "Sakın beni hastaneye götüreyim deme," diyerek tehdit ettim onu. "Sakın girme oraya."

Yavaşlayıp arkasına döndü. "Yaşıyor muydun sen?"

"Nefes alıyorum."

"Hastaneye gidiyoruz, nasıl birkaç saat içinde bu hale gelebildin?"

"Önce yolunu değiştir," dedim ciddi bir ifadeyle.

"Hayır."

"Yolunu değiştir, Pars!"

"Yat Liva!"

"Ben travmam var!" Yutkunmaya çalıştım, sesim o kadar kısılmıştı ki kendimi tanıyamıyordum. "Beni hastaneye götürürsen yalnızca daha kötü bir hale getirirsin, tamam mı? Sakın oraya götürme."

Yolun kenarında aniden durduğunda arkaya, yani bana doğru döndü. "Ne travması?"

"Travma işte. Adı da Zıkkımın Kökü Travması. Oldu mu? Geç şu hastaneyi."

"Seni bu halde eve götürürsem sarışın arkadaşın bana kan kusturur."

"O biliyor zaten hasta olduğumu," diye mırıldandım. Daha doğrusu fısıldıyordum çünkü boğazım acıyordu. "Dün gece hastalandım."

Bir anda, "Neden söylemedin o zaman?" diye bağırdı. "Neden geldin? Aptal mısın sen?"

"Bana bağırma!" diye bağırdım, daha doğrusu bağırmaya çalıştım ama son hecede sesim gittiğinde aniden öksürmeye başlamıştım.

Derin bir nefes aldı ve tekrar gaza bastı. Tam hastaneye girmemesi için ağzımı açacakken hızlanıp hastaneyi geçti. "Ara arkadaşını, evine gelsin."

"Arayamam."

Kendimi zar zor koltukta dik pozisyona getirmiş ve arkama yaslanmıştım, kafamı sabit tutamadığım için sürekli bir tarafa savruluyordu ve ben onu geriye doğru bastırıyordum. Doğru düzgün göremiyordum bile, her şey parıldıyordu.

"Ne demek arayamam?"

"Arayamam, telefonum Pusula'da kaldı."

Dikiz aynasından göz göze geldik. "Seni Pusula'ya geri götüremem. Orası sabahın körüne kadar açık bir yer, hâlâ tıklım tıklım doludur ve Taylan da oradadır."

"O zaman sinirli arkadaşını ara, arkadaşımı alıp çıkarsın oradan. En son kumral bir kızı götürmekle meşguldü, işi şimdiye bitmiştir diye umuyorum."

Kafam cama yaslanırken ve gözlerime kapanmamaları için direnmeye çalışırken Pars'ın telefonunu çıkarıp birini aradığını gördüm ve işittim ama her şey o kadar bulanıklaşmıştı ki algılayamıyordum.

Yarım saat sonra araba durduğunda ön koltuktan indiğini işittim, gelip yanımdaki kapıyı açtı ve bacaklarıma ceketini örtüp beni kucağına aldı. Gözlerimi açamadığım için yalnızca hissediyordum. Göğsüne yığılmıştım, ellerimi kaldırıp düşmemek için boynuna saracak halim bile yoktu.

İrem'in sesini işitir gibi olduğumda topuklu ayakkabı sesleri de duydum, sonra parfümünün kokusu burnuma geldi ve o olduğuna emin oldum. Birkaç dakika sonra başka bir arabanın ön koltuğuna yerleştirildiğimde her şey tamamen kararmıştı.

Yalnızca mırıldandığımı anımsıyordum.

"Bu kadar yaralayıcı bir adamın cebinde yara bandı taşımaması adil değil."

5

Sarhoş Kalpleri Çığlığı

Okul çantamın dibindeki not defterimi çıkarırken bir yandan da hırkamın cebindeki lastiği arıyordum. Defteri bulduğumda elime aldım ve hırkamın cebindeki lastiği çıkardım, aynı anda bir kartvizit de düşmüştü.

Kartvizit eskiydi, ortaokuldayken ve lisenin ilk iki senesi gittiğim tekvando kursunun kartıydı. Bu da üzerimdeki hırkanın ne kadar yıllanmış olduğunu kanıtlıyordu.

Kartviziti çöpe atmak için ilerlediğimde, koridorun sonunda dalgın dalgın yürüyen Serdar'ı fark ettim ve fikrimi değiştirdim. Kartviziti atmayacaktım. Adımlarımı onun sınıfına doğru çevirdim ve oturma planından sırasına bakarak kitabının arasına kartviziti yerleştirdim. Eğer biraz sporla uğraşırsa, özgüveni yerine gelebilirdi ve böylece daha iyi hissederdi.

Kartviziti bıraktıktan sonra sınıfından çıktım ve İngilizce dersine girmek için dolabımdan kitabımı aldım. Dehşet iğrenç bir gün yaşıyordum, günlerden pazartesiydi ve iki günlük hafta sonu tatili hastalığımı yenmem için yetmemişti. Hâlâ ayakta zor duruyor, sürekli uyumak istiyordum. Neyse ki burun akıntım durmuştu.

Son dersten sonra İrem'i kapının önünde bekliyordum, birkaç çocukla konuşuyordu ve o ortamlar girip de kendimi belli etmek istediğim ortamlar değildi. İrem'in de etrafındakilerden hoşlandığını sanmıyordum ama onun tek derdi eğlenmekti.

Konuşması bitince neşeli hareketlerle yanıma geldi ve el çırptı. "Bu sıkıcı akşamı uğruna değer eğlenceli bir geceye döndürecek süper bir fikrim var!"

Tuttuğum çantasını eline verdim ve yürümeye başladım. "Neden ilgilenmeyecekmişim gibi hissediyorum?"

"Çocuklarla cesaretli bilardo oyunu oynayacağız."

"Uykum var."

"Her kötü atış yaptığında karşı takımın kararlaştırdığı bir şey yapmak zorunda kalacaksın."

"Bilardo salonu çok gürültülü."

"Bilardo salonuna gitmeyeceğiz ki, Pusula'ya gideceğiz."

Adımlarım durdu ve ona döndüm. "Çok hevesli görünüyorsun aslında, seni kırmak istemiyorum."

İki gün önce, benim Taylan denilen heriften defterini çaldığım akşamın gecesi Pars'ın beni İrem'in arabasına bindirdiğini hatırlıyordum. Kadife ceketi bende kalmıştı ve bir daha konuşamamıştık.

"Beni kırma," dedi İrem hanıma gelip elimi tutarak. "Lütfen."

"Tamam."

Sorgulamadı.

Akşam saat 9'da Pusula'nın önünde arabayı durduğunda hava o kadar soğuktu ki resmen buraya karşımda podyumda fırlama gibi duran İrem'in aksine kazak tayt giyerek gelmiştim. Altımda deri bir tayt, üstümde de lacivert, kalın, boğazlı ve salaş bir kazak vardı. Ayaklarımda topuklu botlar, üstümde şişme mont. Kesinlikle buraya ait değildim.

İrem'e baktım.

Kesinlikle.

"Sence Dior elbisem çok mu fazla olmuş?"

"Yo," diyerek kafamı olumsuz anlamda salladım. Sonuçta günlük bir elbise gibi duruyordu ama İrem'in fiziğini bunu ilahlaştırıyordu. Benden birkaç santim daha uzun ve daha zayıftı. Ben yalnızca tekvandoya gitmiş ve biraz kardiyo yapmışken, o düzenli spora gidiyordu ve pilates yapıyordu. Eğer erkek olsaydım kesin onu tavlamak için uğraşırdım.

Arabadan inip Pusula'dan içeri girdiğimizde mekân geçen seferki gibi iki tip erkek ve kadınla dolu değildi, bu gece yalnızca gençler vardı. Bu işin içinde bir şeyler olduğunu biliyordum ve öğrenmek istiyordum çünkü burnuma çok kötü kokular geliyordu, Pars ve diğer çocukların bu işin içinde olmadıklarını biliyordum ama tamamen hayır da diyemiyordum. Bütün suçu Taylan'a yüklersek, onların Taylan'dan nefret ettiği kesindi ama geçen seferki iğrenç manzaralara davetiye çıkaran bu mekânı açanlar da ta kendileriydi.

"Gel seni tanıştırayım," diyerek bilardo masalarının kurulduğu tarafa yönlendirdi İrem beni. Burası çok büyük bir bardı bu yüzden henüz tamamını gezmemiştim, bilardo kısmını da yeni görüyordum.

Arka taraftaki masaya ilerlediğimizde birkaç çocuk gördüm, hepsini okuldan tanıyordum ve hepsi de zengin-iyi görünüşlü-çirkini ezen tiplerdendi. *Ciddi misin İrem?*

Tepkimi fark ettiğinde, "Aman, ne olacak?" diye homurdandı ve yanlarına ulaştığımızda da sustu. "Çocuklar, selam! Bu Liva, bahsetmiştim."

Hepsi selam verdi. "Liva bunlar da Ulaş, Barış, Tolga ve Asır. Bizim okulda okuyorlar, tanıyorsundur."

O an, "Tanımıyorum," diyesim geldi ve dedim. Kulağında küpesi olanı geçen sefer çatıda bir kızı sıkıştırırken görmüştüm. Daha sonra bir şey olmamıştı ama yine de kızı kıstırıp korkutması yeterliydi ondan haz etmemem için, bundan nasıl bir zevk alıyordu ki?

Sanki onları gördüğümü biliyormuş gibi tek kaşı kalktı küpelinin. Adı Tolga'ydı.

Etrafa baktığımda çocuklardan kimseyi göremedim. Belki de gelmemeliydim.

Takımlar kurulduğunda Asır, Tolga ve İrem karşı takımda; ben, Barış ve Ulaş aynı takımdaydık. İlk onların takım başladığında sırayla oynadık, bir ara çocuklardan biri içki almaya gitti ve geri döndü ama ben ağzımı sürmedim. Sıra bana geldiğinde elim titriyordu.

Ama heyecandan değildi.

Gözlerimi odaklamaya çalıştığımda elimi salladım ve istekayı doğru pozisyona ayarladım. Olmayacaktı, biliyordum. Yine de vuruşumu yaptım.

Herkesten bir *aaa* sesi geldiğinde geriye çekilmiş, istekayı bırakmıştım.

"Liva iyi misin?" diye sordu İrem, kafamı salladım.

Tolga, "Gecenin ilk şanslısı sensin!" diyerek el çırptı ve tepsideki tekila bardaklarından ikisini aldığı gibi avuçlarıma bıraktı. "İç."

Mecburen iki bardağı da arka arkaya kafama diktiğimde boş bardakları elimden almıştı. Barış'ın ağzından *uu* gibi bir ses çıktı. "Bu gece eğlenceli olacağa benziyor."

"Bir kızı sarhoş etmenin neresi eğlenceli?" diyerek somurttum.

Tolga güldü. "Kızlar sarhoş olduğunda daha eğlenceli oluyor."

Gözlerimi devirdim.

Sıra diğer takıma geçtiğinde Asır berbat bir atışla ikinci talihli olmuştu ve Ulaş'ın seçtiği bir kızın numarasını almak için bir süre masadan yollanmıştı. Birkaç dakika sonra elinde gerçekten kızın numarasıyla döndüğünde el sıkışıp gülüştüler ve ben de bu görüntüyü boş bakan bir suratla izledim.

İrem gerçekten çok keyif alıyor olmalıydı.

Bir saat sonra benim sarhoş olmama ramak kalmış bir şekilde oyunu bitirdiğimizde çocuklar benim içip kendimi kaybetmememden sıkılmış olmalılar ki daha fazla içmek için bir teklifte bulundular ama onları reddettim, bunun yerine İrem, Ulaş'la dans etmek için ilerlemeye başladığında üçünün yanında kalmamak için lavabo bahanesiyle bar kısmına gittim.

Bu sefer Oğuz yoktu, başka bir adam vardı. "Oğuz gelmedi mi?"

Adam, "Hayır," dedi. "Bugün çalışmıyor."

Kafamı sallayıp bar sandalyelerinden indim ve zar zor merdivenlerden çıktım. Hastayken bir de sarhoş olmak iğrenç bir şeydi, artık midem alıştığı için kusamıyordum bile.

Klozete eğilip parmak mı atsaydım acaba?

Yukarı çıkınca sol tarafa döndüm ve geçen seferki odaya pat diye daldım.

İçeride Pars ve bir kadın vardı. Pars masada oturmuş, geriye yaslanmış ve elinde telefonunu çeviriyordu. Bu sırada kadın da karşısında dikilmiş tam üzerindeki bluzu sıyırmak üzereydi.

O kafayla hiçbir şeyi algılayamayıp ilerledim ve sırt üstü yatağa devrildim.

Kadın bir anda çığlık atmıştı. "Hey! Çık şu odadan!"

Elimi karnıma götürdüm. "Midem bulanıyor."

"Sana diyorum! Müsait değil bu oda anlasana!"

"Geçen sefer bayağı sağlam durmuştum aslında onca bardaktan sonra. Şimdi birkaç tekilayla nasıl oldu bu?"

Yanıma gelip eliyle belimi dürtükledi. "Bana ne kaç bardak içtiğinden?"

"Sen çık."

Pars'ın sesini duyduğumda kafamı yataktan kaldırmaya çalıştım ama başım çatlıyordu. Kadının şok olmuş ifadesini görebiliyordum yalnızca.

"Ama Pars? Biz-"

"Çık?"

Kadın tam elini koluna koyacaktı ki Pars sert bir şekilde kadına baktı. "Seni ben çağırmadım, sen kendin geldin."

Kadının sinirlendiğini buradan görebiliyordum. Bana sinir bir bakış atıp odayı terk ettiğinde kapıyı sertçe çarptı.

Bir şey ayağımı dürtüklemeye başlamıştı. "Sen de kalk."

"Biliyorum biliyorum, beni sen çağırmadın. Ben kendim geldim falan..."

"Sarhoş mu oldun sen?"

Kafamı tekrar kaldırmaya çalıştığımda masmavi gözlerine takıldım, böylece boynum tutuldu ama göz temasını kesmedim. Kollarımdan destek alarak doğrulmaya çalıştığımda bulanan gözlerimin önünde bir okyanus görüntüsü, bir de Pars'ın yüzü gidip gidip geliyordu. "Bilmem, olmuş muyum?"

"Kiminle geldin buraya?"

Güldüm. "Barış, Ulaş, Tolga, Asır..."

Suratını buruşturdu. "Kalk eve git."

"Yok," dedim.

"Ne?"

"Yok."

Kaşlarını çattı. "Sarhoş olunca iyice çekilmez oluyorsun."

"Sarhoş olunca kızların daha eğlenceli olduğunu duymuştum halbuki."

"Senin için geçerli değil bu."

Tam bir şey söyleyecektim ki aklıma gelen anıyla omuzlarım çöktü ve oturduğum yatağa gömüldüm. "Ya, öyle mi?"

"Öyle."

Dudaklarımı birbirine bastırdım. "Bak benimle doğru konuş. Tekvando biliyorum ben."

"Eee?"

Bir an ona o kadar sinirlendim ki diğer parmaklarımı katlayarak orta ve yüzükparmağımı açtığım gibi ağzıma soktum. Eğilip parmaklarımı boğazıma doğru itelerken öksürmeye başlamıştım. Pars da bir anda eğilip panikle, "Ne yapıyorsun lan?" diye bağırdı.

Öksürmeye başladığımda kıpkırmızı olduğuma emindim, gözlerim sulanmıştı. Elimi ağzımdan çıkarıp beni sırt üstü yatağa yatırdığında kalkmayayım diye bir bacağını bacağımın üstüne koydu. "Ne yapıyorsun!"

Tırnaklarımı ellerimi tutan kollarına geçirip bir bacağımı bacağından kurtardığım gibi onu yana devirip üstüne çıktım ve yan tarafa geçip sırtımı yatağın başlığına yasladım. "Manyak mısın sen? Sarhoş bir kızdan faydalanmaya mı çalışıyorsun?"

"Üstüme mi kusmaya çalıştın sen az önce?"

"Çalıştıysam çalıştım, ne olmuş? Bak, olmadı bile."

Kalkıp, "Deli misin nesin?" diye homurdanırken telefonunu çıkarıp birini aradı ve telefonunu kulağına götürdü. Kimi aradığını soracakken fazla hızlı kalktığım için komodinin yan tarafına kabuk bağlamış yaramın olduğu elimi sürttüm ve acıyla inledim.

"İrem? Liva burada, sarhoş. Sen neredesin?"

Bir süre karşı tarafı dinledi.

"Tamam. Bekliyorum."

Telefonu kapattığında elimden akan kan yatağa bulaşmasın diye diğer elimi altına tutuyordum. "Pişt, Pars?"

Bana döndü. "Ne var?"

"Yara bandın var mı?"

"Bende yara bandı ne arası-"

"Aç lan cüzdanını."

Dehşetle gözlerini açtı. "Ne?"

"Aç cüzdanını bakacağım."

"Manyak mısın kızım ne cüzdanı? Ne açması? Git, az ötede yaşa."

"Ötede yaşayamam."

"Ben de cüzdanımı falan açamam."

Kaşlarımı çattım. "Senin yanında hep kendimi yaralıyorum."

O an yavaşça bana döndü ve elime baktı. Ortalık sakinleşmişti, bir dakika boyunca sessizliği dinledik. Ben de kafamı toparlamaya çalışıyordum ama pek işe yaramıyordu. Sonunda bakmayı kesip ağzını açtığında onu dinledim.

"İki gün önce, arabadayken ne söylemek istedin?"

"Her an her yerde kız götürmeye meyilli olduğun için cüzdanınd-"

"Ondan bahsetmiyorum," dedi üstüne basarak. "Şu... yaralamakla ilgili olan."

Hafızamı zorladım. Beni arabadan çıkarıp kucağına alışını hatırlıyordum, daha sonra İrem'in arabasına bırakmıştı ve o sırada da elimdeki yara canımı acıtmıştı. Sonra ağzımdan ne çıktıysa zihnimin süzgecinden geçmemişti. "*Bu kadar yaralayıcı bir adamın cebinde yara bandı taşımaması adil değil.*"

"Dedim ya," diye mırıldandım. "Yanındayken elimi yaraladım diye."

"Benimle ne alakası var? Teklifi sunan Kayra'ydı, kabul eden sendin ve elini kesen de Taylan'ın bıçağıydı."

Sarmayan da sendin ama.

"Dolaylı yoldan sen yaralamış oldun. Sizin için çaldım ben o defteri." Seslice nefes verdim. "Sahi ne var o defterin içinde?"

"Seni ilgilendirmez."

"O zaman benim ağzımdan çıkan laflar da seni ilgilendirmez."

Sabır dilenir gibi kafasını yukarı kaldırdığında, "Sevgilin falan yok mu senin? Playboy musun sen?" diye sordum sinirle.

"Aptalca sorular sormayı kes."

"Varsa ve aldatıyorsan şahidim çünkü."

"Ya sen gitsene şuradan? Hem Taylan'ın adamlarından biri seni burada görüp tanırsa ne yapacaksın?"

"O kadar işinizi yaptım, siz de şu kaslarınızı karıyı kızı etkilemek için değil de asıl amacı için kullanıverin bir zahmet."

"Amma çene varmış sende."

"Sana ne?"

"Bütün gün susturucu takıp benim yanımda mı taramalıya dönüyorsun anlamıyorum ki."

"Sana ne? Sana ne ya? İstersem şarkı söylerim!" Botlarımı çıkarıp aşağı atarak yatağın üstüne çıktım ve zıplamaya başladım. Bir yandan da ağzıma gelen bütün kelimelerle bir şarkı uydurmuş, onu mırıldanıyordum. Kafam uçuyordu.

Kapı açıldığında içeriye Kayra, Zamir ve İrem'in girmesiyle dizlerimin üstünde yatağa düştüm. "Aa, İrem. Bir istedin ikisi birden peşinde bak gördün mü? Ama ben dedim sana kazak pantolon gidelim diye..." Yastıkların ikisini de alıp Kayra ve Zamir'e attım. "Kavga edin! Çabuk! Şimdi! Hanginiz İrem'i kapacak?"

"Ne oldu lan bu kıza?" diye sordu Zamir şaşkınlıkla.

İrem bana dehşet bir şekilde bakarken Kayra da aynı ifadeyle olanları izliyordu.

Pars, Kayra'ya dönüp elini saçlarından geçirdi ve ensesine götürüp ovaladı. "Barmenlere tembihle, buna kimlik gösterse dahi içinde bir gram alkol olan meyve suyu bile vermesinler."

"Aslında sarhoş olmazdı," diye mırıldandı İrem.

"Öyle mi? Barış'a, Ulaş'a, Asır'a..." Pars durdu. "Bir de Tolga'ya sor sen onu istersen. Onlar daha iyi bilir."

"Hafızan bayağı iyiymiş," diye mırıldandım.

İrem bana ters ters baktı. "Yanlarında ben de vardım, üç dört tekila devirdi sadece."

Pars kaşlarını çattı. "Umrumda değil. Hiçbir şey odama dalıp sapıtarak işimi böldüğü gerçeğini değiştirmiyor."

"Aman, çok da önemliydi sanki işin," diye homurdanarak yataktan kalktım ve botlarımı elime alıp İrem'in yanına yürüdüm. "Yürü İrem, gidiyoruz."

"Ne işini böldün çocuğun?"

"Biyoloji çalışıyordu, kadın anatomisi. Tıp okuyor herhalde."

Kayra ve Zamir bir anda bombayı patlatmışım gibi gülmeye başladıklarında Pars sinirlenmişti. "Liva," diye seslendiğinde, "Efendim?" diyerek ona döndüm.

"Sen bir dahakine ayık gelsene bir buraya."

"O nedenmiş?"

"Eğleniriz."

"Ya, kesin," diyerek göz devirdim. "Hadi gidelim İrem."

"Gidelim, gidelim..." Ellerini omuzlarıma koyup beni odanın dışına itekledi. "Kızım ne yaptın sen? Bu adam seni çiğ çiğ yiyecek. Bu devirde iş bölmek ne?"

"Kaç bardak içtim ki?" Elimi kaldırıp saymaya başladım. "Bir, iki, beş..."

"Yok, kesin Tolga'lar içkine ilaç kattılar senin."

Merdivenlerden indiğimizde bir süre botları elimde taşıdım ama daha sonra çok ağır olduklarına karar verdiğimde ve bir tanesi dans pistine düştüğünde diğerini de elimden bıraktım ve ayaklarımda yalnızca çoraplarım varken yürümeye başladım. O sırada İrem beni çıkışa çekiştirirken gözlerim kenarda dikilip bana bakarak içkisini içen kıza takılmıştı, sarışındı. Birkaç gün önce Taylan'ın kabanını elinde tutan kızdı, o gün hatırlayamamıştım ama bugün...

Bir anda her şey beynimde bir şimşek gibi çaktı.

Kazan dairesini andıran bir yere demir bir kapıdan girecekken ceketimin kenarı masanın birine takıldı ve ayağım tekledi, aynı anda arkamdan geçmeye çalışan bir kız da sendelediğinde öfkeyle omzumu ittirecekti ki bu çirkefliği önceden sezip elini tuttum.

"Ne yaptığını sanıyorsun sen?"

Elini ittirdim ve ceketimi masadan kurtarıp doğruldum. "Hiçbir şey. Sen?"

"H-hiçbir şey."

Kafamı salladım ve kendime gelmeye çalıştım. Karadelik'te Serdar'la buluştuğumuza çarpıştığım kızdı bu. Taylan'la ne gibi bir bağlantısı vardı? Ve neden bana bakıp gülerek içkisini içiyordu? Sinirlerim iyice bozulmuştu.

Kafamı çevirip İrem'in peşinden Pusula'dan çıktım, arabayı karşı caddeye park etmişti bu yüzden karşıya yürüdük. Ben ön kapıda dikilirken İrem de çantasında anahtarlarını arıyordu.

Sonra bir şey oldu. Beni ensemden tutup kendimi zorla sınırlarına itekledediğim hikâyenin tam ortasına bırakacak bir şey.

Önümüzde siyah bir minibüs durdu. Caddenin karşısındaki Pusula'dan çıkan sarışın kız topuklularını yere çarpa çarpa bu tarafa ilerlerken minibüsün kapısı açıldı ve içinden üç tane adam çıktı, hepsi siyah kılıklıydı. Biri kapıda beklerken diğer ikisi üzerimize yürüdü. Ben daha ayılmaya vakit bulamadan biri çığlığı boğazına kaçan ve öksürmeye başlayan İrem'in ağzını elindeki bezle kapatıp onu yere yatırdı.

Üzerime doğru gelen adamı bacağımla savurduğum tekmemle yere düşürdüm ama diğeri dev gibiydi ve beni kolumdan tutup kendine çekerek ağzıma bezi bastırdı.

Böylece kaybettim; 19 yıllık hayatımın geri kalanını aynı monotonlukta yaşama şansımı.

Ama zaten söylemiştim değil mi? Şans kelimesi beni pek sevmezdi.

6

Issız Sokakların Güven Kırıntıları

"Bu kapı neden kilitli değil?"

"Kız uyuyor, kaçamaz. Ayrıca hasta. Oda havalansın diye kapıyı kilitlemedik."

"İyi halt yediniz." Bir şak sesi geldi. "Kilitle lan şu kapıyı, içerisi doluyken biri geberiyor olsa bile kilitleyeceksiniz. Kaçarsa sorumluluğu alacak mısınız?"

"Özür dileriz abi."

Gözlerimi araladım. Ben gözlerimi aralarken, dışarıdaki sesleri içeri taşıyan aralık kapı da tamamen kapanmıştı ve kilitlenmişti.

Ağır bir ilaç kokusu ciğerlerimi doldururken yattığım koltuktan destek alıp ayaklanmaya çalıştım, bir süre doğrulmuş bir şekilde yatakta oturduğumda olayları kavramaya çalışıyordum.

Pusula'dan çıktıktan sonra İrem'le arabaya yürümüştük, daha sonra önümüzde siyah bir minibüs durmuştu ve o sarışın kız karşıdan bu tarafa gülerek yürümeye başlamıştı. Ne yani? İspiyonlanmış mıydık? Başından beri biliyorlar mıydı?

Her ne olduysa olmuştu, kaçırılmıştım.

Bir süre içinde yalnızca boş bir dolap, bir masa ve koltuk olan kasvetli odayı inceledim, daha sonra kapıdan bir kilit sesi geldi ve içeri canlı ışık doldu.

"Kalk."

Bayık bakışlarımı kapıdaki adama yönlendirdim. Beni çağırıyordu. Zorluk çıkarmanın mantıklı olmadığını bildiğimden ayağa kalkıp yanlarına yürüdüm, adam kolumdan tutup beni odadan çıkardı ve karanlık koridorda bir süre ilerledikten sonra merdivenlerden yukarı çıktık.

Salondaki geniş ve beyaz koltukta Taylan oturuyordu, elinde bir bardak viski vardı. Karşısında da Pars ve Giray dikiliyordu. Giray biraz geride duruyordu ve suratı ifadesizdi, Pars ondan bir adım öndeydi ve sert suratında milim mimik oynamıyordu.

"Sevgili arkadaşım kırk yılın başında benden bir şey istiyor, onu hiç kırar mıyım?" diye söylendi Taylan, sarhoş bir ifadeyle ve kolumu tutan adama eliyle ne anlama geldiğini bilmediğim bir işaret yaptı. Adam kolumu bıraktığında birkaç adım ileri yürüdüm. Ne olduğunun farkında bile değildim, yalnızca etrafı izliyor, şaşkınlığımı gizliyordum.

"Sen de beni kırma Pars," diye devam etti. "Arkadaşların arasında ufak ricaların lafı olmaz, değil mi? Sizin grubu seviyorum. Yeni açtığınız mekâna da bayıldım." Eliyle beni işaret etti. "Özellikle de çalışanına. Çocuklar bir hata etmiş, defterimi çalan hırsızın bu kız olduğunu düşünmüşler. Olmamış varsayalım."

Pars'ın ifadesi o kadar soğuk ve keskindi ki bir an odanın içinde Taylan'a doğru bıçaklar uçuşuyor sandım. Daha sonra hafifçe kafasını bir aşağı, bir de yukarı kaldırdığını gördüm. Ne kadar da asiydi.

Daha sonra döndü, Taylan'a ya da bana bir kez dahi bakmadan kolumdan tuttuğu gibi dışarı yürümeye başladı. Siyah giyinmiş adamların açtığı kapıdan çıktıktan sonra bahçelik bir alanda iki araba gördüm. Dönen dünyamı durdurmaya çalışırken Pars kolumu bıraktı, sinirli görünüyordu. Ön koltuğun kapısını açıp torpidoya uyandı ve bir poşet çıkardı, içi doluydu. Diğer arabaya ilerleyen Giray'a attı poşeti. Giray ise havada kapıp kafasıyla veda ederek arabaya bindi ve gaza basıp gitti.

Gözümün önüne gelen saçlarımı geriye atıp gözlerimi açtım. "Ne oluyor?"

"Bedenen on sekizini geçmiş olsan ne olacak?" diye söylendi Pars ve tekrar kolumdan tutarak arabanın önünden geçirip yolcu koltuğuna oturttu. "Aklın hâlâ beş yaşında senin. Ayılmamışsın bile."

"Ben..." Gözlerimi yüzüne çevirdim. "Kaçırıldım mı?"

"Evet. Beş gündür kayıpsın, burada bilinçsiz yatıyormuşsun. İki gün daha kalsan ölecektin. Cenazene çağırırlardı artık."

Bir an dediklerini hazmetmek için duraksadım ama o durmadı, yerine dönüp yanıma oturdu ve kapıyı kapattığı gibi gazladı. Arabanın dijital ekranındaki tarihe ve saate baktım: Yalnızca dört saat geçmişti. Saat sabahın beşiydi.

"Sen benimle dalga mı geçiyorsun?" diyerek ona döndüm.

"Yeni mi anladın?"

Geriye yaslandım. Şimdilik neler döndüğünü algılayamıyordum ama sabah kalktığımda ve kafam yerine geldiğinde başımın belaya gireceğinin farkındaydım. Sarhoş olmak böyle bir şey miydi? Umursamamak mıydı? Öyleyse dolabımı içkiyle doldurmalıydım hayatımı kucaklayabilmek için.

Dağlık yolda hız sınırlarını zorlarken kapıya tutundum, emniyet kemerimi bağlamıştım bir anda. "Yavaş sür yoksa kusarım."

"Kusarsın eminim."

"Neden bu kadar hızlı gidiyorsun?"

"Senden bir an önce kurtulabilmek için."

Kaşlarımı çattım. "İyi de ben istemedikçe benden kurtulamazsın ki?"

"Niye? Kanser misin sen?"

Dudaklarımı birbirine bastırdım. Araba o kadar hızlı gidiyordu ki şu an bir taşa toslasak metrelerce aşağı düşer ve anında kalp krizinden ölürdük. Böyle bir son benim için fazlasıyla kabul edilebilir olsa da planlarıma ters düşerdi.

"Sana söyledim," dedi sert bir sesle. "Uzak dur dedim ama sen beni dinlemedin."

Doğruydu, dinlememiştim. Ama ben böyle olsun istemiştim. Peşinden gitmek istemiştim.

"Dinlemedim," diye tekrar ettim onu.

Yol boyunca konuşmadı. Evimin olduğu sokağın başına geldiğimizde hava daha yeni yeni aydınlanıyordu, üstelik iki saat sonra dersim vardı ve ben daha ayılmamıştım bile.

"Teşekkürler," diye mırıldanıp elimi kapıya attım.

Bana döndü. Gözlerinin mavisi o kadar koyulaşmıştı ki laciverte çalıyordu. "Pusula'ya gelme, işimiz burada bitti. Defteri çaldığın için teşekkür ederim."

Boş bir ifadeyle suratına baktım. Gözlerim o kadar acıyordu ki koltuğun kenarına kıvrılıp uyuyasım vardı ama çıkıp eve gitmeliydim, biliyordum. Yine de kendimi alıkoyamıyordum. Suratında hiçbir ifade yoktu, o kadar boştu ki onu merak ediyordum. Farklı tepkileri, farklı özellikleri vardı. Sakin ama öfkeliydi, ben de sessiz ama açıksözlüydüm.

"İyi geceler," diye mırıldandım yorgunca.

Anlamsızca yüzüme baktı. Benim oldukça sıradan yüzümde ve kalan fiziksel özelliklerimde kendininki gibi bir hareket bulamazdı. Tipik bir görünüşüm vardı, beni öne çıkaracak hiçbir özelliğim yoktu.

Kapıyı açıp dışarı çıktım ve kapattım. Arkamı dönmeden eve yürüdüm, çantamın nerede olduğunu bilmediğim için kapının kenarındaki saksının içine gömdüğüm yedek anahtarı çıkarıp içeri girdim.

Ve kapıyı sabahın bu saatinde boş sokağın ortasında bekleyen siyah Lamborghini'nin üzerine kapattım.

Ayılmam benden iki saatimi götürmüştü, yarım saat boyunca duş almış, kafamı bulandıran alkolün etkisinden kurtulmaya çalışmış, sonunda her şeyi idrak edebildiğimde ise üzerine bir bardak soğuk su içip yatağa yatmıştım.

Defterini çaldığım Taylan bunu fark ettiği için beni kaçırmıştı ama uyanmama kalmadan Pars ve Giray beni almaya gelmişti. Taylan'ın beni onlara verirken sesinde kullandığı ima kulaklarımda yankılandığından bu yaptıklarının Pars ve çocuklar için iyi olmadığını anlayabiliyordum çünkü ek olarak da belirtmem gerekirse açık açık bir daha suratımı dahi görmek istemediğini söylemişti.

O defterde ne yazıyordu? Pars ve diğerleri neyin peşindeydiler? Neden o barın normal bir bar olmadığını düşünüyordum ve en önemlisi, neden bütün bunları umursuyor ve bir şeyler yapmak, daha fazlasını öğrenmek istiyordum?

Korkunç olan şey şuydu ki, ben bir şeyler *istiyordum.*

Sevgili Günlük,

Bugün kendime zarar verdim. Hâlâ bir şeyler hissedebiliyor muyum diye.

"Beni çok lüks bir restorana davet etti! İlk defa doğum günümü bu kadar özel bir şekilde geçireceğim."

Kafamı salladım.

Gülümseyen suratı dondu. "Cidden bir şeylere tepki vermen için illa ki iğne falan mı batırmam gerek sana? Çünkü pano görevlisi olduğum için çantamda bir kutu toplu iğne var, hatırlatırım."

"Senin adına mutlu oldum?"

"Daha heyecanlı. Daha daha."

"Bu mükemmel bir haber İrem, doğum günün kutlu olsun. Umarım bu gece sevinçten geberirsin."

"Asık dudakların ve boş bakan gözlerinle benim için ne kadar da heyecanlandın ve mutlu oldun öyle, canım arkadaşım," diye mırıldandı ve sarıldı. Karşısındaki insan onun için milimetre yerinden oynasa onu görmek istediği gibi görmek gibi bir sorunu vardı.

Bugün doğum günüydü ve son iki haftadır flörtleştiği çocuk, Tolga, onu akşam yemeğine çıkarıyordu. Ben de yatıp uyumayı planlıyordum zaten. Tam isabetti.

Okul çıkışı bir süre daha heyecanını bana bulaştırmaya çalıştı ama her zamanki gibi işe yaramadığında bir taksiye atladı ve akşama hazırlanmak için eve gitti. Ben de caddenin aşağısına doğru yürümeye başladım.

Hafif yağmur çiseliyordu, üzerimde yalnızca bir ceket vardı bu yüzden kafamı kapatacağım herhangi bir şeye sahip değildim. Ellerimi cebime sokup yürümeye devam ettim.

Caddeye indiğimde, tam yokuştan çıkacakken geri dönen bir motor gözüme çarptı ama daha sonra önüme döndüm. Motorun sahibi her kimse yalnızca birkaç saniye sonra önümde bitmişti.

Kaldırımda durup kaskını çıkarmasını bekledim. Kask kafasından çıktığında, nemli sarı saçlar, yeşil gözler ve kaş piercingi olan küpeli bir erkek karşımdaydı.

"Kayra?"

"Arkadaşın nerede?" diye sordu.

"Eve gitti. Neden sordun?"

"Bence yanına gidip onu Tolga'yla çıkmamak için ikna etmelisin."

Kaşlarımı çattım. "Tolga'yı nereden tanıyorsun?"

"Tanıyorum işte." Omuz silkti.

Kaskını kafasına geri takacakken, "Bir dakika, bir dakika," diyerek onu durdurdum. "Bu neydi şimdi?"

"Ufak bir yardım."

"Hiç yardım gibi olmadı."

Tekrar omuz silkti. "Nereden baktığına bağlı."

Göz kırptı ve kaskını kafasına geçirdikten sonra gazlayıp kayboldu.

Neden öyle söylemişti? Tolga'yı nereden tanıyordu? Buraya bunu söylemek için mi gelmişti? İçime kurt düşmüştü. İrem benim tanıdığım tek insandı. Yalnızca arkadaşım değildi, gereken yerde bana her şey oluyordu. Ortamına göre renk değiştirip uyum sağlayan bukalemun gibiydi. Kayra gelip de iletişimin tamamen koptuğu iki hafta sonrasında bana bunu söylüyorsa bu işte bir bit yeniği aramalıydım diye düşünüyordum.

Hızlıca eve gitmek için koşar adım caddenin sonuna kadar yürüdüm, sokağa girdiğimde bir yandan da çantamdan anahtarımı çıkarmaya çalışıyordum.

Eve girdiğim an çantamı bırakıp bilgisayarımı çıkardım ve masanın karşısına oturup Tolga'yı araştırdım. Üç sosyal medya hesabı vardı: Twitter'ı pek kullanmıyordu, Facebook'ta da aktif değildi ama Instagram'ı aktif kullanıyordu. Bir süre fotoğraflarında gezindim, saçma sapan lüks arabaların önünde çekilmiş fotoğrafları vardı. Kullanıcı adını *ben zenginim* diye değiştirse kimse yadırgamazdı.

Facebook'ta ekli olduğu gruplara bakarken arkadaş listesinde bir isim gördüm: *Taylan Arıkan.*

Tolga'nın soyadı da Arıkan'dı.

Arama kutucuğuna Taylan Arıkan yazıp sonuçlara baktım. Düşüncelerimde haklıydım, Tolga, Taylan'ın oğluydu. Taylan'ın ne gibi pis işler çevirdiğini bilmiyordum ama iki hafta önce kaçırıldıktan ve bir rica üzerine salındıktan sonra bizzat beni kaçıran adamın oğlunun en yakın arkadaşımla çıkması tesadüf olarak kabul edilebilir miydi? Veyahut, o akşam, kaçırılmadan önce, bilardo oynarken her kaybettiğimde bana içki içirmeye çalışması?

Taylan Arıkan ünlü bir işadamıydı. Aile fotoğraflarına bakarken düşünmeden edemedim, kim bilir bu adamın cinsel hayat tercihi yüzünden evlendiği kadın ne kadar zorluk çekmişti? Kendi istediklerini kabullenemeyip bir kadınla evlenen ve dedikoduları susturmak için bir çocuk yapan bir adamdan ne hayır gelirdi? Otursaydı ya oturduğu yerde, söyleyebilseydi ya özgürce benim tercihlerim böyle, size ne diye.

Kafam başka taraflara gittiğinden eski defterleri açtım ve yukarıda, boş odadaki sandıktan bilgisayarımı çıkardım. Eskiden o kadar yalnızdım ki, online bilgisayar oyunu oynardım hep. Bir süre sonra bu ilgim bilgisayarın kendisine doğru kaymış ve zaman geçtikçe başka taraflara çekilmişti.

Kimsesi olmayan biri nasıl her ay Lösev'e bağış yapabilirdi ki? Ya da çalışmadan, böyle rahat bir hayat sürdürebilirdi?

Pars yanılıyordu, ben de bok çukurundaydım. Yalnızca biraz daha dişimi sıksam o bataklıktan kurtulabilecek kadar şanslıydım ama bunu söylemiştim değil mi? Şans. Beni. Sevmezdi.

Çoğu zaman isteklerime yenilirdim. Sonuçlarını düşünmeden bir şeyler yapmaya bayılırdım çünkü. Hâlâ 12 yaşında dünyaya isyan ettiği için bir tablet aspirin içip intihar etmeye çalışan ama o hafif haplardan sonra anca saatlerce karın ağrısıyla boğuşup kusan kızdım. Hâlâ çocuk kafalıydım. Çünkü kimse bana *böyle yapma,* dememişti. Yapmıştım çünkü kimse yanlış olduğunu söylememişti.

Polis merkezi bağlantısının güvenlik duvarını kırmam bir saatimi aldı. Gizli girişimin süresi kısıtlı olduğu için arama kutucuğuna yalnızca *Tolga Arıkan* yazabildim. Sonuç dehşet vericiydi. Taciz, tecavüz, uyuşturucu bulundurma, satma, haneye tecavüz...

Bir süre yutkunamadım. Daha sonra 30 saniyem daha kaldığını görüp aramaya yazdığım ismi değiştirdim. *Taylan Arıkan.*

Aynı suçlar, hatta daha fazlası onun sabıkasında yazıyordu. Hepsinden de para cezasıyla yırtmıştı, bu davalara karar veren hâkim geceleri rahat uyuyabiliyor muydu?

Sistemden çıkıp geçmişimi temizledikten sonra bir süre boş boş tavana baktım. Parçaları birleştirmeye çalışıyordum. Pusula, Taylan'ın gözetiminde Pars ve diğer çocuklar tarafından açılmıştı. Ayrıca Oğuz adında gayet iyi bir barmene sahipti fakat belirli günlerde içerisi yalnızca gece kulübü olmaktan çıkıyordu. İçeriye sanki bir kamyon hayat kadını salınmış gibi, sanki o kadınların geleceğini önceden bilen erkekler de mekâna damlamış gibi...

Belki de Taylan'ın böyle bir furyası vardı. Belki hayat kadınlarını çalıştırıyor, üzerlerinden para kazanıyor, herkese sözünü böyle geçiriyordu. Öyle olsa bile Pars, Kayra, Giray ve Zamir gibi çocukların bu olaylarla ne gibi bir ilgisi olabilirdi ki?

Birkaç dakika sonra kararımı vermiştim. Blöf yapacaktım. Pars beni istemiyorsa, istemek zorunda bıraktıracaktım. Sonuçta burada söz konusu olan benim arkadaşımdı. Kayra da boş yere bana bu detayı söylemiş olamazdı. Açık açık yardım istemişti.

Üstüme rahat bir kot ve kazak giyinip deri ceketimi üzerime aldım ve iyice kendime gelmek için soğuk suyla yüzümü yıkadıktan sonra evden çıktım. Bir taksiye atlayıp Pusula'nın önüne geldiğimde hava daha yeni yeni kararıyordu bu yüzden muhtemelen içerisi boştu.

Kapıdan içeri girdikten sonra gözüme ilk olarak aşağıya giden merdivenler çarptı, geçen sefer oraya inmeme izin vermemişlerdi.

Bar kısmında Oğuz'u görünce sandalyelerden birine oturdum. "Hey."

"Hey. N'aber?"

Bardakları kuruluyordu. "İyi, sen?"

"İyi. Hangi rüzgâr attı seni buraya?"

"Çocuklarla konuşmam lazım."

Kaşlarını çattı. Rengi ve tavrı bir anda değişmişti. "O konuda... Liva, açıkça söylemem gerekir ki buranın bir çalışanı olarak onlardan seni içeride görürsem çıkarttırmam konusunda emir aldım. Bu yüzden eğer içmek için geldiysen lütfen iç ve sonra git."

"Konuşmam gereken bir konu var, önemli." Kollarımı tezgâha yaslanıp göğsümde birleştirdim. "Ve konuşana kadar da gitmeyeceğim."

"Kesin kovulacağım," diye mırıldandıktan sonra ilerideki koridoru ve merdivenleri gösterdi. "Aşağıdalar. Kapıyı tıklat ve konuşmaya çalış ama yüksek ihtimalle seni içeri almayabilir ve hatta cevap bile vermeyebilirler."

Kafamı sallayıp sandalyeden indim ve merdivenlerden aşağı

yürümeye başladım. Kalbim deli gibi çarpıyordu ama onu aldığım derin nefeslerle ve düşüncelerimle yatıştırabilmiştim.

Aşağıda tek bir demir kapı vardı. Işık beni görünce yandı. Bir dakika etrafı süzdükten sonra kapıyı tıklattım.

"Size söylemem gereken bir şey var."

Bir süre bekledim ama cevap gelmedi. "O adamın oğlu şu an en yakın arkadaşım için restoran kapattırdı, ne halt yediklerini bilmediğim için çocuğu biraz araştırdım ve sabıka kaydını buldum."

On saniye. Yalnızca on saniye sonra demir kapı gürültüyle açıldı. Giray baştan aşağı simsiyah kıyafetlerle çok sert bir şekilde bana bakıyordu. "Sabıka kaydını nereden buldun?"

Omuz silktim. "Yapıyoruz işte bir şeyler."

Merdivenlerden yukarı baktı, kimse yoktu. Kafasıyla içeriyi işaret edince birkaç adımda içeri girdim ve ardından kapıyı kapatmasını izledim.

İçeride bir bilardo masası, duvarda boydan boya bir kitaplık, büyük bir masa, ağırlık kaldırma üzerine spor aletleri ve bu tür çeşitli eşyalar vardı. Renksizdi, duvarlar boyanmamıştı. Bodrum gibiydi.

Pars'ın elinde isteka vardı, Kayra da atışını yapıyordu. Zamir ise koltuğun kenarına oturmuş, ağırlık kaldırıyordu.

"Buraya girebildiğine inanamıyorum," diyerek dehşetle bana baktı Zamir.

"Kız işini biliyor," dedi Kayra ve atışını yaptı. Buradan görebildiğim kadarıyla iyi bir atış yapmıştı.

"Konuş."

Sert ifadesinden hiç ödün vermeyen ve değerli vaktini bana harcamak istemeyen Pars'a bakmadan biraz ileri yürüdüm. "Ne anlatayım? Taylan'ın nasıl ruhsatsız silahlı saldırı olayından kurtulduğundan mı bahsedeyim, yoksa Tolga'nın tecavüz suçlamasından ne kadar basit bir şekilden sıyrıldığından mı? O piç kurusu şu an İrem'le akşam yemeğinde."

"Hassiktir," diye geveledi Giray.

Zamir de bir küfür mırıldandıktan sonra ağırlığı yerine bıraktı ve boynundaki havluyla terini sildi. "Şu an tam olarak neredeler?"

"Bilmiyorum, sahil kıyısındaki bir yerden bahsetmişti."

Hızla, "Ara ve çağır onu," diyen Giray'a döndüm. Tepkisine şaşırmıştım.

"Bir saate kendisi döner."

"Tahminlerim doğruysa dönmeyecek, Liva."

Kaşlarım daha da çatıldı. "Neden öyle söyledin?"

Zamir bir şey söylemek için ağzını açtığında Pars'a döndü. Kayra, Pars'ı umursamadan Zamir'e kafasını salladı ama daha sonra Zamir nereden başlayacağını bilemeyip kafasını olumsuz anlamda salladığında Kayra söze başladı. "O herif psikopat. Arkadaşına zarar verir."

"Ne gibi bir zarardan bahsediyoruz?" Adrenalin vücudumda kol geziyordu, uzun zamandır ilk defa yaşadığımı, dünyaya bir etkim olduğunu hissediyordum.

Kimse hiçbir şey söylemediğinde Pars atışını yaptı, birbirine çarpan topların sesi duvarların arasında seksek oynamaya başladığında ensemden yukarı tırmanan şeytanları hissedebiliyordum. Kızıl gözlerinin odak noktası yalnızca Pars'tı. Bilmek istiyor, görmek istiyor, yalnızca istiyor, sonra daha da fazlasını istiyordu ve hareketlerimi kontrol etmeye başlamıştı.

Kayra, "Sikerim istekanı, bir daha oynamıyorum," diyerek istekasını masanın üzerine attı. "Herif daha bir ay önce başladı, utanmasa yılların şampiyonunu şurada ters yatırıp düz... Neyse."

"Geçiştirmesenize!" diye bağırınca bir anda tüm gözler bana dönmüştü.

"Yukarıda neler döndüğünü biliyorum," diye devam ettim. "Nasıl bir fuhuş olayının içinde kulaç attığınızı ama büyük balık küçük balığı yutar, bu *deniz* çok derin. Benden en fazla birkaç yaş büyüksünüz, neler oluyor böyle?"

"Nasıl anladın?"

Ensemdeki tüyler diken diken oldu. Pars'a döndüğümde, buraya geldiğimden beri ilk defa dikkatlice baktım ona. Kazağının boynunu açık bıraktığı yerden yukarı tırmanan dövmesine gözlerimi dikmemek için zor tutuyordum kendimi. "Neyi nasıl anladım?"

"Tolga'nın dediğin gibi bir piç kurusu olduğunu."

Bunu bana Kayra söylemişti. Resmen okul çıkışıma gelip bana Tolga'yı araştırmam için üstü kapalı emir vermişti. O olmasaydı Tolga kimdir neyin nesidir umurumda bile değildi.

"İki hafta önce buradayken yukarıda bilardo oynuyorduk, o da vardı. Oyun cesaret temalı olduğu için ben her kötü vuruş yaptığımda zorla içki içirmeye çalıştı."

Dalga geçercesine güldü ve kalçasını masaya yaslayıp gözlerini üzerime dikti. "Başarmış."

"Mızmızcılık mı yapsaydım çocuk gibi?"

"Daha on dokuz yaşındasın."

"Sen kaçsın? Otuz mu?"

"Yirmi iki," diye lafını böldü Kayra.

"Her neyse," diyerek devam ettim. "Zaten aynı okulda olduğumuzdan kötü biri olduğunu biliyordum, bir anda İrem'e karşı bir ilgisi olunca da kıllandım ve araştırdım."

Pars, Kayra'ya döndü. "Kızı kullanmak için bu kadar ileri gideceğini düşünmemiştim."

Şokla ona baktım. Kayra ise sanki anlayacağını biliyordu çünkü suratı değişmemişti. Omuz silkti. "İhtiyacımız olan neyse onu kazanmak için elimden geleni ardıma koymam."

"Sana ona ihtiyacımız olduğunu düşündüren şey ne?" diye sordu Pars, kaşlarını kaldırarak.

Kayra seslice nefes verdi. "Tamam, tamam..." Kafasını salladı. "Yalnızca, o ne yaptığını biliyor."

"Evet, çok iyi biliyorum," diyerek lafını kestim. "Bu işe bulaşmamam gerektiği kadar fazla bulaştım. Hatta arkadaşım bile etkilendi, öyle ki şu an yalnızca iki hafta önce beni kaçıran herifin oğluyla akşam yemeği yiyor ve ona âşık olmak üzere. Eğer bana bu konu hakkında hiçbir şey yapmamam gerektiğini söylerseniz ve eve göndermeye çalışırsanız, yaptığınız ve yaptırdığınız her şeyi gider Taylan'a anlatırım."

Zamir elindeki ağırlığı düşürdü, ağzı açık kalmıştı.

Giray, "Cidden yapar mısın?" diye sordu.

"Hayır," diye mırıldandım. "Ama size kendimi kabul ettirmek için blöf yapmak zorundayım."

Pars kafasını salladı. "Sana güvenmiyorum."

"Ben sanki sana çok güveniyorum," diyerek dikine gittim. "Burada en yakın arkadaşımın hayatı söz konusu ve ben de yapmaya çalıştığınız her neyse zorla size yardım etmeye çalışıyorum. Bir düşün bakalım hangimiz aptal konumunda?"

"O zaman git?"

"Sen!" Sinirden ellerim titriyordu. "Cidden!" Elimle alnımı ovaladım ve saçlarımı geriye attım.

Zamir, "Bir dakika," dedi birden. "Taylan'la Tolga'nın sabıka kaydına nasıl ulaştın?"

Omuz silktim.

"Baban polis mi?" diyerek araya girdi Giray.

"Hayır, işe yaramaz organizmanın teki. Nefes alabiliyor, yemek yiyebiliyor, uyuyabiliyor ve bir de havuzunu su yerine parayla doldurabiliyor. Yani en son gördüğümde bunları yapıyordu."

Hepsi bir anda anlamış gibi kaşlarını kaldırdığında bir daha aile konusunun açılmayacağına emin oldum.

Kısa bir sessizlikten sonra Giray, "Taylan, düşünemeyeceğin kadar eli uzun bir pezevenk," dedi. "Kadın pazarlıyor, yurtdışından kaçak uyuşturucu getiriyor, satıyor, bir yandan da medyaya saygın bir işadamı imajı çizmeye çalışıyor."

Zamir devam etti, çok sinirli görünüyordu. "Uyuşturucu batağına önce gençleri çekiyor, daha sonra bağımlı haline gelen ama cebinde hap almak için parası tükenenlerden satıcı ordusu kuruyor ve belirli yerlere dağıtıyor."

Kayra, Zamir'in omzuna sanki arkasında olduğunu belirtmek amacıyla elini koymuştu ama Zamir sertliğinden ödün vermedi ve omzunu hareket ettirip Kayra'nın elini çekmesini sağladı. "Kadın pazarlama kısmı ise daha karışık. Kadınlar ikiye ayrılıyor: Bir taraf kendi isteğiyle gelen, diğer taraf kaset zorlamasıyla."

"Kaset?" diye sordum kaşlarımı çatarak istemsizce.

"Genelde kimsesiz, hayata tutunamayan, psikolojik olarak çöküşte ve bir arayışta olan kadınları bir şekilde yatağına alan adamları var, bütün geceyi kayda alıp kadınları kaset üzerinden tehdit ediyorlar ve sanki yapacakları şeyler çok normalmiş, para kazanmanın doğal bir yoluymuş gibi onların zihinleriyle oynuyorlar," dedi Kayra. "Bir kere keşfedilirsen, adın bir kere listeye girerse, bir daha yalnızca kasetinin üzerine yazılmak için silinir."

Tüylerim diken diken olmuştu. Bir insan neden bunu yapardı? Dünya nasıl bir yerdi böyle? Bazen sokakta yürürken gözlerimin içine bakıp yemek isteyen sokak hayvanları için bir markete girip mama almadığım için, soğukta dilenen çocuklara para vermediğim için kendime kızardım, kötü bir insan olduğumu düşünürdüm.

Ama bu... neydi öyleyse? "Bunu yapanlar insan olamaz."

Giray dudaklarını birbirine bastırıp omuz silkince, kafamı kaldırıp Pars'ın gözlerindeki denize baktım. Dalgalar o kadar şiddetliydi ki içim ürpermişti. "Peki siz..."

Kayra sözümü kesip devam etti. "Size mi kaldı diye düşünebilirsin ama biz, karşı tarafta kendini belli edip hareketleri izlenebilir bir düşman olmak yerine dost maskesi takmış yalnızca dört çocuk olarak kalmayı tercih ettik."

"Böyle yaparak da onlara yardım etmiş olmuyor musunuz? Açılışa geldiğimde etraf genelevden farksızdı."

Zamir kaşlarını çattı. "Ne yapsaydık? *Durun yapamazsınız, burası namuslu bir mekân* deyip onları kapı dışarı mı etseydik? İki güne aylardır çevirdiğimiz bütün dümenler ortaya çıkardı."

"Ama yine de..."

"Kurunun yanında yaş da yanar illa ki," diye araya girdi Giray. "Masumlar feda edilmeden iyilerin kazandığı hangi filmde görülmüş? Kaldı ki burası gerçek dünya."

Omuzlarım çöktü. Haklılardı.

"Size yardım etmek istiyorum, ne yapabilirim?"

Pars bana baktı. "Hiçbir şey, çok bile öğrendin. Teklifin için teşekkürler. Şimdi git."

Kaşlarımı çattım. "Hiçbir yere gitmiyorum."

"Evet gidiyorsun."

"Gitmiyorum! Anladık, güvenmiyorsun!" Yüzümü sıvazladım. "Onları ele vermek için ne yapmanız gerekiyor?"

"Çok fazla şey toplamalıyız, yalnızca bilgi ve kanıt yetmiyor, halkın da ilgisini çekmeliyiz. Adamın eli devletin üst kademelerine kadar uzanıyor."

Şok geçiriyordum. Ağzım açık kalmıştı. "O zaman?"

"Biz seni sonra ararız," dedi Pars.

Kayra ona bakıp gözlerini devirdi.

"Ciddi söylüyorum," diye devam etti Pars. "Zaten bu kadar şeyi öttüler bu itler iki dakikada, artık imkânı yok sana nefes aldıramayız."

Birkaç saniye yalnızca nefes aldım. Bu sırada Giray da kolunu sıyırmış, saatine bakıyordu. "Gitmemiz lazım."

Pars, askılıktaki ceketini ve masanın üzerindeki araba anahtarlarını aldı. "Kayra, sen İrem'i almaya gidiyorsun. Sıçtığın boku temizleyeceksin."

"Bensiz mi gideceksiniz?" diye sordu Kayra ona bakarak, dudaklarını büzmüştü.

"Peki ya ben?"

"Eve git ve arkadaşının dönmesini bekle."

"Emredersiniz Pars hazretleri. Başka?"

"Biz seni çağırmadıkça gelme. Yukarıda it sürüsü dolanıyor, farkında değil misin? Burası tekin bir yer değil, etrafta biz olmadıkça. Çünkü mekânın adının altında o pezevengin imzası var."

Çok uzatmadım. "Tamam. Nereye gidiyorsunuz?"

"O kadar da uzun boylu değil," diyerek araya girdi Zamir. O da bana güvenmiyor gibi duruyordu. Gerçi, bir yere kadar haklılardı da. Kızın biri çıkıp da alnına *ben bela arıyorum* yazıp etraflarında dolanıyordu.

Herkes ceketini aldığında Giray kapıyı açtı, ben önde onlar arkada merdivenlerden yukarı çıktığımızda etraf kalabalıktı. Bir anda nasıl da dolmuştu öyle.

Kayra yanımda yürümeye başladı. "Gözlerin açık olsun, burası kene kaynıyor. Bir yapışırlarsa..." Yüzümdeki meymenetsizliği görünce güldü. "Somurtma. Hem ben sana güveniyorum."

"Sağ ol," dedim. "Ben de kendime güveniyorum."

Bir an kaşlarını çattı ama sonra gülmeye devam etti. Aslında şirin çocuktu. İrem Kayra gibi birinin etrafında dolanıp kuyruk sallayacağına Tolga gibilerinde ne buluyordu cidden?

Arka kapıdan çıktığımızda açık otoparka girdik, herkes sessiz ve ciddi bir surat ifadesiyle yalnızca yürüyordu. Arabaların oraya geldiğimizde Kayra yanımızdan ayrılıp bir Audi'ye bindi. Kayra ve Zamir de Porsche'ye atladıklarında Pars, Lamborghini'nin kapılarını açar açmaz ön koltuğa damladım.

Şaşkınca yanıma gelip kapattığım kapıyı açtı. "Sen ne arıyorsun hâlâ burada?"

"Beni eve bırak."

Kaşlarını kaldırdı. "Oldu. İstersen her sabah kapında bekleyeyim okula da götürür getiririm."

"Süper olurdu ama o kadarını yapmayacağını bildiğimden şimdilik yaptırabildiğim kadarıyla yetinmek zorundayım."

Mavi gözleri, otoparkın lambasının altında koyulaşmış ve daha yoğun bir görünüm kazanmıştı. "Sakın başıma bela olma, kedi surat. Sakın."

Açtığı kapıyı kapattım ve geçiştirircesine, "Tamam, tamam," diye homurdandım.

7

Seni Yaşatmayacak Hisler

Kâğıdımı biraz daha kenara çekip üstünü kapattım. Deneme sınavında yanıma oturan çocuk resmen kâğıdımdan cevaplarıma bakıyordu.

Gözetmen hoca arka taraflara gittiğinde kafasını iyice kâğıdıma çevirdi, sinirlenip doğrudan gözlerine çevirdim gözlerimi. Kafasını kaldırıp ona baktığımı fark ettiğinde dudaklarını birbirine bastırdı.

"Dön önüne."

"Boynum tutuldu be. Asıl sen göster kâğıdını."

"Aptal mısın? Gerçek sınavda ne yapacaksın? Önündekini dürtükleyip cevapları telepati yoluyla göndermesini mi isteyeceksin?"

Kaşlarını çattı. Böyle bir cevap beklemiyordu. İyi bir yüzü vardı ve zengin de olduğundan popüler tayfadandı, muhtemelen bundan önce yanına oturduğu kim olursa olsun kâğıt değiştirme teklifini bile kabul etmişti.

"Bir kerecik göstersen?"

Gözlerimi büyülttüm. "Hayır. Olmaz. Bulaşma bana."

Kâğıdımı tamamen göremeyeceği bir şekilde soruları çözmeye devam ettim ama bütün sınav boyunca beni rahatsız etti. Silgimi isteyip dikkatimi dağıttı, ayağıyla ayağıma çarptı, bir ara esnerken dirseğiyle sırtıma bile vurmuştu.

Zil çaldığında kalkıp ona kötü bakışlar atarak kodladığım

kâğıdı hocanın masasına bıraktım ve kitapçığı alıp çıktım. Hep beni mi bulurlardı?

"Ne bu surat?"

Merdivenlerden aşağı inecekken kolumu tutarak beni durduran İrem'e döndüm. "Onu boş ver de bu Tolga hâlâ mesaj atıyor mu sana?"

Herkes sınav bittiği için gruplar halinde merdivenlerden indiğinden etraf kalabalık ve gürültülüydü, bu yüzden İrem'i cam kenarına çektim.

Kaşlarını çatmıştı. "Tolga sana ne yaptı da ondan bu kadar nefret ediyorsun Liva?"

"Sen Pusula'daki çocuklardan birini tavlamayacak mıydın İrem?"

Omuz silkti. "Hayır. Birinin sevgilisi varmış, biri hakkında gay dedikoduları var, biri tipim değil ve son kalan da hayatta benden etkilenmez."

Sevgilisi olan Kayra olabilirdi, öyle erkek kaçmazdı. Giray tipi olmayabilirdi ve Zamir hakkında da öyle dedikodular mı vardı? Son kurduğu cümlenin Pars'a olduğunu biliyordum bu yüzden sorma gereği bile duymamıştım.

"Yine de öyle biriyle çıkmanı arkadaşın olarak onaylamıyorum."

"Hem o gün Kayra'nın beni acil diyerek alıp götürmesi de neydi öyle? Hâlâ konuşamadık. Beni apar topar çıkardı oradan ve sonra iyi geceler diyip evime bıraktı, inanabiliyor musun? Hiçbir açıklama yapmadı!"

Neden İrem'e öylece her şeyi anlatamazdım ki? Suçluluk hissediyordum.

Bir anda telefonum titreyince konuşmamız bölündü.

Kayra, Maskeli Beşler grubunu kurdu.
Kayra, seni ve üç diğer kişiyi Maskeli Beşler grubuna ekledi.
Giray: Bu ne lan
Zamir: Senin kuracağın gruba tüküreyim
Zamir grubun ismini 💩 olarak değiştirdi.
Kayra: Bu ne be?

Zamir: Bok

Zamir: Seversin

Dudaklarımı birbirine bastırarak telefonu cebime geri koydum. Bu grup işi nereden çıkmıştı şimdi?

"Neye baktın?"

"Operatör mesajı," diye mırıldandım.

"Neyse, benim gitmem lazım. Piyano dersim var." Geri geri yürürken işaretparmağını kaldırıp üzerime doğru salladı. "Bu konu burada kapanmadı."

Kafamı salladım. "Kesinlikle."

O, merdivenlerden aşağı inerken ben de tam hareketlenmiştim ki telefonum yeniden titredi.

Gönderen: Bok

Bir saate Pusula'ya gel.

Pars bana özelden mesaj atmıştı. Bir şeyler olduğu düşüncesiyle elimdeki kitapçığı çantama tıkıp boşalan okulun merdivenlerinden hızla indim ve okuldan çıkıp yürümeye başladım. Yarım saat sonra Pusula'nın önüne geldiğimde kapıyı açarken üzerimdekilere anca bakma fırsatı bulabilmiştim. Hafta sonu olduğu için okulda deneme var kafasıyla altıma eşofman, spor ayakkabı, üstüme de kapüşonlu ve ceket giymiştim. Kafamda da bir bere vardı. Suratımda genelde yüzüme renk versin diye sürdüğüm ruj bile yoktu ve ben bu kılıkta bir bara giriyordum.

Renklerin dans ettiği bara grinin elli tonu şeklinde girdiğimde etraftaki insanlar normaldi. Duvar tarafı daha karanlık olduğundan o taraftan yürüdüm, Oğuz'u bar kısmında görmüştüm ama bu halde selam vermeyi göze alamazdım bu yüzden onu es geçtim ve merdivenlere yöneldim. Tam o sırada bir kadın kolumdan tuttu.

"Senin buraya girmeye yaşın yetiyor mu küçük kız?"

Çok güzel bir kadındı ama böyle mekânlarda bu şekilde karşılaştığım kadınların başıma nasıl bela açtığını bildiğimden –mesela Karadelik'teki sarışın– yalnızca kolumu çekip koridora girdim.

Karanlık koridorda yukarı çıkan bir çiftin tersi yönde aşağı indim ve demir kapıyı iki kere tıklattım.

Zamir açtı. "Yeni mi uyandın sen?"

"Biliyorum, biliyorum," diye homurdanıp içeri geçtim. En son iki gün önce İrem'in olayı yüzünden buraya gelmiştim, daha sonra onlar kayıplara karışmışlardı; bugüne dek.

"Hoş geldin," dedi Kayra, koltuğun kenarında oturuyordu. Yanında Pars vardı ve bilgisayarla ilgileniyordu. Giray da elleri cebinde ortalıkta dolanıyordu.

Karşılarındaki koltuğa oturdum. "Ne oldu?"

"Hacker mısın sen?"

Zamir'in sorusuyla gerildim. "Bu sonuca nereden vardın?"

"Polis dosyalarına başka nasıl ulaşasın? Taylan ne kendinin ne de oğlunun ifşa olmasına izin verir, bu yüzden basit kaynaklardan bir bok bulamazsın."

Oturduğum koltukta geriye yaslandım ve cevap vermedim.

Kayra parmaklarını şaklattı ve beni işaret etti heyecanla. "İşte! Biliyordum! Dedim ben size, işe yarayacağını biliyordum. Zaten başka türlü nasıl bize yardım edebilsin? O da neler becerebildiğini biliyordu."

Pars sakince ellerini önünde birleştirip dirseklerini, açtığı bacaklarına yasladı. Bir şey söylememişti.

Bana söyledikleri onca şeyden sonra onlara bir şeyler anlatmam gerektiğini biliyordum ama daha ben bile, Tolga'nın İrem'le ilgilenmesi dışında nasıl bir bahanem olduğunu bilmiyordum. Burada ne arıyordum, bilmiyordum. Bunca zaman sakin geçen hayatımı neden bir anda yokuşa sürüyordum, bilmiyordum. Belki de sadece işe yaramak istemiştim. Belki de bir şeyler yaşamadan ölmek istememiştim.

"Uzun zamandır bulaşmıyorum bu işlere," diye mırıldandım. "Paslanmışımdır."

Kayra gözlerini büyülterek heyecanla koltuğumun kenarına oturdu. "Polis departmanının dosyalarına sızdın ve ülkenin en azılı pezevenginin ve çocuğunun sabıkasını gördün, hem de sadece benim basit bir lafımla. Sen deli misin?" Durdu. Bir anda daha da heyecanlanmıştı. "Baksana, sen üniversite sitelerini de hackleyebiliyor musun?"

"Hiç denemedim. Neden ki?"

"Ekonomi dersinden kaldım. Seneye tekrar almak istemiyorum, hadi bir kıyak geç kardeşine."

Giray, yanındaki koltukta duran yastığı kaptığı gibi Kayra'ya fırlattı. Kayra, suratına çarpan yastıkla afalladıysa da kötü bakışlarını bir süre Giray'a yöneltikten sonra boş verdi.

"Eğer öyleysen gerçekten işe yarayabilirsin ama değilsen bize yardım edebileceğin hiçbir konu yok Liva, bunu söylemek istiyoruz," diyerek sakince konuştu Giray. "Amacımız yeterince kanıt toplayıp halkı da işin içine katmak olduğu için düşündük de..."

Zamir devam etti. "Belki bizim kanıt bulmamızdan ziyade, sen kanıt yaratabilirsin."

Kaşlarım çatıldı. "Nasıl?"

Giray seslice nefes verdi. "Taylan'ın bilgisayarlarının kameralarını hackle, görüntü ve ses dosyası olarak kayda al. Kiminle hangi işi konuşacaksa o odada konuşuyor, bilgisayarı da hep masasının üstündedir. Eğer o bilgisayarın içinde ne döndüğü ortaya çıkarsa gerisi çorap söküğü gibi gelir."

"Kamera hacklemek kolay ama virüs yapmak çok zor," diye mırıldandım. "Bu haftalarımı bile alabilir."

Kayra güldü. "Birkaç aydır bekliyoruz, birkaç hafta daha bekleyebiliriz."

"Peki ya Tolga?" Avuç içlerim terlemişti. Pars karşımda oturuyor, hiçbir şey söylemiyor, yalnızca beni izliyordu. "İrem'e yaklaşmasını nasıl önleyeceksiniz? Sırrınız bende güvende ama bu İrem'i o çocuktan çekmeme engel oluyor. İrem, Tolga'yı ideal koca adayı olarak görüyor şu an."

"Orası bende," dedi Kayra.

"Nasıl sende?"

"Hallederim ben."

"Nasıl halledeceksin?"

"Hallederim ya!"

"Nasıl ama?"

Kaşları çatıldı. "Ya hallederim ben. Şu surata, şu fiziğe bak. Bu kaş bu göz kimde var? Oradan bakınca halledemeyecekmiş gibi mi duruyorum?"

"Senin sevgilin yok mu? Nasıl halledeceksin?"

Şaşkınlıkla kaşlarını kaldırdı. "Yok artık! Tek bir kişiye bağlanamam asla, mizacıma ters. Kim uydurdu bunu?" Elini kaldırıp Zamir'e doğru salladı. "Sendin değil mi lan? Kızlar esmer yerine sarışın tercih ediyorsa can dostunu kıskanmamalısın kardeşim."

Zamir kafasını yukarı kaldırıp, "Hey Allahım," diyerek sabır dilendi.

Suratımdaki şok ifadesini saklamayı becerdiğimi bildiğimden, bakışlarımı diğer ikisinin arasında gezdirdim. Giray, Zamir; hangisinin sevgilisi vardı ki o zaman?

Pars'ın telefonu çalmaya başladığında sessize aldı. Bir anda ayaklanmıştı. "Ben gidiyorum."

Kimse hiçbir şey sormadı. Pars ilerleyip askılıktan ceketini alırken Kayra bana dönmüştü, elini uzatarak, "Dünyadaki en yakın kankan olacağım, İrem'i sat beni al," diye mırıldandı ve gülümsedi. "Bowling'e gidelim mi?"

"Bowling sevmem." *Ceketini giydi.*

"O zaman... bilardo?"

"Bir daha bilardo oynamak isteyeceğimi sanmıyorum." *Tekrar telefonuna baktı.*

"Buldum! Sinemaya gidelim!"

"E çüş ama oğlum, rahat bıraksana kızı," diyerek araya girdi Giray.

Ve gitti.

"Nereye gitti?" diye sordum kapı kapandığı an, çenemi tutamayıp. "Neden hiç sormadınız?"

Yakın arkadaşlar arasından su sızmadığını biliyordum ama telepati yoluyla anlaşabildiklerini bilmiyordum. İrem genelde bir ortamdan böyle sıyrılsa ben kesinlikle nereye gideceğini sorardım, o da sormamı isterdi zaten. Sonra o giderdi, ben giderdim. Sonra durum kritiği yapardık. Böyle öğrenmiştim.

Zamir omuz silkip koltuktan kalktı. "Ben spor salonuna gidiyorum."

"Benim de bakmam gereken bir iş var."

Giray da Zamir'le beraber kalkıp odanın kapısına doğru ilerlerken Kayra, "Hadi biz de gidelim," diye mırıldandı.

"Beni eve bırakabilir misin?"

Kaşlarını çattı. "Sana benimle beraber dışarı çıkma lüksünü sundum ve sen evine mi gitmek istiyorsun?"

Kafamı salladım.

Gözlerini kocaman açtı. "Aman Allahım..." Sonra resmen renk değiştirdi. "İsa bizi kutsasın. Sen az önce beni red mi ettin?"

"Kızı rahat bırak Kayra."

"Tamam ya."

Giray'ın uyarısıyla Kayra beni eve bırakmayı kabul ettikten yarım saat sonra evdeydim. Duş almış, başka bir eşofman takımı giymiş, bodruma kaldırdığım eski ekipmanlarımı ve dosyalarımı çıkarıyordum. Bir keresinde adamın biri bana ulaşmış ve karısının onu aldatıp aldatmadığını öğrenmek için bilgisayarını hacklememi istemişti ama o zaman bilgisayarını ve bilgilerini bana göndermişti, sonuç olarak elimdeki verilerle kadının girdiği sitelerden telefon ve mesajlarına kadar her şeyi adamın önüne sermiştim. Hiç terbiyem yoktu.

İyi para kaldırmıştım bu yüzden pişman değildim. Paranın tamamı güzel bir yere gitmiş ve iyi amaçlar için kullanılmıştı. Ayrıca adam da onu aldatan bir kadınla neden vaktini daha fazla harcasındı ki? Herkes kazançlı çıkmıştı, kadın dışında. O da aldatmasaymış. Aptal.

Ama bir kamera ve hoparlör hacklemek? Üstelik de sadece adını bildiğim bir adamın? Bu konu hakkında ne kadar düşünürsem düşüneyim aklıma hiçbir şey gelmiyordu, tek bir çözüm yolu vardı o da odasına girip içeriden virüs bulaştırmaktı.

İrem beni aradığında saat akşam 6 civarıydı, sahile çağırıyordu, kafasının bozuk olduğunu ve şarapla kek aldığını söylemişti. Ne zaman o aptal şarap-kek ikilisine sarılsa ailevi problemler yaşadığını bildiğimden saat kaç olursa olsun destek olmak için yanına giderdim.

Eşofmanlarımı değiştirmemiş, kendiliğinden kurumuş bu yüzden kabarmış saçlarımı da ellememiştim. Bu aralar benim de psikolojim bozuktu, hatta o kadar kötüydüm ki günlüğüme yazmıyordum bile. Bunun için psikoloğumdan azar işitecektim çünkü randevu zamanım yaklaşıyordu.

Sahile inerken kapüşonlumu kafama geçirdim ve karşıya

geçmek için arabaların durmasını bekledim. Sonunda yayalar için yeşil yandığında ve arabalar durduğunda gözüm ışıklardaki küçük çocuklara takılmıştı. Sürücüler izin vermeden ellerindeki köpük ve bezle camları silmeye başlamışlardı, birazdan para istemek için camları tıklatacaklardı ama altlarındaki pahalı arabalara rağmen zırnık koklatmayacaktı bu adamlar onlara.

Bu çocukları tanıyordum, bir keresinde onları sahildeki kayalıklarda oturmuş masum masum dondurma yerken görmüştüm. Biri dondurmasını düşürdüğü için ona pamuk şeker almıştım.

Pamuk şeker aldığım çocuk bir BMW'nin camını siliyordu. Bir süre sildi, daha sonra çekilip camı tıklattı. Ben de bu sırada karşıya, tam onun arkasına geçmiştim, yavaş yavaş yürüyordum.

Çocuk birkaç kere daha tıklatınca cam açıldı. İçerideki kişiyi görünce kafamı çevirdim hemen, iyi ki kapüşonlumu takıyordum yoksa beni tanırdı.

Taylan iğrenç gülümsemesiyle sarı dişlerini gösterdi, üst dişlerinden ikisi altındandı. Çocuğun tişörtünden içeri birkaç yüzlük soktuğunda eğilip kulağına bir şey söyledi. Daha sonra çocuk gülüp arkadaşlarını da çağırdı, hele kırmızı bir arabayı silen çocuğun yüzü öyle aydınlanmıştı ki beni de gördü ve kirlenmiş yüzüne rağmen kocaman gülümsedi. Böylece beraber mutlu çığlıklar atarak pasta dükkânına doğru koşturdular.

En azından, diye başlayan o klişe cümlelerden birini kursam mı diye düşünmeden edemedim. Eğer şurada çocukları kovsaydı onu öldürürdüm.

Sahile geldiğimde İrem soğuk çimlere serdiği kalın bir battaniyenin üzerine oturmuş, şarap şişesini kafasına dikiyordu. Yanında boş bir şişe daha vardı ve iki açılmamış şişe daha. Pastaneden aldığı kakaolu fındıklı kek paketini açmış, parçalamıştı resmen.

Yanına oturup kekten bir parça attım ağzıma. Her zaman aynı kekten alıyordu.

Yanına oturduğumu gördü ama bir şey söylemedi, bir süre boş boş kayalıklara çarpan hırçın dalgaları izleyip şarap içti. Sonra birden patladı. Gözyaşları yüzünden aşağı süzülüyor, sanki yağmur yağıyormuş gibi patır patır düşüyordu. "Ben ona hiçbir şey yapmadım Liva, yemin ederim. Sadece odamda dergilere bakıyordum. Bir anda odama girdi, geçen gün alarmım çalmadığı için okula geç kalmıştım ya hani? İlk iki derse girememiştim. Taa o günkü olayı yüzüme vurdu, umarım sınıfta kalırsın diye bağırdı, o kadar öfkeliydi ki..." Hıçkırmaya başlamıştı. "Ben takıp takıştıran, erkeklerle gönül eğlendiren aptal bir kız istemiyorum dedi. Notlarını kontrol edeceğim, biri bile düşük olmayacak, doksanın altında aldığın her not için cezalandırılacaksın dedi. Okuduğum dergiyi yırttı, neredeyse beni tokatlıyordu."

İrem'in babasının öfke kontrol sorunları vardı ve bir şeye sinirlendiğinde, hiç ilgisi olmasa bile kızlarından birine patlardı. Genelde İrem'e patlıyordu çünkü ikizi Mira çok çocuk ruhluydu, hiç kimseden gelen duygusal şiddeti kaldıramazdı. Zaten çok benzedikleri için babasının öfkeden gözü döndüğünde onları ayırt edemiyordu, İrem kendini feda ediyordu.

Takı takmayı, makyaj yapmayı, erkeklerle olmayı seven, gezmeye; alışveriş yapmaya ve zenginliğe tapan biriydi İrem ama o kadar da aptal değildi. Notları çok iyiydi, şimdiye kadar hiç düşük not aldığını görmemiştim, üstelik özel ders de almıyordu. Okulda hiç sorun çıkarmamıştı, ailesinin suratına vurabileceği hiçbir yaramazlığı yoktu, olsa da saklamayı çok iyi bilirdi.

Ülkenin en zenginlerinden olsanız da duygusal şiddet, bu yüzyılın en popüler acı türü olduğundan peşinizi bırakmıyordu işte.

"İrem, beni biliyorsun. Bir ailem yok, bu yüzden ne hissettiğini anlayamam ama istersen kollarım ve evim sana sonsuza kadar açık."

"Biliyorum."

"O zaman hâlâ neden ağlıyorsun?"

Etrafına baktı. Birileri var mı diye bakınıyordu. Eğer böyle birilerine yakalanırsa magazin sayfalarına haber olabilirdi.

Elindeki şarap şişesini alıp çantasını açtım ve bir mendil alıp ona uzattım. Gözyaşlarını sildikten sonra burnunu çekti. "Neden böyle yapıyor? Bunun yerine tanımadığı birine para verip hiç umursamayacağı kadar duygusal şiddet uygulayabilir ama o zaman tıpkı dediğim gibi, karşısındaki bunu umursamaz değil mi? O zaman atamaz öfkesini, zevk alamaz? Bir şekilde onu kalbinden vurabileceği insanlar lazım ona. Ona değer veren, seven... Mira'yı bir görsen, yukarıdan bağrışmaları duysa bile nefesi kesilene kadar ağlıyor. Ben nasıl o kızı bu adamla aynı odada bırakırım Liva? Nasıl?"

Dizlerimin üzerinde kalkıp ona sarıldım. Sarılan için çok bir şey ifade etmese de sarıldığın kişiye o an buna ihtiyaç duyduğu için iyi geliyordu.

Birkaç dakika daha ağladıktan sonra etrafı toparladım, battaniye çamurdan mahvolduğu için onu çöpe atmak zorunda kalmıştık. Araba kullanamayacağı için anahtarları ben aldım ve onu eve götürdüm. Evde kimse yoktu, bu yüzden duş alması için bekledim ve o banyodan çıktıktan sonra yatağına yatırdım. Başucuna da bir bardak süt bıraktıktan sonra sessizce evinden çıkmıştım.

Karanlık sokakta kapüşonlumu kapatmış yürürken bir yandan da geçtiğim yollarda spor ayakkabımı sürüyordum. Ben hiçbir zaman böyle iyi ya da kötü hisler tatmamıştım çünkü ailem yoktu. Annem yoktu. Babam olsa da yoktu. Kimse yoktu. Yalnız başıma koca bir evde kendim büyümüştüm ben. İlk başta duvarlar üstüme üstüme gelse de daha sonra ben onların üstüne üstüne gitmiştim.

Ama sonra dünyaya yenik düşmüştüm. Kimse yanımda olmadığı için, daha önce çok düştüğüm için kalkmayı becerememiştim bu sefer. Ne kayalar devirmiştim yoluma çıktılar diye, ne kadar temizlemiştim halbuki yolumu rahat yürüyebileyim diye... Daha sonra bir çukurun içine düşüp karanlığın esiri olacağım hiç aklıma gelmemişti. Çukur neydi ki? Acıdığı için üstünü örttüğün kâbuslarının canlanması sonucu hayallerinin dibe doğru çökmesi. Bum. Bir anda çökerlerdi, sen ayağını kaldırdığın an başlardı çökmeye, basacağın zemin hayallere bulandırıp döşediğin toprak sanırken karanlığın sisiyle kaplanmış bir boşluğa atardın asıl adımını. Sonrası toz, toprak, feryat, figan... Biri gelip de üstüne toprak atmazdı, biri gelip de ip sallandırmazdı aşağıya çünkü o biri zaten olsaydı sen düşmezdin.

Karanlık ve sessiz sokağın başından gürültüyle gelen adım sesleri yüzünden durduğumda kafamı ileriye çevirdim. Pek de akışı olmayan caddenin oradan gelen adım sesleri gittikçe yaklaşıyordu. Geriye çekilip sokak lambasının aydınlattığı kadarıyla ileriye baktım, küçük bir çocuk koşuyordu. Hatta bu küçük çocuk, birkaç saat önce sahildeki yolda arabaların camlarını silen sokak çocuklarından biriydi.

Yüzümü görünce, "Abla!" diye bağırdı. Zaten düşmek üzere olan kapüşonumu indirdim ve ona doğru yürüdüm. Nefes nefese kalmıştı, şoka girmiş gibiydi. Sürekli, "Abla! Abla!" diye bağırıyordu. Bu, kırmızı arabayı silen, bana gülümseyen çocuktu.

"Ne oldu?" diye sordum şaşkınca.

"Pamuk şeker!" dedi aniden, elini göğsüne götürmüş, titreyen küçük bedenini ve göğsünden sökülürcesine çarpan kalbini yavaşlatmaya çalışıyordu. "Pamuk şekeri götürdüler!"

Geçen sefer dondurması düştü diye pamuk şeker aldığım çocuktan bahsediyordu. Taylan'ın göğsünden içeri para sıkıştırdığı, kulağına bir şeyler fısıldadığı.

"Nasıl olur?" Önünde eğildim ve kollarından tuttum. "Kim kaçırdı?"

"Bilmiyorum." Ağlamaya başlamıştı. "Ben çok zengin olacağım, sonra da sizi yanıma alacağım dedi ve gitti. İnanmadığımız için peşinden koştuk. Büyük, siyah giyinmiş adamlar onu bir minibüse attılar. Eşyaymış gibi. Sonra birkaçımızı dövdüler, arka sokağa kadar kovaladılar." Eliyle arka tarafı işaret etti. "Çok korktum... Ne yaparım bilemedim... Seni gördüğüme çok sevindim abla... Ne olur yardım et..."

"Tamam, ağlama," diyerek gözyaşlarını silmeye çalıştım ama ben de ne yapabilirim bilmiyordum.

Elimi cebime atıp Pars'ı aradım. Onu telefonuma *Bok* diye kaydetmiştim çünkü bana bok gibi davranıyordu, bu yüzden saçma bir şekilde onu ilk P harfinde aradım ama sonra B'ye bakmak geldi aklıma.

"Ne var?"

"Zıkkım." Etrafa baktım. "Pusula'nın olduğu caddenin sonundayım, bir olay oldu. Gelebilir misin?"

"Acil mi?"

Öfkeyle soludum.

"Tamam."

Telefon kapandı. Cebime atıp ona döndüm. "Tamam, ağlama. Birini çağırdım şimdi yardım etmeye geliyor bize. Senin adın ne bakayım?"

Kirli elleriyle ıslanmış yüzünü silince çamur olmuştu yüzü. "Ahmet."

"Tamam Ahmet, gel şöyle." Elinden tutup kenara çektim, boş arazideki büyük bir taşın üzerine oturup onu da kucağıma oturttum ve hırkamı çıkarıp önce yüzünü, sonra ellerini sildim. "Arkadaşının adı ne? Pamuk şekerin yani."

"Samet."

"Diğerleri iyi mi? Bir şey oldu mu?"

Kafasını olumsuz anlamda salladı. Bir anda göğsü kabarmıştı. "Hayır tabii ki. Sağlam çocuklarız biz, kolay devrilmeyiz."

O sırada sokak bir arabanın far ışıklarıyla aydınlanmıştı. Lamborghini tam önümüzde durduğunda ışık tam Ahmet ve bana doğru geliyordu.

"Devrilmezsiniz tabii, devrilir misiniz hiç?"

Ahmet'in gözleri hırkama takıldı. "Abla niye çıkardın sildin yüzümü hırkanla? Bak kirlendi."

Sakinleşmişti, bu iyiydi. Ama hırkamı mı düşünüyordu cidden?

Pars, kapıyı açıp inerken, "Saçmalama istersen Ahmet," diye mırıldandım ve onu ayağa kaldırdım. Tam Pars'a durumu açıklayacaktım ki onun mavi gözleri birden dalgalarla çalkalanmaya başladı. Ahmet'i tanıyor muydu?

"Abi!" Ahmet koşup Pars'ın bacaklarına sarıldığında, Pars eğilip onun boyuna gelmeye çalıştı ama yine de uzundu. Kolunu sıvazladı. "Ahmet, ne oldu sana?"

"Bana bir şey olmadı abi," diyerek geri çekildi Ahmet. "Samet. Samet'i kaçırdılar."

Pars'ın gözleri açıldı, önce Ahmet'e sonra da bana baktı.

"Öğlen Taylan'ın arabasının camlarını siliyorlardı. Sonra Taylan, Samet'e birkaç yüzlük verdi ve kulağına bir şeyler söyledi. Ne söyledi bilmiyordum ama akşam Samet bir şeyler söyleyip gitmiş, Taylan'ın kaçırdığını düşünüyorum." *Ama neden?*

Kaşları çatıldı. "Siktir." Elini cebine atıp telefonunu çıkardı. "Siktir. Bunu yapmış olamaz. Bunu cidden yapmış olamaz."

Kimi aradığını bilmiyordum ama karşıdaki açmıyordu. Daha sonra küfredip başkasını aradı. O da açmadı. Bize döndü. "Atlayın."

Üçüncü olarak aradığı kişi de açmayınca boş verip telefonunu cebine attı ve direksiyon başına geçti. Bu sırada Ahmet arkaya, ben öne binmiştim.

Ahmet arkada arabanın içinin lüksüne kapılıp gözlerini kocaman açarak bir oraya, bir buraya zıplarken Pars gaza bastı.

"Bir şeyler mi biliyorsun?" diye sordum.

"Ahmet'i nereden tanıyorsun?"

"Abla tanımıyor, biz tanıyoruz," dedi Ahmet arkadan lafa girerek.

Pars dikiz aynasından Ahmet'e baktı. "Siz nereden tanıyorsunuz lan?"

"Pamuk şeker," dedi Ahmet omuz silkerek.

Pars anlamamıştı. Bu sahneye gülmek istedim. Bunlar nasıl çocuklardı böyle de yalnızca birine dondurması düştüğü için aldığım pamuk şekeri unutmuyorlardı? O an, o gün sadece Samet'e değil de diğerlerine de pamuk şeker almadığım için üzüldüm. Bütün dünyayı hak ediyorlarken, trafikte araba silmeleri...

Bir gecekondunun önünde durduğumuzda Ahmet somurttu. "Ama abi ya..."

Pars arkaya döndü. "Hadi hadi, in, Samet'i biz getireceğiz."

Arka kapı olmadığı için ön tarafa yöneldi Ahmet, onu kucağıma alıp kapıyı açtım ve aşağı indirdim. Meraklı gözleriyle Pars'a döndü. "Gece yarısından önce gelecek mi abi?"

"Neden sordun?"

"Bugün Ayşe'nin doğum günü. Kek almıştık."

Pars'ın dik duran geniş omuzları bir an çöker gibi oldu, benim ise içimde cam çerçeve inmişti. "Gelecek," dedim ona güven vermek için ve saçlarını karıştırıp gülümsedim. Verdiğim gazla o da gülümsedi ve içeri girerken el salladı. Kapıyı kapatırken camdan, gecekondunun kapısının onun yaşlarında birkaç çocuk tarafından açıldığını görmüştüm; Pars gaza bastığında ise dikiz aynasından, sarıldıklarını.

"Onları nereden tanıyorsun?" diye sordum ona dönerek. Üzerimdeki ince tişörte bir bakış atıp klimayı açtı.

"İşim düştüğünde yardım etmişlerdi."

Kafamı salladığımda bu sefer o sordu. "Sen nereden tanıyorsun?"

"Hepsi dondurma yerken biri dondurmasını düşürmüştü, ben de ona pamuk şeker almıştım." Caddeden otobana giden yola saptığını, şehrin dışına doğru sürmeye başladığını fark ettiğimde, "Neler dönüyor?" diye sordum. "Nereye sürdüğünü biliyor musun?"

"Çok iyi biliyorum, merak etme." Sinirlendiğini hissetmiştim. Kasları gerildi ve direksiyonu sertçe kavrayıp sola saptı. "O orospu çocuğuna kadın pazarlamak yetmedi. Ama bu kadarına izin vermeyeceğim, eğer o çocuğa *bir şey* olursa kendisine *birçok* şey olur."

Kollarımı kendime doladım ve geriye yaslandım. Samet'in yüzünü hatırlıyordum, kalın kaşları vardı ve biraz esmerdi. Çoğu zaman kırmızı, kirli bir hırka giyerdi. Bazen onları sahile indiğimde görürdüm, cadde boşken koşu yarışları yapıp eğlenirlerdi. Sanırım yedi kişilerdi. Dünyanın en saf çocukları gibi gelirlerdi bana, eğlenmesini çok iyi bilirlerdi bu yüzden benden çok küçük olmalarına rağmen çok özenirdim onlara. Hiçbir şeyleri yoktu ama çok mutluydular.

Benim her şeyim vardı ama hiçbir duyguya sahip değildim.

Araba ormanlık arazide son hızla giderken yavaşça hızı düşürdü, daha sonra da ağaçlık bir alana girdi ve farları döndürüp motoru durdurdu. "Burada bekle bir dakika," dedikten sonra inip bagajı açtı. Bir süre sonra geri geldiğinde elinde siyah bir tişört ve kapüşonlu vardı.

Kapüşonluyu kafama attı. "Al giy."

Kafamdan indirdim. "Sağ ol ya."

Elindeki siyah ince tişörtü ellerini kullanarak yırttı, iki uzun parça elde ettiğinde kalanını bıraktı. Ben de bana verdiği kapüşonluyu başımdan geçirdim. Ona ait olduğu çok belliydi çünkü çok büyüktü, bir erkek parfümü ve kahve gibi kokuyordu sanırım. Üstüne kahve mi dökmüştü acaba?

"Bunu gözlerin açık kalacak şekilde yüzüne bağla," dedi ve bir parçasını uzattı. Nasıl bağladığını görmek için onu beklediğimde burnunu da kapsayacak şekilde takmıştı. Bir de kafasına siyah şapka geçirdiğinde artık görünmüyordu bile. Yalnızca mavi gözleri parıldıyordu.

Ben de bağladım ve arabadan indim. Kapıları kilitlediğinde yanıma gelip, "Şuradan yürüyeceğiz," diye mırıldandı. "Onu muhtemelen buraya getirmişlerdir, buradaki dağ evinin alt katı mahzenlerden oluşuyor. Çalışanlarını cezalandırmak ya da kaçırdığı insanları saklamak için kullanıyor şerefsiz. Arabada rahat durmayacak birine benzediğinden seni de götürüyorum ama orada sakın tek kelime etme, kimse kim olduğumuzu anlamamalı. Taylan şu an evde değil. İçeri girip, Samet'i alıp gideceğiz buradan."

Kafamı salladım. Bir süre sonra dağ evini görmüştüm. "Burası..."

"Evet," dedi. "Seni de buraya getirmişti."

Sarhoş olduğum için çok da iyi hatırlayamadığım anılarımın içinden sıyrıldım, Pars arka tarafa doğru yürüyordu. Ev çok büyüktü, iki katlıydı. Etrafında adamlar vardı. Bir grup ön bahçede sigara içiyordu hatta.

Arka tarafa geldiğimizde kafasıyla yukarıdaki açık pencereyi gösterdi. Tam onunla birlikte hareket edecektim ki bir an beni durdurdu. Kaşlarını çatmıştı.

Omuzlarıma dökülen saçlarımı topladı. Tüylerim diken diken olmuştu, saçlarımı toplamayı unutmuştum. Geriye atıp kapüşonu üzerine kapattı. Bu sırada yaptığı işe odaklandığı için bana bakmayan gözlerini görebilmiştim sadece. Bu renk bir lens var mıydı acaba?

Geriye çekildi. Etrafına bakarak ilerledi, ben de arkasından gittim. Kenardaki korkuluğa tutunarak kendini yukarı ittiğinde pencerenin pervazından tutunarak kendini resmen yukarı fırlattı ve saniyeler içerisinde içeri girdi. Bir dakika boyunca içeriyi kontrol ettiğini düşünerek bekledim, kontrol işi bittiğinde kafasını çıkarıp bana baktı ve tırmanmam için işaret verdi.

Korkuluğa tutundum, kendimi yukarı itmeden önce birkaç derin nefes aldım ve daha sonrasında pencerenin pervazına yetişmiştim. İki elimle kenardan tutunurken elini uzattığında beklemeden tuttum, daha sonrasında ise hiçbir şey yapmama gerek kalmadan beni kollarımdan yakaladığı gibi içeriye çekti.

Perdenin arkasından çıktığımızda boş, sade odayı gördüm Ay'dan yansıyan ışık kadarıyla. Onun dışında kapı aralıktı, koridorun turuncu ışığı görülüyordu.

İlerleyip dışarıya baktı, daha sonra kafasını çıkardı. Muhtemelen boş olduğunu gördüğünden eliyle bana *gel* işareti yapmıştı. Peşinden gittim ve arkasında durdum. Küçük adımlarla eğilerek dışarı çıktığında peşinden yürümüştüm.

Yukarıda, yani bu katta kimse yoktu ama merdivenlerin o tarafa yürüdükçe aşağıdan gelen sesler artıyordu.

Merdivenlerin başından aşağı baktığımızda salondaki koltuklarda oturup ellerindeki telefonlarla oyun oynayan üç adam gördüm, kapıda da bir tanesi vardı ve arkası dönük telefonla konuşuyordu.

Pars sessizce inmemiz için dönüp gözlerime baktı, anladığımı belirtmek için kafamı salladım. Ufak adımlarla merdivenlerden aşağı inerken adamlardan birinin dikkatini çekmemek için dua ediyordum resmen. Bu taraf salona göre karanlıktı ama yine de çok riskliydi.

Beklediğimin aksine adamlar bizi görmediler, küçük adımlarla indiğimiz katın da altına, mahzenlere inmek için hareketlendiğimizde hızlı olduk ve aşağıya saniyeler içerisinde ulaştık.

Pars aralık tahta kapıyı araladığında içerideki adam sırtı dönük bir şekilde ilerliyordu. Fark edeceğini bildiğinden hızlıca ilerleyip bağırmasına izin vermeden boynundan yakaladı ve karnıyla göğüs bölgesine sert bir tekme geçirip bilincini kaybetmesini sağladı. Adam yere yığıldığında cebindeki anahtarları aldı ve ben de peşinden yürüdüm.

Gerçekten de mahzen gibiydi burası. Fare sesleri bile duyuyordum. Parmaklıklarla sarılmış kafesler vardı, çok korkunç, kirli ve karanlıktı.

Pars sonuna kadar ilerlediğinde bir kafesin önünde durdu. Ben de hızlanıp yanına yürüdüm ve baktığı yere çevirdim kafamı.

Samet ince bir tişört, kirli bir pantolon ve yırtık bir spor ayakkabıyla toprak zeminde kenara kıvrılmış, uyuyordu.

Pars'ın yüzüne bağladığı kumaşın ardından küfretmeye başladığını duydum, ama aynı zamanda dışarıdan gelen ayak seslerini de.

Hızla anahtarları çıkarıp kapıyı açtı, "Samet'i al ve çık," dedi. Adamlar kapının önündeki sürprizi gördükten sonra gürültü yapıp koridora çıktıklarında, kafeslerin sonunda bizi gördüler.

"Siz kimsiniz lan!" diye bağırdı en öndeki kel.

Pars kısık sesle, "Çabuk!" dedi ve kolumdan çekip beni kafesin kapısına itti.

Yukarıda oyun oynayanlar ve telefonla konuşan dahil dört adam, Pars'a doğru koşuyordu. Kurtulması imkânsızdı. Böyle olamazdı.

Samet'in soğuktan titrediğini gördüğümde kucağıma aldım, tam kafesten çıkacakken Pars çıkardığı ceketini Samet'in üstüne örttü ve adamlara doğru koştu.

Ne tarafa gideceğimi bilmediğimden ileride gördüğüm kapıya koşmaya başladım.

Samet kucağımda sayıklarken ellerim titriyordu, bu *korku* muydu?

Geriye dönüp baktığımda kel adamın yerde kafası kanlar içinde yatıyor olduğunu gördüm, kafasını tutup çığlık atmaya başlamıştı. Pars bir diğerini öyle bir tekmeyle yere serdi ki adamın bacağı ters döndü, kalan ikisinden biri onu tuttuğunda ayaklarını kaldırıp zıplayarak karşısındaki duvara çarptı. Adamın kırılan kemiklerinin sesi mahzende yankılanmıştı. Sona kalanı da kollarından tutarak arkasından çekip çıkardığında suratına bir yumruk indirip yere serdi.

Şokla olanları izlerken olduğum yerde donmuştum. Son adamı yere serdikten sonra buraya koşan Pars'ı fark ettiğimde anca tuttuğumu yeni fark ettiğim nefesimi verebildim.

"Neden bekliyorsun!" diye bağırdı ve beni kendime getirdi. Ellerini Samet'in altından geçirip kucağına alırken ben de titremekten kurtulup kapıyı açtım ve ileride ormana açıldığını gördüğüm parmaklık kapıya doğru koştum.

Vardığımızda bu sefer kapı kilitliydi. "Kilitl-"

Sözümü tamamlamama bile izin vermeden öfkeyle parmaklık kapıya tekmesini geçirdi. Üçüncü geçirişinde kapının kilit mekanizması sökülmüştü. Bahçedeki adamların da bağrışıp içeri doluştuğu bir sahneyi gördükten sonra beklemeden ormanın içine doğru Pars'ın peşinden koşmaya başladım. Nereye koştuğumuzu bilmiyordum, yalnızca onun peşinden koşuyordum. Ellerimi keskin ağaç dalları kesiyordu ama hava o kadar soğumuştu ki hissetmiyordum, yalnızca sinek ısırığı gibi geliyordu.

Arabanın yanına ulaştığımızda Pars kapıların kilidini açtı, ön kapıyı açıp arka tarafa geçtim ve oturduğumda kollarında yatan Samet'i kucağıma bıraktı. Ardından kapıyı kapatıp sürücü koltuğuna geçti, şapkasıyla bez parçasını çıkardı ve gaza bastığı gibi araziden çıkıp orman yolunda son hızla ilerlemeye başladı.

İkimiz de nefes nefese kaldığımızdan arabada yalnızca soluklarımızın kasvetli uğultusu duyuluyordu. Yüzümdeki parça kumaşı attım, kapüşonlumu indirdim. Samet'in yüzünü dik konuma getirdim ve elimi yanağına koydum. "Ateşi yok," diye mırıldandım. "O iyi mi?"

"O iti kuzey kutbuna yollasan yine hayatta kalır, bilmiyorsun sen onu," dedi ama biraz da kendini inandırmaya çalışıyormuş gibi geliyordu.

"Su var mı?"

Yanına uzanıp bir şişe aldı ve arkaya uzattı. Kapağını açıp Samet'i doğrulttum ve dudaklarına götürdüm. Suyu hissettiği an elleri şişeye gitti ve gözlerini aralayarak şişeyi kafasına dikti. Tek nefeste bitirmiş, hatta nefes nefese kalmıştı.

Yarım saat sonra, Ahmet'i bıraktığımız gecekondunun önüne gelmiştik. Samet'in bilinci de yerine gelmişti, bir süre korktuğunu söylemiş ve ağlamıştı ama daha sonra ağladığını ve korktuğunu reddederek erkek adam olmakla ilgili bir şeyler saçmalamıştı.

Arabadan indiğimizde pencereye dizilmiş çocuklar kapının önüne çıktı, Samet koşarak çocuklara sarılmıştı.

Pars elini ceplerine sokarak içeriye girdi. "Bana bakın, bir daha böyle adamların pahalı arabalarını silmeye falan uğraşmayın. Zihinleri, fikirleri çöp bu adamların, arabalarının camlarını silseniz neye yarar?"

"Ama," diyerek araya girdi küçük, sarışın, saçları örülmüş bir kız. "Neden ki?"

"Çünkü siz çok değerlisiniz," diyerek eğildi ve onun boyuna gelmeye çalıştı yine. Küçük kız da yanına gelip dizine yaslanmıştı. Pars onun saçlarını okşadı. "Çünkü güzellik, siz daha bu yaşınızda o kadar değerlisiniz ki herkes sizi çalmaya çalışıyor."

"Ne kadar değerliyiz?" diye sordu aralarından biri. "Çikolata kadar mı?"

"Hayır, aptal mısın?" diye araya girdi bir başkası. "Çikolata ne ki? Telefon kadar değerliyizdir. En değerlisi o çünkü herkeste var, herkes hep ona bakıyor. Değil mi Pars Abi?"

Ahmet saçlarını karıştırdı. "Altın kadar mı değerliyiz abi?"

"Ulan altın sizin köpeğiniz olsun be, altın ne ki? Şu saçınızın bir teli var ya, o kadar bile etmez altın."

Küçük kız, Pars'a sarıldığında bahçeye girerken düşmemek için demir kapıya tutunmak zorunda kaldım. Daha önce hiç böyle bir sahneye tanıklık etmemiştim bu yüzden içimde hissettiğim duygulara anlam veremiyordum, sadece çığlık atarak ağlamak istiyordum.

Çocukların hepsi teşekkür ederek Pars'a sarıldıktan sonra bana yöneldiler. "Teşekkür ederim Pamuk Şeker," dedi Samet önümde durup. Sonra diğerleri de hep bir ağızdan aynı şeyi tekrarladılar.

Gözlerim dolu dolu gülümsedim onlara.

Pars, "Hadi şimdi doğru yataklara!" dedi el çırpıp. Sonra da en büyüklerine döndü. "Onur, kapıları kilitliyorsunuz değil mi her gece? Bak yakalarsam fena olur."

"Tabii ki!"

Çocuklar el sallayarak eve doluştuklarında kapıyı kapattılar ve kilitlediler birkaç kere. Ardından Pars geriye, bana doğru döndü. "Bakıyorum da başını dertten kurtaramıyoruz küçükhanım."

Yanımdan geçip gittiğinde ben de peşinden yürüdüm ama arabayı es geçip ilerlemeye başlamıştı.

Samet'in üzerine verdiği ceketi de alıp peşinden koştum ve ona uzattım. Görünce alıp giydi.

"Nereye gidiyorsun?"

"Markete."

"Neden ki? Araba burada kaldı."

"Kalsın."

Küçük ama hızlı adımlarla onu takip etmeye çalıştım çünkü adımları çok büyüktü, bacakları uzundu ve buna ek olarak hızlı da yürüyordu. Koşsam belki yetişebilirdim. Belki.

Açık bir market bulduğunda içeri girdi, ben de peşinden girdim. Bir market arabası alıp çerezler, cipsler, içecek bir şeyler aldı, çikolata ve birkaç şeyle daha doldurdu arabayı. Daha sonra kasaya gidip hepsini ödedi. Bu kadar şeyle ne yapacak diye düşünüp poşetlemeye başlamışken anlamıştım ne yapacağını ve anladığım an garip bir hisle titremişti bu sefer elim, korkudan ya da başka bir sebepten değil.

Ve bu hisse tutunup onda yaşamak, onda nefes almak istemiştim. *Bu dünya beni bu hisle yaşatır mıydı?*

Altı poşetin beşini alıp birini bana bıraktığında ses çıkarmadan peşinden yürüdüm, karanlık sokakta da onu yetişebildiğim kadarıyla arkasından takip etmiştim. Sonunda gecekonduya geri döndüğümüzde içeri girdi, salonun ışıkları yanıyordu ve küçük televizyonun etrafına toplanmış çocukları görebiliyordum.

Kapıyı en büyük olanları açtı. Diğerleri yerinden kalkmamıştı.

Onur tam, "Pars Ab-" diye bağırıp diğerlerini de çağıracakken Pars ağzını kapattı. "Şşşt, çağırma şimdi. Al şunları."

Poşetleri kenara koydu. Ben de kenara bıraktım.

"Kapıyı iyice kilitle yine, birkaç gün de çıkmayın dışarı. Ben size yemek yollarım. Yatın zıbarın."

Onur kafasını sallayıp gülümsedi. Pars saçlarını karıştırdıktan sonra "Ayşe'ye de söyle, hediyesini yarın akşam bir ara getireceğim, sözüm olsun," dedi ve el sallayıp arabaya doğru yürümeye başladı. Tam ben de dönecektim ki Onur, "Abla," diye fısıldadı sessizce.

Yanına gittim. "Efendim?"

"Senin adın ne abla?"

"Liva."

"Ne?"

"Liva."

"Ne?"

Dudaklarımı birbirine bastırıp gülmemek için zor tuttum kendimi. "Li-va."

Onur heceledi. "Li-va." Heceleyince heceleri uzatmıştım, bu yüzden o da uzatmıştı. Güldüm. "Evet."

"Peki. İyi geceler Li-va Abla."

Tekrar güldüm. "İyi geceler Onur."

Kapıyı kapattı ve kilitledi. Bahçeden çıkıp Lamborghini'nin ön koltuğuna bindiğimde pars çoktan sürücü koltuğunda oturuyordu.

Gaza bastığında, "Beni İrem'in evine bırak," diye mırıldandım. Kafasını salladı. Ona çocuklarla ilgili çok şey sormak istiyordum ama bir şey çıkmıyordu ağzımdan. Belki de bu gece çok şey yaşadığımdandı, çok duygu tattığımdandı. Ağır gelmişti her şey bir an.

"İrem'in evi nerede?"

"Şuradan sağa gir."

Sağdaki sokağa girdi. Devamında ona tarif ettiğim gibi ilerledi. İrem'in evinin önüne geldiğimizde tahmin ettiğim gibi yalnızca İrem'in odasının ışığı yanıyordu. Onların evinde böyle bir kavga olduğunda o gece genelde kimse evde olmazdı ve İrem yalnız kalır, kafasını temizlik yapmakla bozardı.

"Bıraktığın için teşekkürler," dedim Pars'a dönerek. Mavi gözleriyle karşılaştığımda hızlıca önüme döndüm ama dönerken elindeki derin kesiği görmüştüm, birkaç çiziği de vardı ve parmak boğumları kıpkırmızıydı. O adamları döverken olmuştu muhtemelen.

O an cebimdeki yara bandı alev aldı sanki. Elimi cebime attım ve çıkardım. Kıyafetlerimin cebine yara bandı koymak gibi bir alışkanlığım vardı ve ilk defa gerçekten işe yarayacak bir yere kullanacaktım sanırım.

"Yara bandın var mı?"

Yüzüme baktı.

"Tabii ki yok," diye kendi kendimi cevapladım. "Ama bu sefer benim var."

Bir bacağımı, diğer bacağımın altına koyup ona doğru döndüm ve elini tutup dizimin üzerine koydum. Kaşları çatıldı. "Ne yapıyorsun?"

Hafifçe dudaklarım kıvrıldı. "O zaman bunu söylediğimde ne söylediğimi bilmiyordum ama şimdi biliyorum..." Yara bandının kâğıtlarını çıkarıp kesiğin üzerine getirdim. "*Senin gibi yaralı bir adamın cebinde yara bandı taşımaması* akıl kârı *değil.*"

Bandı yapıştırdığımda kafasını kaldırıp yüzüme baktı. Ben

de boynundan kulağının arkasına yükselen dövmesinden çekip gözlerimi, gözlerine baktığımda; gözlerinin hafifçe dudaklarımı birbirine bastırdığım için muhtemelen sol yanağımda ortaya çıkan gamzeme gittiğini fark etmiştim.

Hipnozu bozan onun çalan telefonu olduğunda elini dizimin üzerinden çekti, ben de geri çekildim. Benim arabadan inerken, "İyi geceler," dememle eş zamanlı olarak o da arayan kişiye, "Efendim Naz?" demişti.

8

Kabuk Yaraya Sadık Değil

Kocaman, gemi gibi bir evin boş odalarında kürek çeken hayaletlerinin seslerini duyduğum, acımasız bir sabahtı.

Odamdaki soğuk yatağımın üzerinde doğrulup çıplak ayaklarımı aşağıya sallandırdığım an halının üzerine saçılmış geçmişin kırık camları tenime battı, yine de ayağa kalktım. Aralık bıraktığımı hatırladığım ama ne zaman böyle şiddetle geriye açılarak dışarıdaki hüznü içeri buyur ettiğini fark etmediğim pencereyi kapatmadım, yalnızca ıslanan parkelerin üzerine masanın üzerindeki tişörtümü attım.

Arkamı döndüğümde dışarıdaki gürültüye sağır kesilmiş kulaklarımın merkezinde bir hıçkırık yankılandı, bana ait değildi.

Halbuki tahtaları kırık geminin dümeninin başındaki insan benden başkası değildi.

Üşümüş parmaklarım usulca pijamamın ucuna yapıştığında arkamı yavaşça döndüm, gözlerimin odağına giren cansız nesneye bakmak bile sırf bu enkaza ait olduğu için, ölüm gibiydi. O an sanki boyu boyuma değen kitaplık canlandı, kirpiklerim her titrediğinde biraz daha uzadı, ben kendimi durdurabildiğimde boyu tavana yakındı.

"Gitmeyeceksin!"

Bir rüzgâr, odanın ortasında dikilen bedenimi adamdan saymayıp duvarlardan sekerek kitaplığın ikinci rafında usulca dikilen küçük vazoyu devirdiğinde geçmişin eli kanlı hayaletleri bu sefer tutunup hayat bulabilecek bir şeye sahipti, bunu da onlara kendi ellerimle bizzat ben vermiştim. *Sorunun kaynağını bulduğun an onu yok et,* derdi bu odanın içine her girdiğinde tek yaptığı bana bağırmak olan kaba ses. *Pişmanlık, bir kereden bir şey olmaz deyip başladığın uyuşturucu gibidir, seni zamanla zehirler.*

Zaman.

Zaman nedir?

Sanki o anı yıllardır iple çektiği için her gece oturup anılarıyla zehirlediği, kemikleriyle bilediği bıçakla tırnaklarını törpüleyen bir hayalet elini koluma geçirdi. *"Zaman en değerli hazinedir."*

"Eğer zaman en değerli hazineyse, neden bize bu dünyada sebepsiz sualsiz verilen tek şeydir?"

Göz pınarlarımda titreyen sıvıyı kafamı yukarı kaldırarak geri gönderdim. Yıllardır ağlamamıştım, şimdi de ağlamayacaktım. İnsanlar yaralıydı, yaralı oldukları için çirkinleşiyorlardı. Bu döngü kırılamazdı, kısırdı. Açık yaraları olan insanlar diğerlerine göre daha iflah olmazdı, karşısındakinin kalbine giden en hızlı yola sahip olan duyu organından akacak o tuzlu şifa suyunu canla, başla beklediği için. Bekleyeceklerini biliyordum, her zaman beklerlerdi. Bu yüzden yaraları açıktaydı. Oysaki göğsünün içinde kabuk bağlamış bir yara barındıran insan nasıl sökerdi başını altına soktuğu çatısını?

Kabuk yaraya sadık değil.

Zaman bize sebepsiz sualsiz verilen en değerli hazineyse, bunun bir nedeni vardı. Çünkü sana aitti ama kontrol edemezdin, bunu fark edene kadar geçerdi ve geri döndüremezdin, kazandığın her hazineye kaybedip kaybedip yeniden sahip olabilirdin ama zamana sahip olamazdın. Doğardın, annenin karnına tekrar giremezdin; ölürdün dirilemezdin. Zaman böyle bir şeydi işte.

Odanın içindeki geçmişin kızgın hayaletleri, zihnimin duvarlarına çarpa çarpa kırık noktalarla düğümlenen cevabımı duydukları an yok oldular. Böylece kulaklarımı tıkayan korkunç sızı ve baskı da gitti.

Dışarıdaki kıyametin içeride bıraktığı parçaları çoğalıp yayılarak çıplak ayaklarıma ulaştığında yere attığım tişörtümün işe yaramadığını fark ederek pencereyi kapattım ve buz gibi olmuş bedenimi yerdeki kırık cam parçalarının üzerinden atlayarak banyoya attım.

Dün gece Pars beni İremlerin evine bıraktıktan sonra direkt içeri girmiştim, ev boştu bu yüzden şifreyi bildiğim için tek başıma girebilmiştim çünkü yine biliyordum ki İrem üst katta bangır bangır bir rap grubunu dinleyip temizlik yaparken değil kapıya, telefonuna bile bakmazdı.

Viledayı elinden alıp onu zorla banyoya sokana kadar saat gece 3 olmuştu, sonrasında ise onu yatırıp sabaha doğru eve dönmüştüm.

Sıcak bir duş aldıktan sonra saçlarımı kurutup giyinerek okula gittim. İlk dersten sonra kantine inip İrem için etrafa bakınmaya başlamıştım. Genelde böyle sapıttığı gecelerin sonunda kantinde litrelerce çikolatalı ya da çilekli süt içerken görülürdü. Kimse yanına yaklaşmazdı, birkaç çocuk fotoğrafını çeker okul gazetesi için verirdi ama artık onun bu hallerine alışan öğrenci editörler de bunu haber olarak basmak istemezlerdi. *Ülkenin en zengin ailelerinden birinin kızı yine depresyonda! Geceden kalma olarak okula gelen İrem, kantinde litrelerce süt içerken görüntülendi. Öyle sanıyoruz ki genç kızın kafası çok karışık, sütteki laktoz oranıyla sarhoş olmaya çalışıyor. Ya da bağırsaklarını zehirlemeye.* Ha-ha. Bu zırvalıkları kim okuyordu?

Herkes. Tabii ki. Bu okuldaki herkes böyle şeylerden artık klişeleşmiş olsa bile hoşlanırdı çünkü herkes, herkesin potansiyel düşmanıydı.

İrem'i köşedeki masalardan birinde çikolata krizine girmiş bir şekilde bulduğumda masadaki boş paketleri toplayıp çöpe attım. "Bu kadar çok tatlı yeme, sonra pişman olup yemek yemiyorsun ve bütün hafta ağzına bir lokma koymak için peşinde dolanan ben oluyorum."

Ağzında gevelediği çikolatayı yutup paketi bıraktı ve "Haklısın, ben çok kötü bir arkadaşım," dedi.

"Onunla ne alakası var? İçindeki duyguları dışarıya böyle yansıttığın için şanslıyım bile. Okulun geri kalanı delirdiğinde arkadaşları onları sabahlara kadar süren ve asla başladığı kadar sakin geçmeyen partilerden ya da barlardan falan topluyor."

Heyecanla öne eğildi. "Hatta geçen gün Harunları nereden çıkarken görmüşler biliyor musun? Bir genelevinden! Abisi çok kızmış."

"İyi halt yemiş o da."

İrem'in elinden birazdan sidik torbası patlayacağı için kafasına diktiği bir litrelik suyu alırken, yangın merdivenlerinden yukarı çıkan beşliyi gördüm: Tolga, Asır, Barış, Ulaş ve *Serdar*.

Ona döndüm, eğer burada böyle bırakırsam cebi boşalana kadar kantin çalışanının gülümsemesini katlamaya devam ederdi ama gitmezsem de içim rahat etmeyecekti. Bu duyduğum rahatsızlık beni daha da rahatsız etmişti. Yine de kendime mani olamayıp sandalyemi çektim ve ayağa kalkarak, "Sen burada dur ben geliyorum," dedim. Kantini seri adımlarla terk edip koridordaki merdivenlerden yukarı çıktım. Üst katın kilitli kapısını cebimdeki tel tokayla açtıktan sonra biraz halsiz olsam ve omuzlarım çökse beni uçurabilecek kadar şiddetli rüzgârların estiği çatı katındaydım.

Uçuşan saçlarımı ellerimle tuttum kontrol etmeyi başarabildiğimde ileri yürüyordum, önümdeki paslanmış makinelerin arkasından gelen hışırtıları duyabiliyordum.

Jeneratörün arkasında Tolga'nın, Serdar'a bir yumruk geçirdiğini gördüğümde dudaklarımı birbirine bastırdım. Serdar karşılık vermek istemişti ama becerememişti. En azından karşılık vermek için çabalamıştı, acaba ona bıraktığım tekvando ustasının kartını görmüş ve o kulübe kaydolmuş muydu?

"Sana bir daha bana mikrofon uzatmayacaksın demedim mi lan ben!"

Karnına bir tekme geçirdiğinde sanki ben de darbe almışım gibi elimi karnıma götürdüm, bu sahneyi biliyordum ve daha fazla izleyemezdim ama bulaşırsam payımı alacağımı da biliyordum. Okulda dönen kavgaların ne kadar saçma olduğunu bildiğimden mikrofon meselesine değinmek bile istemiyordum, kim işini yapıyor diye birine saldırırdı ki? Yine de Tolga'nın İrem'e yürüyor olmasını –her ne kadar bu iğrenç bir şey olsa da– bir çıkış yolu olarak gördüğümden jeneratörün arkasından nefes nefese çıktım, sanki koşmuşum havası vermek istemiştim. "Tolga?"

Tolga, tam Serdar'ı yakasından tutmuş kafasını kafasına gömecekti ki benim sesimle herkes bana döndü. *Siktir.* Neden korumak istiyordum ki bu şerefsizi ben? O değil miydi Pars ve arkadaşlarıyla bizi bodruma kilitleyen, sonra da korkak gibi kaçan? Yalan söyleyen o değil miydi?

"Liva?" dedi Tolga şaşkınlıkla. Ellerini Serdar'ın yakasından çekince Serdar yere düşmüştü.

"Müdür yardımcısı seni arıyor her yerde, neredesin? Babanla ilgili bir durum var sanırım, öyle bir şeyler geveledi."

Kesinlikle öldürülecektim. Yalnız başıma, karanlık bir sokakta. Okulun en popüler ve belalı çocuğuna bulaşmıştım. Bunun bir bedeli vardı ve ağır olacaktı.

Kaşlarını çattı. "Öyle mi?" Gerilmişti. Barış tam Serdar'a karşı tekrar hareketleneceği sırada Tolga onu tuttu. "Siktir et, narin bedeni daha fazlasını kaldıramaz zaten. Ölürse başımıza bela." Gözlerini bana çevirdikten sonra devam etti. "Yürüyün gidiyoruz."

Onlar yangın merdivenlerini kullanarak tekrar aşağı indikten sonra gittiklerine emin oldum ve tekrar Serdar'ın yanına döndüm. Yerde kıvranıyor, ayağa kalkmaya çalışıyordu. "Sen manyak mısın? Niye dikine gidiyorsun bu çocukların? Bilmiyor musun hepsi ayrı bela?"

"K-korkaklık etmemeliyim." Resmen konuşurken kekelemişti, ağzından kan akıyordu. "Korkaklık edemem, edemem!"

"Boyundan büyük işlere kalkışmadan önce boyunu uzatmalısın, bunu unutma. Topuklu mu giyeceksin altına taş mı koyacaksın orasını bilemem ama bir daha sana yardım etmeyeceğim Serdar. Anladın mı? Bu sondu."

Arkamı dönüp merdivenlerden inecektim ki tırabzanların başındayken, "Teşekkür ederim!" diye bağırdı. "O kulübe kaydoldum! Söz veriyorum dediğin gibi biri olacağım!"

Kafamı sallayıp merdivenlerden aşağı indim ve zil çaldığı için sınıfa döndüm.

Günün geri kalanında İrem gelmediği sürece sınıftan çıkmamış, kafamı sıraya gömüp uyuyor numarası yapmıştım. Tolga muhtemelen onu kandırdığımı öğrenmişti bu yüzden çok sinirli olmalıydı. İnsanlarla kavga etmeyi sevmiyordum bu yüzden bunca zaman her şeyi görmezden gelmiştim ama gözlerimi açmayı tercih ettiğim ilk anda da çatabileceğim en belalı tiplerden birine çatmıştım.

Okul çıkışı gitmek için herkesin çıkmasını beklerken sınıfa İrem geldi. "Naber uykucu? Bütün gün uyuduğuna göre akşam bir şeyler yapabiliriz."

Telefonum titredi.

Kayra, grubun ismini Muhteşem Beşli olarak değiştirdi.

Kayra: Livaaaa
Kayra: Pusula'ya gelseneee
Zamir: Senin yapacağın işe tüküreyim
Zamir: Liva mekâna gel ama arka çıkıştan içeri gir ve kimsenin seni görmediğine emin ol
Zamir: Bir de gelirken bilgisayarını getir, bir olay var
Zamir, grubun ismini 💩💩 olarak değiştirdi.
Zamir: Saçma salak sikimsonik şeyler yapma lan şu grubun ismini
Kayra: Ay sen minnoş musun acabaaa 💩
Zamir: Siktim belanı
Gülmek ve korkmak arasında kalırken kaşlarım çatıldı.
Giray: Gerisi Smackdown 2018
Liva: Yoldayım

"Çok hastayım," dedim İrem'e dönerek. "Aşırı hastayım, fevkalade hastayım. Benim eve gidip yatmam lazım."

"Ya..." Elinin tersini alnıma koydu. "Ateşin de yok ki."

Elimi karnıma götürdüm. "Midemi bozdum."

Nasıl da güzel yalan söylüyorsun sen öyle...

"İyi, peki madem."

Okul boşaldığında her ihtimale karşı arka çıkıştan çıkıp bir taksiye atlayarak eve gittim ve üzerime bir kotla kazak ve ceket geçirerek bilgisayarımı da alıp Pusula'ya doğru yola koyuldum. Yarım saat sonra geldiğimde, ön tarafta birkaç tane aynı model siyah araba görmüştüm bu yüzden uzaktan yürüyüp arka sokaktan binanın arka çıkışına yürüdüm. Belli ki içeride birileri vardı, buraya ait olmayan birileri.

Bilgisayar çantasını boynuma geçirip açık kapıdan içeri sızdığımda mutfakta olduğumu anladım. İlerleyip aralık kapıdan karanlık ortamı gördüğümde, bar tezgâhının orada olduğumu anlamıştım. Arkası dönük dikilip ileriye bakan Oğuz'u gördüğümde eğilip sürünerek bacağının yanında durdum ve dürttüm. Oğuz bir an refleks olarak korksa da beni gördüğünde kendine gelip masanın üstündeki bezi düşürmüş gibi davranarak aşağı eğildi. "Deli misin kızım sen? Ödüm patladı."

"Çocuklar nerede?"

"Aşağıdalar. Görünmeden gitmen lazım. Ben sana işaret verince yan taraftan sürün, bu kısım zaten karanlık olduğu için ses çıkarmazsan seni fark etmezler."

Kafamı salladığımda yeniden doğrulup ayağa kalktı ve bezi kenara koydu. Bir süre işaret vermesini bekledim, daha sonra ayağıyla bacağımı dürttüğünde kenardan eğilip sürünerek tezgâhın altından kafamı dışarı çıkardım.

Dehşet verici bir görüntüydü. Taylan'ın yanında çok öfkeli bir adam daha vardı, her tarafı sarmış siyah giyimli adamlar uzun boylu birini daire içine almışlardı.

Pars'ı.

Üzerinde boğazlı siyah bir kazak, kot pantolon ve botları vardı. Arkası dönük olduğu ve çok sakat bir yerde durduğu için tam bakamıyordum ama kenardaki aynadan suratındaki o keskin, sert ifadeyi görebiliyordum.

Yavaş yavaş sürünmeye devam ettiğimde, Taylan'ın yanındaki kürklüyü tanıdım.

Cem'le İrem'in alkol projesi için buluştuğumuz gün Pars'ı almak için mekânda terör estiren adamdı bu.

Şaşırmaya vaktim kalmadığı için kendimi merdivenlerden aşağı attım, basamaklardan ses çıkarmadan indikten sonra demir kapıyı tıklatamayacağım için gruba mesaj attım.

Liva: Demir kapının önündeyim

Kapıyı Giray açtı, içeri girdiğimde Zamir'le Kayra dağılmış bir şekilde farklı koltuklara oturuyordu.

"Seni böyle bir karmaşanın içine attığımız için özür dileriz," dedi Giray ve beni koltuklara yönlendirdi. Oturduktan sonra devam etti. "Bir mekân var, yeni tuttular. Bu gece açılışı olacak."

"Benden ne istiyorsunuz?"

Zamir doğruldu ve sinsice gülümsedi. "O mekânı o orospu çocuklarının başına yıkacağız. Adres lazım."

Yaklaşık yarım saat boyunca tarif ettikleri adresleri uydu görüntüleri üzerinden tespit etmeye çalıştım, bir süre yalnızca tek bir adres üzerinde takılı kalsam da sonradan bahsettikleri yeri bulmuştum. Mahzen gibi dağ başında bir yer değildi, bahsettikleri ev şehrin göbeğindeydi.

Adresi gruba gönderirken bir anda Pars sinirli bir şekilde içeri girdiğinde büyük bir gürültüyle kapıyı kapattı. "Geçen seferki kızları götüreceklermiş."

Giray öfkesini içine itmeye çalışırken bile zirvede görünüyordu. "Ne?"

"Daha reşit bile olmamış kızlardan bahsediyorsunuz değil mi?"

Kayra konuştuğunda bilgisayarın ekranını kapatan elim titredi. Dudağımın kuruyan kısmını öyle bir çekiştirmiştim ki dişlerimle, kanın metalik tadı dilimin üzerinde dans etmeye başlamıştı. "Dünyada böyle insanların da yaşadığını bilmiyordum."

"Yaşıyorlar ama dört aç gözünü," dedi Pars öfkeyle. "Adresi buldunuz mu?"

Ona yukarıda, Taylan'ın yanındaki kürklü adamın ne iş olduğunu sormak istiyordum ama herkes o kadar öfkeli görünüyordu ki ağzımı açabileceğimi zannetmiyordum.

Zamir kafasını sallayıp koltuktan kalktı. "Liva buldu, gruba atmış."

"Tamam kalkın gidiyoruz bir an önce." Dönüp masanın üzerinden arabasının anahtarlarını alırken, "*Servis* diyor piç kuruları onlar için," diye söyleniyordu. "Bu gece o servis olmayacak."

Ne dediğini anladığım an bilgisayarımı çantasına yerleştiriyordum. Tüylerim diken diken olmuştu. *Servis.* Sanki yemek servis edilecekti. Ne alçaktı insanlık!

Zamir ceketini aldığı gibi kapıyı açıp çıktı, aralık kapıdan Giray da bana başıyla veda ederek çıktığında Kayra el salladı ve peşinden yürüdü. Çantamı alıp omzuma astıktan sonra kapıya doğru yürüdüm, Pars da beni bekliyor gibi duruyordu zaten. Ben çıktıktan sonra kapıyı kapatıp kilitleyerek anahtarı cebine attığında merdivenlerden yan yana çıktık. Üst kat boştu.

Oğuz, "Dikkatli olun, bu geceki cidden büyük organizasyonmuş. Birkaç ünlü de katılacakmış," diye mırıldandı tezgâhın arkasından çıkarken. Sonra bana döndü. "Onu da götürmüyorsunuz değil mi?"

"Bana kalsa gelirdim."

"Tabii ki hayır."

Pars bana dönüp ters bir bakış attığında ben de ona kaşlarımı kaldırarak baktım. Olumsuz düşündüğünü biliyordum ama bu kadar sert çıkacağını düşünmemiştim. Loş ışıklandırılmış ortamda koyulaşan mavilikleri gözlerime baktığında, iç organlarımı yerinde takla attıracak kadar ılık bir sıvı yayıldı içime. Korkuyla gözlerimi ondan çektim ve dudağımı ısırdım.

"Akşam mekân açık olacak, soran olursa aşağıda bilardo oynadığımızı ve rahatsız edilmek istemediğimizi söylersin," dedi Pars keskin bir tonla Oğuz'a doğru.

"Soracaklarını biliyorum," diye yanıtladı onu Oğuz.

Sormadan edemedim. "Kim soracak ki?"

"Taylan'ın yanında oturan kürklü adamı gördün mü Liva?"

Kafamı salladığım sırada Pars kaşlarını çattı. Oğuz'un sorduğum her soruyu lak diye yanıtlaması hoşuna gitmemiş olmalıydı. "Ne zamandan beri her şeyi tek bir soruyla ötüyorsun? Seni yanıma çenen sıkı diye aldım."

Oğuz dudaklarını birbirine bastırdı. Onun yaşının küçük olduğunu biliyordum ama kalıplı ve uzun boylu olduğu için 20 yaşında falan duruyordu, eğer Pars 22 yaşındaysa ve Oğuz'la böyle konuşuyorsa Oğuz daha yeni reşit olmuş biri falandı. Benimle yaşıt mıydı acaba?

Başlarıyla selamlaştıktan sonra Oğuz bana el salladı, Pars'ın peşinden kapıya yürürken, "Çantama USB'yi attığın gece mekânı basıp seni yakalamaya çalışan adamın karşısında duruyordun," diye mırıldandığımda kapıyı açtı, o çıktıktan sonra ben de çıktım. "O zaman bu akşam seni yakalamış mı oluyor?"

"Beni değil, benim yaptığım işleri yakalamak istiyor," diyerek kestirip attığında hızlıca merdivenlerden indi. Kayra, bizi görünce işaret verip içinde Zamir ve Giray'ın olduğu Range Rover'a atlamıştı. Çocuklar gaza basarken Pars da Lamborghini'nin kilidini açtı. "Atla, seni bırakmak için çok az zamanım var."

Hızlıca ön koltuğa bindiğimde aynı anda kapıları kapattık ve gazladı. "Taylan'la mı çalışıyor?"

"Ortaklar," dedi. "Çok fazla ortak var."

"Ama senin asıl neyin peşinde olduğunu biliyor o zaman?"

"Biliyor." Sert bir U dönüşü yaptığı için kapıdan tutunmuştum. "Biliyor şerefsiz."

"Ağzından cımbızla laf alıyorum, kısaca anlatamaz mısın?"

Bana bir bakış atıp seslice nefes verdi. Hızlı gidiyordu. "Taylan'la ortaklar, herifin adı Bahtiyar. Ne bok yemeye çalıştığımızı biliyor ama kanıtsız Taylan'ın karşısına çıkamaz çünkü birbirlerine güvenmiyorlar, Taylan olmadan da bizi indiremez çünkü ona değil Taylan'a çalışıyoruz."

"O gece ne yapıyordun?" Kaşlarım çatıldı. "Sahneye çıkıp şarkı söyledin, sonra masanın altına girdin, bir USB'n vardı; içindeki bilgiler önemliydi ve sen yakalanma ihtimaline karşılık onu çantama attın."

Hafifçe güldü. "Biraz yaramazlık yaptım."

"Adamların silahı vardı."

"Benim de yumruklarım var."

"Sen yumruk atana kadar kafana ateşlerlerse ne olacak?"

"Silahlarıyla giremedikleri odalar var," diye mırıldandı kendi kendine. "Ama ben yumruğumla girebiliyorum. Hem de elimi kolumu sallaya sallaya."

Evimin olduğu sokağa geldiğinde yavaşlamaya başlamıştı ki bir anda gözlerini dikiz aynasına dikti. Sert bir küfür mırıldanırken onu neyin bu kadar delirttiğini görmek için kafamı kenardaki aynaya çevirecektim ki hızla elini boynum ve göğüslerim arasındaki boşluğa koyup beni koltuğa sabitledi. "Sakın."

"Neler oluyor?"

Bir anda gazlayıp evimin önünden jet hızıyla geçtiğinde takip edildiğimizi anlamıştım. Caddede akan trafiğin içine doğru sağa kırdığında direksiyonu, onun olduğu koltuğun camından arkamızdan gelen lüks aracı görmemek mümkün değildi.

"Bahtiyar dediğin adam mı?" diye sordum aklıma gelen ilk ihtimalle.

"Hayır," dedi. "Bu marka arabayı kullanan tek bir piç var."

Araba son model turuncu bir Ferrari'ydi. O kadar belli oluyordu ki en ufak bir yanı bile, böyle bir araçla insanların içine çıkmak benim için ölüm olurdu. Dikkat çekmekten nefret ederdim.

Bir minibüsü sollayıp neredeyse kırmızı yanacak ışıklar turuncuyken hızla geçip gittiğinde, "Bu durumda eve gitmiyorum," diye mırıldandım ve geriye yaslandım.

"Siktir ya," diye homurdandı. "Seni oraya götüremem." Tekrar aynadan arkayı kontrol edip hızını arttırarak orman yoluna girdiğinde, "Bu döl israfı da hep olmadık zamanlarda ortaya çıkıyor," diye söylenmeye devam ediyordu. Sinirlendiği belliydi, boynundaki dövmenin üzerine gelen bir damar ortaya çıkmıştı.

Şah damarının olduğu tarafa dövme yaptırmak riskli değil miydi? Kazağını çıkarsa dövmesi nasıl bir şey, nereye kadar uzanıyor görebilirdim ama bunu düşünmek bile terlememe neden oluyordu bu yüzden önüme dönüp dudaklarımı birbirine bastırmayı tercih ettim.

Bir Lamborghini ile Ferrari'nin akıl almaz hızlı yarışını canlı canlı yaşarken Pars'ın bir an tereddüt ettiğini gördüm. Kaşları çatılmıştı, gözleri tek bir noktaya değil de birçok noktaya bakıyordu. Ferrari de en az bizim kadar hızlı ve manevralara karşı yetkin olduğu için ondan hız kullanarak kaçmak imkânsızdı, daha çok birkaç numara yapması gerektiğini düşünüyordum.

Tam bunu ona söylemek için ağzımı açmıştım ki kumsala inen yola daldı, o kadar aşağı yokuş bir yoldu ki bir an dizlerim boşaldı ve kapıdan tutunmak zorunda kaldım. "Deli misin?"

Yol sola döndüğü için on saniye arkadan gelenin göremeyeceği kör bir noktada çalılarla dolu bir arazinin içine hız kesmeden daldığında şokla yaptığı şeyi izledim. Durmadı, gidebildiği kadar gitti. Bütün farlarını da kapatmıştı.

Hava karanlık olduğu için Ferrari bizi burada fark etmeden yoluna devam etti.

Pars, direksiyonu tutup derin bir nefes alırken oturduğum koltuktan tutunup arkaya baktım. "Onu atlattık."

"Her zamanki gibi," diye mırıldandıktan sonra geri manevra yapmak için koltuğumun arkasına kolunu koyup arkaya baktı. Bu sırada ben de arkaya dönük olduğum için fazla yaklaşmıştı, geri çekilirken saçlarım yüzüne değdi. Suratını buruşturduğunu gördüm.

Rahatsız olduğu düşüncesi kanımı çalkalarken hızlı bir geri manevrayla bu sefer yokuş yukarı sürdü ve kumsala inen yoldan çıkıp dağa çıkan yola girdi. Normal yollar yerine değişik yollardan gidiyordu, hava tamamen karardığında yavaşlamıştı. Bu süre boyunca ben de kafamı camdan dışarıya çevirmiş, kaç metre yükseklikte olduğumuzu tahmin etmeye çalışıyordum. Dağın en tepesindeydik ve aşağısı uçurumdu, aynı zamanda mükemmel bir görüntüydü. Küçük kulübelerin ışık tuttuğu gecenin gökyüzü gibiydi, baktıkça yıldızlara hiç olmadığım kadar yakın hissediyordum.

Toprak yola girdiğinde bir süre yavaş gitti, daha sonra ışıkları kapattı ve kenardaki çalılıkların yanına park edilmiş Range Rover'ı görünce durdu. Kayra, kafasına siyah bir bere geçirmiş ve sarı saçlarını içine almıştı. Baştan aşağı simsiyahtı, elinde takmak için siyah bir maske vardı. Bizi görünce bu tarafa doğru yürümeye başladı, Zamir ve Giray da peşinden gelmeye başladığında herkesin böyle giyindiğini fark etmiştim.

Ben ise üzerimdeki gri eşofmanlarla parlıyordum resmen.

Pars kapıyı açıp dışarı çıktığında buz gibi havayı içeri buyur etmiş oldu, montumun önündeki fermuarı çekip ben de peşinden çıktım ve kapıyı kapattım.

"Hassiktir oradan," dedi Kayra bir anda beni görüne şaşırarak. Gözlerini Pars'a çevirdi. "Onun burada ne işi var?"

"Ufak bir sorun çıktı, evine bırakamadım," diye cevapladı Pars onu. Giray şaşkınca elini saçlarından geçiriyordu, beresini çıkarmıştı. Zamir de yanında dikilmiş, kaşlarını kaldırmıştı. *Cidden mi?* der gibi bakıyordu.

"On dakikaya ayrılmamız gerekiyor." Giray konuşurken bir yandan da saçlarını eliyle geriye atıp bereyi kafasına geçiriyordu. "Kızı arabada bırakamayız."

"Bizimle gelirse işimize yarayabilir, biz ortalığı karıştırırken kızları yatıştırır falan."

Pars öfkeyle Kayra'ya döndü. "Sen sus. Bu kızı başımıza sen sardın."

Ellerimi belime koydum. "Kamera hacklememi isterken ya da adresleri bulurken hiç öyle demiyordunuz ama?"

"Doğru söylüyor," dedi Giray kafasını sallayarak. "Sana borçluyuz Liva."

Pars'ın tavrı kesindi. "Onu o cehennem eve sokmayacağım."

Yine de birkaç dakika süren kaş kaldırma oyununa yenik düştü ve seslice nefes vererek Range Rover'ın açık bagajından çıkardığı bir bereyle maskeyi bana doğru attı. "Sakın ağzını açma. Peşimden ayrılma. Bir de ehliyet midir ne zıkkımsa ondan al çünkü bu geceyi yaşadıktan sonra bir daha seni eve bırakmamı teklif etmeye bile cüret edemeyeceksin."

Omuz silkip çantamı arabaya bıraktım ve bereyle maskeyi taktım. Bu sefer saçlarımı toplayıp şapkanın içine atmayı becerebilmiştim.

Eve 500 metre uzaklıktaki bir alanda bırakmıştık arabaları, yürümeye başlayınca anlamıştım. Kapısında bir düzine arabanın park edildiği şatafatlı evin çevresinde koruma bolluğu vardı. İçeride ve dışarıda bu kadar insan varken bu organizasyonu nasıl mahvedeceklerdi?

Pars, "Liva'yı ben alıyorum," dedi. "Siz plana uyun yeter. İşiniz bittiği an bizi beklemeden çıkın."

Çocuklar kafalarını salladılar ve konuşmak için açtıkları maskelerini kapattılar. Bir anda üçü birden farklı yönlere dağıldığında Pars kolumdan tuttu. "Peşimden gel ve kafanı eğ."

Çalılıklar boyunca koca evin arka bahçesine doğru ilerledik. Güvenlik kamerası ve duvarları aşmak kolay değildi ama Pars'ın cebinden çıkardığı değişik bir silahla kamerayı hallettiğimiz an duvardan atlamıştık. Silah kurşunla çalışan bir tür değildi, kamerayı nişan alıp tetiğe bastığı an namludan çıkan mermi değil de bir tür örümcek ağı gibi bir şey olmuştu. Kameranın görüş alanını tümüyle kaplayıp onu sardığı için görünmez olmuştuk.

Duvardan atladığımız an bahçeye açılan kapılarının tamamı camdan olan salonu ve içindeki iş adamlarını gördüm. Hepsi takım elbise ve kravat takıyordu.

Küçükken takım elbise ve kravat takan bütün insanları iyi, olgun ve güçlü sanırdım ama belki de tanımlarını yanlış yerleştirmiştim kafama. Başkalarını da düşünecek kadar iyi, doğruyu seçebilecek kadar olgun ve sevdiklerini koruyabilecek kadar güçlü olmalıydı düşündüğüm tanım ve çoğu buna uymuyordu çünkü uğruna savaş verdikleri şirketlerinin masalarında çoğu zaman kirli işler dönüyordu. Takım elbise ve kravat artık bana zayıflık gibi geliyordu, onları giymek gerçek hayata atılmak ve sağ çıkamamanın ön gösterim bileti gibiydi. Nedense bunu düşündükten sonra trajik bir şekilde beden eğitimi hocası olmak istemiştim.

Eğilerek içeridekilere görünmeden hızla ilerledik, Pars aşağıya doğru inen merdivenlere sahip olduğuna emin olduğum bodrum katının yere sabitlenmiş kapılarını açtığında beklemeden karanlığa doğru indi. Ben de indikten sonra kapatmış fakat tamamen kapanmaması için kenarına taş koymuştu, böylece dışarıdan birinin fark edemeyeceği kadar aralık kalmıştı kapı.

Kül kokan tozlu ve isli, tahtadan raflarla dolu bir mahzene inmiştik. Pars telefonunun el fenerini açtığında tahta raflardaki içki şişelerini de görebilmiştim. Tavana yakın bir mesafedeki küçük, parmaklıklı, kare pencereden içeriye mavi ay ışığı sızıyordu ve o ışık içerinin ne kadar tozlu olduğunu gözler önüne seriyordu. O an maske taktığıma şükrettim çünkü toz görünce ağzım kapalı olmadığı sürece psikolojik olarak hapşırmaya başlıyordum.

Küçük deliğinden ve altından sarı ışık sızdıran ve eve açılan kapıya ilerledik, Pars ışığı kapatmış ve telefonunu cebine atmıştı.

"Yukarı çıkıp kızları Zamir'in pencerelerine dayayacağı merdivenden çıkarman gerekiyor. Herkesin güvenli bir şekilde aşağıya indiğine emin olduktan sonra beni ara," dedi boğuk sesiyle. Maskesini indirmediği için yalnızca tüm o siyahlık arasında bir elmas gibi parıldayan mavi gözlerini görebiliyordum.

"Sen nereye gideceksin?" diye sordum kendime engel olamadan.

"Salondakileri gözleyip kızların bilgilerinin olduğu belgeleri imha edeceğim. İşin erken biterse söylersin."

Kafamı salladım. Başıyla onay verdiğinde kapıyı yavaşça araladı, böylece yukarıdan gelen bütün ışık içeriye kademe kademe dolmaya başlamıştı. Öncelikle ben başımı eğerek yukarı çıktım, merdivenler küçük ve her basamak arasındaki mesafe azdı bu yüzden ayağım takılmasın diye yavaş çıkıyordum. Mutfaktan çıkan ve elinde viski bardakları olan iki adamı gördüğüm an geri çekilip duvara dayadım sırtımı.

"Aman ya, sincaplar işemiştir senin boklu kamerana. Size kaç kere dedim şu organizasyonu dağ başında yapmayın diye."

"Oldu," dedi diğer adam alayla. "Şehir merkezinde yapalım da polis baskını yemeyi kesinleştirelim. Sonra karılarınıza da sekreterlerle ihale toplantısı yapıyorduk dersiniz." Ve gülerek ekledi. "*Yatakta.*"

Ağzımda maske olduğunu bilsem de elimi ağzıma götürdüm. Midem bulanmıştı.

Adamlar gittiğinde kapıdan çıkmak için benim gitmemi bekleyen Pars'a bir bakış atıp yukarı istikametime devam ettim. Salonun kapıları kolonlar yüzünden öyle bir aralıkta kalıyordu ki koridora kimse girmediği sürece merdivenlerden yukarı, kızların odasına çıkabilirdim. Trabzanlara tutunarak koridora girmeden yukarı kata çıkan merdivenlere atladığımda sessiz ama büyük adımlarla hızla ilerledim.

Üst katta yalnızca loş bir sarı ışık yanıyordu. Etraf sessizdi.

Yavaşça duvara tutunarak ilerlediğimde aralık bir kapı gördüm. İçeriden müzik sesi geliyordu, renkli ve hareketli bir parça çalıyordu.

Gözlerimi kapının aralığından içeri çevirdiğimde bir grup genç kız gördüm. Birkaçı ayna karşısında üzerlerine geçirdikleri bez parçalarının renkleriyle uyumlu bir makyaj yapıyor, birkaçı ortalıkta iç çamaşırlarıyla gezip kıyafet bakıyor, birkaçı da koltukta hıçkıra hıçkıra ağlayan bir başka kızı susturmaya çalışıyordu.

"Bana bak Gamze, hemen sustur şu kızı yoksa patron kellemizi alacak!"

"Sus bir kızım ya, sus güzelim. Bak müzik çaların sesini daha fazla açamayız, patron gelirse..."

Bir anda kızlardan biri aralığından baktığım kapıyı sonuna kadar açıp gözlerini büyülttü. "Sen kimsin?"

Şokla geri çekildim. Diğer kızlar da yaptıkları işi bırakıp bana çevirmişlerdi bakışlarını. Manyak gibi görünüyor olmalıydım ki birkaçı çığlık attığında fark edilmemek için hızla içeri girip kapıyı kapattım ve maskemi çıkardım. "Sakin olun. Yardım etmeye geldim."

"Ben size demiştim," dedi adının Gamze olduğunu öğrendiğim sarışın kız ayağa kalkarak. "Pars'a güvenin demiştim." Bana döndü ve ellerini beline koydu. "Pars nerede?"

O an her ne kadar *zıkkımın dibinde* demek istesem de "Aşağıda, işi var," dedim ve ilerleyip pencereyi açtım. Çok fazla mesafe yoktu ama yine de atlayan biri bacağını kırabilirdi.

Zamir'i merdiveni getirirken gördüğümde geri çekilip kızlara baktım. "Teker teker aşağı inmeniz gerekiyor, merdiven dayayacağız."

"Olmaz," dedi ağlayan kız gözyaşlarını silerek. "Tolga dedi ki hepinizin videosu var. Şimdi kaçsak bile yine zorla geri döneriz."

"Ha, o konu." Dudaklarımı birbirine bastırdım. "Onu halledeceğiz."

Kız koca yeşil gözlerini sonuna kadar açtı. "Gerçekten mi?"

"Evet," dedim ve merdivenin sesini duyduğum an pencereyi gösterdim. "Hadi."

Herkes üzerine uzun bir şeyler geçirirken bir anda kapı çalındı.

Donmuştum. Kim gelmişti?

"Şuraya, şuraya gir," dedi kızlardan biri masanın altını göstererek. Hızlıca girdim ve bacaklarımı kendime çektim.

Kapı açıldı. "Bu ne siktiri boktan bir müzik lan? Kapatın şunu kulağım sikildi!"

"T-tamam," dedi Gamze. "Hemen kapatıyoruz abi."

"Ne abisi gülüm?"

Adamın adımlarının Gamze'ye yaklaştığını gördüm. "Abi yok, Cevdet var. Cevdet benim adım. Canım olur, bir tanem olur, bebeğim olur... Ama *abi*?" Cık cıkladı. "Abi olmaz."

Adam gülerken kız titreyerek, "T-Tamam," dedi.

O sırada gözlerini devirirken beni gördü.

Hassiktir.

"Bu ne yapıyor lan burada?"

Adam bana doğru geliyordu ki Gamze kolundan tuttu. "Korkuyor Cevdetçiğim," dedi. Zorla söylediği o kadar belliydi ki. "Çıkaracağız ama onu oradan. Bir güzel süsleyeceğiz. Sen şimdi git de aşağıda bizim inmemizi bekle. Hadi canım."

"Ha şöyle," dedi Cevdet pisliği son harfi uzatarak. Adımlarını benim tersi yönüme çevirmişti. Eğilip baktığımda Gamze'nin yanağından bir makas aldığını gördüm. "Görüşürüz fıstık."

Adam kapıdan çıktığı an ben de masanın altından çıktım ve herkes derin bir nefes verdi.

"Ucuz atlattık."

"Teşekkür ederim," dedim Gamze'ye bakarak.

"Ne demek kız. Sen buraya bizi bu cehennemden kurtarmaya gelmişsin, seni de koruyamasak kafamızı kaldıramazdık vallahi bir daha."

Gülümsedim. "Tamam o zaman, şimdi bir an önce-"

Kapı bir anda büyük bir gürültüyle açıldı ve Cevdet denilen muşmula suratlı içeri daldı. "Siz kimi kandırıyorsunuz lan! Daha önce görmedim bile ben bu kızı! Kimsin lan sen?"

"Cevdet yapma ne olur!" diyerek ortaya atladı bir kız ve adamın ayaklarına kapandı.

Cevdet kızı saçından yakaladığı an gözüm döndü. Hızlı düşünmem gerekiyordu, o an kızları kurtarmak adına ne yaptığım önemli değildi bu yüzden bu düşünce kafama yerleşip filizlendiği an kenardaki hoparlörlerden birini alıp adamın kafasına geçirdim. Cevdet yere yığıldığı an hoparlörü atıp kapıyı kapattım. "Çabuk! Pencereye!"

Gamze, "Hadi kızlar!" diye bağırdı. Müzik yüzünden kimse kimseyi duyamıyordu zaten.

Kızlar sırayla pencerenin pervazına çıktılar ve birbirlerine tutunarak merdivenden aşağı sırayla indiler. Sona Gamze ve ben kaldığımızda onun inmesine yardım ettim.

"Sen?" diye sordu.

"Benim biraz daha işim var."

"Saçmalama, sen de gel," dedi. "Seni bulurlarsa yaşatmazlar."

"O halde bulamayacaklar," diye mırıldandım ve o inmeye başladığı an perdeleri çekip odanın kapısını aralayarak dışarı çıktım.

Aşağıya doğru ilerlemeye başladığım an muhtemelen sesi duyup buraya çıkan iki adamı görmüştüm. Beni göreceklerini bildiğimden hızlı olup merdivenlerden yukarı koştum.

"Hassiktir bu kim lan! Neler oluyor burada?"

Çatı katının kapısını ayağımla tekmelediğim an kapı duvara çarptı, zaten açıktı. Kapıyı kapatıp kilitledim ve sırtımı yaslayıp derin bir nefes almaya çalıştım.

Telefonum çalıyordu.

Karanlık çatı katında derin nefesler alarak cebimdeki telefonu çıkardım. "Efendim?"

"Neredesin sen? Kızlar çıkmış."

"Çatı katındayım."

"Ne? Siktir. Hayır!" diye bağırdı. Arkasından sesler geliyordu. "Bana bak, çık çabuk oradan. Neden beni aramıyorsun? Camdan mı atlıyorsun, merdivenlerden mi uçuyorsun bilmiyorum ama çabuk çık oradan!"

"Neden ki?"

"Orayı yakacağız," dedi. "Evi oradan ateşe vereceğiz. Beni duyuyor musun? Çabuk çık!"

"Çıkamam," diye mırıldandım. "Kapıda adamlar var. Neden evi yakıyorsunuz?"

"Dosyalar evin içinde bir yerde, ulaşamadık. Yakmazsak aynı şey yeniden tekrarlanacak. O yüzden bir an önce çıkman gerekiyor o lanet yerden, anlıyor musun beni? Hadi güzelim."

"Nereden çıkacağım bilmiyoru-"

Bir anda odanın ortasında bir alev gördüğümde gözlerim kocaman açıldı ve şoktan kulaklarım tıkandığı için telefon elimden kaydı. Ellerimle tutunacak bir yer aradım ama kapının ardındaki adamlar kapıyı tekmelerken yapabileceğim pek bir şey yoktu. Bacaklarım boşaldığı için daha fazla ayakta duramadım ve soğuk tahtaya düştüm.

İnce bir sızı sıcağı hisseden bedenimden içeri girdiğinde binlerce iğne tenime aynı anda batırılıyor, aynı anda çıkarılıyor, aynı anda olduğu yerde daire çizecek şekilde çevriliyordu.

Ateşten nefret ederdim, yakılan ateşten nefret ederdim. Ormanda gezintiye çıktığımda mangal yapan ailelerin yaktığı ateşten bile etkilenir, oradan koşarak uzaklaşırdım. Duman görmeye bile dayanamıyordum, sigaradan bile nefret ederdim sırf ateşe tutuluyor diye. Ateşi söndürenin su olduğunu gördüğüm günden beri yüzmeye giderdim, bir havuz, deniz ya da göl; neresi olursa olsun atlar, derinlere yüzer, nefesimi tutup aşağı dalar ve bir süre suyun altında kalırdım. Yalnızca suyun altındayken güvende hissederdim bu yüzden bir keresinde sabahtan akşama kadar sudan çıkmadığım için parmaklarımın buruşukluğu iki gün boyunca normale dönmemişti.

Sürekli duş alırdım. Su bütün bedenimi tavaf ederken en ufak bir alev bile tenime sıçrayamaz diye, sanki ne kadar duş alırsam ateşe yaklaştığımda o kadar az yanacakmışım gibi...

Alevler bir anda gürleşip tavana değdiğinde çığlık bile atamadım, boğazımda takılı kaldı sesim. Yerdeki telefonumun hâlâ açık olduğunu gördüğümde uzanıp aldım ve yutkunmaya çalıştım. Pars deli gibi bağırıyordu. "SİZİN YAPACAĞINIZ İŞİ SİKEYİM! BİR DE DİYORSUNUZ Kİ KIZ DA GELSİN, ARABADA DURMASIN!"

"Pa-" Sesim gittiğinde elimi boğazıma götürdüm. "*Pars?*"

"LİVA!" diye bağırdı gür bir sesle. "Neredesin? Bana tam olarak nerede olduğunu söyle. Çıktın değil mi o çatı katından?"

"Ha-hayır. Çıkamadım." Olduğum yerde kenardaki masadan tutunarak ayağa kalktım. Etraf o kadar korkun görünüyordu ki kafamı kaldırıp bakamıyordum bile. Başım eğikti.

"Siktir- Ne?" Derin nefesler aldığını duydum. "Tamam. Tamam öncelikle kapıya yakın bir yerde dur, tamam mı? Geliyorum."

"Pars nereye gidiyorsun! Ev yanıyor!"

Arkadan bağıran Gamze'nin sesini duyduğumda Pars, "Sakın telefonu kapatma, tamam mı? Sakın kapatma Liva," diye mırıldandı. Bir yanda da koştuğunu duyabiliyordum çünkü adım sesleri geliyordu ve arkasındaki sesler uzaklaşıyordu.

Göremeyeceğini biliyordum ama yine de kafamı salladım. Bacaklarımı kendime çekip kapıya daha da yaslandığımda artık kapının ardındaki adamların tekmelerini hissedemiyordum bu yüzden önüme bakmadan kapıyı açmayı denedim ama olmadı. "Pars," diye mırıldandım. "Kapıyı açmayı deniyorum ama açılmıyor." O an aklımda kapının dışarıya doğru açıldığı gerçeği geldi. "Sanırım adamlar bayılıp kapının önüne yığıldılar." Benim maskem olduğu için dumandan etkilenmemiştim, sadece gözlerim yanıyordu. Gerçi dışarıda nasıl bir cehennem olduğunu da bilemezdim.

"Sana gelme dedim," diye kükredi bir anda. Nefes nefeseydi. "Sana ne dediğimi çok iyi hatırlıyorsun değil mi? Nasıl bir boka bulaştığının farkında bile değilsin! Küçük bir çocuk gibisin!"

"Bana bağırma!" diye bağırdım ona.

"Bağırmıyorum!"

"Bağırıyorsun!"

"Sikeyim! Tamam, bağırıyorum! Oldu mu?"

Kafamı dizlerime gömdüm. "Kafamı kaldırmak istemiyorum."

Durduğunu hissettim. "Ne var önünde?"

"Ateş," diye mırıldandım. "Kırmızı. Kırmızı alevler. Kırmızıdan nefret ediyorum."

"Sana gelmedikleri sürece bir sorun yok, sakın üzerine sıçramasına izin verme. Uzak dur."

"Uzaktayım zaten ama..." Dudaklarımı birbirine bastırdım. "Belki de beni almaya gelmemelisin Pars."

"Ne diyorsun kedi surat? Bir kere de mantıklı bir laf çıksın şu ağzından."

Burnumu çektim. Ağlamıyordum çünkü kendimi tutuyordum ama sanki ağlıyormuş gibi titremeye başlamıştım.

Haklıydım.

Zaten parçalanacak kırık bir camı ellerinle tutup birleştirmeye çalışamazdın. Nereye kadar tutabilirdin ki? Ellerin parçalanırdı, kanardı; kanatırdı, küçük parçaları iflah olmazsa tenine saplanırdı. Göremeyeceğin ama acı verdiğini bildiğin şeyler vardı bu hayatta, insan bedenine fark ettirmeden girip can damarına saplanan. Mesela bedenini ayakta tutan şeye: Kalbine. Bütün bedenine kan pompalayan, o küçük, kırmızı şeye. Ona saplanan cam parçaları anca mezara girdiğin an acıtmazdı artık canını.

Yapıştırıcıyla yapıştırmaya çalışsan ne olurdu peki? Belki işe yarardı ama kısa bir süre için, üstelik eskisi gibi bakamazdın da dünyaya. Kim kırık bir camla dünyayı pürüzsüz görebilirdi ki? Kim hayatının penceresine kırık bir cam takmak isterdi? Ne zaman kırılıp yerlere saçılacağını bilmeden her gece, uykusuz kalarak gözlerini ona dikmek isterdi? Üstelik camlar şeffaftı, yalnızca gün ışığında fark edebilirdin. Bir gün, bir gece, ansızın ruhunu parçalayan kâbusların birinden uyandığında ve ayağa kalktığında, kim zihnini parçalayan korkuların ayak tabanlarına saplanmasını isterdi?

Bir kere ayak tabanlarıma saplanmıştı benim o korkular. Bir başkası da bunu yaşasın istemezdim. Bu yüzden hissetmez, hissettirmez, vaktim dolana kadar yaşayabildiğim kadar yaşamaya çalışırdım. Kimseler bilmeden.

Belki bir kişi.

Ama şimdi bir kişi daha vardı, üstelik onun peşinden de koca bir ordu kör sağır koşuyordu.

"Neredesin?" diye sordum düşüncelerimi toparlamayı başarabildiğimde.

"Merdivenlerin başındayım, yanan bir tahta düşmüş, kaldıracağım."

"Kaldırma."

Durdu. "Ne saçmalıyorsun sen yine?"

"Pars, git."

"Duman beynini zehirledi herhalde iyice. Çıkardın mı yoksa maskeni? Geri tak."

"Pars, git," diye tekrar ettim. "Git."

Güldü. "Sus."

Telefonun diğer ucundan büyük bir gürültü geldiğinde Pars nefes nefese, "Kaldırdım," diye mırıldandı. Merdivenlerden çıkan adımlarını duyduğumda, "Gelme! Geri dön!" diye bağırdım ve telefonu alevlerin içine doğru fırlattım.

Bir yandan da kafamda bugünün kaçıncı gün olduğunu saptamaya çalışıyordum. En son yazdığımda kaçıncı gündü? Bugün 210. gün falan olmalıydı.

210. Gün, 7. Ay

Görev başarısız. Beceremedim. Özür dilerim doktor.

Gözlerimi kapatarak kapıdan tutunarak ayağa kalktım. "Sorun değil, sorun değil," diye mırıldanıyordum. Titreyen gözkapaklarımı açabildiğimde karşımdaki felaketin büyüklüğünü yeni fark ediyordum. Alevler bütün odayı sarmıştı, yavaş yavaş bana doğru ilerliyordu. "Sorun değil," diye mırıldandım bir kez daha. "Sadece biraz daha erken olacak."

Karşımdaki alevlerin kaynağı yüzlerce *kırmızı güldü.*

O kadar fazla gül vardı ki odada, hepsi alev almıştı. Topluca yanıyorlardı, sanki eski dönemden kalma insanların dini bir töreninde gibi hissetmiştim. Korkunç bir görüntüydü. Oda baştan aşağı güllerle kaplıydı. Her yerdelerdi. Birkaçı etrafa sıçramış, sakince yanıyor, kül oluyor, siyaha dönüyordu. *Kan gibiydi.* Birazdan ayak bileklerime dolanıp beni de aralarına alacaklardı, belki de bir yatak gibi tam ortalarına atlamalıydım.

Hiçbir şey düşünemiyordum. Sağlıklı düşünemiyordum. Aklımdan her ihtimal geçiyordu: Her şey burada böyle biterse diğerleri ne düşünürdü? Umurumda değildi. Bir kaza olarak kalabilirdi, birkaç kişi zaten her şeyi biliyordu. Bunu kendi isteğimle yaptığımın farkına varıp dosyanın kapağını kapatabilirlerdi, arkamda bırakacağım kimse de yoktu. Yalnızca İrem.

Belki de ona sürekli mesaj atan eski zengin ve şımarık arkadaşlarıyla yaşamayı öğrenebilirdi. Babasının davetlerine katılmayı öğrenir ve onun istediği gibi bir kız olurdu, belki bu hoşuna bile giderdi.

Anne, keşke yanımda olsaydın.

19 yıllık hayatım boyunca tek bir kez bile olsun kurmamıştım bu cümleyi. Bir kez olsun onu yanımda istememiş, bir kez olsun resimlerine bakmamış, bir kez olsun mezarını ziyaret etmemiştim. Beni buna o mahkum etmişti. Birine hayatı bahşetmen onun hayatını böylece ıslak ve soğuk bir kuyunun dibinde hastalıklı bir şekilde bırakabileceğin anlamına gelmiyordu. "İstemiyorsan da yetimhaneye verebilirdin," diye mırıldandım istemsizce. Dudaklarım titriyordu. Titreyen elim yavaşça kolyeme doğru gidiyordu. "Tüm bu anıları hatırlamayacağım bir yaşta vermen yeterliydi. Sonra ne halt yiyorsan yiyebilirdin."

Elim kolyemi kavradığında onun da sıcaktan yandığını hissettim. Isınmıştı. Tenimi yaktığını yeni fark etmiştim.

Sana bunu veriyorum çünkü bilmeye ihtiyacım var. Ait olduğu yere gitmesine izin mi vereceksin yoksa...

Duman, maskemi çıkardığım için beni öksürüklere boğduğunda iki büklüm oldum, elim kolyemden aşağı kaymış ve ağzıma kapanmıştı. O an kulaklarımı tıkayan baskı bir anda yok olmuş ve beni içeriye dolan bağırışlarla yalnız bırakmıştı.

"Eğer öldüysen seni öldürürüm!" diye bağırıyordu kapının ardından biri. "Duydun mu beni? Seni mezarından çıkarırım ve diriltip yeniden öldürürüm!"

Tahta kapı büyük bir gürültüyle ortasından kırılıp yeri boyladığında korkuyla yerimde sıçradım.

Pars yüzü gözü is olmuş bir şekilde karşımda dikiliyordu. "Aptal kız!" diye bağırdı. "Aptal mısın sen!"

"Niye geldin?" diye sordum öksürürken. "Sana git demiştim!"

"Aramıza katılmak istiyorsun diye manyak olduğunu fark etmiştim ama bu kadar da psikopat olduğunu bilmiyordum!" diye bağırdı öfkeyle. "Benim yanıma geldiysen, benim yanımdayken ölemezsin. Benim yanımdayken saçının telinin orospu çocuğunun teki yüzünden kopmasına bile izin veremezsin!"

"Neden geldin!" diye bağırdım tüm gücümle yeniden. Transa girmiş gibiydim, ellerim titriyordu, gözlerimi saniyede kaç kere kırptığımı bile bilmiyordum ama yanıyorlardı. Gözlerim çok acıyordu. Göğüs kafesimin üstünde bir şeyler çok acıyordu. Bütün kemiklerim sanki zehir içmişim gibi çalkanıyordu. Halbuki o zehri üzerimde taşıdığımı bilmeden. Her gece, her sabah, her gün... Her insanların arasından yürüdüğümde, her o koca evde yalnız kaldığımda, her ayakta durabilmek için ağzımdan içeri yemek soktuğumda, her elektrikler gittiğinde diğerleri mum yakarken ben karanlıkta oturduğumda.

Kimse bilmiyordu. Kimse bilmemeliydi. Kimse bilmeyecekti.

Pars yerdeki kapının üstüne basıp beni kolumdan tuttuğu gibi göğsüne çarptı, kafamı eliyle tutup kendisine yaslarken bir yandan da beni odadan çıkarıyordu. Kollarından kurtulmak istiyordum, gitmek istiyordum, bırakmak istiyordum ama izin vermiyordu. Kapının kenarına bayılmış adamlar ayılıp arkalarına bile bakmadan kaçarken tavanı yanan merdivenlerden hızla indi, bir süre sonra kollarını sırtımdan ve bacaklarımın altından geçirip beni kucağına almıştı. Her yer alev alevdi. O cızırtılar, o ses ve o ışık beni o kadar kötü bir psikolojiye sokmuştu ki uçurumun kenarından aşağı sallanıyordum artık.

Arkamızda düşen birkaç tahtanın sesiyle kafamı bulduğum ilk yere gömerken gözlerimi kapattım. Pars önümüzdeki kapıya tekmesini savurup ön kapıdan çıkarken önce beni çimenlerin üzerine bıraktı ve daha sonra da kendini.

Serin çimenlere yüzümü dönüp soğuğu hissetmeye çalıştım. Midemde hiçbir şey yoktu ama kusmak istiyordum.

"Aptal," diye mırıldanıyordu Pars. "Aptalsın sen."

Öksürüklerimizin arasında uzaktan Kayra'nın sesini duyduğumda bağırıyordu. O kadar mutlu bir şekilde küfrederek çığlıklar atıyordu ki gören dünya atletler şampiyonasını kazandık zannederdi.

Pars ayağa kalktığında kollarımdan tutup beni de ayağa kaldırdı.

"Arabalar nerede?"

"Arkada, yakına getirdik. Çabuk gidelim."

"Kızlar?"

"Gideli asırlar oluyor. Hadi."

Bir yıldız gibi karanlık gecenin ortasında parıldayan koca evi arkamıza alarak öksürüklerimizin arasında ormanın içine doğru koştuk. Çalılıkların ilerisinde ışıkları yanan arabaları gördüğüm an birinin kaputuna yaslanarak nefes almaya çalıştım.

Pars, Zamir'i gördüğü an yakasına yapıştığında şokla kafamı kaldırmaya çalıştım. Çenesine gömdüğü sert bir yumrukla çocuğu yere serdi.

"Ulan şerefsiz! Ateşi yakarken içeriyi kontrol etmedin mi!"

Zamir elini patlamış dudağına götürdü ve parmaklarındaki kana baktı. "Nereden bileyim ben Liva'nın çatı katına kaçtığını, kızlarla indi sanıyordum! O sırada ateşlemek için yan tarafa gitmiştim. Kızları Giray minibüse bindirdi."

Giray, Pars'ın kolundan tuttu. "Bunu tartışacağımız yer burası değil."

Ama o, o kadar öfkeliydi ki gözü dönmüş gibiydi. "Kız ölüyordu lan! Nerede tartışacağız? Akşam yemeğinde mi?"

"Ama ölmedi, biraz pozitif bakıp sakinleşin de siktirip gidelim şuradan. Adamlar hâlâ çevrede, bulurlarsa görürsünüz ebesininkini."

Kayra mantıklı bir fikirle ortaya atıldığında onu ilk defa bu kadar ciddi görüyordum. Maskesini ve beresini çıkarıp attı, Ranger Rover'ın kapısını açtı.

Zamir dudağındaki kanı silerek yerden kalktığında arabaya binmeden önce bana bir bakış attı. Çok sert bir çocuktu, ifadesiz bakışıyla bile bulduğunuz ilk deliğe sinmek isteyebilirdiniz ama şu an bana özür diler gibi bakıyordu.

"Önemli değil, bilmiyordun," diye mırıldandım ve diğerleri de arabalara binerken Lamborghini'nin kapısını açıp ön koltuğa oturdum. Öksürüklerim hâlâ devam ediyordu.

Pars, Kayra'nın attığı bir ıslak mendille yüzünü silerken maskesini ve beresini çoktan çıkarmıştı. Sürücü koltuğuna oturduğunda paketi kucağıma fırlattı ve kapıyı kapatıp gazladı.

Bir süre sessiz bir şekilde gecenin karanlığında sürdü. Şehir merkezine doğru gittikçe yağmur damlaları camı ıslatmaya başlamıştı, ilerledikçe damlalar daha da büyüyor, sıklaşıyor ve hızlanıyordu. Onlarla beraber Pars da.

Araba, evin önünde durduğunda Pars'ın kolunu sıyırdığı kazağının yırtılmış olduğunu ve bir kesikten kan damladığını gördüm. "Kolun kanıyor."

"Senin de beynin," diye mırıldandı. "Bu kafayı bırak." Bana döndü. "Bu zihniyetle fazla yaşamazsın."

Gözlerimi gözlerinde gezdirdim. "İnsanların kararlarına saygı duymalısın."

"Duymuyorum," dedi. Öfkeliydi. "Hele bu tür kararlara, hiç duymuyorum. O yüzden bir daha sakın deneme."

"Hayatımı senin kararlarına göre şekillendirmem."

"O zaman bir daha Pusula'ya gelme." Yutkunduğunda âdemelması boynunda hareketlenmişti. "Zaten neden geliyorsun ki? Hiçbir nedenin yok, şu orospu çocuğunun arkadaşına yavşaması dışında. Onu da kendin halledebilirsin."

"Yardım etmek istiyorum."

"Etme."

"Ama ihtiyacınız var."

"Sen yokken de güzel idare ediyorduk."

"Benim varlığım size hiçbir durumda tehdit teşkil etmez, ben zaten *ölü* biriyim. Ölü bir insanı bir kere daha öldüremezsin, ölü bir insanı tehdit edemez, ölü bir insanla kimseyi tehdit edemezs-"

"Sus!" diye bağırdı bir anda. "Sus! Tamam mı? Sus! Bir daha kullanma şu sikik kelimeyi!"

Dudaklarımı birbirine bastırdım. "Duymaman hiçbir şeyi değiştirmeyecek."

"Çık şurdan," diye homurdandı önüne dönüp. "Siktir git yat zıbar."

Gözlerimi devirdim ve elimi yarasının üzerine getirerek bastırdım. Anında kolunu çekip acıyla inlemişti. "Benim yanımda bir daha küfredersen sana sorun çıkarırım."

"Ne diyeyim? İyi geceler üstünü örtmeyi unutma, tatlı rüyalar gör sabah da at gözlüğüyle uyan mı diyeyim? Uyuyamazsan yavşak koyunları mı say diyeyim?"

Yaralı koluna vurdum.

"Ah!" diye bağırdı. "Ne biçim kızsın lan sen!"

"Pencereleri kapatsan da dışarıdaki kötülüğün içeriye sızacak bir yol bulduğunu biliyorum ama yine de ışıkları söndürüp onlarla körebe oynayabilirsin," diye mırıldandım. "Direksiyon başında sinirlendiğinde hızı arttırabilirsin, dışarıda koşmaya başlayabilirsin ama öfkeni sindirmeyi öğrenmezsen kafanın içindeki o bir metrekarelik alanda felç geçirirsin." Çantamı çıkardım ve kucağıma aldım. "Bir de..." Paketten bir tane çıkardım. "Yaralarını kapatmak yerine açıkta bırakırsan insanların ellerine kolayca mikrop kapmanı sağlayacak yegâne silahı vermiş olursun. *Zehirli iğneyi.* İğne asla zehre batırılmamıştır, onu tutan insanlar zehirlidirler." Çantamın fermuarını kapattım. "Sonra dikiş izi kalır. O iz geçmiyor."

Yara bandını dizinin üstüne bırakıp arabadan indim.

9

Yağmurun Sildiği Ayak İzleri

Oysaki ben, söz geçirebilseydim zihnime eğer; önümdeki bomboş kâğıda çizdiğim ilk şey
iki mavi fırça darbesi olmazdı.
Ve silebilseydim bugünü dünden evvel, yarın için bu geceden uyumama gerek kalmazdı.
İnan,
görebilseydim geleceğini, önceden;
ayak izlerimi sildiğim bu kaldırımlar,
bu kadar ıssız durmazdı.

Gökyüzünün çıplak kaldığı, yıldızların bütün ihtişamıyla gözlerimin önüne serildiği gecelerde uyuyamazdım. Odamdaki pencere, şehrin öyle hoş bir manzarasına bakıyordu ki perdeleri kapatsam bile ışık huzmeleri gecenin ayazında dahi olsa içeriye sızmanın bir yolunu bulabiliyordu. Böyle gecelerde gözlerim ne kadar uyumam için yalvarsa da yorganı itekler, kalkar ve gündüzleri zorla bir iki bir şey karaladığım günlüğüme bir ton şey yazardım.

Sabah pişman olur yırtardım ama. Çünkü o satırları gelecekteki kendime değil, başkalarına yazıyordum. Bazen kendimi denek gibi hissediyordum. Bir insan geleceğinin nasıl olduğunu nasıl bilebilirdi ki? Ben biliyordum işte. Sanırım bu en büyük günahımdı.

Yine böyle bir gecenin ardından Güneş'in gözlerime işkence ettiği bir sabaha uyandığımda yataktan kalkmayı hiç istemiyordum aslında. Bugün sorumluluklarım vardı çünkü. Geçen hafta tamamlamayı unuttuğum ödevimi yarısı yapılmış bir şekilde hocaya teslim etmeli, koca bir okul gününü orada burada bayılmadan geçirmeli ve çıkışta iç çamaşırı alışverişine gitmeliydim. Üstelik de hepsinden önce yataktan kalkıp duş almalı, giyinmeli, kahvaltı yapıp okula gitmeliydim. Düşündükçe bile fenalık geliyordu.

Her gece aynı düşüncelerle uyuyup uyandığında sabah olacağını bilmek, bu dünyaya ait olmayan bir ruhun en büyük işkencesiydi sanırım. Bir günahı ve uyumsuz bir ruhu aynı bedende toplamak ise, düşüncelerinizin kafatasınızı çatlatıp kanınıza karışarak sizi zehirlemesini kaçınılmaz kılıyordu. Belki de bu yüzden sürekli kan testi yapıyordu doktorlar, tüp tüp kanlarla beraber varlığımı kanıtlayan düşüncelerimin deposunu; zihnimi, parçalara bölüp her seferinde birazını yok ediyorlardı. Belki de bundandı umursamazlığım, bir an istemezken diğer an kaybedecek bir şeyim olmadığından kolayca kabul edişim, kabullenişim. Bu kadar kolay vazgeçişim.

Yalnızca 19 yaşındaydım, öyleyse neden 70'i devirmiş gibi hissediyordum? Yanlış ruhu yanlış bedene koymuş olabilirler miydi? Çünkü eğer gerçekten hatlar karışmışsa kalan 51 yılımı geri alabilmem imkânsızdı, çoktan o yılların cezası kesilmişti.

Meleklerden biri karşıma geçip benden savaşmamı istediğinde birilerinin onu desteklemesini isterdim ben de fakat kimse yoktu. Ben de şeytanın elinden tutup yürümüştüm kader köprüsünde. O köprünün halatları ben hâlâ üzerindeyken kopmuş, Şeytan bir anda yok olmuş, sahipsiz ipler boynuma dolanmıştı. 5 yaşında ayaklarımdan zincirlenmiş, 15 yaşında boynumdan asılmıştım o köprünün yokluğunun bıraktığı boşlukta. Hâlâ savruluyordum. Hâlâ ölmüyordum.

Bu ne cüret, hayat? Bu ne küstahlık.

Benim sana 19 adım atmaya hakkım varken, senin bana 50 adım birden koşman adil değil. Dizlerim kanadığında cebinde yara bandı bile taşımayan bir adamı hayatıma sokmaya çalışman hele, hiç değil.

İrem'in neşesiyle beraber okul binasını baştan başa turladığımız bir öğle teneffüsünde, midem seslice guruldadığında elimi karnımın üzerinde gezdirdim ve hafifçe ovaladım. Hayatta kalmak için yemek yemeliydim, doğru. "İrem."

"Hm?"

Telefonundan başını kaldırıp bana döndüğünde boş koridorda durmuştuk. Teneffüste olmamıza rağmen etraf boştu çünkü hava güzeldi, ayrıca herkes şu an tıkınıyordu. "Biliyorum diyettesin ama ben biraz acıkmış olabilirim. Yemekhaneye inebilir miyiz?"

Bir anda gözleri kocaman açıldı ve telefonunu fırlatırcasına cebine attı. "Biliyordum!"

Kaşlarımı çattım. "Neyi?"

"Sabahtan beri haşlanmış lahana ve sade, tatsız tutsuz zehir gibi bir filtre kahveyle ayakta kalmaya çalışıyor ve Tanrı'nın yemek yemem için göndereceği işareti bekliyordum." Ellerimi tuttu. "Sen o işaretsin Liva. Seni seviyorum." Geri çekilip, "Evet!" diye kısık sesle bağırarak yumruk yaptığı ellerini kendine çektiğinde koridorda hızla yürüyüp kahkaha atmaya başladı.

Arkasından, "Sadece yemek yemeyi teklif ettim," diye mırıldandım. "Fazla yemeyip sürekli spor yaptığından beynine kan gitmiyor mu acaba?"

"Seni duyabiliyorum Liva! Buraya gel!" Koridorun kapısından çıkmadan önce hâlâ bağırıyordu. "Sen ne yiyeceksin? Ben kızarmış tavuk ve-"

Kapı kapandığı için sesi gelmemeye başladığında hâlâ konuştuğunu tahmin edebiliyordum. Sessizce kafamı olumsuz anlamda sallayıp peşinden yürümeye başladığımda önünden geçtiğim sınıfın kapısına yaslanmış bir çocuk dikkatimi çekti. Gözlerini üzerime dikmişti.

"Arkadaşın çok acıkmış herhalde."

O an karnım guruldadı.

"Tamam, tamam sakin ol sen daha çok acıkmışsın."

"Sen..." Gözlerim kısıldı. O, geçen seferki deneme sınavında yanıma oturup benden kopya çekmeye çalışan çocuktu. Esmerdi, uzun boyluydu ve yüz hatları sert duruyordu. Yine de hiç de göründüğü gibi biri değildi.

"Biliyordum!" diye bağırdı ve işaretparmağını heyecanla üzerime dikti. "Beni hatırlıyorsun değil mi Liva?"

"Adımı nereden biliyorsun?" diye sordum şokla. Bir an kalakaldı. Ağzı açık bir şekilde düşünürken kafamı salladım ve "Her neyse," diye mırıldanıp yürümeye devam ettim. Koridorun çıkış kapısını açacakken önüme atlayıp kapıyı açtığında onu umursamadan yoluma devam edecektim ki merdivenlerde peşime takıldı.

"Yanlış anlama, adını biliyorum çünkü senden hoşl-"

İndiğim basamakta durup ona döndüğümde kafası karışmış gibiydi. Elini kıvırcık saçlarına daldırıp ofladı. Gözlerimi ondan alıp inmeye devam ettiğimde hemen peşimden koşmuştu. "Yani, senden hoşlandığımdan falan değil. Notların çok yüksek, ben düşündüm ki eğer sen ve ben, yani biz, of çok güzel bunu söylem-"

Yemekhanenin kapısından içeri girdiğimde lafı da bölünmüştü. O kadar komik bir çocuktu ki gülmemek için kendimi zor tutuyordum. Sanki bunu sabahtan beri planlıyordu da yanlışlıkla içinde tutması gerekenleri söylüyordu.

Yemek sırasında İrem'i gördüğümde yanına yürüdüm ve sıraya girdim. Kıvırcık da yanıma damlamıştı. "Eğer bir anlaşmaya varabilirsek hep yanına otururum ve kopya çekmeme izin verirsin diye düşünmüştüm."

"Çok yanlış düşünmüşsün, öyle bir şey olmayacak," diye mırıldandım tepsimi alırken. Bir yandan da çorba ve sebzeli pilav alıyordum. O da tepsi alıp gördüğü bütün yemekleri doldurmaya başladığında, patatesli köftesini koyacak yer kalmadığı için tabağı pilavın içine boşalttı.

Şokla yaptıklarını izledim. Turşu tabağını da üzerine boca etmişti.

Yaptıklarını kayıtsız izlemeye çalışsam da gözüm kayıyordu, deli miydi neydi?

İrem yemek kartıyla yemeğini ödeyip ilerlediğinde ben de ödeyip geçtim ve beraber ilerideki boş bir masaya yürüdük. "Yanındaki çocuk kimdi?" diye sordu İrem. "Sizi dinleyecektim ama o kadar acıkmıştım ki tek düşündüğüm tabağımdaki köftelerdi."

Omuz silktim. "Bilmiyorum. Ben de anlamadım."

Masaya karşılıklı oturduğumuzda şişe suyumdan bir yudum alacaktım ki büyük bir gürültüyle bir sandalye çekildi yanımıza. Esmer çocuk oturmuştu, içi tıka basa dolu tepsisiyle.

İrem, "Iyy, ne yaptın sen yemeklere?" diye sordu şaşkınlıkla tepsisine bakakalarak.

"Çok mantıklı değil mi?" dedi, sonra turşulu köfteli bezelyeli ve sonradan salatayı da doldurduğu pilavını kaşıkladı. "Mmh, çok lezzetli."

"Tat organların yanıyor olmalı."

İrem'in lafına karşılık kafasını olumlu anlamda salladı. "Evet, çok güzel. Denemek ister misiniz?"

"Hayır," dedim hızla.

"Iyy, hayır."

"Siz kaybedersiniz kızlar."

İrem gülerek köftesinden bir ısırık aldı ve yoğurdunu kaşıkladı. "Sen kimsin bu arada?"

"Yağız ben."

Bir anda şiddetli bir öksürük sesi geldiğinde kafamı gömdüğüm çorbamdan kaldırıp dehşetle İrem'e döndüm. Ona suyumu uzatırken adının Yağız olduğunu öğrendiğim esmer çocuk da peçete uzatıyordu.

İrem kendini toparlayıp su içtikten sonra lokmasını yuttu ve boğazını temizleyip ağzını peçeteyle sildi. "Sen koridorun sonundaki sınıftaki Yağız mısın?"

"Zaten bu okulda başka Yağız yok ki."

"Doğru, başka Yağız yok." Ağzı bir karış açıktı. "Senin baban fabrikatör değil mi? Neden bu okuldasın? Neden bizimle yemek yiyorsun? Kankaların nerede senin? Sahildeki Pub'ın sahibi kankan mesela?"

Yağız gözlerini devirip ağzını karışık pilavıyla doldurdu. "Bilmem, takılıyorlardır." Lokmasını hızla çiğneyip yutmuştu. "Hem sen de zengin değil misin, İrem? Hatta ülkenin sayılı zenginlerinden? Sen neden bu okuldasın?"

İrem yutkundu. Bu okuldaydı çünkü babasıyla ettiği bir kavga sonucu onun kararlarını umursamadan bu okula gelmişti. Daha sonra da gitmemişti çünkü benimle yakın arkadaş olmuştu. O kadar sıkılmıştı ki o dolarlarla sıvanmış parıldayan hayatından, paranın yonttuğu sahte arkadaşlarından, benim gibi bir ruhsuzun yanında mutlu oluyordu. Tabii, bunları Yağız'a anlatacak değildi.

"Çünkü benimle arkadaş," diyerek onun yerine cevapladım.

Yağız bir anda yumuşayıp bana döndü. "Ya..." Kolasından içti. "Sen nasılsın Liva? Nasıl gidiyor hayat?"

İrem, Yağız'ın bu sorusunu garipsemiş olacak ki dirseğini masaya yaslayıp köftelerini yemeye devam etti ama ses çıkarmadı çünkü az önceki konu kapandığı için mutluydu.

"Neden buraya oturdun? Git," diye homurdandım önüme dönüp. "Sana ne benim hayatımdan?"

"Amma huysuzsun sen de."

"Sana kopya vermeyeceğim Yağız. Ne teklif edersen et, cevabım hayır."

"Öyle deme ama, seni kendime aşık edersem fikrin değişebilir."

Kaşlarımı kaldırdım. Bu nasıl bir özgüvendi böyle? Egonun tatlı halatları üzerinde cambazlık yapıyordu resmen bu çocuk. "Öyle bir şey asla olmayacağı için değişmez, merak etme."

"Böyle diyorsan kesin öyle olacak, çok kitap okurum ben oradan biliyorum."

"Okuduğun kitaplar sana gerçeklerden bahsetmez, aksine seni suratına bir tokat gibi çarpacak hayattan korur. Ne yazık ki yalnızca birkaç saatliğine. Şimdi gider misin? Bir yabancının yanında rahat rahat yiyemiyorum."

Tepsisini alıp sandalyesini geri iterek ayağa kalktı ve güldü. "Tabii ki prenses, sonra konuşuruz bu konuları. Nasıl olsa önümüzde koca bir okul yılı var."

Surat ifademi sabit tutarak önüme dönüp çorbamı kaşıklamaya devam ettiğimde çoktan uzaklaşmıştı. Kâsedeki son kaşığı sıyırırken bir anda birinin eli bileğime dolandığında sıçrayıp çorbayı tepsiye döktüm. "Ya..."

"Bırak 'ya'lamayı şimdi, Yağız ne iş?" Göz kırptı İrem. "Kızım sen de çok fenasın ha. Durup durup okulun bombasını tavlıyorsun. O çocuk podyumdan direkt bu okula düşmüş. Ha bir de sana düşmüş."

"Ne tavlaması ya? Ne düşmesi?" Oflayarak pilavımın üzerine karabiber döktüm ve bir kaşık aldım. "Geçen sınavda kopya çekmeye çalışıyordu kâğıdımdan, şimdi de gelmiş bana düzenli olarak kopya ver diyor. Delinin teki. Bırak konuşsun dursun."

"Liva bak çarpılırsın. Çocuk yürüyen meteor, ayrıca acayip zengin. Babası bizim okul dahil birçok kuruluşun sahibi, ya öyle böyle değil bak... Bir düşün derim ben."

İrem karşımda kaşını gözünü oynatmaya başladığında hafiften sinirlenmeye başladığımı hissetmiştim. Ona kızıp köftelerinden birini ağzıma attığımda, "Ya!" diye mızmızlanıp köfte tabağını kucağına aldı. "Şerefsiz. Nasıl çalarsın?"

"Sen de saçma sözlerinle vaktimi çalıyorsun. Ben bir şey diyor muyum?"

Somurtup geriye yaslandı ve çatalını eline alıp ardı ardına bütün köftelerini ağzına dizdi.

Öğle teneffüsünün kalan kısmını yemekhanede yemek yiyerek geçirmiştik. Edebiyat dersine girdiğimizde ben, yüzüme kondurmaya çalıştığım büyük bir üzüntüyle hocanın yanına gitmiş ve yarım kalmış ödevimi o haliyle teslim etmiştim. Geçen haftanın akşamlarını evde oturup ödev yapmaktan daha önemli işlerle meşgul olarak geçirdiğim için başıma böyle bir belanın geleceğini biliyordum ama yine de hocadan yediğim azar ve telafi ödevi aldığım için üzülmüyordum. Bu hayatta beni gerçekten üzebilecek çok az şey vardı ve hepsi de zihnimin karanlık, puslu ve tozlu odalarında kilitliydi. Biri elinde anahtar olmadan kapılarını zorlama aşamasına geçebilse belki gerçekten üzgünmüş gibi davranabilirdim ama böyle duygusuz bir şekilde hiç inandırıcı olmuyordu. Notlarınız yüksek olsa bile.

"Artık Fuzuli ve gazel isimlerini yan yana görmeyi bırak, ayrı ayrı olsa bile duymak istemiyorum."

Okul çıkışı İrem'le beraber bahçenin çıkışına doğru yürürken bir yandan da hocanın mail attığı ödevi kontrol ediyordum. "Mezun olmak umurumda değil ama yine de bu ödevi yapmak zorundayım."

"Ve ben sana yardım edemem çünkü yarın Mira'nın doğum günü, hazırlık yapmalıyım."

O sırada gözlerim otoparkta oldukça dikkat çeken bir arabaya takıldı. Bütün renkli arabaların arkasına gizlenmiş, tam çizgilerin içine park edilmiş turuncu bir Ferrari güneşe göz kırpıyordu. Servisin yapılacağı evi yangın yerine çevirdiğimiz günü hatırladım anında, Pars'ın arabasındayken turuncu bir Ferrari tarafından takip ediliyorduk.

Adrenalin duygusu ayak parmaklarımdan saç diplerime doğru nüfuz ettiğinde sanki geçmişe dönmüştüm, o arabanın ön koltuğunda oturuyor ve giderek hızlanan görüntüleri ayırt etmeye çalışıyordum. *O gün bizi takip eden kişi bu okuldaydı.*

"Liva?"

İrem kolumu dürttüğünde kapıdan çıkan dörtlüyü gördüm: Asır, Barış, Ulaş ve *Tolga.* Pars'ın bahsettiği kişi *Tolga'ydı.*

"E-efendim?" diyerek cevapladım İrem'i ama ona bakmıyordum. Doğrudan arkadaşlarıyla beraber okul binasından çıkan Tolga'ya bakıyordum.

Otoparka girme, hayır. Girme.

Sanki zihnimde parende atan düşünceleri duymuş gibi ayaklarını otoparka yönlendirdiğinde yutkundum. İrem bir şeyler söylüyordu fakat onu duymuyordum, zaten telefonu çalıyordu bu yüzden o da lafını yarıda kesip aramayı cevaplamak zorunda kalmıştı.

O arabaya yürüme. Hayır.

Tolga'nın ayakları doğrudan turuncu Ferrari'ye yöneldiğinde Asır da onu takip etti. Barış ve Ulaş da yanındaki mavi Audi'ye atlamıştı.

Dehşetle açılan gözlerimi Ferrari'nin açılan kapısının üzerinde gezdirirken bir an üzerimde delici bakışlar hissettim. Kafamı biraz yukarı kaldırdığımda, üzerinde kahverengi bir ceket ve krem rengi kazak olan Tolga'nın telefonla konuşurken tehditkâr bakışlarının tam olarak yüzüme kilitlendiğini görmüştüm. Kafamı çevirmek yerine kaşlarımı çatarak ona baktım. Beni alayla süzüyordu.

İşin içinde olduğumu biliyordu. Doğruları bilmiyordu ama gerçekleri biliyordu. Ağın içinde olduğumu biliyordu.

Artık adımdan çok daha fazlasını biliyordu.

Kafamı önüme çevirip İrem'in kızgın ifadesiyle karşılaştığımda söylediği son cümleyi hatırladım. Ödevime yardım etmekten bahsetmişti ama yarın ikizi Mira'nın doğum günüydü. "Dürüst olmak gerekirse vaktin olsa bile yardım istemem İrem."

Kaşlarını çatıp çıkışın önünde durdu ve ellerini beline koydu. "Nedenmiş o?"

"El yazın berbat, benimkiyle uyuşmuyor. Ayrıca geçen sene teslim etmen için verdiğim dosyayı terastan aşağı yüzme havuzuna düşürmüştün yani bu konudaki sakarlıklarını biliyorum."

"Ödevlerle lanetlenmişsem benim suçum ne? Hem her şerde bir hayır vardır, belki o ödev hocaya ulaşsa bir kaza olacaktı ve biri ölecekti? Ha? Bunları hiç düşünmüyorsun Liva."

"Haklısın İrem."

"Haklıyı-Ne? Haklı mıyım?"

"Haklısın."

"Gerçekten mi?"

"Ben?"

"Bir kez daha sorarsan tartışmayı uzatmak için çok hevesli olduğunu düşüneceğim," diye mırıldandım kaşlarımı kaldırarak. Kafasını olumsuz anlamda sallayıp gülümsedi. "Seni eve bırakmamı ister misin?"

"Ah, hayır. Yürümek istiyorum," diye yalan söyledim. Aslında iç çamaşırı için caddeye gitmem gerekiyordu ama eğer İrem de benimle gelirse o mağazadan çok egzotik parçalarla çıkabilirdim bu yüzden o da gelsin istemiyordum. Hem ödevime yardım etmek için bile zamanı olmadığını söylüyordu.

Kafasını salladı. "O zaman sonra görüşürüz."

"Görüşürüz," diye mırıldandım. Tam sokağın karşısına geçmek için ayrılacaktık ki karşıdan gelen tanıdık motoru gördüm. Bu Kayra'ydı, burada ne işi vardı?

İrem'le aramıza bir metre mesafe girmemişken motor ortamızda havalı bir şekilde durduğunda Kayra kaskını çıkardı ve sarı saçlarını savurup eliyle düzeltti. Deri bir ceket giymişti ve çok havalı duruyordu. Etrafta hâlâ dağılmamış kızların ilgisini çekmişti.

İrem onu fark ettiğinde kaşlarını kaldırdı. "Selam kızlar," dedi Kayra gülümseyerek. "Nasıl gidiyor?"

"Oha," dedi İrem bir anda ağzı açık bir şekilde motora ve Kayra'ya bakarak. Bugün ne kadar çok açılmıştı ağzı böyle şaşkınlıktan? "Bu senin motorun mu?"

Kayra gülerek kaşlarını kaldırdı. "Evet."

"Çok havalı." İrem etrafına ve ona bakan kızlara baktı. "Beni eve bıraksana."

"Siz iki arkadaş tek tipsiniz herhalde," diyerek güldü Kayra. Ne demek istediğini hemen anlamıştım, ben de onların mekânına her gidişimde Pars'ın peşine takılıp beni eve bırakmasını söylüyordum.

Ama İrem'in buradaki amacı çok farklıydı. Etraftaki ilginin Kayra'nın üzerinde olması hoşuna gitmiş olmalıydı. Bugün enerjisi tavan olduğundan böyle davranışlar sergilemesi normaldi. Hâlâ öğlen midesine indirdiği köfteler ona mutluluk hormonu salgılarken keyfini çıkarsa iyiydi tabii.

"Atla," dedi Kayra arkadan çıkardığı diğer kaskını İrem'e uzatarak. İrem bana el sallayıp kaskını taktı.

"Sen neden gelmiştin bu arada Kayra?" diye sordum İrem arkasına binerken.

Arkasını işaret edip göz kırptı. Ne yani, İrem'le takılmaya mı gelmişti cidden? O zaman şimdiden 1-0 öndeydi çünkü ona takılmayı teklif eden bizzat takılmak istediği kişiydi. Şansına gülüp el salladım. İrem, Kayra'nın beline tutunduğunda Kayra gazladı ve birkaç saniye içinde gözden kayboldular. Etraftakiler de bir süre onların gidişini izleyip daha sonra da dedikodusunu yapmak için kendi arkadaş gruplarına gömüldüler.

Gönlüm eve gidip rahat kıyafetler giydikten sonra alışverişe çıkmaktan yanaydı çünkü okul eteği, gömleği ve ceketiyle hiç rahat değildim ama vaktim yoktu. Bir de yarım getirdiğim ödev yüzünden hoca bana ek bir ödev daha vermişti, onu da bu hafta yetiştiremezsem Edebiyat derslerim zehir olurdu.

Hoş, bununla ilgileniyor olmam da garipti ama yine de şu an vardı elimde.

Sokağın karşısına geçip bir otobüse bindim ve birkaç durak sonra, insanların alışveriş yapıp gezmek için geldikleri o ihtişamlı caddedeki otobüs durağında indim. Burası genelde çok kalabalık ve hep canlı olurdu çünkü en büyük markalar mağazalarını buraya konumlandırmış, en pahalı ve snap atmalık kafeler de buraya kepenk açmışlardı. Ayrıca sahile yakındı, birçok büyük şirket de bu taraftaydı. Böyle olunca kalabalık kaçınılmaz oluyordu.

Aslında internetten de sipariş edebilirdim ama denemeden aldıklarım bazen küçük ya da büyük gelebiliyordu.

Kalabalığın gürültüsünü bastırması için bir müzik açıp kulaklıklarımı kulağıma geçirdim ve caddenin yukarısına doğru yürüyüp önceden de gelmiş olduğum bir mağazaya girerek elime geçen iç çamaşırlarını topladım. Kabinlerde hepsini denedikten sonra hızlıca kasaya yönelip ödedim.

Bir yandan da Tolga'nın, Serdar'ı kurtarmak için ona söylediğim yalanın bedelini ödetmek amacıyla ne zaman harekete geçeceğini düşünüyordum. Ona bulaşılmadığı sürece birine bulaşmazdı ama ben ona bulaşmıştım ve mutlaka bunun bir cevabı olacaktı.

Mağazadan elimdeki karton paketle çıktığımda hava hâlâ aydınlıktı. Çok susamış ve sıcaklamıştım, bugün hava olmaması gereken bir sıcaklıktaydı. Böyle havalardan hoşlanmıyordum, etraf cıvıl cıvıl oluyordu ve gözlerim yoruluyordu. Nedensizce kapalı havalarda sahilde dolaşmayı ya da evde o günümü boş geçirmeyi daha çok seviyordum, ya da buna alışmıştım ve farklılık bana kötü bir şeymiş gibi geliyordu.

Aşağıya doğru yürürken şirketlerin en az 40 katlı büyük gökdelenlerinin önünden geçiyordum ki, bir binanın önündeki çimlere oturmuş etrafa şaşkın gözlerle bakan beş küçük çocuğu fark ettim. Ahmet ve Samet'i hemen tanımıştım. Bunlar o çocuklardı fakat en son baktığımda yedi kişilerdi.

Bir sorunlarının olduğu düşüncesiyle yanlarına doğru yürüdüm, tepelerinde dikilmeden hemen önce Ahmet beni fark etmişti. "Aa. Pamuk şeker!"

"Çocuklar, ne yapıyorsunuz burada?"

Hepsi birden beni görünce ayağa kalktığında Samet, "Pars Abi'yi bekliyoruz," dedi yutkunarak.

"Burada mı?" diye sordum çimlerinde oturdukları büyük holding binasına bakarak. Çok büyüktü.

"Evet," diye cevapladı Ahmet. "Birkaç defa buraya da gelmiştik çocuklarla. Pars Abi'yi bu binaya girerken görmüştük. Yine girdi, onu bekliyoruz."

Çantamı indirip yanlarına oturdum. Çimenler kuruydu. "Neden bekliyorsunuz?"

"Çünkü ona bir şey hediye edeceğiz," dedi aralarından diğerlerine göre boyu çok kısa kalan çocuk. Bir an ucu top gibi burnu ve kızarmış yanaklarıyla gözüme çok tatlı gelmişti. "Ya, öyle mi? Senin ismin ne bakayım?"

"Timur."

"Kaç yaşındasın sen?"

Ellerine baktı. Bir elinin beş parmağını, diğer elinin bir parmağını açıp havaya kaldırdı. "Bu kadar."

"Hayır, Timur. Ben sana öğretmedim mi? O geçen seneydi." Ahmet uzanıp Timur'un bir parmağını daha kaldırmasını sağladı. "Heh, bu kadar."

"Yedi yaşındasın, öyle mi?"

Kafasını salladığında çekinerek yanıma gelip oturdu. "Sen?"

Bir an ellerime baktım. İki elimi birden tek seferde kullanamayacağım kadar çok parmağa ihtiyacım vardı. "Bir bu kadar," dedim bütün parmaklarımı açıp. Sonra birini indirdim. "Bir de bu kadar."

"Voah!" dedi Timur gülerek. "Ne çokmuş!"

Gülümseyip dudaklarımı birbirine bastırdım. "Çocuklar, siz okula gitmiyor musunuz?"

Samet, "Pars Abi bizi okula göndermek istedi ama biz yapamadık," dedi.

"Ama okumalısınız, böyle olmaz," diye mırıldandım. "Yakınlarda bir çocuk yurdu var, oraya başvurmak istemez misiniz?"

"Hayır," dedi Ahmet sert bir dille. "Orası bizi ayırır Pamuk Şeker, biz birlikte olmayacaksak cennete bile ayak basmayız."

"Ama böyle de olmaz ki..."

Sonsuza dek sokaklarda para kazanmaya çalışıp o gecekondu evde yaşayamazlardı. Bir gün büyüyeceklerdi, farklı ihtiyaçları olacaktı. Üstelik okuma yazmaları bile yoktu. Ne zamana dek insanların sorularını parmaklarını kullanarak yanıtlayabilirlerdi ki?

O sırada kalabalığın arasından koşturan, sarı saçlı, kırmızı elbiseli bir kız ve arkasında bir çocuk daha gördüm. Ayşe ve Onur bu tarafa doğru koşuyorlardı. "Geldik, geldik!" diye bağırıyordu Ayşe sevinçle.

Yanımıza ulaştıklarında çocuklar ayağa kalktı.

"Yetiştik mi?" diye sordu Onur.

"Evet, daha gelmedi Pars Abi," dedi Ahmet. "Oturun, soluklanın biraz."

"Aramamı ister misiniz?" diye sordum onlara bakıp. Bir yandan da gözüm Ayşe'nin elindeki büyük beyaz kâğıttaydı.

O sırada güvenlik görevlisinin bu tarafa yürüdüğünü gördüm. Yanımıza yaklaştığında, "Hanımefendi," dedi. "Burada böyle oturamazsınız."

"Ama Pars Abi..."

Ayşe'nin üzgün yüzünü gördüğümde, "Birini bekliyoruz, içeride henüz, daha çıkmadı," diye mırıldandım ayağa kalkıp güvenlik görevlisinin karşısına dikilerek. "Beş dakika daha kalsak?"

"Anlıyorum ama burada böyle oturmanız hoş bir görüntü değil, üstlerimden azar işitirsem maaşım kesilir."

"Sorun yok."

Bir anda yanımızdan gelen sesle Pars'ın merdivenlerden aşağıya indiğini gördüm. Şokla üzerine bakıyordum çünkü gayet ciddi bir şekilde siyah kumaş pantolon, siyah ceket ve beyaz bir gömlek giymişti. Boynundan dışarı, kulağının arkasına taşan dövmesi o kadar hoş duruyordu ki fotoğrafını çekip günlüğümün arasına koyma isteği uyandırmıştı bende. Üzerimdeki lise formamla yanına hiç yakışmadığımı da fark etmiştim o an. Omuzlarım çökmüştü istemsizce. Keşke önce eve gidip üzerimi değiştirseydim.

Ayşe koşup, "Pars Abi!" diye bağırarak kollarına atladığında Pars onu kucağına aldı, güvenlik görevlisi onu gördüğünde, "Peki efendim," diye mırıldanıp kendi kulübesine geri dönmüştü.

"Sana resim yaptık!" diye şakıdı Ayşe, elindeki beyaz kâğıdı hâlâ kucağındayken ona uzatarak. "Ama sakın burada açma, eve gidince aç. Sürpriz olsun. Senin bana doğum günümde hediye aldığın boya kalemleriyle yaptık. Hep beraber."

"Evet, hep beraber," dedi Ahmet seslice nefes vererek. "Resim çizmek ne zormuş yahu!"

Pars güldü. "Hadi lan oradan, sen kesin kenarda tembellik etmişsindir."

"Yo, hayır, vallahi ben de boyadım."

"İnanayım mı?"

"İnan inan," diyerek araya girdi Samet. "Hep beraber yaptık."

Pars gülümsedi. O an beni yeni fark ediyordu sanki. Mavi gözleri üzerime çevrildi. "Senin ne işin var burada?"

Aslında aynı soruyu ben sormak istiyordum ona. "Bilmem, geçerken çocukları gördüm. Sohbet ederken de sen geldin."

"Li-va Abla bu paket ne?"

Onur elimdeki iç çamaşırlarımın paketlenerek konduğu karton poşete kafasını eğerek baktığında şokla paketi yukarı kaldırdım. "Hiçbir şey, kıyafet sadece."

"Rengi ne güzelmiş," dedi Ayşe. Pakete bile hayranlıkla bakıyordu.

"Hadi Ayşe, gitmemiz lazım," dedi Ahmet ona inmesini işaret ederek. Ayşe, Pars'ın kucağında hareketlenerek aşağı indiğinde diğer çocuklar da hemen toplaştılar.

Pars onlara kaşlarını çatarak bakıyordu. "Nereye gidiyorsunuz?"

Samet güldü. "Sahile. Palyaçolar gelecekmiş, bedava pamuk şeker dağıtacaklarmış." Heyecanla bana döndü. "Sen de gelsene Pamuk Şeker!"

Nazikçe kafamı olumsuz anlamda salladım. "Yok ben gelmeyeyim, ödevim var."

"Olsun, başka zaman gelirsin."

Pars elini ensesine attı. Etrafa bakıyordu. Karşıdaki dondurma dükkânını gördüğünde, "O zaman gelin bakalım, size birer dondurma alayım," dediğinde refleks olarak ben de atladım.

"Ay ben de!"

Dilim damağım kurumuştu resmen.

Şaşkınca bana döndü ve tek kaşını kaldırdı. "Sen hasta değil miydin?"

"Yo, hayır, geçti o günler."

"Hiç öyle görünmüyorsun ama."

"Ya ben de yiyeceğim işte..." diye mırıldanırken sonunda kabul etmiş gibi bir tavırla, "Sen beklesene bir dakika burada," diye söylendi ve çocukları alıp karşıdan karşıya geçti. Bir süre uzaktan onları izledim ama daha sonra kalabalıkta göz takibini kaybettiğimde kenardaki boyu dizlerime gelen alçak duvarın üzerine oturup paketimi ayaklarımın dibine bıraktım.

Az önce sergilediğim hareketleri ve anlamsız dondurma yeme isteğimi düşünmeye başlamıştım. Ne zamandan beri bu kadar ani davranışlarda bulunuyordum? Ne zamandan beri dondurma seviyor ve hiç tanımadığım bir adamdan isteyecek kadar deliriyordum? Ve en önemlisi, ne zamandan beri o hiç tanımadığım adamın sözünü dinleyip söylediği yerde bekliyordum?

Oturduğum yerde öfkelendiğimde kalkmayı planlıyordum ki bir anda ayaklarımın dibine bıraktığım paket havalandı. Şokla ayağa kalktığımda karşımda kafasını elindeki paketimin içine sokmuş kıvırcık saçlı, uzun boylu biri dikiliyordu. Ayağında spor ayakkabılar, rahat bir kot ve kapüşonlu vardı.

"Ne yapıyorsun sen!"

Paketime uzanacağım sırada kafasını hızla içinden kaldırdı ve paketi yukarı kaldırdı. Birden bembeyaz dişlerini göstererek gülümsediğinde neredeyse onu tanıyamayacaktım. "Yağız?"

"İsmimi hatırlıyorsun, bu iyi," diye mırıldandı kendi kendine. "Paketin güzelmiş, ne var içinde?"

"Bu neden seni ilgilendirsin?" Elimi uzattım. "Onu bana geri ver."

"Burada ne yaptığını söylersen veririm."

"Sana hiçbir şey söylemek zorunda değilim."

"Ben de paketi geri vermek zorunda değilim."

"Yağız o benim paketim ve eğer içine bakarsan yemin ederim seni öldürürüm," diye homurdandım kaşlarımı çatarak. "Ver şunu geri."

"Benimle çıkar mısın?"

"Ne? Hayır." Sanki mümkünmüş gibi kaşlarımı daha da çatıyordum.

Omuzları çıktı. "Ya neden ya?" Yavaşça paketi aşağı indiriyordu. "En azından içine baksam? Zevkim çok iyidir kıyafet konusund-"

Bir anda Yağız'ın omuzlarının ardından Pars belirdiğinde gözlerimi sonuna kadar açtım. Yağız'ın elindeki paketi tek seferde kolayca aldı ve göğsüme çarpıp kucağıma bıraktı. "Gitmemiz lazım, oynaşmaya ayıracak vaktimiz yok."

Az önceki halinden eser kalmamış buzdan kalelerle çevrili mavi gözlerini Yağız'ın üzerine çevirdiğinde bir saniye orada asılı kalmadan geri çekildi ve otoparkın olduğu arka tarafa doğru yürümeye başladı.

"Kuzenin mi?" diye sordu Yağız safça.

O an ona o kadar çok sinirlendim ki "He, kuzenim," diye homurdanıp arkamı dönerek peşinden yürüdüm. Bir yandan da paketi sımsıkı tutmuş gözlerimi ardı ardına devirmemek için kendimi sıkıyordum.

Bir anda tek kişilik olan hayatıma balıklama dalmaya çalışan insanlar türemişti etrafımda, birazını ben isteyerek dahil etmiş olsam da hepsiyle alakamın olmasını istemiyordum.

Üstelik birinin adını öğreneli daha 24 saat geçmemişti bile.

Kalabalığın arasından geçip arabalarla dolu otoparka ulaştığımda güneş batmak üzereydi, hafif kızıl bir halka çevrelemişti etrafını. Pars ceketini çıkarıp arkaya attıktan sonra gömleğinin kollarını kıvırıyordu ki yanına anca ulaşmıştım. "Nereye gidiyoruz?"

Kafasını kaldırıp bana baktı. "Nasıl?"

"Oynaşmaya vakit yok, gitmemiz lazım demiştin," diyerek dediklerinin ona hatırlattım.

"Ha," diye mırıldandı. "Yarın akşam Pusula'ya uğrayabilir misin? Taylan da orada olacak. Giray ve Zamir herifin odasındaki bilgisayarın anakartını sana getirecek."

"Anakart mı?" Bu işimi daha da kolaylaştırırdı. "Nasıl alacaklar onu?"

"Orasını bize bırak." Sürücü koltuğunun kapısını açtı. "Binmiyor musun?"

"Sen?" Önce onu, sonra da kendimi işaret ettim. "Beni? Eve bırakmayı mı teklif ediyorsun?"

"Çok alışmasan iyi edersin."

Kapıyı açıp ön koltuğa oturdum ve arkama yaslanıp emniyet kemerimi bağladım. "Bunu söylemen için çok geç çünkü çoktan alıştım."

O kapıyı kapatırken ben de ön camdan güneşin batışına bakıyordum ki birden kucağıma soğuk bir şey fırlattı. "Eridi bu."

Kucağımdaki dondurma paketine gözlerimi çevirip, "Madem aldın neden hemen vermiyorsun ya?" diye mızmızlanarak açtım ve hâlâ sapasağlam duran görüntüsünden bir ısırık aldım.

Pars bana cevap vermeden gaza basıp otoparktan çıktıktan sonra ana caddede ilerlemeye başladı ama trafik saatiydi bu yüzden yavaş ilerliyorduk. Öyle ki güneş çoktan batmıştı, dondurmam biteli uzun zaman oluyordu. Müzik çalardan gelen melankolik kadın sesi yüzünden kulaklarıma dikişler atılıyor gibi hissediyordum, bir anda öyle bir yorgunluk çökmüştü ki üzerime arabanın koltuğu yatak gibi gelmeye başlamıştı ve yan tarafımızda kalan denizin dalgalarının uğultusu da ninni gibi yankılanıyordu zihnimde.

Yavaşça ince ve zayıf parmaklarımı kaldırıp açık camın kenarında gezdirdim. "Hiç boşa kürek çektiğini düşündün mü?"

Dikkati yolda değil de başka bir yerde gibiydi ama sesimi duyduktan sonra gözlerini üzerime çevirdi. "Nasıl yani?"

"Taylan'ın işini berbat etme çabanızdan bahsediyorum, bütün dümen elinizde patlarsa ne olacak? Siz ispatlayamadan polis her şeyi ortaya dökerse ve siz de işin içinde olduğunuzdan hapis yatarsanız?"

Hafifçe güldü. Dirseği açık pencereye dayalıydı ve parmakları dudaklarında geziniyordu. "Taylan'ın ortaokuldan beri en yakın arkadaşı kim biliyor musun?"

"Kim?"

Yolda gezinen gözlerini üzerime çevirmeden önce yeşil ışık yandığı için gaza bastı. "Nazım Kureli."

Kaşlarımı kaldırdım. "O kim?"

"Ankara Emniyet Müdürü."

Dudaklarım aralandı. İş o kadar büyüktü yani? Öyle ki içinde, güvenliği sağladıklarıyla ilgili insanların çoğunun anlamadığı süslü kelimelerle yazdıkları yazılarını maskelerinin üzerlerine asan insanlar da vardı. Eğer bir ağacın yeterince yüksek bir dalına çıkarsanız, aşağıda kalanlar size görüntünün nasıl olduğunu sorarlardı ve siz de istediğiniz şeyi söyleyebilirdiniz.

"Bu yüzden topladığınız kanıtları polise teslim etmeden ülkenin merkezindeki ekranlarda yayınlamak istiyorsunuz. Kimse inkâr edemesin, belgeler teşkilata ulaşınca olur da içeriden bir köstebek yeltenirse yok edemesin diye."

Sakince kafasını salladı. "Akıllı kız."

Gözlerimi girdiği sokağa çevirdiğimde evime geldiğimizi gördüm. Bir süre sakince arabanın yavaşlamasını bekledim ve evin önünde tamamen durduğunda kapıyı açtım. "Bıraktığın için teşekkürler, yarın görüşürüz."

"İyi geceler," dedi kafasını sallayarak. Tam o sırada telefonu çalıyordu ki kapıyı kapattım. Birkaç saniye duraklamıştım, neden ben her arabasından inmeye yeltendiğimde telefonu çalıyordu? Bu sefer kimin aradığını öğrenememiştim de üstelik.

Neden umurumdaydı? Kafamı sallayıp kendime gelerek ön taraftan dolandım ve eve girip kendimi salondaki koltuğa yüzüstü attım.

Aç karnına dondurma yediğim için midem bulanıyordu.

Bir süre gözlerimi kapatıp sessizliği dinledim. Sessizliğe tapan ve gürültünün yarattığı bir kaosun içine tıkılmaktan nefret eden, o anlarda bambaşka, hiç olmak istemediği birine dönüşen insanlardan olduğum için bu anları seviyordum. Kendimi dinliyor, etraftaki sesleri işitiyor, sakinleşiyordum günden güne. İrem böyle değildi mesela, o, hiç istemediği bir hayat tarzıyla yaşamak zorunda kaldığı için evden çıktığı an, hatta bazen evde bile kulaklıklarını takardı. Araba sürerken müzik çaların sesini sonuna kadar açardı ve kendini bu şekilde uyuşturdu. Ona hiçbir zaman sessizliği tavsiye etmemiştim, ondan hiçbir zaman müziği kapatmasını istememiştim çünkü o, etraftaki ses kesildiğinde kendisiyle baş başa kalırsa bununla başa çıkamazdı.

Kendi yaralarımı dikerken bir başkasının dikişlerinin sökülmemesi için cebimde yara bandıyla dolaşıyordum. Bazen de iğne parmaklarıma batıyor diye. Çünkü bedenimin çevrelediği ruhumu çırılçıplak bıraksalar, dikişlerden yüzümü göremezlerdi. Bu çok fazla yara aldığım için değildi elbette, etrafımda beni yaralayabilecek pek birileri yoktu. Ben yalnızca bir büyük darbe almıştım ve bir daha böyle bir acıyı yaşamaktan o kadar korkuyordum ki, kendimi gizlemeye çalışıyordum. Bir daha o derece bir acıyı yaşamamak için kendimden bile vazgeçebileceğim hastalıklı bir ruhu taşıyordum.

Bir süre koltukta öylece yatıp tavanı izledikten sonra sonunda kalkıp mutfağa yürüdüm ve bir bardak suyu devirip odama çıktım. Üzerime giymek için rahat bir tayt ve koca bir kazak aldıktan sonra temiz iç çamaşırlarıyla birlikte banyoya girdiğim sırada gözüm saate takıldı; zaman o kadar çabuk geçiyordu ki, onu bir atın üzerine bindirip ters yöne göndersek bir saniyelik fark bile yaratamazdık.

Sıcak suyun altına girdiğimde düşünebildiğim tek şey son zamanlarda hissettiğim karmaşık duygulardı.

Birkaç hafta öncesine dek rutin bir hayata sahiptim, avuçlarımda sıkıp durduğum ve sürekli şekliyle oynadığım bu hayatı taşıyamayacak kadar güçsüz olduğum için de yürüdüğüm yolu bir çukura dönüştürecek sihirli tohumları arıyordum. Bir köprüde, bir gökdelenin tepesinde, mutfağıma girdiğinizde sağ tarafta göreceğiniz dolapların ikinci bölmesinde; gökyüzünde, yeryüzünde... Belki de tam olarak o yolda. Kim bilir? En azından aradığım şeyi biliyordum, bana haz verebilecek ve bir şeyler hissettirebilecek tek şeymiş gibi geliyordu. Bu bir ideoloji, bir hedef ya da psikolojik bir rahatsızlık olarak adlandırılabilirdi ama ben başlık koymuyordum, koymak istemiyordum da. Yalnızca, böyle bir şey vardı ve benim ateşi gördüğünde bile öylece duran elim böyle bir şeye doğru uzanabiliyordu. Sahip olmak için. Almak ve bir daha geri vermemek için. Yapmak için. Var olamadığından, yok olmak için.

Şimdi ise dengeler değişiyordu ve bu içimde bir yerlerde, bir şeylerin hiç hoşuna gitmiyordu.

Kurulandıktan sonra temiz kıyafetlerimi giydim ve saçımı taramak için aynanın karşısına geçtiğim sırada İrem'i aradım. İkinci çalışta açmıştı.

"Alo?"

Sesi uykulu geliyordu. "Uyuyor muydun?"

"Evet... Çok yoruldum. Şu Kayra acayip manyak bir şey. Ve onun motoru. İnsanlar böyle deneyimler yaşamak için para bile verirler."

"Hoşuna gitmedi mi?"

"Deli misin? Bayıldım ama yine de alışkın değilim. Bir dahaki sefere enerji depolayıp gideceğim."

"Bir dahaki sefere olacak yani?"

Bir hışırtı geldi. Muhtemelen yatakta doğruluyordu. "Tabii ki olacak! Para bile veririm. Gerçi Kayra'nın isteyeceğini sanmıyorum, çok zengin bir izlenim çiziyor. Her neyse. Seve seve kabul eder gibi duruyor."

Durdu. Saçlarımı iki yanıma ayırdıktan sonra tarağa uzanırken, "Ondan hoşlanıyorsun," diye mırıldandım.

"Bilmiyorum. Belki. Her kızın kolayca hoşlanabileceği bir tipi var, karizmatik ve eğlenceli ama bu onun aşk hayatında nasıl biri olduğu hakkında kesin bilgi vermiyor. Böyle şeyler için zamana ihtiyaç var."

"Bu yüzden mi Tolga'yla hemen akşam yemeğine çıktın?"

İrem hemen, "Hayır!" diyerek araya girdi. "Aslında bunu biraz da ailem istemişti. Tolga'yla ailelerimizin eskiden gelen bir dostluğu varmış, beraber çekilmiş çocukluk fotoğraflarımızı bile gösterdi annem. O yüzden kabul ettim teklifini."

Saçlarımı tarayan ellerim anında durmuştu. Tolga'yla aileleri dost muydu? *Bu ne anlama geliyordu?* "Ciddi misin?"

"Evet," dedi İrem. Kafasını salladığını hissedebiliyordum. "Ben de yeni öğrendim. Sana söylemeye fırsatım olmadı çünkü sen ve Cem üzerinde sarhoşluk denemesi yaptığım geceden beri hayatım öyle ters takla oldu ki uykusuzluk ve unutkanlık başladı bende."

Bir süre söylediklerini bağdaştırmaya çalışırken ona cevap vermediğim için endişeyle, "İyi misin?" diye sordu. "Senin hayatında neler oluyor Liva? Bu aralar çok değişik hareketlerin var. En basitinden çenen açıldı, eğer bunun sebebi sürekli takıldığın Pusula'daki çocuklar ise bana haber ver çünkü onlara bir şekilde teşekkür etmeliyim. En azından artık ruhsuz değilsin ve tepki verebiliyorsun. Seninle YouTube'da Kpop tepki videosu falan bile çekebiliriz şu halinle. Çok fena çocuklar ve kızlar var, hele bir video izledim baharla ilgiliydi görsel efektleri görmen lazım. Daha önce izlemiş miydin bilmiyorum ama..."

İrem'in yine konudan konuya sapma özelliği baş göstermişken söylediklerine odaklanamıyordum çünkü aklım hâlâ onun önemsemeden söylediklerindeydi. Okulun zorbası bir anda hayatımıza nasıl böyle giriş yapabilmişti? Ben, onun İrem'e yaklaşmasının arkasında uğraştığı işlerle ilgili şeyler olduğunu düşünürken çok farklı şeyler de çıkabilirdi. İrem'in söyledikleri konuyu öyle yerlere çekebilecek şeylerdi ki bunu tek başına masaya yatırmam mümkün değildi.

Kendime gelip daldığım yerden gözlerimi alabildiğimde İrem bilgisayardan bir Kpop şarkısı açmış eşlik ediyordu.

"*...Everybody say no! Nana nanananna andee!*"

"İrem-İrem, ne tamam, anladım. Bir ara konuşuruz."

Şarkıyı kapattığında saçlarımı taramaya devam ettim. Telefonu kapatmak için cümleleri toparlamaya çalışıyordum ki birden, "Aslında sana tipim değil dediğim Kayra'ydı çünkü ben de sarışınım ve o da sarışın olduğundan kardeş gibi dururuz gibi geliyor," diye mırıldandı. Bu demek oluyordu ki, bu telefon konuşması biraz daha uzayacaktı.

O zaman *tipim değil,* dediği Kayra; *sevgilisi var* dediği Pars'tı ama hâlâ kimin hakkında gay dedikodusu olduğundan ya da kimin hakkında ona bakmayacağını düşündüğünden bahsetmemişti. Direkt olarak ona sormak istemiyordum çünkü eğer bunu yaparsam onlardan birinden hoşlandığım sonucunu çıkarabilirdi ve bu hayatımı cehenneme çevirirdi. İrem'le konuşurken dikkatli olmak zorundaydım çünkü o kolayca ağzından bir şeyler kaçırabilirdi. Ya da bunu bilinçli olarak da yapabilirdi, doğru yolda ilerlediğini düşündüğü için elbette.

"Kardeş gibi durmuyorsunuz," diye mırıldandım.

Bir anda heyecanla, "Gerçekten mi?" diye sordu. "Şimdiye kadar beğendiğim ya da görüştüğüm erkekler hep esmer falandı. Hiçbir sarışına yaklaşmadım ya da bunu düşünmedim çünkü... Tipim değildi işte, öyle düşünüyordum en azından ama bugün Kayra'yla vakit geçirdiğimde asıl insanların suratlarının tipine değil de karakterlerinin tipine bakmam gerektiğini öğrendim. Sonuçta Kayra saçlarını kahverengiye falan boyayabilir ama bakkaldan puding almak istediğimde suratını buruşturup küçümseyen biri karaktersizliğinin üzerini örtemez."

"Sanırım burada Alperen'e diss atıyorsun?"

"Evet. Fakir ve durumu olmayan insanlarla dalga geçip dururdu, gösterişe bayılırdı. Onun gibi biriyle nasıl çıktım hiç anlamıyorum. Büyü falan yaptırdı herhalde benim gibi kızı kapmak için."

Seslice nefes verdim. İrem birileriyle flört ettiği zaman yalnızlık gerçekten nasıl bir şey daha iyi anlıyordum çünkü bu sefer dinleyebileceğim ve konuşabileceğim tek insan bir anda yeryüzünden silinmiş gibi geliyordu. Ben İrem'e ulaşmaya çalışmazdım çünkü o zaten bana anlatırdı, ben okul çıkışı bir yerlere gitmek istemezdim çünkü İrem zaten çıkışta kolumdan çekiştirip beni bir yerlere götürürdü. Ama öyle biri olmadığında ve sen gitmek istediğini kabul etmediğinde, seni zorlayacak biri olmadığından dosdoğru eve gidiyordun.

"Aşk nasıl bir duygu İrem?"

Bir an sessizlik oldu. "Aşk mı?"

Bir sessizlik tufanı daha.

"Evet, aşk."

"Bu kelimeyi her matematik dersinde Hüseyin hocadan duyuyordum ama sen böyle gerçek anlamında sorunca bir afallama oldu bende, kusura bakma," dedi. "Bilirsin, matematik hocamız tam bir aşk adamıdır."

Kafamı salladım ama o görmemişti tabii ki. Saçlarımı taramanın cılkını çıkardığımdan tarağı bırakıp havluyla ıslaklığını almaya başladım onu dinlerken.

"Aşk... Bilmiyorum. Aşkı neye benzetebilirim ki? Aklıma hiçbir tanım gelmiyor. Sadece, olur ve hissedersin işte. O kadar çabuk olur ki anlamazsın. Kimse de sormaz. Ama sen sordun işte... Ve ben buna yanıt verebilecek biri değilim sanırım."

"Anladım," diye mırıldandım.

"Neden sordun bu arada?"

Durdum. Neden sormuştum sahiden? İrem'in aklını dağıtmak için mi, kendi aklımı yerine getirmek için mi? Belki de neler olduğunu çözmeye çalıştığımdan. Olamaz mı? Olabilir. Olasılıklar cehennemi beni alevlerin arasında bırakıp tepemden yağmurlar yağdırabilir. Bu çok normal bir şey. Her insanın başına gelir.

"Hiç, bir kitapta okumuştum. Yazılan şeyleri anlamadığımdan sormak istedim."

"Herkesin cevabı değişir ki," dedi İrem. "Herkes aynı aşkı yaşamaz, bazıları aşka bile âşık olabilir. Bu dogmatik değildir. Kime sorarsan sor, herkesten farklı cevaplar alırsın. Ta ki kendi cevabını bulana dek, o zaman susarsın."

"Anladım. Sağ ol."

"Rica ederim," dedi esnerken. "Şimdi biraz daha uyuyacağım. Yarın okulda görüşürüz!"

"Görüşürüz."

Aramayı sonlandırdıktan sonra saçlarımı kurutmak için kurutma makinesini prize takıyordum ki pencereden dışarıya kaydı gözlerim, bir refleks; dürtü ya da işaret, ne derseniz deyin bir şekilde o görüntüyü gördü gözlerim. *Sokağın başında turuncu bir Ferrari vardı.*

Fişe uzanan ellerim ben dışarıya bakarken görevini yerine getirmişti ki fişin prize girmesiyle bir anda elektrikler kesildi.

Sakince kurutma makinesini masanın üzerine bıraktım ve pencereden dışarıya bir kez daha baktım ama hayal görmüyordum, gerçekten de sokağın başında turuncu bir Ferrari vardı ve öylece kenarda duruyordu. Üstelik ön koltukta oturan birinin siluetini de görmemek mümkün değildi.

Endişeyle geri çekildim. Bu kadar tesadüf gerçekleşebilir miydi yoksa o Tolga mıydı?

Telefonumu alıp el feneri özelliğini çalıştırdım ve daha caddeyi gören bir pencereden diğer evleri kontrol ettim, yalnızca benim evimin elektrikleri kesilmişti. Yüzde doksan ihtimalle kısa devre olmuştu fakat yüzde onluk başka bir ihtimal daha vardı ve bu kanımı kaynatıyordu. Aşağıya inip sigortaların olduğu bodrum katının kapısının önünde dikildim. Böyle bir evde kalmaktan böyle zamanlarda nefret ediyordum. Karanlıktan korkmuyordum ya da böyle şeylerden ama bazı olaylar peş peşe yaşandığında korku filmlerine taş çıkaracak sahnelerin ortasında buluyordum kendimi.

İstemsizce elim telefonumun kilidini açtı ve rehbere girdi. Kendisini hiç de hoş bir terimle kayıt etmediğim Pars'ın numarası açıkken ekranla bakışıyordum.

Korkaklık etme Liva, korkak olma.

Yine de onu aradım. Üçüncü çalışta açtığında ben de bodrumun kapısını araladım ve tozlu karanlığın içine doğru bir adım attım.

"Ne var?"

"Zıkkım," diye mırıldandım. "Cidden her gelen çağrıyı bu şekilde mi karşılıyorsun yoksa hayatındaki her insana giydirdiğin kalıpların mı var?"

Arkada gürültülü bir müzik sesi geliyordu, muhtemelen Pusula'daydı. "Evet. Çeviri yapayım, *iki saat n'aber nasılsın muhabbeti yapmayı sevmiyorum sadede gel de bir an önce kapatalım* kalıbım bu."

"N'aber?"

Telefonlar arası mimik tahmini oyunu olsa birinci geleceğimi düşünerekten kaşlarını çattığını hayal ettim.

"Seni bana işkence etmen için babam falan mı tuttu?"

"Niye? Babanla aranızda kötü bir husumet mi var?"

"İyi gidiyor işte Liva, ne yapalım işler güçler. Senden n'aber?"

Arkadan Giray'ın sesini duydum kesik de olsa: *"Oğlum kafana taş mı düştü senin? Bu ne hal?"*

Işık tutarak etrafı süzmeyi bırakıp sigorta kutusunu gördüğümde yanına doğru yürümeye başladım ama her adımımda o kadar çok toz kalkıyordu ki ardı ardına üç kere hapşırdım bir anda.

"Hasta mısın sen?"

O an durumu nasıl açıklayacağımı bilmediğinden ve açıkçası, açıklamak da istemediğimden düşünmeden, "Evet," dedim.

"Sen hastasın ve bugün bana yalan söyleyip dondurma aldırdın, öyle mi?"

Düşünmemenin zararları.

Derin bir nefes verdim ve tekrar hapşırdım.

"Liva!"

Bu öfkelendiğinin ve bir öfke dalgasının yakınlarda olduğunun kanıtıydı bu yüzden ihtimalleri hızlıca değerlendirdikten sonra en doğrusunu yapacağımı düşünerek, "Aslında hayır," diye mırıldandım. "Dinle. Başım belada olabilir."

"Evet, başın çok büyük belada. Kaç tane iğne yemek istersin? Madem doktora gitmiyorsun ben de doktoru ayağına getiririm."

"Hayır, hayır ben hasta değilim."

Durdu. Devam ettim. "Az önce pencereden bakıyordum ve sokağın başında turuncu bir Ferrari gördüm. Öylece kenara çekilmişti ve ön koltukta biri oturuyordu."

"Siktir, bunu ne zaman söylemeyi planlıyordun? Sabahtan beri saçma sapan bir şeyler geveliyorsun." Arkadaki ses bir anda kaybolduğunda birkaç hışırtı geldi, dışarı çıkıyordu.

"Buraya mı geliyorsun?"

"Sakın dışarı çıkma," dedi. "Sakın. Pencereleri kapat, kapıyı kilitle. En fazla on dakikaya oradayım."

Telefonu kapattığında hızlıca bodrumdan çıkıp eve koştum ve kapıyı kilitleyip koltuklardan birine oturdum.

Kendimi daha önce hiç bu kadar gergin hissetmediğim on dakikanın sonunda kapı tıklatıldığında sanki korku tünelinde ilerlerken önüme birden zombi kılıklı bir adam çıkmış gibi sıçrayarak hızlıca toparlanıp yutkundum ve ayağa kalktım. Tolga'dan korkmuyordum, karanlıktan da. Başıma hiç istemediğim işlerin gelmesinden korkuyordum.

Kapının deliğinden kim olduğunu kontrol ettikten sonra önce kilidi, sonra da kapıyı açtım.

Pars simsiyah giyinmiş bir şekilde kapının önünde duruyordu. "Neden zil çalışmıyor?"

Gerginlikten kurumuş dudaklarımı dişliyordum ki avizeye bir bakış attım. "Elektrikler gitti."

Arkasına bir bakış attıktan sonra içeri girdiğinde kapıyı kapattım. "Sigortanın atmış olabileceğini düşünüyorum, seni aradığımda bodrumdaydım ve her yer tozlu olduğu için hapşırıyordum."

"Başına kötü şeyler gelebilirdi," dediğinde daireden çıkıp

bodruma doğru yürüyordum. Kapının önüne geldiğimde kafamı salladım ve "Biliyorum," dedim.

Kapıyı açtım ve o da içeri girerken bir şeyler homurdandı. "Bilmek yetmiyor kedi surat."

Telefonunu çıkarıp el fenerini açtığı sırada sigortanın yerini gösterdim. O, küçük kutucuğa doğru ilerlerken ben de çok yüksekte olduğu için kapının arkasındaki merdivene doğru ilerliyordum ki bir anda üst kattan ışık huzmeleri aralık kapıdan içeriye sızmaya başladı.

Şokla arkamı döndüğümde Pars ellerini çırpıyordu. "Amma tozlu burası. Pasaklı mısın nesin kızım?"

"Nasıl becerdin?" diye sordum şaşkınca yukarıyı göstererek.

"Şalterler atmış," dedi kısaca ve toz yüzünden öksürürken kapıya ilerledi.

Omuzlarım çöktü. "Ah." Tabii, boyu uzundu. Merdivene gerek yoktu.

Cüce olduğumu söylemiyordum tabii ki, boyum 1.75 vardı ama o, o kadar uzundu ki ve ben bunu karanlıkta sağlıklı bir şekilde idrak edememiştim.

Kapıyı kapattıktan sonra yukarı çıktım peşinden. Salon, kapı ve mutfak arasındaki holde dikiliyor, etrafı süzüyordu. Saçları biraz dağılmıştı, üzerinde deri bir ceket ve siyah pantolonla kazak vardı. Tüm bu iç karartıcı görüntüsünün ardında yanına ulaştığım için mavi gözleri bana döndüğünde bir anda elim ayağım boşaldı. Ne olduğunu anlayamadığım için saçma bir şekilde arkayı işaret ettim ve "Çay, kahve?" diye sordum.

Çenesindeki kemiğin hareketinden dişlerini birbirine sürttüğünü gördüğüm an pencerelere baktı. "Ne zaman fark ettin Tolga'nın dışarıda olduğunu?"

Gözümün önüne gelen saç tutamlarını geriye iterken saçlarımın hâlâ ıslak olduğunu fark etmiştim. Bu detayla fazla ilgilenmeden kafamı kaldırıp ona baktım. "Emin değilim. Saat 9 civarıydı."

Salona yürüyüp bahçeye açılan kapıyı ve pencereleri kontrol etti. "Bu pencereyi dışarıdan açmak iki dakikamı bile almaz," diye mırıldandı ve dış kapıyı açıp kapatarak kilitlerin üzerinde gözlerini gezdirdi. "Ve bu kapıyı kilitli değilse herhangi bir kart yardımıyla beş saniyede açabilirim."

Kaşlarımı çatarak, "Ne diyorsun?" diye sordum.

"Bir gece ansızın gelebilirim diyorum cici kız."

Ağzım sonuna kadar açıldı. "Ne?"

Bedenini bana çevirip etrafa bakmaya devam ettiğinde gözleri mutfağa takılmıştı. "Bahse girerim böyle bir evin mutfağında da dışarıya açılan bir kapı vardır."

Tek kaşımı kaldırdım.

"Var, değil mi?"

Seslice nefes vererek, "Bu evin yarısı cam ve kapıdan oluşuyor Pars," diye mırıldandım. "Neyi kanıtlamaya çalışıyorsun şu an?"

Elini saçlarından geçirip dışarıyı gösterdi. "Eğer Tolga andavalı gecenin bir saati arabasını evinin karşısına çekip mal gibi dikiliyorsa, bil ki mal gibi dikilmek için gelmemiştir."

"Evime girmek amacıyla geldiğini mi söylüyorsun?"

"Çok daha fazlası için geldiğini söylüyorum ama bu denklemde bir eksiklik var. Tolga eğer seni biliyorsa bizimle çalıştığını da biliyordur. O zaman neden kendi askeri için açık açık bir tehdit olmak istesin?" Kaşları çatıldı. "Bir şey mi yaptın?"

Elimi saçlarımdan geçirip avuç içlerimle uyku için yalvaran gözlerimi ovaladım ve "Sana anlatmam gereken bir şeyler var," diye mırıldandım. "Ama çok yorgunum, sabahtan beri ayaktayım ve hiçbir şey yemedim. Mutfakta konuşsak?"

Gözaltlarımı ve bitkin halimi fark etmiş olacak ki itiraz etmedi. Bende ayaklarımı 180 derece geriye çevirip mutfağın yolunu tuttum ve ışıkları açtım. İyi ki burayı en son kullandığımda temizlemiştim çünkü genelde bir hafta dokunmadığım oluyordu.

Ortadaki tezgâhın yüksek bar sandalyelerinden birine oturduğunda, masanın üzerindeki ufak dekorlara bakıyordu. "Çay mı kahve mi?" diye sorduğumda, "Fark etmez," dediği için geçen gün çektirdiğim kahve paketinden iki kaşığı kahve makinesine koyup sıcak su ekledim ve kahve demlenirken dolaptan limonlu kek çıkarıp bir tabağa dört dilim koydum.

Kahveleri kupalara koyduktan sonra kekle beraber masaya

bırakıp karşısına oturduğumda bir kek diliminin yarısını ilk ısırışta bitirmiştim. Bazen gün içinde çok şey unutuyordum ama hiçbiri yemek yemeyi unuttuğumda aldığım kadar zarar vermiyordu bana. Bağışıklık sistemimin durumu hiç iyi olmadığı için öğün kaçırdığım günün ertesi gün bir problemim mutlaka oluyordu.

Pars, kupadaki kahveden bir yudum aldığında, "Sormadım ama sana da sade kahve yaptım," diye mırıldandım.

"Böyle seviyorum kahveyi zaten," diyerek kafasını salladı.

"Kek yemez misin? Ben yapmadım ama yapan kişi kimse bayağı usta."

"Cık," diye bir ses çıkardı ve saate baktı. "Artık anlatacak mısın?"

Bir anda aklıma geçen sefer ben arabadan inerken arayan kız geldiğinde midem bulandı ve istemeden de olsa keki bıraktım. Sürekli saatine bakıyordu çünkü gitmesi gerekiyordu, çünkü hava karardığında ve gece çöktüğünde yanına gittiği birisi vardı, sevgilisi vardı ve ben de açıkça ondan etkileniyor, üstüne kendimi durdurmuyordum. Bunu fark ettiğim an kaşlarım çatıldı ve elimdeki kupanın içindeki kahve bile iğrenç bir şeymiş gibi geldiği için bardağı masaya geri bıraktım. Kendime gelmeliydim. Bir an önce.

Boğazımı temizledim. "Başta Tolga'nın neden İrem'in etrafında dolandığını ve onu yemeğe çıkardığını bilmiyordum ama birkaç saat önce İrem'le telefonda konuşurken, Tolga'nın ailesiyle onun ailesinin eskiden gelen bir dostluğu olduğunu öğrendim. Tolga ve İrem çocukluk arkadaşıymış."

Pars kaşlarını kaldırdı. "Yani İrem'e ağına düşürmek istediği bir kız olarak değil de başka bir amaçla yaklaşmış olabilir?"

"Bilmiyorum, sadece amacının iyi bir şeyler olduğunu düşünmüyorum. Eğer çocukluk arkadaşıysalar, biz beş yıldır aynı okuldayız; neden bugüne kadar bekledi ona yaklaşmak için? Başka bir şeyler var."

"Liva," diye mırıldandı Pars gözleri tezgâhın üzerinde dalmışken.

"Efendim?"

"İrem'i ne kadar tanıyorsun?"

Kaşlarım çatıldı. "Saçmalama Pars, ne düşünüyorsun bilmiyorum ama umarım dillendirmezsin."

"Ondan bahsetmiyorum, ben de İrem'in bir şeyler karıştırdığını düşünmüyorum ama ailesiyle ilgili bir şeyler olabilir."

Bunu ben de düşünmüştüm. Yutkunarak ona baktığımda konuşmaya devam etti.

"Sana ortaklardan bahsetmiştim, hatırlıyor musun?"

Kafamı salladım. Taylan en büyük ortaklardandı, onun dışında bir de Bahtiyar vardı; Bahtiyar, Pars'ın ve çocukların neler karıştırdığını biliyor ve içten bir müdahaleyle onları yakalamaya çalışıyordu.

"Taylan ve Bahtiyar dışında kaç tane ortak var bilmiyoruz, kimlikleri yok. Hayalet banka gibiler. Para akışını sağlıyor, yatırım yapıyor ve kazançlarını cebe indiriyorlar. Kimlikleri gizli tutuluyor çünkü büyük ihtimalle böyle bir işe karıştıkları hiç umulmayacak kişiler."

İrem'in babasını düşündüm. Adam bölge savcısıydı, öfke kontrol sorunu vardı ve negatif enerji yayıyordu. Onunla tanıştığımda kendimi gerginlikten öleceğim sanmıştım, odadan dışarı atmak istemiştim bedenimi. "İrem'in babasını tanıyorum," dedim altdudağımı dişlerimin arasına alarak. Gözlerinin içine baktım, mavilikleri devam etmem için durulmuştu. "Ve o böyle bir şey yapmaz, diyemiyorum."

Kupasının dibinde kalan kahveyi kafasına diktikten sonra ne zaman çıkardığını fark etmediğim deri ceketini yan sandalyeden alıp giydi. "Bunu araştırmam lazım, çocuklarla konuşmalıyım."

Mutfaktan çıkıp kapıya doğru yürümeye başladığında peşinden gidip, "Yarın akşam Pusula'ya gelecek miyim? Ana kartı verecektiniz," diye sordum.

Kapıyı açtıktan sonra dönüp, "Seni arayacağım, kapıları kilitle," deyip çıktı.

O gece uyuyamadım. İçtiğim kahveden mi, bulanan midemden mi yoksa saçlarımı kuruttuğum için ağrıyan başım yüzünden mi bilmiyordum. Belki de onunla aynı anda kapıyı çarpıp çıkan güven duygusundan da olabilirdi. Sonuçta Tolga kırmızı noktaydı, Pars ise mavi. Ve ben kendimi cennetle cehennem arasına sıkışmış bir ruh gibi hissediyordum. Cehennem bana doğru kayıyordu, ben cennete koşuyordum; ama cehennemin hareketleri yüzünden cennet de benim aksi yönümde hareket ediyordu ve sonuç olarak kimse kimseye ulaşamıyordu.

Ama belki cehennemin alevleri bana ulaşabilirdi.

Pars haklıydı, kaldığım ev hiç güvenli değildi. Yazın hava gelsin diye açtığım odamın penceresine bile herkes kolayca tırmanabilirdi. Kaldı ki, daha birkaç ay önce anahtarımı evde unuttum diye ben kendim tırmanmıştım.

Saat 7'ye doğru televizyondaki kutup ayısı belgeselini izlemeyi bırakıp okul formamı giymek için odama çıktım ve kısa sürede hazırlandıktan sonra İrem'e, oraya geleceğime dair bir mesaj attım. Çantamı hazırlayıp evden çıktıktan sonra paranoyak gibi her yerden kilitlemiş, bir de kontrol etmiştim kartla açılabiliyor mu diye. Daha sonra yanlışlıkla kartımı kırarsam başıma gelecek işleri düşünüp vazgeçmiştim.

Sokağın sonuna doğru yürürken ise takip edildiğimi hissediyordum. İki kere durup arkamı dönerek etrafa baktığım için eğer gerçekten takip ediliyorsam o kişiye bunu bildiğimi hissettirmiştim bile bu yüzden gergin gecenin gergin sabahına daha fazla dayanamayarak gördüğüm ilk taksiyi durdurup bindim.

Paranoyaklık yapıyordum. Kafayı sıyırmak üzereydim ve uykusuzdum.

İremlerin evinin bahçesinde indiğimde, İrem de kapıdan dışarı çıkıyordu. Güvenliksiz evimin boş sokağında yaşadığım takip gerginliğini üzerimden atamamış bir şekilde karşısına çıkarsam sorularının oluşturduğu havuzda boğulabilme ihtimalim vardı, bu yüzden surat ifademi her zamanki gibi tutmaya çalışarak yanına yürüdüm. "Günaydın, taksiyle direkt okula da gidebilirdim ama buraya geldim çünkü kahvaltı yapmadım ve beynim kepenklerini kaldırmadı daha."

"Günaydın," dedi. Yüzü solgundu.

"Ne oldu?"

"İki kötü haberim var, gerçi ikisi de seni ilgilendirmiyor ama kötü haber kötü haberdir işte," diye mırıldandı garaja yürürken.

"Tamam, söyle."

Siyah cipin kapılarını açtığında ikimiz de öne bindik ve İrem gaza basıp hızla bahçeden çıktı. "İlki, babam dün gece eve gelmedi ve annem katılması gereken bir davete, babamdan haber alamadığı için hasta olduğu bahanesini uydurarak gitmedi. Bu kötü çünkü babam hâlâ aramalarımıza cevap vermiyor."

Bunun, Pars'ın, İrem'in babasını araştıracağını söylemesiyle bir ilgisi olabilir miydi? Ama bir gecede ne değişebilirdi ki? Üstelik muhtemelen adamın eve gelmediği ve İrem'in annesinin davete katılamayacağını söylediği saatlerde Pars hâlâ bizdeydi ve henüz öğrenmemişti. O zaman bu teorim çöküyordu, İrem'in babasının gelmemesinin başka bir nedeni olmalıydı.

"İkincisi?"

"Serdar kaydını okuldan aldırmış. Sitesine de artık video atmıyormuş."

"Ne?" Kaşlarımı çatarak ona döndüm. "Ciddi misin?"

"Evet. Sence Tolgalar mı bir şey yapmıştır?"

"Muhtemelen evet, ama nasıl? Neden kaydını böyle iyi bir okuldan mezun olmamıza birkaç ay kala aldırsın ki? Üstelik canı acımasın diye değil de sırf sitesine yüklediği videolarda kötü çıkmasın diye dayak yemek istemiyorken." Şaşkınlıktan ağzımı kapatamıyordum. "Onun sırasına eskiden ders aldığım tekvando hocasının kartını bile bırakmıştım."

"Belki de Tolgalar bir şey yapmamıştır, belki kendi tercihidir," dedi İrem. "Sonuçta bizim okul da sütten çıkmış ak kaşık değil. Egolu hocalar ve zor şartlar var, öğrenciler başlı başına geçmesi zor bir ders ve genelde herkes kurtarma sınavlarına kalıyor."

"Bilmiyorum," diye mırıldandım. Bilmiyordum, ama öğrenecektim.

•

Akşam, İrem'le beraber yemek yedikten sonra ayrılıp eve geldiğimde, ona yalan söylediğim için kendimi suçlu hissediyordum. Evet, İrem'e söylemediğim şeyler vardı çünkü sormuyordu. Sorsa anlatabilir miydim, bilmiyordum ama henüz sormadığı için bilmiyordum. Şimdi ise, bana akşam ne yapacağımı sorduğunda ona proje ödevimi yapacağımı ya da film izleyeceğimi söylemiştim; halbuki Pusula'ya gidecektim, Taylan'ın bilgisayarının ana kartını alıp incelemem gerekiyordu.

Hızlıca duş alıp altıma deri bir pantolon ve topuklu bot, üzerime de siyah bir kazak giydim. Saçlarımı kuruttuktan sonra solgun yüzüme renk katsın diye vişne çürüğü tonlarında bir ruju dudaklarıma yaydım. İnce bir montu ve çantamı yanıma aldıktan sonra kapıyı kilitleyip dışarı çıkıyordum ki, telefonum çalmaya başlamıştı.

Pars arıyordu. "Efendim?"

"Ne yapıyorsun?"

"Hazırlandım, oraya geliyorum."

"Hadi ya..."

Kapıyı kilitledikten sonra anahtarı çantama atıp yürümeye başladım. "Ne oldu?"

"10'dan önce gelme diyecektim."

"Saat 8 ve aramak için neden bu kadar geciktin?"

"İşim vardı," dedi sıkkınca nefes vererek. "Neyse. Oğuz orada, sana göz kulak olur. Biz 10 gibi geleceğiz çocuklarla."

"Tamamdır, görüşürüz."

Telefonu kapattıktan sonra zamanı uzatmak için bir süre cadde boyunca yürüdüm ama sonradan yorulduğum için taksi çevirdim. Çabuk yoruluyordum çünkü iyi beslenmiyordum ve güçsüzdüm.

Pusula'nın önünde indiğimde bir süre etrafı süzdüm ve kahve almak için iyi bir yer aradım, aradığım iyi yeri bulamayınca ise daha fazla aylak aylak dolanmaya dayanamayan ayaklarım beni Pusula'ya yönlendirdi.

Merdivenlerden çıktıktan sonra kapıdaki korumalara bir bakış atıp çantamı açıyordum ki, adamlardan biri gerek yok dercesine elini kaldırdı ve ikisi de kenara çekildi. Çocukların bir numarası olduğunu düşünerek fazla kurcalamadan içeri geçtim ve kendimi gürültünün merkezine bırakmış oldum.

İrem böyle ortamlara bayılırdı ama erkeklerle flört edip eğlenceli şeyler yapmak için değil de gürültüde kendini dinlememek için. Ben de işte tam olarak bu ortamlardan nefret ediyordum çünkü bırakın kendimi duymayı, daha yanımdakini duyamıyordum.

Bar kısmında Oğuz'u gördüğümde ona el salladım. İçen ve dans eden insanların arasından geçip mor, loş bir ışıkla aydınlatılmış bar bölümündeki sandalyelerden birine oturduğumda Oğuz gülümseyerek, "N'aber?" diye sordu. Yan taraftaki bir adamın içkisini hazırlıyordu. Bu sırada koltukta oturanlara içki servisi yapan birkaç çocuk da içeri girip çıkıyor, etrafta dolanıyordu.

"İyi, senden n'aber?"

"Ben hiç iyi değilim," diye mırıldandı. "Vizelerim başladı ve gece gündüz çalışıyorum. Kendime hiç vakit ayıramıyorum."

"Ne okuyorsun?"

"Tıp."

Kaşlarımı kaldırdım. Doğru. Bunu bir yerde duymuştum sanki, Oğuz tıp öğrencisiydi. "Kaçıncı senen?"

"İkinci. Teknik olarak senden bir yaş büyüğüm."

"Çok daha büyük duruyorsun."

Omuzlarım çöktü ve dudaklarını büzdü. "Çalışmak insanı erkenden yaşlandırıyor işte. Yoksa ben de isterim yeşil bahçemde puro içip gazete okumak, canım sıkılınca çıkıp iki golf topunun kıçını tekmelemek."

Hafifçe güldüm. O da yorgunca gülümseyip bekleyen adama içkisini verdi.

Bir süre Oğuz'la üniversite hakkında sohbet ettik. Gerçekten de çok zor şartlar altında okuyordu. Ona işten ayrılmasını bile tavsiye edemiyordum çünkü cidden çalışması gerekiyordu, üstelik bu işte. Çünkü dediğine göre Pars, alması gereken ücretin iki katını ona veriyordu. Oğuz'un bundan haberi olmadığını sanıyordu ama Oğuz her şeyi biliyordu. Bunun hakkında minnettardı. Rahatsız olduğu tek şey etrafta buraya ait olmayan tiplerin dolandığı gecelerdi. Bu da buranın özelliğiydi. Bazı geceler Taylan kedi ve köpeklerini bu bara salıyordu, bu barlar seçiliydi; günler ve saatler bile seçiliydi.

10'a yarım saat kala sandalyede oturmaktan bacaklarım taş kesildiğinde biraz kalkıp etrafı turladım. Pusula küçük görünen, oldukça büyük ve geniş bir bardı. En basitinden ben iki zannederken üç katlıydı ve zeminin altındaki odayı da sayarsak dört katlı oluyordu. Aşağısı zaten dev gibiyken, yukarıdaki odaların genişliğini düşünemiyordum. Acaba buranın aylık geliri ne kadardı?

Köşedeki deri koltuklardan birine oturup galerimde çektiğim fotoğraflara bakarken içki dağıtan çocuklardan biri önümde durduğunda, kafamı kaldırdım. Tepsisindeki içki bardağını önüme bıraktı. "Ben sipariş vermedim."

Çocuk kafasını salladı. "Şey, Oğuz Abi gönderdi bu içkiyi. İkramıymış."

Kaşlarımı kaldırdığımda çocuk uzaklaştı, kalabalıkta Oğuz'a baktım bende. Ona baktığımı fark ettiğinde kafasını kaldırıp gülümsedi, ben de gülümsedim ve önümdeki içki bardağına baktım. Aslında midem boş da değildi bu yüzden içmemde bir sakınca göremiyordum, alkolün kolayca sarhoş edebildiği insanlardan değildim. Üstelik saat 10'u geçiyordu ve Parslar hâlâ gelmemişti.

İçkinin ne kadar ağır olduğuna ve tadına bakmak amaçlı bir yudum aldığımda hafif bir limon hissiyatı sardı her yanımı, limona bayılırdım. Limonlu keke, kurabiyeye, limonu tek başına bile yiyebilirdim. Bu yüzden tadı hoşuma gitti ve küçük yudumlarla içmeye başladım.

Bir süre sonra telefona baktığımda gözü alan canlı renkli fotoğraflar bende baş dönme etkisi yaratmaya başladı. Kafamı kaldırıp etrafa baktığımda dans eden insanlar sanki çok hızlı hareket ediyormuşlar da zaman yalnızca ben ve bedenim üzerinde yavaşlamış gibiydi. Sarhoş mu oluyordum? Hayır, bu daha çok...

Beynine yerleşen bir parazit gibiydi.

Telefonumu yere düşürdüğümde gözlerimi kapatıp 10'a kadar saydım içimden, ardından yutkunup eğildim ve yerdeki telefonuma bakınmaya başladım. Hiçbir şey yoktu. Her yer karanlıktı, zaten telefonum da siyahtı. Nasıl görebilirdim?

"Size yardımcı olabilir miyim hanımefendi?"

Kulak tırmalayan bir ses zihnimde yankılandığında ani bir hareketle doğruldum ve ayaklarımın üzerinde kalktım. Karşımda beyaz gömlek ve siyah ceket giyinmiş bir adam duruyordu, en fazla 30'larının başındaydı ve yoğun bir nane kokusu yayıyordu etrafa.

"Hangi konuda?" diye sordum, bir yandan da başımı ovuşturuyordum ama bunun karşımdaki insanın düşüncelerini nasıl bir şekilde etkileyeceğini bilmediğimden ellerimi indirdim.

"Ayakta durmakta zorlanıyorsunuz, isterseniz geceniz kötü bitmeden sizi evinize bırakmak isterim."

"Hayır, ben birini bekliyorum."

Kafamı aşağıya çevirdim. "Telefonum..." Bir anda zihnimde şimşekler çaktı. Garip bir titreme hissi bedenimi sardığında şokla elimi karnıma attım ama bir şeyler hissettiğim yer karnım değil, kasıklarımdı. Tam olarak orasıydı.

Dengede durmaktan zorlandığım an adamın kolunun belime dolanacağını anladığımda kolunu itip kendimi koltuğa düşürdüm ve ayağımla ayağını biraz ittirdim, karşımdaki her kimse derdi beni evime bırakmak falan değildi. Başka bir şeydi.

Elini elimin üzerine getirdiğinde üzerime doğru eğilip, "Yavaş yavaş sarıyor bedenini, değil mi?" diye fısıldadı. "Heyecanlanıyorsun, içinde bir şeyler harekete geçmen için yalvarıyor. Aç gözlerini bebeğim."

Elini ittirip karnına bir tekme attım ama karnına değen topuklumun altında ezilen teninin düşüncesi beni değişik bir ruh haline soktu, neler olduğunu algılayamıyordum ki adam, "Siktir," diye mırıldanıp bir anda ortadan kayboldu.

Midem bulanıyordu. Kusmak istiyordum. Kolumu koltuğun kenarına yaslayıp başımı üzerine koyarak karnımı ovuşturuyordum. "Bu nasıl bir şey böyle..."

"Liva?"

Duyduğum sesin rengi ile bir anda midem kavrulmaya başladı. Hayır, kusmak istemiyordum. Başka bir şey istiyordum. Başka bir şey...

Tenimi karıncalandıran bir el omzumun üzerine kapandığında yavaşça kafamı kaldırdım ve uzun süre karanlıkta kaldığım için ışığa alışmaya çalışan kısık gözleriyle önümde eğilmiş Pars'a baktım. Gözlerindeki maviliği ve yüzünü gördüğüm an ciğerlerime hava değil karbondioksit gazı dolmaya başladı sanki, tenim yanıyordu.

"İyi misin?" diye sordu.

Elini omzumdan çekmesi gerektiğini söylemek istiyordum ona ama söyleyemiyordum, aksine daha çok dokunuşunu hissetmek istiyordum bu yüzden tekrar gözlerimi kapattım. *Hayır, hayır, ne içtim ben? Ne içtim?*

Elimi koltuğun kenarına koyarak ayağa kalkacaktım ki dengemi sağlayamadığım için masanın üzerine doğru devrildim, Pars beni tutmuştu ama masanın üzerindeki bardak yere düşüp kırılmıştı.

"İyi değilsin sen. İçtin mi?"

Pars'ın sesi kulaklarımdan içeriye dolup bir kurşunun içini dolduruyor, tüfeği ateşliyor gibiydi sanki. Kanım çalkalanıyordu, ateşim çıkıyordu, her yerim karıncalanıyordu ve hiç yapmak istemediğim şeyler yapmak istiyordum.

Bir anda onu iterek geriye doğru gittim ve koltuğun kenarından tutundum. "Hayır, dokunma bana."

Kaşlarını çattı. Ne olduğunu anlayamamıştı. "Ne oldu?"

"Git, Pars. Git..." Ellerimi saçlarıma daldırdım ve çekiştirmeye başladım. "Allah'ım nasıl geçecek bu?"

Yer yerinden oynuyordu. Gözlerimi kapattığım an bile hissediyordum, görmemek yetmiyordu. Nefeslerim sıklaşmıştı, kendime engel olamıyordum. Kaybetmek üzereydim. Yapamıyordum.

Bir anda hoş bir erkek parfümünü yakınımda hissettiğimde gözlerimi açtım. Pars tam karşımda dikiliyordu. Elleriyle uzanıp beni doğrultmak için omuzlarımdan tuttuğunda kesik kesik aldığım nefeslerle göğsüm bir inip bir kalkıyordu.

"Liva bana bak. Bak bana! Ne oldu?"

Kafamı hayır anlamında sallarken gözümün önüne gelen saçları geriye itiyordu ki "B-bir adam geldi," diye bir cümle kurdum. Son kelimeden sonra boğazım öyle bir kurudu ki bir anda üzerine atlayacağım sandım fakat burnumdan nefes almıyor, ağzımla bu işi hallediyordum. "Evime bırakmak istedi, hayır dedim, yalan söylüyordu-"

Gözlerinin içindeki mavilik bir anda koyu bir renge dönüştü, bir adım geriye çekilip yüzüme ve bedenime baktı, titriyordum, kafayı yemek üzereydim.

İçkime ilaç katılmıştı.

Bunu anladığı an suratındaki bütün ifade yok oldu. Öfkeyle eğildi ve beni belimden tuttuğu gibi omzundan aşağı sallandırdı. Etraftaki kalabalık şaşkınca yaptığı işi bırakmış, bu tarafa bakıyordu artık. Pars onları umursamadan etrafı yararak arka çıkışa büyük adımlar atarken kafamı bulandıran müziğin kesildiğini de fark etmiştim.

Bir an her şey karardı, gözlerim kapandı. İçimde bazı hislerle savaştım, daha sonra gözlerimi açtığımda bir arabanın içindeydim. Daha sonra gözlerim kapandı, nefes alışverişim asla normale dönmedi ve göğsümde bir ağrı baş gösterdi.

Ben zaten *hastaydım*. Bu içtiğim her neyse beni öldürebilirdi.

Gözlerimi yeniden açtığımda Pars beni kucağına almış bir veterinerin kapısını açıyordu. İçeride kimse yoktu. Karanlıktaki kedi evlerinden ve köpek mamalarıyla dolu raflardan geçtikten sonra arka tarafa ilerledi ve bir odaya girdik. Beni bir sedyenin üzerine oturttuğunda bilincimi kaybetmemeye çalışıyordum. Avuçlarımı oturduğum yere dayayıp kendimi duvara doğru ittikten sonra kafamı duvara yasladım ve temas ettiğim soğuk beni bir nebze kendime getirdi.

Pars kenardaki dolapları karıştırırken telefonu yanımda, açık bir şekilde birini arıyordu. Aradığı kişinin ismini okuyamıyordum ama karşıdaki telefonu açınca sesi hoparlöre verdiği için hemen tanıdım.

"Efendim abi?" diye sordu, Oğuz.

Pars kalkıp yanıma geldi. "Liva'ya ilaç vermişler ama hangisi bilmiyorum," diye homurdandı, bir küfür de mırıldanmıştı ama seçebildiklerim bunlardı.

"Ne?" diye soludu Oğuz. "Ama yanımdaydı, koltuklarda oturuyordu sadece-"

"Siktir et Oğuz! Şimdi bana ona hangi panzehiri enjekte etmem gerektiğini söyle."

"Tamam, tamam," diye mırıldandı Oğuz. "İlaçların hepsinin tadını biliyorsun. Eğer içtiği bardaktan bir yudum alırsan hangisi olduğunu anlarsın ve sana panzehiri söyleyebili-"

"Bardak mardak yok Oğuz!"

"Abi nasıl yok?"

"Pusula'dan çıktık, şu veterinerdeyiz."

Nefes almam zorlaştığı için elim istemsizce kazağımın yakasına gitti ve aşağı çekiştirmeye başladım. Bir yandan da bacaklarımı kendime doğru çekiyor, kasıklarımda baş gösteren hissi yok etmeye çalışıyordum ama hiçbir şey olmuyordu. Ağzımdan nefes alıp vermek ve Pars'ın kokusunu duymamak bile bir işe yaramıyordu. Hiçbir şey işe yaramıyordu ve çıldırmanın eşiğindeyim.

"Ha... O zaman..."

"Ben seni iki dakika sonra arayacağım," dedi Pars hızlıca telefonu kapatıp. Telefon kapandığı ve Oğuz'un sesi kesildiği an onun nefes sesini duymaya başladım. Yalnızca nefesinin sesi.

Neden böyle hissediyordum? Neden? Neden? İlacın içinde ne vardı?

"Liva," diye mırıldandı Pars, ellerini sedyenin iki yanına, yani bedenimin iki yanına yerleştirip hafifçe üzerime doğru eğilerek.

Yutkunamadım. Dudaklarımı birbirine bastırdım ve nefes alışverişimi düzene sokmaya çalıştım ama çok daha farklı şeyler yapmak istiyordum. Gözlerimin içine bakan maviliklerin üzerini gözkapaklarıyla örttürecek şeyler.

"E-efendim?"

Ellerini nereye koyacağını bilemiyor gibiydi ama sonunda bakmayı kesip olduğu gibi durdu ve gözlerimin içine baktı. "İçkine bir ilaç kattılar ve bu ilaçların birkaç farklı türü var. Genelinin etkisi birkaç saate geçiyor ama aralarından biri panzehirini şu an almazsan bağımlılık yapacak çünkü içinde aşırı doz kaçak uyuşturucu var. Ağır bir tür."

Kafamı salladım. Gözlerim dudaklarına iniyordu sürekli, kendimi kontrol etmeye çalışıyordum. O benim yalnızca birkaç haftadır tanıdığım bir yabancıydı, üstelik sevgilisi vardı.

Ama kafayı yemek üzereydim. Nasıl böyle davranışlarda bulunabiliyor, nasıl yapmak istediğim şeyleri hayal edebiliyordum aklım almıyordu ama bu duruma gelmiştim ve bu çok, çok utanç vericiydi.

"Hangi ilaç olduğunu öğrenmem lazım," dedi.

Kafamı salladım. Gözkapaklarım titriyordu.

"Bunun için de içtiğin şeyin tadına bakmam lazım."

Gözleri bir anlığına dudaklarıma kaydığında içimde bir şeyler aktı, gözlerim karardı, kendimi tutmak için tırnaklarımı avuç içlerime geçirmek ve gerçekten canımı acıtmak zorunda kaldım. *Hayır. Hayır bunu yapamazsın Liva. Yapamazsın.*

"N-nasıl tadına bakacaksın?"

Bakışları değişti, bir şeyler oldu. Gözlerimin içine bakıyor, bana ulaşmaya çalışıyordu biliyordum ama eğer yapacağı her neyse bir an önce yapmazsa daha fazla kendimi tutamayacaktım. Mahvolmuştum.

Bir anda sordu. Gözlerimin içine bakarken.

"Seni öpmeme izin veriyor musun?"

Ellerimi saçlarıma geçirip kendim yolmak istiyordum. Bu şekilde mi içtiğim şeyin tadına bakacaktı? Hâlâ dudaklarımda kalan tadıyla mı?

Bir an kendimi duyamayacak kadar sağır hale geldim. Bütün o gürültü yok olduğunda kendimle baş başa kalan benliğim, sessizliğin ortasında dizlerinin üzerine çökmüş bir şekilde ruhuma, kalbime, beynime ulaşmaya çalışıyordu ama hepsi cevapsız bir çağrıdan ibaretti. Ellerim titriyordu, nedenini biliyordum; içimde bir şeyler kıpraşıyordu, nedenini biliyordum; nefeslerim derinleşmiş ve sıklaşmıştı, nedenini biliyordum; çünkü içkime katılan ilaç her neyse içinde beni harekete geçirecek bir şeyler vardı.

Kafamı salladım. Bir an önce panzehire ulaşmak için, yapacağı şey bir an önce olsun diye ya da başka bir şey. Yalnızca, kafamı salladım ve önüme gelen saçlarımı elimle geri ittim. Birkaç saniye sonra...

Bir an gözlerini kapatıp ardından açarak mavinin en bilinmez tonunu gözlerimin önüne serdi, o tonu oklarımın ucuna sürüp hayal tahtasının üzerine fırlatmak istedim. *Yeniden hayal kurmak istedim.*

Derin bir nefes aldıktan sonra yüzünü yavaşça yüzüme yaklaştırdı ve dudaklarım istemsizce aralandı. Yumuşak dudakları dudaklarımın üzerine kapanıp tadı hapsetmek için hareket ettiğinde, tam o an kulağım çınladı; biraz sonra gelecek felaketim için kapılar aralanmıştı. Bahsettiğim bütün kilitler bir anda sökülmek için aceleyle çürüdüler, yalın ayak koşturup kapattığım pencereler büyük bir fırtınayla açılıp yerlerinden sökülerek savruldular. Temizlediğim koridorlara yağmur diye yağan kan kırmızısı, yoğun bir sıvı bulaştı. Artık neyle silersem sileyim çıkmazdı.

Bir an, onu karşıma alıp *anı olarak kalacaksan gelme,* demek istedim ama bunun bir değer taşıdığından emin değildim.

Tek bildiğim... Artık emindim.

Bu dünya beni bu *hisle* yaşatmazdı.

Yanımdaki elinin sıcaklığı sedyenin üzerinden bir şekilde bana ulaştığında titreyen elimi nereye koyacağımı bilemeyerek koluna tutundum. Dudaklarım yalnızca, öylece durmuyor; hareket ediyordu ve ben kontrol edemiyordum. Daha fazlasını istiyordum, dudakları dudaklarımdan taşsın, çenemden aşağı insin, boynumda dolansın istiyordum. O kadar sıcaklamıştım ki onun sıcak dudaklarının dokunuşu bile buz gibi kalıyordu ve bu tenimi daha da alevlendiriyordu.

Neredeyse kendimi kaybedeceğim sırada dudaklarını durdurup biraz geri çekildi. Ben de dudaklarımı birbirine bastırarak gözlerimi açık tutmaya çalıştım ve dağılmış saçlarımı geriye çektim.

Dudaklarını birbirine bastırarak altdudağının üzerinde hafifçe dilini gezdirdikten sonra, "Hassiktir," diye mırıldandı. "Estrogenolit damla damlatmışlar."

Yutkunarak elimle yüzümü ovaladım ve "Ne?" diye sordum nefesimi düzene sokmakla ciddi anlamda başım dertteyken. "Estro-Ne?"

"Yanına gelen adamın da sana o içkiyi veren piç kurusunun da," diye söylenerek öfkeyle geri çekildi. "Planlayan pezevengi de yanına bırakmayacağım bunu."

Kahverengi, küçük bir şişe; mendil, enjektör ve birkaç bir şey daha aldıktan sonra yanıma gelip sedyenin üzerine oturdu ve yüzüme bakmadan kazağımın kolunu yukarı doğru sıyırdı. Lastiği ağzıyla tutup bileğimi kontrol ettikten sonra lastiği dirseğimin yukarısına bağlayıp gördüğü damarın üzerine pamuğa buladığı bir sıvıyı yaydı. Küçük şişenin içinden enjektörle çektiği sıvıyı damarıma enjekte edeceği sırada, "İçkine kattıkları ilacın içinde yalnızca uyuşturucu yoktu," diye açıklama yaptı. "Seni cinsel anlamda harekete geçirecek bir şeyler vardı. Muhtemelen şu an kendini zor tutuyorsundur."

Derin bir nefes alıp kafamı diğer tarafa çevirdim ve "Yap şunu," diye mırıldandım.

İğnenin soğuk ucu koluma girdiği an gözlerim istemsizce yorgunluktan ve uykusuzluktan kapandı. Hayatımın en korkunç gecelerinden birini net bir şekilde gören gözlerim buna daha fazla katlanmak istememişti. Öyle ki, en acı şeylere bile sonuna kadar cesurca açılan ve korkuyu kucaklayan bu gözler öylesine yorgundu.

Pars, sıvıyı enjekte ettikten sonra bir parça pamuğu, iğnenin girdiği yere tuttu ve ardından çıkardığı küçük, yuvarlak bandı üzerine yapıştırdı.

Kafamı duvara yaslamışken kolumun olduğu tarafa doğru eğip hafifçe güldüm. Az önce tenimde bir delik açmış, sonra o deliği kendi elleriyle kapamıştı.

"Kafan hâlâ güzel galiba?" diye mırıldandı tek kaşını kaldırarak. "Halbuki hemen etki etmesi gerekiyordu, damardan verdim."

"Evet, hemen etki etti," diye söylendim dudaklarımı birbirine bastırarak. "Damardan."

Gözleri bir anlığına dudaklarımı birbirine bastırdığım için sol yanağımda hareketlenen küçük, yaramaz gamzeme kaydığında hemen kendini çekti ve ellerini saçlarından geçirip gözlerini ovuşturdu. Çok yorgundu.

Çok güzeldi. Yalnızca birkaç haftadır tanıdığı bir kız için bunca şeye katlanıp bir başkası olmasına rağmen hayatta kalması için onu öpebilecek kadar. Halbuki bilseydi, bu ufak, kısa hikâyenin sonunda ne olacağını bilseydi, yine de beni öyle öper miydi?

Ben hâlâ sedyede öylesine dururken kalkıp, "Su alıp geleceğim," diye mırıldandı ve kapıya yöneldi.

Duymayacağını bildiğim bir sesle, "*Başka bir hayatta,*" diye mırıldandım.

"Efendim?"

Duymuştu. Gerçekten keskin kulakları vardı. "Hiç," diyerek omuz silktim. "Kendime gelmeye çalışıyorum."

Kafasını sallayıp kapıyı açtı ve çıktı.

Artık soğuyan ve üşüyen ellerimde gezdirdim gözlerimi. Sonra sağ elimi kaldırdım ve üzerinde ufak bir bandın can çekiştiği kolumda gezdirdim. *Kabuk, yaraya sadık değil.*

"Belki. Başka bir dünyada."

10

Boş Gemilerin Yangın Seferleri

Kuşların yüzüme tırmanıp kulaklarımın içine içine cikcikledikleri bir sabaha uyandığımda uyku mahmuru gözlerim duvara asılı kahve tonlarındaki saatin 15.35'i gösterdiğini gördü, bunun ne anlama geldiğini idrak eden bedenimde hissettiğim sızıyla beraber inleyerek kafamı yastığa bastırdım ve gözlerimi kapattım.

Ah, sabah değilmiş.

Dün gece sevgili kadın ve uyuşturucu tacirlerinin gazabına uğrayıp Oğuz'dan ikram olduğu söylenen ilaçlı içkiyi içip aklımı kaybettikten ve veterinerde Pars tarafından iğne yedikten sonra utancımdan eve nasıl geldiğimi hatırlamıyordum bile. Arabada sızmıştım. Pars beni eve bırakmıştı ve eve girip savsak adımlarla yatağıma kadar kendimi taşıyabilmeyi başarmış olmalıydım. Sonra ise bütün gece berbat bir karın ağrısıyla baş etmeye çalışmıştım. Sürekli su içmiş, bu zorlu görevi başarabilmek için de tuzlu kraker kemirmiş ve yatakla banyo arasında mekik dokumuştum. Berbat bir geceydi.

Kuş cıvıltılarının beraberinde getirdiği soğuk dayanılmaz bir noktaya ulaştığında kafamı yastıktan kaldırıp derin bir nefes alarak pencereyi kapattım. Kusmuk kokuyordum, saçlarım birbirine karışmıştı ve okula gitmemiştim. İrem delirmiş olmalıydı.

Telefonumu bulup şarja taktıktan sonra açılmasını beklerken kendime temiz kıyafet ayarladım. Açıldığı an ekrandaki 37 cevapsız aramayı belanın habercisi olarak net bir şekilde görebilmiştim. Başım beladaydı.

"ÖLDÜN SANDIM!"

İrem onu aradığım an ilk çalışta açtığında korkunç ve yüksek öfke alarmı veren sesi yüzünden irkildim. Elimdeki havlu yere düşmüştü. "Özür dilerim."

"KEŞKE ÖLSEYDİN!"

"İrem, berbat bir geceydi. Anlatsam inanır mısın hiç bilmiyorum."

Arkadan sanat hocası Filiz Hanımın sesini duyduğunda şokla gözlerimi sonuna kadar kaçtım. "Sen derste misin?"

Cevap vermedi. Bir süre hışırtılar duydum, ardından bir kapı kapanma sesi yankılandı ve İrem yeniden telefonun diğer ucundaydı. "Pekâlâ, dersten atıldım."

"Dersin ortasında aramamı mı cevapladın?"

"Liva, ciddiyim. Öldün sanmıştım. Sabah evime gelmedin, okula gelmedin, telefonunu açtığımda çalmıyordu bile! Lanet olası telefonun kapalıydı! Umarım tatmin edici bir sebebin vardır. Bütün gün mahvoldum. 7.30'dan..." Muhtemelen saatine bakıyordu. "15.48'e kadar. Bunun ne kadar ettiğini biliyor musun? Tam olarak... 8 saat 18 dakika! Şok diyetlerimde bile sekiz saat aç kaldığımda bu kadar delirmiyorum ben."

Dudaklarımı birbirine bastırdım. "Evet... Delirmiyorsun..."

Aklıma en son şok diyeti yaptığında bütün gün lahana ve salatalık dışında hiçbir şey yemediği akşam geldi. Yanında makarna yerken sırf ağzına bir şey atmamak için emzik almıştı ve bütün gece onu emmişti.

"Anlat."

Seslice nefes verdim. "Akşam... Pusula'ya gitmiştim ve... Herifin biri içeceğime ilaç katmış."

"NE?"

Elimle alnımı ovaladım. "Bir çeşit... Harekete geçirici bir ilaç..."

"Ah... Liva, nası- NE?" Bekledi. "Azdırıcı, gibi mi?"

Yutkundum. "Sanırım."

"Sonra ne oldu?" Bir anda ses tonu değişmişti. "Sana bir şey olmadı değil mi? O herif ne yaptı?"

Kızardığımı hissediyordum. "Bir şey yapamadı."

Bu saçmalıktı! Kafamı odadaki aynaya çevirince gerçekten kızardığımı görüp camı tekrar açtım ve pencerenin önünde durdum. Hayati belirtiler göstermek benim tarzım değildi ve şu an bana neler oluyordu bilmiyordum.

"Aman... Tanrım..." Bir anda seslice nefes almıştı ve sessizlik olmuştu.

"Aman Tanrım- Ne?"

"Aman Tanrım, Liva. Hangisi? Hangisi günü kurtardı?"

Eline beni istediği her an delirtebilecek ve onun için çok büyük anlam ifade eden ufak bilgiler veriyordum ve bu benim için gelecekte hiç iyi olmayacaktı ama yine de bütün gün onu aramadığım için ne kadar kızgın olduğunu da hesaba katarak, "Neyse ki iyi adamlar oradaydı ve kötü adamlar kaçtı," diye mırıldandım.

"Liva. Bana isim ver."

"Tanımıyorum."

"Yalan söylüyorsun. Ama bu daha iyi, demek ki hikâyemizin kahramanından hoşlanıyorsun."

"Ondan hoşlanmıyorum."

"Pars'tı," dedi hızlıca. "Değil mi? Biliyorum, her zaman on ikiden vururum Liva. Bilirsin. Sonra ne oldu? Adam kaçınca ilacın sendeki etkisini de peşinden götürmedi ya?"

Bir an durdum. İrem, Pusula'da dönenleri ve kendimi nasıl bir işin içine bulaştırdığımı bilmiyordu bu yüzden ona veterinerden ve iğneden bahsedemezdim. Ona bu tür şeylerin Pusula gibi *özel* mekânlarda *olabileceği* gerçeğinden de bahsedemezdim. "Hayır ama kustum. Biraz da soğuk su içince kendime geldim ama bütün gece karnım ağrıdı. Sabaha karşı anca uyuyabildiğim için de alarmın sesini duymamışım bile. Az önce uyandım."

"Ve uyanır uyanmaz da beni aradın. Pekâlâ, seni affediyorum Liva Uz. Ah, ne kadar kısa bir ismin var böyle? Her neyse. Bütün gece Pars'la bir şey olmadı mı yani?"

"Ne olmasını dilerdin?"

"Ne bileyim, bir şeyler işte. Ona ilgi duyuyor gibisin. Şimdiye kadar birkaç kere aynı ortamda bulunduk ve çok farklı bakıyorsun."

"Hayır, öyle bir şey yok İrem. Sen lenslerini takmıyorsun sadece."

"Lenslerimi çoğu zaman takmayı unuttuğum doğru ama..." Şu an dudaklarını kemirdiğine emindim. "Sen dürüst bir kızsın, Liva. Ne hissediyorsan onu söylersin, açık sözlüsündür. Bu yüzden sözüne güveneceğim ama yine de bir gün senin de aşk hayatını tartışmayı dört gözle bekliyor olacağım. Hep benimkini konuşmaktan sıkıldım."

"Şangırtılı kuzenlerinle sohbet etmeyi denemelisin, İrem. Eminim sana anlatacak eğlenceli şeyleri vardır."

"Evet ve muhtemelen anlatacaklarının yarısı abartı, yarısı da yalandır. O kibirli, bencil megolomanlarla ilgili hiçbir şey duymak istemiyorum."

Hafifçe yağmur atıştırmaya başladığında pencereyi geri kapatıp banyoya doğru yürüdüm. "Haklısın, bunu daha önce konuşmuştuk. Şimdi kapatsam olur mu? Sanırım dersten atıldığın için yok yazılacaksın ve koridor kameralarını gözetleyen müdür yardımcısının sözleriyle hırpalanmakla meşgul olacaksın. Benim de banyo yapmam gerekiyor."

Ofladı. "Evet bebek. Hassas psikolojimi buna hazırlamam gerekiyor. Sana iyi banyo yapmalar, akşam uğrarım."

Üzerimdekileri çıkarıp sıcak suyun altına girdiğimde kafam zonkluyordu. Sanki bütün gece içip rahatsız bir kanepede iki büklüm uyumuş gibi hissediyordum. Hızlıca keselenip saçlarımı yıkadıktan sonra dişlerimi ağzımdaki tattan dolayı olması gerekenden daha uzun ve daha sert fırçaladım. Üzerime erkek reyonundan aldığım kocaman, gri ve baskılı bir tişörtü geçirdikten sonra altıma da siyah tayt ve çoraplarımı giymiştim. Bir süre saçlarımla boğuşup onları taradım ve kuruladım. Ardından etrafı toplamaya başladım.

Temizlik yapmayı seviyordum. Eve tanımadık birinin girme düşüncesi tüylerimi diken diken ettiği için haftasonlarımı ya da yorgun olmadığım akşamlarımı temizlik yaparak dolduruyordum.

Ama ev büyüktü, hatıralar kirliydi ve ben saatlerce çamaşır suyuyla ovalasam bile zihnimi temizlemediğim sürece bu kir, pas ve kasvet gitmeyecekti.

•

Bütün işlerimi bitirdiğimde saat 7'ye geliyordu ve ben elimde bisküvi paketi ve çayla salonda oturuyordum. Son zamanlarda değişen hayatım ve kararlarım hakkında kendi karşıma bir sandalye çekip otursam iyi olacaktı aksi takdirde uyuşmayan geçmiş ve gelecek düşüncelerim yüzünden kriz yaşanabilirdi.

Zil çaldığında kaşlarımı çattım. İrem mi gelmişti? Bugün ek dersi vardı, bu saatte eve gidip üzerini değiştirerek buraya geleceğini de hesaba katarsak bu saatte burada olması imkânsızdı.

Çatılmış kaşlarım ve kabarmış saçlarımla beraber kapıya yürürken delikten baktım ve gördüğüm yüzle beraber kapıyı sonuna kadar açtım. "Merhaba."

Üzerinde mavi bir gömlek ve koyu renk pantolon vardı, gömleğini kaslı kollarından yukarıya doğru sıyırmıştı ve gömleğinin bir düğmesi açıktı. Saçları her zamanki gibi ben-taranmadım-ama-düzgünüm kıvamındaydı ve gözleri, yüzüne vuran loş akşam ışığı yüzünden koyu bir mavi rengini almıştı.

"Merhaba," dedi ne hissettiğini ya da düşündüğünü gram belli etmeyen suratının ardından. Gözlerinin iki saniyeliğine üzerimde gezindiğini gördüğüm an kendimi falakaya yatırmak istedim. Tişörtüm o kadar büyük ve aptal duruyordu ki, üstelik saçlarımın bugün ne kadar kabarmayı seçtiğinden bihaberdim ve gözlerimin altı genelde mosmor olurdu.

"Ne yapıyorsun?" diye sordu kaşlarını çatarak.

Dilimi dişlerimin üzerinde gezdirip yutkundum. Aç karna yediğim tatlı bisküvi yüzünden yine midem bulanmaya başlamıştı. "Yemek yiyorum."

Gözleri omuzlarımın üzerinden içeride görünen masaya kilitlendi. *Bisküvi paketi ve çay.* Harika.

"Sen buna yemek mi diyorsun?"

Omuz silktim. "Neden buradasın?"

Seslice nefes verdiğinde kaşlarını da rahat bırakmıştı. Dudakları düz bir çizgi halini aldı ve ardından aralandı. "Bela mıknatısına dönüşmeye başladığını fark ettiğim için anakartı sana getirdim."

Bir an ne dediğini anlayamadım. *Anakart? Ne kartı?* Ardından kaşlarım kalktı. Taylan'ın bilgisayarının anakartından bahsediyordu. Kolundaki ceketinin cebinden kadife bir kumaşa sarılmış anakartı bana uzattığında elinden aldım, alırken soğuk ellerim sıcak ellerine değmişti ve tüylerim diken diken olmuştu. Onun da ellerimin ne denli soğuk olduğunu fark ettiğini ve o güzel kaşlarını yeniden çattığını fark ettim.

Ah, cidden. Podyumdan fırlamış gibiydi. Daha fazla inkâr edemezdim. İrem'in deyimiyle Calvin Klein modellerine benziyordu.

Onu bir an Calvin Klein modeli gibi hayal edince boynumdan yukarı doğru ateş bastı.

"Yanakların kızardı."

Şokla ona baktım. "Şey, çay içiyordum. Ondandır."

Kaşlarını kaldırdı. "Çok sağlıksız, solgun ve zayıf görünüyorsun. Tek başına yaşadığın için öğün mü atlıyorsun? İnsanda ağzına yemek tıkama isteği uyandırıyorsun."

Gözlerimi kırpıştırdım. *Ağzına yemek tıkama isteği mi?* Bir anda boynumdan yükselen ateş bütün vücuduma sıçradığında, "Genetik," diyerek geçiştirdim ve elimdeki anakartı salladım. "Bunun içine bir bakacağım, bir iki saate haber veririm."

Tek kaşını kaldırdı. Tatmin olmamış gibi duruyordu.

"Ne? On beş dakikada bütün kartı bilgisayarıma aktarıp dosyaları geri dönüştüremem, biliyorsun değil mi?"

"Anakartı boş ver, giyin ve gel," dedi bir anda. "Arabada bekliyorum. On dakikan var." Ardından bir adım geri gittikten sonra dönüp kaldırımın kenarına park edilmiş oldukça spor bir Audi'ye yürüdü.

Ağzım açık bir şekilde kapının önünde dikilirken, "Neden?" diye sordum ama o kadar afallamıştım ki ben ağzımdan o kelimeyi çıkarana kadar o bahçeden çıkmıştı bile. Kapıyı kapatıp merdivenlere doğru yürüdüm. Nereye gidecektik? Neden sözlerine koşulsuz şartsız uyuyordum? Neden şu an elimde kadın pazarlayan bir pezevengin bilgisayarının anakartını taşıyordum?

Bana neler oluyordu?

Anakartı tişörtlerimin olduğu bir çekmecenin en altına yerleştirdikten sonra üzerimdekileri çıkarıp beyaz bir tişört, siyah bir pantolon ve toprak tonlarında bir hırka giydim. Küçük, askılı bir çanta aldıktan sonra içine birkaç bir şey atıp kabarmış saçlarımı tepemde at kuyruğu topladım. Siyah spor ayakkabılarımı da giydikten sonra kendimi dışarıda, kapıyı kilitleyip anahtarı cebime atarken bulmuştum.

Vay canına, etkisi çok hızlıydı.

Siyah Audi'nin önünden dolaşıp yolcu koltuğuna binerken camlardaki filmler yüzünden içeriyi göremiyordum. Kapıyı açtıktan sonra Pars'ın koltukta oturmuş telefonuyla konuştuğunu fark etmiştim. Bir eli ensesindeydi ve kulağının arkasından aşağı inen dövmesinin üzerine gölgeler düşüyordu.

Oturduktan sonra kapıyı kapattım. Neden sürekli araba değiştiriyordu? Bu arabaları ona Taylan mı tahsis ediyordu? Suratımı buruşturarak koltuklarda gözlerimi gezdirdim. Öyleyse bu arabayı başkaları da kullanıyordu, hatta Lamborghini'yi de. Pars ve diğer çocuklar köstebeklik yapıyorlardı ama ya diğer elemanlar?

İşte şimdi gerçekten midem bulanmaya başlamıştı.

"Peki ya sözleşme? Anladım... Hayır, 5. madde kalkacak. Bu konuda ödün vermeyeceğim... Evet, not al. İyi. Detayları sonra konuşuruz."

Telefonu kapattığında saate baktıktan sonra kabaca müzik sisteminin altındaki boşluğa attı ve motoru çalıştırıp gaza bastı. "Arkadaşın uslu durmuyor. Onu Pusula'ya gelmemek konusunda ikna etmelisin, en azından yalnız başına."

Kaşlarımı çattım. "İrem mi? Neden?"

"Haftanın üç akşamı Pusula bok çukuruna dönüyor, kedi surat." Keskin bir U dönüşü yaptığı için sırtım koltuğa yapıştı. "Dün de o akşamlardan biriydi."

Dün gece aklıma gelince kafamı cama çevirdim. Artık kızarıyordum ve kızardığımı hissedebiliyordum, bu çok kötü bir duruma sokuyordu insanı bu yüzden Pars da görsün istemiyordum. Dudaklarımı birbirine bastırdım. Ne akla hizmet içmiştim ki zaten? Normalde içki tercih ettiğim bir şey değildi ama o an, yanıma gelen garson Oğuz'un ikram ettiğini söylemişti ve...

Bir anda dondum. "Pars."

"Efendim?"

"Rastgele seçilmemiştim." Gözlerim şokla açıldığında ve garsonun bana tam olarak dediği şey zihnimde yankı bulduğunda yutkunmayı denedim ama olmadı. *Şey, Oğuz Abi gönderdi bu içkiyi. İkramıymış.*

Bir saniyeliğine akan trafikte arabayı sürürken bana döndü. Yine kaşları çatılmıştı. Uzanıp ellerimle düzeltme isteği uyandırıyordu. "Ne demek istiyorsun?"

"O içkiyi bana bir garson getirdi ve Oğuz'un ikramı olduğunu söyledi."

Gözlerinin büyüdüğünü gördüm. Gaza basıp yanımızda belli bir süratte ilerleyen arabaları hızlıca geçti ve bir otobüs durağının önündeki geniş alana çekti. Bana dönmüştü. Anlamıştı. "Kasıtlı olarak sana gönderdiler."

"Taylan yapmış olabilir mi?" Gözlerimi etrafta gezdirdim ama bakacak bir yer bulamayınca gözlerine sabitledim. "Belki biliyordur defterini benim çaldığımı, inanmamıştır o gece sen beni almaya geldiğinde? Beni..." Durdum. Devam edemeyecek kadar zihnen saldırıya uğramıştım.

Neyi kastettiğimi anladığında suratını buruşturdu. "Sana kefil oldum, karşılığında açık açık benden bir şey istemek için geleceğini söyledi. O yapmış olamaz, o zaman bu kör anlaşmayı bozmuş olurdu." Geriye yaslandı ve alnını ovuşturdu. "Siktir, Bahtiyar olabilir. Ama neden?"

Elini indirdi ve dikleşip bana döndü. Kaşları hâlâ çatıktı.

Ona *ne oldu?* dercesine baktım. Önüne dönüp tekrar gazladığında hızlıca akan trafiğe tekrar giriş yapmıştı. "Halledeceğim. Sen sadece tetikte ol, numaramı hızlı aramaya falan ekle. Ne demek istediğimi anlıyorsun değil mi?"

"Anladım." Geriye yaslandım. "Yani şimdi tuzağa düşürülmek istenen tavşan ben oldum."

Saniyenin yüzde birinde bir gülüş dudaklarını sarıp ardından hızlıca terk etti. Bir restoranın otoparkına girmişti. Kıvrak bir hareketle tam park çizgilerinin içine park ettiğinde arabadan çıktı. Ardından hızlıca ben de çıkıp yanına yürüdüm. "Gel," dedi suratında belli belirsiz bir sırıtışla. "Kediyi besleme zamanı."

Gözlerimi devirdim. Tabii ya. Buraya beni yemek yemem için getirmişti. O kadar kötü mü görünüyordum? Yalnız yaşadığım için genelde öğünlerimi pratik ya da sağlıksız şeylerle geçiştirip doğruca yatakta tembellik etmeyi tercih ediyordum. En son doğru düzgün yemek yediğimde İrem'in odasında kitaplarını karıştırıyordum ve hizmetlilerden biri odaya dehşet lezzetli tabaklar getirmişti. Hava yaklaşık 30 dereceydi.

"Yemek yemeye geldik," diye mırıldandım sorarcasına. Yanımda yürüyordu, restoranın girişine ilerliyorduk. Kafasını salladı. "Bu halde seni o anakartla beraber evde bırakırsam işini doğru düzgün yapamazsın."

Tek kaşımın istemsizce kalktığını hissettim. Sebebi bu muydu yani? Ona sunacağım hizmetin kalitesiyle doğru orantıda ilerleyen sağlığım. "Çalışanlarıyla yakından ilgilenen kontrol manyağı CEO'lar gibi konuştun."

Kapıyı açan görevliye teşekkür ederek içeri girerken, "Öyle mi?" diye sordu. Cidden bunun üzerinde düşünmüş müydü?

"Hayır. Ama çocuklar o şirketin önünde seni beklerken sen içeriden takım elbiseyle çıkınca düşünmedim değil. Staj mı yapıyorsun?"

"Sayılır."

Restoran koyu kırmızı renklerle dizayn edilmişti, cam köşeleri deniz manzaralıydı. O an ne kadar yüksekte olduğumuzu fark ettim. Sonra bu kadar yüksekte yemek yemenin fiyatının da yüksek olacağı aklıma geldi.

Pars, cam kenarı bir masaya yönelince sandalyeyi çekip oturdum ve onu izledim. "Biliyorsun, pizzacıya da gidebilirdik."

Alay eder gibi baktı. "Doğru. Kemirdiğin bisküvilerin yanında pizza bile sağlıklı kalır."

İtiraz ettim. "Pizza zaten sağlıklıdır."

Kaşlarını kaldırdı. "İşte bu sözünden sonra kontrol manyağı bir CEO'ya dönüşmeyi ciddi ciddi düşünmeye başladım."

Ona şaşkınca bakmaya başladığımda üzerinde siyah pantolon, beyaz gömlek ve boynunda da kırmızı fularlar olan garsonlardan biri elinde mönülerle masamıza doğru yürüdü. Bir anda eğilip gülümsedikten sonra Fransız aksanıyla konuşmaya başlamıştı.

Dikkatim Pars ve kontrolcü CEO tartışmamızdan tamamen garsona kaydı. Gerçekten Türkçe mi konuşuyordu?

Uzattığı mönüye baktığımda bütün yemeklerin yanında Fransızca isimlerinin de olduğunu gördüm, üstelik Türkçe yazıldığını düşündüğüm yemek isimlerinin de Türkçe olduğundan pek emin değildim. O an ortamın havasını anca anlayabilmiştim. Fransız restoranındaydık ve etraftaki herkes gayet elit ve şık giyinmişti. *Siktir.* Loş ışıklardan anlamalıydım.

Adama ağzım açık bakarken tam Pars'a *kurtar beni* bakışı atacaktım ki anlamış gibi mönüye baktıktan sonra adama döndü. Anladığını düşünmediğim için ne diyeceğini merakla beklerken bir anda akıcı bir şekilde Fransızca konuşmaya başladığında ikinci şokumu yaşadım. Üstelik dört sene Fransızca dersi görmüş biri olarak aksanı yüzünden anlayabildiğim yalnızca iki kelime vardı: Şarap ve sos. *Harika.*

Adam cevap olarak Fransızca, "Elbette," dedikten hemen sonra mönüleri alıp yanımızdan ayrıldığında, "Sen Fransız mısın?" diye sordum kendimi tutamayarak.

Telefonunu çıkarıp masanın üzerine bakarken geriye yaslandı. "Bir sene Fransa'da kalmıştım."

"Pars, bu bir sene Fransa'da kalmalık bir iş değil."

Sırıttı. "Hayır, değil."

Bu sefer kaşlarını çatan ben oldum. Onun gizemli biri olduğunu biliyordum, kendimi mavi bir kutuyla beraber boş bir odaya hapsedilmiş gibi hissediyordum ve kutuyu açmak için can atıyordum ama kutunun bu kadar göz alıcı olduğu karanlıkta fark edilmiyordu. Her ışık tuttuğumda, bir köşesini görebiliyordum sadece.

Adam bir dakika içerisinde açık pembe renkli bir şarap ve kadehlerle geri geldiğinde bardakları bırakıp şarabın kapağını tirbuşon yardımıyla açarak bardaklarımıza doldurdu. Ardından şişeyi masada bırakıp gittiğinde dirseklerimi masaya yasladım. "Sağlıklı yemek anlayışın bir hayli farklıymış."

"Bir bardak şarap yemeğin yanında sindirime yardımcı olur."

Öyle miydi? Bilmiyordum.

Hava iyice karardığında ve gökyüzündeki dolunaydan kaynaklı olarak parıldayan deniz gözlerimizin önüne serildiğinde daldığım manzaradan yemeklerimizin gelmesiyle kendimi çektim. Kırmızı et, salata, sebze. "Ah, bundan cidden nefret ediyorum."

Şarabından bir yudum alırken, "Vejetaryen misin?" diye sordu.

"Hayır ama..." Elime çatalı ve bıçağı alıp bir parça kestim ve ağzıma attım. "Tadını sevmiyorum."

"O tabak bitecek."

Gözlerimi devirdim. "Peki, *anne*."

Ah. Yasaklı kelime.

Gözle görülür bir şekilde omuzlarım çöktüğünde ve suratım asıldığında bezelyelerden birini çatalıma takıp ağzıma attım ve dilimde çevirmeye başladım. Neden öyle söylemiştim ki? Neden sürekli emir veriyordu ki?

"Bana ailenden bahsetsene."

Tabağımdaki bezelyelerden birini daha çatala takma çabam, bezelyenin tabağımdan fırlamasıyla son bulduğunda çatayı geri bıraktım ve sert bir ifadeyle gözlerine baktım. "Beni kurbanlık koyun seçer gibi araştırdığını sanıyordum, biliyor olmalısın."

"Hayır, Liva," diyerek dudaklarından ismimin dökülmesine izin verdiğinde bu kadar çabuk yumuşadığım için kendimi tokatlamak istedim. "Senin anlatmadığın hiçbir şeyi bilemem."

Derin bir nefes verdiğimde, kadehimdeki şarabın hepsini kafama dikmek istedim fakat bunun kötü bir fikir olduğunu düşündüğümden hemen kafamdan defettim. Geriye yaslandığımda işlemeli koyu kırmızı duvarlarda yankılanan hoş melodi kulaklarımdan içeri sızıyordu. *Debussy. Reverie.*

"Babam ben beş yaşındayken evi terk etti." Bakışlarımı gözlerine çevirdiğimde, ay ışığının onun gözlerine vurup ortaya mavinin daha sakin bir tonunu çıkardığını fark ettim. Hipnotize oluyor gibiydim, kafamı bile oynatamadım. "Annem de on beş yaşındayken *öldü*."

Zihnimde kuyruğunu sallayan kara kedi dönüp bana bir bakış attıktan sonra tısladı. *Gerçekten öldü mü, Liva?*

"Baban hakkında *işe yaramaz organizmanın teki* olduğunu söylediğini hatırlıyorum."

Ah, evet. Öyle söylemiştim.Tolga ve Taylan'ın geçmişini araştırıp Pusula'ya gittikten sonra aşağıdaki odaya ilk girdiğimde, Giray babamın polis olup olmadığını sormuştu. Bu detayı hatırlıyor muydu? "Umursamadığını sanıyordum," diye mırıldandım. "Bana güvenmediğini."

Gözlerindeki daha koyu olan hareler hareket kazandı. Bir anda bakışları karanlıklaşmıştı. "Umursuyorum."

Gözlerimi kaçırıp cesaret kazanmak için şaraptan bir yudum aldım. "Annem, biyolojik babam gittikten sonra ondan boşanıp başka bir adamla evlendi. Üvey babamdan bahsediyordum."

Sormasını istiyordum. Devam etmem için sormasını. Madem bir şekilde ev adresime kadar hakkımdaki ince detaylara ulaşabiliyordu, bunları da pekâlâ kolayca bulabilirdi. Sanki anlattıklarımdan bahsi geçen insanlara zihninde karakterler yüklüyor, onları kuklalaştırıp oyuna sokuyordu.

Ve sordu.

"Ona ne oldu?"

"Kaçtı," dedim. "Annem zengindi ve o öldükten sonra tapu senetleriyle bankadaki parayı alıp kaçtı. Şimdilerde büyük bir inşaat şirketinin sahibi ve geceleri rahat uyuyabilmek için banka hesabıma para yollayıp duruyor."

"Zor günler geçirmiş olmalısın."

Ah, Pars. Hiçbir fikrin yok.

"Öyle olmalı."

Gerildiğimi fark etmişti. Daha fazla konuşmak istemediğimi de anladığında çatalını ve bıçağını eline alıp etini kesmeye başladı. "Yemeğini yer misin?"

Memnuniyetle. Sırf konuşmamak için bardakları bile yerdim.

Kafamı tabağımdan kaldırmadığım ve sürekli eti kesip sebzelerle didiştiğim bir yarım saatin ardından bardağımdaki şarabı da bitirdiğimde Pars'ın telefonu titreşmeye başladı. Ekranda yazan ismi göremedim fakat o ekranı gördüğünde, surat ifadesi değişerek gevşedi.

"Efendim?"

Geriye yaslandım. Telefonu doğru düzgün açmayı biliyordu yani?

"Anladım... Sen içeriye girme, aşağı in ve kalabalık bir yerde otur. Geliyorum."

Telefonu kapatmadan garsonlardan birine işaret edip hesabı istedi. "Gidiyor muyuz?"

Kafasını sallayıp ayağa kalktı. Garson hesabı getirdiğinde cüzdanımı çıkarmak için çantamı açmıştım ki iki kalın kapak arasına üç yüzlük bırakıp, "Sakın," dedi ve telefonunu cebine attı.

Ayağa kalktığımda, "Ben yarı zengin sayılırım, aklında bulunsun," diye mırıldandım ve yanında çıkışa doğru yürümeye başladım.

Gergin bir havası vardı. Dalgınca kafasını salladı. "Onu fark ettim. Üvey baban para basıyormuş."

Evet. Benim kullanmadığım ve asla kullanmayacağım paracıklar banka hesabımda çürüyorlar. Öyle ki mitoz üreyip faiz oranıyla çoğalıyorlar.

Kapıyı açan adama gülümseyip merdivenlerden aşağı inmeye başladığımda Pars, Audi'nin kapısını açıp ön koltuğa atladı. Hızlıca yanına binip, "Yemek için teşekkürler," diye mırıldandım.

"Umarım seni her gün beslemek zorunda kalmam. Öğünlerini atlama ve gerçek yemek ye."

Otoparktan çıkıp caddeye indiğinde camı biraz açıp dışarıdaki soğuk havanın içeri dolmasını sağladım. Şaraptan mıydı bilmiyorum ama cidden ateş basmıştı.

"Sıcakladın mı?"

"Evet."

Bir anda sıcak tenini elimin üstünde hissettiğimde şokla elimin üstüdeki eline baktım. Ardından elini çekti ve alnıma da koydu. Sonra kendine çekmiş, dizinde serbest bırakmıştı.

"Buz gibisin."

Neden böyle yapıyordu? Beni ayartmaya mı çalışıyordu? Gerçekten vücudum soğuk diye bunu garipsemiş miydi yoksa? Anlayamıyordum. Çok karmaşık biriydi. Beni de karıştırıyordu üstelik. Dokunuşuyla öylece kalakalmıştım.

"Genetik."

Bir süre yol gittikten sonra daha düşünebilir hale geldiğimde evime doğru gitmediğimizi fark ettim. "Nereye doğru sürüyorsun? Evim çok uzakta kaldı."

"Üzgünüm, seni şu an eve bırakamam. Bir şeyi kontrol etmem lazım. Yarım saat geç götürsem sorun çıkmaz değil mi?"

Kafamı salladım. "Hayır, sorun değil."

O an aklıma İrem geldi. Akşam geleceğini söylemişti. *Siktir.* Hızlıca elimi çantama atıp telefonumu çıkardım ve ekrana baktım. Tam 19 cevapsız arama ve yüksek dereceli küfür içeren onlarca mesaj vardı. Hepsi de İrem'dendi.

Pars, surat ifademi görüp bir bakış atınca, "Başım belada," diye mırıldandım. Çok hızlı gidiyordu, duyduğundan bile emin değildim.

Sonunda bahçeli büyük apartmanların olduğu geniş bir sokağa girdiğinde, Audi'yi kenara park etti. "İki dakikaya geleceğim."

Kafamı salladım. Çıkmadan önce hava girsin diye camları da açmıştı.

Arabadan indikten sonra ileri yürüdü, iki apartman ileride kapının önünde biri bekliyordu. Loş sokak lambasından yansıdığı kadarıyla gözlerimi kısıp daha net görmeye çalıştığımda onun bir kız olduğunu fark ettim. Pars yanına ulaştığında onu görür görmez boynuna atlayıp sarıldı.

Gözlerimi ellerime çevirdim. Ne yapacağımı bilememiştim. Omuzlarım çökmüştü aniden ve istemsizce koltukta küçülmüştüm.

Kucağımdaki telefonumun kilidini açıp İrem'i aradım.

"HANGİ CEHENNEMDESİN SEN?"

"Pars'la yemek yemeye çıkmıştık."

"Ha."

Durdum. Bir anda nasıl ben-çok-öfkeliyim İrem'den ha-o-zaman-tamam İrem'e dönüşebilmişti öylece?

"Yani... Ne yapıyorsunuz?"

"Yemek yedik," diye mırıldandım. "Şimdi de kız arkadaşına sarılıyor." Kafamı kaldırdım. "Ah, gitmişler."

"NE?"

"Bağırıp durma, kulak zarımı patlatacaksın."

"Yani... Ben... Pars'ın kız arkadaşı mı varmış?"

"Sen söylememiş miydin zaten? Birinin kız arkadaşı var, birinin hakkında gey dedikoduları var, biri tipin değil ve biri de sana hayatta bakmaz."

"Liva," dedikten sonra derin bir nefes aldı İrem. "Kız arkadaşı olan Giray, tipim olmayan Kayra, hakkında gey dedikoduları olan Zamir ve bana hayatta bakmayacak kişi de tahmin edersin ki Pars."

"Öyleyse tabloyu düzeltmeliyiz," diye mırıldandım gözlerimi sokak lambasının üzerinde gezdirdikten sonra. "*İkisinin* kız arkadaşı var."

Telefonun arkasında bir anlığına şeytanca gülümsediğini hissettim. "İyi de sen neden buna bu kadar çok takıldın ki canım arkadaşım?"

"Takılmadım," diye mırıldandım. "Arabada canım sıkıldı sadece."

"Pars nerede?"

"Dedim ya, kız arkadaşıyl-"

"Onu demiyorum. Senin o arabada tek ne işin var?"

Geriye yaslanıp ayaklarımı kendime doğru çektim ve bir elimi bacaklarımın etrafına sardım. "Pars, kız arkadaşıyla bir apartmana girdi. İki dakika arabada beklememi söyledi. Bir nedenden acil buraya gelmesi gerekti ve benim evim de buranın uzağında olduğu için ilk buraya geldik. Birazdan eve döneceğim."

"O aptal seni arabada yalnız bırakıp kız arkadaşıyla fingirdeşmek için yukarı mı çıktı?" Sesi öfkeli geliyordu.

"İrem, neden bu konuyu tartışıyoruz?" Dizlerime üfledim. "Günün nasıl geçti?"

"Nasıl olabilir? Bok gibi- *Ah, geliyorum Mira!*" Durdu. "Liva, seninle yarın görüşelim. Sakın okula geç kalma ya da alarmını kaçırma, duydun mu beni? Akşam yemeği için aşağı inmem lazım. Misafirimiz var."

"Tamam."

"Tamam. İyi geceler."

Telefonu kapatıp çantama geri attığımda bir süre daha bekledim fakat gelmedi. Tam sıkılıp öfkelendiğim sırada müzik çaları kurcalayacaktım ki apartmandan çıktığını gördüm. Peşinden o kız da çıkmıştı. Bir süre yüz yüze konuştuktan sonra kız ona sarıldı ve Pars onu belinden tuttu, sonra ayrıldılar. Kızın bakışları buraya, arabaya çevrilmişti.

Bir an, beni görebildiğini sandım. Fakat bu imkânsızdı, camlar siyah filmle kaplıydı.

Pars buraya yürürken ona elini sallayıp tekrar yukarı çıktı.

Pars hızlı adımlarından sonra geri geldiğinde koltukta yerini aldı ve "Çok bekletmedim umarım," diye mırıldanıp motoru çalıştırdı.

Hapşırdım.

Hızla camları kapattı. "Çok bekletmişim."

"Hayır, lütfen benim camımı aç. Temiz hava iyi geliyor." Kafasını sallayıp camımı tekrar açtı. "Burası neresi?"

Gözlerini ön camdan yukarı, apartmanlara çevirdi. "İlerideki apartmanda yaşıyorum," dedi.

"Ah." Önüme döndüğümde, kaşlarım çatılmıştı. Yani kız arkadaşıyla aynı evde kalıyordu, işler o kadar ilerlemişti. Harika.

Bir an, *kız arkadaşın tanımadığı kızları pahalı Fransız restoranlarına götürmene kızmıyor mu?* diye sormak istedim ama bunun beni ne duruma düşüreceğini bildiğimden çenemi kapalı tuttum. Saçmalıyordum, gittikçe daha çok saçmalıyordum. Kendime hâkim olmalıydım.

Gaza bastığında, araba sokak boyunca ilerlemeye başladı. Kafamı koltuğa yaslamış camdan dışarı bakıyordum ki Pars'ın kız arkadaşını, apartmanın girişine yaslanmış kolları göğsünde bağlı bir şekilde bana bakarken gördüm. Gözleri tam olarak gözlerimi nişan alıp ateş etmişti sanki. Üzerinde siyah bir elbise ve kalın bir hırka vardı. Kâküllüydü, gözleri kısıktı.

Audi, loş sokakta sakince ilerlerken *Bu da neydi şimdi?* diye sormadan edemedim kendi kendime. Bir an dönüp Pars'a baktım fakat o yola odaklanmıştı, başka bir şeyler düşünüyormuş gibi görünüyordu.

Aslında, hiçbir zaman kendi hikâyemin olamayacağını biliyordum. Bunun için kitapçılardaki roman raflarını talan etmeye ya da sinema salonlarında sabahlamaya gerek yoktu: Kaderi, doğarken belirlenmiş bir insanın kendi hikâyesi olamazdı. Kendi sayfalarını kendi dolduracaksa bile, kalemi olmadığı takdirde boş bir odada yalnız başına oturmaya mahkûmdu.

Yalnızlık. Tek dostumdu.

"Bıraktığın için teşekkürler, bugün çok farklı biriydin."

Tam kapıyı açacaktım ki sıcak eli, soğuk bileğime dolandı ve bir titreme bütün vücudumu baştan aşağıya sardı. Kafamı çevirip karanlıkta kürek çektiğim mavilerine baktım. Çok farklı bakıyorlardı, bir an ona hakaret edip etmediğimi düşünmek için bekledim. Hayır, yalnızca teşekkür etmiştim.

"Farklı biri?"

Kurumuş dudaklarımı yalayıp gözlerimi kaçırmayı denedim ama olmadı. Susamıştım. "Kibar?" Omuz silktim. "Bunu yapmana gerek yok, yanınızda olmamın sebebi zaten bu tür şeyler yapmak. Yani, Taylan'ın bilgisayarının anakartından bahsediyorum. Her türlü zaten içini açıp bilgiyi size vereceğim."

Kaşlarını çattı. Söylediklerimden hoşlanmamıştı. "Bunu o kart için yaptığımı mı düşünüyorsun?"

"Evinde dolanıp kuyruk sallayan kedini beslemiyorsun Pars Kalkavan, ben bir yetişkin sayılırım. On dokuz yaşındayım. Acıkırsam yemek yerim, istemezsem yemem. İstersem üniversiteye giderim, istemezsem gitmem. İstersem belanın ortasına atlarım, istersem salıncakta sallanırım." Kapıyı açtım ve dışarı çıktım. Ardından kapatmadan önce eğilip, "İyi geceler," diye devam ettim ve kapattım. Audi'nin önünden dolaşıp bahçeden içeri girerken suratını düşünüyordum, böyle bir cevabı beklemediği kesindi. Ama ben bu değil miydim? Ona hep istemediği cevapları veriyordum.

Eve girdikten sonra üzerimi değiştirip yatağa yürüdüm. Yarının, bugünden çok daha fena olacağını iliklerimde hissediyordum.

•

"Gördüğümüz kişiye mi aşık oluruz, konuştuğumuz kişiye mi?"

Sanat tarihi ödevini tahtada sunmak için ayağa kalkmış, sınıfta etrafı turlayan Meral, sunumunu yaptığı son yirmi dakikadır uyuyan sınıfı tek bir sorusuyla uyandırmayı başarabildiğinde gözleri parladı. Çok saçmaydı, nasıl oluyordu da sanat tarihi ödevini bile aşka bağlayabilmişti?

"Çok basit bir soru gibi duruyor, öyle değil mi?"

Birkaç kişi kafasını sallayınca cidden dinlediklerini fark ettim ve geriye yaslandım. İrem bile uykusundan kalkmış, dirseklerini masaya yasladığı elleriyle yanaklarını hapsetmiş bir şekilde tahtada dönen zırvalığı dinliyordu.

"Fakat değil. Kanaatimce, gördüğümüz kişiye fakat Hollanda ve Fransa'da yapılan araştırmalara göre insanlar gördükleri kişilerden yalnızca beğeni derecesinde hoşlanıyor, konuştukları kişiye aşık oluyorlar."

"Konuşmaktan nefret ediyorum," diye fısıldadım.

İrem bana döndü. "Sanırım bu her şeyi açıklıyor, *rahibe.*"

Kaşlarımı çattım. Haklı olabilirdi. Hazırlık sınıfındayken yanıma oturup benimle konuşmak isteyen bir çocuğu terslediğimi ve sorularına cevap vermediğimi hatırlıyordum. Sinirlenip yanımdan kalkmıştı. Zaten o günden sonra okulda suratsız olarak anılmıştım. Ama böyle olması gerekiyordu, en azından benim açımdan. Benim konuşmak ya da arkadaş olmak için can atmadığım insanlar bana bir adım attığında, bu sadece bana itici geliyordu ve engel olamıyordum. Kendimi büyük ve onları küçük gördüğümden ya da tam tersinden asla değildi ama eğer ben bunca zaman bir adım atmamışsam, sen neden bana koşasın ki? Kollarım açık değildi ama bunun yerine onları karşılayacak soğuk bir duvara benzeyen yüzüm vardı. Çarpmak için sert bir duvar.

•

Okul çıkışı İrem, "Yardıma ihtiyacım var," diye mırıldandığında, kantinde aldığım bir su şişesinin kapağını açıyordum. "Ne konuda?"

Dudağını ısırdı. "Dün öğlen beni aradığında, dersin ortasında telefonu açıp sana bağırdığımı hatırlıyorsun değil mi? Filiz hoca o kadar kızdı ki, dönem sonu balosunun bütün sorumluluğunu üstüme yıktı. Bana yardım edeceksin değil mi?"

Kaşlarımı çattım. Bu işten sıyrılmaya meyilli olduğumu fark ettiği an önüme geçip beni durdurdu. "Eğer okula gelseydin ya da en azından gelmeyeceğini mesaj atsaydın senden bir arama geldiğinde dersin ortasında cevaplayacak kadar delirmezdim."

Çatılan kaşlarım serbest kaldığında bunu düşündüm. Haklıydı. Onu ben delirtmiştim. "Tamam. Yardım edeceğim."

Yumruğunu yukarı kaldırıp aşağı indirirken, "Yes!" diye bağırdı ve zaferle güldü. "Seni seviyorum bebek. Yarın başlarız. Şimdi gitmem gerekiyor." Telefonuna baktı. "Annem ve kız kardeşim gelecekler. Alışverişe çıkacağız. Seni de davet etmek isterdim ama alışverişten nefret ettiğini biliyorum."

Başımla onayladım. "Doğru noktaya parmak bastın. İyi eğlenceler."

Yanağıma ufak bir öpücük kondurup, "Sana da. Pusula'ya uğra," diyerek kaçmaya çalıştığında ona kötü kötü baktım. İşte bu yüzden ona söylemekte çekinmiştim, artık ondan ve laflarından kaçmama imkân yoktu, beni tamamen avuçlarının içine almıştı.

Okuldan çıktıktan sonra bir süre sahil yolunda yürüdüm ve sıcak bir şeyler içtim. Hiç eve gidesim yoktu ama dün anakarta dokunmadığım için bugün mutlaka bakmalıydım.

Hava kararırken evime çok farklı bir yoldan yürüdüğümün farkındaydım fakat etrafa bakıp Skyler Grey'in kucağıma fısıldadığı *birinin canı yanacak,* sözlerini dinlerken merakımı gizleyemiyordum. Pusula, koca bir sır kutusuydu ve ben kapısını ne kadar aralarsam aralayayım merakımı yok edemeyecektim. Pars ya da diğerleri, sorularıma cevap verdikçe daha çok şeyi gölgede bırakıyorlarmış gibi geliyordu.

Kahretsin. "Neden bu işe bulaştım ki?"

Telefonumdan yükselen melodi yüzünden şarkı kesildiğinde kaşlarımı çatıp ekranı çevirdim. Pars arıyordu. "Ne var?"

"Rolleri mi değiştirdik?"

Bir saniye durdum. Genelde telefonu açtığı gibi tersleyen o olurdu, şimdi ben de istemsizce telefonlarını öyle açmaya başlamıştım. "Ah, özür dilerim. Çok gerginim."

"Neden Pusula'nın hemen karşısındaki kaldırımda dikildiğini sorabilir miyim?"

Kafamı kaldırdım. Ne ara buraya kadar yürümüştüm? En son aşağıdaydım, buradan bayağı aşağıda... "Yürüyordum. Eve."

"Anakarta baktın mı?"

Dudağımı dişledim. "Henüz fırsat bulamadım."

"Hmm..." diye bir ses çıkardı. "Beni Cem'in mekânında gördüğün günü hatırlıyor musun, kedi surat?"

Gözlerimi yana devirdim. Elbette hatırlıyordum. Gitar çalıp şarkı söylemişti, üstelik bunu yalnızca peşindeki Bahtiyar'ın adamlarının dikkatini dağıtabilmek için yapmıştı. "Sahneden atlayıp çantama USB'yi attığın günü mü?" Unutmak ne mümkün?

"Evet. Bugün bir USB daha almam gerekecek, ama ortam yaramazlık yapmak için pek uygun olmayacak. Yanımda birine ihtiyacım var."

Beni mi çağırıyordu? "Böyle işlerden uzak durmam için beni kesin bir dille uyardığını sanıyordum."

"Ne zaman sözümü dinledin ki?"

Omuzlarım çöktü ve karşımda duran görkemli barın kapısındaki korumaları süzdüm. Ardından gözlerim etrafta dolandı fakat onu görememiştim. "Neredesin? Beni görüyor olmalısın."

"Evet," diye mırıldandı. "Seni ve okul formanı görüyorum."

Bir an kafamı aşağıya eğip üzerimdekilere baktım: Dizlerime kadar çektiğim beyaz çoraplar, kısa pileli bir etek, beyaz gömlek, kravat, süveter ve ceket. Homurdandım. "Acilen mezun olmam gerekiyor." Gözlerimi tekrar Pusula'nın binasına çevirdim. "Eee, nereye gideceğiz?"

"Belanın koynuna atılmaya bayılıyorsun değil mi?"

"Her zaman." *Yaşadığımı hissediyorum.*

"İki dakikaya geliyorum. Kıpırdama."

Ayakkabılarımı yerde sürüyerek kenardaki alçak duvara kalçamı yasladım ve telefonumu ceketimin cebine atıp önüme gelen saçlarımı kulağımın arkasına sıkıştırdım. Bulduğum ilk boş vakitte bir kâğıt ve bir kalemle beraber bir odada yalnız kalacağıma dair kendime sağlam bir söz vermem gerekiyordu, aksi takdirde bu karmaşanın içinden çıkamazdım. Neyi istiyordum, neyi istemiyordum? Şu anda ne yapıyordum?

Kaçık birine deliliklerinde yardım ediyordum.

Bunun arkasında sağlam bir sebebi olmalıydı.

Birkaç dakika sonra dünkü Audi'nin çok daha lüks bir modeli önümde durduğunda kaşlarımı çattım. Pars camları indirene dek de çatmaya devam etmiştim.

Kaldırımdan geçen insanların arasından sıyrılıp kendimi arabanın ön koltuğuna attığımda, "Bütün bu arabaları Taylan'dan alıyorsan içinde dinleme cihazı ya da kamera olup olmadığını nereden biliyorsun?" diye sordum dilimi tutamayarak.

Gazladı. "Sana da merhaba Liva."

Üzerinde aşırı pahalı görünen bir smokin vardı. Kravat bile takmıştı. Saçları düzgündü, rengi gittikçe açılıyor muydu? Koyu maviler durgundu, yola odaklıydı.

Vitesle oynayınca ceketinin sardığı kol kasları gerildi, gözlerimi vücudundan çekip yüzüne çıkardım. "Nereye gidiyoruz?"

Kırmızı ışıkta durduğunda geriye yaslandı ve dirseğini kenara yaslayarak yüzünü ovaladı. Çok yorgun görünüyordu. "Uykusuz görünüyorsun, neden gidip dinlenmiyorsun? Diğer çocuklar da bu her ne ise halledebilir."

"Hayır, edemezler," diye mırıldandığında bir saniyeliğine bana döndü. Üzerimize kırmızı trafik ışığı yansıyordu. Bir an gözlerimdeki bakışları dudaklarıma kaydı ama ardından önüne döndü. "Seni bir kaosun içine sürüklüyorum, gelmekte kararlı mısın? Eve de bırakabilirim."

"Hayır, geleceğim." Önüme döndüm. "Kaosu severim."

Bana kaşlarını kaldırarak baktı. "Kendini ateşin içine atma huyunu hiç sevmiyorum."

Bu sefer ben kaşlarımı kaldırmıştım. "Öyle mi? Çünkü arayıp kendini ateşe atabilir misin diye soran sendin diye hatırlıyorum..." Telefonumdan saate baktım. "Üstelik daha on dakika bile olmadı."

Trafik ışığı kırmızıdan yeşile döndüğünde ve Pars gazladığında, sinirlendiğini hissetmiştim. "Senden istenen her şeyi yapar mısın?"

"Hayır ama bu işe karışmayı gerçekten istiyorum. Tolga'yı bir şekilde tehdit edemez miyiz? İrem'den uzak durması için." Bu öğleni hatırladım. Yemek yerken İrem'i masalarına davet edip bana oldukça tehditkâr bir bakış atmıştı, üstelik aynı anda sanat tarihi hocası Filiz Hanım beni çağırıp sıradaki sunumu benim yapmamı istediği için buna engel olmamıştım. "Bir şeyler yapacakmış gibi hissediyorum, çok garip davranıyor. İrem ondan hoşlanıyor."

Alnı kırışmıştı. "Kayra onunla ilgileniyor sanıyordum."

Dudaklarımı birbirine bastırdım. "Şey, İrem dedi ki..."

Bana sorarcasına baktığında devam ettim. "Kayra, onun tipi değilmiş."

Sükunet içinde tepkisini beklerken bir anda kahkaha atmaya başladığında şokla kafamı kaldırıp ona baktım. İnci gibi dişleri gözler önüne serilirken dudaklarının yanındaki gamzeler gözlerimin önüne serildi. Hızlıca kafamı diğer tarafa çevirdim. "Bunun neresi komik?"

"Bunu Kayra'ya söylemen lazım. Yüz yüze. Ve ben de o ana tanıklık etmeliyim."

Sahil yoluna inip ormanlık alanda ilerlediğinde şehrin biraz dışındaki lüks müstakil evlere sürdüğünü fark ettim. O civara girince sokaklarda köşe kapmaca oynamaya başlamış, yavaşlamıştı. Bir süre sonra tamamen durduğunda farları kapatıp kenara çekti. Emniyet kemerini çıkardıktan sonra arka koltuğa uzanıp açık kahverengindeki bir dosyayı kucağıma bıraktığında dışarı çıkıyordu. "Aç."

Bagaja gittiğini fark ettiğimde kucağıma bıraktığı dosyayı açtım. İçinde fotoğraflar vardı. 40'larındaki bir adamın fotoğraflarıydı bunlar. Oldukça esmer biriydi, fotoğrafların çoğunda takım elbiseliydi ve hepsinde de somurtuyordu. Belki de suratı bu şekildedir diye düşünmeden edemedim ama adama bakmak bile bütün enerjimi götürmüştü.

Pars elinde baştan aşağı siyah bir tulumla örtülmüş bir askıyla geldiğinde, "Bunu giymen gerekecek," diye mırıldandı. "Ve ayakkabıları. Ve maskeyi."

Bir kutu daha uzattı. "Burası tenha alan, kimse görmez. Camlar da film kaplı. Ben dışarıda bekliyor olacağım. Giyindikten sonra çıkarsın."

Tam çıkacaktı ki dosyayı uzattım. "Bu adam da kim?"

"Açıklayacağım, önce giyin."

Kapıyı kapattığında dosyayı torpidoya attım ve oturduğum koltuğu geriye doğru kaydırarak ayakkabılarımla çoraplarımı çıkardım. Maskeli baloya mı gidiyorduk? Bu aralar ne çok balo vardı böyle?

Askıdaki elbiseyi siyah tulumdan çıkardığımda günün milyonuncu şokunu yaşıyordum. Elbise o kadar güzel ama bana uygun değildi ki... Bu iki artı ve eksi birleştiğinde ortaya ne çıkar bilmiyordum. Yaz aylarında sıcaktan kafayı yediğim için bazen elbise giyiyordum ama onun dışında pantolon-tayt dolanan kızlardandım, kesinlikle elbiseler benim olayım değildi. Ya da balolar. Hele de maskeli balolar.

Bebek mavisi, işlemeli kısa elbiseyi giydikten sonra bedenimi kaldırıp koltuğa geri bıraktım. Askılıydı ama tülleri omuzlarımdan aşağıya kayıp bileklerimden aşağı uzanıyordu. Sırtı biraz açıktı. Yine de üzerime tam olmuş sayılırdı. Siyah, açık topuklu ayakkabıları ayaklarıma geçirdikten sonra şaşkınlıktan bir süre önümde sonsuzluğa uzanan karanlığa doğru daldım. Nasıl oluyordu da tamamen doğaçlama gelişen bir planın suç ortağıyken tam da üzerime uyacak kıyafetler sihirli bagajından çıkabiliyordu?

Hayır, bunlar tesadüf olamazdı.

Gümüş maskenin yanına bırakılmış birkaç makyaj malzemesinden bordoya kaçan ruju alıp dikiz aynasından bakarak dudaklarıma sürdüm. Kalan maskara, far ya da onun gibi şeylere elimi sürmemiştim. Hoşuma gitmiyordu, ayrıca çıkarmanın ne kadar zor olduğunu da biliyordum. Onlar yüzümdeyken alışkın olmadığım için rahatsız da hissediyordum. Hem maske takacaktık, ne önemi vardı?

Maskeyi aldıktan sonra saçlarımı ellerimle tarayarak kapıyı açtım ve kıyafetlerimi katlayıp koltukta bıraktım. Kapıyı kapattığımda bir elimde maske, bir elimde de paketten çıkan küçük, elbiseye uygun bir çanta vardı.

Pars arkasını dönmüş, elleri cebinde bir şekilde Audi'nin önünde bekliyordu. Arkadan dolanırken çıtırtıları duyduğu için, "Giyindin mi?" diye sordu ama dönmedi.

"Bunları üzerimde uzun süre tutabileceğimden emin değilim." Topuklularla asfalt yola çıktıktan sonra ellerimi kollarıma sardım. "Fotoğraflarını gösterdiğin adamı mı ayartmam gerekiyor? Çünkü bu elbise oldukça dikkat çekici." Kollarımı kaldırdım. "Ve nasıl olur da getirdiğin her şey üzerime tam oturur?"

Pars arkasını döndüğünde, üzerimdeki elbiseyi süzdü ve durgun bir tavırla, "Tam mı oturdu? Ben de büyük geleceğinden korkuyordum," diye mırıldandı. Ellerini ceplerinden çıkarmıştı. Karanlık bir ifadeyle elini uzatırken gözlerime bakıyordu. "Kimseyi ayartmayacaksın Liva."

Tek kaşımı kaldırarak uzattığı eline baktıysam da itiraz etmeden yanına ilerleyip tuttum, ardından asfalt yolda ilerideki koca bahçenin demir işlemeli kapısına yürümeye başladık. "O adam bu gece burada olacak."

Topuklularla bile boyuna yetişemediğime inanamıyordum. Üstelik bir de bu acıyı çekmek zorundaydım. Alışkın olmadığım için süngerden bir tabanın altına çakılmış bir çiviyle yürüyormuşum gibi hissettiriyordu ama iyi kıvırıyordum. İrem'e bunun için teşekkür etmem gerekecekti, piyano dersleri aldığı zamanlar yanında olduğumda dik durmak ve topuklu ayakkabı giymek konusunda değişik bir tür meditasyon yapardı ve bana da yaptırırdı. Başımızın üzerine kalın bir kitap koyar, topuklu ayakkabı giyer ve bahçedeki havuza giden taşlarda kitabı düşürmeden dik bir şekilde yürümeye çalışırdık.

"Ve bu gece bir alışveriş olacak. Adam bilgi taciri ve elindeki USB'de çok önemli bilgiler taşıyor. Taylan'ın eline geçmesine izin veremeyiz."

"Hm..." Boştaki elimde duran maskeye bakarken gözlerim elimi tutan eline sabitlendiğinde "Buraya gelmemin tek sebebi içeriye girebilmen değil mi?" diye sordum. "Eşsiz almıyorlar. Peki bu maske olayının ve gecenin amacı ne?"

Bana döndü. İleride konukları karşılayan insanları ve araç kalabalığını görebiliyordum. Bahçenin sınırları içerisine kurulmuş ev, ev değil şatoydu sanki. Yaklaştıkça daha da büyüyordu.

"Aynen." Bir anda omuzlarından yüz kilo yük almışlar gibi rahatlamıştı sanki. Maviler üzerime dikilmişti. "Bu gecenin bir amacı olduğunu söyleyemem. Sosyete zırvalıkları."

Kapıya yaklaşırken, "Maskeni tak," dedi ve elimi bıraktı. Cebinden bir maske çıkardığında ben, elimdekini çoktan takmıştım bile. "Oldu mu?"

Kendininkini taktıktan sonra bana baktı. "Evet, bambaşka biri oldun."

"Sen hâlâ aynısın."

Kaşlarını çattı.

Gözlerini işaret ettim. "O mavileri beş kilometre öteden tanıyabilirim. Belki de böyle zamanlarda lens kullanmalısın."

Kafasıyla tarttı. "Olabilir." Sonra bir süreliğine bakışlarını gözlerime çevirmişti. "Beş kilometre öteden mi?"

Kafamı salladım. "Evet. Bilirsin, çok farklılar." Bir adım yaklaşıp gözlerimi, maskesinin altındaki okyanusa diktim ve kayalıklara çarpan dalgaların sesi kulaklarımda çınladı. "Çok yoğun."

Gözleri koyulaştı. Bir an okyanusun ortasında bir hortum çıktığını hissedebileceğim kadar daha karanlık tonlarla karıştı ve yutkundum. Muhtemelen o maskenin altından kaşlarını çatıyordu.

Âdemelması boynunda hareketlendiğinde bir anlığına çenesinden aşağı kayan bakışlarımı tekrar yukarı çıkarıp gözlerine diktim, yine dudaklarıma bakıyordu. İki gece önce beni içtiğim şeyin ne olduğunu anlamak için öpen cesur bir yüreğe sahipti fakat bu konu hakkında kız arkadaşının ne düşündüğünü bilmek istiyordum.

İçimdeki kara kedi pençelerini çıkarıp ince ve çürümüş ipleri birbirlerinin ucuna bağlayarak ördüğüm duvarı boydan boya yırttığında irkilerek geriye çekildim. *Bana ne?*

"Her neyse. Göz işte. Mavi."

Dudakları bir gülümseme için kıvrılır gibi oldu. "O kadar iltifat ettikten sonra nasıl bu kadar kolay geçiştirebiliyorsunuz, Liva Hanım?"

Tekrar yürümeye başladığımızda koluna girmem için kolunu uzatmıştı. "Tasmanız çok gevşek, Pars Bey. İpleri elinde tutan hanımefendinin biraz daha sıkmasını tavsiye ederim."

Koluna girmeden düz yürümeye devam ettiğimde geride kalmış, şaşkın bakışlar atmakta olduğunun farkındaydım. Girişe birkaç metre kala birkaç büyük adımla tekrar yanımda belirdiğinde elini uzattı. "Bensiz giremezsin."

Eline bir bakış attım. "Sen de bensiz giremezsin."

Güldü. "Doğru."

Dudaklarının yanında oluşan gamzeye bir bakış atıp önüme döndüm. Sonunda girişe ulaştığımızda, korumalar ellerindeki listeye bakarak insanları içeriye kabul ediyorlardı. Göremeyeceğini bilsem de gözlerimi Pars'a doğru devirdim. "Şimdi planınız nedir, Pars Bey? Duvarlardan atlamak? Korumaları pataklamak? Rüşvet teklif etmek?"

Bana kendinden oldukça emin bir bakış attıktan sonra "Bu gece göreceklerin hakkında soru sormayacağına yemin edebilir misin?" diye sordu.

Kaşlarımı çattım. "Bu da ne demek?"

Elimi sıkıp yürümemi sağladığında, kapıdaki sarışın ve oldukça cüsseli koruma kafasını gömdüğü listenin üzerinden bir bakış attı. "İsminiz, bay ve bayan?"

Pars etrafa baktıktan sonra, tek bir hareketle maskesini indirdi ve korumaya bir bakış attı.

Koruma gözlerini kocaman açarak bir adım geriye çekildiğinde, "Hoş geldiniz efendim," diye mırıldanarak başını yere çevirmişti. "Eğlencenin tadını çıkarın."

Pars maskeyi tekrar suratına geçirerek beni de peşinden sürüklediğinde seslice yutkunarak, "Seni nereden tanıyordu?" diye sordum. "Neden maskeni indirdin?"

Yanımda içeriye doğru yürürken üstten bir bakış attı. "Hani soru sormak yoktu?"

"Söz vermedim. Sen yalnızca sorduğunla kaldın."

Seslice nefes verdiğinde ön taraftan gelen ışıltılar yüzünden dikkatim dağılmıştı. *Aman Tanrım.* Havuzun etrafındaki geniş yeşillik alan öyle görkemli düzenlenmişti ki bir saniyeliğine güneş gözlüğüne ihtiyacım olduğunu düşünmüştüm. Üzerimdeki elbisenin çok abartı olduğu kanaatim kanatlanarak zihnimden uçuverdiğinde etrafta gezinen ben-zenginim-hem-de-çok insanlarını süzmeye başladım. Hepsi o kadar... *O kadar...*

"*Işıltılı*, değil mi?" Suratını buruşturdu.

Pars'ın peşinden sosyetenin ürkütücü parlaklığı arasında yürürken ortalıkta gezinip sürekli insanlara şarap, viski ve şampanya dağıtan garsonları izledim. Pars iki kadeh şarap alıp birini benim elime tutuşturduktan sonra bir yudum alıp yavaşça kulağıma eğildi. "Havuzun kenarındaki büyük çeşmeyi görüyor musun?"

Kafamı o tarafa çevirdim. Beyaz, büyük ve işlemeli bir çeşmenin yanında bir grup insan ellerinde şampanyayla tartışarak gülüşüyorlardı. Hepsi de erkekti. Lacivert smokinliyi hemen tanıdım. Bu adamımızdı. "Pekâlâ, planınız nedir Pars Bey?"

"O şarabı içme," diye mırıldandıktan sonra kendi elindekini bitirdi. "Adamın üstüne dökmen gerekecek."

"Yine mi?" Seslice nefes verdim. "Bu numara bir gün işe yaramayacak, biliyorsun değil mi?"

Sırıttı. "O güne kadar bu numaranın kraliçesi olacağın kesin."

"Bunu nasıl söyleyebilirsin?" Ona kaşlarımı kaldırdım ama maske yüzünden hiçbir şey belli olmuyordu. "Ben uslu bir kızım."

Bedenimi çeşmeye çevirdim. "USB'yi nasıl almayı planlıyorsun?"

"Yasal yollarla." Daha da dikleşti ve boş kadehi geçen bir garsonun tepsisine bıraktı. "Yalnızca beraber görünmememiz lazım. Bu yüzden içkini üzerine dök ve banyoya gitmesini sağla."

Gözlerim sonuna kadar açıldı. "Onu pataklayacak mısın?"

Maviler bana çevrildi. "Hayır, Liva. Yasal yoldan anladığın yumruklar mı?"

Dudaklarım aralandı. Değildi ama Pars her zaman birinin üzerine saldırmaya hazır vahşi bir hayvan gibi duruyordu. Öfkelenmeye çok müsait bir yapısı olduğunu çözmek uzun sürmemişti, ayrıca o kasları boşuna yaptığını düşünmüyordum. "Hiç birini öldüresiye dövdün mü?"

"Evet."

Gözlerim kocaman açıldı.

"Ne?"

"Biliyordum." Omuz silktim. "Sadece hayal etmek zor." Elimle sağ koluna vurdum hafifçe. Çok sertti.

Bana garip bir bakış yolladı. Bütün mimiklerini dudaklarından okumaya çalışmak ne zordu! "Ne yapıyorsun?"

"Test sürüşü," diye mırıldandım hafif bir sesle. Ne dediğimi anlamamış gibi kafasını hafifçe sağa yatırdığında arkasında, birkaç metre gerisinde dikilen kız grubunu fark etmiştim. Kızlardan biri, açık kahve saçlı ve mor elbiseli olan maskesinin üzerinden Pars'a bir bakış attı. Yanındaki kızlar da bu tarafa bakıyordu ve surat ifadelerinden pek hoşnut olduklarını söyleyemezdim.

"Şu kız kim?"

Surat ifadesi değişti. Geriye doğru dönerken mor elbiseli kızı gördüğü an, "Ah, siktir," diye mırıldanmıştı. Birkaç saniye sonra kız yanımıza doğru yürümeye başladığında neler olacağını merakla bekledim. "Buraya geliyor."

"Evet, tahmin etmek zor değil."

Gözlerimi devirdim. Bu gece gözlerimi kaybedebilirdim. Sabahtan beri onları bir sağa, bir sola deviriyordum ve buradaki ışık teçhizatı cidden gözlerimi yoruyordu.

"Pars." Yanımıza gelen kız elini birden Pars'ın koluna koyarak ona dönmesini sağlamıştı. "Cidden geldin mi?"

Ah, çok fazla kızlı iletişim halindesin Kalkavan. Kız arkadaşına casusluk yapmak istiyorum.

Pars, kıza dönüp elindeki içkiyi aldıktan sonra "Bunu içmen yasal değil, küçükhanım," dedi ve ardından altında çok daha farklı mesajlar barındıran bir ses tonuyla ekledi. "Anneme bundan bahsetmeyeceğini umuyorum."

Kız gerildi. "Pekâlâ. Anlaşabiliriz." Gözlerini üzerime çevirdi. "Merhaba?"

Kafamla selam verdim. "Merhaba."

Kız, Pars'a bir bakış atıp, "Keşke burada olduğunu anneme ispiyonlayabilirdim, Tanrı aşkına abi. Yanında bir kız var," diye homurdandı ve elini bana uzattı. "Ben Dolunay. Şu kas kütlesi mavişin kız kardeşiyim."

Kardeşi olduğunu bilmiyordum. Elini tutup salladıktan sonra bıraktım. "Liva."

Dolunay kafasını sallayıp güldü. "Memnun oldum. İyi eğlenceler." Hemen sonra Pars'ın elindeki içki bardağını kapıp gözlerindeki gizli mesajlarla beraber ortamı terk etmişti.

"Kız kardeşin olduğunu bilmiyordum," diye mırıldandım.

"Şarlatanın tekidir." Gözlerini etrafta gezdirdi. "Pusula'daykken onu görmüş olmalısın, koltuklarda oturup telefonuna gömülmüştü."

Onu hemen hatırladım. Kayra'nın hoş bir kadınla beraber odaların birinden fırladığı gündü, deri koltukların üzerinde oturmuş ve kulaklıklarını kulağına geçirmiş bir şekilde telefonuyla ilgileniyordu. O gün kim olduğunu öğrenememiştim ve daha sonra da sormak aklıma gelmemişti. Demek Pars'ın kardeşiydi? Hiç benzemiyorlardı.

Ya da ben kızın suratında maske olduğu için benzetecek bir yer görememiştim.

O, soru yok demişti ama yine de sorular aklımı kurcalamaya devam ediyordu. Burası neresiydi? Neden Pars'ın kız kardeşi ve annesi de buradaydı ki?

Yaklaşık yarım saat sonra, Pars harekete geçmem için beni yeterince bilgilendirdiğinde kendinden emin adımlarımla beraber havuzun etrafından geçtim ve çeşmeye doğru yürüdüm. Adam sabahtan beri aynı insanlarla beraber içiyor ve gülüyordu. O somurtkan suratını gülerken gördüğümde yüzünün yarısını kaplayabilen maskeye rağmen fotoğraflardan çok daha farklı birine dönüştüğünü fark ettim.

Adamın yanından geçerken tıpkı kafamda kurduğum gibi topuklu ayakkabım ayağımı burkmuş gibi davranarak yalpaladığımda içkim tam olarak sol omzundan aşağı döküldü ve kadeh yere düşerek kırıldı.

Etrafta çalan hoş müzik devam ederken ve etraftakiler bu ufak manzarayı umursamazken adam, "Hay sikeyim," diye mırıldanmıştı öfkelenerek.

"Çok özür dilerim, çok pardon, ayağım burkuldu bir an." Elimle masaya tutunup ayak bileğimi ovaladım ve suratımı buruşturdum.

Adam oldukça eski bir konuşma tarzıyla, "Ziyanı yok," diyerek ceketinin cebinden çıkardığı mendili omzuna bastırdığında arkadaşlarına dönüp, "İzninizle," diye mırıldandı ve yanımdan geçip içeri gitti. Sanırım Türk değildi. Hatta büyük ihtimalle Türk değildi.

Ayağımı ovuşturmayı bırakıp kendimi gerideki masalardan birinin sandalyesine oturttuğumda Pars için etrafa bakındım fakat çoktan ortalıktan kaybolmuştu bile.

"Merhaba."

İçimi korkudan titreten bir ses duyduğumda kafamı yavaşça daldığım çimenlikten yukarı doğru kaldırdım. Tam tepemde, baştan aşağı simsiyah ve kadife giyinmiş, palyaço benzeri Shakespeare zamanlarından kalma bir tür işlemeli maske takan sarışını fark ettiğimde kanım dondu. *Tolga*. Buradaydı. Ne işi vardı?

"Sadece iyi akşamlar dilemek istemiştim, hanımefendi," diyerek gülümsediğinde ne tür bir oyun oynadığını idrak etmeye çalışıyordum. Beni tanımıştı, aksi takdirde böyle bir tutum sergilemesinin imkânı yoktu.

"Ben ve kız arkadaşım çok güzel vakit geçiriyoruz." İleriyi işaret etti. "Umarım siz de aynı keyfi alıyorsunuzdur."

Şokla kafamı işaret ettiği yere çevirince büyük ağacın yanında birkaç kızla konuşurken gülerek içki içen sarışın, beyazlar içindeki kızı gördüm ve gözkapaklarımın titrediğini hissettim. *Siktir*. Bu sarı dalgalı saçları ve inceliği nerede görsem tanırdım. İrem'in burada ne işi vardı? Burada neler oluyordu?

"Her neyse, sanırım gününüzde değilsiniz. İyi akşamlar."

Tolga dalga geçer gibi yanımdan ayrılarak İrem'e doğru yürümeye başladığında oturduğum sandalyeden ve masadan güç alarak ayağa kalktım. Adımları doğruca İrem'i bulmuştu ve ona arkadan sarılıp yanağından öpmüştü. *Siktir. Siktir. Siktir.* Ne?

O an öyle garip bir ikileme düşmüştüm ki. Yanına gidip burada ne aradığını ve Tolga'yla ne yaptığını sorsam benim neden burada olduğum sorusunu soracağından emindim ama cevaplayamazdım, gitmesem de bu sırrı benden nasıl saklayabildiği hakkında hesap soramazdım. Eğer Pars beni bu gece buraya getirmeseydi bu manzarayı görmeyecek miydim yani?

Bu yakınlık ne zamandan beri vardı? Ben okula gitmediğimde neler dönmüştü? Bana bundan ne zaman bahsetmeyi düşünüyordu?

Bir süre gördüklerimi idrak etmeye çalışıp Pars'ın gelmesini bekledim fakat gelmediğinde, ben içeriye gitmeye karar verdim.

Slow şarkı eşliğinde içkiler içerek sağa sola sallanan insanların arasından geçerek açık bahçe kapısından içeri girdiğimde etraf dışarıya göre oldukça boştu. Yalnızca sürekli dışarı içki ve yiyecek taşıyan, etrafı toplayan hizmetliler vardı.

30'larındaki bir kadın, içeriye girmemi garipsemiş olacak ki elindeki boş şarap kadehlerini taşırken bana bir bakış attı. Onunla göz teması kurduğum an zoraki bir gülümsemeyle, "Pardon," diye mırıldandım. "Banyo ne tarafta acaba?"

Neden içeriye girdiğimi anladığında gülümsedi. "Üst katta, sağda efendim."

Kafamı sallayıp teşekkür ettikten sonra merdivenlerden yukarı çıkmaya başladım. Etraf o kadar boş, loş ve sessizdi ki sanki Pars ve adam yok olmuş gibiydiler. Aşağıdan birinin gelip gelmediğini kontrol ettikten sonra teker teker odalara bakmaya başladım fakat bu kat gerçekten de boştu.

Bir üst katın daha olduğunu fark ettiğimde hiç beklemeden hızlıca yukarı adımladım fakat koridorun başından gelen sesler beni durdurdu.

Adam bozuk Türkçesini bir kenara atmış, İngilizce konuşuyordu. *"Kim olduğunuzu biliyorum, Bay P."*

"Paranı al ve git. Daha neyin derdindesin? Kim olduğumun bir önemi yok, Benjamin."

Adamın gülüş sesini duydum. "Elbette, beyefendi. Fakat kim olduğunuzun büyük bir değeri var."

"Bu detayı bilmen hiçbir şey ifade etmiyor, acilen burayı terk etmelisin. Aşağı indiğinde sakın oyalanma ve sana yol gösterecek adamları takip et."

Adının Benjamin olduğunu öğrendiğim adamın, onaylayan mırıltısını duydum. "Sizinle tanışmak büyük bir şerefti, beyefendi. Tekrar görüşmek üzere."

"Tekrar görüşmeyeceğiz, Benjamin. Ne demek istiyorsun?"

"Bana ihtiyacınız olacak, efendim."

Bu tarafa doğru gelen adım seslerini duyduğumda merdivenlerden aşağı indim hızlıca. Karanlık koridoru yürüyüp bedenimi görünemez hale getirdiğimde adam hızlıca aşağı iniyordu. Bu kattan kaybolduğunda yavaş adımlarla yukarı çıkmaya başladım. Koridor, duvara monte edilmiş loş gece lambalarıyla aydınlatılıyordu. İlerideki kapılardan birinin aralık olduğunu gördüğümde, Pars'ın içeride olabileceği düşüncesiyle kanım çalkalandı ve adım atmaya devam ettim. Kapının tam önünde durduğumda ve aralıktan içeriye kafamı uzattığımda, Pars; pencereden dışarıya bakıyordu.

Hafifçe kapıyı tıklattıktan sonra boğazımı temizleyerek içeri girdiğimde kim olduğumu anlamış gibi kılını kıpırdatmadı. Kapıyı kapatıp yanına yürüdüm. "Tolga burada."

Cevap vermedi. "Ama sen zaten bunu biliyorsun, değil mi?" Kollarımı göğsümde bağladım. "İrem'i de görmüş müydün?"

Pencerenin önünden çekilip kollarını göğsünde bağladığında, maskesini çıkarmıştı.

Gökyüzündeki ay'ın ışığı gözlerinde dans ediyor gibiydi. Bu öyle şairane bir görüntüydü ki, hiç deneyimim olmamasına rağmen karşısına bir sandalye çekip kâğıt kalem alarak bir şeyler yazmak istedim. Daha sonra gözlerimi kırpıştırdığımda ise anında gerçekliğe döndüm. Ona bakmamalıydım, o kadar yakışıklıydı ki zihnim binbir parçaya ayrılıp her bir parçası alkolsüz sarhoş bir şekilde aylak aylak dolanıyordu vücudumda.

"Tabii ki görmüştün," diye devam ettim. Kurumuş dudaklarımı yaladım. "Dinle, genelde, karşılıklı çıkar ilişkilerinde bir taraf sana yardım ediyorsa sen de ona yardım etmelisin. Yoksa işler ilerlemez."

Kollarını göğsünde birleştirip bana muzip bir bakış attı. "İşler ilerlemez mi?"

Sıkılıp maskemi kafamdan çıkardım ve arkamdaki yatağın üzerine bıraktım. Tıpkı onun gibi kollarımı göğsümde birleştirdiğimde üzerimdeki elbisenin hoş dokusu tenimi okşamıştı. "Şu an keyiften dört köşesin değil mi?" Kafamı eğdim. "Çünkü istediğini aldın."

"Evet, aldım."

Hâlâ sırıtıyordu. "Dayaklıksın. Yemin ederim."

Sırıtmaya devam ettiğini gördüğümde gözlerimi devirdim.

Tek kaşını kaldırıp üzerime doğru yürüdü. "Sürekli gözlerini deviriyorsun."

"Evet, seni görünce gözlerim otomatikman devriliyor. Bak."

Gözlerimi işaret edip ona baktım ve devrilmesini izlemesine izin verdim.

"Hadi, gidelim, arkadaşının Tolga'yla olan hesabını sonra görüşürsün. Seni burada görürse hesap sormak isteyecek." Yanımdan geçip gittiğinde kapıya doğru ilerliyordu. Yatağın üzerindeki maskemi alıp peşinden odadan çıkacağım sırada çıplak dizimi keskin bir şeye geçirmem sonucu seslice inledim. "Ahh... Bu ne?"

Ne olduğuna bakmak için elimi duvardaki aparata attığımda Pars dönüp ne yaptığımı gördü ve "Liva, hayır!" diye bağırdı ama çok geçti. Işıklar açılmıştı.

Geniş oda tamamen beyaz ve kahve tonlarından oluşuyordu. Duvarlar maviydi. Geniş bir kitaplık, büyük bir çalışma masası, kocaman bir yatak ve duvarların birinde de Küçük Prens posteri asılıydı. Biraz eskimişti. Hatta bayağı bir eskimişti.

Açık camdan içeriye dolan rüzgâr perdeleri uçuştururken dizimin sızısını unutup nereye çarptığıma bile bakmadan gözlerimi ilerideki rafta dikili duran çerçeveye çevirdim. Fotoğrafta çok hoş bir kız, kocaman mavi gözleri olan sevimli bir oğlanın sırtına atlamıştı ve yanında bir kız daha vardı, onun saçları diğer kıza göre daha açık kahveydi.

Oğlanı hemen tanıdım. Pars'tan başkası değildi. Ve açık kahverengi saçlı kız... Dolunay'dı, evet. Peki ya diğeri?

Kocaman olmuş gözlerimle neler olduğunu yavaş yavaş idrak ederken, "Burası senin odan mı?" diye sordum, ona dönerek. "Burası senin evin mi?" Yutkundum. "Bu davet zırvalığı dediğin gece, senin ailene mi ait?"

Bir kral odası gibi döşenmiş koca odanın sonunda duvara yaslanmış bir gitar gördüğümde, altdudağımı dişlerimin arasına hapsettim ve gergin bir bakış attım. "Sen..." Çok büyüktü. Ev çok büyüktü. Aşağıda gördüğüm her şey çok şaşalıydı. Tıpkı altındaki arabalar gibi. Tıpkı... "O gün o holdingden çıkıyordun ama... Stajyer değildin, değil mi?" Her şey parça parça yerine oturdu. "Bu yüzden korumalar seni tanıdı, tabii ki tanıyorlardı." Benjamin denen herifin dedikleri... "Neden sana beyefendi diyordu o adam?" diye sordum kendime engel olamayarak. "Sen kimsin, Pars?"

"Bacağın kanıyor."

Kafamı kaldırıp gözlerine baktığımda, elindeki maskeyi yüzüne geçirmemiş bir şekilde kravatını gevşettiğini ve bacaklarıma baktığını gördüm. Kafamı biraz aşağı eğip manzaraya baktığımda gerçekten kanadığını fark etmiştim. Kırmızı bir damla aşağı süzülüyordu.

"Y-yara bandın var mı?" İstemsizce sanki üzerimde ceketim varmış gibi arandım fakat elbette yoktu. Çantamın içine bakmayı düşündüm ama yanıma yalnızca telefonumu ve cüzdanımı aldığımın farkındaydım.

Bir dakika sonra "Ah, kime soruyorum ki," diye homurdanıp etrafa baktım. "Elbette yok." Belki çekmecelerden birinde vardı? Şoktan fark etmemiştim ama bacağım cidden sızlıyordu. Diz kapağımın hemen üzerini kapının yanındaki ahşap çekmecelerin kenarına geçirmiş olmalıydım.

Geri geri yürüyüp koltuklardan birinin üzerine oturduğumda ne kadar kötü olduğuna bakıyordum ki peçete istemek için kafamı kaldırdığım sırada Paris'in kapıyı kapattığını gördüm. Az önceki keyfinden eser yoktu. Yavaş adımlarla yanıma doğru yürüdü ve tam önümde diz çöküp oturdu.

Cebinden bir şey çıkarıyordu.

Yara bandı.

"Bu yara bantlarıyla derdin ne bilmiyorum ama, işte," diye mırıldandı ve paketini soydu. Ceketinin cebindeki mendille akan kanı sildiğinde yara bandının paketini soyuyordu. "Artık cebimde yara bandı var. Mutlu oldun mu? Cüzdanımda prezervatif taşımıyorum bu arada."

Yara bandını tam dizimin üzerine yapıştırdığında, kanlı mendili kenara atmıştı. Sıcak elleri, üşümüş soğuk bacaklarıma değdiğinde bütün tüylerim ayağa kalktı. Yeniden yoğunlaşmış mavi gözlerini gözlerime çevirdiğinde ellerimi nereye koyacağımı bilmiyordum bile. Kafasını yana eğdi. "Çok değişik bir kızsın. Hoşuma gidiyor."

Dudaklarımı birbirine bastırdım. Bir eli yatağın üstünde, dizimin hemen yanındaydı. "Eminim bu düşüncen kız arkadaşının da hoşuna gidiyordur."

Kaşlarını çattı. "Ne?"

"Yukarıda *fingirdeşmek* için beni arabada bıraktığın *kız arkadaşın.*" Ah, İrem. Başımı belaya sokuyorsun. Neden bu kelimeleri bu kombinasyonla aklıma soktun ki?

Gözlerini başka bir yere çevirip düşündü. "Liva, benim bir kız arkadaşım yok."

"Evet, elbette."

"Ciddiyim." Ayağa kalktı.

Elimi dizimin biraz üstüne yapıştırılmış ten rengi yara bandında gezdirdiğimde ayağa kalkıp yanından uzaklaştım ve pencereden dışarı bakıp ona döndüm. "Geç oldu, beni eve götürür müsün? İstediğini aldın."

Dudakları bir şey demek için aralandıysa da geri kapandı. Gözlerine çevirdim gözlerimi. Onun derin okyanuslarına karşı, benim basit, ela gözlerim vardı. Bu savaşı kazanamazdım.

Derin bir nefes aldım. *"İnsan gerçekleri yalnızca kalbiyle görebilir."* Duvardaki Küçük Prens posterine bir bakış attım. *"En temel şeyleri gözler göremez."*

"Ne demek istiyorsun?" Gözleri o kadar karanlık bakıyordu ki. Marina çukurunun bulunduğu bölgedeki su kadar karanlıktı. Hatta direkt, Marina çukurunun gözlerindeki harelere eşlik ettiğine yemin edebilirdim.

"Ben sana soru sormadım," diye mırıldandım. "Yani, en azından sen cevaplamadın." Omuz silktim. "Sen de sorma."

Bilmemkaçıncı gün, Bilmemkaçıncı ay.

Bu uygulamayı kabul etmemeliydim, doktor. Böyle olacağını biliyor muydun? Belki de Dr. Lamen tamamen haklıydı. Ben konuşmayı reddettiğim her gün, uçurumun kıyısına bir adım atıyordum ve şimdi, karşısına geçip saatlerce konuşmak istediğim bir adam vardı.

11

Kan, Ter ve Gözyaşı Cambazları

Pars'a üvey babamdan ve kaybettiklerimden bahsetmek beni geçmiş zamana götürmüştü.

Ortaokula başladığım ilk günü hatırlıyordum. 12 yaşındaydım sanırım. Gece heyecandan uyuyamamıştım, sabaha kadar tavana bakıp yeni bir hayatımın olacağı düşüncesinin getirdiği mutlulukla aptal aptal sırıtmıştım. Bir sürü arkadaşım olacaktı, asla yalnız kalmayacaktım. Bütün öğretmenlerimin ismimi bilmesini sağlayacak, bütün ödevlerimi gününde ve kusursuz bir şekilde yapıp onların gözüne girecektim. Hafta sonları arkadaşlarımla gezecek, şehrin görmediğim yanlarını görecek, kamp yapacak, bir de belki bir kulübe katılıp organize grup aktivitelerinde aktif olacaktım. Sınıf başkanı da olacaktım, sınıf başkanlarının ne kadar sosyal olduğunu görmüştüm. Herkesle muhabbetleri vardı, kimseden çekinmiyorlardı ve sorumlulukları olduğu için sosyal anlamda daha açık oluyorlardı.

O sabah, öğlen için hazırladığım sandviçimi çantamı almak için odama gittiğim kısa bir süre içerisinde üvey babam yemişti.

Annem akşamdan kalma bir şekilde salondaki kanepede uyuyordu. Etraf içki koktuğu için iki pencereyi açıp üzerine bir battaniye sermiştim.

İki gündür doğru düzgün hiçbir şey yemediğim için midem içeride büzüşmüştü ve artık açlıktan canım yanıyordu ama yeni bir sandviç yapmak için ekmek ve peynir yoktu.

Annem çok zengindi. Bana hafta başında bir miktar para verir, sonra ortalıktan kaybolurdu. Onu gün içinde görebildiğim pek söylenemezdi. Evi temizler, okul harçlığımla evin ihtiyaçlarını da karşılamaya çalışırdım ama o parayla hiçbir şekilde haftanın sonunu göremezdim. Üvey babam kötü biriydi, Hansel ve Gratel'deki üvey anne gibi; ya da Şirinler'deki Gargamel. Aslında burnunu Gargamel'e benzettiğim doğruydu. Bütün çocukluğum Şirinler izleyerek geçmişti. Gece geç saatte renkli bir logosu olan bir kanalda veriliyordu ve her bölümün sonunda Gargamel kaybettiği için bununla içimdeki çığlıkları susturmaya çalışıyordum. Bir gün üvey babam da kaybedecekti, ben kazanacaktım işte.

Bu yüzden, maviyi severdim. Mavi benim için umut demekti. Gökyüzü çok uzaktı mesela üvey babamdan, ya da deniz... Uçsam, ya da derine dalsam ulaşamazdı bana bilirdim. Ama anneme karşı öyle tükenmez, öyle doğuştan gelen ve değiştirilemez bir sevgi besliyordum ki ondan ayrılamazdım. Bunu düşünmemiştim bile hiç. Eğer bu evden bir gün gidecek biri varsa, o da üvey babamdı. Ben değil.

Ama annem gitmişti.

Bu düşünceyle yüreğim bir kez daha burkuldu ve omuzlarım çöktü.

"Ne düşünüyorsun, Liva?"

Kafamı kaldırdım ve kırmızı eteği ve beyaz gömleğiyle sade ve hoş bir şıklık yakalamış olan, Lamen'e döndüm. 30'lu yaşlarının sonunda, klasik bir kadındı. Onu hep kalem etekler, gömlekler ve kumaş pantolonlar içinde görmüştüm. Her zaman temiz bir yüz ve kusursuz bir makyaja sahip olurdu, yasemin kokuyordu. Karşıma oturup bacak bacak üstüne atarak beyaz defterini çıkardığı an gerilirdim ama hemen ardından beni rahatlatacak cümleler kurup sakinleştirirdi.

Lamen. Değişik bir ismi vardı, ilk duyduğumda yabancı olduğunu zannetmiştim.

Kahverengi saçlarını geriye atıp canlı yeşil gözlerinin ardından dikkatle bana baktığında yüzünü inceledim. Ona her şeyi anlatmalı mıydım, bilmiyordum. Alanında uzman bir psikologdu ve söylediklerine güveniyordum ama henüz hazır olduğumdan emin değildim. Buna karşın, ona daha önce hiç yalan söylememiş ya da ondan bir şey gizlememiştim.

Dudaklarımı birbirine bastırdıktan altdudağımı üstdudağımla kıstırdım. Aklıma birkaç gece öncesi gelmişti.

•

Evin arka kapısından Pars'ın peşinden çıktığımda, asfalt yolun üzerinde üç adamla beraber Audi'nin beklediğini gördüm. Adamlardan biri önde, diğeri arkadaydı ve hepsinin üzerinde takım elbise vardı. Ayrıca gömleklerinin yakasından kulaklarına doğru uzanan bir kulaklığı da görmemek mümkün değildi. Biz yaklaşırken kapıyı açan üçüncü takım elbiseli adamı süzdüm. Kızıl saçlıydı, kaşlarının da bu renkle uyumlu olduğunu ve çillerini fark ettiğimde doğal olduğunu düşündüm.

"Yol temiz efendim."

Pars elini belime atıp beni ön koltuğa doğru yönlendirdiğinde ona bir bakış atıp koltuğa oturdum. Kızıl adam ardımdan kapıyı kapattığında Pars sürücü koltuğuna bindi ve kapıyı kapattı. Takım elbiseli adamlar arabanın etrafından çekildiğinde Pars da gaza basmıştı.

"Madem sana soru sorduğumda cevap vermiyorsun, ben de istediğimi düşüneceğim," diye mırıldandım arka koltuğa bırakılmış kıyafetlerime bir bakış attıktan sonra. Geriye yaslandığımda emniyet kemerimi bağlıyordum. Ve haklıydım. Hem de sonuna kadar. Eğer tüm bu düşündüklerim doğruysa –bu partiyi Pars'ın ailesinin düzenlediği, deli dehşet zengin oldukları ve caddedeki o büyük holdingde yalnızca stajyer ya da onun gibi bir şey olmadığı– nasıl olur da Taylan gibi bir herifin emri altına girip onu batırmak adına da olsa böyle bir karar alabilirdi? Nasıl bir hayatı olduğunu iyiden iyiye merak etmeye başlamıştım.

Orman yolunda altımızdaki jilet gibi arabayla büyük bir süratte ilerlerken bir an bana baktı ve ardından kravatını çıkarıp arkaya fırlattı. "Neyi değiştirir?"

Kaşlarımı kaldırdım. "Ne, neyi değiştirir?"

"Böyle bir ailemin olması."

"Pars," diye mırıldandım yanımızdan titreşerek hızlıca geçip giden ağaçları izlerken. "Onları bu şekilde batırmak zorunda değilsin. Uzaktan da halledebilirsin. Neden sen ve çocuklar bu iş için kolları sıvadınız? Hayatınız mahvolabilir."

"Hayır, öyle bir şey olmayacak."

"Nasıl bundan bu kadar emin olabiliyorsun?"

"Liva." Dudaklarından tekrar adım döküldüğünde kafamı geriye yaslayıp ona baktım. Çene hatları gerilmişti ve oldukça keskin duruyordu. "Ben bir adım atarken, bin adım ilerisini düşünüp planlayan bir adamım. Taylan'dan ya da pezevenklerinden onlarca adım ilerideyim. Ve onları kendi ellerimle yok edeceğim, piyasadan tamamen sileceğim. Bu konuda tartışmak anlamsız."

"Hiç korkmuyor musun?" Elimle saçlarımı geriye attım ve gergince nefes verdim. "Nereye kadar geldiniz ya da durum ne bilmiyorum ama çok büyük oynuyormuşsunuz gibi geliyor."

"Organize ilerliyoruz." Bir anda aklına bir şey geldiğinde, dönüp bana sırıttı. "Hem sen, iki üç köpek sana havlıyor diye korkup kaçar mısın?"

Ellerimi kucağıma bırakmış, parmaklarımla oynamaya başlamıştım. "Ama bu çok daha farklı bir şey."

"Liva, inan bana. Benim için aynı şey. Biz çocuklarla organize hareket ediyoruz. Bunun, daha az insanın zarar görmesi için yapılması gerek."

Ah, demek buydu. *Daha az insanın zarar görmesi.* Fakat hâlâ neden yaptığını ve bu işe nereden bulaştığını bilmiyordum. Soruların kancaları beyin damarlarımı çapalamaya başlamıştı. Birini kaybetmiş olabilir miydi? Taylan ve onun *pezevenkleri* onun canını bir şekilde yakmış olabilir miydi?

"Çocuklarla nasıl tanıştınız?" diye sordum birden. Evime yaklaştığımızı görebiliyordum, sahil yolundaydık.

Temiz havanın içeri girmesi için hafifçe camı araladığında, "Lisedeyken tanışmıştık," diye mırıldandı. "Ailelerimiz tanışıyor, bu sayede ister istemez biz de hep aynı ortamlarda bir araya gelince... Arkadaş olduk."

"Hımm," diye bir mırıltı kaçtı dudaklarımın arasından.

"Hımm, mı?"

"Hımm..."

"Sen uyuyor musun?"

Gözlerimi açtım. Ah, ne zaman kapatmıştım ki gözkapaklarımı? Yolu değil de karanlığı gözlediğimin farkında bile değildim. Doğrulduğum sırada araba durduğunda, kafamı kaldırıp etrafa baktım. Gelmiştik. Ne çabuk, diye düşünmeden edemedim. Belki de burada biraz daha oturup bir tur daha atmak istiyordum. Belki de... Daha fazla konuşmak. İhtiyacım olan buydu.

Arkaya uzanıp kıyafetlerimi alarak arabadan çıktığında, peşinden çıktım ve kapıyı kapattım. Soğuk suratıma tokat gibi çarpmıştı ve tenim buz kesilmişti. Arabanın önünden dolanıp bahçeye girdiğimde, Pars önümde yürüyordu.

Kapının önünde durduğumda, kıyafetlerimi bana uzattı. "Teşekkürler. Üzerimdeki elbiseyi çıkarıp kuru temizlemeye gönderdikten sonra teslim ederim."

Kaşlarını çattı. "Onlar senin için alındı. Chanel vitrinlerinden fırlamış gibi duran bir elbiseyle ne yapmamı bekliyorsun?"

Durdum. Elimi, bir elimdeki kıyafetlerin üzerine bastırıp onları dengede tuttuktan sonra kafamı kaldırdım ve gözlerine baktım. "Benim için mi alındı? Ne demek istiyorsun?"

Dudaklarını birbirine bastırdıktan sonra bir elini cebine attı ve arkamdaki kapıya bir bakış atarak seslice nefes verdi. Sıcak nefesi soğuk havada gözle görülebilir bir şekilde buharlaşmıştı.

"O sırada tesadüfen beni çağırmadın, değil mi? Zaten beni götürmeyi planlıyordun," diye mırıldandım bir anda aydınlanmış gibi. "Anlamıyorum, beden ölçülerimi nereden biliyorsun?" Gözlerim kocaman açıldı. "İrem ve Tolga'nın da orada olduğunu biliyor muydun? Nasıl buna göz yumabildin?"

Dudaklarını yaladıktan sonra elini saçlarından geçirip sıkıntılı bir surat ifadesiyle bana baktı. "Benim yardıma ihtiyacım vardı ve kusura bakma ama sen bu işe karışmak için çok istekli duruyordun, kedi surat."

Bu yargısını çürütebilecek bir şeyler düşündüm fakat hepsi kolayca savuşturulabilecek olduğundan aklım yeniden İrem'e kaydı. "Peki ya İrem? Tolga'nın onun peşinde nedensiz bir şekilde dolaştığını söyleyemeyiz, değil mi?"

"Arkadaşının başına bir şey gelmeyeceğini biliyordum, onu izlettiriyorum."

Şokla ona baktım. "Ne?" Gözlerimi kapatıp bir saniye bunu algılamaya çalışarak derin bir nefes aldım. "Onu nasıl..." Durdum. "Beni de izlettiriyor musun?" Kaşlarım çatılmıştı.

Kafasını geriye attı. "Neden bu kadar çok soru soruyorsun..."

Cevabımı almıştım. "Beni de izlettiriyorsun."

Birkaç gün önce, sabah evden çıktıktan sonra nasıl takip edildiğimi hissettiğimi düşündüm. Paranoyaklaştığımı zannetmiştim fakat doğruydu. Gerçekten takip ediliyordum.

Derin bir nefes alıp dudaklarımı yaladıktan sonra sıkıntıyla bakışlarımı yüzüne çevirdim. "Ne zannediyorsun? Taylan'ın bir avuç parayla çıkagelip aklımı çeleceğini ve sizin hakkınızda ona öteceğimi mi?"

Gözleri sonuna kadar açıldığında hiddetle, "Hayır," dedi. Sinirlenmeye başlıyordu. "Taylan'ın o kadar kolay bir şekilde peşini bırakmayacağını biliyordum, evet ona gidip sana kefil olduğumu söyledim ama o takıntılı piçin tekidir. Ve diğer şeyler de var... Bahtiyar bize çalıştığını öğrenirse seni rahat bırakmaz, bu tamamen güvenlik içindi Liva."

Dudaklarımı birbirine bastırdım. Haklı sebepleri vardı. "Neden bana söylemedin?"

Kollarını göğsünde birleştirdi ve üzerindeki gömleğin kaslı kollarının etrafında gerilmesine izin verdi. Dikkatim aniden bu detaya kaydığında memnun olmuş gibi bir surat ifadesiyle beni izliyordu. "Çünkü daha önce kimse bunu fark etmedi ya da umursamadı. Yani, takip meselesini."

Durdum. "Çok soru sorduğumu mu düşünüyorsun?"

Kafasını sallayarak derin bir nefes alırken, "Hem de çok," diye mırıldandı.

"Başka kimleri izlettiriyorsun? Kayra? Zamir? Giray? Onlar? Ya kız kardeşin?"

"Kız kardeşimi, evet," diye mırıldandı kafasını yana eğerek. "Ama çocuklar kendi başlarının çaresine bakabilirler."

Tekrar kaşlarım çatılmıştı. "Ben de bakabilirim..." Sonlara doğru sesim alçalmıştı.

"Hayır, bakamazsın," dedi kesin bir ifadeyle. Gözleri ateş saçıyordu artık. Ruh hali o kadar çabuk değişiyordu ki. "Eli silahlı, senin iki üç katın adamlardan birine karşı bile şansın yok. Bak, daha önce yanımda hiçbir kızı çalıştırmadım ya da bu işlere karışmasına izin vermedim. Her zaman bir şey olursa kendi başının çaresine bakabilecek insanlarla çalışırım ama sen çok..." Bana baktı. "*Küçüksün.*"

Ağzım açık kalmıştı. "Küçük müyüm? On dokuz yaşındayım, Pars."

"Hayır, yaş bakımından değil..." Dudaklarını birbirine bastırdı. "Bedenin çok küçük. Zayıfsın. Biri sana yumruk atsa bütün kemiklerin aynı anda kırılacakmış gibi hissediyorum."

Dalga geçer gibi, "Bu da sende beni koruma dürtüsü mü uyandırıyor?" diye sordum ama bunu tamamen şaka amaçlı söylemiştim, gözleri lafıma karşılık yoğunlaşıp keskinleştiğinde bir an bedeninden dışarı iğneler fırlayıp bana saplanacak sandım.

Serçeparmağımdan beynime uzanacak bir şekilde bir sızı baş gösterip şakaklarıma sıçradığında nefesimi tuttum. O kadar... *Yabancıydım ki.* Bu duyguya. Her şeye.

Beni annem bile korumadı, Pars. Kaçtı. Tıpkı babam gibi. Ama babam giderken yanımda annem vardı, annem gitti ve şimdi kimse yok.

Cesaretimi toplayıp gözlerine tekrar bakabildiğimde bana çok düz bakıyordu. Bir şeylerin önüne perde indirmişti sanki, kendine engel oluyordu. "Her neyse, iyi geceler. Anakarta baktıktan sonra ararsın. Acelesi yok ama bir iki gün içerisinde halledersen iyi olur."

Anahtarımı çıkardığım sırada kilide bakarak, "İyi geceler," diye mırıldandım ve kapı açıldığında, gidişini izledim. Arkasını dönüp Audi'ye bindikten sora kapıyı kapattı. Kıyafetlerim elimde içeri girdiğimde, kapıyı kapatırken onu izledim. Daha doğrusu, siyah film kaplı camlardan görebildiğim kadarıyla.

Hiçbir şey görememiştim bu yüzden kaşlarım çatılmıştı fakat bir dakika sonra gaza basıp buradan ayrıldığında, görülecek bir şey de kalmamıştı zaten.

Pekâlâ, bugünkü kaş-çatma-egzersizimizin sonuna gelmiş bulunmaktayız. Bir sonraki seansta görüşmek üzere. Umarım alnımda kaslar çıkmaz.

•

"Yeni birileriyle mi tanıştın?"

Lamen, çoğu zaman kullanmadığı gözlüklerini gözlerine geçirirken ona dönüp, "Hayır," diye mırıldandım.

•

Günlerden pazardı ve yapacak hiçbir şey yoktu. Sabah Dr. Lamen'in kliniğinden çıktıktan sonra yağan yağmurda biraz yürümüş, bir kafede oturup iş ilanlarına göz atmış ve ardından eve dönmüştüm. Dr. Lamen'e göre insanları gözlemlemeliydim, hayatın daha da içine girmeliydim. Bana yarım gün bir işe başvurmamı önerdiğinde bu kulağıma oldukça mantıklı gelmişti çünkü insanların iş ve özel alanlarını sekteye uğratıp bilgi kaçakçılığı yaptığım zamanlardan kalma param bitmek üzereydi. Normal hayatta çok fazla para harcayan biri değildim bu yüzden para konusunda pek de endişelenmiyordum. Kış aylarında evde kazak-battaniye-kahve-çay dolanan biriydim, üstelik ev oldukça eski ve müstakil olduğu için ısınma sistemi olarak yalnızca şömine vardı. Zaten çok fazla kıyafetim olduğu için alışverişe de çıkmazdım. Çok fazla yemezdim de.

Bu yüzden para bir yere gitmiyordu.

Dr. Lamen'e Pars ve diğer çocuklardan bahsetmediğim için biraz rahatsız hissediyordum ama eğer bundan ona bahsedersem, uzun süre önce açıklığa kavuşturduğumuz başka bir konunun bahsini açacağını biliyordum.

Anakarttan hiçbir şey çıkmamıştı. Şifreyi kırıp dosyaları indirebilmiştim fakat içleri bomboştu. Taylan'ın birkaç aile fotoğrafından ve gereksiz birkaç sözleşme detaylarından başka işe yarar hiçbir şey yoktu. Çocuklara bundan bahsettiğimde ve bulduklarımı gönderdiğimde hayal kırıklığına uğramışlardı çünkü bu anakarta ulaşmak için bir hayli kendilerini zorlamış olmalıydılar.

Öğlen bir şeyler atıştırıp duş aldıktan sonra salonda oturup kahve içerken yağmurun camları tırmalayan sesini dinliyordum. Hayatım değişiyordu.

Bir süre proje ödevim hakkında düşünüp gerekli malzemeleri kafama not ettikten sonra daha fazla oturmak istemedim. Odama çıkıp siyah bir tayt ve mavi bir kapüşonlu giydikten sonra hâlâ ıslak olan saçlarımı kapüşonun içine ittim. Spor ayakkabılarımı ayağıma geçirirken bir yandan da Melanie Martinez'in sesinden "Cough Syrup"u açıp kulaklıklarımı taktım. Evden çıktığımda hava hafif esiyordu ve öğle saati olmasına rağmen kara bulutlar yüzünden hafif karanlık, kasvetliydi.

Sokak boyunca koşmaya başladığımda etrafta kimse olmadığını fark ettim. Acaba şu anda da izleniyor muydum?

Bir süre paranoyak gibi etrafı izleyip takip eden biri var mı diye kontrol ettikten sonra bunun üzerinde düşünmemeye karar verdim. Pars, iyi biri gibi görünüyordu ve kötü bir amaç için benim hakkımda kararlar vereceğini düşünmüyordum.

Bir süre sahilde koştuktan sonra yukarı çıkarken yine Pusula'nın olduğu caddeyi seçtiğimde artık koşmuyor, yürüyordum.

Pusula'nın önünden geçerken önüm dışımda her yere baktığım için birine çarptım.

Kulaklıklarımdan biri kulağımdan fırlarken karşımdaki ellerini omuzlarıma koyunca geri çekilip kafamı kaldırmak zorunda kalmıştım. Karşımda sarı saçlı, yeşil gözlü, siyahlar içerisinde bir oğlan duruyordu. "Kayra?"

"Koşuya mı çıkmıştın?" diye sordu Kayra, tek kaşını kaldırarak. "Deli misin? Hava çok soğuk."

Bir an soğuğu algılamaya çalıştım. *Tanrım.* Doğruydu. "O kadar da değil..."

"İçeri girsene," diye mırıldandı, Pusula'yı gösterirken. "Henüz akşam olmadı, içerisi boş. Bizimkiler bilardo oynuyor. Ben de arabadan ceketimi almak için çıkmıştım." Üzerindeki ceketi düzeltti.

Dudaklarımı birbirine bastırırken içeri girip girmememin nasıl sonuçlar doğurabileceğini düşünüyordum. Fakat önce, girmezsem ne olacağını düşünme gafletine düştüm: Eve dönüp proje ödevine başlayacaktım. Ve bunu hiç istemiyordum.

"Olur."

Kayra'nın peşinden karşıya geçerken asfalttan aşağıya şeladeymişiz gibi sular akıyordu. Yağmur tekrar hızlandığı sırada merdivenlerden çıktık, Kayra kapıyı açtıktan sonra içeri girdim ve arkamdan kapattı.

"Oğlum nerede kald- Ah, Liva?" Giray kaşlarını kaldırdı. "Hoş geldin. Sen..." Kaşlarını çattı. "Sırılsıklam olmuşsun."

Kayra içeriye yürürken, "Bu halde koşuyordu," diye mırıldanınca bilardo kısmında duran Pars'ın elindeki istekayı bırakıp bana kötü kötü baktığını gördüm.

"Merhaba," diye geveledim ağzımda, gözlerimi sırasıyla Giray, Zamir ve Pars'ın üzerinde gezdirirken. İçerisi sıcacıktı. Anca o zaman anlayabilmiştim dışarının ne denli soğuk olduğunu.

Kollarımı birbirine sürterek Pars'ın yanından geçerken bir anlığına kulağıma eğilip, "Yalnızca nereye gittiğini değil hangi havada ne giydiğini de mi izlettirmem gerekiyor?" diye fısıldadı. Tekrar hapşırdığımda bu sefer herkesin duyabileceği bir şekilde, "Sen bize sağlam lazımsın," diye devam etmişti.

Kayra kafasını salladı. "Çok doğru." Ardından bar kısmına baktı. "Gidip sana kahve yapayım."

"Yok hayır, gerek yok," diye mırıldandığımda bu sefer o da kötü kötü bakmıştı. Beyaz bayrağı çektim. "Pekâlâ, o zaman ben yaparım. Siz oyununuza devam edin."

Kapüşonumu kafamdan indirirken bar kısmına doğru yürüdüm. Aynı anda Pars'ın bakışları da saçlarıma dönmüştü. Saçlarım ıslaktı, kapüşonum ıslaktı, taytım ıslaktı, muhtemelen ayaklarım da ıslaktı. Ayıp olmasın diye kendimi denize atsam, deniz bile yadırgamazdı.

Sıcak su yapmak için ısıtıcıyı bulduğumda, kahve için bakınacaktım ki Pars elindeki istekayı yanına doğru yürüyen Zamir'in karnına bastırdı ve "Siz devam edin," diye söylendikten sonra yanıma doğru yürüdü. "Sen gelsene buraya bir."

Ona baktım. Üzerinde koyu yeşil, örgü bir kazak ve kot pantolon vardı. Kazak, gözleriyle o kadar güzel gitmişti ki henüz boyaması bitmiş yağlı boya tahtası gibi duruyordu.

Kaşlarımı kaldırdım. "Ben?"

Kafasını yana yatırdı. "Evet, sen."

Dudaklarımı birbirine bastırıp kaşlarımı çattım ve bar kısmından çıktıktan sonra yanına doğru yürüdüm. Çocuklara bir işaret verdikten sonra koridorda ilerlemeye başlamıştı. Ardından merdivenlerden inince nereye gittiğimizi anlamış oldum. Hiç konuşmadan, demir kapıyı araladığında peşinden içeriye daldım ve içeriyi aydınlatmak için duvarlara monte edilmiş loş ışıklandırmaları açmasını izledim.

Bir yandan da hapşırmıştım. Sanırım hasta oluyordum.

İçerisi oldukça boğucu ve fakat büyüktü. İleride üç kapı daha vardı ama daha önce hiç açık olduklarını görmemiştim. İçlerinden birini açıp ışıkları yakınca içeride bir yatak, bir dolap ve bir masa olduğunu fark ettim. Elbette ki hiç cam yoktu. Yerin altındaydık.

İlerleyip dolaptan ne olduğunu anlamadığım siyah, büyük bir şey aldığında algılamama izin vermeden suratıma doğru fırlattı. Şoktan yakalayamamıştım bile.

Öksürerek kafamdaki kumaşı indirdiğimde, "Hasta olursan işime yaramazsın," diye mırıldandı ve ışığı kapatıp odadan çıktı.

Şokla elimdeki kapüşonluya bakarken, "Artık kontrol manyağı bir CEO olduğunu söyleyebilir miyim?" diye homurdandım. Bir yandan da üstümdeki ıslanmaktan lacivert rengini almış mavi kapüşonluma bakıyordum. "Her neyse, teşekkürler."

"Seninle konuşmam gereken bir konu var."

Adımları büyük, geniş masaya yöneldiğinde eğilip göremediğim çekmecelerden birini açtı. Yanına doğru gidip masanın diğer ucundan durduğumda, önüme bir dosya bırakmıştı. Bakışları oldukça karanlık ve beklenti doluydu, kollarını göğsünde bağladığı için kol kasları büyümüştü. Mavi deniz fırtınalıydı, gözlerime baktığı an o fırtınada kopan dal ve yaprakların suratıma çarptığını hissetmiştim.

Beni hayal âlemimden sıyıran, önüme bıraktığı kalem oldu. Elimdeki kuru, siyah kapüşonluyu kenara bırakıp dosyayı elime aldım ve kapağını açtım.

Bu bir *gizlilik sözleşmesiydi.* Yine de sordum. "Bu ne?"

"Bizimle çalıştığın süre boyunca hiç kimseye hiçbir şeyden bahsetmemen için imzalaman gereken bir gizlilik sözleşmesi. Şartları okursan neyden bahsettiğimi çok iyi anlayacaksın, benim ailevi durumumdan ya da yanımızda olduğun sürece duyacağın diğerlerinin özel hayatından, Taylan'ın işlerine köstebek gibi sızışımızdan-"

Kalemi elime alıp son sayfada adımın yazdığı yere imzamı atarken kaşları çatıldı ve konuşmasını durdurdu. "Okumayacak mısın?"

Omuz silktim. "Sizin hakkınızda hiçbir şeyi hiç kimseye söylemem zaten." Dosyayı kapatıp önüne bıraktım. "Şimdi, çıkar mısın? Üstümü değiştirmem lazım yoksa cidden hasta olacağım."

Bana baktı. Ne düşünüyordu? Dosyayı kilitli çekmecelerden birine koyduktan sonra "Tamam, bu arada biraz burada dinlenmek isteyebilirsin. Yukarısı birazdan karışacak," diye mırıldandı. Kafamı salladım. Ardından döndü ve demir kapıyı üzerime kapattıktan sonra gitti.

Bana bir gizlilik sözleşmesi imzalattığına inanamıyordum ama bir yanım bunun mantıklı olduğunu savunuyordu. Sonuçta hayatlarının ortasına atlamak isteyen, tamamen senaryo dışı ve rolü olmayan bir kızdım. Elbette oyuna girmem için mülakattan geçmem gerekiyordu.

Üzerimdeki ıslak kapüşonluyu çıkarıp Pars'ın verdiğini giyerken bütün bu olanları düşündüm. Dr. Lamen ne düşünürdü acaba? Ya tedavimizi sonlandırırdı, ya da belirli zamanlarla kısıtlanmış randevularımızı arttırırdı herhalde. Oyumu tedavi sonlandırmaya verebilirdim, sonuçta o benden başkalarıyla iletişim kurup kendimi bir şeylere dahil etmemi istemiyor muydu? İstediği çoktan olmuştu, arkasına yaslanıp izleyebilirdi.

Tabii, haberi olsaydı.

Kapüşonluyu giydikten sonra deri koltuğa oturup yan dönerek uzandım ve bacaklarımı kendime çekerek ellerimi başımın altında birleştirdim. Kapüşonlu Pars gibi kokuyordu ve uykum gelmişti. Çok hoş bir kokusu vardı. Bir kriz anında boynuna sokulsam doğal sakinleştiricim olurdu, her halükarda damardan alınan ilaçlardan daha etkili olacağı kesindi.

Gözlerimi kapattım. Tercihlerim beni bir noktaya getirmişti ve ben kalan satırlarda dans ediyordum. Noktasız, virgülsüz... Mürekkep ne zaman bitecekti emin değildim ama müzik hiç kapanmasın istiyordum.

Çünkü 19 yıllık hayatım boyunca ilk defa nefes aldığımı hissediyordum.

Bu camsız, penceresiz, boğuk odada... Bana ait olmayan bir kapüşonlunun içinde kaybolmuşken.

Yine de yeterli değildi. Aylar öncesine geri gitmeme ve kararımdan dönmeme.

Deri koltukta diğer tarafa dönerken ne kadar sıcakladığımın farkına vardığım an sağ elimi boynuma doğru götürdüm ve terlediğimi fark ettim. Ağzımdaki kötü tadı yok etmek için yutkunduğum sırada kaşlarım çatıldı ve alnım kırıştı, *o kadar susamıştım ki...*

Gözlerimi araladığım andan birkaç saniye sonra loş ışığa alışabildim ve esnedim. Kaç saattir uyuyordum? Doğrulup koltukta oturur pozisyona geldiğimde üzerimdeki mavi battaniyeyi fark ettim. Gözlerimi ovalarken çocuklardan birinin gelip örtmüş olabileceğini düşünüyordum.

Battaniyeyi toplayıp katladıktan sonra koltuğun kenarına bıraktım ve ayağa kalkıp saate baktım. Muhtemelen bir saattir uyuyordum, çok da olmamıştı. Belki de eve gitmeliydim. Başım çatlıyordu.

Kurumuş ve kabarmış saçlarımı ellerimle düzeltmeye çalışırken ıslak kapüşonlumun hâlâ ıslak olduğunu görünce omuzlarım yenilgiyle çöktü. O kadar ıslaktı yani? İki saatte kurumayacak kadar? Belki de artık ne yaptığımın farkına varamadığım için beni denetleyecek ikinci bir göz iyi olurdu.

Demir kapıyı açıp yukarıya çıkarken telefonumu kontrol ediyordum. İrem'le birkaç gündür aramız limoniydi çünkü bana hiçbir şeyden bahsetmiyordu ve ben de ona açık açık sormayı tercih etmemiştim. Onun bana anlatmasını bekliyordum. Ailesiyle alışverişe gideceğini sandığım akşam, Pars'ın işinin düştüğü tehlikeli ve yabancı bir adamın da katıldığı bir davette tam olarak karşı tarafta savaştığımız adamın oğluyla ne halt karıştırıyordu? Bir açıklama istiyordum, bu çok açıktı ama sormuyordum. Belki de hiç anlatmayacaktı. Belki de bana anlatmadan onunla her akşam görüşüyordu.

Bu konuyu Pars'la konuşmalıydım. Onu izlettirdiğine göre Tolga'yla ne zaman buluşup buluşmadığını da biliyor olmalıydı.

Merdivenlerden çıktıktan sonra koridorda ilerliyordum ki tuvalete doğru giden bir kızla çarpıştım. Geriye çekildikten sonra yanımdan geçip giderken üzerimdekileri süzerek suratını buruşturmuştu. İki ihtimal vardı: Ya sihirli bir şekilde tam beni süzerken midesi bulanmıştı, ya da açıkça buraya ait olmadığımı beyan etmişti. Ki, buraya ait olmadığım üzerimdeki büyük, siyah kapüşonlu, tayt ve spor ayakkabılarla gayet belliydi.

İnsanların arasına çıktığımda içeridekilerin çoğunun yaş grubunun 18-25 civarlarında olduğunu görüp rahat bir nefes aldım. İkinci bir ilaç sendromundan sağ çıkamazdım, aklıma geldikçe hâlâ ister istemez utanıyordum. Pars, resmen bana panzehiri verdikten sonra *kendini zor tutuyor olmalısın,* demişti. Ne beklemişti? Kendimi kollarına atıp bu gece eğlenceli bir şeyler yapalım dememi mi? Ya da direkt üzerine atlamamı mı? İlacı araştırmıştım. Doğruydu. Tamamen kadınların cinsel dürtülerini harekete geçirmek içindi.

Bir anda öfkelendiğimi fark ettim. Bu tuzağa düşen kadınlar nasıl bir hayat yaşıyorlardı acaba? Bir gece eğlenmeye geliyorsun, herifin biri içkine ilaç katıyor ve seni üst kata çıkarıp tüm gece sana sahip oluyor, üstüne bütün geceyi kayda alıyor ve seni pazarlaması için bir pezevenge veriyor.

Dudaklarım düz bir çizgi halini aldığında bu düşünceyle başım döndü ve duvardan tutundum. Ben bundan sağ çıkamazdım. Ben bu şeytan kapanından nefes alıyor olarak kurtulamazdım.

Toparlanıp gözlerimi etrafta gezdirmeye başladığımda bar kısmında Oğuz'u ve birkaç elemanı gördüm ama gözlerim asıl çocuklardan birini arıyordu. Bunu neden yapıyorlardı? Nasıl böyle bir organize çeteden haberleri olabilmişti ve öylece içeriye sızabilmişlerdi?

Onlara bunu yaptıran neydi? En çok da bunu merak ediyordum.

Gözlerimi dört açmış, etrafta gezdirirken arkadaki localara doğru yürüyen Kayra'yı fark ettim. Elindeki içkiyle birlikte dans ederek ilerliyordu. Peşinden gitmeye karar verdiğimde bir an beklemeden insanların arasına karıştım ve dosdoğru onu gördüğüm yere ilerledim ama vardığımda yoktu.

Bir saniye duraklayıp localara baktım. Ardından arka taraftaki locada gördüğüm görüntüyle kaşlarım çatıldı. Pars, Kayra ve Giray'la birlikte oturuyordu. Giray'ın yanında bir kız vardı ve Kayra telefonuyla konuşuyordu. Pars'ın yanında da bir sarışın vardı. Saçları düzleştirilmişti ve çok güzel parlıyordu, doğal olduğu belliydi. Üzerinde yeşil, oldukça zarif, askılı bir elbise vardı. Bacak bacak üstüne atmış, Pars'a dönmüştü ve sohbet ediyorlardı.

Bir an yanlarına doğru adım atacakken üzerimdekileri fark ettim ve özgüvenimin ani düşüşüyle kendimi durdurdum. Cidden, kızın şıklığı ve benim pasaklılığım beni o an oraya gömseydi gıkımı çıkarmazdım. Böyle zamanlarda İrem'i dinlemediğim için kendime çok kızıyordum. O her zaman hazırlıklı ve şık giderdi. Mesela İrem buraya kapüşonlu ve taytla gelse bile kimse onun buraya ait olmadığını düşünmezdi, havası; güzelliği ve makyaj yeteneğiyle her an her yere uyum sağlardı.

Ben soluk bir kızdım, bunu inkâr ediyor değildim. Ela gözlerim ve kahve saçlarım vardı. Bu kadar. Hikâyenin sonu.

Ne acıklı bir final.

Yine de İrem'in durumunu, gerçekten ne halt yediğini merak ettiğim için derin bir nefes aldım ve ilerlemeye başladım. Pars'ı o geceden beri görmemiştim ve İrem'le de yine aynı geceden sonra eskisi gibi değildik. Sanki o benim orada olduğunu bildiğimi biliyordu ve hâlâ ona sormadığım için yalnızca bekliyordu ama bu bir sanrıydı ve ben işleri riske atmak istemiyordum.

Kayra telefona doğru, "Ne bok yiyorsa ye, bana ne!" diye tısladığında, Giray ona bir bakış attı. Tam o sırada masalarının önünde durduğumda bütün dikkatler bana dönmüştü.

Pars, "Ne zaman uyandın?" diye sordu, gözlerini üzerime çevirmişti. Maviler etraftaki loş ışık yüzünden o kadar koyu bir tondaydı ki, neredeyse kapkaranlıktı. Üzerini değiştirmişti. Düz bir kot ve kazak giymişti. Ensesinden aşağı inen dövmeyi gördüğümde dudaklarım sızladı.

Bedenimin bedenine verdiği tepkiyi görmezden gelerek, "Çok olmadı," diye mırıldandım ve bana sırıtan Kayra'ya bir bakış attım. Ardından tüm dikkatim Giray'ın yanındaki yeşil gözlü, kahve saçlı kıza çevrilmişti. Üzerinde beyaz bir gömlek üzerine geçirilmiş turuncu bir kazak ve siyah, deri bir pantolon vardı. O kadar sadeydi ki neredeyse iş toplantısına gidecekken son anda buraya gelmiş gibi bir havası vardı. Dalgalı saçları omuzlarına kadardı, hafif çilliydi.

Ona baktığımı görünce gülümsedi. "Merhaba."

Giray ona baktı, sonra da bana döndü. "Ah, Liva, seni tanıştırayım..." Eliyle kızı işaret etti. "Ela." Ardından bana döndü. "Ela, bu Liva."

"Tanıştığıma çok memnun oldum," diye mırıldandım ona, tıpkı bana gülümsediği gibi gülümseyerek. Giray'ın sevgilisi miydi? Ya da yakın arkadaşı? Çok samimi görünüyorlardı.

Pars'a geri döndüğümde gözlerinin dudaklarımda olduğunu fark ettim ve kalbim tekledi. *Ah, hayır.* Dudaklarıma değil, az önce güldüğüm için çıkan gamzeme bakıyordu.

Yanındaki kıza bir bakış atıp, "İşin ne zaman biter? Konuşmalıyız," dedim ve cevabını beklerken altdudağımı üst dişimle kıstırdım. Hâlâ su içmemiştim bu yüzden boğazım hâlâ kuruydu. Gerçi en son burada bir şeyler içtiğimde başıma gelen işleri düşünürsek, dışarı çıkıp en yakın marketten bir şişe kapağı açılmamış güvenli su almam psikolojim için daha iyi olabilirdi.

Saatine baktı ve "Yarım saate seni eve bırakabilirim," diye mırıldandı. Ona bakarken gözlerim istemsizce yanındaki kıza kaymıştı. Beni süzüyordu. Tanrım. O güzel elbisesi ve o güzel elbiseyi taşıyan ilahi bedeninin bir parçası olan gözleriyle... Kayra hariç, burası sevgili mi kaynıyordu yoksa? Sarışın kız, *merhaba benim adım Naz* desindi de tam olsundu.

Belki de Naz'dı. Neden Pars'ın söylediklerine güvenmiyordum bilmiyordum ama ben de erkek olsam ve yanımda böyle bir sarışın otursa kendimi tutamazdım. Neden etraflarında böyle kızlar varken sevgilileri olmazdı ki? Daha önceden tanıyıp gözlemlediğim erkeklerin hiçbiri böyle fırsatları kaçırmazdı. Onun kollarından tutup sarsarak *kendine gel, yanındaki sarı afet dünya güzellik yarışmasına katılsa en az ikinci gelir* demek istiyordum.

Durdum. Tanıdıktı. Kızın yüzü çok tanıdıktı.

Gözlerini bana çevirdiğinde dudaklarım aralandı ve sözcükler istemsizce ağzımdan çıktı. "Seni tanıyor muyum?"

Gülümsedi. "Sonunda kahramanımla tanışabildim." Öne, bana doğru eğildi ve elini uzattı. O eğilince Pars'a daha çok yaklaşmıştı ve göğüsleri açıkça belli olmuştu.

Bunu bilerek mi yapıyordu?

"Pardon?" diye sordum, elini kaşlarımı çatarak bakarken. Ardından ses tonu beynimde şimşeklerin çakmasına neden oldu. Onu hatırlıyordum, dağdaki eve girip kızları kurtardığımız gece o odadaydı ve ağlayan kızı sakinleştirmeye çalışıyordu. Adı neydi? Gözlerimi kıstım. "Sen... Gamze miydi?"

Gülümsedi. "Evet! O benim. O gece için minnettarım, benim ve kızların hayatını kurtardın. Sen olmasan o odadan çıkamazdık. Ve Cevdet'i hallettin. Tanrım, çok cesurdun!"

Gamze, ben elini sıktıktan sonra nihayet geri çekildiğinde Pars kaşlarını çattı. "*Cevdet?*"

Sarışın hevesle kafasını salladı. "Evet, kızlardan birine yavşıyordu it. Tam saldıracakken o geldi ve kafasına arkadan bir geçirdi... Görmeniz lazımdı, hayatımızı kurtardı."

Pars, o gece aklına gelmiş gibi bana *bunu sonra konuşacağız* bakışı attığında onu görmezden geldim ve "Her neyse, sohbetinizi bölüyorum," diye mırıldandım.

Gamze güldü. "Bu arada, kahramanımın adını öğrenebilir miyim?"

Dudaklarımı birbirine bastırdıktan sonra "Liva," diye mırıldandım.

"Liva mı? Yabancı mısın?"

Gözlerimi devirmemek için kendimi zor tuttum. Neden bir anda bu kızdan negatif bir enerji almaya başlamıştım? Hiçbir şey yapmamıştı. Yaşayıp geçiren oydu, yardım etmiştim ve teşekkürünü sıcak bir ricayla karşılayıp destek olmam gerekmez miydi?

İçimdeki kara kedi pençelerini çıkarıp ateş püsküren gözleriyle az önceki eğilmiş görüntüsünü gözlerimin önüne serdiğinde kafamdaki öfke dolu düşünceleri uzaklaştırmaya çalıştım. Pars benim hiçbir şeyim değildi, isteyen önünde eğilip bir yerlerini sergileyebilirdi.

Belki yatmışlardı bile.

Kaşlarımı çattım. Olamaz mıydı? Sonuçta onu kurtaran asıl kahraman Pars değil miydi?

Bir anda dalıp gittiğimde Giray elini önümde salladı. "Hey."

Gözlerimi kırpıştırıp ana geri döndüm ve Gamze'nin sorusunu hatırladıktan sonra "Hayır," diye mırıldandım. Burada kalmak istemiyordum.

Ela, "Otursana," diyerek gülümsediğinde, "Yok, teşekkürler," diye cevapladım onu ve Pars'a döndüm. "Ben Oğuz'un yanına gidiyorum, ayılmak için kahve içeceğim. İşin bitince gelirsin."

Kafasını salladı. "Çok uzaklaşma."

Ona alayla baktım. "Ne ara boynuma bir tasma geçirdin de haberim yok?"

Kafasını geriye attı. "Ah, Liva... Her şeye bir cevabın var."

Gamze şok olmuş gözlerle bana bakarken ona anlamsız bir bakış atarak masadakilere el salladım ve dönüp bar kısmına doğru yürümeye başladım. Az önceki de neydi öyle?

Oğuz'u bar tezgâhının arkasında kırmızı renkte bir kokteyl hazırlarken gördüğümde, ona en yakın bar sandalyesine oturup kollarımı tezgâhın üstüne dayadım. "Hey barmen, benim için neyin var?"

Kokteylin içine zeytinleri bırakırken beni sesimden tanıyıp gülümsedi ve kafasını kaldırmadan, "Su, kahve ve... soda?" diye sordu. "Eğer karnın açsa yemek de söyleyebilirim."

"Bir barmene göre çok sıkıcısın, seni patronuna şikâyet edeceğim." Gözlerimi devirdim. O sırada bitirdiği kokteyli sahibine uzattı. Birkaç sandalye ilerimde oturan bir kadındı, bir arkadaşıyla konuşuyordu.

Oğuz, kenardan bir bez alarak işi olmadığını beyan edercesine yanıma gelip durduğunda, "Hımm," diye mırıldandı. "Korkmalı mıyım?"

"Bana su verir misin?"

Kafasını salladı. Büyük bir bardağa su doldurup içine dilimlenmiş limon, salatalık ve nane attığında kaşlarımı çattım.

"Güven bana," dedi bardağı önüme bırakırken. "Bu daha kolay içim için. Ben tecrübeli bir barmenim."

Bardağı elime alıp sudan bir yudum aldım. Olduğundan daha ferahlatıcıydı ve kuruyan boğazıma çok iyi gelmişti. "Az önce yaptığın kokteyl kadar iyi olmadığına eminim ama yine de idare eder," diye mırıldandım.

Dalga geçerek, "Kola da verebilirim istersen," dedi. "Zero? Light? Yoksa orijinal tatçı mısın?"

Suyu içerken güldüm.

Birkaç saniye sonra yeni sipariş aldığı için bar tezgâhının bir diğer ucuna ışınlanan Oğuz'dan gözlerimi çekerken etraftaki insanları izliyordum. Hepsinin farklı bir hayatı, farklı sorunları ve farklı hayalleri vardı. Bunu bilmek çok üzücü bir şeydi benim için. Onca insanın, milyonlarca hayal baloncuğunun arasında benimkilere yer yoktu çünkü. O kadar silik, o kadar soluk ve cansızdım ki yok olmaya mahkûmdum. Dışarıdan kahkaha atarken, böyle paslı ve kirli düşüncelerle içimi çürütüyor olduğum gerçeği o kadar katlanılamazdı ki.

Kendimi sevmiyordum. Negatif düşüncelere programlanmış melankoli yumağının tekiydim. Şimdiye kadar yalnız bir arkadaşımın olmuş olmasına da hiç şaşmıyordum. Ben olsam, ben de kendimle arkadaşlık etmek istemezdim. Ben olsam, ben de sevmezdim beni.

Bir anda, elinde, içinde sarı bir sıvı barındıran kristal bir bardakla beliren Kayra'ya baktım. Kendini yanımdaki sandalyeye atmıştı. "Pekâlâ, bir sorunumuz var."

"Ne oldu?"

Gözlerini devirip, "Az önce oturduğumuz locaya bak," dedi ve bardağının tamamını kafasına dikti.

Tam net göremiyordum ama Giray ve Ela masadan kalkmıştı, Kayra da yanımda olduğuna göre orada yalnızca Pars ve Gamze oturuyordu. Biraz ayağa kalkınca Gamze'nin elinin bir an Pars'ın bacağını okşadığını ve daha sonra geri gittiğini gördüm. Ellerini kullanarak bir şeyler anlatıyor ve gülüyordu.

Dudaklarımı birbirine bastırdım ve dalga geçmeyi denedim. "Ne o, Gamze'ye mi âşıksın?"

Tekrar gözlerini devirdi. "Hayır, seni Einstein. Pars'ı o yellozdan kurtarmamız lazım."

Kaşlarımı çattım. "Yelloz mu? O kızın iyi tarafta olduğunu sanıyordum."

"Öyle," diye mırıldandı. "Ama Pars'ı kafeslemeye çalışıyor. Bana yürümeyi öğrenmeden Pars'a koşması hoşuma gitmedi."

Ağzım sonuna kadar açıldı. "Sana yürümeden mi?"

Omuz silkti. "Evet, genelde böyle yaparlar."

Bu sefer gözlerim de açılmıştı. "Önce sana yürürler, sonra da Pars'a mı?"

"Yani," diye mırıldanırken garsonlardan birinin yenilediği bardağından bir yudum daha alıyordu. "Ben genelde istediklerini veririm ama beyefendimiz çok seçicidir. Bu arada siz yattınız mı?"

Tükürüğüm boğazımda kalıyordu neredeyse. Açık sözlülüğüne, "Hayır!" diye bağırırken ayağını tekmeledim. "Seni aptal!"

Kayra güldü. "Pekâlâ, pekâlâ, özür dilerim. Sadece şaşırdım. Tam o tiplerdensin."

Yutkundum. "Nasıl tiplerden?"

"Bilirsin işte..." Seslice nefes verdi. "Biraz takılıp, âşık olursun. Sonra bunu itiraf eder ve daha fazlasını istersin ama karşı taraf istemez ve kalbin kırılır."

Bir an kendimi tıpkı Kayra'nın anlattığı gibi bir masalın içinde hayal ettim. Gerçi, buna masal denilebilir miydi bilmiyordum. Daha önce hiç bir şeyler hissettiğim biri olmamıştı, bunu aklımdan bile geçiremeyecek kadar meşgul, üzgün ve depresyondaydım. Kendi sorunlarımla uğraşıyordum, aynı zamanda İrem'e de yardımcı olmaya çalışıyordum.

Kayra'nın anlattığı bu acımasız kısa korku hikâyesini düşünüyordum da, iyi ki bir şeyler yaşamamıştım. Bütün her şeyi bir kenara itsek bile, psikolojik olarak o kadar aşağılık hissediyordum ki... Ve zayıftım. Yalnızca bedenim değil, duygularım ve hisleri taşıma kapasitem hastalıklıydı. Birine kalbimi versem ve o, kalbimi avuçları arasında sıkıp parçalasa, ertesi sabah gece yattığım uykudan uyanabilir miydim emin değildim.

Sevgi.

İhtiyacım olan tek şeydi.

Beni yürüdüğüm bu ince; kan, ter ve gözyaşı kokan ipten doğru ya da yanlış bir tarafa çekecek histi. Ortada tıkılı kalmıştım çünkü bende hiç yoktu. Hiç olmamıştı. Hiç hissetmemiştim. *Hiç...*

"Hey."

Kayra elini gözümün önünde sallayınca irkilerek şu ana geri

döndüm. "Ne kadar çok dalıyorsun böyle," diye mırıldandı ona dönünce. "Yoksa çoktan aşık oldun mu?"

"Bahsettiği kişi Pars mıydı?" Dudaklarımı birbirine bastırdım. "Ona kapılan kızlara bu mu oluyor?"

Kafasını salladı. İyiden iyiye sarhoş oluyordu, hareketlerinden belliydi. Gülümsedi. "Ama hayret ettim, kaç haftadır tanışıyorsunuz? Şimdiye kadar hamileyim diye ortaya çıkman falan gerekiyordu. Doğum kontrol hapı kullanıyor musun bu arada? Kilo yaptığını duydum, son kız arkadaşım benden bu yüzden ayrılınca büyük bir araştırma yapmıştım da..."

Suratımı buruşturdum. "Kayra, senin cinsel hayatını dinlemek istediğimden emin değilim."

Omuz silkti. "Pekâlâ." Bardağı bıraktı ve dikleşti. Artık sarhoş gibi durmuyordu. "Pars'ı görüyor musun?"

Gözlerini locaya çevirdim. Görüyordum. Mavi denizler, ona baktığım ilk an fark etmiş gibi üzerime çevrildiğinde anında Kayra'ya geri döndüm. "Görüyorum."

"Gamze çok şey yaşadı bu yüzden ona karşı kibar olmaya çalışıyor. Babasını tanıyor. Kalbini kırmak istemiyor. Gidip ona yardım et."

Kaşlarımı kaldırdım. "Nasıl?"

"Sevgilisiymiş gibi davran, o zaman Gamze kalkar gider zaten. Buraya teşekkür etmeye geldiğini söyledi ama yalan. Sabahtan beri elliyor çocuğuma. Zavallı mavişim..."

Kayra'ya gülerek kafamı olumsuz anlamda salladım ve sandalyeden aşağı indim. Pekâlâ. Canıma minnetti. Ben de Gamze'den pek hoşlanmamıştım zaten. "Ne yapayım?"

"Belli et işte," diye mırıldandı ve sırtımı sıvazladı. "Hadi koçum, göreyim seni! Göreyim pençelerini-" Durdu. Üzerimdekilere bakıyordu. "Siktir, Liva. Sen cidden eşofmanlarınla buradasın."

Bütün enerjimi söküp almıştı. Ona somurttum.

"Ama sen böyle de seksisin, önemli olan da bu zaten," diye şakıdı hemen ve el çırptı. "Hem o üstündeki Pars'ın değil mi? Şimdiden bir sıfır öndesin. Koş kızım! Çıkar pençelerini!"

Ona boş boş baktım.

Suratı asıldı. "Ya da çıkarma. Nasıl istersen öyle yap prenses..."

Kaşlarımı çattım.

Ellerini kaldırdı. "Tamam, prenses de yok..." Kafasını başka bir tarafa çevirdi. Bir süre sonra tekrar bana döndüğünde hâlâ buradaydım. "Gitmiyor musun? Neden beni dövecekmiş gibi bakıyorsun?"

O an bir benden en az 10 cm daha uzun olan kas kütlesi bu sarışına baktım, bir de kendime. "Sen ciddi misin?"

"Hayır," dedi. "Ama biraz daha burada kalırsa Gamze'nin Pars'ın üzerine atlayacağından eminim."

Yutkundum ve kafamı sallayarak locaların oraya doğru yürümeye başladım. Şimdi ne yapacaktım? Kayra aklımı karıştırmıştı. Hamile derken ne demek istemişti? Daha önce böyle bir şey yaşanmış mıydı?

Belki de Naz onun sevgilisi değildi ama çocuğunun annesiydi? Belki Naz'ı hamile bırakmıştı ve çocuğu vardı? Hatta belki o çocuğu istememiş bile değildi, sonuçta genç ve popüler sporcular da evlenmeden genç yaşta çocuk sahibi olmuyorlar mıydı?

Bir anda uyku bastırdığında bunu avantaja dönüştürmeyi düşünüp yavaş adımlarla yanlarına yaklaştım.

Gamze bir şey anlatıyordu. "Sonra beni nasıl o heriften kurtardığını hatırlıyor musun? Kalbim deli gibi atıyordu, cidden... Çok centilmendin..."

Bir anda ikisinin de –hatta benim de– hiç beklemediği bir anda Pars'ın kucağına oturduğumda kollarımı boynuna doladım ve kafamı boynuna gömdüm. Kalbimin gürültüsünü bastırırken, "Ne zaman eve gideceğiz?" diye mırıldanıyordum uykulu bir sesle.

Gamze'nin şok olduğunu gözlerim kapalıyken bile hissedebiliyordum. Neyse ki Pars durumu anlayıp kolunu belime dolamıştı. Saçlarıma bir öpücük kondurup, "Sen ne zaman istersen," diye mırıldandığında kucağında kıpırdandım. "Şimdi."

Pars, "Tamamdır," diye mırıldandığında, Gamze'ye döndüğünü hayal ettim. "Gamze, her zaman uğrayabilirsin."

Gamze'nin şok olmuş kısık sesi, "Teşekkürler, tabii," diye kulaklarımda çınladığında gülümsememek için kendimi çok zor tuttum. Ne zaman bu kadar kötü olmuştum?

"Şey, ben yalnız bırakayım sizi."

Birkaç saniye sonra topukluların sesi uzaklaştığında gözlerimi açtım. "Oscar'a adayım."

"Oyum sana."

Gülerek kucağında doğruldum ve bu garip pozisyondan kendimi kurtarmak için hareketlendim ama gözlerim dövmesine takılmıştı, bu yüzden afallamıştım. Yakından çok daha karmaşık, çok daha güzel duruyordu.

Kafamı yana yatırıp, "Dövmen çok güzel," diye mırıldandım.

Bir anda yüz ifadesi değişti. Düz bir tavır takınıp yoğunlaşan mavi gözlerini durgun bir denize çevirdiğinde, "Geç oldu," dedi. "Seni eve bırakayım."

Esneyecekken elimi ağzıma kapattım. "Sana sormam gereken sorular var."

"Yine mi soru?"

"Evet, ama sonundaki çoğul ekini unuttun. *Sorular.*"

Ben omzundan destek alıp ayağa kalkarken o da peşimden ayaklandı ve ben önde yürürken arkamdan takip etti. "Bana bir gizlilik sözleşmesi imzalattığına göre bütün sorularımı cevaplayabilirsin."

Ceketini alıp beni arka çıkışa yönlendirirken kaşlarını çatmıştı. "O sözleşme bu anlama gelmiyordu."

"Umurumda değil. Birine bir gizlilik sözleşmesi imzalattıysan sonuçlarına katlanmalısın. İlk sorumu sorayım mı?"

"Bunu başka bir zaman tartışsak?" diye sorduğunda, arka çıkıştan bir otoparka çıkmıştık. İlerideki gece mavisi Audi'ye yürüyorduk. Dönüp ona baktığımda, gerçekten yorgun ve uykusuz olduğunu fark ettim.

Kafamı salladım.

Kapıları açtığında yine farklı bir araç kullandığından bahsetmek istiyordum ama ikimiz de yorgunduk ve sorsam da şu an kaliteli bir cevap alabileceğimi düşünmüyordum o yüzden emniyet kemerimi bağlayıp geriye yaslanmakla yetindim.

Gaza bastığında araba gecenin içinde kayboldu. Saat kaçtı bilmiyordum ama sokak lambalarının aydınlattığı sokaklar bomboştu. Göz açıp kapayıncaya kadar sessizliğin içinde evimin olduğu sokağa vardığımızda yavaşladı.

O sırada telefonu çalmaya başlamıştı. Bir elini ceketinin cebine atıp çıkardığında kaşlarını çattı ve aramayı cevapladı. "Efendim?"

Dudaklarımı birbirine bastırıp ona döndüm. Sokak lambasının sarı ışığı yüzüne yansıdığı için uzun boynu ve hatları çok güzel duruyordu.

Bir anda canlandı, enerjisi yükselmişti fakat bu öfkelendiği içindi. Bir şeyler olduğu belliydi. "Geliyorum. Ben gelmeden bir şey yapmayın."

Telefonu kapattı.

"Bir şey olmuş," diye mırıldandım. "Ama sormayacağım. İyi geceler."

Emniyet kemerimi çözüp kapıyı açacakken kolumu tuttuğunda ona döndüm. Gözlerimin içine bakıyordu. Dosdoğru. Daha önce hiç bu kadar yoğun bakan gözler görmemiştim.

Hiçbir şey söylemedi. Bunu bir süre sürdürdük ve ardından gerçekten bir şey söylemeyeceğini fark ettiğimde, "Uyuman gerekiyor, o gürültü yuvasına dönüp sorunlara kafa tutman değil. Bırak bazı şeyleri Giraylar halletsin," diye mırıldandım istemsizce. Ardından arabadan indim. "İyi geceler." Kapıyı kapatıp eve doğru yürüdüm.

Anahtarımı çıkarıp kapıyı açtıktan sonra ışıkları yaktım ve kapıyı geri kapatıp kilitledim. Üzerimdekileri çıkarıp sıcak bir duş için üst kata çıkıyordum ki telefonumdan gelen bildirim sesiyle durmuştum.

Kimden: Bilinmeyen Numara

Sağlam kıçın var. Onu güvende tut.

12

Ufak Tefek İntiharlar

Kaybettiğiniz insanların hayaletlerini sokakta öylece yürürken yanında hissettiğiniz anlar olurdu, gökyüzünün anlaşılamaz bir şekilde gün ışığını boğarak büyük bir kaosa ev sahipliği yaptığı günlerde. Anlaşılamaz, kelimesi bu durumu en iyi açıklayan kelimeydi belki de. Çünkü siz dururdunuz, dünyanız dururdu ama trafik akmaya devam ederdi. Yeşil ışık yanardı ve yayalar karşıya geçerdi, rüzgâr ağaç dallarını sallardı da yapraklar savrulur dururdu ve yıldızlar da parlamaya devam ederdi işte. Ya da en basitinden, kulaklığınızdan zihninize çığlık çığlığa ninniler mırıldanan o ses kesilmezdi.

Sadece, bazen, gecenin bir yarısı, uyku tutmadığında ve çıplak ayaklarınızla balkona çıktığınızda ensenizde soluklanan geçmişin hayaletlerini hissederdiniz. Ellerinizden tutmak isterlerdi ama izin vermezdiniz, dönüp de bakmazdınız geçmişe çünkü bakamazdınız, yeniden yaşayamazdınız.

Geçmişin hayaletleri öylece, üzgünce dikildiğiniz salonun ortasında dans ederken kafanızı kaldırıp da gözlerinizi açmak istemezdiniz.

Ben her gece o çirkin ışığa gözlerimi sımsıkı kapamak zorunda kalıyordum.

Çocukluğumun zaman geçişlerinde kaydıraklardan kayıp kahkahalar eşliğinde annemin kollarına atıldığım pamuk şeker anıları yoktu da gecenin bir yarısı aşağıdan gelen sesler yüzünden çatı katındaki odamın penceresini açıp yalnız başıma köşedeki parkın kırık salıncağına kör sağır koştuğum anılarım vardı. Bu yüzden gözlerimi kapamak, bir daha açmamak istiyordum.

"Emin değilim, belki de gümüş ağaç dekorlarını kapıların yanlarına yerleştirmeliyiz. Sen ne düşünüyorsun Liva?"

Elindeki yapılacaklar listesi ve sarı tulumuyla beraber oradan oraya koşturan İrem'in adımı seslenişiyle elimdeki koliyle beraber dönüp ona bir kez daha baktım: Kulağının arkasına bir kurşun kalem sıkıştırmıştı ve koşuşturmaktan rimeli akmıştı. "O tulumun çok parlak olduğunu düşünüyorum."

İrem'den komut bekleyen çocuk omuzlarını düşürdüğünde İrem, "Tamam biz dediğim gibi yapalım," diyerek onu yolladı ve listeyi kenara bırakıp içi süs dolu kolilerden biriyle beraber ardımdan gelmeye başladı. "Biliyor musun, bu sıralar bana karşı çok kötüsün."

Histerik bir şekilde güldüm. "Bilmiyorum, belki de hiç de hoşlanılmayacak bir çocukla geceleri dışarı çıktığın için olabilir."

Arkamdaydı ama kaşlarını çattığına emindim. "Tolga'dan mı bahsediyorsun? Onunla dışarı çıktığımı nereden biliyorsun?"

Koliyi kenara bırakıp süslemelerle ilgilenen gönüllü kızlara bir bakış attım. Ardından İrem'e döndüm ve omuz silktim. "Çocuk konuşuyor, İrem. Senin hakkında. Kızlar tuvaletinde hoşlandıkları çocuklar tarafından reddedilen kızların zırlayışlarının yanında farklı bir melodi daha çınlıyor artık."

Gözleri kocaman açıldı. "Aman Tanrım... Tolga *benden* mi bahsediyormuş?" Koliyi yere attı ve çığlık atmadan önce ağzını kapattı. "Şu an tam olarak delirmek üzereyim, daha önce hiç çıktığı kızlardan bahsetmezdi!"

Kaşlarım çatıldı. "Bunun seni ondan itmesi gerekiyordu."

"İşe yaramadı. Daha çok çekti." Gülümsedi. "Belki de onunla tanışmalısın."

"Belki de Alperen'e falan geri dönmelisin."

Suratını astı. "Şeytanın ismini ağzına alma."

"Böyle aptal bir geçmişe sahip olman senin aptallığın."

Omuzları düştü. "Biliyorum." Ardından bir anda şarj olmuş gibi tekrar canlandı. "O yunan tanrısı arkadaşlarına benden bahsediyor, hayatta güzel şeyler de oluyor. Şu an moralimi bozmamam lazım, belki de onu baloya davet etmeliyim."

Ağzım sonuna kadar açıldı. "İrem!"

"Tamam tamam, ondan teklif bekleyeceğim." Bana baktı. Ne kadar kızgın olduğumu görüyordu ama umursamadı ve gülerek, "Acaba ne giysem?" sorusunun ardına gizlediği hayalleriyle birlikte masaların fiyonkları konusunda başları derde girmiş çocukların yanına koşturdu.

Neden yalnızca benim sözümü dinlemiyordu? Pars her ne kadar İrem'i izlettirdiğini söylese de içim nasıl rahat olabilirdi ki? Başkası için endişelenmekten nefret ediyorum, hayatımda en son endişelendiğimde başıma hiç iyi şeyler gelmemişti.

Rehberlik öğretmeninin odasından kovulduğum anı hatırlıyordum, üzerimde artık bana küçük gelmeye başlayan okul eteğim vardı ve gün boyunca bir kez olsun parmaklarımı geçirdiğim kumaşı rahat bırakmamıştım. Dersin başladığını haber veren zil sesi duyulduğunda herkes sınıflarındaydı ama ben soğuk koridorda yalnız başıma yürümüş, omuzlarımdaki binlerce kiloluk yükle dört kat aşağı inerek kendimi yağan yağmurun altına bırakmıştım. Sanki her şeyi eski haline döndürebilecekmiş gibi. Sanki gökyüzü üzerime yağacak da beni bütün kirden, pastan, tozdan arındırabilecekmiş gibi.

Sanki aklıma kurulmuş karanlık sahneye oyun bittiği halde tiyatrocuların yeniden çıkmasını isteyen izleyiciler etkisi büyük olsun diye ayakta alkışlıyormuş gibi.

Geçmişin hayaletleri buradaydı işte, yanımda dikiliyorlardı tam da. Beni itiyor, düşürmeye çalışıyor, sokaklarda arkamdan yürüyüp gülüşüyorlardı. Çürümüş dişleri ve taştan kalpleri vardı, ellerinde daima soğuk bir bardak su taşıyorlardı. Karların ortasında yapayalnız battaniyeme sarılarak uyumaya çalıştığım bir gecenin ayazında başımda durup sarıldığım ne varsa ateşe veriyorlardı.

Sanki daha fazlasına dayanabilirmişim gibi zihnimde kırık dökük inşa ettiğim duvarları tırnaklarını kazıyarak devirmeye çalışıyorlardı. Ben yukarıya bir tuğla ekledikçe, onlar aşağıdan temeli sarsıyorlardı.

Korkunç bir gökgürültüsü gökyüzünde inlediğinde dışarıdan içeriye yavaş yavaş alevlenen bir fırtınanın sesleri dolmaya başladı, sağ tarafımda kalan pencerenin perdeleri içeriye doğru uçuşmaya başladığında İrem ve kızlardan birkaçı içeriyi dağıtmasın diye pencereleri kapatmak için harekete geçmişlerdi.

Tam o sırada salonun aralık kapısından içeriye siyah bir siluet girdi, havanın kapalılığıyla uyumlu olacak şekilde baştan aşağı siyah giyinmişti ve saçları her zamanki gibi insanın üzerinde ellerini onlara daldırma isteği uyandırıyordu. Girerken kafası eğikti, daha sonra kaldırıp etrafa baktı ve bütün çene hatları gözler önüne serildi. Mavi okyanuslar çevresindeki yüzleri süzüyordu.

O an onu böyle dikkatlice süzen biri olarak yalnız olmadığımı fark ettim, herkes bir saniyeliğine işini bırakıp durmuştu. İrem'i gördüm, duvardaki süslemeler hakkında yakındığı kızın onu dinlemediğini fark ettiğinde kapıya baktı ve ardından bana döndü; göz kırpmıştı. Kafamı olumsuz anlamda sallayıp önüme döndüm ve suratıma doğru uçuşan perdeyi tutup pencereyi kapattım. Geriye döndüğümde üzerime doğru bir okyanus dolusu mavilik yürüyordu.

Bütün o siyahlığa rağmen.

"Parti falan mı var?"

Ses tınısı kulaklarımdan içeriye dolup zihnimde yankılanınca boğazımdan aşağıya inen bir sıcaklığın vücudumu titrettiğini hissettim. Eğer bu hissetmek değilse, milyonlarca insanın yazdıkları şarkılar için boşuna uğraştıklarını kolaylıkla söyleyebilirdim sanırım.

Ona döndüğümde kollarımı göğsümde birleştirmiştim. Üzerimde gri bir tayt ve beyaz bir tişörtten başka bir şey yoktu, üstelik sabahtan beri bu salonu düzenleme ve süsleri yerleştirme işlerine yardım ettiğim için ekstra pasaklı görünüyor olmalıydım. "Nasıl buradasın?" Kaşlarım çatıldı. Unutmuştum, beni takip ettiriyordu. Durdum. "Ah, pardon. Yanlış kelime. Neden buradasın?"

Neyi ima ettiğimi anladığını belirten bir şekilde dudakları kıvrıldıktan sonra kaşlarını kaldırdı ve "Yakınlarda işim vardı ve uğradım," diyerek kestirip attı.

İçimdeki kara kedi dişlerini göstererek *klişe*, diye mırıldandı ve dilini çıkararak suratını ekşitti.

Kollarımı iki yanımda sarkacak şekilde serbest bıraktım. "Öyleyse işin bitti mi? Yakınlardaki?"

Kafasını salladı ve etrafa bir göz atarak kollarını göğsünde birleştirdi.

"O zaman yardım edebilirsin." Gülümsedim ve ayağımın dibindeki koliyi alıp göğsüne bastırdım. Anında refleks olarak kavramıştı. "Bu kolileri sahnenin önüne taşıyoruz, süsler ve örtüler var içinde. Sarı bantlı olanlarda kırılacak eşyalar da var, dikkat et."

Bir şey söylemesine fırsat vermeden yanından geçip gidecektim ki bir elini koliden çekip kolumu tuttu. "Bekle. Bir şey konuşmamız lazım."

Gözlerine baktım. "Elbette. Yoksa neden burada olasın değil mi?"

Önüme dönüp köşedeki kapakları açık büyük koliyi aldım, hafifti çünkü içinde perdeler vardı. Kapaklarından tutup dizlerimin üstünde ileriye taşırken gözlerimi Pars'ın üzerinde gezdiriyordum, cidden ona koli taşıttırıyordum. Buraya muhtemelen bir şekilde bana işi düştüğü için gelmek zorunda kalmıştı ve kapıdan içeriye girmeden önceki hali şimdiki haline dönüp baksa kahkaha atardı.

Perdeleri içeriden merdiven getiren basketbol takımından bir çocuğa bıraktıktan sonra doğrulmuş, diğer koliler için geri dönecektim ki sahnenin yanına kurulmuş ses sisteminin yanında Pars'ın önünde durmuş sarışın bir kız fark ettim. Üzerinde bir kot etek ve iki düğmesi açık bir gömlek bulunuyordu, saçları dalgalandırılmıştı ve sabah yüzündeki makyaj için epey erken kalkmış olmalıydı.

Bu kılıkta balo salonundaki tozlu işler için gelmek normal miydi yoksa ben mi çok pasaklıydım?

Tam umursamayıp kolilerin yanına dönecektim ki zihnimin karanlık odalarında uyuklayan kara kedi koşarak aşağı atladı ve göğüs kafesimi boydan boya yırtmaya başladı.

Kız onunla *flört* ediyordu. Bu bukleleriyle oynama gülüşünü ve kahkahayı biliyordum.

Tam o tarafa doğru bir adım atacaktım ki Pars kıza bakıp yandan bir gülüş çizdi ve yanından geçip gitti. Kız arkasından bakakalıp buklelerine doladığı elini aşağı indirmişti.

Kara kedi karanlık odalarına geri çekilirken yavaş adımlarla kolilerin olduğu kısma geri yürümeye başladım. Ben hedefime ulaşmamışken Pars iki koliyi birden almış, sahneye dönüyordu. Yanımdan geçip giderken, "Bu koliler bitmez, bizim konuşmamız lazım," diye mırıldandı ve gözlerimin içine baktı.

"O kasları boşuna yapmış olamazsın, sabahtan beri bu kolileri içeri taşıyorum ve bir kez olsun sızlanmadım, o yüzden..." Kaşlarımı kaldırdım ve kolileri işaret edip ilerleyerek bir tanesini aldım.

Birkaç dakika sonra kolilerin hepsi bitmişti. Sabahtan beri anca yarısını taşıyabilmiştim ama Pars gelir gelmez on dakikada kalan yarısı bitmişti. Bir yanım yabancı olduğu için ilgi çekişinden ve benimle konuştuğu için de bunun beni odak noktası yapışından rahatsızdı ama sanırım yardımı için bütün bunları görmezden gelebiliyordum.

Sabah taşıma şirketinin kolileri dayadığı duvarın artık boş oluşundan ötürü yere oturup ayaklarımı uzattım. Pars geri döndüğünde koliler bitmişti ve bu yüzden suratında bir *sonunda*, ifadesi vardı.

"Eğer teklifimi kabul edersen seninle dönem sonu balosuna katılabilirim."

Suratımı buruşturdum. "Dönem sonu balosuna katılacağımı kim söyledi?"

Kaşlarını çattı. "Katılmayacak mısın?"

"Hayatımın balosunu birkaç gün önce gördüm ve aşırı dozdan ölüyordum o yüzden teşekkürler, kalsın, belki bir ara bana pizza ısmarlarsın." Bacaklarımı kendime çekip kollarımı etrafına doladım. "Teklifin nedir?"

Tam bacaklarımın önünde durup yere çömeldi ve kollarını dizlerinin üzerinden aşağı sarkıtarak benim boyutuma eğildi. Yakınlığı yüzünden katlanmış karnımı birisi oklavayla yoğuruyormuş gibi hissediyordum.

Mavilikler ateşe hazır, tam gözlerimi nişan almışken telefonundan bir mesaj sesi geldi ve tekrar doğrularak ceketinin cebinden telefonunu çıkardı. Ekrana bakarken kaşlarını çatmıştı. "Gitmem gerek."

Ayağa kalkıp dudaklarımı birbirine bastırdım. "Teklif?"

"Teklif..." Dilini dudaklarının üzerinde gezdirip onları ıslattıktan sonra yüzüme baktı ama gözlerimin içine bakmıyordu. "İptal olmuş olabilir, emin değilim. Sonra konuşuruz. Ama balo hakkındaki teklifim hâlâ geçerli."

Daha sonra başıyla hızlıca bir selam verdikten sonra birkaç adım geri gitti, yalnızca bir dakika sonra girdiği kapıdan gitmişti.

Çıkarken kapıyı kapattı. Tok bir tını zihnimde yankılandı.

"O kim?"

Sol yanımda kollarını göğsünde bağlamış, esmer bir kız dikiliyordu. Onu daha önce görmüştüm, okulun kız voleybol takımındaydı ve popüler tayfaya giriyordu.

Omuz silktim. "Yabancı biri."

Kaşları üzerinden mesaj veriyordu. "Birbirinize pek de yabancı gibi durmuyordunuz."

Ona baktım: Belki tek bir olaydan dolayı insan yargılamak dünyadaki en bencilce şeylerden biriydi ama elimde karakter analizi için yalnızca bu vardı. Onu bir keresinde maça girdikleri karşı takımın kaptanına spor salonunun dışındaki soyunma odası çıkışında psikolojik şiddet uygularken görmüştüm.

Ve öylece baktım. Yanından geçip giderken bir cevap vermedim. Belki de bu hareketlerim yüzünden çok fazla düşman biriktiriyordum, empati kurmak gerekirse az önce yaptığım kendimce tek olaylık karakter analizini onlar da bana bu hareketlerimden sonra uyguluyor olmalıydılar. Ne diyebilirdim ki? Kelimeleri ziyan ettiğini fark ettiğin an, sessiz kalmayı tercih ederdin. Karşındakinin gözlerinden fırlayan ünlem işaretlerinin bir gün bedenini deşeceğini bilsen bile.

Salon düzenlemedeki görevim bittiğinde İrem'in biraz daha kalacağını öğrendikten sonra eşyalarımı aldım ve salonun bulunduğu otelden ayrıldım. Kapıdan çıktığım an asfaltın renginin koyulaştığını gördüğümde fark etmiştim yağmur yağdığını ve kafamı kaldırdığım an otuz saniye altında dikilsem beni sırılsıklam edecek fırtınayla baş başa kalmıştım.

Ceketimi giyip kapüşonunu kafama geçirerek slow bir müzik eşliğinde otobüs durağına yürüdüğüm süre boyunca Pars'ın gelişini, bir tekliften bahsedişini ve ardından aldığı mesajla aniden çıkıp gidişini düşünüyordum. Ne teklif edeceği hakkında bir fikrim yoktu elbette ki fakat teklif geri çekilecek olsa da önce ne olduğunu duymak isterdim. O zaman kafamda bir dolu soru işareti ve sabahtan beri oradan oraya koşuşturan yorgun bedenimle eve gitmek için yürüdüğüm otobüs durağı yolunda ıslanıyor olmazdım. En azından, soru işaretleri kısmı olmazdı.

Otobüse bindikten sonra arka taraftaki boş koltuklardan birine oturmuştum ki, telefonum ceketimin cebinde titreşti ve elimi atıp onu çıkardım.

Kimden: Bilinmeyen Numara
Çok yüksekten uçuyorsun.

Çocuklardan biri benimle eğleniyor olabilir miydi? Geçen gece gelen kıçımı güvende tutmam hakkındaki mesajdan sonra kimden geldiğini biraz araştırmıştım ve hiçbir sonuca varamadığım için sinirlenip bütün gece ayakta kalmıştım ama sonuç sıfırdı, hiçbir şekilde kimden geldiği bilgisine ulaşamıyordum. En ufak bir adres, bilgi, operatör ismi bile yoktu.

İrem tek arkadaşımdı ve ona bu kadar detay bilgilerden bahsedememek beni deli ediyordu. Hiçbir şey anlatamıyordum, kendi kendime konuşursam belki kafamda kuyruk sallayan kedileri susturabilirim sanrısına düştüğüm bir gece olmuştu ama bu hiçbir işe yaramamıştı.

Sonuç olarak Dr. Lamen'in dediğine dönmek zorunda bırakıyordu hayat beni. Labirentin bütün kolları o lanet deftere çıkıyordu ve ben elime kalemi aldığım her akşam anksiyetemin saçlarını okşuyordum.

Otobüs yolculuğum boyunca kimin bana bu mesajları atabileceği yönünde kendimle bir tartışma içerisine girdim. Elimde yalnızca birkaç isim vardı: Ya Taylan ya da tayfası beni korkutmak istiyordu çünkü defter olayından sonra benden hoşlanmıyorlardı, ya da biri dalga geçiyordu. Okuldan biri. Pek sıcakkanlı biri olmadığımdan hayalet düşmanlar edinme potansiyelim hakkında sayfalarca tez yazılabilirdi doğrusu.

Eve geldiğimde yağmur boş odaların duvarlarında seksek oynuyordu, damlaların tok sesleri her yerdeydi ve gittikçe şiddetleniyordu. Bir şeyler yemek için dolabı açtığımda geçen gün aldığım köfteleri görüp biraz da patates çıkarmış ve hepsini fırına vermiştim.

Duş alıp üzerime rahat eşofmanlarımdan birini geçirdikten sonra salondaki televizyondan kutuplarla ilgili bir belgesel izlemeye başladım. Yemeğim bittiğinde sıkılıp kanepeye uzanarak bir şeyler karalamaya başlayacağımı biliyordum bu yüzden uykumun geleceği o anı beklemeye çalışıyordum ama saat daha çok erkendi.

Beş dakika sonra elektrikler gitti.

Ve ben de salonun ortasındaki koyu renkli kanepenin üzerinde, kör bir kâbusa gebe bir uykuya daldım.

"Nasıl olur?"

Kayra'nın üzerinde yeşil bir tişört ve kot şort vardı. Okulun bahçesinde çember oluşturmuş, voleybol oynuyorduk ki bize katılmıştı ve o an aklıma birkaç gün önce gerçekleşmiş bir olay gelmişti. Biri intihar etmişti. Tanışıyorduk.

"Adı Kayra, onun arkadaşı. Benden nefret ediyor olmalı."

Çemberin etrafında tanıdığım herkes vardı: İrem, Tolga, Taylan, Bahtiyar, yüzlerinde maske olan birkaç işadamı kılıklı adam, Dr. Lamen, balo salonunu düzenlerken etrafta dolanan mini kot etekli sarışın kız ve hatta bana çıkmadan önce soru soran, voleybol takımındaki esmer kız... Daha sonra Zamir'i ve Giray'ı da gördüm.

Herkes o kadar renkli giyinmişti ki. Ağaçların yeşilleri gözlerimi alıyordu, güneş yüzünden kafamı kaldırıp gökyüzüne bakamıyordum bile.

"Saçlarını kestirmiş."

Kendi kendime konuşuyordum. Sabahtan beri konuşan tek kişi bendim, ağzımı açtığımı hissetmiyordum ama sesimi duyuyordum.

Topu bana yolladıklarında manşet atmak istedim ama uzun süredir voleybol oynamadığım için top çemberden çıkıp başka bir yere gitmişti.

"Üç erkek kardeşi vardı, onlar nasıldır şimdi?"

Üç erkek kardeş?

Üç erkek kardeş.

Kayra, Giray ve Zamir olabilir miydi bu üç kardeş? Neyden bahsediyordum ben?

Daha sonra kulaklarım uğuldadı. Etraf hâlâ aydınlıktı ama sanki güneş batmıştı. Ellerim ve ayaklarım buz kesilmişti, hâlâ çemberin içinde topun elden ele dönüşünü izliyordum; bir marketin önündeydik ve yan tarafımızda park vardı artık. Okulun bahçesi kaybolmuştu.

Topu bana attılar ama ellerim kıpırdamadı. Yan tarafta, inşaatın duvarlarından birinde yazılı olan ***cehennemde kaybolmuş cennetin çocukları*** *yazısının önünden jet hızıyla geçen bir arabanın gürültüsünün kırıntıları etrafa dökülmeye başladığında sağırlık geçiriyordum.*

Gökten yere küçük, siyah, kuş tüyleri dökülüyordu. Kara bir kedi ayaklarıma kapanmış durmadan miyavlıyordu. Çemberin etrafındaki kimse artık voleybol oynamıyor, yalnızca öylece dikiliyordu. Sanki cenazede gibiydik. Sanki birazdan tabutu sırtlamaya gidecektik. Sanki biraz daha açsam gözlerimi, kaldırsam kafamı göğe; yeniden aşağı indirdiğimde gördüğüm manzara okulun bahçesi ya da bir parkın yanındaki marketin önü değil de mezarlık olacaktı.

Hıçkırıklar duydum. Üzgün bir melodi hıçkırıkların ardından insanın kucağında nahoş bir tınıya ev sahipliği yapıyordu, ya da hayır; ağıt o kadar hüzünlüydü ki piyanonun tuşlarından gelen narin melodiler duyulmuyordu.

Küçük bir kız ağlıyordu.

"Neden intihar etti?"

Uyandım.

Yağmur damlaları pencerenin camlarını dövüyor, duvardaki eski saatin yelkovanı; akreple girdiği savaştan bir türlü galip gelemiyordu.

Kirpiklerim birbirine yapışmıştı. Ağlarken uyuyakalmış gibi

hissediyordum ama öyle bir şeyin olmadığına emindim. Yine de leş gibi hissettiğimden kendimi kalkmaya zorladım.

Üşümüştüm. Epeyce.

Doğrulup yüzüme gelen saçlarımı geriye iterek gerindiğimde saatin gecenin bir yarısı olduğunu fark ettim, çok erken uyuyakaldığım için bugünkü uyku seansım buraya kadardı demek ki.

Ayaklarımı koltuktan aşağı sarkıtıp ışıkları açtım ve merdivenlerden yukarı çıkıp temiz kıyafetlerle beraber duşa girdim. Sıcak su bedenimi gevşetmişti. Bir süre alnımı duvara yaslayıp yalnızca sıcak suyu hissettim ve hiçbir zaman böyle sarınılmadığım hissiyle baş başa kaldım.

Bunun ihtiyacını duyduğumdan değildi, gerçi öyle olsa bile bunu ne kendi içimde ne de dışarıdan yüksek sesle kabul ederdim ama izledikçe hissetmeyi talep ediyordunuz. Yalnızca, bir banka ya da sahildeki kayalıklara oturup etrafa bakarsanız ya da bisikletle sahil şeridinde ilerlerken insanları izlerseniz içinizde filizlenmek için yanıp tutuşan, hatta öyle ki küle düşen o histen bahsediyordum. O his o kadar narindi ki, avuçlarınızda eriyip giderdi. Ya çok sıkı tutardınız ve ellerinizde can verirdi, ya da yeterince güvende tutamazdınız ve giderdi. Sadece, giderdi işte. O hissi görebildiğinizde, tatmak, avuçlarınızın içine alıp kendinize göre biçimlendirmek isterdiniz. İşte bütün acı burada başlıyor, kirpiklerinizin diplerinde bitiyordu: Çünkü o his kıpkırmızı bir güle benziyordu. Görüyor, dalından koparıyor, eve götürüyor, beslemeye çalışıyordunuz. Bir gün, iki gün, üç gün... Yaprakları dökülüyordu. Dal tamamen kuruyordu ve zayıflıyordu. O güller dikiş tutmuyordu.

Ben yamalı bir insandım. Küçükken başlamıştım iplik uzatmaya, kendi iğnemi kendi gözyaşlarımdan yaratmıştım. Işıkları kapatır, odamın en ücra köşesine kıvrılır, dizlerimi kendime çekerek kafamı gömerdim ve kendi kendime sarılırdım. Annem ne zaman buzdolabının üstüne magnetle yakında döneceğini söyleyen bir not bıraksa, kâğıdı alır parçalardım.

Bir süre sonra o kâğıtlardan uçak yapmayı öğrenmiştim. Belki çatıya çıkar, o uçak yaptığım kâğıtları gökyüzüne doğru uçurursam içindeki acı da onlarla beraber gider sanırdım.

Üvey babam ne zaman anneme kızdığında bana laf çarpıtsa annem de bana sinirlenirdi, onun zihinsel olarak sağlıklı biri olmadığını o yaşlardayken bile biliyordum ama kelimelerini ucuna iliştirdiği oklar tamamen zehirliydi ve her seferinde küçük bedenime tam on ikiden isabet ederdi. Onlar bütün gün o yaraları açarlardı, ben de bütün gece karanlıkta dikerdim. Belki gerçek bir iğne ve iplikle diksem bedenimi daha az acırdı biliyordum, kilerdeki eski dikiş makinesini keşfettiğim gün cam kenarındaki zımbadan öğrenmiştim bunu.

Ne olursa olsun yaralar açıkta kalmamalıydı, iğnen yoksa tırnaklarınla; ipin yoksa saç tellerinle dikmeliydin yaralarını. *Bana bunu sen öğretmiştin anne.*

Kurulanıp kıyafetlerimi giyerken aynanın buğusuna gözlerim takıldığında, yavaş yavaş üzerine kara bir sis çöken zihnim aydınlanmaya başlamıştı. Gördüğüm kâbusun etkisini hâlâ sızlayan kemiklerimde hissedebiliyordum. Çemberi, nerede dikildiğimi, neler söylediğimi hatırlıyordum. Tanıdığım herkesin beni çevreleyişini ama intiharın tiz çanları çalmaya başladığında orada olmayan tek bir kişiyi fark edişimi.

"Neden intihar etti?"

Pars.

Oydu. Rüyamda *intihar* etmişti.

Islak saçlarımı taradım ve havluyla iyice nemini aldım. Kurutmak istemiyordum, o makineyi çıkarıp fişe takmaya çoğu zaman gitmiyordu ellerim çünkü çok gürültü yapıyordu ve ben artık bu evde gürültü duymak istemiyordum.

Fakat banyonun kapısını açtığım an duyduğum tam olarak buydu.

Biri deli gibi zile basıyor, kapıyı resmen yumrukluyordu. Merdivenlerden hızla aşağı inerek kapının önüne koşturdum ve delikten kim olduğuna baktım.

Kalkavan.

Bu yasal mıydı?

Kapının kilitlerini açıp kendime doğru çektiğimde dışarının soğuğu bir anda üzerime hücum etmişti. Karşımda dikiliyordu, omuzları hızlı nefes aldığı için sürekli inip kalkıyordu. Saçları ıslanmıştı, deri ceketinden aşağı damlıyordu damlalar. Üzerinde kot bir pantolon, kapüşonlu ve ceket vardı yalnızca.

Bu yasal mıydı? Böyle görünmesi yasal mıydı?

Kafasını kaldırdı. Beni tamamen görmüyor gibiydi, mavi okyanuslar yalnızca omuzlarımın üzerinden arkama bakıyor ve evi süzüyordu. "Neden telefonunu açmıyorsun?"

Böyle hissettirmesi yasal mıydı?

Kaşlarımı çattım. "Ne demek istiyorsun?"

"Telefonun kapalı." Ciddiydi. Bakışlarını pek de iyi sıfatlarla betimleyemeyeceğim kesindi, bir şeyler olmuştu.

"Bir şey mi oldu?" Geri çekildim. "İçeri girsene, ıslanıyorsun."

Geri çekildiğim an içeri girdi ve elini saçlarından geçirdikten sonra bir süre ensesinde tutarak etrafa baktı. "Bir ses duydun mu? Ya da bir gölge gibi bir şey gördün mü? Garip bir şey oldu mu?"

Ne düşünmeliydim? Paranoyalarım geri geliyor olamazdı, seçtiği kelimelerden çok kötü anlamlar çıkarabilirdim. Bana karşı açık konuşmalıydı. "Hayır. Ben..." *Ne yapmıştım?* "Ben uyuyordum."

"Siktir, ne?" Gözleri sonuna kadar açılmıştı. Yutkundu. Dudaklarını kıstırdı.

"Pars ciddiyim, ne oluyor? Seçtiğin kelimeler bomba gibi, pimini çekip ellerime bırakıyorsun ve kullanma kılavuzu yok."

Eliyle yüzünü sıvazladı. Salonumun ortasında öylece dikiliyordu. Sakinleşmişti. "Seni takip ettirdiğimi biliyorsun."

Kafamı salladım. Elbette. Öğrendiğime göre herkesi takip ettiriyordu. Bunun gibi garip fantezileri mi vardı? Onu iyi tanımıyordum, başka neler öğrenecektim acaba?

Dudaklarını yaladı. "Bir saat kadar önce evinden birinin elini kolunu sallaya sallaya çıktığını söyledi. Girdiğini görmemiş, ışıklar hep kapalıymış zaten. Sonra sen açmışsın ve evde olduğunu anlamış. Çıkan kişi şüpheli görünüyormuş, siktiğimin herifine sadece izlesin diye para ödüyorum sanki."

"Küfretme," diye mırıldandım ama ufak bir şok dalgası beynimde filizlenip şimşekleri çaktırdığında ağzım ve gözlerim otomatik olarak açılmış ve bir noktaya odaklanmıştı, yalnızca algılamaya çalışıyordum. Ben bu kanepede öğlenden beri uyumuş, hayır tam anlamıyla sızmıştım ve biri evime girmişti; daha sonra da elini kolunu sallaya sallaya çıkmıştı öyle mi?

"Pars." Gözlerimi kapatıp bir saniye kendime zaman tanıdım. Ardından geri açtığımda onun mavi okyanuslarına bakıyordum: Bir saniyeliğine sahil kenarındaydım. Yalnızca bir saniye. Hava kapalıydı, rüzgâr esiyordu ve dalgalar kayalıklara öfkeyle çarpıyordu. Eğer oradan çıkıp gitmezsem, her seferinde daha da ileriye uzanabilen bu hırçın dalgaların kurbanı olabilirdim ama ayaklarım kımıldamıyordu. İncecik giyinmiştim, hava çok soğuktu ve donuyordum ama dönüp de sıcak evime gitmek istemiyordum.

Yalnızca bir saniye.

"Birkaç gündür kimliği belirsiz birinden mesajlar alıyorum."

Çatılı kaşları önce gevşedi, muhtemelen söylediklerim zihninde teker teker anlam kazanırken kafasının üzerindeki ampülün tam olarak yanmasını bekliyordu ama ben o ampülün çoktan patladığını görebiliyordum. Buradaki nokta şuydu: Neden bu kadar sinirlenmişti? Zaten bana güvenmiyordu ve uğraşacak o kadar işin arasında bir de benim başını ağrıttığımı mı düşünüyordu?

"Ne?"

Yutkundum ve masanın üzerindeki telefonumu aldım. Şarjı bitmişti. Çekmecede şarj aletini çıkarıp hızlıca prize taktım ve telefonumun açılmasını bekledim. Ekran geldiğinde hızlıca mesajlara girmiştim. "Bilinmeyen numara olarak geliyor mesajlar, kısa ve bilmece gibi. Ben kimden geldiğini bulmaya çalıştım ama gönderen kişi ya profesyonel ya da profesyonel biriyle çalışıyor çünkü hiçbir şey bulamadım. Tek bir iz bile ve-" Durdum. Mesajların olduğu kutuma bakıyordum doğrudan ve boştu. Operatör mesajları ve İrem'den başka kimse yoktu. Bilinmeyen numaranın mesajları *yoktu.*

Pars, yaşadığım şaşkınlığı fark ettiğinde yanıma gelip ekrana baktı. "Ne oldu?"

"Mesajlar yok." Kafamı kaldırdım. "Gitmiş. Nasıl olur?"

"Emin misin?"

Ekranda yukarı aşağı kaydırıp bütün mesajlara bakıyordum. "Evet. Yani ben-"

"Silmiş olabilir misin?"

"Hayır!" Kaşlarımı çattım ve ona baktım. Ne düşünüyordu ki? "Hayır tabii ki! Neden sileyim?"

Gözlerini kapatıp şakaklarını ovdu ve kollarını göğsünde birleştirdi. "Liva dinle, ben... Seni burada bırakamam. Belli ki eve giren öylece bir bakıp çıkmamış."

Kaşlarım gevşedi. "Ne demek istiyorsun?"

"Çok açık ki biri seni tehdit ediyor ve kim olduğunu öğrenip onu indirene kadar bu evde kalamazsın. O eve giren piç kurusu her kimse ne amaçla geldiğini bilmiyoruz, bir kere girdiyse bir kere daha girebilir. Yani sen, orada öylece uyuyordun ve o... Evde dolaşabiliyordu." Yüzünü sıvazladı. Nemli saçlarından artık damlalar damlamıyordu. "Bu iş bitti. Ciddiyim. Artık seni hiçbir meseleye karıştırmıyorum. Tehdit olayı çözülene kadar da sana kalacak bir yer bulmalıyız."

Yüzümü sıvazladım. "İşlerin bu raddeye gelebileceğini bilmiyordum."

"Bu yüzden," dedi, tek seferde ıskalamadan kafasını kaldırıp tam olarak gözlerimin içine bakarken. "Bizimle çalışman fikrine karşı çıktım. Belki bilgisayarları çökertip yararlı bir şeyler çalabilirsin ama kendini bunların bedellerinden koruyamazsın."

Kaşlarımı kaldırdım. "Yani, yardım etmek istediğim için suçlu olan yine ben oldum."

Ellerini ve kaşlarını aynı anda kaldırınca gözlerimi devirdim.

"Bana gözlerini devirme."

Histerik bir şekilde güldüm. "Yoksa?"

Durdu. Kaşlarını çatmıştı. Kafasını salladı. "Eşyalarını topla."

"Bilmeni isterim ki tek bir arkadaşım var, o arkadaşımın da ailesinin katı kuralları var ve saat gecenin bir yarısı... Hiçbir yere gidemem. Bu konuyu yarın konuşalım."

Öylece gözlerime baktı ve ardından dilini dudaklarını üzerinde gezdirip bir süreliğine gözlerimi kapattı. "Tamam, o zaman başka çaremiz yok. Eşyalarını topla."

"Beni nereye-"

"Lütfen yalnızca eşyalarını topla, *Liva*."

Adımı üstüne bastırarak kullandığında adımlarımı merdivenlere yöneltip söylediklerine itaat etmekten başka bir çarem yoktu. Ne kadar gizlemeye çalışsam da evime ben uyurken birisinin girmiş olması fikri beni deliye döndürüyordu ve onun çözümüne ayak uydurmak yerine dakikalardır içeride yaptığım tek şey cümlelerine saldırgan bir tavırla cevap vermek olmuştu.

Odama girdiğimde dolabımın üstündeki büyük, kahverengi deri çantayı çıkarıp içine okul formamı koydum. Ardından gerekebilecek şeyleri de ekledim ve bulduğum en kalın, beni en çok sarabilecek kapüşonluyu giyip nemli saçlarımı kapüşonuyla kapattım. İşim bittiğinde Pars salondaki koltuklardan birine oturmuş, kafasını geriye atmış bir şekilde tavanı izliyordu.

Adım seslerini duyunca ayağa kalktı. Yanıma gelip çantayı aldıktan sonra kapıyı açmıştı ki çıkmadan önce, "Nereye götürüyorsun beni?" diye sordum. Kapıyı kapattığında hızlıca kilitledim. Yağmur yağmaya devam ediyordu.

"Boş bir ev," dedi. "İstediğin kadar kalabilirsin. En azından şu mesele çözülene kadar."

Kaşlarımı çattım. "Boş bir ev?"

Kafasını sallarken siyah bir cipin kapısını açıyordu. "Göreceksin."

İçeri girip oturmadan önce, "Kaç tane araban var senin?" diye mırıldandım. Ön koltuğa geçtiğimde kapıyı kapatıp elindeki çantayı arka koltuğa atışını ve ön koltuğa binişini izledim. Gaza bastığında camlara sicim gibi vuran yağmur yüzünden hiçbir şey görülmüyordu, silecekler sürekli çalışıyordu.

Kafamı geriye yaslayarak gözlerimi kapattım. Bir süre öylece bekledim. Uzun zamandır tek yaptığım şey buydu, beklemek. Kararlarımın arkasında durup sorumluluklarını seve seve kabul etmekti yaptığım ama eskiden daha kolaydı. Bu iş gittikçe zorlaşıyordu ve ben zaman geçtikçe aslında tatlılarla dolu bir masaya oturan şeker hastası gibi hissetmeye başlıyordum. Bir dilim pasta, çikolatalı kek, kurabiye... Hepsi çok tatlı geliyordu ısırdığında. Çiğneyip midene yolluyordun ve o hazzı yaşıyordun ama o masadan elbet bir gün bir nedenden dolayı kalkacaktın ve işte o zaman aslında oturduğun süre boyunca zehirlendiğini anlayacaktın.

Bir süre sonra sinir bozucu olmaya başlayan sessizliğin görünmez elleri boğazıma yapışmaya başladığında, "İrem'in babasıyla ilgili ne çıktı?" diye sordum, uzun zamandır aklımdaki konuyu dile getirerek. Tolga ve ailesinin, yani babası Taylan'ın İrem'in ailesiyle yemek yediği aklıma geldikçe tüylerim ürperiyordu.

"Bir şeyler var gibi," diye mırıldandı korktuğum cevabı vererek.

Oturduğum koltukta dikleşip kaşlarımı çattım. "Nasıl yani? Ne demek bir şeyler var gibi?"

"Adamın para giriş çıkışlarını kontrol ettim, son zamanlarda aldığı davaları ve verdiği kararları. Dürüst bir bölge savcısı gibi davranmıyor, bir şeyler gizliyor."

Ellerimle yüzümü sıvazladım. "Hayır..."

"Böyle bir şeyin çıkmasını beklemiyordun değil mi?" diye sordu. "Ama sıkma canını çünkü Tolga, İrem'e o anlamda yaklaşmıyor."

Kafamı kaldırıp yüzüne baktım. Kırmızı ışıkta durduğunda sokak lambasının loş ışığı yüzüne vurmaya başlamıştı, keskin yüz hatları aydınlanıyordu. "O anlamda yaklaşmıyor mu? Ne demek istiyorsun?"

"Eğer İrem'i avucuna düşürmek isteseydi çoktan yapardı ama yapmıyor, muhtemelen Taylan ve İrem'in babası Köksal'ın arasındaki ilişkiyle alakalı. Liva, bunu söylediğim için üzgünüm ama..."

"Ama ne?"

Yeşil ışık yandığında tekrar gaza bastı ve önüne döndü. "İrem'in babası, Köksal denen adam, gizli ortaklardan biri olabilir."

Aldığım nefes ciğerlerimde kilitlendi. "Bu pislik bize en başından beri bu kadar yakın mıydı yani?"

"Çok iyi gizleniyorlar, değil mi?" Hafifçe gülümser gibi oldu ama bu daha çok acı bir gülümsemeydi. "Gizlenirler. Ruhun duymaz. Hiç beklemediğin insanlardan gelir en büyük darbe. Ellerin ne kadar büyükse o kadar koruyabilirsin başını, kolların ne kadar uzunsa o kadar çekebilirsin sevdiklerini yanına."

O an Pars'ın başka bir şeylere aklının kaydığını hissetsem de arabanın bir güvenlik şeridinin önünde durduğunu fark ettiğimde çenemi kapalı tuttum. Pars camını indirdi, onu gören güvenlik görevlisi bir şey söylemek için açmış olduğu ağzını geri kapattı ve yalnızca şeridi kaldırdı. Cip asfalt yolda çıt çıkarmadan ilerlerken bir süre sonra yağmur kesilmişti, kapalı bir alana girmiştik. Kapalı bir otoparka.

Arabayı tek seferde park ettiğinde, "Geldik," diye mırıldanıp kapısını açtı ve indi. O arka koltuktan çantayı alırken ben de güvenlik kemerimi çözüp dışarı çıkmıştım. Kapıyı kapattığımda arabayı kilitledi ve yanıma gelip asansöre doğru ilerlemeye başladı. Onu takip ettim.

Aslında en başından beri en çok sormak istediğim soru bu işe her birinin nasıl girdiğiydi çünkü ne zaman bunun bir aptallık olduğunu söylesem sinirleniyordu. Bunu fark ettiğimde, bir noktadan sonra artık hiçbir şey bilmeden işlerine karıştığım için kendime sinirlenmeye başlamıştım. Kısır bir döngü gibiydi, elini uzatan bırakın kolunu; ruhunu koparamıyordu.

Asansörün kapıları açıldığında aynı anda içeri girdik. 33. kata tıkladığında neredeyse aklımı kaybetmek üzereydim. "Doğru sayılara mı tıkladın sen az önce?"

Yandan bir bakış attı.

"33. kata mı çıkarıyorsun beni?" diye bağırdım istemsizce ve pozisyonumu aldım asansöre tutunarak. "Hayatta çıkmam. İndir beni."

Kahkaha attı. "Ne yapayım, havalandırma boşluğundan kucağımda seninle atlayıp arabada mı yatayım?"

"Sokakta yatarım yine de 33. kata çıkmam!" Asansörün tuşlarının önüne geldim. "Nasıl durduruyorsun bunu?"

"Durdurmuyorum," diye mırıldandı elini bileğime sarıp beni geriye çekerken. Hemen ardından asansör de durdu ama kapıları açılmıştı.

Tam önümüzde camdan bir hol uzanıyordu ve o kadar yukarıdaydık ki bütün şehrin ışıklarını buradan görebiliyordum. Çok yakın olduğumuzu düşündüğüm elektrik yüklü kara bulutlardan birinin üzerinde ışıldayan şimşek beni adım atmaktan vazgeçiren şey olduğunda Pars umursamadan ileriye doğru yürüdü ve bileğimi tuttuğundan ben de onunla beraber ilerledim. "Bu bir illüzyon."

"Bu 21. yüzyıl teknolojisi," diyerek sağa döndü ve koca holdeki tek kapıya ilerledi. Kapı ihtişamdan uzak bir gri tonundaydı. Buzdolabına benziyordu. Pars üzerindeki kutucuğa bir şifre girdikten sonra mekanik bir sesle kapı açıldı ve araladığı gibi içeri girip beni de peşinden sürükledi.

İçeriye girip kapıyı kapattığında sonunda bileğimi bırakmıştı. Işıklar biz içeri girdiğimiz anda kendiliğinden yanmıştı.

Etraf çok... lükstü. Lüks ama sadeydi. Mutfağı Amerikan tarzıydı, bütün salonun neredeyse bütün duvarları camdandı ve insanın ilerleyip aşağıya bakmak istemeyeceği bir türden manzarayı ayakları altına seriyordu.

Bir şimşek daha çok yakın bir yerde çaktığında hiç düşünmeden, "Pekâlâ bu kadar yeter ben evime geri dönüyorum," dedim tek nefeste ve geriye döndüm ama kapıya ilerleyemeden Pars önüme geçti ve gözlerimin içine bakarak kaşlarını kaldırdı. "O kadar yol getirdim seni, hiçbir yere gitmiyorsun."

"Bırak burada uyumayı, nefes bile alamam ben," diye homurdandım. "Bak, istediğin cambazlığı söyle sana gözlerim kapalı yapayım ama hiçbir şeyden korkmuyorum şu dünyada yükseklikten korktuğum kadar."

Gerçi bu korku listesine yeni eklenmiş bir aday vardı ki, birinciliğe oynuyordu ve çok iddialı sayılarla yükseliyordu.

"Tamam," dedi nefes vererek. Ardından ilerleyip duvardaki bir düğmeye bastı ve iki metreden uzun olduğunu düşündüğüm koyu renk perdeler camdan duvarlara kapandı. Geriye doğru bana döndüğünde ellerini kaldırmıştı. "Oldu mu?"

Omuzlarım istemsizce çöktü. "Oldu... *Gibi.*"

"Gibi mi?"

"33. kattayız," diye mırıldandım inanmak istemezcesine yere çökerken. Ellerimle yüzümü sıvazladım. Yüzümün solduğuna bahse girebilirdim. "Bu kadar gelişmek dünyaya çok zararlı, insanlar kafayı üşütmüş. Neden o kadar geniş alan varken en az 33 katlık bir gökdelen dikerler ki?"

"Sakin ol, eğer bu seni rahatlatacaksa burası çatı katı."

Söylediği şeyle kendimi yere atıp dehşetle ona baktım. "O şimşeklerden biri tam şuraya," diye söylendim işaretparmağımla tavanı işaret ederken. "Tam şuraya düşerse ne yapacaksın? Ha? Üstelik bu şehrin havası hep böyle!" Yüzüme gelen saçları geri çektim. "Ben kaldırırdım İrem'i ya, Köksal Amca da mafyaysa mafya gecenin üçünde kapısına dayandım diye çekip vuracak değil ya beni!"

Pars kafasını yana eğip kaşlarını kaldırarak üzerime doğru yürümeye başladığında, "Sen saçmalamaya başladın iyice," diye homurdanmıştı. Eğilip elimden tuttu ve beni ayağa kaldırdı. Çantamı da alıp bizi salonun ortasından geçirdiğinde ellerim titriyordu. O da bunu fark etmişçesine bir an dönüp elime bir bakış attı ama ilerlemeye devam etti. "Senin gibi bir kızın yükseklikten bu kadar korkması kadar saçma bir şey yok."

Ben de o sırada ellerinin büyüklüğüne odaklanmıştım. Uzun parmakları kemikliydi ve benim ellerim arasında kaybolmuştu.

"33 katlı bir gökdelen dikmek yasal mı? Nasıl buna izin verebilirler?"

Koridorun sonundaki kapıyı açarken elimi bıraktı. "İstersen tapu senetlerini falan da göstereyim."

Şakasına gözlerimi devirerek cevap verdiğimde kafasını olumsuz anlamda sallayıp ışıkları yaktı. İçeride çift kişilik bir yatak, masa, dolap ve vazo gibi büyüklüğünü kaplayacak eşyalar vardı. Her şey beyazdı. "Burada kalabilirsin. Numaram sende var, bir şeye ihtiyacın olursa ararsın. Dolap en son baktığımda doluydu ama yine de çıkmadan kontrol edeceğim."

Odanın tam ortasında durmuşken ona döndüm. "Pars, burası kimin evi?"

"Benim," diye mırıldandı.

Kaşlarımı kaldırdım. "O zaman sen nerede kalacaksın?"

"Bizim çocuklardan birinde."

Gözlerimi büyülttüm. "33. kattaki bir dairede kalıyorsun ama tek bir yatak odası mı var?" Bir yandan da içeriyi işaret ediyordum. "Eminim oralarda bir yerlerde bir yatak daha vardır. Ayrıca geçen sefer bir apartmanda yaşadığını söylemiştin."

Hatırlıyordum. Birlikte yemek yedikten sonra bir apartmanın önünde durmuştuk, kâküllü bir kız yaşıyordu orada. Kız arkadaşı zannetmiştim.

Ellerini ceketinin cebine soktu. "Birçok dairem var. Hem ben başka bir yerde kalabilecekken uygun olmaz, rahat rahat dolanırsın işte. Son sınıf değil misin sen? Otur ders çalış."

"Ama bu çok saçma-"

Gözlerimin içine bakıp bakışlarımı yakaladığında, "Bir kere de lafımı itiraz etmeden dinlesen," diye mırıldandı kafasını olumsuz anlamda sallarken. "İnan her şey daha kolay olurdu."

"Benim de bunu dilediğim zamanlar oluyor, Kalkavan."

Soyadının dudaklarımdan ilk defa sesli çıktığını duyduğunda dudaklarına bir tebessüm kondurdu. O tebessüm, o dudaklara o kadar yakışmıştı ki bir an gözlerimi tekrar yukarı kaldıramayacağımı zannetmiştim. "O zaman neden her şeyi birbirimiz için kolaylaştırmıyoruz?"

Yutkunmak zorunda kaldım. Neyden bahsediyordu?

"İyi geceler, kedi surat."

Kapıyı kapatıp beni odada yalnız bıraktı. Sözlerinden kullanmak üzere seçtiği kelimeleri bir dil bilimciymiş gibi zihnimde bölük pörçük ederken kapının açılırken çıkardığı sesi tekrar duymuştum. Muhtemelen gitmişti.

Birkaç dakika sonra ben odayı süzerken telefonuma bir mesaj geldi.

Gönderen: Pars Burnu Havada Kalkavan

Söylemeyi unuttum. Şifre: 300800
İyi geceler. :)

Bir an perdenin aralığından sızan şehrin ışıklarına gözüm takılırken odayı süzmek için kafamı geri çevirdiğimde o klişe cümleyi mırıldanırken bulmuştum kendimi. "Sahiden iyi mi geceler, Kalkavan?"

Ve öylesine söylediğim bu cümle, o geceki intihar ipim olarak boynuma dolanmıştı.

Her ne kadar alışmak ve neler olduğunu kavramak için bir süre yatakta öylesine oturup düşünsem de sonunda çantamda getirdiğim pijamalarımı giyip dişlerimi fırçaladıktan sonra ışıkları kapatarak yatmak zorunda kalmıştım.

Yastık ya da yatak onun gibi kokmuyordu, zaten bu odanın

onun odası olmadığı açıkça belliydi. Diş fırçasını ve macunu alırken bir ara perdeleri aralayıp dışarıya bakmıştım, dışarıda kıyamet kopuyordu ama içeriye hiçbir ses girmiyordu. Kendi evimde olsam şimdiye yağmurun sesinden bir ritim bile tutmuştum.

Küçükken öyle yapardım. Annem akşam eve gelmediğinde ve üvey babam sarhoşken odama girdiğinde. Karanlık, kötü kokan ve tozlanmış eşyalarla kaplı, farelerin etrafta cirit attığı çatıya çıkıp yağmurun sesini dinler ve kendime çektiğim dizlerimin üzerine kapanırdım. Ne zaman kendi kendime geçeceğini, gideceğini, sabah olacağını ve onun hiçbir şey hatırlamayacağını söylesem ağlamaya başlıyordum ve beni duyup nerede olduğumu bulabilme ihtimali küçük bedenimi titrettiğinden ufak krizler geçiriyordum. Ufak ama sessiz krizler.

Ardından çoğu geceyi bayılarak deviriyordum. Sabah kalktığımda okula geç kalmış ve uykusuz oluyordum, ağrılar dayanılmaz olduğunda ağrı kesici ilaçlara başvuruyordum o yaşta.

Bir keresinde masamda ödev yapıyordum ve geldiğini duyamayacağım kadar sessiz hareket ettiğinden beni köşeye kıstırmıştı.

O günün hatıraları ucu sivri, zehirli bir iğneymiş gibi göğüs kafesimin içindeki kalbimde yabani bir ot gibi bittiğinde yanımdaki yastığı bacaklarımın arasına alıp cenin pozisyonunda sarıldım ve gözlerimi kapatıp bir an önce sabah olması, havanın aydınlanması için dua ettim.

Sabah olduğunda telefonum bir yerlerde çalıyordu. Bu ses alarmın sesiydi, bu da demek oluyordu ki okul vaktiydi ama benim gözümden uyku akıyordu. Gram uykumu alamamıştım, bütün gece dönüp durmuştum.

Kalkıp telefonumu ararken bir süre dün gece neler olduğuyla ilgili düşünüp yeni yeni uyanmaya başlayan aklımı dizginledim. Ardından telefonumu bulup alarmı kapattım ve odadan çıkıp dün akşam rastgele girdiğim ilk kapının ardında bulduğum lavaboya yürüdüm. Yüzümü soğuk suyla yıkayıp iyice uyanmamı sağladığımda artık nerede olduğumu idrak edebiliyordum.

Pars'ın evindeydim. *Onun* evinde. Ve o yoktu çünkü ortalıkta rahat dolanmam ve ders çalışmamla ilgili bir şeyler zırvalayıp ortadan kaybolmuştu.

Dün gece evime giren yabancıyla ilgili zihnim bir anda balon gibi şiştiğinde çantamı açıp okul formamı çıkardım ve yavaş hareketlerle giydim. Aklım sürekli Pars'ın evinde olduğum gerçeğine kayıyordu ve düşünceler devamlı dağılıyordu bu yüzden oturup da bir konu hakkında kaliteli bir şekilde bir sonuca varamıyordum cidden.

Üzerimi giyindikten sonra ceketimi ve çantamı alıp salona geçtim, mutfak gözüme sırıtıyordu. İlerleyip istemsizce buzdolabını açtığımda tıka basa dolu olduğunu gördüm ama elim bir şey yemeye gitmiyordu. Bana evini açtığı yetmiyormuş gibi bir de dolabındakileri süpürmek istemiyordum.

Dişlerimi fırçaladıktan sonra telefonumdaki şifreyi yazdığı mesajı kontrol edip daireden dışarı çıktım. Perdeleri açıp gündüz gözüyle dışarıya bakmamıştım bile, koridordan asansöre doğru yürürken de kafam hep aşağı eğikti. Yine de bu katta yalnızca bir daire olduğunun farkına varabilmiştim. Zaten evin olağanüstü büyüklüğünden de açıkça belliydi ki burası normal dairelerin süit versiyonu gibi bir şeydi.

Aşağı indikten sonra güvenlikten geçip caddeye doğru yürüdüm. Burası neresiydi bilmiyordum, okula nasıl gidebilirdim hiçbir fikrim yoktu.

O sırada bana doğru yürüyen turuncu kafalı Bay Ginger'ı fark ettim. Maskeli balo gecesi Pars'la konuşan, takım elbiseli adamdı ve hâlâ takım elbise giyiyordu. Yanıma ulaştığında, "Liva Uz?" diye sordu.

Kaşlarımı çattım. "Siz?"

"Beni Pars Bey gönderdi, sizi okula bırakmakla görevliyim."

Pars'ın izinin geçtiği her anda olduğu gibi bir alın egzersizi daha yaparak kaşlarımı kaldırdım. "Nasıl?"

"Lütfen arabaya gidelim," diyerek ileriyi gösterdi. Güvenliğin önüne park edilmiş, kocaman, siyah bir cip vardı. Beni yönlendirip ilerlemeye başladığında şaşkınlıktan ne yapacağımı bilmediğimden ben de peşinden gidiyordum. Arabanın önünde durduğumda arka kapıyı açıp girmemi beklemiş, ben girdikten sonra da kapıyı kapatmıştı.

Ön koltuğa bindiğinde gaza bastı. Caddede hızla ilerleyip

doğru yola girdiğinde, "Okulumun adresini biliyor musunuz?" diye sordum.

Aynadan göz teması kurdu. "Elbette."

Kaşlarımı kaldırarak geriye yaslandım. Eğer dehşet zengin olsaydım, muhtemelen mutfağa gidip kendime kahvaltı hazırlamaya bile üşenirdim çünkü etrafta bunu benim için yapacak insanlar olurdu. O zaman günlük aktivitelerim yatakta yatmak, koltukta yatmak, yerde yatmak gibi aşırı kondisyon ve konsantrasyon gerektiren şeylerden oluşurdu.

Okuluma yakın bir yerlerde göçmen olduğu için adını telaffuz edemediğim Bay Ginger'a ricam üzerine indiğimde ve o canavar gibi cipten inerken görülmekten kurtulduğumda kendimi fen derslerinin kollarına attım. İrem bütün gün yönetim kurulunu baloya ayrılan bütçenin arttırılması için ikna etmeye çalışmıştı, ben de sınıftan hiç çıkmayıp test çözmüştüm.

Okul bittiğinde İrem, okulun önünde duran ve babasının onun için gönderdiği BMW'ye binip eve doğru yol aldığında ben de Bay Ginger'a evin adresini sormak için mesaj atmak üzereydim ki telefonumun kilidini açtığım an mesaj kutumda yanan simgeyle kaşlarımı çatıp üzerine tıkladım.

Gönderen: Bilinmeyen Numara

Bir saat içerisinde evinin yukarısındaki caddede, ışıkların arkasındaki depoda ol.

"Liva Hanım?"

Bay Ginger'ın sesini duyduğumda henüz mesajı idrak edememiştim ki şaşkınlıkla kafamı kaldırdım.

Bay Ginger, canavar ciple beraber karşımda duruyordu. Arabadan inmişti, önümde dikiliyordu.

"Ee-" Bir şey söyleyemeden etrafa bakmaya başladım ama ilgi çekici hiçbir şey yoktu. Her yer formalı öğrencilerle doluydu, üstelik burası bir caddeydi. Arabalar geçiyordu, kafelerde insanlar oturuyordu. Kimi aradığımı nasıl bilebilirdim?

"Bir sorun mu var?"

Pars'ı aramalıyım. Mesaj kutusundan çıkıp rehberime girdiğim sırada telefonum yeniden titredi.

Gönderen: Bilinmeyen Numara

O güzel, ince parmaklarını Kalkavan'ın numarasının üzerinden çek, tatlı kız. Küçük sırrını biliyorum.

İşte bu, bir problem olabilirdi. "Şey, benim evime gidebilir miyiz? Bir şeyi unutmuşum da, yarın okul için gerekli."

Bay Ginger geriye gidip arka koltuğun kapısını açtı ve "Elbette," diye mırıldandı. Çok sert bir mizacı vardı, asla gülümsemiyordu.

Bay Ginger'a yolu tarif ettim ama o zaten biliyordu, bir an benim hakkımda ne kadar bilgiye sahip olduğunu düşündüm ama ardından Pars'ın yalnızca karşılaştık diye resmen biyografimi önüme döktüğü aklıma gelince bunu düşünmeyi bir kenara bıraktım ve araba durana kadar milyon kere gelen mesajları okudum.

Sırrımı biliyordu.

Hangisini?

"Beş dakikaya geliyorum," diye mırıldandım Bay Ginger'ın inmesine izin vermeden hemen arabadan atlarken. Yine de arabadan inip hazır bir şekilde önünde dikilmeye başlamıştı.

Kafamı kaldırıp kirli, müstakil evime bir bakış attıktan sonra derin bir nefes alıp anahtarımı çıkardım ve kapıyı açıp merdivenlerden yukarı çıkmaya başladım. İçerisi dün gece bıraktığım gibiydi.

Şimdi buradan Bay Ginger'a haber vermeden ayrılmam gerekiyordu.

Kısa bir beyin fırtınası yaparsam, hangisinin daha korkunç olduğunu bilmiyordum: Pars'ın hakkımda sakladığım bir şeyi öğrenmesi mi yoksa depoda başıma gelecekler mi?

İşte bu yüzden, düşüncesizce hareket etmeye başlamıştım.

Gönderen: Bilinmeyen Numara

Turuncu kafa dışarıda ama korumalardan biri hâlâ seni izliyor. Evi terk et. Kapıdan değil.

Beni nasıl görebiliyordu? Ne yaptığımı nereden biliyordu?

Hızlı adımlarla merdivenlerden aşağı indim ve kıllandırmamak için Bay Ginger'ın yanına koştum. "Hey, buradaki işim bir iki saat uzayacak gibi duruyor. Acaba beni saat 9 gibi almaya gelsen olmaz mı?"

Kolunu uzatıp saatine baktı. "Burada bekleyeceğim."

Gitmiyordu.

"Pekâlâ," diye mırıldandım dönüp eve geri yürürken. O haklıydı, kapıdan çıkamazdım.

Kapıyı kapatıp yukarı çıktım ve odama girip üzerime siyah bir kot pantolon ve siyah, kalın bir kapüşonlu giydim. Saçlarımı bağlayıp siyah bir şapkayı da kafama geçirdiğimde telefonumu cebime atıp pencereyi sonuna kadar açtım. Odam üst kattaydı bu yüzden pencere çatıya açılıyordu, eğer dışarıya doğru adımlarla çıkabilirsem aşağı doğru kayıp kalan mesafeyi atlayabilirdim. Küçükken böyle yapıyordum.

Tam pencereden dışarıya adım atıyordum ki cebimdeki telefonum titremeye başladı. Ekrana bakakaldım bir süre, ardından biraz daha açmazsam kapanacağı düşüncesiyle aramayı cevaplayacaktım ki bir mesaj daha geldi.

Gönderen: Bilinmeyen Numara

Açma.

Kafayı yemek üzereydim. Neredeydi? Kimdi? Neyi, nereden öğrenmişti?

Ona geri mesaj bile yollayamıyordum çünkü bana numarasız bir şekilde mesaj atıyordu.

Pars'ın araması cevaplanmayınca telefonumu cebime atıp çatıdan yavaş hareketlerle aşağı doğru ilerledim ve etrafta kimsenin olmadığını anladığım an aşağı sarkıp bahçeye, çimenliğe doğru atladım. Bir tarafımı kırmadan düştüğüm yerden ayağa kalkıp yan evin bahçesine girdiğimde yukarı doğru koşuyordum. Resmen peşimde beni korumak için ne kadar adam varsa onları atlatmış, bilinmezliğe doğru koşuyordum.

Aslında insanların benim hakkımda ne düşünecekleri umurumda değildi, isteyen istediğini bilip bunu bana karşı bir tehdit olarak kullanabilirdi ama Pars'ın öğrenmesini istemiyordum. Şimdi olmazdı.

Caddeye çıkıp hızlı adımlarla ışıklara doğru yürürken telefonum tekrar titreşti.

Gönderen: Bilinmeyen Numara

İyi kız. Aferin, söz dinliyorsun.

"Ne biliyorsun alçak," diye homurdandım istemsizce ışıklarla durduğumda. Burada nerede depo vardı ki? Pastanenin ilerisine yürüyüp etrafa bakınacağım sırada arkamdan, caddenin aktığı yönden bir, "Buraya bak!" sesi duydum ve şokla arkamı döndüm.

Turuncu bir Ferrari gözlerimin önündeydi. Siyah filmli camlarından biri indiğinde içeride sırıtıp telefonunu sallayan bir Tolga Arıkan görmeyi beklemiyordum.

Şokla açılan gözlerimin ardından ona baktım. "Sen..."

"Atla," dedi. "Yoksa dosyanı tek bir tıkla hiç gönderilmemesi gereken birine gönderirim."

Gözleri koyulaşmıştı, güneş gözlükleri kemikli burnunun aşağısına kaymıştı. O kadar iğrenç bir surat ifadesiyle bakıyordu ki, üzerine atlayıp yüzüne bir tane patlatmamak için kendimi çok zor dizginliyordum. *Dosya* demişti. O bilgiye nasıl ulaşabilmişti?

Hızlı adımlarla etrafa bakınıp kapıyı açarak kendimi ön koltuğa bıraktığımda kapıyı kapatır kapatmaz, "Sonunda," diye mırıldanıp gazladı ve telefonunu yan tarafına, kapının cebine koydu.

"Orospu çocuğu."

"Yavaş ol tatlım, küfrederken o güzel yüzün kırışabilir."

"Ama senin o güzel yüzün için küfretmeye değer."

Anında laf çakışımla beraber bir an somurttu ama daha sonra tekrar o sinir bozucu gülümsemesini suratına yerleştirip, "Nasıl öğrendiğimi merak ediyorsun değil mi?" diye sordu, hızlı bir U dönüşü yaparken.

"Senin gibi pislikler için çalışacak çok kene var bu ülkede, o yüzden inan hiç merak etmiyorum." Aslında işin diğer yüzü farklıydı: Birçok şey olabilirdi. Serdar'ı ona yalan söyleyerek elinden kaçırdığım günden sonra bir hamle yapmasını bekliyordum ama bunun okul sınırları içerisinde öğrenci limiti dahilinde olacağını düşünüyordum.

Halbuki o gidip benim hakkımdaki her şeyi didik didik etmiş, hiç öğrenmemesi gereken şeyleri öğrenmiş, gizli bir numaradan beni taciz etmiş ve... İkinci bir şok dalgasıyla ona döndüm. "Evime giren sapık sen miydin?"

Kaşlarını çattı. "Ne?"

"Evime giren puşt sen miydin diyorum, şerefsiz!"

"Soruyorsun diye söylüyorum sadece, nekrofili pek benim tarzım değil."

Telefonum tekrar çalmaya başladığımda ekranı ona gösterip, "Eğer açmazsam şüphelenecek," diye söylendim.

"Mesaj at. Her şeyin yolunda olduğunu, ek derse falan kaldığını söyle."

Kafamı geriye atıp öfkeyle soludum.

Kime: Pars B. H. Kalkavan

Ek derse kaldım, telefonu açamam. Ne söyleyeceksen mesaj at.

Kırmızı ışıkta durmuştuk. Tolga gönderdiğim mesajı okuyup kontrol ediyordu. "Pars Burnu Havada Kalkavan mı? Samimiyeti bayağı ilerletmişsiniz ha?"

Sırıtışına bakıp gözlerimi devirdim. Ardından Pars'dan cevap geldi.

Gönderen: Pars B. H. Kalkavan

Sadece dün akşam seni aradığımda şifrenin 301295 olduğunu hatırlatmayı unutmuştum, onu söyleyecektim. Kapıda bir sorun yaşadın mı?

Siktir. Nasıl fark etmişti?

Tolga, "Cevap versene, işkillenmesin," diye homurdandığında yutkunarak mesaj yazma kısmına girdim. Dün akşam Pars beni aramamıştı, şifreyi mesaj atmıştı. Üstelik şifre 300800'dı, 301295 değildi. Bu gizli bir mesajdı. Üstü oldukça kapalı bir şekilde her şey yolunda mı diye soruyordu.

Kime: Pars B. H. Kalkavan

Kapıda birçok sorun yaşadım. Şifre için teşekkürler. Şimdi derse geri dönüyorum.

Tolga son yazdığım mesajı gördükten sonra telefonumu alıp kendi yanına koydu ve gaza bastı.

Geriye yaslanıp öfkelendiğim için sıklaşan nefeslerimi düzenlemeye çalıştım ve yüzümü ellerimin arasına aldım. "Ne yapmayı planlıyorsun bilmiyorum ama umarım bunun için cehennemde yanarsın."

Hızla sürdüğü yolda sağa sapıp büyük bir binanın arkasında durduğunda bana dönüp sırıttı. "Bilmiyor muydun, küçük kız? Bu dünya zaten, inanmayanların *cehennemi*."

Ardından kapılar açıldı. Güçlü eller beni kollarımdan tutup dışarı çıkarırken kafamı arabaya çarptım ama o sırada ağzıma bastırılan keskin kokulu mendil yüzünden bunun için endişelenemeyecek kadar bilinçsizleşmeye başlamıştım.

Sonra gökyüzünün ışıltısına, gecenin karanlığı karıştı.

•

Karanlığı severdim.

Okuldan sonra eve döndüğümde, hava genelde çoktan kararmış oluyordu ve ışıkları açıp açmamak benim için bir tercih haline dönüşüyordu. Bunu gündüzleri yapamıyordum çünkü Güneş zaten izinsiz bir şekilde her kapının ardında izlerini bırakıyordu ve bu adil değildi. Bu yüzdendi belki de en çok güneş doğmadan hemen önceki ve güneş batarkenki anları seviyordum. Biri, son sevinçti; diğeri, kendimden kurtuluşum.

Karanlıkta, gözlerinizi odanın üzerinde gezdirirken aynalara denk geldiğinizde takılıp kalmıyordunuz çünkü. En kötüsü, yalnız yaşadığınız evinizdeki bir aynanın karşısında dikilip kendinizle göz göze gelmenizdi. Gün içinde kendinizden kaçabiliyordunuz, okulda; derste, kütüphanede, hatta tuvalette bile çünkü kafanızı kaldırmadığınız sürece görmek zorunda değildiniz ama eve geldiğinizde ve ışıkları kapamayı unuttuğunuzda, aynalarla dolu bir odadan bir şey almak istediğinizde, saatlerce kendi zihninizde kendiniz kurup oynatıyordunuz yıllarca kırıp döktüğünüz şeyleri.

Geri getirdiğiniz her bir anı kırık döküktü çünkü, uzandığınız an parmak uçlarınızı kesecek kadar sivriydi cam kırıkları. Parmak uçlarınız bedeninizdeki en hassas iki noktadan biridir, bir oradan yediğiniz darbe bir de dudaklarınızdan aldığınız iyileşmez bir daha.

Ben henüz yalnızca birine sahiptim. İki olsun, istemiyordum. Bu yüzden de en çok kendimle yalnız kalmaktan ve içimde bir yerlerde sıkışmış küçük, saçları hep banyodan sonra ördüğü için dalgalı olan Liva'yla karşılaşmaktan korkuyordum. Çünkü o zaman kulak verirdim.

Çünkü şimdi, kulak verirsem dinleyeceğim şeylere sahiptim.

Çaresizce açılmak için çırpınan gözkapaklarımdan içeriye sızan sarı ışık beni rahatsız ettiğinde yutkunup bir süre kendime gelmeye çalıştım. Aşırı susamıştım ama dudaklarım bir türlü açılmıyordu.

Birbirine geçmiş kirpiklerimin arasından gözkapaklarımı aralayabildiğimde tekrar yutkunmaya çalıştım ama boğazım o kadar kurumuştu ki yapamıyordum, bir yerde tıkanıyordu.

Ellerimde ve ayaklarımda hissettiğim baskıyla birlikte gözlerimdeki buğu yavaş yavaş kalkmaya başladığında etrafı süzdüm. İki yataklı, bir dolaplı, çoğunluk eşyanın beyaz ve altın renginden oluştuğu bir otel odasındaydım. Balkonun kapısı açıktı ve içeri giren soğuk rüzgâr direkt bana çarpıyordu bu yüzden çok üşümüştüm.

Hareket etmeye çalıştığımda uyuşmuş kemiklerim feryat etti, etrafı süzmeyi bırakıp bakışlarımı kendime çevirebildiğimde ise kalın bir halatla birbiriyle bağlantılı olacak şekilde bağlanmış el ve ayaklarımla karşılaştım. Ağzımda da kulağımın altına kadar ilerleyen bir bant vardı, baskıdan anlayabiliyordum.

"Demek uyandın," diye mırıldandı kalın bir erkek sesi. Onu hemen tanıdığımdan kafamı sesin geldiği yöne kaldırıp öfkeyle baktım. Her şey birer birer zihnime düşüyordu. Beni tehdit etmiş, buraya getirmişti. Ne yapmayı planlıyordu?

Elindeki kupadan bir yudum alıp kenara bıraktı. Üzerinde eşofmanlar vardı. Nereye gittiğine bakınca tam karşımdaki koca televizyonun yanındaki masanın üzerinde iki tane dizüstü bilgisayar olduğunu fark ettim.

"Madem uyandın, eğlenceyi kaçırmayalım o zaman."

Kaşlarımı çatarak olanları izledim. Birkaç defa ses çıkarmaya çalışmıştım ama hâlâ tam olarak kendime gelememiştim, yarı baygındım. Ne zamandır bu pozisyonda oturuyordum bilmiyordum ama el ve ayaklarım sürekli uyuşuyordu, korkunç bir acıydı bu.

Büyük televizyonu açtıktan sonra bir süre kablolarla uğraşıp anladığım kadarıyla bilgisayarını televizyona bağladı, ardından karanlık bir ekran çıktı ama hemen sonra şık bir restoranı göstermeye başlamıştı.

"Umarım film seçimimi beğenirsin, kabalık ettiğim için üzgünüm. Sana da tercihini sormalıydım ama pek de romantik filmlerden hoşlanacak bir kız gibi görünmüyorsun." Güldü. Kupasından bir yudum alırken sandalyede oturuyordu. Ardından kulaklığını taktı.

Tam o sırada, kameranın görüş açısına arkasını dönmüş, uzun boylu bir erkek girdi. Omuzları genişti, siyah takım elbise üzerinde çok güzel görünüyordu. Ellerini cebine sokunca kol kasları gerilmişti, ceketini hemen elinde tutuyordu. Bir saniye sonra sağına bakınca yan profilden zaten kim olduğunu anlamış bir şekilde emin olup yerimde kıpırdandım.

"Ne oldu?" dedi Tolga, bana dönerek. "Tanıdık bir yüz gördün herhalde."

Öfkeyle ona bakıp bir şeyler söylemeye çalıştım ama bant yüzünden sesim çıkmıyordu. Dilimle yapışkanını eritmek ve ağzımdan atmak istiyordum ama dudaklarım o kadar kuruyken yapıştırılmıştı ki, ağzım hiçbir şekilde aralanmıyordu ve bant çıkarıldığında dudaklarım hâlâ yerinde olacaklar mı diye endişelenmeye başlamıştım.

Daha sonra mavi bir elbise içerisinde, çok hoş, kumral bir kız girdi kameranın açısına ve doğrudan Pars'a doğru ilerledi. Dudaklarındaki kırmızı ruj göz alıyordu, saçları dalgalandırılmış ve omuzlarının gerisine atılmıştı. Kâküllüydü. O kadar güzel görünüyordu ki bir an kafamı duvara yaslayıp gözlerimi üzerinden çekmek zorunda kaldım.

Onu hatırlamıştım. Geçen gün Pars'ın girdiği apartmanda yaşayan kızdı, biz arabayla geçerken kapıda dikilip bıçak gibi gözleriyle bana bakmıştı.

"Güzel kız, değil mi?"

Tolga'ya baktım. Gittikçe daha çok sinirlerimi bozmaya başlıyordu bu yüzden sesim çıkmıyorken küfürlerimi sıraladım.

"A-aa," dedi kafasını olumsuz anlamda sallayıp gülerken. "Yalnız ben sana bu akşamın konseptini sunmayı unuttum. Sen susuyorsun, ben konuşuyorum. Nasıl?"

Alçak herif.

Ekrana baktım. Kız Pars'ın yanına ulaştığında Pars nazikçe belini tutmuştu, kız da yanında gülümsemeye başlamıştı. Bu süre içerisinde Pars'ın suratını hiçbir şekilde göremiyordum çünkü arkası dönüktü, zaten kız elini koluna koyup biraz yanına yanaştığında tamamen kaybolmuştu.

Öylece kafamı yaslayıp ekranı izlediğim ve ne yapacağını merak ettiğim sırada, "Şimdi oturacaklar," diye mırıldandı.

Tam da öyle olmuştu, o zaman kameranın nereye konduğunu fark etmiştim.

Masanın ortasında bir yerdeydi.

Pars ve kız, konuştukları çiftlerle beraber aynı masaya oturduklarında tam da kameranın önündeydiler artık. Onun dağılmış saçları düzgün duruyordu, okyanus mavisi gözleri masadakileri süzüyorken onlarla konuşuyor, sohbetlere katılıyor, gülüşüyordu.

O böyle biri değildi. Neden sahte gibi geliyordu? Bu yemek bir oyun olabilir miydi? İş için, Taylan'la alakalı bir davet olabilir miydi? Çocuklar neredeydi?

"Yeter bu kadar," dedi Tolga geriye yaslanıp kulaklığını kafasına geçirirken. "Eğlence başlasın."

Ardından geçip giden garsonlardan biri Pars'ın önüne bir zarf bıraktı. Pars, bir dakika durup kaşlarını çatarak zarfı süzdükten sonra gözlerini etrafta gezdirerek açtığında içinden ufak bir not ve küçük bir kese çıkmıştı. Notu okuduktan sonra suratındaki ifade aniden değişti ve öfkelendi ama bunun üzerine bir maske bindirip masadakileri tedirgin etmek istemezcesine rolünü çok iyi oynadı ve kesenin içinden çıkardığı ufak şeyi kulağına götürdükten sonra el çabukluğuyla zarfı yok etti.

"N'aber?" diye sordu Tolga, keyifli ifadesi suratındayken cilveli bir sesle.

Pars kaşlarını çatmamak için çok zor duruyordu. Ekrandaki görüntünün sesi olmadığından yalnızca dudaklarından çıkan *şerefsiz* kelimesini okuyabildim. Muhtemelen zarfın içinden bir kulaklık çıkmıştı ve Pars bu yolla onu duyabiliyordu.

"Ben de seni seviyorum, görüşmeyeli uzun zaman olmuştu. Ufak bir sürpriz yapayım dedim. Beni dinlemede kal."

Pars'ın mırıldanışından sonra kız bir şeyler olduğunu fark etmiş gibi Pars'ın masadaki elinin üzerine elini koyarak ona döndüğünde Pars bir şeyler mırıldanıp kafasını olumsuz anlamda salladı ve kız da önüne dönüp etraftakilerle konuşarak gülümsemeye devam etti.

Sinir bozucu bir his midemde filizleniverdiğinde gözlerimi kapatıp bir saniye tekrar yutkunmayı bekledim çaresizce ama imkânsız gibiydi, uğraştıkça boğazım düğümleniyordu.

"Kızın kim olduğunu merak ediyorsun değil mi?" diye sordu Tolga, bana dönerek. "Adı Naz, Pars'ın sevgilisi. Ama sana bundan zaten bahsetmiştir değil mi?"

Midemdeki his zaten kanatlanan bir kelebekten çok, keskin kanatlarıyla duvarlara çarpıp duran bir yarasa gibiyken bir de geçtiği yerlerde zehirli otlar bitmeye başladığında kendimi hiç iyi hissetmiyordum. Pars bana, açık açık, sevgilisi olmadığını söylemişti. Bana yalan mı söylemişti? Bu kız o kızdı. O gece onu arayan kızdı. Apartman dairesine kadar gittiği kızdı.

Surat ifadem onu çok eğlendirmiş olmalı ki bir kahkaha patlattı. "Yoksa söylemedi mi?"

Hayır, seni orospu çocuğu! Söylemedi!

"Bizim Kazanova yine iş başındaymış sanırım." Bilgisayarını yanına, koltuğa bıraktı ve ardından hafifçe gerindi. Ellerini hızlıca klavyenin üzerinde gezdirmeye başladıktan hemen sonra gözlerimi ekrana, Pars'a çevirdim. Telefonunu cebinden çıkardığında ve kaşları çatıldığında tek odak noktam Naz'ın elinin hâlâ onun kolunda olmasıydı.

Tolga, kulaklıkla Pars'a ithafen, "Bilinmeyen numaralardan cevaplayamayacağın mesajlar almak çok hoş değil mi ama?" diye söylendi. "Yeni hobim. Çok daha temiz işler ortaya çıkarmamı sağlıyor."

Pars'ın telefonu tutan eli sıklaştığında ifadesinin kaskatı kesildiğini fark ettim. Ardından telefonunun ekranında bir şeylere tıkladı ve kucağına götürdü.

Aynı anda yatağımın üzerine bırakılmış telefonumun çalmaya başladığını fark ettim. *Hayır*.

Tolga kalkıp telefonumu eline alarak salladığında ellerimi oynatıp iplerden kurtulmaya çalıştım ama işe yaramıyordu, zihnim o kadar karışıktı ki neye odaklanacağımı şaşırmış bir halde orada öylece oturuyordum.

"Alo?" dedi Tolga gülümseyerek. "Nasıl ama? Sihirbazlardan daha havalıyım şu an değil mi?"

Pars oturduğu sandalyeden bir anda ayağa kalktığında masadaki herkesin bakışları ona çevrildi. Etrafında zengin insanları oluyordu, bunu anlayamamak için kör olmak gerekirdi. Parlak kıyafetler, kalın tabakalı makyajlar, göz alan mücevherlerle süslenmiş dekolteler...

Tolga'nın ifadesi değişti ve sertçe, "Otur," dedi. "Otur ve talimatlarımı bekle."

Pars telefon hâlâ kulağındayken öfkeyle bakışlarını etrafta gezdirmeye başladığında Naz elini tekrar koluna koyup okşadı. Dudaklarını okuyabilmiştim. *Bir sorun mu var?*

Evet. Evet bir sorun var.

Tolga telefonu kapatıp koltuğa geri döndükten sonra telefonu açarken boynuna indirdiği kulaklığı geri takıp bilgisayarını kucağına aldı. "Tehdidimi algıladığını umarak isteklerime başlıyorum. *Bir*, az sonra masana kadar göndereceğim, o geçen hafta imzalamayı reddettiğin sözleşmeyi imzalayacaksın. *İki*, derhal ortaklıktan geri çekileceksin. Üç..." Durdu. "Üçüncüyü de ilk ikiyi yaptıktan sonra söyleyeceğim. Hepsini sorunsuz halledersen kızı bırakırım."

Pars durdu, birkaç saniye kendine gelmeye çalışarak yerine oturduğunda ekrana o kadar kötü bakıyordum ki bütün yüz kaslarımın ağrımaya başladığını fark etmiştim.

Yutkunmayı başarabildim.

Biraz sonra yemekler servis edilmeye başlandığında Pars'ın masasına öncekinin birkaç katı büyüklüğünde bir zarf bırakıldı.

Naz, Pars'la konuşmaya çalışırken Pars ona hiçbir şey söylemeden kâğıtları çıkardığında Naz'ın gözleri büyümüştü.

Ama ona engel olamadan büyük, uzun ve ince parmaklı eli ceketinin cebine gitti ve çıkardığı kalemle son sayfanın altına bir imza atıp yeniden zarfın içine koydu. Naz onunla konuşmaya çalışırken zarf çoktan ortalıktan kaybolmuştu, en sonunda Pars dönüp tek bir şey söyledi ve Naz da susup önüne döndü.

Ama on dakika önceki ortam kaybolmuştu.

Benim yüzümden, diye geçirdim içimden.

Aptal bir sırrın, kim bilir nelere mal oluyor gözlerinin önünde. Bu kadar gereksizsin işte sen dünya için.

"Aferin," dedi Tolga, gözlerini bilgisayarında gezdirirken. "Şimdi, sekreterini ara ve gerekli belgeleri hazırlaması için talimat ver."

Pars cep telefonunu eline aldığı an suratında öyle bir ifade vardı ki her şeyi yaptığında Tolga beni sağ bıraksa bile onun bırakmayacağını düşünüyordum. Naz, morali açıkça düştüğünden etrafındakilerle konuşamadığı için önündeki yemeği tırtıklıyordu. Pars'ın birini aradığını gördüğünde kaşlarını çatarak ona baktı.

Pars'ın ağzından ne çıktığını o an algılayamamıştım çünkü dudaklarını okuyamayacağım kadar hızlı ve karışık konuşmuştu ama Naz ne dediğini duymuştu, ve duyduğu an elindeki çatalını düşürdü ve şaşkınlıkla ona bakmaya başladı.

Pars elini saçlarından geçirdikten ve telefonu kapattıktan sonra kaşları bir an olsun normale dönmedi, onları öyle bir çatmıştı ki eline iğne iplik alıp dikse bu kadar ayrılamaz duramazdı.

"Güzel," dedi Tolga gülerek. "Bu kadar kolay ağa geleceğini düşünmemiştim Kalkavan. Şimdi..." Ellerini birbirine sürttü. "*Gelini* öpebilirsiniz."

"Ne?"

Açıkça bunu dudaklarından okuyabilmiştim. O an Tolga bilgisayarından bir şeyler yaptı ve ekran ikiye bölündü: Bir taraf hâlâ yemek masasını gösteriyordu ama diğer taraf karanlık bir otoparkı görüyordu.

"Gelini öpebilirsin diyorum. Yanındaki güzelliği o kadar getirmişsin o sıkıcı yemeğe, bunu bir öpücükle taçlandırman gerekir. Hanımefendilere kibarlık yapmalısın Kalkavan." Bana bir bakış attı. "Onu kaldır, arka taraftaki otoparka götür ve öp. En az 10 saniye. Sayacağım, merak etme. Yani, sayacağız. *Değil mi Liva?*"

Damarlarımda çalkalanan kanla birlikte nefes borum gittikçe daha da daralmaya başladığında kafamı yukarı kaldırmaya çalıştım ama nefes alamadım. Ağzımdaki bantı çıkarmak, bağırıp çağırmak istiyordum ama tek yapabildiğim balkon kapısından içeri sızan rüzgârla hüsrana uğramaktı.

Belki de annem de aynen bu şekilde hüsrana uğramıştı.

Bir gece yarısı, *ansızın.*

Kirpiklerim titredi. Bütün bedenim *hayır* diye bağırıyordu ama kimse dinlemedi.

Pars net bir şekilde, "*Hayır,*" dediğinde Tolga kaşlarını kaldırmıştı. "Emin misin Kalkavan? Çünkü biliyorsun, sana şu an Liva'nın nasıl yanımda elleri kolları bağlı bir şekilde durduğunun fotoğrafını çekip atabilirdim ama atmıyorum çünkü en gereksiz zamanlarda insaf duygum açığa çıkıyor. Ama bu demek değil ki, benim de elim kolum bağlı."

Pars yumruğunu sıkıp geriye yaslandığında ve parmaklarıyla şakaklarını ovuşturduğunda yerimde kıpırdanmaya çalıştım ama hiçbir işime yaramadı.

"Vakit daralıyor Kalkavan."

Ayağa kalktı. Dudaklarını okuyabildim. *"Bunun için çok pişman olacaksın, Tolga."*

O sandalyesinden kalktığı an, zihnimdeki kurulu uzlaşma masasının tam ortasından artçı bir depremle çatladığını hissettim. Hemen ardından görüntü değişti: Akşam üstü, eve geliyordum. Etraf aydınlıktı.

Işıkları kapatmayı unutuyordum.

Naz'ın kulağına doğru eğilip bir şeyler fısıldadığında gözlerimi kapattım. Bir süre hiçbir şey duymadım, açık balkon kapısından içeri giren rüzgârın uğultusu dışında. Zaten başım ağrımaya başlamıştı, zehirli bir yılan şakaklarımda çıngırağını sallıyor gibiydi. Hiçbir şey duymamak için kulaklarımı kapatmak istesem de kımıldayamıyordum.

"Aaa, ama olmaz ki böyle. Sen görmezsen nasıl eğlencesi çıkacak bu oyunun?"

Birkaç saniye sonra suratımda hissettiğim soğuk suyla nefes alamayıp debelenmeye başladığımda yan düşüp ciğerlerimi oksijenle doldurmaya çalıştım. Islak kirpiklerimin arasından gözlerimi açmaya çalıştığımda Tolga'nın kafasını eğmiş, suratında eğlendiği belli bir ifadeyle bana bakıyor olduğunu görmüştüm.

"Oradan iyi görebiliyor musun ekranı? Bak, otoparka yürüyorlar tam şu an. Filmin en eğlenceli yeri."

Sorun şuydu ki, *görebiliyordum.*

Lanet olsun ki, görebiliyordum.

Masadaki iki sandalye boştu.

Biraz sonra karanlık otoparkın arka kapısından iki silüet çıktığında, Pars önde gidiyordu ve Naz da arkasındaydı. Neler olduğunu anlamak istercesine durup kollarını göğsünde bağladığı anda bir şey söyledi.

Pars ona yüzünü dönmedi.

Tolga, "Özür dilerim," dedi. "Sana romantik film izletmeyeceğimi söylemiştim ama senaristleri bilirsin, aşk olmazsa olmaz."

Ardından Naz öfkeyle atılıp koluna vurdu ama tam da bu sırada hiç de beklemediği bir şeyle karşılaştı.

Pars dönüp yüzünü ona hızla yaklaştırdığı sırada gözlerimi sımsıkı kapatıp alnımı yere dayadım.

Hayatım boyunca hiçbir zaman tanımadan güvendiğim bir insanla karşılaşmamıştım, en çok da bu yüzdendi belki de bu gece bu günahımla karşı karşıya kalışımın sebebi. Yine de adil değildi. Konuşmak için bir sandalye çekip oturduğum masanın üzerime yıkılması, hayatın yutkunmak isteyip yutkunamadığımda uzandığım suyu elinin tersiyle yere devirmesi, dinlemek istediğim şarkılar kulağıma taktığım kulaklığa zehirli bir yılan gibi dolandığında bir silah misali boynuma sarılması, her açmak için uzandığım kapının ardındaki odanın kanlı canlı anılarını ayaklarıma prangalaması, kendi ölüm metnimi daha hayattayken imzaladığım halde yaşamak için çırpınmak adına karşıma uzandığımda avuçlarımı kanatacak adamlar çıkarması...

Adil değildi. Parklarda annesinin ittirdiği salıncaklarda sallanması gereken çocukların, suratlarında babalarının ellerinin beş parmak iziyle ıssız ve soğuk sokaklarda yalnız başına dolanması adil değildi işte.

"Öyle sırların olsun ki," diye mırıldandığını duydum Tolga'nın. Bir fermuar sesi gelmişti. Gözlerimi aralayıp baktığımda eşyalarını topladığını gördüm. "Sen bile bilme sır olduklarını. Yoksa insanlar sen yanlarına kıvrılıp uyumaya başladığın ilk anda ellerinde kazma kürek, derinlerine kazmaya başlarlar."

Sırt çantasını kollarından geçirdikten sonra televizyonu kapatıp yanıma yürümeye başladı. Yavaşça ağzımdaki bandı çıkardıktan sonra "Bu gece yeterince tekme yediğini düşünüyorum," diye mırıldandı ve uzanıp ellerimdeki ipin kördüğümünü çözdü. "Kalkavan bir dakika sonra burada olur. Yemek alt kattaydı."

Ardından doğruldu. "Kalanını sen halledersin." Dönüp kapıya yürümeye başladığında kulağım uğulduyordu. "İyi geceler. Bu arada bir daha beni kandırmaya kalkarsan, bunun bedelini ödersin. Bu gece bir şey yapmayacağım çünkü yeterince bedel ödediğini düşünüyorum."

Kapıyı çarpıp çıktığında yattığım yerde doğrulup sırtımı duvara yasladım ve düğümü açılmış ipleri ellerimden çıkarmaya çalıştım. Çıktıklarında ayaklarıma bağlanmış ipleri çözüyordum. Hepsi bittiğinde ipleri kenara bıraktım ve sabahtan beri beni rahatsız eden rüzgârı umursamadan orada öylece durmaya devam ettim.

Belki de hayatın öğretmeye çalıştığı şey buydu. *Yalnızdın.* Eğer yalnız büyümüşsen, her zaman yalnız kalırdın.

Yalanlar söylerdi sana insanlar, hem de senin ellerinden tutup yaşadığın kâbustan kaçmak istediğin insanlar. Yalanlar söylerlerdi hem de gözlerinin içine bakarak, seni yabancı sandığın ama yüreğinin yakından tanıdığı insanlar.

Sense onların yalanlarına kendi doğrularınmış gibi inanırdın.

Kapının kırılır gibi açılma sesini duydum ama dizlerimi kendime çekip kollarımı üzerinden sarkıtırken ellerimde donup kalmış bakışlarımı yukarı kaldırmadım. Bir süre öyle kaldım, karşımdaki siyah karaltı da beni öyle gördüğünde hareket etmedi zaten.

Ardından kenardaki şapkamı alıp ayağa kalktım ve koltuğun üstündeki telefonumu cebime attıktan sonra kapıya doğru ilerledim. Eklem yerlerim acıyordu, kim bilir ne zamandır o haldeydim.

Hoş kokusu boğazıma dolanırken tam yanından geçeceğim sırada kolumdan tuttu.

Durdum. "Beni kurtardığın için teşekkürler."

Ardından kolumu çekmeye çalıştım ama bırakmamaya kararlıydı. Dönüp suratına baktığımda gözlerine bakamıyordum. Eğer bakarsam düşüncelerim değişmeye başlayacaktı, biliyordum. Eğer bakarsam, o derin okyanus yutacaktı beni. İsmim bilinmeden, kimliksiz bir şekilde öylece kaybolacaktım.

"Liva."

Adımı söylemesine dayanamıyordum. Tepkimi gizleyemeyerek dudaklarımı birbirine bastırdığımda, "Kolumu bırak," diye tısladım.

"Liva," diye tekrar etti ama bu sefer öfkeyle kolumu kendime çekmeyi başarabilmiştim. Hiçbir şey söylemesine izin vermeden kırmızı halıyla kaplı altın renkli koridorda hızlı adımlarla merdivenlere doğru yürümeye başladım.

"Liva!"

"Adımı söylemeyi kes!"

Birkaç kat aşağı indiğimde zemin kata geldiğimi fark ettim ve peşimden gelmesini umursamadan bulduğum ilk kapıdan gecenin soğuğuna fırlattım bedenimi.

Ne yazıktı ki, adım attığım kapı beni gecenin tokatlayacağı bir alana çıkarmıştı. Karanlık, izbe ve boş bir otoparka.

Kulağıma uzaktan çalınan korna sesleri yüzünden ellerimle yüzümü sıvazlayarak nerede olduğumu algılamaya çalıştığımda derin nefeslerim peşi sıra boğazıma diziliyordu. Kalp ritmim bozulmuştu, vücudumun dengeleri alt üst olmuştu.

Babam da bizi böyle bir gecede koca bir evde yalnız koymuştu.

"Liva!"

Gözlerimi kapatıp dudaklarımı birbirine bastırdım. Boğazım o kadar çok acıyordu ki şakaklarımdaki ağrıyla beraber kendilerine zihnimin karanlık odalarında ayrı bir yer kurmuşlardı, durmadan aynı ritimle bana işkence ediyorlardı.

"Git başımdan!" diye bağırdım sonunda yanıma yaklaştığını fark ettiğimde. Aramızda birkaç adım kala durdu ve şaşkınlıkla yüzüme baktı.

Ellerimi yüzümden indirdikten sonra cesaret bulup anca bakabildim gözlerine. Okyanus mavisi, gecenin koyusunda durulmuş, derin gözlerine.

Artık bulanık bir dereden fazlası değildi.

"Bana yalan söyledin!" Ellerimi iki yanımda açmış, dışarıda olmamıza rağmen kendime daha fazla temiz hava sahası oluşturmaya çalışıyordum. "Başka neler uydurdun? Söylesene! Karşımda durup gerçekleri anlatmak bu kadar mı zordu senin için? Ama en başından beri güvenmiyordun zaten bana değil mi? Açık açık bunu her seferinde dile getirdin ama ben bir aptal gibi ağzından ne çıktıysa ona inandım!"

"Sana yalan söylemedim!" diyerek karşılık verdiğinde bir adım yanıma yaklaşmıştı ama aynı anda ben de bir adım geriye gittim. "Yaklaşma bana!"

Yaklaşma, ne zaman bu kadar alıştım bilmiyorum ama kokunu duyarsam inanırım. *Bulanık suların yeniden okyanuslara dönüşürse sana inanırım.* Biliyorum, en büyük yalanı ben kendime söyledim çünkü ağzından çıkan her şeyi kendi doğrum kabul ettim.

"Liva, lütfen beni dinler misin? Ben sana asla yalan söylemem," dediğinde sesi yumuşamıştı. Kravatı ve ceketi yoktu üzerinde, tamamen dağılmış görünüyordu. Özellikle saçları dağılmıştı.

Belki de 10 saniyeden fazlası vardır. Sonuçta izlemedin.

"O aptal kapının şifresiyle ilgili bir mesaj gönderdiğinde öğrendiğini anladım," diye mırıldandım gözüme dolan yaşları silerken. Ağlamayacaktım. "Hiç korkmadım, geleceğini biliyordum ama gelmedin!" Tekrar bir adım yaklaşmayı denediğinde elimi kaldırdım. "Hayır, gelme. Gelme diyorum! Gelme!" Soluklarım arasında hıçkırmıştım. Omuzlarım çökmüştü.

"Liva..."

"Neden *gelmedin?*"

Yanıma doğru yürümeye başladığında onu durduramadım ama aramızda bir mesafe bırakmayı başarabilmiştim. Kurumuş gözlerimi yüzüne çevirdiğimde, "Haklıydın, hiç bulaşmamalıydım. Bunları söylüyorum çünkü bu gece Tolga'dan ya da diğerlerinin bana yapacaklarından korktuğum için değil, *senin* bana yapabileceklerinden korktuğumdan. Bu iletişimi burada bitirelim."

Öfkelenmişti. "Orada yaptığım her şey senin içindi ve şimdi karşıma geçmiş bana-"

İleriyi göstermek için elini kaldırdığı an zihnimin ve ruhumun burada olmayışı sebebiyle aklım çok başka yerlere gittiğinde "Hayır!" diye bir çığlık koptu boğazımdan, ardından ellerimi başıma kapatıp yere eğildim ve dişlerimi sıkıp gözlerimi sımsıkı kapattım.

"Bahaaar..."

"Benim adım Bahar değil!"

"Benimle oyun oynama, Bahar. Seni sonbahara çeviriveririm, dökulür sonra yaprakların."

"Lütfen git."

"Kapıyı mı kilitledin? Aç şunu!"

Sesler çoğaldı. Dışarıda fırtınalar estiren rüzgâr bulanık zihnimdeki odaların kapılarını sonuna kadar açıp birbirine çarptırırken çıkan gürültüde kendimi kaybediyordum, kapıya en uzak köşeye kıvrılmış küçük bedenimle kapıya patlatırcasına vuran yumruklarının kuvvetini ve öfkesini hissetmemek için kendi kendime ninniler mırıldanıyordum.

"L-Liva?"

Omzumda hissettiğim elle titrediğimi yeni fark etmiştim. Kendimi geriye atıp soğuk asfalta oturduğumda boğazımdan bir hıçkırık koptu ama devamı gelmedi.

Pars'ın elleri omuzlarıma kayıp beni yavaşça kendine döndürmeye çalıştığında ellerimle yüzümü kapatmıştım.

"Sana vurmayacaktım, neden öyle tepki verdin?"

Sesi o kadar kısık, nazik ve korku dolu geliyordu ki bir an bunun bir kâbus olmasını diledim. İçime atıp üzerine beton döktüğüm ne varsa bu kadar kolay ortaya çıkmamalıydı, yıllarca her gece kendi ellerimle en derinime kazıp gömmüştüm bütün anılarımı. Yakınlarda bir okyanus dalgalanıyor diye toprak yerinden oynamamalıydı.

"Sana asla vurmam," derken sesi acı dolu çıkmıştı. Elleriyle bileklerimi tutup ellerimi yüzümden çektiğinde gözlerim sımsıkı kapalıydı bu yüzden açmadım ama avuçlarından birini yanağımda, başparmağını gözyaşımı silerken hissettiğimde, "Sana bunu kim yaptı?" diye sordu.

Kafamı yan tarafa çevirip elini ittirdim. "Hiç kimse."

"Liva," diye mırıldandı tekrar ama kafamı olumsuz anlamda salladım.

Bir süre sessizliğin içinde öylece oturdum. O da yanıma diz çökmüştü. Gecenin soğuk rüzgârları boynuma sarılıyor, uzaklardan kulaklarıma dolan hayali tiz çığlıklar göğüs kafesimde toklaşıyor, midemden yükselen korkunç hisler yavaş yavaş yükselerek aklımı başımdan götürüyordu.

"Sana yalan söylemedim," diyen sesini duydum o sessizliğin içinde, okyanusa küreksiz, ufacık bir sandalla açılmışken. "Naz benim çocukluk arkadaşım. Bu geceki davet de Taylan'ın isteği üzerine katılmam gereken bir davetti. Biliyorsun, ona yakın duruyorum. Balo için salonu hazırladığınız gün geldiğimde sana benimle gelmeni teklif edecektim ama çok tehlikeliydi, zaten istemiyordum, Naz da ben seninle gelirim diyince... Ona karşı hiçbir şey hissetmiyorum."

"Bana bak," dedi tok sesiyle ama ona bakmadığımda elleriyle yüzümü avuçlarının arasına alıp ona çevirdi. "Seni asla kandırmadım. Mesajını aldım, seni onun elinden zarar görmeden alamayacağımı ve o davete de gitmem gerektiğini bildiğimden kimsenin zarar görmemesi için her şeyi önceden ayarladım. Tolga ne yaptığını bilmiyor, benim sadece babasının işlerini bozmak için uğraştığımı düşünüyor ama sabah imzalamadığım o anlaşma yüzünden yüzlerce insanın hayatı mahvolabilirdi."

"Ama az önce imzaladın," diye mırıldandım çatlamış sesimle.

"O geçersiz sayılacak," diye cevapladı kaşlarını kaldırarak. "Öğlen her şeyi hallettim."

Kendimi geriye itip dizlerimi kendime çektim ve dirseklerimi dizlerime yasladıktan sonra ellerimle yüzümü sıvazladım.

"Kedi Surat."

Kafamı kaldırıp gözlerine baktım. O da harap olmuş gibi görünüyordu. O böyle görünüyorsa, kim bilir ben aynaya baktığımda nasıl biriyle karşılaşacaktım?

"Bana her şeyi anlatabilirsin biliyorsun değil mi?"

Dudaklarım istemsizce burnum sızladığı için büzülürken kafamı sallayıp dizlerime gömdüm ama aynı anda onun da hareketlenip ayağa kalktığını hissetmiştim. Bir saniye sonra elimi tuttu ve beni çekti. "Hadi, gidelim."

Elini tutup ayağa kalkarken kesik kesik nefes alıyordum. Otoparkın karanlığında arka tarafa doğru ilerlemeye başladığımızda ise binbir farklı düşünce tarafında istila altındaydı zihnim. Ona karşı savaşamıyordum, karşılıklı girdiğimiz her savaşın sonucu daha biz başlamadan belliydi. Ben ona hep yeniliyordum. Bazen o bilmiyordu ama önemli olan dışarıdan görünen galibiyet değil, içeriden hissedilen mağlubiyetti.

Gökyüzü gürlediğinde ve soğuk rüzgâr kapüşonlumun altından tüylerimi ürperttiğinde titredim. Ardından Pars'ın ellerini kollarımda, ısınmam için aşağı yukarı sıvazlarken hissettiğimde daha çok titremiştim. "Üşüdün mü?"

"Hayır."

Kendi kendine mırıldandı. "Kime soruyorsam?"

Bir anda karşıdan hızla gelen spor arabanın farları tarafından gözlerim alındığında durup geriye döndüm ve suratımı buruşturdum ama Pars'ın elleri, kollarımda olduğundan geri döndüğümde onun göğsüne çarpmıştım. Kokusu tenime sarılırken afallamamak için kolundan tutundum.

"Geç kaldım herhalde."

Giray'ın sesini duyduğumda bu tanıdıklıkla ona dönmek istedim ama beni bu halde görmesini istemiyordum, zaten Pars'a yeterince yenik düşmüştüm.

Arabanın kapısının açılıp kapanma sesini duyduğumda Giray, "O iyi mi?" diye sordu.

Pars'ın kafasını salladığını hissettim. "Sen bir içeriye bak yine de."

"Tamamdır kaptan," diye mırıldandı Giray ve birkaç saniye

sonra ortalıktan kayboldu. Yeniden önüme döndüğümde Giray'ın arabayı tam yanımıza bıraktığını fark ettim.

Birkaç sıra arkadaki gri renk bir Audi'nin önünde durduğumuzda ön kapıyı açıp sorgulamadan içeriye oturdum. Pars da yanıma, sürücü koltuğuna oturup klimayı çalıştırdıktan sonra gaza bastığında hiçbir şey söylememişti.

Ufak tefek yenilgiler alıyordum hep son zamanlarda, eskiden olsa ayağa kalkmak için pek çaba harcamazdım çünkü yerlerde sürünmenin kaderim olduğunu düşünmeye başlamıştım ama öyle olmak zorunda değildi çünkü kendi kaderini kendin eline bir kâğıt kalem alarak yazıyordun. Yalnızca, yürümek istediğin yola göre kâğıdın hamuru ve kalemin kalitesi değişiyordu. Kalite hiçbir şeyi belirlemiyordu, sadece sana verilenden daha uzak bir hayat istiyorsan daha çok çabalaman gerektiğini simgeliyordu. Bense son zamanlarda buruşmuş bir kâğıda her an silinmeye hazır bir kurşun kalemle yazdığımı hissediyordum.

Pars, güvenlikten geçip kapalı otoparka girdiğinde nereye geldiğimizi anlamıştım. Arabayı park ettikten sonra aynı anda indik ve asansöre ilerledik. 33. kata bastığında geriye yaslanmış, yalnızca yeri izliyordum. Çok yorgun hissediyordum, fiziksel olarak aldığım saldırılar bitmiş olsa da zihnim, beynimi bombalamaya devam ediyordu. Kör kurşunlar hep tam on ikiden isabet ediyordu.

Asansörün kapıları açıldığında peşinden ilerledim, şifreyi girip kapıyı açtığında biz girerken salonun ışıkları da açılmıştı.

"Yarın sabah eşyalarımı toplayıp evime döneceğim."

Bir şey söylemediğinde ilerleyip kaldığım odaya girdim ve kapıyı kapatarak yatağın üstüne oturduktan sonra gözlerimi kapattım. O kadar çok yüzümü sıvazlamıştım ki derimin kalkmak üzere olduğunu hissediyordum.

Odanın yanında duran kişisel banyoya bir göz attığımda duş almanın bir sorun olmayacağını düşünerek çantamdan temiz kıyafetler çıkarıp içeri girdim ve kapıyı kapatıp kilitledim. On dakika boyunca suyun altında kendimi çitileyip tenime eziyet ettikten sonra kurulanıp üzerimi giyinerek çıktığımda odanın kapısı açıktı. Bu da demek oluyordu ki, Kalkavan buraya gelmişti.

Saçlarımı tarayıp havluyla kuruladıktan sonra kapıdan dışarı çıkıp salona doğru ilerledim. Bar sandalyelerinde oturuyordu, önündeki kupanın içinden dumanları çıkan kahvenin kokusunu daha içeri girmeden alabilmiştim. Üzerinde mavi bir tişört ve siyah bir eşofman vardı.

Siyah, Maviyle kavga ediyordu.

İçeri girdiğimi fark ettiğinde kafasını kaldırıp bana baktı. "Şu anki durum göz önüne alınırsa burada kalman herkesin yararına."

"Yoksa başınıza iş açıp yüzlerce insanın hayatını mahvedebilirim," diye devam ettim. Gıcıklık yaptığımın farkındaydım ama ağzımdan çıkanlara engel olamıyordum. Üstelik doğru konuşuyordum, başına bela olmuştum.

"Öyle demek istemediğimi biliyorsun."

"Biliyorum," dedim kafamı sallayarak ve karşısındaki bar sandalyesine oturdum. Gözleri ıslak saçlarıma takılmıştı. "Odadaki banyoda duş aldım."

"Söylemene bile gerek yok."

"Söylemedim ki zaten."

Histerik bir şekilde gülüp kafasını çevirdi. *Bu durumda bile güldürebiliyorsun,* iması yağıyordu üzerime.

"Kahve ister misin?" diye sordu, kendi kupasından bir yudum alırken.

Kafamı olumsuz anlamda salladım ve "Hayır," dedim. "Uyumak istiyorum sadece. Burada mı kalacaksın?"

Durdu. "Yani, sorun olmazsa."

Bir an ufak bir kahkaha kaçtı boğazımdan ama hemen toparlanıp ona bir bakış attım. "Az önce kendi evinde kalmak için bana sorun olmazsa mı dedin sen?"

Elini saçlarından geçirip ensesine götürdü. "Ne bileyim, bütün dengelerim şaştı..."

Elini saçlarından geçirip ensesine götürmesi beni mahvediyordu, görüntü olarak kalp sağlığım için hiç de iyi değildi ve o etrafımda bu şekilde dolandığı sürece kalp ve damar cerrahisi bölümünü ziyaret etmemek elde değildi.

"İyi geceler," diye mırıldandım, salondan çıkıp odaya ilerlerken.

"İyi geceler, bir şeye ihtiyacın olursa koridorun sonundaki odadayım."

Pikeyi kaldırıp içine girerken ona ihtiyacım olacağını hiç düşünmemiştim. Kafamı yumuşak yastığa koymuş, örtüyü kafama kadar çekmiş ve yan dönerek gözlerimi kapatmıştım.

Ve her şey gözlerimi kapattığım sırada başlamıştı.

"Anne?"

Üşüyordum. Evin merdivenlerinden aşağı yalın ayak inerken çıplak bacaklarım üşüyordu. Üzerimde kısa bir şort ve askılı vardı sadece ama dışarıda kar yağıyordu.

"Anne? Geldin mi?"

Kapının açılıp kapanma sesini duyduğuma emindim. Salona indiğimde etrafta kimseyi göremedim ama mutfağa doğru ilerlerken perdeleri açık pencerelerden aydınlık havanın birden kendini karanlığa bıraktığını fark edebilmiştim.

Dehşet içerisinde arkamdan gelen soluk seslerine dönebildiğimde kâbusum önümde dikiliyordu.

"Bahar?"

Gözleri dönmüş gibiydi, leş gibi içki kokuyordu. Dağılmıştı. Sakalları çıkmıştı. Korkunç görünüyordu.

Hızlıca ellerinden kaçtım ve merdivenlerden yukarı koşturmaya başladım ama arkamdan seslenmeye devam ediyordu.

"Bahaaar..."

Odama girip kapıyı kapattım ve el çabukluğuyla kilitleyip geri çekildim. Kapının tam arkasında olduğunu hissedebiliyordum. Cilveli bir şekilde, "Bahar," diye sesleniyordu.

"Benim adım Bahar değil."

"Benimle oyun oynama, Bahar. Seni sonbahara çeviriveririm, dökülür sonra yaprakların."

Ellerimle yüzümü sıvazlayıp burnumu çektim. Korkudan gözlerim dolmaya başlamıştı. "Lütfen git."

Kapının kolunu indirdi ama kilitlediğim için açılmamıştı. "Kapıyı mı kilitledin? Aç şunu!"

"Hayır," diye mırıldandım geriye doğru giderken. Ardından yerdeki bir şeye takıldım ve düştüm. Düştüğüm yerde kalçamın acısına bakmadan geri geri sürünürken sonunda sırtım soğuk

duvarla buluşabilmişti. Dizlerimi kendime çekip kollarımın üzerine kapandım ve dudaklarımı birbirine bastırdım.

"Bahar! Çabuk aç şu kapıyı! Sen beni delirtecek misin kadın!"

Hıçkırdım. "Bebeğim kocaman, o-onu tutamam. Ninniler söylerim, hiç uyutamam."

"Bahar dedim!"

"Oynayıp gülüyor, bizi süzüyor. Mamasını yemiyor, beni üzüyor."

Kapıya omuz attığını hissettiğimde yer yerinden oynamıştı sanki, boğazımdan kaçan hıçkırık ve çığlıkla ninninin kesilmesine engel olamamıştım. "Evcilik oynarken, bana eş olur. Hem anne, hem b-baba..."

Burnumu çektim. Tekrar ettim. "Hem an-ne, hem ba..."

Olmuyordu.

Korkunç bir tekmeyle kapı menteşelerinden söküldüğünde kafamı kaldırıp, "Hayır!" diye bağırdım ama her şey için çok geçti.

Gecenin karanlığına gözlerimi açtığımda elimden kayan pikenin ardından tırnaklarımı kendi avuçlarıma bastırdığımı ve kanlı izlerinin oraya yerleştiğini gördüm. Perdenin arasından sızan şimşeğin ışığı odayı aydınlattığında bu yabancı duvarlar arasında nefes borum tıkandı ve doğrulup sırtımı yatak başlığına dayadım. Kirpiklerim ıslanmıştı, ellerimle sildim.

Göğsüm hiç durmadan bir yukarı, bir aşağı iniyordu hızlı hareketlerle. Göğüs kafesime yerleşip orada nefes alan acılar vardı.

Yavaş hareketlerle kendime gelmek için ayağa kalkıp pencereye ilerlediğimde aralık perdeden dışarıyı süzdüm. Hava o kadar kötüydü ki, hiç iyi gelmiyordu.

Düşünmeden hızlı adımlarla odayı terk ederken aklımda hiçbir şey yoktu. Yalnızca tanıdıklık hissiyle karşılaşmak istiyordum. Yalnızca gitmek istiyordum. Yalnızca her şey bir an önce bitsin istiyordum.

Yalnızca yanlış yara bandına sarılmamış olmayı diliyordum.

Koridorun sonundaki odanın kapısını tıklattıktan sonra yavaşça aralarken içerideki perdelerin açık olduğunu ve kocaman odanın camdan duvarlarının yağmur damlalarıyla kaplı olduğunu gördüm. Yağmur yağmaya devam ettiğinden damlalar gözyaşlarıymış gibi aşağı süzülüyor, bu manzara da ışık oyunlarıyla duvarlara yansıyordu.

Büyük yatakta yatan bedenin doğrulup gözlerini ovaladığını gördüğümde içeri girip kapıyı kapattım ve yanına yürüdüm.

"Liva?" diye sordu karanlığa doğru, okyanuslar bedenimin ardından gözlerime çevrildiğinde ellerim titriyordu.

"Bu bir daha tekrarlanmayacak, söz veriyorum," diye mırıldandım isteğimi dile getirmeden hemen önce. "Bu gece seninle uyuyabilir miyim?"

Suratımdaki ifadeyi gördükten sonra mıdır bilinmez, kafasını sallayıp örtüyü kaldırdı ve altına girmem için tuttu. Dizlerimi kırıp yatağın üstüne çıktıktan sonra kaldırdığı örtünün altına girdim ve sırtımı yatak başlığına yaslayarak oturdum.

"Ne oldu?"

İç gıdıklayan sesi toktu, onu uykusundan uyandırdığım için de boğuk geliyordu.

Bu yatağın her bir yanı onun gibi kokuyordu. Duş aldığı hâlâ nemli saçlarından belliydi, mentollü şampuan kokuyordu.

Derin bir nefes aldıktan sonra gözlerime dizilen yaşları geriye ittim.

Yanıma oturmuştu, bileğimden tuttu. "Liva, neden anlatmıyorsun?"

"Anlatacağım," diye mırıldandım yutkunurken. Bir yandan da kendimi buna hazırlamak için kafamı sallıyordum. "Anlatacağım ama bir daha konusunu dahi açmayacaksın." Anlatmak istiyordum. İçimden atmak istiyordum.

Onayını almak istercesine gözlerine baktığımda dışarıdan yansıyan ışık yüzümü aydınlattığından gözlerimi gördü. Muhtemelen kan çanağına dönmüşlerdi.

Kafasını salladı. O da benim gibi sırtını yatak başlığına yasladığında milyonuncu kez suratımı sıvazlıyor, dudaklarımı çiğniyordum. "Hakkımdaki temel şeyleri bildiğini biliyorum, bunca zaman sormaman beni hep şaşırttı." Kafamı eğdim. "Babamın küçük yaşta bizi terk ettiğini bildiğini biliyorum, annemin başkasıyla evlendiğini, ben on beş yaşındayken intihar ettiğini... Bunları bildiğini biliyorum Pars." Derin bir nefes aldım. "Sahne arkasında dönen şeyleri de az çok tahmin ettiğini."

Sustu. Tek kelime etmedi. Eğer konuşursa benim devam edemeyeceğimi biliyordu sanki.

"Babam gittikten sonra annem depresyona girdi, alkol bağımlısı oldu. Hep içiyordu. Ne zaman evden çıkıp nereye gittiğini, nerede uyuduğunu bilmiyordum. Bazen gecenin bir yarısı evden çıkıyor, günlerce gelmiyordu. Evde küçük bir kızı olduğunu unutmuştu bile, ya da umrunda değildi bilmiyorum. Babamın da neden gittiğini hiç öğrenemedim zaten." Yutkundum. "Sonra bir ara, tam düzeldi derken bir adam getirdi eve. O adam geldiğinde ben hep odama çıkıp ders falan çalışırdım, korkuyordum çünkü. Bir gün benimle tanıştı. Bana babam olacağını söyledi. Annemle evlenmişlerdi, hiçbir şeyden haberim yoktu."

"Ama annemin alkol sorunu hiç düzelmedi. Zengin bir kadındı, haftanın başında ya da günler sonra hatırladığında bana harçlık verir, sonra ortadan kaybolurdu. O adam da hiç rahatsız olmadan evde gezerdi. Ben odamdan çıkmazdım, hiç hoşlanmıyordum ondan. Hep sigara içer, maç izlerdi. Evden çıktığında koltuklardan toplardım içki şişelerini. Ardından annem bir işe girdi, çalışmadığı için kendini boşlukta hissettiğiyle ilgili bir şeyler söylüyordu zaten hep. Bir barda garsonluk yapmaya başlamıştı. Gündüzleri bazen evde oluyordu ama geceleri gidiyordu, buzdolabının üstüne bıraktığı yapışkan sarı kâğıtlı notları hâlâ hatırlıyorum. O kadar üzülüyordum ki dünyanın en aptalca şeyini yapıyordum, kâğıtları uçak yapıp çatıdan aşağı uçuruyordum. Aylarca Polyanna gibi yaşadım, aylarca her şeyin düzeleceğini söyledim kendi kendime. Katılmadığı veli toplantıları, mezuniyetim... Her şey beni hedef almış zehirli bir ok gibiydi, eve döndüğümde o günün ardından sağ kalmış olabilme ihtimalim yoktu hiçbir zaman, olmadı."

Kafamı geriye atıp tavanı süzmeye başladım. "Bir gün yine annem yokken, o adam eve sarhoş geldi. Geldiğini duyduğumda hep odamın kapısını kilitlerdim ama o akşam annemin geldiğini düşünmüştüm işte. Aşağı inip etrafa bakarken onunla karşılaştım." Ellerimi yüzüme kapattım. "Beni Bahar diye çağırıyordu, ondan kaçmaya çalışırken peşimden koşuyordu. Çok korkunçtu. Odama girip kapıyı kilitledim ama..." Nefeslerim sıklaşmaya başlamıştı. "Kapıyı yerinden söktü. Onunla oyun oynadığımı, cilveleştiğimi düşünüyordu."

Kolumu tuttu. Dokunuşundan refleks olarak kaçarken kendimi ileriye attım ama daha sonra ne yaptığımı fark edip durdum. Yüzüne bakamıyordum. "Üzgünüm, ben..."

"Sorun değil," dedi öfke dolu sesiyle. Bana kızgın olmadığını biliyordum, bana kızgın değildi. O adama kızgındı.

Kendimi geriye çekip tekrar yatak başlığına yaslandım. "Beni... Beni dövdü, çok kötü dövdü. Öyle ki korkumdan günlerce yatağımın altından çıkamadım. Annem hiç gelmedi, geldiyse de beni aramadı. Odama çıkmadı. Bilmiyorum, bilinçsizce yattığımı hatırlıyorum sadece." Dudaklarımı birbirine bastırdım. "Kaçıp kurtulmak istiyordum ama aslında o adamın gitmesini istiyordum, annemi geri istiyordum. Mantıklı hareket edemeyecek kadar küçük ve yaralıydım, ondandı belki de. Bilmiyorum. Toparlandıktan birkaç hafta sonra artık o geldiğinde çatı katına kaçıyordum, oranın kapısı tavandaydı ve istese de demirden olduğu için kıramazdı."

"Çocuklar karşılıksız severler annelerini Pars, biliyorsun," diye mırıldandım sesim çatlarken ama ağlamıyordum, kendimi tutuyordum. Tutacaktım. "Her anne sevmez ama çocuklarını karşılıksız. Ben bunu öğrendim." Gözlerimi ovaladım avuçlarımla. "Anlatamıyorum..."

Gözlerimi ovalayan avuçlarım yüzüme kapandığında, "Tamam, tamam gel buraya," diyerek elleriyle bileklerimden tuttu ve bedenimi kendine doğru çekti. Başımı eliyle boynuyla çenesi arasındaki bir yere yaslarken kafam tam o araya girmişti. İstemsizce yükselip kollarımı boynuna dolarken dudaklarımı birbirine bastırdım.

"Özür dilerim, hiç sormamalıydım."

"Hayır," diyerek karşı çıktım ama sesim kayıyordu resmen, daha fazla konuşamazdım. "Sadece sürekli denk geliyor ve ben artık geçmişin hayaletleriyle yaşamak istemiyorum."

"Biliyorum, istemiyorsun."

Elleri saçlarımla dolaşırken daha fazla kokusuyla sarhoş olmak istemediğimden kollarımı geri çektim ve saçlarımı geriye atıp burnumu çektim. "Lütfen devam etmemi isteme."

"Hayır, istemeyeceğim." Uzanıp örtüyü kaldırırken altına girmem için bekledi. Ona uyup içeri girerken kafamı yastığa yasladım ve gözlerimi üzerinde gezdirdim. Öyle anlaşılmaz bir surat ifadesi vardı ki, ne yapacağımı bilemiyordum. Yalnızca saçlarından gelen o mentol kokusuyla sarhoş olmayı bekliyordum.

O da yatakta kayıp yanıma uzandığında gözlerimi kapattım ve "İyi geceler," diye mırıldandım.

"İyi geceler," dedi tok, boğuk bir sesle ama ikimiz de iyi bir gece olmadığını biliyorduk.

Birkaç dakika sonra gözkapaklarımı araladım ve ona baktım. Sırtüstü dönmüş, tavanı izliyordu yalnızca. Gözlerimi açtığımı görmemişti, bu yüzden onu izlemeye devam ettim.

Çok değişik bir adamdı. Surlarımdan içeriye girerken izin bile istemeye gerek duymamıştı, ben de bir şey dememiştim. Bu beni çok ürkütüyordu çünkü insana bir şeyler hissettirebilenler ancak zarar verebilirdi. Gökyüzündeki yıldızları önüne serebilenler yalnızca Ay'ı yukarıdan indirebilirdi.

Kapıyı aralık bulduğunda sormadan içeri girenler yalnızca, sessiz sedasız gidebilirdi.

Onu izledim.

Büyük elleri vardı. Göğsümü delip kalbime ulaşarak onu avuçlarında sıkabilecek kadar büyük. Gözlerimin önünde ellerini göğüs kafesime daldırışını izledim.

13

Kırık Kalp Tacirleri

Kalbine dokunabilenler, onu kırabilirler de.

Dün gece şehrin üzerine çöken karanlık ve öfke dolu yağmur bulutları, insanoğlunu iri su damlalarıyla değil de ceviz büyüklüğündeki buz parçalarıyla selamlamıştı. Kimya laboratuvarının eskiden, okulun yeşili pek seven öğrencileri tarafından pencere kenarlarındaki kahverengi saksılara dikilmiş renk renk çiçeklerinin durduğu ama artık yalnızca soğuk, boş bir evi andıran mermerlerinde gezdiriyordum gözlerimi; dolunun, ince pencere camlarında bıraktığı çatlaklar gecenin misafirlerinin giderken hediye bıraktığı tek şey değildi.

İnsan ilişkileri de bu yalnızca bulutların Güneş'i sarmalamaya karar vermediği günlerde aydınlanan pencere kenarına benzemiyor muydu sahiden? Kuru topraklarına çiçekler ekmesine, tohumlar serpiştirmesine izin verdiğin insanlar bir çeşit Güneş Vampirleri gibiydiler. Gündüzleri sana gülümseyip elini uzatanlar, hava karardığında ve gece çöktüğünde, sabaha geri dönmek sözüyle gidiyorlardı. O söz bir umut olarak göğüs kafesine bırakıldığında dallanıp budaklanmıyor muydu? Kemiklerine dolanıp pimi çekilmiş bir bomba gibi saatini bekliyordu.

Güneş'in doğuş saatini.

Gelmezse...

Çıt.

"Hey, iyi misin? Zil çaldı."

Sindiğim sıranın köşesinden kafamı üzerine devirdiğim kollarımı kaldırarak doğruldum ve yanımdaki Biyoloji partnerim İrem'e döndüm. Eşyalarını çoktan toplamıştı ve bana tepesinde sımsıkı topladığı hoş bir şampuan kokusuna bulanmış saçlarının ardından kaşlarını kaldırarak bakıyordu.

"Duydum, yalnızca bugün biraz uykusuzum."

Aslında değildim. Dün gece Pars'ın yatağında uyumuş, hiç kâbus görmemiş ve uzun zaman sonra güvende hissettiğim bir sabaha uyanmıştım. Böyle bir hissi tatmayalı o kadar uzun zaman olmuştu ki, kendimi duyguların pençesinden kurtarmaya çalışırken neredeyse tam da her şeyin ortasına bırakacaktım.

Hislerin annesi kalp miydi, beyin miydi bilmiyordum ama hangisiyse onu artık bedenimde taşımak istemiyordum.

"Hiç de öyle değil, yalnızca biraz üzgünsün ve benim görevim de seni biraz neşelendirmek," diyerek elini uzatan İrem'e alttan bir bakış attım. Sandalyeden kalkıp onunla gelmem için gözleriyle işaret veriyordu. Bugün gayet güzel ve mutlu görünüyordu, uzun zaman sonra onu böyle görmek beni biraz olsun rahatlatmıştı.

Çünkü tek işlevi bedenime kan pompalamakken aklı başka yerlere kayan sevgili, biricik organım kalbimin, artık sivri uçlu zehirli pençeleri vardı ve her saniye boğazımda geziniyordu.

"Pekâlâ," diye mırıldandım dersin başından beri kapağını kaldırmadığım kitabımı elime alıp elinden tutarak yerimden kalkarken. Peşinden yürüyüp koridora çıktığımda yanımda bir şey söylemek istercesine soru işaretleriyle dolu bakışlar atıyordu.

"Sökül."

"Ya!" Okul dolabının önünde durduğumuzda ayağının topuğunu yere vurdu. "O kadar mı belli ediyorum?"

"Sen belli etmiyorsun, ben anlıyorum," diye mırıldandım gözlerindeki ışıltıyı zihnimin karışıklığıyla çözmeye çalışırken. Daha berrak bir zamanda onunla iletişim kursam çok daha iyiydi çünkü bu kafayla derdine deva olabileceğimi hiç zannetmiyordum.

Yutkundu, çok normal bir şey anlatıyormuş gibi dolabına şifreyi girdi ve elindeki kitapla defteri yerleştirirken, "Sanırım artık bir sevgilim var," diye geveledi ağzının içinde.

Gözlerimi kocaman açarak dolaplara yaslandım ve "Ne?" diye bağırdım, kendime hâkim olamadığım bir ses tonuyla.

"Ya, bağırmasana... Millet duyacak..."

"Milletten bana ne, beni sen ilgilendiriyorsun," diye söylendim öfkeyle karşısında dikilirken. "İrem, Tolga'nın tehlikeli, kötü ve sana uygun biri olmadığını söylüyorum sana. Neden hâlâ onun yanındasın?"

"O kötü biri değil Liva." Dolabını kapatıp bana dönerken omuzları çökmüştü, gözlerindeki parıltılar da yavaş yavaş sönüyordu. "Hem, herkes kurtarılmayı hak eder."

Kafamı olumsuz anlamda salladım. İrem'e ne kadar üstü kapalı laf göndermesi yaparsam yapayım anlamayacaktı çünkü oturup da ona her şeyi başından sonuna ayrıntılı bir şekilde anlatmıyordum, anlatamazdım da. Bildiklerimden çok, bilmediklerimden korkan biri olarak çocukları incitmekten ya da Pars'a ters düşecek bir şey yapmaktan çekiniyordum çünkü bu sabah uyandığımda o odada Tolga'yla beraber ne sebeple tıkıldığımdan, neler gördüğümden ya da Pars'ın neler yaptığından çok benim ona neler söylediğimden pişman olmuştum.

Ve pişmanlık, benim kanıma üvey bir acıydı. Onu ellerimle tutamayacağım kadar uzağa fırlatmıştı yüreğim yıllar önce, bir daha yaptığım hiçbir şeyden vicdan azabı duymayacaktım.

Ama ben dün gece, tek yaptığı beni ve diğer insanları düşünmek olan bir adamı hiç hakkım olmadığı halde suçlamış; üstelik bana evini bile açan bu adama bir de utanmazca gecenin bir yarısı aynı yatakta uyuma teklifi yapmıştım.

Yaralarımı göstermeden önce.

Açık yaralar görünmez değildi, önünde sonunda fark edecekti. Yara bandı tutmayan izleri, görmesine ramak kalmış bir insanın gözünün önüne tutmak da yapabileceğim en cesur hamleydi.

Ama yanlıştı.

Bütün öğlen İrem'in mutluluğunu dinledikten sonra son ders üniversite başvurusu için beni yanına çağıran Müdür Yardımcısı'nın odasından çıktığımda, dersin bitmesine yaklaşık 20 dakika vardı. Sınıfa geri dönmek hiç içimden gelmiyordu, zaten bütün gün derslerde camdan görünen yağmurun şakırtısını dinlemiş ve dün gece olanları düşünmüştüm.

Sabah olduğunda ve Pars'ın yanında uyandığımda ne halt yediğimin farkına varmış, bir dizi küfürü içimden sessizce benliğime kolayca edilen bir iltifatmış gibi sıralamış ve eşyalarımın olduğu odaya koşup üzerimi giyindikten sonra bedenimi dışarı atmıştım. İşin kötü tarafı, tüm bu süre boyunca Pars'ın uyanık olduğunu biliyordum ve bu bilgiye sahipken hareket etmek hiç de kolay olmamıştı. Muhtemelen dün gece, akşam olanların şoku yüzünden istemeden bir şeyler anlattığımı düşünmüş ve sabah da şokla uyandığımı fark ederek bana sessiz bir ortam tanımıştı. Bunun için minnettardım ama yine de bir köşede kendimi aptallığım yüzünden falakaya falan yatırmam gerekiyordu. 21. yüzyıldaydık, kim oldukça aydınlık düz bir yolda yürümek varken tonlarca ağırlıktaki taşların serpiştirildiği, her an hayal kırıklığına dönüşebilecek cam kırıklarıyla dolu soğuk, izbe ve karanlık bir yolu tercih ederdi ki?

Ben etmezdim. Benim tercih etme şansım yoktu. Çünkü benim tercih edebileceğim bir yol yoktu.

Bir tane vardı, o da ufak birkaç kâğıt parçası ve bir kalemin arasına sıkıştırılmış işe yaramaz harflerden oluşan bir vazgeçişti sadece.

Ben ise yalnızca bekliyordum.

Yapmam gereken tek şey beklemekken, neden tam tersini yapıyordum?

Adımlarımı oldukça küçük ve yavaş tutmaya çalışarak merdivenlerden aşağı indikten sonra sağa dönecektim ki sağımdaki temizlik odasının kapısı açıldığı an irkildim, geriye çekileceğim sırada ise koluma sarılan kalın ve büyük bir erkek eliyle içeriye doğru çekildim. Girerken kapının girişinden tutunsam da bunu hiç beklemediğimden resmen gafil avlanmıştım.

Çok da küçük olmayan, iki cama sahip karanlık odada aydınlık tarafa doğru yürüyüp uzaklaştıktan sonra dönüp kapının önünde dikilen uzun boylu erkeğe döndüm. "Tolga?"

"Nasıl yaptı?" diye sordu öfkeyle, burnundan soluyor gibiydi. Omuzları inip inip kalkıyordu, odanın pencere tarafı hariç kalan bölümleri pek aydınlık olmadığından surat ifadesini net göremiyordum ama kaşlarını çattığına emindim.

"Hiçbir boktan haberi yoktu, buna rağmen şirketin müdür sekreterinin aklını çelebildi ve bize o siktiğimin sözleşmesiyle yarardan çok zarar verdi!"

Elimi kalbime götürdüm. "Çok üzüldüm... Bunu nasıl halledebiliriz Tolga? Çünkü biliyorsun, şirketiniz o kadar umurumda ki bu uğurda canımı seve seve feda edebilirim. Sadece söyle ve yapayım."

Boğazından garip bir ses geldiğinde geçtiğim dalgaya öfkelenip eliyle saçlarını yoldu. "Bu herifi anlamıyorum. Anlamıyorum!"

"Tolga," diye mırıldandım sakince kollarımı göğsümde bağlayarak.

"Ne var?"

"Hiç menenjit, frengi oldun mu ya da bir zehirlenme yaşadın mı?"

Kaşlarını çattı, artık biraz da olsa aydınlık tarafta duruyordu. "Ufak bir zehirlenme geçirmiştim, neden?"

"Bu tür hastalıklar ve durumlar geri zekalılığa sebep olabiliyor, çok da ilerlemeden bir doktora görün bence."

"Sikerim böyle ittifakı," diye homurdandı gözleri ateş saçarken. "Al herifi vur sevgilisini! Biri bok diğeri laciverti. Sizi bana sayıyla mı gönderiyorlar ulan!"

Sevgilisi mi? Pars'la birlikte olduğumu mu zannediyordu? "Pars benim sevgilim değil."

"Şimdi öyle değilse bile durumun değişmesi çok da uzak değil." Suratında alaycı bir gülümseme vardı. "Yanında dolaştığın herifi ne kadar tanıyorsun Liva? Mesela onun son birlikte olduğu kızın şu an ne kadar boktan bir durumda olduğunu biliyor musun? Sabah okula gelirken hiçbir şey yokmuş gibi sağ cebinde saatli bir bomba taşıyorsun."

"Neyden bahsediyorsun Tolga? Eğer zihnime oynamak istiyorsan bu üstünü üst üste kırk battaniyeyle kapadığın cümlelerinle hiçbir şey elde edemezsin. Açık konuş."

Sırıttı. Artık keyfi yerine gelmiş gibiydi. Belki de yanlış hamleler yapıyordum, almak istediği cevap tam olarak buydu. "*Kurdun yanına geçmişte yapışan kuzu çok yanlıştı evet ama, yavru bir kedi de pek akıllı bir tercih değil.*"

"Kelime oyunlarından hiç hoşlanmıyorum."

"Herkes hata yapar," diye mırıldandı kafasını yana eğip omuz silkerek. "Önemli olan nasıl bir ders çıkardığın. Öyle değil mi?"

"Peki sen ne oluyorsun bu durumda? Uslanmaz, akıllanmaz... Hata üstüne hata yapıp duruyorsun. Yanında bir yardımcı taşısan çıkan listeden buradan Avrupa'ya bir köprü daha yaparız." Kafamı olumsuz anlamda salladım. "Bir vampir asla bir kurt adamın karşısına geçip beni gümüş hançerle kalbimden bıçaklarsan öldürebilirsin ancak demez, cebinde tam da bahsettiği silahı taşıyorken."

"Belki de bu bir numaradır, belki de kurt adamın ona yaklaşmasını ve keskin dişlerini boynuna geçirmeyi bekliyordur vampir. Bilemezsin." Kaşlarını kaldırdı. "Bir kurt asla aynı etten iki ısırık almamalı, Liva."

"Belki de o kurdun ikinci ısırığında da zehirlenmediğini görmek istemiyorsun. O yüzden eti önünden çekmek istiyorsun. Belki de zora düşen karşı taraf her seferinde aynı lafı ağzında geveledi ve diğeri de yeterince cesur olamadığı için her şeyden vazgeçme gafletine düştü."

Kafasını aşağıya eğdikten sonra olumsuz anlamda sallamaya başlamıştı. Bir süre *cık, cık, cık* sesini çıkardı. "Ne demek istediğimi anlamıyorsun. Ama sorun değil, yakında anlayacaksın."

Başka bir gezegenden gelmiş gibi sorularımı daha da evirip çevirerek zaten düğüm olmuş ipi iyice körleştiriyordu, en başta sadece aklımı karıştırmak istediğini düşünüyordum ama şimdiki hareketleri ne yapıyorsa ya da ne diyorsa mutlaka mantıklı bir açıklaması olduğunu hissettiriyordu. Çok korkunç bir insandı, kafasının içinde neler dönüyordu bilmek istemezdim.

Gözlerim pencereden dışarıya çevrilirken, "İrem'den ayrıl," diye mırıldandım en keskin ses tonumla. "Onu bir silah olarak kullanamazsın, bu hile olur. Bu kadar şerefsiz olma."

Bir anda gözleri döndüğünde duvara yumruğu geçirdi ve kemiklerinden gelen sesle dehşet içine düştüm. Geriye çekilirken dizlerim çözülüp yere yapışmadan önce duvardan boylu boyunca yere bir kan yolunun açıldığını görmüştüm.

"Ne zaman kullandım lan İrem'i!" diye bağırdı, daha önce hiç duymadığım şiddette bir sesle. "Ne zaman kullandım!"

O kadar öfkeli görünüyordu ki, boynundaki şahdamarının çatlayacak derecede şiştiğini fark etmiştim. Korkunçtu. Ona olan bakışlarımdaki hiddet ve korkuyu hissettiği an, şaşkınca ellerini kaldırıp duvara baktı ve ne yaptığını fark ettiği an geriye doğru gidip kapıyı açtığı gibi ardından parçalar gibi kapayarak dışarı çıktı.

Beni şiddetinin artçı depremleriyle yalnız bıraktı.

13 yaşındaki Liva Uz, şiddeti hissettiği an zihninin kabuk tutmuş mahzenlerine kilitlerdi kendini. 21. yüzyılın makineleşmiş insanları buna kriz geçirmek diyordu, panik atak olarak adlandırıyorlardı.

Sözlük anlamı, "*ara ara tekrarlayan ve insanı dehşet içinde bırakan korku nöbetleri*"ydi.

Belirtileri...

Göğüs ağrısı ya da göğüste sıkışma. *Nefesini aldığın ama geri veremediğin yerde küflenen oksijeni duydun mu hiç? Son kullanma tarihi gelmeden bozulan süt gibi, fark etmeden keyifle içilen bir içecek sanki.*

Çarpıntı. Kalbin kuvvetli ya da hızlı vurması.

"Eğer sayılarla değil de benimle oynarsan, sana pizza alırım."

Terleme.

"Nasıl bir oyun bu?"

Soluğun kesilmesi.

"Kurallarını benim koyduğum bir oyun."

Nefes darlığı ya da boğulur gibi olma.

"B-ben-"

Titreme ya da sarsılma.

*"Bir cevap vermek bu kadar zor olmamalı seni küçük o*****!"*

Ölüm korkusu.

En son ölmekten korktuğumda annem mutfakta yemek pişiriyordu. Kesik kesik de olsa hatırlıyordum boyası çıkmış küçük, kırmızı oyuncak arabayı. Benim oyuncaklarım yoktu, arabayı da evin önündeki kaldırımda bulmuştum zaten çöpü atmaya çıktığımda. Tepe takla kenara atılmış, kirlenmiş ve biraz paslanmıştı ama siyah beyaz dünyama öyle güzel görünmüştü ki kırmızı rengi... Televizyonun sabit durduğu duvara dayanmış masanın üzerine, eski bir vazonun yanına bırakmıştım.

En son ölmekten korktuğumda annem mutfakta yemek pişiriyordu. Belki her şey hazır olduğunda yıkadığı ellerini beze silerek kapıdan görünüp beni sofraya davet etmemişti ama makarnanın olduğu tencerenin kapağını açtığı an etrafa yayılan kıyma ve salça kokusunu unutamamıştım.

Annem mutfakta yemek pişiriyordu. Babamın her akşamki gibi saat 7'de anahtarlarıyla kapıyı açıp içeri girmesi ve çantasını portmantoya asıp soğuk bir duş alması gerekiyordu.

Salça kokusu çok güzel geliyordu. Salçadan nefret ederdim ama o akşam güzel kokuyor gibi gelmişti.

Keşke onun yerine babam eve gelseydi.

Titrek bir nefesi aralanan, kurumuş dudaklarımdan tek seferde verebildiğim dakikaların birinde soğuk ve sert bir zeminde yattığımı yeni idrak ediyordum. Ne zamandır kararan havanın vurduğu tavanı izliyordum? Bilmiyordum. Eğer zararlı bakteriler üzerinde yattığım taş zeminde kaldığım her dakika için sayıca katlanarak üzerime nüfuz etseydi bile, hastalıklı zihnimin yok ettiği hayatım kadar bile zarar veremezlerdi herhalde bana. Çünkü zaman kavramını kaybettiğim ve bir şeyleri hafızama kaydetmekten yorulduğum an başlıyordu kâbus. Bunu kıyaslayacak bir şeyleri bulmayı deneyerek günlerimi geçiriyordum aslında önceden, doktorlar nasıl hastalarının sorunlarını tespit ettikleri an bir ilaç reçetesi yazıyorlarsa; ben de elimde kalem ve kâğıtla bekliyordum o büyülü anı.

Herkes beklerdi.

Ama herkesin elindeki kalem iğneye, kâğıt da ipliğe dönüşmezdi.

Herkesin yaraları yara bandıyla öylece kapanabilecek kadar basit değildi. Belki de benim sorunum buydu; dikiş atılması gereken derin kesiklere, yara bandı yapıştırıp duruyordum. Belki de Pars'ın cebinden yara bandı çıkmasını istemek mantıklı değildi, o zaten uzun parmakları ve büyük elleriyle mükemmel dikişi atabilecek kapasiteye sahip biriydi ama ben onu yapışkan kâğıtlarla kısıtlayıp duruyordum.

Ama belki de... Ben narkozu yiyip masaya uzandığım an onun eli iğne ipliğe değil de neştere gidiyordu. Nereden bilebilirdim?

Zaman ve mekân kavramını oturtabildiğim dakikalardan birinde, uyuşmuş kemiklerimi yavaş hareketlerle oynatarak doğruldum ve ayağa kalkmadan önce üşümüş ellerimi tozlu zemine yaslayarak bir saniyeliğine gözlerimi kapattım. Ben yıllardır panik atak geçirmiyordum. En kötü durumlarda bile kendimi frenleyip aklımı başka evrenlere uçurarak kendime hâkim olabiliyordum.

O zaman az önceki de neydi?

Okuldan çıktığımda hava kararmıştı. Çantam sınıfta değildi bu yüzden telefonuma da sahip değildim. Muhtemelen İrem bunalıp kaçtığımı falan düşünüyor olmalıydı ki çantamı yanına almıştı ama bahçeden çıktıktan sonra sahil yoluna doğru ilerleyen adımlarım İrem'in evinin diğer tarafta kaldığını haykırırken tek yaptığım ilerlemeye devam etmekti.

Dr. Lamen böyle zamanlarda dışarıya çıkıp şehrin havasını ciğerlerime doldurmamı ve kafamı boşaltmamı istiyordu benden. İlk başta bunun bir saçmalık olduğunu düşünmüştüm çünkü asıl kaçmaya çalıştığım insanlar ve onların boş gürültüleriydi, kim başını ağrıtan bir kuşun avucunun içine konmasına izin verirdi ki? Ama sabahın erken saatlerinde, bir parkın bankına oturup hafifçe mavileşen gökyüzünü izlerken hoş geliyordu işte o melodi.

Önemli olan yer ve zamandı. İnsanlar hep aynıydı. Yalnızca kendini planlamalı ve buna göre yaşamalıydın. Bana göre değildi, hiç olmamıştı... Ben, nasıl yaşanılır bilmiyordum. Hayatının ortasında eşini ve küçük kızını terk eden babam mı rol modelim olmalıydı, yoksa eşinin gidişini kaldıramayıp alkol batağına düşen ve bunu da kim olduğu belirsiz bir adamla evlenerek atlatmaya çalışan zavallı annem mi?

Kendini uyuşturmak için sürekli kitap okuyan genç bir kız olabilirdim çünkü diğerlerinin yaptığı tam olarak buydu. Bir de damardan giren eroin yerine kulaklıkları kulağına geçirdiğin an bütün dünya susuyordu ama elbet bir gün o kitabın son sayfası gelecek; o şarkı da bir gün bitecekti.

Belki de kendimi bu kadar küçük yaşta bu kadar savunmasız bırakmamalı, kendimi çırılçıplak toplumun ortasına atmamalıydım.

Pusula'nın kapısında dikilen bodyguardları gördüğüm an merdivenlerden çıkarken üzerimdeki okul formasına bir bakış attım. Beni kesinlikle içeri almak gibi bir düşünceleri olamazdı, ceketimin kenarına işlenmiş lise logosu bir şey denemek için efor sarf etmeden evin yolunu tutmam için beni ikna etmeye çalışıyor gibiydi ama yine de yorgun ayaklarım tam da kapının önünde durdu.

Kel olan adam bana bir bakış atıp yanındaki saçları jöleli olana döndü. Jöleli olan da dümdüz önüne bakıyordu. Kapı açıktı, koridor görünüyordu ve müziğin sesi kulaklarıma ulaşıyordu. Muhtemelen bu halde kendimi o gürültünün kucağına atmak pek de mantıklı bir seçim olmayacaktı ama kartlar açık değildi ve ben de kör oynuyordum.

"Buranın sahibi-" *ni tanıyorum. Eğer çağırırsanız ya da ararsanız gelecektir.*

İkisi birden eliyle içeriyi gösterdiklerinde kaşlarımı çatarak suratlarına baktım. Saçları jöleli olan, "Sizi tanıyoruz," diyerek gözlerini yüzüme çevirdi. "Beyefendinin emri var."

Bir an dağılmış aklımda, "Hangi beyefendi?" diye mırıldandım mor ışıklar yüzünden kamaşan gözlerimi yumruk yaptığım ellerimle ovuştururken ama cevap vermediler. Ben de canıma minnet kafasıyla omuz silkip kapıdan içeri girdim ve koridorda ilerledim.

İlerledikçe bugünün hangi gün olduğu yavaş yavaş aklımda şekilleniyordu çünkü içeriden sigara ve alkol kokusu geliyordu. Büyük ve ihtişamlı salonun rezalet görüntüsü de gözlerimin önüne serildiği an her şeyi anlamış oldum.

Bugün malum günlerdendi ve benim burada olmamam gerekiyordu.

Hele de lise üniformasıyla, genç kız fetişi olan bu iş adamlarının karşısına çıkmak...

Bar kısmına Oğuz'u görme umuduyla bakındığımda daha önce hiç görmediğim yüzlerin tezgâhın arkasında olduğunu fark ettim. Ardından gözlerim etrafta dolaştı çocuklardan birini görme beklentisiyle ama bu beklentim de hüsrana uğramıştı. Belki de dönüp korumalardan birinin telefonunu kullanmalıydım, böylece kısa yoldan sonuca ulaşabilirdim.

Fakat o sırada tuvaletlerin olduğunu bildiğim koridordan çıkan hoş, siyah ve kısa bir elbise giyen kâküllü kızı fark ettim. Küçük suratında sade bir makyaj vardı ve yorgun gözleri oldukça bayık bakıyordu. Sarhoş olabilir miydi?

Adımları merdivenlere yöneleceği sırada kalabalığın arasına dalıp ilerledim ve ikinci basamağı çıkacağı sırada seslendim. "Hey! Hey!"

Oldukça tembel olan adımları durduğunda birkaç saniye içerisinde yavaşça arkasını döndü ve bana bir bakış attı. Kaşlarını çatmıştı. "Ne var?"

Benim de kaşlarım çatıldı. Bir süre ne söyleyeceğimi bilemedim. "Şey... Pars'ı gördün mü?" Çocukluk arkadaşına ne denilirdi? Ama burada olduğuna göre, Pars da uzaklarda olamazdı. Naz'ın buraya gelme sebebi Pars değilse başka kim olabilirdi ki? Arka tarafta mekâna salınmış kadınlarla aynı iş için burada olmadığına emindim.

"Sen de mi?" diye homurdandı. "Kızım, bak. Pars başkalarının artıklarıyla ilgilenmiyor, tamam mı? Bunu o aklına sok. Mekânda görüp görüp yanına geliyorsunuz, sulanıyorsunuz falan bunlar hiç onluk değil. Bir aklından çıkar ya! Kankitoşkolarına söyle onlar da silsinler akıllarından! Yeter!" Üzerime baktı. "Hem bu ne lise forması? Yeni konsept mi?"

Beni yanlış anlamıştı. Beni tanımıyordu ki. Yüzümü yalnızca karanlıkta, arabanın içindeyken görmüştü ki bunun da pek akılda kalıcı olabileceğini zannetmiyordum.

Yutkundum. Ona açıklama yapmam gerekiyordu fakat o kadar aç ve susuzdum ki bir türlü dudaklarım aralanmıyordu. Bir süre öylece ne söylemem gerektiğini düşünerek yüzüne baktım. Ardından cümleleri toparlamaya çalıştığım sırada karşıdan kravatı boynundan sarkan, beyaz gömleğinin düğmeleri karnına kadar açılmış bir adamın geldiğini fark ettim ve sıkıntıyla nefes verdim.

"Canım, sen nereden çıktın böyle?"

Muhtelemen 40'lı yaşlarındaydı ve leş gibi içki kokuyordu.

Kolunu omzuma atacağını fark ettiğim an refleks olarak merdivenlere çıktım ve ondan kurtuldum. "Yoluna devam et dede."

"Ne dedesi? Aramızda üç beş yaşın lafı mı olur canım?"

"Aramızda üç beş yaş yok, üç beş asır var," diye mırıldanırken kendi kendime, Naz'ın yukarı çıktığını fark edip elimi bileğine doladım. Kendini sertçe geriye çekip, "Of!" diye bağırdığında, "Ben Liva," diyerek hızlıca konuştum ve peşinden yukarı çıktım. Adam da merdivenlerden gelmeye başlamıştı. "Pars'ın arkadaşıyım, burada çalışmıyorum. Yemin ederim."

"Liva mı?"

"Beni görmüştün. Apartmanının dışında, siyah bir Lamborghini'nin içindeydim. O akşamı hatırlıyor musun?"

Naz bir anda hayalet görmüş gibi suratıma bakmaya başladığında bu tarafa doğru merdiven çıkan adamı yeni fark etmiş gibi silkelenerek kendine geldi ve "Siktir," diye mırıldanıp o gürültünün içinde koridor kapılarında dikilen korumalara doğru ıslık çaldı. Korumalardan ikisi anında bu tarafa doğru harekete geçtiğinde adamı işaret etmişti ve beş saniye içinde adam çoktan aşağı indirilmiş, mekânın dışına doğru sürükleniyordu.

Naz, "Senin burada ne işin var?" diye söylenip başıyla yukarıyı işaret ettiğinde itiraz etmeden peşinden yukarı çıktım. İlk katta durmamış, ikinci katın merdivenlerini çıkmaya başlamıştı.

"Resmen seni şey sandım-" Bir kapının önünde durduğumuzda omuzları çöktü ve seslice nefes verdi. Elini uzatmıştı. "Ben Naz."

Elini sıktım. Hafif çekik gözleri ve oval suratıyla beraber kâkülleri o kadar güzel görünüyordu ki, tam günışığının karşısına bırakılıp tam önünde doksan derecelik açıyla bir sandalye çekerek oturulup gün sonuna kadar izlenilebilecek türden bir kızdı. Parfümünün kokusu bile insanı gevşetiyordu. Bu yasal mıydı?

"Liva."

"Evet, seni tanıyorum," diye mırıldandı kapıyı tıklatırken fakat değişik bir tarzla tıklatmıştı. İki kere, sonra boşluk, sonra bir kere sertçe ve bir kere de hafifçe.

Kapıyı dağılmış sarı saçlarıyla Kayra açtığında Naz'ın arkasında beni gördüğü an gözleri büyüdü. "Neredesin sen?" Kolumdan tuttuğu gibi beni içeri çekerken Naz da peşimden girip kapıyı kapatmıştı.

Kayra, "Kaçak burada," diyerek beni üzerinde kapakları açılmış karışık dosyaların bulunduğu masanın önüne doğru hafifçe ittirdiğinde, masanın yanındaki deri koltuklardan birinde Pars'ın telefonda konuştuğunu gördüm. Beni gördüğü an okyanus gözleri kısıldı ve telefonu, "Söylediklerimi unut," diyerek kapatıp masanın üzerine fırlatarak ayağa kalktı. "Neredesin sen?"

Üzerinde koyu renk bir tişört ve deri ceket vardı, uzun bacaklarını saran hoş bir kot pantolon giyiyordu. Koyu renk saçları dağılmıştı, yüzüne baktığım an her zamanki gibi tüm dikkatim anında boynundan kulağının arkasına yükselen dövmesine yöneliyordu.

Üşümüş ellerimi ceketimin cebine soktum. "Beklenmedik ufak bir sorunla karşılaştım."

"Çantanı ve telefonunu bırakıp ortadan kaybolacak kadar önemli miydi bu sorun? Bir haber bile veremedin mi?" Elini saçlarından geçirdi. "Seni takip eden puşt okuldan hiç ayrılmadığını söyledi ama İrem senin eşyalarınla dışarı çıktığında onu etrafa bakmak için yolladım."

Kaşlarımı çattım. "İrem'le konuştun mu?"

"Tabii ki konuştum! Arada bunaldığında kafa dağıtmak için okulu asıp sahile gittiğinden ve geri döneceğinden bahsedip duruyordu, peşinizde dolanan takipçilerden haberi bile yok."

Gözlerimi odada gezdirdiğimde Kayra'nın ilerideki küçük mutfakta kahve hazırladığını, Giray'ın masanın üzerinde bilgisayarla uğraştığını ve Zamir'in de sert bakışlarıyla etrafı süzdüğünü fark ettim. Naz da koltuklardan birine oturmuş, yeri izliyordu.

Yorgun olduğumdan, birkaç adımda deri koltuğun başına ulaştım ve kenarına hafifçe oturup derince nefes verdim. "Tolga benimle temizlik odasında ufak bir konuşma gerçekleştirdi."

"Vay pezevenk!"

Zamir bir anda çıkıştığında Pars dönüp ona bir bakış attı ve etrafta dolandı. "Ne konuştunuz?"

"İşte şu, davette imzaladığın sözleşmenin şirketi kötü bir duruma düşürdüğünden bahsetti. Sekreterlerini mi ne ayartmışsın."

Naz'ın oturduğu yerde kıpraştığını fark ettim. Kaşlarını çatmıştı. "Oha, sen sözleşmeyi nereden biliyorsun?"

Her şeyi online bir şekilde en ön sıradan son kalite izledim çünkü.

"Biliyor işte," diye mırıldandı Pars. "Geç bile fark etmiş, süzme geri zekalı."

"Ya bu çocuk Taylan'ın oğlu değil mi? Madem biliyor her şeyi, neden çıkıp söylemiyor babasına bir bir? Bunu anlamıyorum." Naz şakaklarını ovuşturarak geriye yaslandığında bacak bacak üstüne atmıştı. Pars'la yakın olduklarını biliyordum ama olayların bu kadar içinde biri olduğunu bilmiyordum.

"İlişkileri pek iyi değil," diye mırıldandı Giray, bilgisayarı kenara bırakıp. "Aile problemleri ağır. Tolga muhtemelen böyle bir şeyle çıkıp gelse Taylan ona olan son inancını da kaybeder, bu yüzden böyle küçük oyunlar döndürüp büyük bir işe çevirmeye çalışıyor."

"Size, kendi oğlundan daha çok güveniyor yani. Bunu mu söylemek istiyorsunuz?"

Kayra elindeki kahve kupasıyla geldiğinde kahkaha atıyordu. "Tabii ki! Özellikle Kalkavan kısa sürede o kadar çok iş başardı ki, adamı şu an şu odaya çağırsak ve alt katta o kadar olay dönerken kafasına iki tane sıksak bu senaryo pek de hayal ürünü olmaz."

"Neden yapmıyorsunuz?" diye sordum istemsizce. "Neden bu işi hemen bitirmiyorsunuz? Neyi bekliyorsunuz?"

Pars deri bir koltukta oturuyordu. Bacaklarını açmış, dirseklerini dizlerine yaslamış ve kafasını önündeki dosyalara eğmişti. Birini eline alıp kaldırdı. "Bir kaplanı ince bir okla vurup öldürebilir misin?" Kafasını olumsuz anlamda sallayıp dosyayı masaya attı. "Hayır. Bu ona sinek ısırığı gibi gelir. Birkaç gün kaşınır sadece, sonra geçer. Ama iki düzine oku aynı anda, aynı yere atarsan? Anında nakavt olur. Oyun biter."

Daha çok kanıt toplayıp sağlam bir şekilde indirmek istiyorlardı.

Zamir elini cebine attığında çıkardığı telefonunun ekranından birinin aradığını görebiliyordum. Kulağına dayadığı an,

"Sizi sikeyim, ne işe yarıyorsunuz cidden?" diye homurdanıp ayağa kalktı ve telefonu geri cebine attı. "Ben aşağı iniyorum, korumalar yine bir bok becerememiş. Sarhoş moruklardan biri sorun çıkarıyormuş."

Zamir kapıyı çarpıp çıktıktan sonra Kayra da peşinden kahvesini bırakıp, "Ben de geliyorum," diye fırladığında Giray da bilgisayarını kapatıp çantasına attı. "Ben de çıkıyorum, bir iş vardı." Bir yandan da Pars'a bakıyordu. Pars kafasını salladığında aralarında şifreli bir şekilde konuştuklarını fark ettim.

Giray çıkmadan iyi geceler dileyip ortadan kaybolduğunda kafamı aşağıya eğmiş, gözkapaklarımı sökercesine yumruk yaptığım ellerimle ovalıyordum ve hâlâ forma içerisindeydim. Karşımdaki podyumdan fırlama güzel kızın karşısında bu şekilde oturmam kadınların rekabetçi hayat felsefesine çok büyük bir hakaret olmalıydı.

O an ortamın ne kadar gerildiğini yeni fark ediyordum.

Pars da fark etmiş olacak ki "Sizi eve bırakayım," diyerek ayağa kalktı ve masanın üzerindeki cep telefonuyla anahtarlarını alıp kapıya yöneldi. Naz'la ikimiz de sessizlik anlaşması imzalamış gibi peşinden ayağa kalkmıştık.

Kapı tekrar açıldığında ve ışıklar söndüğünde merdivenlerden aşağı iniyorduk. Son merdivende Pars dönüp, "Kapının önünde bekleyin," diye mırıldandı ve ikimizin de surat ifadesini kontrol ettikten sonra arka kapıdan çıkıp otoparka gitti.

Naz'la hiç konuşmadan ön kapıdan çıkıp sessiz caddenin kenarında beklemeye başladığımızda iyice soğuyan hava yüzünden artık uzuvlarımı hissetmez haldeydim.

"Çok çiğ duruyorsun."

Ve durgun, sessiz bir kalbin çiğ sesi kulaklarımdan içeriye doldu.

Naz bana bakmıyordu, kollarını göğsünde birleştirmiş; önündeki su birikintisini ayağındaki topuklu botlarla eşeliyordu. "Çok absürt... Duruyorsun, yanında." Kafasını kaldırıp gökyüzündeki dolunayı süzdü. Ardından bana döndü. Solgun gözleri parıldıyordu fakat sözlerinin aksine bir duygu barındırmıyorlardı. "Biraz dik dur." Gözleri omuzlarıma indi. "Dik..."

Yutkundu. "On dokuz yaşındasın değil mi? Hazırlık okuduğun için hâlâ son sınıftasın. Belki de okuldan sonra çıkabilecek acil işler için yanında kıyafet taşımalısın. Ve makyaj malzemesi..." Yüzümü süzüyordu. Gözleri dolduğundan mı parıldıyordu? "Nasıl makyaj yapıldığını biliyor musun?"

Gözlerinin içine baktım. "Neyden bahsediyorsun?"

Kafasını olumsuz anlamda sallayarak aşağıya eğdi ve hafifçe gülümsedi. "Boş ver."

Aynı zamanda da siyah bir cip önümüzde durmuştu ve sürücü koltuğunda Pars oturuyordu. Naz beni beklemeden arka koltuğa geçip oturduğunda istemsizce ön koltuğa geçmek zorunda kaldım. Emniyet kemerimi bağlayıp geriye yaslandığımda ölüm sessizliğinin kollarında Azrail'in söylediği bir ninniyle bir o yana bir bu yana hafifçe sallanıyordum.

Naz'ın kaldığı apartman dairesinin önüne geldiğimizde iyi geceler dileyerek indi ve apartmana girip gözden kayboldu. O an ilk defa yan tarafa dönüp Pars'a baktım, ceketini çıkarmıştı ve üzerindeki tişört kısa kolluydu. Boynunda bir kolye vardı ve sadece zinciri belli oluyordu. Kulağının arkasına uzanan dövmesi araba ilerledikçe arada vuran sokak lambalarının ışığıyla belli oluyordu. Bir sanatçının son derece ince bir kalem kullanarak altın vuruşlarla çizdiği bir sanat eseri gibi duran çene hatları gerilmişti.

Ona baktığımı fark edince bir saniyeliğine bana döndü ve ardından tekrar önüne baktı. Cadde bomboştu.

"Bir şarkı var," diye mırıldandım. "Dört dakika on beş saniyelik bir şarkı. Her gün aynı şarkıyı dinliyorum ama hep aynı yerinde aynı sesi duyunca kilitleniyorum. Çok yorucu bir günün ardından tatlı bir uykuya dalacağın an gelir ya hani? O anı arkana bile bakmadan terk etmeni sağlayacak kadar değerli bir ses bu. İkinci dakika, kırk dokuzuncu saniye. Bana bir şeyler fısıldıyor, kötü bir şeyler olmasa bile canımı yakıyor. Sesinde anılar var, anılar can çekişiyor."

Durduğumda bakışlarını bana çevirmeden müzik çaların üzerinde gezdirdi. Ardından devam etmem için bekledi.

İçimdeki duygular paylayıp ortaya çıkacakmış ve kusacakmışım gibi.

Hayallerimde kavga ediyoruz, barışıyoruz ve anlıyorum seni.

"İnsanlar bu şekilde mi yaşıyor? Sürekli bir duygu kara deliğinin içinde savrularak. Biriyle sevişiyor, biriyle kavga ediyor, diğerini anlamaya çalışırken yavaş yavaş yok oluyor. Anlaşılamıyor. Gökyüzündeki yıldızlar bile her gece aynı yerde olmasalar da kandırmıyorlar insanı, güneş battıktan sonra oralarda bir yerlerde oluyorlar ama bir gün geliyor, insanlar basamaklarının tiryakisi oldukları kapılardan artık içeri girmiyorlar. Bir gün biri zile basıyor, diğeri kulaklıklarını kulağına geçirmiş son ses müzik dinliyor."

Araba kapalı otoparka girerken Pars, "Ne demeye çalıştığını biliyorum," diye mırıldandı. "Kanatları kırılmış bir kuş gibi hissediyorsun, değil mi? Diğerleri gökdelenlerden aşağı atlıyorlar çünkü bulutların da üzerine çıkabileceklerini biliyorlar. Sen bilmiyorsun." Arabayı park ettikten sonra emniyet kemerini çözüp aşağı indi ve ben o dolaşana kadar kapımı açmışken elini uzattı. Tam önümde duruyordu, ben de inmek üzere bir ayağımı uzatmıştım.

"Gel," dedi. Okyanus gözlerinde tatlı bir meltemin yankısı dalgalanıyordu. "*Nasıl uçacağını öğrenebilirsin ama nasıl düşeceğini öğrenemezsin.*"

Elini tutup cipten aşağı atladıktan sonra kendimi geri çektim ve Pars da kapıyı kapatıp arabayı kilitledikten sonra benimle beraber asansöre yürümeye başladı.

Bilmeme izin ver. "Ve bazı şarkılar uyuşturuculardan daha çok zarar verir insana."

Bunu biliyordum. Bunun böyle olduğunu biliyordum. Uyuşturucu kullanmak istediğinizde yeraltı dünyasına adım atmanız ve cebinizde birkaç Benjamin Franklin baskılı kâğıt olması yeterliydi ama şarkılar her yerde ulaşılabilirdi, kanınıza karışması birkaç saniye bile sürmezdi kulaklıkları geçirip gözlerinizi kapattığınızda. Hele de zihne akan melodiye eşlik eden ses ilahi gibiyse.

Asansöre binip en üst katta indiğimizde, "Evinden nefret ediyorum," diye mırıldandım. Hafif bir gülüşle ilerleyip şifreyi girdikten sonra kapıyı açtığında peşinden içeri girmiştim. Kapıyı kapattıktan sonra salona geldi. "Tolga'yla başka ne konuştunuz?"

Tolga'nın kurt, kuzu ve kedi muhabbetinin saçmalığını ve benim vampir-kurt adam benzetmemi elimin tersiyle bir kenara iterek omuz silktim ve "Ona İrem'den uzak durmasını söyledim," diye mırıldandım. "Delirdi. Sonra da gitti."

"Hepsi bu kadar mı?"

Tekrar omuz silktiğimde başka şeylerin de olduğunun bal gibi farkındaydı ama daha fazla sormadı. Bunun yerine ceketini çıkarıp mutfağa yürüdü. Peşinden gittiğimde kahve yaptığını fark etmiştim. Ben de ceketimi çıkardıktan sonra bar sandalyelerinden birine oturdum ve "Daha ne zamana kadar burada kalacağım?" diye sordum.

"Evini satıp güvenli bir sitede apartman dairesi almayı düşünmez misin?"

Kaşlarımı çattım. "Hayır."

Bunun düşüncesi bile tüylerimi diken diken etmişti. Mutlu bir ailenin o lanetli eve ayak bastığını düşünmek beni deli ediyordu, eğer bir gün olur da evin önünden geçer ve o ailenin bir kavgasını duyarsam kendime hâkim olamamaktan korkuyordum.

Gerçi, kum saatini ters çevireli çok oluyordu. Vaktim daralıyordu.

Vakit konusuyla beraber gökyüzünde çakan şimşekler gibi aklıma düşen korkunç hislerle sarsıldığımda başımı avuçlarımın arasına aldım. *Hayır. Hayır. Bunu hiç düşünmemiştim. Hayır.*

"O zaman bu iş bitene kadar buradasın."

"Senin evinde kalmak istemiyorum," diye mırıldandım zorlukla başımı kaldırarak. Gözlerinin içine bakıyordum. Tezgâha yaslanmış, su içiyordu.

"Ne varmış benim evimde?"

"Eksiği yok, fazlası var," diyerek mırıldanmaya devam ettim ve baş ağrım yüzünden kaşlarımı çattım.

Pars da bir terslik olduğunu anlayıp yanıma doğru gelmişti. Bileklerimden tutup ellerimi indirdikten sonra yanıma oturdu. "Neyin var?"

"Başım ağrıyor. Bir ağrı kesici alıp yatmak ve yarın evime dönmek istiyorum."

"Bir ağrı kesici alıp yatabilirsin ama yarın evine dönemezsin, bu tehlikeli." Kalkıp rafların birinden ağrı kesici çıkardı ve bir tanesini uzanıp elime koyduktan sonra suyu uzattı. Hapı suyla beraber yutup bardağı tezgâha geri bıraktım. "Seninle bu konuyu tartışmayacağım."

"Evet, tartışmaya gerek yok. Kalıyorsun."

"Kalmıyorum!" Ayağa kalktım. "Rahatsız oluyorum, sırf sen beni korumak gibi yüce bir görevi kendiliğinden üstlendin diye ben kendi istek ve ihtiyaçlarımı görmezden gelemem. Bu kadar yakın mesafede durmak istemiyorum."

Kaşlarını çatmıştı. "Başına bir şey gelirse-"

"*Başıma bir şey gelirse* diye yaşayamam ben hayatımı."

Bana bakmıyordu. Kahvesini doldurduktan sonra "Tamam," dedi. Sesi oldukça soğuk geliyordu. Elindeki kupaya doldurduğu dumanı tüten sıcacık kahveyi bile buz kestirecek kadar soğuk.

"Sabah Eastern'a söylerim, seni bırakır."

"Eastern?"

"Turuncu kafalı koruma."

Kafamı salladım. Demek Bay Ginger'ın adı Eastern'dı. Yabancı olduğu zaten belliydi ama çok akıcı konuştuğundan hiçbir şey anlaşılmıyordu.

"Tamam," diye mırıldandım mutfaktan çıkarken. "İyi geceler."

Kafasını salladı.

Kendi kalbimin yürüdüğüm yolda duyulan adım seslerimden daha gürültülü bir şekilde ortasından çatladığını işitmek, bu dünyada duymayı en son istediğim şeydi belki de. Nasıl oluyordu da insan göğüs kafesini deşip kalbini bir başkasının avuçlarına doğru uzatabiliyordu, nasıl oluyordu da o şey başkasının elindeyken de sorunsuz ve kusursuz bir şekilde çalışabileceğini düşünüyordu her seferinde?

Belki de aptalız, ahmağız hepimiz.

Belki de şarkılar haklıdır.

Bazen yapmak istemediğimiz şeyler yapmak zorunda kalırdık, sırf önceden çizdiğimiz sınırların gerisinde; önceden verdiğimiz kararlara sadık kalabilmek için. İnsan eğer, tercihini koruyamayacak ve yalnızca zayıfların yapacağı bir şekilde zihninin ona oynadığı oyunlara yenik düşecekse zaten düşe kalka ne kadar daha yaşayabilecekti ki?

Sırf bunun için bile ölünebilirdi.

En son ölümden korktuğumda 7 yaşındaydım. Annem mutfakta yemek pişiriyordu. Saat 9'u 12 geçiyordu. Soğuk bir eylül akşamıydı. Birkaç dakika sonra telefonuna bir mesaj gelecekti ve korkunç bir ağlama krizine girip evi terk edecekti. Kapıyı o kadar sert kapatacaktı ki masanın üzerine bıraktığım boyası çıkmış, kırmızı oyuncak arabam yere düşüp kırılacaktı. Ardından makarna... Soğuyan makarnayı tekrar ısıtmak için yakmıştı altını, birazdan mutfak tamamıyla yanacaktı.

Birazdan ölümden korkacaktım.

14

Çok Bilinmeyenli Depremler

Aslında hiçbir duyguyu üstünden yaşayıp da geçiştiren biri olamamıştım hiçbir zaman. Belki de bundandı ilk bulaştığımda kendimi iyice içine batırışım, öyle ki bir bataklık olduğunu fark etmeden okyanusta yüzüyorum sanışım... Çünkü ilk mutlu olduğum günü hatırlıyordum da o kadar uçlardaydım ki o kadar derinden hissetmiştim. Bir günde, hayır, bir saat içinde tüketmiştim ki, artık kırıntısı bile yoktu süpürmememe rağmen yerleri.

Hafızamda biten keneler toplayıp götürmüştü sanki hepsini. Hangi insan ilk mutlu olduğu anı hatırlar ki?

Açık pencereden içeri süzülen yağmurun getirdiği toprak kokusu bütün odamı sarmalamıştı. Çerçevesinin boyutundan daha da yukarıya uzanan solgun meşe ağacının yapraklarından birkaç tanesi de yorgunca düşüyordu her rüzgâr esişinde pervazdan içeriye. Soğuk bir gündü. Yaklaşık bir saattir yatağımın ortasında oturmuş, öylece bomboş bir şekilde karşımdaki duvarı süzüyor ve kendimi çözmeye çalışıyordum.

Gerçekten istediğim ve şu an istediğim neydi? Nereye gitmek, nereden gitmek istiyordum? Etrafımdaki insanları uzaklaştırmaksa amacım, neden gittikçe içlerine sızıyordum?

Eğer doğalgazı köklediğimde bile birkaç battaniye ve yorganla dahi ısınamıyorsam, nasıl iki kolun arasına girip Güneş'e sarılıyormuş gibi hissedeceğimi düşünebiliyordum?

Aslında bu duygunun denklemi çok basitti: Önce gözler. Önce gözler buluşmalıydı bu denkleme göre fakat bu bir parantez içi bilinmeyeniydi bu yüzden sıfırlanabilirdi. Sonra dudaklar... Hayır, dudakların buluşmasına gerek yoktu. Karşılıklı edilmiş cümleler için aralanması yeterliydi. Bir *merhaba, ben geldim* cümlesi mesela. Birçok farklı şekilde söylenebilir.

Neden bisikletini benim yerime bağladın?

Sen de kimsin?

Edebiyat notlarını ödünç alabilir miyim?

Ve bir *hoş geldin, ne içersin* cevabı.

Tapulu mu?

Bir yabancı.

Elbette hayır, bu notlar için 40 dakikalık dersin 41 dakikasında sonuna kadar açık tuttum bu gözleri.

Ya da...

Sen.

Ben?

Sonrası gecenin ayazında otoyolda yalnız başına, çıplak ayakla yürürken birden ceviz büyüklüğündeki buzların dolu yağmuruna tutulmak gibiydi. Yalnızca saatte bir araba geçiyordu fakat dursa bile içinde kimin olduğunu asla bilemezdiniz, o halde o yolu bitirmeye karar verseniz bile bedeniniz size ne zaman kulaklarını kapar da dinlemez olur fark edemezdiniz. O andan sonra sadece yapmak istediğiniz ve gerçekten istediğiniz şeyler koca bir ağacı ikiye bölerek düşen yıldırım gibi farklı taraflara ayrılırdı, fakat o ağaç mevsimi geldiğinde meyve vermezse yine de sorumlu çiftçi olurdu.

Yıldırımı düşüren çiftçi değildi, ağacı ikiye ayıran ya da öldüren o değildi; o besleyendi, sulayandı, belki gölgesinde dinlenendi.

Ama kim hangisi olursa olsun, nasıl başlayıp nasıl bitecek olursa olsun, bu denklemde kazanan yoktu.

Hile yapan yarı yolda kalırdı, sonuna kadar giden de her zamankinden farklı bir sonuca kucak açamazdı.

Gülen gözlerin buluştuğu her anıda yeşeren dikenli güller vardı.

Ayağa kalkıp Bay Ginger'ın kapıma kadar bıraktığı çantayı yatağımın üstüne bıraktım ve içindekileri çıkarıp temiz kıyafetler hazırlayarak duşa girdim. Dr. Lamen'i ziyaret etme vaktim gelmişti.

Bazen hiç istemediğim şeyler hakkında konuşsa da sanırım beni gerçekten dinleyen bir o vardı. Eğer içimi gerçekten İrem'e açarsam bu sefer işin içinden çıkamayan mahlukatların sayısı ikiye yükselirdi sadece, başka da bir şey olmazdı. Üniversite sınavında optik önüne geldiği an uyuyakalan ve son beş dakika irkilerek uyanan bir aptal gibiydim, zaman algım tamamen tahriş edilmişti ve bazen isteklerim keskin olsa bile aklım onu bileyip saydamlaştırıyordu.

Duştan çıktıktan sonra saçlarımı kurutup altıma bir pantolon, üstüme de bir kazak ve ceket alarak evden çıktım. Artık hangi odaya girsem ne olur ne olmaz kafasıyla kapıyı kilitliyordum ama sorun değildi.

Aslına bakarsak, dün gece beni cömertçe evine davet edip rahatça ders çalışabilmem için kendi evini bile terk eden Pars Kalkavan'a verdiğim ayardan sonra artık pek de bir şey umurumda değildi. Söz verdiği gibi sabah beni evime bırakmak üzere Bay Ginger kapıya gelmişti.

Fakat uyandığımda evde okyanus esintisi yoktu. Yalnızca kuru, açık renkli mobilyalar ve ruhsuz bir hava sarmıştı her yanı. Bir de Bay Ginger, kapıda öylece bekliyordu. O ve turuncu kafasını fark etmemek mümkün değildi. Birlikte aşağı inmiş ve bir BMW'ye binmiştik. Tek bir kelime dahi konuşmamıştık, sessiz bir anlaşma gibiydi. Kapımı açmış, çantamı almış ve kapıya kadar getirmişti. Beklenmedik bir durum çıkmasına karşı birkaç dakika evi kontrol etmem için salonun girişinde beklemiş, ardından gitmişti.

Ve sanki hepsi buydu.

Dr. Lamen'in odasının kapısını tıklatarak içeriye girdikten sonra sağ taraftaki pencerenin orada her zamanki gibi duran sofayı süzdüm. Bu kapıdan her girişimde önce o yeşil sofaya, sonra köşedeki kahverengi döşenmiş masa ve dolabına, ardından da yerdeki halıya çevirirdim bakışlarımı; bir nevi beni rahatlatan ve gerginliğimi azaltan bir meditasyon olmuştu.

Dr. Lamen dalgalandırdığı saçlarını kulağının arkasına itip,

"Hoş geldin Liva," diye mırıldanarak bana her zaman oturduğum koltuğu gösterirken yavaş adımlarım gösterdiği yolu takip etti ve oturdum. "Merhaba."

Yeşil bir kumaş pantolon, krem rengi bir gömlek giyiyordu. Kahverengi ceketini askılığa asmıştı.

Dr. Lamen elinde siyah kapaklı bir defter taşıyordu. Ne zaman konuşmaya başlasam defterde birkaç yeri işaretler, ardından yanına bırakır ve bacak bacak üstüne atarak bana odaklanırdı. Tamamen cümlelerimden kopardığı dikenli sorularını yöneltirdi üstüme, hiç acımazdı. Bunun için eğitilmişti ama. Dikenlerini özenle seçip tek seferde saplamak için, bu yöntemi bilmiyor olamazdınız; ne kadar hızlı saplarsanız, o kadar az kan çıkardı.

Bu yüzden Dr. Lamen'in yaraları kanamıyordu.

"Son zamanlarda nasıl hissediyorsun?"

"Bulanık."

"Bana bulanıklığı açıklar mısın?"

"Zihnim ve hareketlerim tamamen uyumsuz, biri bana bir soru sorduğunda net bir şekilde evet veya hayır diyemiyorum."

"Önceden susarak gözlemlerdin, şimdi birkaç kelimeden daha uzun cümleler kuruyorsun," diye mırıldandı elindeki defteri tümüyle yanına bırakıp az önce bahsettiğim pozisyonu alarak. Artık tamamen bana odaklanmıştı. "Ne oldu?"

Durumları açıklamak için yeterince kelime haznesine sahip olamadığımız zamanlarda kullanıyorduk belki de emojileri, basit yüz ifadelerinden ibarettiler. Eğer tek bir emoji o anı tamamıyla açıklayamıyorsa yanına birkaç tane daha ekleyebilirdik böylece karşı taraftaki mimikleri karıştırarak ruh halimizden bir çıkarımda bulunabilirdi ama iki koltukta karşılıklı oturuyorken ve önceden yalan söylediğiniz birisi, yüzünüze karşı neler olduğunu soruyorken, durumu açıklamak için yeterince kelime haznesine sahip olmamak geçerli bir sebep değildi.

"Bir yalancıya inanıyorum."

Kaşları oynadı. Önce çatılır gibi oldu, ardından burnundan düşecekmiş gibi durduğu gözlüklerini tekrar taktı ve başını dikleştirdi. Dr. Lamen çoğu zaman dediklerimi kestiremezdi fakat bir süre sonra bazı çıkarımlarda bulunduğunu fark etmiştim. Ne zaman ona bir masal anlatsam, ertesi gelişimde bana sorduğu sorular bu masalın içinden bir ninni gibi oluyordu. Günlerdir uyumayan birine bağıra çağıra detone olduğunuz sesinizle şarkı söyleseniz bile o kıvrılıp mışıl mışıl uyuyacak bir köşe bulurdu, ama Dr. Lamen bana ninni mırıldanıyordu.

"Peki bu yalancının, yalan söylediği kanaatine nereden vardın?"

"Farkında değil," diye mırıldandım. "Yalan söylediğinin."

Gözleri odada gezindi. "Peki bu durumda, yalan söylediğini bilmeyen bir yalancıya, yalancı diyebilir miyiz aslında?"

"Demezsek biz de yalancı olmaz mıyız?"

Dr. Lamen oturduğu koltukta rahatsızca kıpırdandı. Bunu beklemiyordu. Bu sıralar beklediği cevapları vermiyordum zaten.

"Neden bir yalancının, yalanlarına inanmayı seçiyorsun Liva?"

"Herkes bir sürü yalana inanır," diye mırıldandım. "Yalnızca bir yalana inanmanın neresi kötü?"

"Kötü olduğunu söylemedim."

"Haklısınız."

"Bana bahsetmek istediğin bir şey var mı, Liva?"

Yoktu. Kimseye bir şeyler anlatmak istemiyordum aslında. Bütün gün odamın krem rengi duvarına baksam ve her bir köşedeki lekeyi ezberlesem dahi yalnızca kendimle konuşmak istiyordum. Gözlerimi kapatsaydım ve bütün dünya sussaydı keşke, o zaman dilsiz olmak çok daha kolay olurdu.

Gözlerimi etrafta gezdirirken daha önce orada olmayan bir detay dikkatimi çekti. Tavanda bir kamera vardı. "Bu ne için?"

Dr. Lamen tekrar rahatsızca yerinde kıpırdandı ve ne zaman bir şeylerden çabucak kurtulmak istese yaptığı hareketi yaparak gözlüklerini düzeltti. "Hastalarımı daha iyi gözlemleyebilmem için."

"Gizliliği ne derece?"

"Yalnızca ben erişebiliyorum."

Kaşlarımı çattım. Erişmenin o kadar da zor olduğunu düşünmüyordum. C tipi bir kameraydı. Muhtemelen güvenlik şirketinin kayıtlarına girmem bir saatimi bile almazdı. Hastaları ona bu kadar çok para ödüyorken maaşını ganyanda kaybetmiyorsa ya da uyuşturucu bağımlısı değilse nereye harcıyordu bu kadın?

Bir süre sorduğu sorulara vermek istediğim gerçek cevapları düşündüm, bu midesi delik birinin bir litrelik Coca Cola'yı kafasına dikmesi gibi bir şeydi. İşler düşündükçe daha da sarpa sarıyordu. Hiçbir zaman çıkışı net bir şekilde görememiş biri olarak daha fazla düşünmek, eşelemek, üstü kapanmış bir mezarı yeniden açarak DNA testi istemek benim neyimeydi? Cevaplar buldukça sorular dokuz doğuruyordu.

"Akşam uğra mutlaka," diye mırıldandı Dr. Lamen, not defterini masaya bıraktıktan sonra ayağa kalkarken. "Sana anket dosyasını vereceğim. Bir sonraki randevumuza kadar sessiz bir ortamda dikkatlice okuyup işaretlersin." Yaklaşıp elini koluma koydu ve hafifçe ovaladı. Gözlerimin içine bakıyordu. "Liva, çok uzun zamandır tanışıyoruz. Bazen anlayamıyorum cümlelerini, hepsi keskin birer ok gibi. Benimkilerden daha keskinler. Yanlış bir yere fırlatırsam... Etraf serbest atış için çok müsait. Ama sen beni anlıyorsun değil mi? Bazen buraya bir psikoloğa değil de ablana geliyormuş gibi gel. Olmaz mı?"

Olmazdı. Bunu o da biliyordu. Sürpriz bir yumurtanız olsa ve evden çıkmak için de yalnızca beş dakikanız, içinden ne çıkacağını bilmediğiniz için her seferinde aynı heyecanla açardınız kapağını. Beş dakika umurunuzda olmazdı. Peki ya içinde ne olduğunu bilseniz? En başında, satın alır mıydınız?

Benim yumurtalarımın bazılarının içleri boştu ama bu boşluk bile bazen beni heyecanlandırıyordu. İçinden en çok bitter çikolata çıkmasını isterdim ben mesela, sütlü ya da beyaz çikolataya katlanamazdım çünkü çok tatlı geliyordu.

Dr. Lamen yumurtalarımın içine her seferinde bitter çikolata koymaktan bahsediyordu. Bir matematik profesörünün önüne masaya her oturduğunda ikinci dereceden bilinmeyenli bir denklem getirmek, en yakın arkadaşınız üzüldüğünde onu kendine getirecek şeyin bir kutu dondurma olduğunu bilmek, yaymanız gereken değer skalasını tek bir insanda bitirmek... Bunların hepsi insandaki haz duygusunu yok ediyordu. Dürüst olmak gerekirse ikinci dereceden bilinmeyenli denklemler eğlenceliydi, kötü zamanlarda bir kutu dondurma ilaç gibi gelirdi ve sahip olduğunuz bütün güven duygusunu tek bir insana yönelterek onu kalp tahtanızda tek başına en değerli şey olarak bırakmak oldukça cesur ve hoş bir davranıştı ama bunların hepsi insanı tüketiyordu.

Eğer bir gün bu kapıdan içeri sizinle oynamak için değil de sizi dinlemek ve sizden tavsiye almak için girersem, o zaman her şey daha da karmaşıklaşır, Dr. Lamen. Görmüyor musunuz? Artık tüm paramı içi dolu yumurtalara yatırmayı bıraktım. Biraz da boş olanlar için harcayacağım. Biraz özleyeceğim bitter çikolatanın acısını.

Yeşil, krem ve kahve tonlarıyla donatılmış, insanı rahatlatmaktan çok eşya çokluğu yüzünden boğan odadan çıktığımda en yakın durağa yürüdüm. Biraz yağmur çiseliyordu bu yüzden durak çatısının altına sığınmış, kollarımı göğsümde bağlayarak otobüsü beklemiştim.

Yarım saat sonra bindiğim otobüste sahile en yakın durakta inerek adımlarımın beni sürüklemesine izin verdim. Bir yandan da hiç huyum olmayan bir şeyi yaparak telefonumu çıkarıp İrem'i arıyordum.

İkinci çalışta açtı. "Başına annemin kadeh koleksiyonu mu düştü senin? Beni mi arıyorsun sen cidden?"

Boğazımı temizledim ve kapüşonumu kafama geçirip hızlandım. Yağmur da yavaş yavaş hızlanıyordu. "Nasıl gidiyor?"

"Valla şu an keyfim gayet yerinde çünkü en son tartıştık ve sorunu halletmek için ayağına gelen bu sefer ben olmadım."

"Sorunu halletmek için aramadım," diye mırıldandım. "Her sorun halledilmemeli, İrem."

"Evet, evet... Sen ve şu felsefi kişiliğin. Keşke Descartes ya da Kant falan yaşasaydı da bunu oturup tartışsaydınız ve bize bir sınav konusu daha çıkarsaydınız, inan çok isterdim bunu." Güldü. "Her neyse, seni çok sıkmayacağım o yüzden püsküllü laflarımı rafa kaldırıyorum. Takılmak ister misin? Bu aralar çok sessizsin ve gittikçe uzaklaşıyoruz. Bilmeni isterim ki etrafımdaki tek dürüst insan sensin ve seni kaybetmek istemiyorum."

Ne demeliydim? Etrafımdaki tek dürüst insan sensin ve seni kaybetmek istemiyorum?

Ama yakında kaybedeceğim?

"Pusula'ya geldim," diye mırıldandım merdivenlerden çıkarken. Pars'ın evinden ona yakın olmama bahanesiyle kaçtıktan sonra dışarı çıktığım ilk an ayaklarımın beni buraya getirmesi meselesini daha sonra yalnız başıma kaldığımda halledecektim. Kendime davranışlarım adına hesap sormam gerekiyordu.

"Şu piercingli sarışın ve ateşli arkadaşlarının takıldığı bar mı? Hmm, Liva Uz, acaba sen biraz hızlı gitmiyor musun?"

Kapının önünde dikildiğimde aklımı kaybedecek gibiydim. Yine o cilveli sesi yapıyordu. "İrem, lütfen sus ve sadece buraya gel."

"Tamam, tamam. Geliyorum."

Telefon kapandığında Pusula'nın kapısını açtım ve içeri girdim. Ben daha içeriye adımımı atarken Oğuz'un, "Henüz açmadık-" diyen sesini duymuştum ama kapüşonumun altında beni ve laf dinlemeden aşağı dökülen saçlarımı gördüğü an lafını kesmişti.

"Liva?"

"Kapalıymışsınız ama ben geldim." Kapanan kapıyı işaret ettim. "Yani girdim."

Bar tezgâhının arkasından ellerini bir beze silerek çıkan Oğuz'u süzdüm. Üzerinde mavi bir kapüşonlu ve kot pantolon vardı. "Evet, fark ettim," diyerek güldü yanıma gelirken. "Nasılsın?"

"İyiyim." Omuz silktim ve etrafa baktım. "Diğerleri yok mu?"

"Hangi diğerleri?" diye sordu kaşlarını kaldırarak. "Diğerleri mi yoksa tek bir kişi mi?"

"Hepsi işte."

"Teker teker yer bildirimi mi atayım?"

"Oğuz."

İğneleyerek ismini söyledikten sonra tekrar güldü ve bir bar sandalyesine oturduktan sonra "Kalkavan aşağıda," diye mırıldandı. "Kayra da az önce buradaydı ama çıktı. Giray'la Zamir de... Kim bilir nerelerdedirler."

"Normalde kimler?" diye sordum bir anda. "Yani, burası dışında ne yapıyorlar? Okuyorlar mı?"

"Hmm..." Oğuz dudaklarını birbirine bastırdı ve eliyle hayali bir fermuar çekti. "Bu mesele biraz asıl olayın derinine iniyor, sanırım konuşmamalıyım. Zaten çok bir şey bilmiyorum."

Ama merakım daha üstün geliyordu. "Pars aşağıda demiştin değil mi?"

Kafasını salladı.

"Bir arkadaşım gelecek, adı İrem. İlk tanıştığımızda da buradaydı. Gelince bana haber verir misin?"

"Tabii ki," diyerek ayağa kalktı ve tezgâhın arkasına geçti. "Şimdi benim bu bardakların tozunu almam ve içecekleri düzenlemem lazım, birazdan yarım gün çalışanlar gelecek. Sanırım senin de sorman gereken sorular var..."

Kafasıyla aşağıyı işaret ettiğinde kafamı salladım ve "Kolay gelsin," diyerek merdivenlere ilerledim. Aşağıya inerken midem çalkalanıyordu. Neden olduğunu bilmiyordum, sadece... Öyleydi işte.

Demir kapıyı ilk tıklattığımda ses gelmedi. İkincisinde kapı mekanik bir sesle açılmıştı. Kapının ardında Pars dikiliyordu. Üzerinde siyah bir kot ve... Başka hiçbir şey yoktu. Göğsü ve kasları öylece ortadaydı. Kulağının arkasından boynuna doğru aşağıya inen dövmenin sırtına uzandığını o an fark ettim.

Gözlerimi gözlerine çevirdiğimde bana bakıyordu. Terlemişti. Nefes nefeseydi. Ne yapıyordu? Yüzünde hiçbir duygu yoktu. "Benim olduğumu nasıl anladın?"

Elini kaldırıp arkamdaki, tavana monte edilmiş kamerayı gösterdi. Anlamış gibi kafamı sallayarak içeriye girmeye hareketlendim, engel olmadı. Geriye çekildiğinde içerideydim ve o da arkama geçip kapıyı kapatmıştı.

İçerisi savaş alanıydı. Her şey her yerdeydi. Masanın arkasındaki raflara dizilmiş dosyalar yerlere saçılmıştı, koltuğun üzerinde bir ceket ve siyah bir gömlek vardı. Masanın üstünde bir bardak ve muhtemelen içinde de içki.

Yanımdan geçerken özellikle onu kokladım ama içki kokmuyordu. İçse de kokmuyor muydu yani? Peki ağzının içi? Masanın üzerinde bitmek üzere olan bir içki şişesi vardı yahu!

Bana hiçbir şey demeden koltuğun arkasındaki büyük bir alanı kaplayan sert süngerin üzerine yattı ve bir anda mekik çekmeye başladı. Şokla yaptıklarını izlerken bir yandan da gözlerimi etraftan çekmeye çalışıyordum. "Pars, neler oluyor?"

Çektiği mekikleri sayarken, "Hiçbir şey," dedi. Ardından saymaya geri döndü.

Koltuğun arkasına yürüyüp süngerin üzerinde yavaşça yanına oturarak bağdaş kurduğumda kapüşonumu indirdim ve "Ne yapıyorsun?" diye sordum.

"Mekik çekiyorum."

"Hadi canım, ben de at koşturuyorsun zannediyordum."

"Kafam karışık," dedi kalkarken nefes alarak. Ardından yeniden yattı ve nefes verdi. "Kafam karışık olduğunda-" Kalktı, nefes aldı, yattı, nefes verdi. "Mekik çekerim."

"Böyle olduğunda düşünceler teker teker dosyalarına mı ayrılıyor yani?" Saçlarımı gözlerimin önünden çekerek arkaya ittim. "Sadece yoruluyorsun."

"Benden uzaklaşmaya çalıştığını düşünüyordum," dedi yattığında. Bu sefer kalkmamıştı. "Ama buradasın."

"Bütün bu dosyaları dağıtmanın, kafanın karışık olmasının bir sebebi olmalı."

"Var."

"Nedir?"

Tekrar mekik çekmeye başladığında sıkıntıyla yanaklarımı şişirerek ofladım ve suratına baktım. Bir anlığına gözleri bana kayarken gülümser gibi olmuştu. Ardından tekrar yattığında uzun ve kemikli parmaklara sahip eli bileğime dolandı. "Bu böyle olmuyor, bacaklarıma otursana."

"Ne?"

Anlamamış gibi suratına baktığımda tuttuğu bileğimden çekti ve o şok ifadesiyle bacaklarının üst kısmına oturdum. Bacaklarım iki yana ayrılmıştı ve elini bileğimden çekmişti ama artık çok daha yakın temas içindeydik ve bir anda bütün bedenimi rahatsız edici bir cehennem ateşi sarmalamıştı.

Gülerek geri yattığında tepki veremedim. Algılayamıyordum. Kucağında mı oturuyordum? Siyah pantolonunun sarmaladığı bacaklarının üzerinde oturuyordum. Yattığı yerden kalkarken üzerime doğru mu geliyordu? Evet, tam olarak bunu yapıyordu.

Kalktığı an yüzü, yüzüme çok yakın bir mesafeye geldiğinden verdiği sıcak nefesi yüzümü gıdıkladı. Öylece geriye gidiyor, nefes veriyor, ardından tekrar kalkıyor, oldukça yakın bir mesafeye geliyor ve geri gidiyordu.

Hayat döngüsü gibiydi. Nefesi kesecek kadar yakınıma geliyordu ölüm, nefesini değdirip kaçıyordu ve her seferinde kıyıya kadar yüzüp nasıl geri döndüğümü hatırlatıyordu bana.

Kalp ritimlerim oldukça hızlı bir tonda duracak seviyeye geldiğinde sonunda dilimi buldum ve kurumuş boğazımı yutkunarak ıslattım. "Kaç mekik çekiyorsun?"

"Çok."

"Ne kadar çok?"

Tekrar yakınıma geldiğinde bu sefer gözlerini yüzümde gezdirdi ve yavaşça aşağıya indirdi. "Çok."

Tekrar yatıp kalktığında bu sefer ellerini yakaladım ve onları çekip aşağıya indirmeme izin verdi. Otururken ellerini yere bıraktığımda, "Yeter bu kadar," diye mırıldandım ve derin bir nefes alıp kalkmaya yeltendim.

Hızlıca bileğimden yakalayıp kalkmama engel oldu. "Dur, gitme."

Tekrar kalktığımda yere oturduğumda kafamı çevirip yüzüne baktım. "Neden?"

Öylece yüzüme baktı. Yine suratında hiçbir duyguyu barındırmıyordu bu adam.

Bu adam, gözlerine bir perde çekiyordu ve bütün vahşeti, korkuyu, endişeyi, her şeyi... Her şeyi, bütün o iyi duygularla birlikte gizliyordu. Çok iyi yapıyordu bunu o dikenli perdelerle. Fakat nasıl bilebilirdim? O dikenleri kendi mi köklerinden çıkarmıştı, yoksa birileri mi fırlatmıştı? O perdeyi kim dikmişti elleriyle, kendisi mi yoksa bir başkası mı?

Tolga geçen sefer ne demek istemişti? Neden Pars'ın geçmişi bir anda zihnimi meşgul etme cüretini göstermişti?

Ellerimi yakalayıp aramıza aldı. Kafasını aşağıya eğdiğinde alnı kafama değmişti, otururken bile uzundu.

Avuçlarımı yukarıya çevirip bileklerimi ellerinin arasına aldığında ne yaptığını merakla izledim. Bileklerimin iç kısmını başparmaklarıyla okşadıktan sonra sanki parmağı bıçakmış gibi dikine hayali kesikler atmaya başladı. Ardından koltuğun kenarından sarkan ceketine uzandı. Yanına çekip elini cebine attığında istemsizce ellerimi hâlâ bıraktığı gibi tutuyordum.

Cebinde bir yara bandı paketi vardı. Ten rengi olanlardandı. İçinden iki tane çıkardı ve gerisini kenara bıraktı. İkisini de kâğıt paketinden çıkardı ama yapışkanlarından ayırmadan bileklerimin üzerine bıraktı.

Kafasını kaldırıp yüzüme baktığında söyleyeceği şeyi merakla bekliyor, yüzünü yakından izliyordum. Yüzü gerçekten kusursuz gibiydi, en azından bana öyle geliyordu. Bu cümleyi kurmam ne kadar doğruydu?

Bu yasal mıydı? Bütün o bakakaldığında nefes kesen yüz hatlarının ortasında bir okyanus taşıması yasal mıydı? Avrupa Birliği buna nasıl izin veriyordu?

"Denesen belki dikiş bile tutmayacak kadar derin kesikleri," diye mırıldandı kısık çıkan sesiyle ve gözlerimin içine baktı okyanuslarıyla. "Yara bantlarıyla kapatmaya çalışıyorsun."

Denesen belki dikiş bile tutmayacak kadar derin kesikleri yara bantlarıyla kapatmaya çalışıyorsun.

Bir an seçmek istesem, şimdiyi seçerdim. Elime kazma kürek verseler, mezarımı o an kazmak isterdim. Toprağımın üzerine renkli renkli çiçekler, kırmızı güller değil de; yara bantları bıraksınlar isterdim. Yıldızlı bir gecenin ortasında bedenimden oluk oluk kan aksa, ben yine de dikmesinler; yalnızca kapatsınlar isterdim.

Neyi gözden kaçırıyordum? Pars Kalkavan bana ne söylemek istiyordu?

"Sen..." Okyanusların içinde kaybolurken bir anda bağı kestim ve kafamı aşağıya eğip ellerimi çektim. Yara bantları düşerken umurumda olmamıştı. "Peşime taktığın adam beni ne kadar yakından takip ediyor Pars?"

Sıkıntıyla nefes verdi ve kafasını eğip dudaklarını ıslattıktan sonra tekrar başını kaldırdı. "Yakından işte."

Gerçekler birer birer tokatlarını yüzüme indirirken, "Ve sana her şeyi rapor veriyor, değil mi?" diye sordum ama aslında cevabı biliyordum. "Girdiğim her çatıyı, aldığım her şeyi... Bugün gittiğim yeri mesela ya da haftalar öncekini."

Yutkundu. Ama hepsi buydu.

"Biliyorsun."

Gözlerime bakmadı, başını başka bir yere çevirdi. Boynundaki damar belirginleşmişti.

"Ne kadarını?"

Gözlerini aşağıya çevirdi. "Pars, ne kadarını biliyorsun?"

Okyanusların suyu anca kesiklerimi yakardı.

"Yüzüme bak, ne kadarını Pars?"

Çıplak kesiklerim yanar, yarası kabuk bağlar, kabuk yaraya sadık kalmaz ve her gece aynı yerden kanar.

Bir anda kesik bir titreşim sesi odayı doldurduğunda ikimiz de aynı anda yerdeki ceketine baktık. Titreşim devam ederken sohbetimiz sanki hiç yaşanmamış gibi elini cebine attığında içinden siyah telefonunu çıkardı ve ekrandaki kayıtlı olmayan numaranın çağrısını yanıtladı. "Efendim?"

Karşı taraftan gelen cevap onu pek memnun etmemiş gibi bir anda kaşlarını çatıp yere öfkeyle bakmaya başladığında, "Hangi hastane?" diye sordu. Bir yandan sakinleşmeye çalışırken, bir yandan da suratını izliyordum.

Çenesi gerilip belirginleşirken dişlerini birbirine geçirdiğinin gayet de farkındaydım ki karşıdaki her kimse cevap vermeden kapattı ve "Gitmem lazım," diyerek kollarımdan tuttu. İstemsizce hareketlerine ayak uydurarak kucağından kalkarken uzanıp gömleğini almıştı, üzerine geçirip düğmelerini iliklerken, "Ne oldu?" diye sordum basitçe.

Ceketini alıp hızlıca odadan çıkarken bir anlığına yüzüme baktı ve "Giray hastanede," diye mırıldandı zar zor çıkan sesiyle. Damarları belirginleşmiş gözlerini gördüğüm an az önce önünde dizdiğim soruların göğsümde bıraktığı ağırlık bir anda ortadan kaybolmuştu.

Artık daha büyük bir ağırlık vardı. "Ne demek hastanede?"

Peşinden demir kapıdan çıkarken merdivenlerden yukarı koşturuyordum ama o her adımda üç basamak birden atlarken hiç kolay olmuyordu. Sonunda yukarı çıktığında ona yetiştim ve tam Oğuz'un soru işaretleriyle dolu bakışlarının ardından bardan çıktığında peşinden dışarı sürükledim bedenimi.

"Liva?"

İrem'in sesini duyduğum an merdivenlerden iniyordum, o da çıkıyordu. Bekleyemezdim, Pars ilerliyordu ve ilerideki siyah Lamborghini'yi görebiliyordum.

"İrem, gitmem lazım, sonra konuşalım," diyerek son üç merdivenden atladım ve peşinden koşturdum. Arkamda İrem'in soru işaretlerinin seslerini duyabiliyordum.

Pars ön koltuğa binip kapıyı kapattığı sırada inanamadığım bir hızla ön koltuğa atladım ve o tam park ettiği yerden çıkarken kapıyı anca kapatabildim. Bu yağmurda caddede hız yapmaya başladığında geriye yaslanmıştım. "Durumu nasılmış?"

"Bilmiyorum."

Çenesini sıkışından sesi bir boğuk çıkıyordu, öfkesini hissedebildiğimden ona başka bir soru sormadım ve hastaneye giden yolda trafik ışıklarına uymadan terör estirişini izledim yalnızca. Kapalı otoparka girerken normalde diğer araçların bagajlarını tüplü mü değil mi diye kontrol eden görevliler Lamborghini'yi gördüklerinde direkt geri çekilip geçişe izin vermişlerdi. Pars ilk katta bulduğu ilk deliğe tek hamlede arabayı sokarken kapıyı açtım, ben açana kadar o çoktan çıkmıştı bu yüzden hızlı hareket ederek kendimi dışarıya attım ama telefonum arabanın içinde bir yere düşmüştü. Karanlıkta göremediğimden ve vakit kaybedeceğimden umursamadan kapıyı kapatıp peşinden ilerledim.

Doğruca asansöre bindik ve yukarı çıktık. Asansör açıldığında Pars telefonuna gelen mesaja bakmış, ardından sağ koridora sapıp nereye gittiğini biliyormuş gibi ilerlemeye başlamıştı.

Koridorun sonundaki koltuklarda Kayra ve Zamir'i gördüğümde suratlarındaki ifadeye şaşkınlıkla bakıyordum. Kayra ağlamıştı, bunu kıpkırmızı yüzünden, gözlerinden ve hâlâ ıslak olan yanaklarından anlayabiliyordum. Zamir'in ise bir eli sargıdaydı ve gömleği kan olmuştu.

"Nasıl oldu?"

Pars'ın boğuk sesini duyduğumda buranın yoğun bakım katı olduğunu anlamıştım.

"Bilmiyorum, orospu çocukları siyah bir minibüsle kanlar içindeki bedenini Şile yolundaki mekânın önüne bırakmışlar."

Pars dudaklarını birbirine bastırıp kesik bir nefesle yüzünü sıvazlamaya başladığında Kayra gözlerini siliyordu. Onları tanıyalı çok olmamıştı ama uzun zamandır tanıyan biri olsam da böyle bir durumda göreceğimi hiç aklıma getirmemiştim.

Bir süre sonra Pars, doktorlarla konuşmak için ayrıldığında Kayra ve Zamir'le birlikte deri koltuklarda oturuyordum. Zamir çok sinirliydi ve oturduğu koltukta bacaklarını açmış, dirseklerini dizlerine; sargılı eli dahil diğer elini de büküp çenesine yaslamıştı. İşaretparmağını ısırıyor, sağ dizini titreterek yeri izliyordu.

Kayra ise tam tersiydi: Koltukta geriye yaslanmış, beyaz gömleğinin ilk üç düğmesini açmış, kafasını geriye yaslamış ve bütün bedenini rahat bırakmıştı. Öylece yüksek doz alıp kendinden geçmiş gibi tavanı izliyordu.

Sessizliği ve pencereden görünen yağmuru izlediğim dakikaların sonunda Zamir ayaklandığında Kayra bayık bakan yeşil gözlerini onun üzerine çevirdi. "Nereye?"

Zamir, "Hava almaya, daralıyorum ben böyle mekânlarda," diye homurdandı ve kapüşonunu başına geçirip merdivenlerden aşağı hızla inmeye başladı.

"Hiç de hava almaya gidiyormuş gibi görünmüyor," diye mırıldandım istemsizce.

Kayra, "Hava almaya gitmiyor zaten," diye cevapladı beni gözlerini beyaz tavandan ayırmadan. Ardından doğruldu, yüzünü sıvazladı ve o da ayaklandı. "Sen burada kal, Pars birazdan gelir. Ben şu dangalağın peşinden gideyim."

Kayra da gittiğinde deri koltuklarda tek başıma kalmıştım ve tek yaptığım önümdeki küçük sehpanın üzerinde duran aptal, plastik çiçeği izlemekti. Muhtemelen insanlığın %90'ı da aynen o plastik çiçek gibiydi; dışarıdaki yağmurdan, tozdan, topraktan, fırtınadan etkilenmiyorlardı. Güneşte çok dururlarsa kurumuyorlar, çok su alırlarsa çürümüyorlardı. Kışın ölüp her yaz yeniden dirilmiyorlardı.

Bazı insanlar işte aynen bu plastik çiçek gibiydi.

Onlardan biri olmayı çok isterdim.

Karşı koridordan Pars'ı bu tarafa doğru yürürken gördüğümde oturduğum yerde doğrulup yutkundum ve kafasını kaldırmasını bekledim ama yanıma gelene kadar bunu yapmadı. Hemen sağdaki ikili koltuğa oturduğunda kafasını geriye atıp yüzünü sıvazlamış, ardından doğrulup dirseklerini dizlerine yaslayarak ellerini aşağıya sarkıtmış ve okyanuslarını üzerime çevirmişti.

Bir anda tonlarca suyun altında kalmıştım.

Gözleri kıpkırmızıydı ve buraya gelmeden önce lavaboya gidip yüzüne soğuk su çarptığı çok belliydi.

Şu durumda ona nasıl hesap sorabilirdim? Nasıl özel hayatımı izleyip öğrenmeni istemediğim bilgilerin sahibi olabilirsin diyebilirdim karşısına geçip? Giray tam yaralanacak zamanı mı bulmuştu, bunu söylemek çok mu bencilceydi ya da ben mi abartıyordum? Zaten gecenin bir yarısı tamamen kendi özgür irademle odasına gidip geçmişimdeki o aptal adamı anlatan ben değil miydim?

Oturduğum tekli koltuktan kalkıp koltukta yanında kalan boş kısma oturdum ve bir bacağımı altıma alarak ona döndüm. Yere bakıyordu. "Giray'ın durumu nasılmış?"

"Kalbinin hemen yanına bir kurşun yemiş. Tek bir kurşun. Kalbinin hemen yanına." Kendi kendine mırıldanırken bana döndü ve kafasını olumsuz anlamda sallamaya başladı. "Yeraltında kalbi nişan alan kimse ıskalamaz Liva."

Dudaklarının arasından bir ilahi gibi çıkan ismimin yanında kurduğu cümleler boğazıma hayalet ellerini sararken Giray için göğsümde oluşan boşluk gittikçe kendine daha çok yer arıyordu. Onun seviyeli duruşu ve güçlü tavrı her zaman gruptaki en sağlam piyonlardan biri olduğunu kanıtlıyordu.

Pars'ın ne söylemek istediği açıktı. Bu bir tehditti.

"Nasıl olmuş?" diye sordum yüzümün önüne gelen saçlarımı iki elimle birden kulaklarımın arkasına iterken. "Kim yapmış?"

Pars tekrar yüzünü sıvazlamaya başladığında kalkıp dizlerimi yere yaslayarak oturdum ve bileklerinden yakalayarak ellerini yüzünden çektim. Şimdi üzerime eğilmiş öylece duruyordu, gözlerimin içine bakmıyordu.

Başparmağımı bileklerinin içine bastırmaya başladığımda anca dikkatini çekebildim ve yüzüme bakmasını sağlayabildim. "Pars, ne var? Ne oldu?"

"Çok basit bir şeydi," diye mırıldandı. "Birini... Birini araştırması için dün akşam onu bir yere yollamıştım."

Naz'la yukarıdaki odalardan birinde otururken Giray'ın Pars'a anlamlı bakışlar atarak odayı terk edişi canlandı zihnimde.

"Çok basit biriydi, yalnızca bu sıralar ne haltlar yediğine bakacak, bilgi toplayacaktı ve bu hale geldi."

"Kimdi?" diye sordum ilk defa vereceği cevaptan korkarak.

Gözlerini kaçırdı. "Ortaklardan biri."

"Şu gizli ortaklardan biri mi?" diye sordum dudaklarımı birbirine bastırarak.

Kafasını salladı.

"Tamam, ne olduysa oldu. Şimdi sakin olup onun yanında kalma zamanı. Doktorlar ne diyor?"

"Sabaha uyanırmış." Geriye çekilirken eliyle gözkapaklarına bastırıyordu.

Ayağa kalktıktan sonra "Tamam, biz de sabaha kadar kalırız," diye mırıldandım. Ardından yüzümü ona çevirdim. "Ben... Telefonumu arabanda düşürdüm. İrem'le Pusula'dan buluşacaktım ama sen öyle apar topar çıkınca onu atlatıp peşinden atladım. Onu aramam gerekiyor."

"Tamam, gidip alalım."

Omuzlarından ittirerek onu yerine geri oturttuğumda, "Hayır, ben alır gelirim," diye mırıldandım. "Kapıları kilitlemiştin değil mi?"

Cebinden anahtarları çıkarıp bana uzattı. "Açtıktan sonra kilitlemene gerek yok, otuz saniye içerisinde kendi kendini kilitliyor."

Kafamı salladım. Ona son bir kez baktıktan sonra dönüp asansöre ilerlemeye başladığımda beyaz hastane duvarlarının veya fayanslarının neresine baksam gözlerimin önüne masmavi irisleri çevrelemiş kıpkırmızı damarlar geliyordu.

Otoparka içimde filizlenen garip bir korku duygusuyla indiğimde Lamborghini'nin yerini çok iyi hatırlıyordum. İlerleyip sağa dönecektim ve kenarda park edili bir şekilde duruyor olacaktı. İçinden telefonumu alıp İrem'i arayacak, durumu açıklayacak ve daha sonra konuşmamız gerektiğini söyleyecektim.

Evet, hepsi buydu. Basitti. Ardından yukarı dönecek ve diğerleri gibi Giray'ın uyanmasını bekleyecektim.

Yabancı. Herkes yabancı.

Yalancı.

Yok. Kimse yok.

Ve bu yangına odun çok.

Otopark duvarından sağa döndüğüm an önce ayağıma ıslak bir sıvının bulaştığını hissettim ve adımlarım yavaşlayarak durdu. Ellerim bir anda direktiflerime itaat etmeyi bırakarak kemikten titremeye başladığında kafamı aşağıya ısrarla eğmiyordum çünkü bu mesafeden bile o lanetli rengin gölgesini görebiliyordum.

Tam altımdaydı.

Kırmızı.

Ve kırmızı, nefes alıyordu.

Uzun zamandır hissetmediğim korku duygusu göğüs kafesimi parçaladığında Lamborghini'nin önünde yere yığılmış bedene ayaklarım daha fazla şoka girerek titreyen bedenimi taşıyamayacak hale geldiğinde anca bakabildim. Her yer kan olduğundan üzerim ve avuç içlerim saniyeler içerisinde uğursuzluğa bulanmıştı.

Kenara kâğıtlar saçılmıştı. Her yer beyaz kâğıtlar ve kırmızı, metalik kokulu sıvı ile boyanmıştı.

Titreyen gözlerim en yakınımdaki kâğıda atılmış bugün tarihli *ANKET* yazısına çevrildiğinde soruları seçemeden biraz uzağımdaki kadın bedeninin üzerindeki yeşil kumaş pantolonu, krem rengi gömleği ve kahverengi ceketi zar zor seçebildim.

Sana hiç renklerin nefes aldığından bahsetmiş miydim, *abla*? Mesela maviler insanın göğüs kafesine dolanır, kemiklerinin etrafına sarılıp seninle solurdu havayı. Yeşiller... Yeşiller umut dolu kanatlarını çırpardı, çırpınırdı.

Ama kırmızılar zehir püskürürdü, *abla*. Ben o zehri görmemek için önceden belirlenmiş bir yolu tercih etmiştim.

Sana kimse kırmızılardan uzak durmanı söylemedi mi?

Kesiklerin ne kadar derin olursa, zehir o kadar çabuk yayılır; hiç denemedin mi?

Açık yaralar yara bandı tutmaz, elleri dikiş gören adamların kolları her zaman yeterince ileriye uzanmaz.

Söylesene.

Gittin mi?

15

Dürüst Yalancılar ve Şaklabanları

İnsanları görüyorum. Hüznü ve neşeyi.

Sabahları sıcak yataklarından kalkacak geçerli bir nedenleri olmasa bile evden çıkmadan önce kahvaltı etmeyi ihmal etmiyorlar. Hava soğuksa botlarını, sıcaksa rahat spor ayakkabılarını giyiyorlar ve gidiyorlar. Yalnızca saatler önce, soğuğun koynunda kaldırımları döven yağmurun bıraktığı o kokuya burunlarını tıkayarak, kendi çığlıkları dahil herkesinkine kulaklarını kapatarak gidiyorlar.

İnsanları görüyorum. Hüznü ve neşeyi.

Nereye gidiyorlar? Neden onlara bir saniye önce heyecan veren şeyin de bir zaman algısı içinde kaybolacağından habersiz sırıtıyorlar? Dudaklarını kıvıran o duygu ne? Geçmeyecek mi? Geçecekse neden üzerlerinde bir etki bırakmalarına izin veriyorlar? Üzerlerindeki tişörtü sıyırır gibi sıyırıyorlar zihin perdelerini, karşılarına çıkan her insana birer birer kaldırıyorlar özenle. Her seferinde aynı umut, aynı güvenle. Biraz daha eksilerek. Hiç bıkmıyorlar bundan, sonunu hiç görmüyorlar.

İnsanları görüyorum. Yalnızca hüzün var.

Ama karşı apartmanın balkonundan suratındaki kocaman gülümsemeyle daha yeni çıkmaya başlamış eksik dişlerinin arasından gündoğumuna neşeyle bakan bir kız çocuğu da var. Sanki yeryüzündeki bütün renkleri emmişçesine ışıldayan kıvırcık, sarı saçları ve yemyeşil gözleriyle elindeki kahverengi ayıcığını tutuyor. Onu bıraktığını hiç görmedim, hep yanında.

Ama o da çok yakında, elbet ki herkes gibi, sahip olduğu en büyük zenginliğini kaybedecek.

Ben kaybettim. Ne zamandı ya da nasıl oldu hatırlamıyorum bile. Bu kadar erken bırakmak benim hatamdı, bu kadar erken kaybedilmemeliydi. Bu kadar erken çekilmemeliydi perde, henüz son bir sahne daha vardı ve onun adı hayattı.

O zaman neden seyirciler koltuklarından birer birer kalktı?

Işıklar kapandı.

Daha o zamandan biliyordum. Bunun bir bedeli vardı.

Herkes gittikten sonra üzerime çöken sessizliğin çıkardığı kesik çığlıkları hatırlıyordum. Duvarlara sürtünen tırnaklar benimkiler değildi ama diplerinde hissettiğim acı bana aitti, saçlara dolanıp çekilen parmaklar bana ait değildi ama kafamın her bir milimetresinde hissettiğim acı bana aitti; hayaletler benim değildi, hayaletler benimle değildi ama gölgeleri bana aitti.

Giden insanlar belki hiç elimden tutmamıştı ama giderken yanlarında götürdükleri göğüs kafesi bana aitti.

Büyük, camdan duvarın önünde kurumuş kanla kaplı kıyafetlerimle beraber dikilirken düşündüklerim bunlardan ibaretti işte.

Gecenin karanlığı, hastanenin bu kısmını da loş bir ışığa boğarken kafamı çevirip sabahtan beri arkamda dikilen ve bir şey söylemeden öylece duran Pars'a baktım. Sonunda ona döndüğümü fark ettiğinde, "Üzerini değiştirmeliyiz," diye mırıldandı.

Dr. Lamen'i otoparkta kanlar içine buluşumun ardından tesadüfen park etmek için geçen bir arabadaki kadın tarafından yardım çağrılmıştı ve Dr. Lamen apar topar ameliyata alınmıştı. Bir saate yakın bir sürenin sonunda Pars beni bulduğunda ameliyathanenin kapısının önünde öylece yerde oturuyordum, hemşireler sürekli gelip bir şeyler söylüyordu ama ben hipnotize olmuştum, sanki bilincim kanlı canlı bedenimi deşip içimden çıkmıştı ve içim de bilincimle beraber dışına çıkmıştı.

Görmemek için büyük çaba sarf ettiğim kırmızı şimdi tenimdeydi. Ne kadar sabun döksem, ne kadar sert bastırsam çıkardı sahi?

Yoksa onun da mı hayaleti benimle kalırdı?

Kıvrılırdı geceleri başucuma.

Beraber yatardık ama beraber uyuyamazdık.

Doğru düzgün alamadığın için göğüs kafesine batan her gündüz nefesi, geceleyin kâbuslarını korkuyla beslerdi. Ne vardı sanki başın dik, omuzların dik ileriye bakıp nefes almakta?

İleride hâlâ bir şeyler kaldıysa.

"Abi, geldik," diyen Kayra'nın sesini duyduğumda başımı yerden kaldırmadım. "Liva, olanları duydum. Çok üzgünüm. Yakının mıydı?"

Sevgili Günlük,

Bir gecede aynı mezarlık iki tabut kaldırır mıydı?

İki büyük, kemikli eli omuzlarımda hissettiğimde, "Giray size emanet, Lamen Hanım'ın sağlık durumunu da kontrol edip bana haber verin. Birkaç saate dönerim," diye konuştu ve ilerlemem için hafifçe ittirdi. Karşı gelmeyip yorgun adımlarla ilerlediğimde kafamı kaldırıp Kayra'nın ya da ayakkabılarından fark ettiğim Zamir'in suratına bakmamıştım bile.

"Neyden gitmiş?"

"Yüksek doz."

"Uyuşturucu mu?"

"İlaç diyorlar ama bu kadın zengindi. Uyuşturucudur kesin."

"Kızı varmış bir tane."

"Var. Varlığı yokluğu bir."

•

Hastane duvarlarının ağzı vardı ve konuşuyorlardı.

Bunu birkaç sene önce annemi buraya getirdiklerinde öğrenmiştim. Fakat onu bir sedyede acil kapısından içeriye değil de siyah bir örtünün içinde daha sessiz; daha soğuk bir yere götürmüşlerdi. Başında sürekli sağlık değerlerini tekrar eden doktorlar ya da hızlıca ameliyathaneye yetiştirmeye çalışan görevliler yoktu.

İki tane adam vardı. Bir tane de elinde liste taşıyan, saçları toplu bir kadın. Sakız çiğniyordu. Sakince yolu göstermişti.

Hepsi cehennem zebanisiydi.

"Bu konuyu konuşmak için doğru zaman değil biliyorum ama psikolojik danışmanlık almak kötü bir şey değil," diye mırıldanan sesini duydum Pars'ın. Arabasını otoparktan çıkarmışlardı, hastanenin önünde duruyordu. Kapıyı bana açtığında hiçbir şey söylemeden ön koltuğa oturdum.

Yanıma oturup kapısını kapattı ve gaza bastı. "Peşine taktığım adamlar yalnızca işlerini yapıyorlar. Gittiğin yerde bir sorun yok."

Kafamı kaldırıp şaşkınlıkla suratına baktım. "Kaç tane?"

Kırdığı potla önüne döndü ve dilini dudaklarında gezdirdi.

"Pars, bir tane adamdı. Sadece bir tane. Kaç tane oldular?"

"İki."

Kaşlarımı kaldırdım. "İki? Yani sen diyorsun ki, iki tane adam attığım her adımı takip ediyor?"

"Üç," diye düzeltti bir anda.

Derin bir nefes alarak geriye yaslandım ve dudaklarımı birbirine bastırdım. Pars Kalkavan, İrem'in ya da diğer insanların çeşitli malzemelerle yok edip ortadan kaldırmaya çalıştıkları sınırlarımı eline basit bir silgi alarak kolayca silebiliyordu ve ben karşısında öylece oturuyordum.

Evime gitmediğimizi fark ettiğimde, "Beni *eve* götür," diye mırıldandım ona dönerek.

Sağa saparken bir anlığına yüzüme baktı. "Seni *eve* götürüyorum."

"Hayır," diye mırıldandım. "Beni evine götürüyorsun."

"Basit bir denklem kurarsak, evime daha önce benden başka insan girmedi. Temizlikçi adam dışında. Sen orada birkaç gün kaldın. Teknik olarak orası senin de evin sayılır."

"Aptal denklemine göre senden habersiz sokaktan geçen herhangi birini evine sokup onu orada bir hafta barındırırsam o da tapuya ortak oluyor Pars. Beni evime götür."

Kaşlarını çatarak bana döndü ve histerik bir gülüşle kafasını salladı.

Edison ampulü, Tesla elektriği, Graham Bell de telgrafı bulurken basit bir çizgiyle başlamıştı. Kara tahtaya ya da defterlerine bir çizik atmışlardı önce. Sonra anlamlı kelimeler, denklemler, deneyler... Çok büyük şeyler, hep bir çizgiyle başlamışlardı hayatlarına. Tıpkı Da Vinci'nin tuvalin karşısına elindeki renk skalası geniş palet ve fırçalarla geçip Mona Lisa'nın önce tek bir kirpiğiyle, saç teliyle ya da gözkapağı çizgisiyle başlaması gibi.

Ama Van Gogh kulağını kesmişti. Sonra da gidip bir ağustos günü ansızın ayçiçeği tarlasında tetiği çekmişti.

Pars Kalkavan'ın elinde boyalarla dolu bir kova vardı ve tuvalin üzerine boşaltmasına çok az bir zaman kalmıştı. Bense kurşungeçirmez ve bomboş bir tuvalin karşısında boş paletimle beraber dikiliyordum, ayrıca kulağımı kesecek kadar cesaretim yoktu ya da yakınlarda bir ayçiçeği tarlası.

Aptal değildi. Tek bir ipucunun elinden tutup çekerse, kördüğüm ettiğim diğerleri de peşinden gelirdi ve hepsi böyle bir adama sarılmak için yanıp tutuşuyordu.

Evimin önüne arabayı çektiğinde, "Bıraktığın için teşekkürler. İyi geceler," diye mırıldanıp aşağı indim ve kapıyı kapattım ama anahtarı kontaktan çıkarıp peşimden çıkmıştı. Bahçede peşimden yürürken hiçbir şey söylemedim. Evin kapısını açtıktan sonra gireceğini bildiğimden kapıyı aralık bıraktım ve salonun ışıklarını yakıp merdivenlerden yukarı çıkmaya başladım.

Ben aciz bir kız değildim. Acizliğim 15 yaşındayken beni terk etmişti, bir kutu ilacı yutup sonsuza dek uyumak istemişti; bezelyelerle dolu bir yatağın üzerinde üstü açık kıvrılıvermişti.

Odama girdikten sonra dolaptan kot bir pantolon ve gri, ince bir kazak çıkarıp temiz iç çamaşırlarıyla banyoya girdim. Çocukluktan kalma bir alışkanlık olan kapıyı kilitleme ritüelimi hallettikten sonra aynaya bile bakmadan henüz ılımamış soğuk suyun altına atmıştım kendimi. Yerdeki kanlı kıyafetlerime gözlerim değsin istemiyordum, bu yüzden başımı sürekli dik tutmaya çalışıyordum.

Başımı sürekli dik tutmaya çalışıyordum.

"Neyden gitmiş?"

"Yüksek doz."

"Uyuşturucu mu?"

•

Bedenimi kuruladıktan sonra temiz kıyafetlerimi giyip aynanın karşısında saçlarımı taradım ve nemini temiz bir havluyla aldıktan sonra odama geçip ceketimle beraber merdivenlerden aşağıya inmeye başladım.

Bir yandan da tam arkamda yürüyen, sürekli kulağıma bir şeyler fısıldamaya çalıştığı için elleriyle omuzlarıma bastıran hayaletlere gitmeleri için kafamı olumsuz anlamda sallıyordum ama yok olmuyorlardı.

Salonun ortasında telefonuyla konuşan Pars'ı gördüğümde ona bir bakış atıp yanına yürümeye başladım. Beni görünce konuşmasını bitirip telefonunu kapatmış ve ceketine atmıştı. Gözlerini saçlarıma değdirirken, "Hızlısın," diye mırıldandı.

Zamana yetişmem lazım.

Ceketini çıkarmamıştı. Kapıya doğru ilerlerken, "Hastaneye gidiyoruz değil mi?" diye sordum.

"Önce eve uğramam lazım."

Kapıyı açtığında çıktım ve o arabaya ilerlerken kapıyı kilitledim. Peşinden yürürken gecenin karanlığını gökyüzündeki Dolunay aydınlatıyordu. Sahi saat kaçtı? Zihnimdeki zaman algısı bir hayli kayganlaşmıştı.

Anı yakalamaya çalıştığım her an göğüs kafesimdeki kara kedi yukarılara tırmanıyor, zihnime ulaştığı an sarhoş oluyor, bilinçsizce duvarlarıma çarpıp duruyordu. Her bir titremede raflardan bir sahne düşürüyordu gözkapaklarımın önüne, öyle nokta atışları yapıyordu ki bilmeden; öyle yerlerden sökmeye çalışıyordu ki bantları...

Kapalı otoparka girerken ne zaman geldiğimizi anlamamıştım ama Pars arabayı park ettiğinde koltuğun aşağısına düşen telefonumu da alıp dışarı çıkmıştım. Asansöre bindiğimizde ise aklımda tek bir düşünce vardı, günün şokunu yavaş yavaş atlatmayı başardığımı gösteren bir soru.

Anlamıyordum. Dr. Lamen'i kim bıçaklamıştı?

Defalarca?

"Doktor'u mu düşünüyorsun?" diye sordu Pars, asansörü çatı katında durduğunda. Kollarımı göğsümde bağlamıştım ve dudaklarımı ısırarak sabit bir noktaya dikmiştim gözlerimi.

Kafamı kaldırıp ona baktığımda onayladım. Bunun neyle, nasıl bir ilgisi olabilirdi ki? O sadece yönetimin bana tahsis ettiği basit bir psikologdu. Tedavim tamamlandığında ve zihnen sağlıklı olduğumu beyan eden kâğıda mührünü bastığında işi bitecekti, geriye sadece beklemek kalacaktı. Onun işi yalnızca buydu. Sadece aptal bir kâğıda aptal bir mührü basmak ve aklı yerinde onayını vermek.

Pars, şifreyi girdikten sonra kapı otomatik bir sesle açılırken içeri geçmem için bekledi. Arkamdan gelirken, "Onu biraz araştırdım," diye mırıldandı. Kapıyı kapattıktan sonra ceketini kenara bırakmıştı. "Gayet normal bir hayatı var. Bir kocası ve anasınıfına giden bir oğlu. Sabah 9'da işe başlayıp 5'te ofisten çıkıyor."

Salonun ortasında durup ona döndüğümde devam etti. "Otopark kamera kayıtlarından da hiçbir şey çıkmadı. Maskeli bir adam gelip çantasını almaya çalışıyor ve kadın da diretiyor, ardından adam bıçak çekiyor, üç kere karnından bıçaklayıp çantasını da alarak kaçıyor."

"Basit bir kapkaç gibi," diye mırıldandım. "Aksı için hiçbir neden yok." Dudaklarımı birbirine bastırdım. "Peki neden hastaneye gelmiş ki?"

"Burada ücretli çalışıyormuş, psikiyatri bölümüne gelen özel hastaları varmış çarşamba ve cumaları."

Ellerimle yüzümü sıvazladım. Evet, basit bir kapkaç olmalıydı. Aksi için hiçbir neden yoktu. *Hiçbir neden yoktu.*

"Aklına başka bir şeyler mi geliyor kedi surat?"

Ona bakmadan kafamı olumsuz anlamda salladım. "Hayır, ne olabilir ki?"

Pars seslice nefes verdi ve "Eğer bir şey gelirse beni haberdar et," diyerek önümden geçip içeri yürüdü. "Duş alıp Giray'a kıyafet hazırlayacağım. İki güne anca çıkabilirmiş ama bu dallama şimdi kaşınır o hastane yatağında."

"Bekliyorum," diye mırıldandım arkamdaki koltuğa oturarak.

Önce gitti. Ardından geri dönüp öylece baktı. Gözlerimi ona çevirdiğimde söyleyeceği şeyi bekliyordum. "Ne?"

"Dolap orada," dedi eliyle mutfağı işaret ederek.

"Eee?"

"Ye?"

"Aç değilim," diyerek elimi karnıma götürdüm. Açlık hissetmiyordum. Sadece midem bulanıyordu. Burnuma sürekli kan kokusu geliyordu. O metalik tat sanki bir vampirmişim de her gece bir tüp içiyormuşum gibi damağımdaydı.

"Eğer yemezsen perdeleri açarım." Tek kaşını kaldırarak açıkça tehdit ettiğinde şokla ona ve kapalı perdelere baktım. Hayır. *33. kattaydık!* Ve her yer camdandı.

"Yapamazsın."

Duvara sabitli küçük kutuya uzandığında koltuktan hızlıca kalkıp, "Of, tamam," diye homurdanarak mutfağa yürüdüm. Dolabı açtığımı gördükten sonra banyoya geri dönmüştü.

Şimdi ben salona geri dönsem Pars benim yemediğimi nereden anlayacaktı ki?

"Eee?"

Bir anda arkamda sesini duyduğumda sıçrayıp arkamı döndüm. Kollarını göğsünde birleştirmiş, omzunu duvara yaslamış beni izliyordu. "Sen duş almayacak mıydın?"

Kaçacağımı anlamış gibi dolabı açıp sandviç ekmeği ve malzemeler çıkardığında, "Senin asıl diyetisyene gitmen lazım iştahını açman için," diye mırıldandı ve tezgâha bıraktı.

"Tamam, git, ben yaparım." Kolundan tutup onu kenara çekerken gitmesini sağlamaya çalıştım ama orada duruyordu.

"Giderim ama bir şartla," dedi elini ceketimin cebine atıp telefonumu elime verirken. "Sandviçini çek, sonra yerken kendini de çek."

"İstersen jambonla selfie de yapayım Pars."

Elini şaklatıp beni işaret etti. "Bak bu süper bir fikir."

"Ya git başımdan, deliye bak!"

Kollarından tutup onu çevirerek mutfaktan çıkması için sırtından itmeye başladığımda gülerek, "Tamam, tamam gidiyorum," dedi ve bu sefer gerçekten gitti.

Dönüp sandviçi hazırlarken hâlâ arkamdan bir yerden çıkacakmış gibi geliyordu bu yüzden dönüp dönüp bakıyordum ama duş alıyor olmalıydı. Zaten saçma bir tartışmaydı, her ne kadar bir günde yaşanan bu aşırı kanlı olaylar neticesinde iştahım kanatlanıp ülke sınırları dışında uzun bir tatile çıkmış olsa da mideme bir şey gitmeliydi.

Sandviçimi hazırlayıp etrafı topladıktan sonra mutfağın ortasındaki tezgâhın önüne geçip bar sandalyelerinden birine oturarak soğuk bir bardak suyla yemeye başladığımda kafam bir hayli karışıktı ki yanlışlıkla elimi ısırıyordum.

Pars, psikoloğa gittiğimi öğrendiğinde ne düşünmüştü? Zaten ona normal bir kız gibi gelmiyor olmalıydım. Takıntılı olduğum birçok şey vardı ve bu bazen kafayı sıyıracak şekilde sinir bozucu gelebiliyordu bana bile. Bir ton şey soruyor, onunkilere asla cevap vermiyordum. Ben olsam beni evime almazdım ama o daha fazlasını yapıyordu.

Zamanı geldiğinde gerçekten büyük bir siber vurgunu yapmalıydım yoksa bu davranışlarını başka türlü asla ödeyemezdim.

Sandviç bittiğinde kirlettiklerimi yıkayıp kurulayarak yerlerine dizdim. Mutfaktan çıktığım sırada Pars da elindeki küçük, siyah çantayla beraber içeriden geliyordu. Muhtemelen Giray'a kıyafet hazırlamıştı.

Üzerinde kot bir pantolon ve siyah bir tişört vardı. Kalın bir ceket giymişti, saçları hâlâ nemliydi ve mentollü şampuanının kokusu beş kilometre öteden duyulabilecek cinstendi. Okyanuslarının ardında gözlerim ikinci olarak her zamanki gibi kulağının arkasından sırtına uzanan güller, yelkovan ve daha birçok şeyin birleştiği dövmesinin üzerinde gezindi. O güllerin arasında muhtemelen Çince birçok karakter bulunduran bir şeyler de yazıyordu.

Neden sormuyordum? Neden anlamını sormuyordum? Neden yerli yersiz her yerde açılan dilim konu onunla ilgili bir şey olduğunda kilitleniyordu?

Elini ensesine atıp mutfağa bir bakış attığında, "Yedin mi?" diye sordu.

"Hm-hm," diye mırıldandım ve kapıya yürümeye başladım. "Hadi gidelim."

Arkamdan, "Eee, selfie?" diye sorduğunda dönüp ona bayık bakışlarımı göndermiştim. Mesajı anlamış gibi peşimden geldiğinde evden çıktık ve asansöre bindik. Otoparka indiğimizde elindeki çantayı bagaja atıp sürücü koltuğuna geçmişti.

"Giray'ı hakkında bilgi toplaması için gönderdiğin kişi bir ihtimal İrem'in babası olabilir mi?"

Kapalı otoparktan çıkıp caddede akan trafiğin arasına karıştığında, "O adam hayalet gibi, hakkında pek bir şey çıkmadı ve bunu çok önceden hallettik zaten," diyerek cevapladı beni. Işıkların oradan keskin bir u dönüşü yapıp boş caddede hızını arttırmıştı.

"Peki diğerleri ne yapıyor? Taylan? Bahtiyar? Tolga'dan ses çıkmadı mı?"

"Ortaklar pis işlerini karıştırmaya devam ediyorlar. Haftaya bir davet var, ailenin sahip olduğu mücevherler için bağış gecesi olarak düzenlenecek ama satılan aslında mücevherler değil de insanlar olacak."

Kaşlarımı kaldırdım. "İnsanlar?"

"İnsanlar," diyerek kafasını salladı. "Kadın, erkek, çocuk... Özellikle sınırdan kaçmaya çalışan kimliksizleri toplayıp yetiştiriyorlar. Hatta onlardan birini de sergilemek için sanki bağışçıymış gibi geceye götürecekler."

Dudaklarımı birbirine bastırdım. Bu konuyu kafamın içindeki eski tahta masaya yatırmayı uzun zaman önce bırakmıştım çünkü ne zaman düşünsem, empati kurmaya başlıyordum ve kötü hisler beni ensemden yakaladığı gibi kazanında kaynatıyordu. Bünyemde yeterinde karanlık hisler barındırdığımı ve bu kadarının bile fazlasıyla yeterli olduğunu biliyordum, daha fazlası için ne yerim ne de psikolojim vardı.

"Tolga, İrem'le dolaşıyor," diye mırıldandı. "Arkadaşınla konuşmuyor musun? Basit iki sevgili gibi geziyorlar sürekli."

Belki de sadece basit iki sevgililerdir. "Onunla konuştum ama Tolga'yı seviyor. Onu aydınlığa çıkarabileceği karanlıkta kalmış bir kötü çocuk olarak görüyor."

"Kolundan tutup aydınlığa çekmeye çalıştığı kötü çocuk diğerlerine benzemez kedi surat, onu da peşinden karanlığa gömer." Işıklarda durduğumuzda bana döndü. "Zararsız görünüyor ama..."

"Zararsız görünüyor ama... Devamı yok, değil mi? Bunu ben de düşünüyorum." İrem onun için gerçekten elde etmesi zor bir av mıydı yoksa gerçekten sevgili miydi?

Kilidini görüp açmak için tırmandığımız bütün kapılar başka bir kapıya açılıyorken gerçekten anahtarı bulmuş sayılıyor muyduk?

"Siz çocuklar gerçek hayatta ne yapıyorsunuz?"

Hastanenin kapalı otoparkına girecekken bana bir bakış atıp yolunu değiştirdiğinde aklında hangi senaryonun canlandığını fark etmiştim. Muhtemelen aşağıdaki kan temizlenmişti ama hatıra kesemdeki anılar hâlâ tazeydi ve o *beni düşünüyordu.*

Açık otoparka girerken, "Ben babama şirkette yardım ediyorum," diye mırıldandı. "Bu sene üniversiteden mezun oluyorum. Giray'la Kayra da okuyor."

"Peki Zamir?" diye sorduğum an çoktan park etmiştik, kapıyı açıp çıkıyordu.

Böylece sorum cevapsız kaldı.

Kapıyı kapatıp çıktığımda bagajdan çantayı aldı. Beraber hastane binasına yürümeye başladığımızda, "Evdeyken Kayra aradı," diye mırıldandı. Hastanenin metalik ve serin havası genzime dolduğunda yeniden asansöre ilerledik. "Giray'ı normal odaya almışlar ama Dr. Lamen hâlâ yoğun bakımdaymış. Ziyaret etmek istersen-"

"Sonra."

Ani ama sakin çıkışım onun dikkatini çekse de pek de bir tepki vermedi. 5. kata çıkana kadar sessizce önümdeki hemşireden gelen solüsyon kokusunu soludum, kapı sonunda açıldığında aynı anda sağa dönmüştük. Hemşire başka bir odaya girerken aklıma gelen ufak detayla Pars'a döndüm. "Dr. Lamen'in kliniğindeki kamerayla bir alakan var mı? Odasındaki?"

Kaşları çatıldı. "Hayır. Odasında kamera mı var? Hastalarını-" Durdu. "Yani seanslarını böyle kayıt altına alması yasal mı?"

"Değil," diye mırıldandım. "Gözlem amacıyla taktırdığını söylemişti."

"Bir ilgisi olabileceğini mi düşünüyorsun?"

Giray'ın kaldığı odanın kapısının önünde durduğumuzda bana dönmüştü. Okyanuslarına bakmayı kesip elimi uzattım ve kapıyı açarken, "Bilmiyorum, sanırım," diye mırıldandım.

"Önceden yoktu, bu yeni bir şey. Ayrıca yasak olduğunu da düşünüyorum."

Şüpheliydi, kimse inkâr edemezdi. Kameranın belirmesi ve Dr. Lamen'in saldırıya uğraması şüpheliydi işte. Bir şeyler uyuşmuyordu. Nasıl normal bir kapkaç olabilirdi? Hastane otoparkında? Çocuğunun tedavisine para yetiremeyen bir baba hastane otoparkını mı kendisi için bir av alanına dönüştürmüştü?

İçeri girdiğimizde Kayra ve Zamir ayrı koltuklara yayılmıştı. Giray kolunda serum ve başında sargıyla yatıyordu, gözleri kapalıydı. Suratı morluk içerisindeydi. Üzerinde mavi bir hastane önlüğü ve karnına kadar çekilmiş beyaz bir pike vardı.

"Uyanmadı mı daha?" diye sordu Pars, ikili koltuğun kenarında durup çantayı bırakırken.

Kayra, "Hayır," dedi. "Ağrı kesiciler yüzündenmiş. Birkaç saate uyanır diyor doktor."

"Ne buldunuz?" diyerek devam etti sorgulamaya, kollarını göğsünde bağlayarak. Birden sesi ciddileşmişti ve doğrudan Giray'a bakıyordu.

Zamir sırası gelmiş gibi yaslandığı koltukta doğruldu ve dirseklerini dizlerine yaslayarak ellerini birbirine geçirdi. "Aracı bulduk, siyah bir Mercedes. Plaka sahte. Araba yarım saat sonra deniz kenarına çekilmiş ve yakılmış. Ama bu geri zekalı pezevenkler bir işi beceremediğinden iyi saklanamamışlar, yerleri belli. Şehrin çıkışındaki gişelerin yakınında bir dağ evindeler."

"Hatta birinin kimliği bile belli," diyerek ayağa kalktı Kayra, ceketinin cebinden bir kamera kaydı ekran görüntüsünü çıkarıp Pars'ın önündeki masaya bıraktı. İki adamdan birinin yüzü eğikti ama diğeri başını kaldırıp kameraya bakmıştı. "Dağ evine giderken markete uğrayıp bir ton saçma salak şey almışlar. Süzme salak bunlar. Giray'ı bu puştlar indirmiş olamazlar, muhtemelen kavga başka yerde oldu. Bunlar da paketi kargoladılar."

•

"Ela'yı arayın, akşam Giray'ın yanında kalsın. Bizim çıkmamız gerekecek."

Zamir kafasını salladı ve telefonunu çıkardı ama Kayra hızlıca hareketlenip, "Dur sakın sen arama," diyerek ona engel oldu.

"Niye lan?"

"Niyesi mi var oğlum sen şimdi öyle bir söylersin ki bu sefer kızı yoğun bakıma kaldırırlar. Yetti canıma artık yoğun bakım. Kimse yoğun bir bakıma ihtiyacı olacak şekilde dayak yememeye dikkat etsin bundan sonra." Telefonunu çıkardı ve kendisi Ela'yı arayıp kulağına götürdü.

Zamir ona bir bakış attı. "Emredersiniz efendim. Topuklarız bundan sonra. Kim bilir kaç herif sıkıştırdılar çocuğu. Hey Allahım."

Kayra, Ela telefonu karşı taraftan açtığında gayet tatlı bir sesle, "Alo Ela, ne yapıyorsun?" diye sorduğunda Zamir bu sefer ayaklanıp, "Lan zibidi sanki çok normalmiş gibi de söyleme çocuk öteki tarafa gitti geldi lan," diye homurdandı.

Ela öteki taraftan duymuş olmalı ki sesi telefondan taştı bir an, Kayra telefonu uzaklaştırıp kaşlarını çatarak Zamir'e döndü. "Siktir git Zamir. İsmine tüküreyim senin lisede de zamirlerden nefret ederdim ben zaten."

Ellerimle yüzümü sıvazladım. Psikoloğumu kanlar içinde otoparkta yatarken bulmasaydım muhtemelen tartışmalarına gülerdim ama şimdiki halim gülmekten, gülümsemekten, herhangi bir mimik gösterisinden çok uzaktı.

Pars'ın ayakları bu tarafa doğru hareketlendiğinde kafamı kaldırıp ona baktım. Kafasıyla kapıyı işaret etti ve önden çıktı. Kalkıp ben de peşinden çıktığımda koridorda dikiliyordu. "Eğer Dr. Lamen'in ameliyatını beklemeyeceksen seni eve bırakacağım, bir saate biz de ayrılacağız muhtemelen."

Kafamı salladım. "Ben bugün İrem'in yanına uğramak istiyorum o yüzden kendim giderim. Size kolay gelsin."

Kafasını olumlu anlamda aşağı eğdi ve kısaca koluma dokunup ardından tekrar odadan içeri girdi.

Hastane merdivenlerinden aşağı inerken koluma dokunduğu yere tutundum ve dudaklarımı birbirine bastırarak bahçeye çıktım. Kafamın içindeki düşünceler tutundukları duvarları kendilerine doğru çekiyordu böylelikle beynime oksijen gitmiyordu, işte hastaneler üzerimde böyle bir etki bırakıyordu.

Bir daha buraya gelmem sanıyordum. En azından canlı.

Bir taksi çevirerek adresi verirken bir yandan da etrafa bakıyordum. Pars ciddi olamazdı, beni üç kişi takip ediyor olamazdı. Belki vardiyalı çalışıyorlardı ama yine de saçma bir düşünceydi çünkü gereksiz bir önlemdi.

Evin önünde indiğimde ücreti ödeyip telefonumu çıkardım ve İrem'e mesaj attım. Evde mi bilmiyordum ama aramızdaki bağ kopmak üzereymiş gibi geliyordu, bu yüzden onunla konuşmak istiyordum. Bir yandan Tolga Arıkan'ın ne yapmaya çalıştığını anlamaya, diğer yandan buz gibi bir odada onu kesip biçen adamların içinde hayat mücadelesi veren psikoloğumun kanlar içerisindeki görüntüsünü aklımdan silmeye çalışıyordum.

Bahçe kapısına yürürken İrem aradığında adımlarımı durdurup aramayı cevapladım. "Evde değil misin yoksa?"

"Hayır, evdeyim," dedi. Sesi cılız çıkıyordu, kısılmıştı. "Ama cezalıyım ve alt katta babamdan emir almış iki güvenlik görevlisi var bu yüzden içeri girişler ve çıkışlar yasak. Arka taraftan dolanıp bahçedeki mahzenden girebilir misin?"

"Bahçenizde mahzen mi var?" Adımlarımı evin etrafından dolanmak üzere yönlendirdiğimde kaldırıma çıkıp duvarların yanından yürümeye başladım.

"Evet, içki falan var. Babamın peynirleri bir de. Peynir kokuyor, haberin olsun."

"Sorun değil," diye mırıldandım kulaklıklarımın ucunu telefona geçirip telefonu cebime attığımda. Duvardan atlamam gerekiyordu. "Sen iyi misin? Sesin kısılmış. Ayrıca neden cezalı olduğunu sorabilir miyim?"

Güldü. Fakat boğazı acımış olmalıydı ki öksürmeye başlamıştı hemen. "Önce cehennem zebanilerini atlatman lazım, aşağıda beni dinlemeyen yeni hizmetçiler ve korumalar var. Mahzen kapısı çalılıkların altında, şifre 9791. İçeride telefon çekmeyecek, sen aşağıya inince lambalar otomatikman yanar. İlerleyip kapıdan bodruma, oradaki merdivenlerden de salona çıkabilirsin ama lütfen dikkat et. Yakalanırsan benim başım belaya girer. Tamamen kendimi düşünüyorum."

Histerik bir şekilde gülerek, "Tamam, orada görüşürüz," diyerek aramayı sonlandırıp duvardan aşağı atladım. Bahçede kimse yoktu. Gözüme ilk kestirdiğim çalılığın arkasına geçip ağaç dallarını ittirdiğimde çelik bir kapakla karşılaştım, kareydi ve büyüktü. Otomatik ekrana şifreyi girmek için kapağı kaldırdım ve ardından kapıdan ufak bir tık sesi geldi. Kapağın etrafındaki basınç düşmüştü, böylelikle kapağı tutup kendime çektiğimde açıldı.

Aşağı inen merdivenleri görünce etrafıma bir bakış attıktan sonra bacaklarımı aşağıya salarak inmeye başladım, kapağı da arkamdan kapattım. Aynı tık sesi, kapanınca yeniden gelmişti ve ben birkaç adım indiğimde loş sarı ışıklar kendiliğinden yanmaya başlamıştı.

Her yer raftı ve rafların büyük bir kısmını içki şişeleri oluştursa da bir kısmında da yiyecekler vardı, yani mutfak çalışanları burayı aynı zamanda kiler olarak da kullanıyor olabilirdiler. Oldukça genişti ama İrem haklıydı, peynir kokuyordu.

İlerleyip önümdeki kapıdan geçmek için birkaç adım merdiven çıktım ve kapıyı açtım. Bodrumun soğuğu buranın havasını yok edip tenime çarptığında hızlıca merdivenlere yöneldim ve kenarlarından ışık sızdıran bir başka kapıdan geçip kendimi sıcak evin merdivenlerine attım.

Salon katına çıkarken ses çıkarmamaya çalışıyordum, hatırladığım kadarıyla mutfak kapısı merdivenleri görüyordu ve giriş kısmı da görmeye müsaitti bu yüzden buralar ve salonda birileri yoksa işim gayet kolaydı.

Yavaşça kafamı kaldırıp koridora baktığımda kimseyi göremedim, salon da aynı şekilde boştu. Bir süre mutfakta biri varsa ses çıkarmasını ya da görünmesini bekledim ama öyle bir şey olmadı. Parmak ucunda merdivenleri ikişerli üçerli çıkarak üst kata ulaştığımda İrem'in odasının kapısını yavaşça açıp kendimi içeriye attım.

Derin bir nefes alarak arkamı döndüm. İrem yatağında yüzüstü uzanmış ders çalışıyordu. "Görev başarıyla tamamlandı," diye mırıldandı gözlerini silip yatakta bağdaş kurarak otururken. "Prensesi öpebilirsin Mario."

"Gözlerinin hali ne?" Şokla yüzüne baktığımda adımlarım istemsizce yatağa ilerlemiş ve yanına oturmamı sağlamıştı. "İrem ne oldu?"

Üzerinde krem rengi, saten bir pijama takımı vardı ve saçlarını topuz yapmıştı. Gözleri kıpkırmızıydı, sürekli burnunu çekiyordu ve odası da bir hayli dağınıktı. Yine de bu somut dağınıklık, kendi soyut dağınıklığını geçemezdi.

Yukarıya bakıp derin bir nefes aldıktan sonra, "Almancadan 45 almışım," diye mırıldandı.

Kaşlarımı kaldırdım. "Hepsi bu mu?"

"Tabii ki hepsi bu. Babamı biliyorsun, delirdi. Kartlarıma ve bilgisayarıma el koydu. Telefonumu da alacaktı ama annem engel oldu. Sonra herkesi çıkardı evden, bana oda hapsi verip başıma iki ızbandut dikti. Annemle Mira muhtemelen alışverişe çıkmışlardır."

Dudaklarımı birbirine bastırdım. "Sırf Almancadan 45 aldın diye ev hapsi vermesi ve eşyalarına el koyması adil değil. Kurtarma sınavları var, çok daha iyisini yaparsın. Senin notların hep çok yüksek gelir."

"Değil mi? Ben de anlamadım nasıl 45 aldığımı, hocaya sorup kâğıdımı göstermesini isteyeceğim," diye mırıldandı burnunu çekerken. "Hep aynı şeyi yapıyor, her notlarım düşük geldiğinde ev hapsi cezası veriyor. Bıktım artık. Üstelik bu sefer iki hafta boyunca, nasıl dayanacağım hiçbir fikrim yok. Umarım o mahzeni kullanıp bana eşlik edersin Liva."

"Neden olmasın?" diye mırıldandım botlarımı çıkarıp bacaklarımı kendime çekerken. "Hasta olmayı nasıl becerdin peki?"

Eliyle gülerek pencereyi işaret etti. "Pencereyi açık unutup uyumuşum."

Kaşlarımı çattım. "Sen asla pencereyi açmazsın ki. Pencerenin yanında ağaç var, içeri polen falan doluyor diye-"

Bir anda pot kırmış gibi bakışları değiştiğinde gözlerimi pencereye çevirip ayağa kalktım ve açıp aşağı baktım. Ağaç, birinin tırmanabileceği büyüklükteydi. Dalları da yine o aynı "biri"ni pencereden içeri alabilecek sağlamlıkta.

Arkamı dönüp İrem'e baktım. Dudaklarını ısırıyordu. "Harika. Artık onu odana da mı alıyorsun? Verseydin ya mahzenin şifresini, hasta da olmazdın."

İrem oflayarak eliyle yüzünü sıvazladı. "Neden ilişkimize bu kadar karşısın anlamıyorum. Yalnızca takılıyor, eğleniyoruz."

"Seni incitebilir, çok kötü incitebilir," diye söylendim yanına yürürken ama oturmamıştım. Ellerim belimde, ayakta dikiliyordum.

"Pars Kalkavan da seni incitebilir Liva," diye cevapladı beni tekrar ederek. "Hem de çok kötü incitebilir."

"Benim Pars Kalkavan'la bir ilişkim yok."

"Öyle mi? Peki ne zaman artık onun evinde kaldığını bana söylemeyi düşünüyordun?"

Şokla kaşlarım kalktı. "Bunu nereden biliyorsun?"

"Geçen gün evine gittiğimde kapıda kızıl, dövmeli değişik bir adam dikiliyordu. Başka bir şey söylemedi ama adımı öğrenince artık burada kalmadığını söyledi. O sırada telefonu çaldı ve bil bakalım kim arıyordu? Pars! Ben de o herif arabasına binip ayrılınca takip ettim, seni oldukça lüks bir rezidanstan alıp okula bıraktı. Biraz düşününce de parçaları yerleştirmek pek zor olmadı."

Ona ağzım açık bir şekilde bakıyordum. "O zaman sen bunu öğrendikten sonra biz birçok defa konuştuk ama bana hiçbir şey sormadın öyle mi?"

Ellerini havaya kaldırdı. "Senin anlatmanı bekledim ama hiçbir zaman ağzını açmadın. Son zamanlarda sürekli ortadan kayboluyorsun ve aramız gittikçe açılıyor Liva, bilmem farkında mısın ama hiçbir şey yapmıyorsun ve bu artık arkadaşlığımızı devam ettirmek istemediğin sonucu dışında hiçbir yola çıkarmıyor beni."

Histerik bir şekilde dalga geçercesine gülerek kaşlarımı kaldırdım. "Benim anlatmamı bekledin, öyle mi?" Öfkemin kölesi olmayacaktım, hayır, ağzımdan kaçırmayacaktım. Bana ailesiyle alışverişe gideceği yalanını atıp Pars'ın ailesinin düzenlediği sosyete zırvalığı maskeli balosuna Tolga'yla katılan ta kendisiydi ve bunu biliyordum çünkü oradaydım ama hayır, öfkemin kölesi olmayacaktım. Aklımın efendisi olmalıydım.

Elimle alnıma bir şaplak atarak, "Peki aramızın açılmasının farkında olan biri olarak neden sen bir şey yapmadın? Çünkü biliyorsun arkadaşlık bağı çift taraflı kurulur, bunca zaman seninle yalnız başıma arkadaşlık ediyor olamam," diye söylendim.

Derin bir nefes aldı ve öfkesini kontrol etmeye çalışarak doğruldu. Boğazını temizledikten sonra, "Liva, tamam o zaman," dedi. "Neden Pars'ın evinde kalıyorsun?"

Çünkü Pars'ın başıma diktiği koruma, gece ben salonun ortasında uyurken eve gizlice giren bir erkeğin elini kolunu sallaya sallaya çıktığını görmüş ve aynı gece kapıma dayanıp pılımı pırtımı toplatıp beni kendi evine götürdü. Baskıcı ve bipolar babanın mafya olduğundan şüphelendiğim için sana gelmedim, otele gidecek kadar savurmalık param yoktu ve senden başka arkadaşım da yoktu.

"Takıntılı psikopat bir herif peşimde ve o gece eve hırsız girince korkup Pars'ı aradım, o da gelip beni evine götürdü."

Şokla suratıma baktığında ağzı açık kalmıştı. "Sen ciddi misin? Ne zamandır var bu? Pusula'da içkine ilaç katan sapıkla aynı kişi mi?"

Yutkunarak kafamı salladım.

"Abi..." Elleriyle yüzünü sıvazladı. "Allah kahretsin. Kim olduğunu biliyor musun?"

Kafamı salladım. "Biliyor gibiyim ama bilmiyorum da. Adı falan yok, yüzü de pek keskin bir şekilde yer edinmiyor hafızamda."

Elini yumruk yapıp yatağa vurdu. "Babamla aram kötü olmasa direkt ona söylerdim, yanına polis koruması falan verirlerdi."

"Gerek yok, zaten bir gökdelenin 33. katına girebilecek kadar donanımlı olduğunu düşünmüyorum," diye mırıldandım yanına otururken.

"Hii!" diye bir ses çıkardı avuçlarını ağzına kapatıp. "Deme! Bir de 33. kat..." Hızla bana dönerek dibime girdi. "Yattınız mı?"

"Saçmalama," diyerek geri ittirdim onu.

"Ne saçmalaması ya? Herifin 33. katta dairesi var. Para bok gibidir kesin. Bir an önce çocuk yapıp başını bağlamak lazım, taş gibi çocuk kaparlar falan yazık olur bunun bir üst modeli de yok en üst model bu çünkü."

Seslice nefes verdim. "İrem."

"Ne?" diyerek güldü.

Ona bakınca ben de güldüm. İki dakika kavgalı kalamıyorduk.

"Neyse ki burada güvendesin, alt katta korumalar var," diye mırıldandı. "Sahi nasıl atlattın onları?"

Kaşlarımı çattım. "Alt katta kimse yoktu."

"Ne?"

Tepkisini ölçmeye çalışıyordum. "Belki yemek yemeye gitmişlerdir."

"Gidemezler, babam hayatta izin vermez buna. Ayrıca mutfakta çalışanlar var, onlar hazırlıyor yemeklerini."

Ayağa kalktım. "İrem, mutfakta da kimse yoktu."

İrem'in bakışları bir anda değiştiğinde kendini rahatlatmak için gibi gülercesine, "Saçmalama, imkânsız bu. Şu an akşam yemeğini hazırlıyorlardır," dedi ama o kadar endişeli görünüyordu ve terlemeye başlamıştı.

"İrem evde kimse yok," diyerek kapıya yürüyüp hızlıca kilitlediğimde telefonumu çıkarıp pencereye ilerledim ve tekrar açıp bahçeye baktım.

"Yani tamam, gitmemeleri gerekiyordu ama işleri çıktıysa çok da önemli bir mesele değil bu-"

"Bölge savcısı kızına evdeki çalışanları kızının sözünü dinlemesinler diye değiştirecek kadar katı bir ev hapsi veriyor ve sen hepsinin ortadan kaybolmasında bir sorun yok diyorsun öyle mi?" diyerek pencereyi kapattım ve ne yapmam gerektiğini düşündüm.

"Liva beni korkutuyorsun."

"Bilmiyorum İrem, belki de korkmalıyız."

İlerleyip yatağa oturdum ve botlarımı tekrar ayağıma geçirdim.

"Annemi arayacağım," dedi ve telefonuna uzandı. Arayıp kulağına götürürken ben de telefonumun mesajlar kısmını açtım.

Kime: Pars Kalkavan

Beni izlettirdiğin adam hâlâ izliyordur değil mi?

Kimden: Pars Kalkavan

Önemli bir şey değilse sonra konuşalım, meşgulüm.

Kime: Pars Kalkavan

Önemli bir şey olabilir. O adamı arayıp buranın çevresinde bir terslik var mı diye sorabilir misin? İrem'in evindeyim ve bir şeyler ters gidiyor.

Telefonumu bırakıp beklemeye başladığımda İrem telefonunu yatağa fırlatıp, "Açmıyor," dedi ve topuzunu bozup aynanın karşısında tekrar yapmaya başladı. "Alışveriş merkezi çok gürültülüdür, duymuyordur. Liva gerçekten önemli bir şey olduğunu düşünmüy-"

Bir anda alt kattan bir kadın çığlığı yükseldiğinde aynı anda kapıya döndük. Kalbimin atış hızı ikiye katlanıp vücuduma adrenalin salgılamaya başladığında uyuşan ellerime inat uzanıp İrem'in ceketini aldım ve ona atıp, "Gidiyoruz," diye fısıldayarak camı açtım.

İrem titriyordu, ceketini giymeyecekti. Şoka girmişti.

Hızlıca ceketini giydirip dolabının alt kısmındaki beyaz spor ayakkabılarını ayağına verdim ve pencereyi açtım. Ayaklarını ayakkabılara geçirirken vücudu zangır zangır titriyordu bu yüzden bağcıklarını bağlayamıyordu. En sonunda bağcıkları ayakkabının içine tıkıp yanıma yürüdü.

Kendimi taşa oturtup ayaklarımı aşağı saldım ve pervaza tutundum. "Benim adımlarımı tekrar et tamam mı? Elinden tutacağım. Sakın düşme İrem. Sakın aşağı bakma."

"Sakın düşme diyerek çok yardımcı oldun," diye mırıldandı bir yandan kapıya bakarken. Alt kattan bir gürültü daha gelmişti.

Dala ayağımı kondurup üstteki diğer daldan tutunarak ağırlığımı, bir ayağımı da diğer yandaki dala vererek dengeledim ve iki adım ileri yürüyüp yavaşça İrem'e döndüm. "Çabuk ol."

İrem bir kez daha arkasına bakıp ayağını dala koyunca uzatıp yukarıdaki daldan tutundu, aynı benim yaptığım gibi diğer dalla ağırlığını dengelediğinde cebimdeki telefonum titreyerek çalmaya başlamıştı ama açabilecek durumda değildim.

"Biri arıyor," dedi İrem tamamen ağaca çıktığında.

"Boş ver şimdi," diye mırıldanarak alt dallara indim ve bir metre civarı bir yükseklikten aşağı atladım.

Etrafta kimse yoktu. İrem'e bakıp bir an önce atlamasını bekliyordum.

O sırada yan taraftaki evin kapısının sert bir şekilde kapatıldığını ve birkaç adamın sesini duydum. "İrem, atla!"

İrem bir anda çok daha yüksek bir yerden kendini bıraktığında inleyerek sağ ayak bileğine uzandı. "Özür dilerim, vakit yok," diyerek koluna girdiğim an adım sesleri bu tarafa ilerliyordu.

İrem'le beraber koşmaya başladığımda adamlardan biri, "Buradalar!" diye bağırdı ve çalılıklardan atlayıp İrem'in acı içinde çığlık atmasına sebep oldum. Duvara geldiğimizde, "İlk sen," diyerek ellerimi birleştirip basması için önüne tuttum. Hızlıca sağlam ayağıyla basıp duvara tutunduğunda kendini yukarı attı.

Adamlara bir saniyeliğine bakma fırsatım olduğunda birinin, "Sakın vurmayın!" diye sürekli bağırdığını fark etmiştim. İrem'i beklemeden zıplayıp duvara tutunduğumda kendimi yukarı çekerken avuç içlerim parçalandı ve dirseklerim sızladı ama acıya dayanarak kendimi diğer tarafa attım.

Hızımı alamadan kaldırımdan sokağa fırladığımda neredeyse siyah bir arabaya çarpıyordum. Dizlerimin üstünde asfalta düşmüştüm.

İrem arkamdan, "Kalk çabuk!" diye bağırdığında aracın sahibi kapıyı açmıştı.

"Hassiktir," diye mırıldandım çıkanın da siyah takım elbiseli olduğunu gördüğümde ve İrem'e dönüp, "İrem kaç!" diye bağırdım.

Dönüp ona bakma fırsatı bulamadan İrem'in topukladığını fark ettiğimde çıkan adam, "Hayır, kaçmayın ben onlardan değilim!" diye seslendi ve yanıma yürüdü. Popo üstü dönüp asfaltta geri süründüğümde, "Yaklaşma!" diye bağırıyordum. Boğazım yırtılmıştı.

Adam acele içinde ellerini kaldırıp sordu. "Siz Kedi Surat'sınız değil mi?"

İrem ileride durmuştu ve adamlar diğer taraftaki kapıdan çıkmış, sokağın başından buraya koşturuyordu.

16

Bozuk Pusula Kalbi Gösterir

İyi nedir? Kötü nedir?

Buna kim karar verir?

Hayatım boyunca iyi ve kötünün ayrımını yapmaya çalışarak saatlerce boş duvarlara zihnimi kilitlediğim birçok an oldu. Her seferinde parmaklıkları bükmeye çalışarak kafesimden kurtulmaya çalıştım, her seferinde bir zindana atıldığımı hissederek asla ulaşamadığım tavandaki pencerenin perdelerini kaldırmaya çalıştım. Her seferinde elime bir kalem aldım, hiçbir zaman yazamayacağım bir romanın sayfalarını siyaha boyadım. Ama aksini yapabileceğimin kırıntısını hissetsem bile kitabı yağmura çıkardım, boyayı akıttım.

Yaşamak çok mu basitti yoksa ben mi sırf su içmek için baraja paraşütsüz atlıyordum? Bir şeyler hakkında milyonlarca soru varken her birine kesin cevaplar bulmak gerekmez miydi de ben gecelerce uykusuz Ay'a yarenlik ediyordum?

Yoksa 5 yaşından beri sınavlara hazırlandığım için mi hayatı da bir sınav zannediyordum? Kâğıt önüme bırakıldığında cevabı yazamamaktan, cevabımın olmamasından ölesiye korkuyordum.

Ama ölmekten korkmuyordum.

Yapmam gereken her neyse, yapmam gerektiğini biliyordum ama onun ne olduğunu bilmiyordum. Yaşamanın bir kılavuzu yoktu, Almanlar ürettikleri her mal için kutuya bir anahtar bir de kılavuz koyuyorlardı fakat ben ucuz bir Çin malı gibi hissediyordum.

Belki de bu tür şeyleri aile öğretmeliydi daha küçükken. Karşılarına almalıydılar. *Biz böyle yapıyoruz, sen de böyle yapmak zorunda değilsin ve kendi yolunu bulabilirsin.*

Annemin hiçbir zaman banyodan sonra saçlarımı taradığı, kuruttuğu ya da ördüğü bir anıya sahip olamadım ama hep saçlarımı uzattım. Bana hiç pilav, makarna, çorba nasıl yapılır göstermedi ama ben malzemeleri hep alırdım. 18. yaş günümde yanımda yoktu ama ben masaya fazladan bir tabak hazırladım.

Babam hiçbir zaman zihnimde yer edinecek kadar hayatımda olmadı ama ben o iki hece için hafızamda boş bir sandalye bıraktım. Ben küçükken, o ilk gittiğinde hep bekledim akşam saatini ama o yine de gelmediğinde gazetesini masasının üzerine bıraktım. Annem kilitleri değiştirdiğinde bendekini saksını altına bıraktım. O sevmezdi belki gelir diye kokulu sakız çiğnemeyi bıraktım. Karnemi onun koltuğuna bıraktım. Yokluğuna kalbimi bıraktım.

O, düşük not aldığım bilgisine sahip olamayacak kadar yoktu yanımda ama ben onun yerine kendime hep kızardım.

Zaten beni benden başka kimse öldürmedi, ben kendim atladım.

Ne zaman bir soruya kendi kesin cevabımı bulmaya çalışsam konu sahip olduğum yokluğa geliyordu ve işler karışıyordu, böylece hiçbir zaman sınavı geçecek kadar bilgiye sahip olduğum yanılgısına kapılamıyordum istesem de. Kandıramıyordum kendimi herkes gibi, siyah güneş gözlüğümü çıkarıp gülümseyemiyordum hayatın renklerine.

Ayağını incitsen doktora, başın ağrısa doktora, ateşin çıksa doktora, kaza geçirsen doktora, kanser olsan doktora... Peki dokunamadığın, göremediğin bir yerden incinsen kime gidecektin? Kimse kabul etmezdi de hasta olduğunu, herkes aynı serabı görmüyor muydu?

Yaşarsan ezecekler, son verirsen deli diyecekler.

Ama herkes anne rahminden Dünya'ya düşmez, bazıları Araf'ta asılır. Kimsenin de kolu yetmez onları oradan indirmeye, kimse yeltenmez de.

Seni senden başka kimse kurtarmayacak.

Hava karardığında elimde bir bardak kahve ile Pusula'nın arka tarafındaki koltuklardan birinde oturuyor, boş boş önümdeki siyah masayı izliyordum. Bu taraf yalnızca koyu renklerle döşenmişti ve içinde kayboluyordum. Oturduğum koltuk oldukça büyüktü, karşımdaki koltuk da öyle.

İrem orada tek başına oturuyordu. Oğuz ona bir battaniye vermişti ve koltukta bacaklarını kendine çekmiş, tostoparlak olmuştu. Topuzu dağılmıştı, yüzünde gram makyaj yoktu ve solgun görünüyordu. Korkmuştu, korkunun nasıl göründüğünü biliyordum. Kafanın içine salınan küçük, ince yılanlar beyninin etrafını sarar ve ufak ufak ısırıklar bırakırlardı böylece fazla şey düşünemez, tek bir cümlede takılı kalırdın. Boğazına sarınan eller olmazdı ama yine de yutkunamazdın. Daha önce tanıklık etmediğin bir öfke, bir şiddet, bir aksiyon anından sonra korkup kaçan ruhunun bedenine dönmesi saatler alırdı; o saatler de senden yıllarını. Çünkü sana korku veren hiçbir şeyi unutmazdın.

"Ben senin babanım. Kapıyı aç."

"Değilsin! Benim babam gitti!"

"Biri gider biri gelir alış bunlara, bak ayaküstü hayat dersi veriyoruz burada!"

Kapının arkasına oturup bacaklarımı kendime çektim ve kulaklarımı kapadım. Kapı kuvvetli vuruşlar yüzünden sarsılırken ben de titriyordum ama olur da kilit kırılırsa diye uzaklaşmak istemiyordum.

"Bahar!"

"Benim adım Bahar değil!"

İleriye savrulurken ayağım geride kaldı ama kilit kırılmıştı, parmağım kapının altına sıkıştı ama o umursamadan daha da ittirdi. Bir çıt sesi kulaklarımda yankılandı. Yine kapatamamıştım kulaklarımı sıkı sıkıya, yine tutmamıştı kilit kapının arkasındaki kötülüğü uzak tutmaya.

Kahve bardağının etrafına sardığım parmaklarım sızladı.

Eğer kötülük bir canavarın ellerinden bulaşan varlıksa, ben baştan aşağı ona bulanmıştım ve bu dünyada ayrımını yapabileceğim iyilik ve kötülük kavramları için kalbimde yeterince yer yok demekti. Bana seçim hakkı bırakılmamıştı, yeni doğmuş bebekler kuluçkaya yatırılıyorsa bu dünya beni Şeytan'ın kucağında bırakmıştı. O da ninniler söyleyerek susturmaya çalışmıştı çığlıklar atan varlığımı, o zaman çok direnmiştim ama şimdi kendi kendimi susturmaya çalışıyordum.

Peki neden son zamanlarda hafıza perdeme yansıyan anıların varlığı artmıştı? Eskiden bu kadar çok hatırlamazdım, şimdi ise anılar boş bir duvar bulduğunda bile eşleşiyordu ve makinist filmi başlatıyordu.

Ben salondan çıkmaya çalışırken hayat bana ön koltuktan yer ayırıp elime bir kutu patlamış mısır tutuşturuyordu.

İçeriden bir ses geldiğinde dikkatim dağıldı ve kafamı kaldırıp ileriye baktım. Oğuz'un sesini duymuştum, daha sonra da tanıdık bir melodinin.

Köşeyi döndüklerinde onları gördüm. Pars, baştan aşağı simsiyah giyinmiş bir şekilde onun aksine kombinine mavi bir kot katmış Kayra'yla beraber bu tarafa doğru yürüyordu. Daha varmadan sabırsızca, "Ne oldu?" diye seslendi, hemen ardından buradaydı. Kayra, İrem'e bakıp şokla yüzünü süzerken yanına, biraz uzağına oturdu ve Pars da benim oturduğum koltuğa.

Geriye yaslanıp elimdeki kahve kupasını avuçlarımın içine aldım, kanayan yerleri temizleyip yara bantları yapıştırmıştım fakat ellerim o kadar soğuktu ki kesilen yerler kuruyor, acıyordu.

İrem'e bir bakış atıp derin bir nefes aldım. Anlatmam için bana bakıyordu. "İrem'le odasındaydık, birden aşağıdaki korumalardan ve mutfak çalışanlarından bahsetmeye başladı ama ben girerken aşağıda kimse yoktu bu yüzden işkillendim. Sonra sana mesaj attım ama senin cevabını görmeye kalmadan aşağıdan çığlıklar ve gürültüler gelince pencereden atlayıp kaçtık."

Kayra, "Yuh," dedi. "İrem'in odasındaki pencereden mi? Orası aşırı yüksek. Ağacın dalları da çok keskin."

Kaşlarımı çatarak ona döndüm. "Sen İrem'in odasındaki pencereyi ve ağacı falan nereden biliyorsun ya?"

İrem çaktırmadan gözlerini büyültüp Kayra'ya baktı. Kayra da pot kırmış gibi, "İrem'i motosikletimle gezmeye çıkardığım gün evine bırakmıştım, odasının penceresinden el sallamıştı oradan hatırladım," diye mırıldandı. "Ağaç da meşe ağacıydı, meşe ağaçları bu mevsimde kuru ve hırçın olur."

Pars histerik bir şekilde omuz silkip hiç de inanmamış gibi onlara baktı. Ardından bana döndü. "Adamları gördün mü?"

Kafamı salladım. "Birkaç kişiydiler, hepsi siyah takım elbiseliydi ama yüzlerini tekrar görsem çıkaramam."

"Şu peşindeki adam olabilir mi?" diye sordu İrem boğazını temizleyerek. "Hani buradayken de içkine ilaç katan."

Pars soru işaretleriyle bana baktı. "Ona şu peşimdeki sapık adamdan bahsettim," diye mırıldandım İrem'in görmediği sol kaşımı hafif oynatarak. Pars ve Kayra olayı anında kapıp kafalarını salladılar.

"Olabilir mi?" diyerek sessizce kendine sordu Pars kaşlarını çatarak ama onu bölüp, "Olamaz," dedim seslice nefes vererek. Hepsi kafasını kaldırıp bana baktı. İrem'in dudakları titriyordu. "Kim o zaman?"

Bunu düşündüm. Eve kimseye görünmeden girmiştim, bu işi yapan her kimse İrem'in odasında yalnız ve savunmasız olacağını düşünmüş olmalıydı. Ama neden İrem'i yakalamak istesinlerdi ki? İrem onlar için kimdi, neyi ifade ediyordu? Olayları bir mantık çerçevesine oturttuğumuzda o adamların benim için gelmiş olabileceklerini düşünmüyordum.

Elimi saçlarımdan geçirip, "Ya da olabilir," diye mırıldandım ve kahve kupasını masaya bıraktım. "Bilmiyorum, kafam karışık."

"Polise bildirmeliyiz," dedi İrem.

Pars'a bakıp kafamı salladım.

Kayra, "Siz gidin halledin," dedi ve İrem'e baktı. "Ben İrem'le kalırım. Zamir hastanede, Giray'la birlikte."

İrem kaşlarını çattı. "Giray'a ne oldu ki?"

Kayra hemen atladı. "Bu salak, geri zekâlı, mal, IQ'su yetmez sen git basketbol oynarken fileye asıl, file üstüne yıkılsın. Neyse ki çok bir şeyi yok, hatta akşama çıkıyor hastaneden."

İrem onaylamam için bana baktığında istemsizce kafamı salladım.

Önüne dönüp anladığını belli edercesine kafasını sallayarak, "Geçmiş olsun," dedi.

Pars ilerlerken ceketimi alıp İrem'e döndüm ve "Bir iki saate dönerim," diyerek peşinden fırladım.

Pars geçerken Oğuz bardakları siliyordu. Ona el sallayıp Pusula'dan çıktığımda peşinden merdivenlerden indim ve caddede yürümeye başladığında adımlarına ayak uydurdum. "Sen lafından dönmezsin," dedi bir anda bana bakıp ardından önüne dönerek. "Neyi gizlemek istiyorsun ondan?"

"Aslında bir şey gizlemek istemiyorum ama her şeyi gizliyorum," diye mırıldandım etrafa bakarak. "Nereye gidiyoruz?"

"Polis merkezine."

Ona baktım. "Ne?"

Durdu ve bana döndü. Kaldırımda dikiliyorduk ve yanımızda cadde akışı vardı. "Olayı anladım. İrem'e bir şey söylememeyi seçerek polise gitmeyi de seçmiş oldun."

Kaşlarımı çattım. "Neyden bahsediyorsun anlamıyorum."

Seslice nefes vererek etrafına baktı, ardından bileğimden tutup beni iki apartman arasındaki karanlık bir sokağa doğru çekti. Artık caddedeki insan ve araba sesleri çok uzaktan geliyordu.

Bileğimi bıraktığında ellerimi ceplerime soktum ve ona döndüm. Duvarın önünde durup bana baktı. Gecenin bu karanlığında bile gözlerinin rengini seçebiliyordum, oldukça keskin bakıyorlardı.

"Eve ön kapıdan girmemişsin," dedi. "Gürkan anlattı."

Kaşlarımı kaldırdım. "Ha o mesele... Peşime taktığın adam."

Gürkan, duvardan atladıktan sonra önüne çıktığım arabayı süren ve bana oldukça utanç verici bir şekilde Kedi surat olup olmadığımı soran adamdı. Neyse ki önüne atladığım araba onunkiydi de bizi o çatışmanın içinden alıp arabasıyla hızlıca Pusula'ya getirebilmişti, ardından gitmişti. İrem'e açıklamam da Pars'a odadayken mesaj attığım ve yakınlardaki tanıdıklarını buraya yönlendirmiş olmasıydı çünkü aksi takdirde İrem'in peşinde taktığı adam ve birkaç kişinin daha sokağın başındaki adamları indirişini açıklayamazdım.

Ama adamlar kaçmıştı. Bu da asıl denklemi sıfırlıyordu.

"O girdiğin altgeçit her neyse seni gören olmadı, içerideyken de fark edilmedin. Eve gelenler İrem'i odasında yalnız ve savunmasız basmayı bekliyordu ama sen oradaydın ve kaçtınız. Bunu kim planladıysa amacı seni yakalamak falan değildi, asıl istedikleri İrem'di."

Dudaklarımı birbirine bastırarak kafamı salladım. "Ama anlamıyorum. İrem'i ne için istediler?"

"Bölge savcısının kızını ne için kaçırırsın? Çok basit bir davanın sanığı bile şantaj için kaçırmak istemiş olabilir. Bu olayın bizimkilerle hiçbir alakası olmayabilir. Ama her iki yönden de bakarsak, polise gitmeliyiz çünkü İrem'in babası böyle bir olay olduğu bilgisini İrem'den duymalı."

Kaşlarım çatıldı. "Ne demek duymalı? Sen ne düşünüyorsun Pars?" Ağzım açık kalmıştı. Gülerek ağzımda geveledim. "Babasının kendi kızına suikast düzenlediğini falan mı?"

Gayet ciddi bakıyordu.

Geri çekilip gözlerimi arkasındaki binada gezdirdim ve ellerimi saçlarımdan geçirdim. "Yok artık."

"Düşün Kedi Surat. O saatte İrem'in o ailenin tek bireyi olarak yalnızca çalışanlarla birlikte evde olduğunu kim bilebilir?"

"Senin peşine taktığın herif biliyordur mesela. Başka birini daha peşine takmak çok da zor değil."

Pars kafasını olumsuz anlamda salladı. "Hayır, olay bundan çok daha büyük. Peşinize taktığım adamlar sıradan insanlar değiller, böyle bir şey olsa fark ederlerdi. İşte sorun da burada. Her şey bir anda oldu."

"Pars, İrem onun öz kızı. Kendi kızı," dedim bastıra bastıra.

"İnsan kendi öz evladına neler yapabilir, duysan şaşırırsın."

Yüzüm gerildi. Yutkundum ve gözlerimi devirdim. "Evet, birkaç tane duymuştum."

"Öyle demek istemedim," diyerek kolumdan tuttu ve ona bakmamı sağladı. Biraz üzerime eğilmişti, parfümünün kokusunu alabiliyordum. Hafif şampuan kokusu da geliyordu. Gözlerimi gözlerine diktim ve düşündüm. "Bak, İrem evdeydi çünkü babası ona Almancadan düşük not aldığı için ev hapsi vermişti. Biliyorum bu söylediğim senin teorini destekliyor ama neredeyse okuldaki herkes İrem'in bir dersten düşük not aldığında babasının ona ev hapsi vereceğini bilir. Bu hep olağan bir şey. Yani bu bilgiyi bir kuş uçurup, hiç konmaması gereken yerlere konarak çok uzaklara götürebilir. Nasıl öylece direkt babasını öne sürersin?"

Kaşlarını kaldırdı.

"Tamam adam berbat biri ama kendi öz kızını kaçırmasından nasıl bir çıkar sağlayabilir ki?"

"Zaten bu yüzden kesin bir şey söyleyemiyorum ve sen hâlâ inkâr edebiliyorsun," diye mırıldandı. "Neyse. Bu konuyu bir daha bahsi açılacak bir kanıt bulana kadar kapatalım." İleriyi işaret etti. "Polis merkezi şurada ama İrem'in kim olduğunu öğrendiklerinde onun da ifadesini almak isteyeceklerdir."

Kafamı salladım ve peşinden ilerledim.

Polis merkezine girip olayı bildirdiğimizde sözlü ve yazılı ifademi alıp olayı araştırmak için merkezden ayrılan iki polis oldu. Olay İrem'in babasına bildirildiğinde ise Pusula'ya bir şoför gönderildi ve İrem böylece eve döndü.

Saat 10'a gelirken Pusula'da yalnız başıma bar kısmında oturuyor, Oğuz'un toparlanmasını izliyordum. Eve gidecekti, mesaisi bitiyordu.

"Bence sen de eve dönmelisin," diye mırıldandı ceketini giyerken.

Önümdeki meyve suyunun pipetiyle oynuyordum. "Haklı olabilirsin." Gözlerimi bardaktan çekip ona baktım. "Ama benim bir evim yok."

Kaşları çatıldı. "Nasıl yani?"

Omuz silktim. "Hem Taylan, hem de Bahtiyar'ı peşime takınca evim yasaklı bölge haline geldi."

"Eee, nerede kalıyorsun?"

Dudaklarımı birbirine bastırarak pipete uzanıp biraz meyve suyundan içtim. Oğuz hazırlamıştı ve içine limon dilimi de attığı için fazla canlandırıcı olmuştu. Arkamdaki gece kulübü hayatına uyum sağlayacak kadar canlıydı, insanlar bu yüzden önce içip sonra aptallaşıyordu.

Oğuz'un sorusu havada asılı kalırken merdivenlerden aşağı inen Pars'ı fark ettim. Gömleğinin kol düğmelerini ilikliyordu, yakası düzgün değildi ve boynuna uzanan dövme belli oluyordu. Aşağı indikten sonra bu tarafa yürümeye başladı, ben de göz göze gelmemek için önüme döndüm.

Oğuz çantasını aldıktan sonra "Herkese iyi geceler," diyerek onun yerine geçen barmen'e ve bize veda etmiş oldu. Ben ona el sallarken Pars, yanımdaki bar sandalyesine oturuyordu.

"Gitmen gerekiyor."

Ona baktım. "Tabii. Eşyalarımı ne zaman getirirsin?"

Kafasını eğip yakasını düzeltti. "O eve tek başına dönmeyeceksin Liva. Taylan'ın adamları geliyor, seni burada görmemeleri lazım. Ortalık karışacak."

Kollarımı tezgâhtan indirip ona döndüm ve ellerimi kucağıma bıraktım. "Nasıl ortalık karışacak?"

"Kızlar falan olacak işte. İçki servisleri kirlileşecek. Kalmak mı istiyorsun?"

Bana tek kaşını kaldırarak baktığında doğrudan gözlerine odaklanmıştım. Derin bir nefes aldıktan sonra etrafı süzdüm. Şimdilik her şey normal gibiydi, normal insanlar takılıyordu. Diğerleri geldiğinde onlar çıkacak mıydı?

"Sen ne yapıyorsun?" diye sordum tekrar ona dönerek.

Anlamamış gibi kaşlarını çattı. "Nasıl ne yapıyorum?"

"Bütün o işler burada dönerken sen ne yapıyorsun? Senin vasfın ne?"

Son cümlemi komik bulmuş olacak ki histerik bir şekilde güldü ve kafasını kaldırıp derin bir nefes aldı. "Bilmem. Ne yapıyor olmamı istersin?"

"Mod değiştirip durma." Tersledim. "Fark ettin mi bilmiyorum ama senin evine senden daha çok gidiyorum."

Omuz silkti. "Benim bir şikâyetim yok."

"Benim var. Yatağımı özledim."

"Arayayım çocukları getirsinler yatağı. Bazayı da ister misin?"

Ters ters baktım. "Çok komiksin."

Bir süre bir şey söylemedi. Ben de kafamı kaldırıp ona bakmadım, meyve suyumu içmekle meşguldüm.

Ayağa kalkarken, "Seni daha en başından bu işten uzak tutmaya çalıştım ama çok meraklıydın, şimdi özgürce evine gidemiyorsan bu benim suçum değil. Keyfimden seni evimde tutmuyorum," dedi ve bana baktı.

"Biliyorum," diyerek ona katıldığımı belli ettim.

"Kabul ediyorsun yani?"

Kafamı salladım. *Sen beni itmedin Kalkavan, ben uçurumdan atladım.*

"O zaman neden sürekli kabullendiğin bir konunun bahsini açıyorsun?"

"Çocukluk yapıyorum işte," diye mırıldanarak ayağa kalktım ama o da iki sandalye arası dikildiğinden dibine girmiştim, göğsü tam önümdeydi. Kafamı eğdiğimde önüme gelen saçlarımı bir elimle geriye iterek başımı kaldırdım ve ona baktım. "İşin ne kadar sürer? Aşağıda uyusam?"

Kolunu kaldırıp saatine baktı. "Sabaha kadar buradayım, okulun yok mu senin?"

Elimle alnıma şaplak attım. Doğru, bir okulum vardı. "Haklısın," diye mırıldanarak ellerimle yüzümü sıvazlamaya başladım. Ne kadar yorulduğumu şimdi fark ediyordum. Son bir haftada çok şey yaşamıştım ve İrem'in evine giren adamlar da enerjime noktayı koymuştu. Kafamı yastığa koyduğum andan itibaren uzunca bir süre uyuyacağım kesindi.

Ellerimi yüzümden indirirken bu tarafa doğru endişeli bir şekilde bakan Zamir'i gördüm, Pars ona sırtını dönmüştü bu yüzden kafamla onu işaret edip, "Bir baksana," diye mırıldandım.

Pars kafasını omzunun üzerinden geriye çevirdi ve Zamir'i anında gördü. Gergince önüne döndüğünde boynundaki damar belirginleşmişti. Zamir'in burada oluşundan ve surat ifadesinden her ne anladıysa, hoşuna gitmediği belliydi.

Bu yüzden bana bakarak, "Eastern'ı ara, seni eve götürsün," dedikten sonra dönüp Zamir'in yanına doğru hareketlendiğinde onu dinlemedim ve peşinden ilerledim.

Zamir merdivenlerin arkasında duruyordu, biraz karanlık ve etrafı sakin bir yerdeydi. Pars yanına gittiğinde yüz yüze geldiler ve "Senin burada ne işin var?" sorusuyla Zamir eliyle yüzünü ovaladıktan sonra giriş kapısının olduğu koridora baktı.

Ardından bakışları bana değdi ama yanlarında durduğumda

Pars herhangi aksi bir harekette bulunmadığı için ağzını açtı. "Giray'a girişenler Taylan'ın ya da Bahtiyar'ın tayfasından değil."

Pars bana baktı. Sen burada ne arıyorsun der gibiydi, sözlerinin aksini yapıyor olmama söyleyecek bir şeyim yoktu ama bir kere bu dünyaya girmiş ve olanları görmüşken, ek olarak da psikologum bıçaklanmış ve en yakın arkadaşıma evine suikastte bulunulmuşken öylece yatağa girip uyuyabileceğimi zannetmiyordum. Yorgundum, enerjim yoktu, acıkmıştım. Ama bunların hiçbiri burada olma isteğimin önüne geçebilecek şeyler değildi.

Kalkavan'ın bakışları Zamir'e dönerken, "Başka kim olabilir ki?" diye söylendi çatık kaşlarıyla.

"Bilmiyorum," dedi Zamir. "Giray üç kişi olduklarını söyledi. Hepsinde aynı kelebek dövmesi varmış. Sabahtan beri araştırıyoruz ama bir sikim bulamadık." Burnundan soluyordu. "Bak, Giray kolay devrilmez, bunu en iyi biz biliyoruz. Ben kardeşimin o sidikli üç puşta yenildiğini düşünmüyorum. Bu başka bir şey."

Pars elini Zamir'in omzuna koydu ve kafasını salladı. "Şu geceyi bir atlatalım da yarın bakacağız bu işin icabına." Dönüp etrafı süzdü. "Kayra'dan haber var mı?"

Zamir durdu. Kafasını salladı. Pars elini indirip ona bir bakış attı. "Naz?"

"Hazır. Üst katta."

Kaşlarım kalktı. Bu gece bir şeyler olacak gibiydi.

Zamir, yanımızdan geçip giderken bana baktı ve omzumun üzerinden eğilip, "Evine dön küçük kız," diye fısıldadıktan sonra kalabalığın arasına karıştı.

Pars bana döndü.

Ona dik dik baktım. "Hiçbir yere gitmiyorum."

"Bak," diyerek üzerime doğru yürüdü. "Ya beş dakika içerisinde burayı terk edersin ya da bu gece kime yem olduğun umurumda bile olmaz." Yanımdan geçerken durup tekrar bana baktığında arkamı dönüp göz göze geldim. "Ve yem olmak derken, gerçekten yem olmaktan bahsediyorum Kedi. Eve dön."

Pars merdivenlerden çıkmaya başladığında ellerimi saçlarıma geçirdim ve bir süre gözlerimi kapatarak düşünmeye çalıştım. Eve dönmek falan istemiyordum, burada kalıp neler olduğunu görmek ve eğer edebileceksem yardım etmek istiyordum. Naz neden buradaydı ki hem? İnsan neden eski sevgilisiyle hâlâ görüşürdü ki?

Pars'ın eski sevgilisi neden bu kadar güzeldi ki?

Düşüncelerim çok farklı noktalara evrilirken derin bir nefes alarak hepsini dağıttım ve etrafa bir bakış attıktan sonra peşinden yukarı çıktım. İlk kat normal görünüyordu, geçen sefer 3. kata çıktığımızdaki odada olduklarını düşünüyordum.

Kapının önüne geldiğimde tam açacaktım ki elimi geri çektim. Bu odada kimlerin olduğunu biliyordum ki? Pars ve Naz. Peki Pars ve Naz adında iki karşı cins insan evladı, yarı zamanlı genelev olarak kullanılan bir gece kulübünün yatak odalarının olduğu 3. katta ne yapıyor olabilirdi?

Beraber süt içmedikleri kesindi.

En son burada bir odaya daldığımda sarhoştum ve kızın biri Pars Kalkavan öylece koltukta otururken soyunmak üzereydi. Benim de bu kapının önüne gelişimin ardından geçen bir dakikayı hesaba katarsak belki de bu sefer kız çoktan-

Kafamı kaldırıp dudaklarımı birbirine bastırdım ve iyice saçmalamadan hemen önce tamamen refleksif bir şekilde kapıyı tıklattım.

Kapı açıldığında gözlerim yerden yukarıya kadar yavaşça tırmanmıştı. Siyah topuklular, güzel beyaz bir ten, pürüzsüz ve uzun bacaklar, lacivert kısa bir elbise, göğüslere doğru dalgalanan gür siyah saçlar, mükemmel kesilmiş bir kâkül ve kusursuz bir makyaj.

Muhtemelen ayna şu an görmek istediğim son şeydi.

Naz karşımdaydı ve ben ona baktığım her saniye sanki biraz daha küçülüyordum. Parıltısını görmemek için gözlerimi iki kere kırptım ve kuruyan dudaklarımı yaladım.

"Aa, sen miydin?" diye söylendi ve kolumdan tuttuğu gibi koridoru kontrol edip kapıyı kapattı Naz. Ardından bana döndüğünde, "Çıkabilirsiniz," diyerek boş odaya seslendi.

Duvar olduğuna emin olduğum kahverengi duvar bir anda içeriye doğru açıldığında, karanlık kısımdan iki beden çıktı: Pars Kalkavan ve Kayra.

"Oğlum şu kapıya delik yaptırın lan, nedir bu odadan çektiğim? Şu salak tüneli de bir temizlikçi tutup temizlettirin para bok gibi ama tünel de bok gibi olmaz böyle." Kayra kendi kendine söylenip üzerindeki siyah takımı silkelerken beni fark ettiğinde, "Aa, günışığım gelmiş," diyerek yanıma doğru yürüdü ve kollarını uzatarak bir anda bana sarıldı. Şokla gözlerim açılırken arkasından istemsizce hafifçe sırtına vurdum ve Pars'la göz göze geldim. Suratında hiçbir ifade yokken tek kaşını kaldırıp bize bakıyordu.

"Harika şimdi de *best friends forever* mı oldunuz yani?" diye homurdandı Naz kollarını göğsünde birleştirerek. "İtiraz ediyorum, benim içeride hiç müttefikim yok."

Kayra geri çekilirken kolunu omzuma attı ve Naz'a döndü. "Tatlım seninle de müttefik olurdum ama saçların simsiyah, tenin bembeyaz böyle vampir gibisin içimi karartıyorsun. Bak bu kız gül gibi kumral. *Ayrıca kim kadife görünce kusar ki?* Mal mısın sen başka takıntı mı bulamadın?"

Naz kadifenin adını duyduğunda bile titrediğinde istemsizce gülerek kafamı çevirdim ve elimi saçlarımdan geçirerek ağırlığı yan tarafa attım. Pars, çıktıkları *tünelin* kapısını kapatıyordu. "Tünel mi?" diye sordum şaşkınca ve kaşlarımı kaldırdım. "Cidden mi?"

Naz şaşkınca Pars'a döndü. "Oha, tünelleri bilmiyor mu?"

Pars sıkkınca nefesini dışarı üfledi ve elini saçlarından geçirdi. "Daha anlatmadım."

"Tüneller nereye gidiyor ki?" diye sordum şaşkınlığımı gizleyemeyerek.

"Nereye gitmiyor ki?" diye söylendi Kayra kolunu omzumdan indirerek ve güldü.

Kaşlarım çatıldı.

"Çok da önemli bir şey değil," dedi Pars.

Dik dik baktım. "Bana bir gizlilik sözleşmesi imzalattın."

"Ona gizlilik sözleşmesi mi imzalattın?" diyerek şokla ağzını açtı Naz.

"Hassiktir oradan." Kayra bir kahkaha patlattı. "Gamze'ye falan imzalattığın sözleşmeden mi?"

Bir anda kendimi çok kötü hissettim. Gamze, genelevden kurtardığımız kızların elebaşıydı ve geçen sefer Pars'a sulanırken çocuğun kucağına oturup kıza yol vermiştim.

Teknik olarak onlar için hiç kimseydim, bu işe yanlışlıkla bulaşmış ve fazla derine inmiştim ama bu bataklığın çamuru benim ve çevremin hayatına da hiç bulaşmaması gerektiği kadar bulaşmıştı. Artık geri dönüş yoktu. Ben de bu işin bir parçasıydım.

Ama Gamze'nin bir piyon olduğunu varsayarsak, benim en azından Kale ya da At falan olmam gerekmez miydi? Bu kadar değersiz ve küçük olduğumu biliyordum, ama hiç sesli işitmemiş ve hiç derinden hissetmemiştim bunu.

"Kapatsanıza şu gereksiz konuyu," diyerek yüzünü buruşturdu Pars ve telefonundan geçen titreme sesiyle elini cebine atıp telefonunu açtı.

Açtığı andan itibaren bir süre dinledi, bir ara benimle göz göze geldi ama gözlerimi kaçırdım ondan. Gereksizdi evet ama incinmiştim işte.

Yine de haklıydı, dibine kadar. Ne malumdu benim içeriye bu kadar girmişken öğrendiklerimi Taylan'a ötmeyeceğim? Ne malumdu yolumdan dönüp Bahtiyar'a ajanlık etmeyeceğim? Ama kazancım olmazdı ki bu işten. Benim hiç kazancım olmamıştı hiçbir işten. Pars Kalkavan bunu bilmiyordu. Benim bu hayattan artık hiçbir şey beklemediğimi, hiçbir şey umut etmeye gücümün kalmadığını bilmiyordu. Belki de bu yüzden yanılıyordu.

Kedilerin dokuz canı vardı evet ama kalpleri kırıldığında, bir tanesi bile kalmıyordu.

Ve ben kalbimin daha önce kaç kere kırıldığını bile hatırlamayacak kadar Araf sarhoşuydum.

Kalkavan, yalnızca, "Tamam," diyerek telefonu kapattığında, "Naz, hazırsan on dakikaya aşağıda ol," diyerek Kayra'ya da bir bakış atıp bana hiç bakmadan odadan çıktı ve çıkarken kapıyı kapattılar.

Omuzlarım çöktü. Beni 21. yüzyıl prenseslerinden biriyle bu odada yalnız bırakmışlardı. Bir daha özgüven kelimesinin ne olduğunu bile hatırlayamayacağımı düşünüyordum.

"Aa, suratına bakmadı bile pezevenk," diye söylendi Naz kendi kendine aynada göz makyajını düzelirken. "Kavga mı ettiniz?"

"Kavga edecek kadar bir ilgimiz alakamız yok birbirimizle," diye mırıldandım duvara yaslanıp kollarımı göğsümde birleştirerek.

"Hadi oradan," dedi az önce Kayra'nın söylediği gibi tükürürcesine. Ardından dönüp beni baştan aşağı süzdü. "Az sonra ne olacağını biliyor musun?"

Kafamı olumsuz anlamda salladım.

"Rusya'dan bir mafya babası geliyor bu gece, mekânı özel olarak ayırttılar. Birazdan aşağı indiğimizde, buraya çıkarken gördüğün manzara yok olmuş olacak. Hazır ol."

"Aşağı inerken?" diye sordum kaşlarımı çatarak.

Naz koltuğun kenarındaki büyük bavuluna doğru ilerlemiş, eteğini düzeltip eğilerek bir şeyler çıkarmıştı. "Hâlâ burada olduğuna göre..." Deri bir etek ve siyah, omuzları açık bir badiyi çıkarıp koltuğun üzerine üst üste bıraktı. "Yardım etmek isteyeceğini düşündüm. Bence beden ölçülerimiz uyuşuyor."

Kaşlarımı kaldırdım. "Nasıl bir yardım?"

"Pars'a sormadan seni davet ediyorum ama kavga edecek kadar bir ilgi ve alakanız yoksa umursamayacaktır," diye mırıldandı ve makyaj çantasını çıkarıp masanın üzerine koydu. "Mafya babası ve arkadaşlarına içki servisi yapacak kızlar olacak, ben de onların ablalarıymış gibi davranıp herifle anlaşma yapacağım böylece bu geceki nakliyatını iptal edip Taylan'ın işini bozacak ama blöf yapmam için elindeki malların sayısına ve kalitesine ihtiyacım var. Telefonunu aşırıp tuvalette kilidini kırabilir misin? Böyle şeylerden anladığını duymuştum."

"Hepsi bu mu?" diye sordum tek kaşımı kaldırarak.

Gülümsedi. "Hepsi bu."

Derin bir nefes aldıktan sonra ceketimi çıkarıp koltuğun önüne yürüdüm. "Bunları mı giyeceğim?"

Kafasını salladı ve bavuldan bir de uzun, kadife siyah çizmeler çıkardı. Ona güvenebilir miydim bilmiyordum ama sinirliydim bu yüzden çizmeleri de alıp üzerimdekileri çıkardım. Naz da bu sırada makyaj malzemeleriyle ilgileniyordu.

Her şey siyahtı. Omuzları açık bluzu giydikten sonra deri eteği üzerine çektim ve fermuarını kapattım. Kısaydı. Çizmeleri giyince eteği bitiş çizgisine yakın bir uzunlukta olduklarını fark ettim, diz kapaklarımı geçiyordu.

"Tam olacaklarını biliyordum," diyerek sandalyeyi çekti ve oturmam için işaret etti Naz.

Bu kızla işbirliği yaptığıma inanamıyordum ama yine de bir şey söylemeden geçip karşısına oturdum. Yüzüme fondöten sürmeden bir eyeliner çekti, hafifçe kaşlarımı doldurup rimel ve kalem sürdü. Dudaklarıma da bordo bir ruju yaydığında saçlarımı tarayıp salık bırakmıştı. "Saçların düz olduğu için şanslısın, ben kabardıkları için her seferinde maşayla dalgalandırıyorum ya da düzleştirmek zorunda kalıyorum."

"İyi dayanıyorlar o zaman," diye mırıldandım gayet sağlıklı ve gür görünen saçlarına bakarak.

"Tabii ki," dedi sırıtarak. "Bunun için bakımlara o kadar para ödüyorum."

Kafamı salladım.

O, makyaj malzemelerini toparlarken ben de aynadan kendime bakıyordum. Beş dakika sürmemişti ve az önce kendimi yanında böcek gibi hissettiğim Naz'a dönüşmüştüm.

"Adamın saçları gri, beyaz bir gömlek ve siyah çizgili bir takım giyiyor. Boynunda bordo bir fular var. Yanından ayırmadığı bir adamı var, bir gözünün yanı boydan boya çizik. Sen olmasaydın o adama hap içirip bülbül gibi öttürüp ondan sonra anlaşmayı yapacaktım ama sen olduğuna göre, telefonu aşırıp bilgilerine erişmek daha kolay. Tabii umarım yazışmalarını silmiyordur. Saçma salak mavi renkli düz bir mesajlaşma uygulaması kullanıyorlar, mesajlaşmaları kayıt altına alınmıyor. Tamamen suçlular için ve güvenli. Bazen keşke güvenli olmasaydı diyor insan."

Kafamı salladım.

Naz, küçük çantasını da aldıktan sonra ışıkları kapattı ve kapıyı benim için açtı. "Unutma, bu söylediklerimin takır takır işlemesi mümkün olmayabilir de. Her ihtimale hazır olmalıyız. Odaya geri dönmek istersen anlarım."

Odaya geri dönmek istemiyordum.

Kafamı olumsuz anlamda sallayıp koridora çıktığımda kapıyı

kapatıp, "Senin adın bundan sonra Maria," diye mırıldandı. "Ben de Reyhan."

Kaşlarımı çattım. "Benim adım neden yabancı?"

"Yabancılara benziyorsun. Hem Liva yabancı isim değil mi zaten?"

"Hayı-"

Tam konuşacaktım ki merdivenlerden inerken aşağıdaki manzarayı gördüm.

Işıklandırmalar tamamen değişmişti, müzik oldukça slowdu ve şarkının sahibi kadın her sözleri fısıldayışında istemsizce insanın içindeki arzu uyanıyordu. Ön taraflarda başkaları olsa da etraf yarım saat öncesine göre oldukça boş duruyordu, servis yapan kızlar vardı.

Son merdiveni inerken burnuma gelen kokuyla Naz'a eğilip fısıldadım. "Bu ne kokusu?"

"Ot."

Önüme dönüp dudaklarımı birbirine bastırdım ve şaşkınlığımı gizlemeye çalıştım.

Köşeyi döndüğümüz an ilerideki koltukları ve buraya yabancı olan adamları görmüştüm. Koyu renkli büyük koltukların olduğu yer tamamen seksi giyinmiş kızlarla ve takım elbiseli erkeklerle doluydu. Biraz daha ilerleyince en köşede yayılarak oturmuş, bir elinde içki bardağı tutan ve diğer eliyle de yanına oturup göğüslerini neredeyse ağzına sokacak olan kızın saçlarıyla oynayan bordo fularlı gri saçlı adamı gördüm. 50'lerindeydi. Kız en fazla 25 yaşındaydı. Midem bulandı.

Duruşumu dikleştirip suratımı ifadesizleştirerek Naz'ın yanında ilerlerken gerideki koltuklarda oturan adamlardan birinin yanındaki esmeri bırakıp ayağa kalkarak gözlerini bana diktiğini gördüm ve hızlıca kafamı çevirdim.

Naz, Mafya Babasının yanına ulaştığımıza tek bakışıyla yanındaki sarışın kızı kaldırarak yerine oturdu ve bacak bacak üstüne atarak aile mirası genlerinin bütün hünerleri sergiledi. "Kusura bakma, geç kaldım," dedi saçlarını bir eliyle geriye atarak. Böylece sıktığı bütün parfüm etrafa yayılmıştı. "Yenilerden biriyle ilgileniyordum."

Adamın yanında, koltuk kenarının hemen dibinde dikilen ve gözlerini bir saniye olsun etraftan ayırmayan adamı fark ettiğimde sağ gözündeki çizikten kim olduğunu hemen anladım. Naz, ben olmasam bu adamı mı sarhoş edip öttürecekti? Adam resmen mezardan fırlayıp bu akşam için özel olarak gelmiş gibiydi, o kadar sert bir ifadesi vardı ki insanda ağlayarak eve kaçma isteği oluşturuyordu.

O an karşıdaki merdivenlerden aşağı inen kişiyi gördüm. Yanında daha önce hiç görmediğim 30'larında bir adam vardı ve muhtemelen önemli bir konudan konuşuyorlardı ki ikisi de düz bir ifadeye sahipti ama Pars, beni görünce ifadesini stabil tutamadı ve hafifçe gözleri büyüdü. Maviliklerin içinde dalgalanan okyanus, artık fırtınalı ve gök gürültülüydü.

Belki yaptığım aptallıktı ama eğer istediğimi yapamayacaksam bu zamanlarımın ne değeri kalırdı, bilmiyordum.

Bakışlarımı ondan çektim çünkü Mafya'nın gözlerini üzerimde hissetmiştim. Keşke Naz'a adamın adını sorsaydım.

"Adin ne senin?"

Adam aksanlı bir şekilde Türkçe konuştuğunda, dilimizi bilmesine biraz şaşırdım ama belli etmeden İngiliz aksanımla, "Maria," diye mırıldandım.

"Çok guzelsin Maria," diye mırıldandı adam gözlerini gözlerimden ayırmadan, içkisini yudumlarken.

Naz'ın ifadesi değişti. Bir şeyler yanlış gidiyordu.

"Reyhan Hanim, bizi biraz Maria'yla yanlıs birakir misiniz?"

Dudaklarımı birbirine bastırdım. Hassiktir. İşte bunu beklemiyordum. Muhtemelen Naz da beklemiyordu ki hemen itiraz ederek, "Fakat iş konuşacaktık," diye mırıldandı.

Adam gülümseyerek Naz'a baktı. "Fakat is her zaman konusulabilir," dedi adam muhtemelen sigara içmekten delinmiş sesiyle kulaklarıma işkence ederek. "Maria Hanim'i ise her zaman bulamam."

İçime bir anda çok büyük bir korku salan bir his yayıldı ve o an kelimenin tam anlamıyla boku yediğimi anladım. Naz, kızların ablası olacağım derken buradaki kızların yaptığı işin başı olmaktan bahsediyordu ve az önce de benim için yeni kız demişti. Adam beni onlardan sanıyordu.

Naz bana döndü ve gözlerimin içine baktı. İfadesi düzdü ama birçok şey söylediğini fark edebiliyordum.

Ona sorun olmadığını işaret eden bir bakış attım ve adamın etrafındaki korumaların sert bakışlarına maruz kalan Naz en sonunda kalkmak zorunda kaldı.

Yanımdan geçip giderken adımlarını hızlandırdığında oldukça yavaş hareketlerle adamın yanına, aramızda mesafe bırakıp eteğimi düzelterek oturdum ve yutkundum. Beni olduğumu sandığı kızlar böyle durumlarda ne yaparlardı? Aklıma çok feci sahneler geliyordu ve biri de az önce burada oturan sarışındı ama ben asla öyle bir şey yapmazdım.

Pars Kalkavan haklıydı. İlk söylediğinde eve gitmeliydim. Naz yukarıda işler yolunda gitmeyebilir dediğinde odaya geri dönmeliydim. Daha iki dakika olmamıştı özgürlüğüm elimden alınalı! Beni bu durumdan kim, nasıl kurtarabilirdi?

Adam uzanıp altın rengi viskiden boş bardağa doldurdu ve bana uzattı.

"*Teşekkür ederim ama bana dokunuyor,*" diye mırıldandım. Bilerek İngilizce konuşmuştum. Adam İngilizce bilmiyorsa bu işin içinden çıkabilirdim.

Ama adam aynı şekilde, "*Sana dokunmasını istiyorum,*" diyerek lafımı tam on ikiden cevapladığında elindeki bardağa bir bakış attım. Bir anda koltuğun arkasındaki korumalardan birinin elini omzumda hissettiğimde şokla hafifçe öne ittirdim bedenimi ve bardağı alıp kucağımda, ellerimin arasında tuttum. Böylece korumanın eli kayboldu.

"*İç,*" dedi.

Yutkunarak sakince bir yudum aldım ve viskinin boğazımı yakıp geçmesine izin verdim. Neyse ki bir bardakla sarhoş olacak kadar zayıf değildim.

"*Memleketin neresi Maria?*" diye sordu adam, eliyle önüme gelen saçımı geriye ittirerek. Eli bana yaklaştığı andan itibaren midem içeride büzülüp katlanarak yok olmuştu sanki. Kalbim deli gibi atıyordu. Korkuyordum. Bir mafya babasının yanında oturuyordum ve açık açık benimle ilgileniyordu.

"*İngiltere.*"

Yalan sayılmazdı, babaannem İngiliz'di ve hâlâ orada yaşıyordu. Onu en son çok küçükken görmüştüm, buraya pek gelmezdi ama küçükken oldukça yakındık. Bana piyano çalar ve hediyeler alırdı.

"*Çok değerli olmalısın,*" dedi içkisini kafasına dikerek ve boş bardağı masaya çarptı.

Kuruyan dudaklarımı ıslatıp yutkunarak derin bir nefes aldım. Bu işin sonu iyi bitmeyecekti. *Bu işin sonu iyi bitmeyecekti. Bu işin sonunu göremiyordum.*

Adam bir anda yanındaki gözü çizik sağ koluna bir bakış atıp korumalarından birinin doldurduğu içki bardağıyla beraber ayağa kalktığında, şokla yavaş çekimde bana dönüşünü ve elini uzatışını izledim.

O sırada karşıdan Pars, yanında kumral bir kızla beraber yürüyordu ve bir şeyler konuşuyorlardı. Kız oldukça güzeldi. Kalkavan bana hiç bakmadan ilerleyip gözden kayboldu.

Tamam, onu dinlememiştim ama hiçbir şey yapmayacak mıydı gerçekten? Naz ona bundan bahsetmemiş miydi? Lanet olsun ki bahsetmemiş olabilirdi. Ya da lanet olsun ki, Pars Kalkavan'ın gerçekten benimle bir ilgi ve alakası olmayabilirdi.

Bir çıkış yolu ararken yine arkadaki koruma tarafından itilince adamın elini tutup ayağa kalkmak zorunda kaldım. Eli sigara kokuyordu. Adam sigara kokuyordu. Leş gibi alkol de kokuyordu. Pars'ta alkol böyle kokmuyordu.

Onu düşünmem gerekiyordu, bir çıkış yolu düşünmeliydim. Bu adamdan kurtulmam gerekiyordu!

İki koruma arkada, biri önde bir şekilde merdivenlerden yukarı çıkarken sürekli dönüp arkama bakıyor, etrafta tanıdık bir yüz arıyordum ama az önce bana bakan adam bile yanımdaki Mafya Babasını görünce başını eğip başka tarafa dönmüştü. Burası tamamıyla yanımdaki moruğun adamlarıyla doluydu ve Pars da gittiğine göre, kimse bana yardım etmeyecekti.

İkinci katın merdivenlerini çıkarken bütün bedenim titriyordu. Karanlıkta merdivenleri inen bir topuklu sesi duyduğumda şokla kafamı kaldırdım ve siyah, gür saçlar görüş açıma girdi. Lacivert elbisesi fark edilmeyecek gibi değildi.

Aşağı inerken benimle hiç göz göze gelmedi ama sinirli görünüyordu. Tam benim hizama gelmişken her şey çok ani bir şekilde oldu: Arkamdaki korumaya omuz atıp, "Çekil be!" derken eteğimin cebine ufak bir paket sıkıştırdı.

Adam umursamadan ceketini düzeltirken biz çıkmaya devam ediyorduk.

Sonunda öndeki koruma bir odanın önünde durduğunda Mafya Babasına bir bakış attı ve kapıyı açtı.

İçerisi karanlıktı. Bir an önce cebimdeki pakete bakmak istiyordum. Resmen Naz buradan kurtuluş biletimi vermişti ve ben çıktıktan sonra onun alnını öpmek istiyordum.

İçeri girdikten saniyeler sonra kapı kapandı ve ışıklar açıldı. İçeride geniş bir yatak, dolaplar, çalışma masası ve banyo olduğunu tahmin ettiğim bir kapı vardı.

Adam içki bardağını hemen yanımdaki komodine bırakarak ilerlediğinde ceketini çıkarıyordu ki hızlıca elimi cebime açıp pakete baktım: Paket naylondu, içinde beyaz bir toz vardı. Küçük sarı tomurcukları da görebiliyordum. Hızlıca paketi açıp içki bardağının içine boşalttım ve nasıl karıştıracağımı bilemeyerek işaretparmağımı içine sokup karıştırdım.

Adam gömleğinin düğmelerini açarken ben parmağımı eteğe siliyordum.

"Çok hızlı gidiyorsunuz efendim," diye mırıldandım bardağı alıp yanına yürürken. Tir tir titriyordum ama bana döndüğünde gülümseyerek bardağını uzattım. "Biraz rahatlayın."

Adam meydan okuyan bir ifadeyle kaşlarını kaldırdığında gözlerini gözlerimden ayırmadan, "Senin bana daha çok sorun çıkaracağını düşünüyordum Maria," diye ağzında geveleyerek, "Siktir et içkiyi," diye homurdandı.

Bardağı istemeyeceğini düşündüğüm ve ufak bir kalp krizi geçirdiğim beş saniye içerisinde aksine, bardağı alıp kafasına diktikten sonra halıya attığında şokla dudaklarım aralandı. Artık ifademi kontrol edemiyordum, hayatımda en son ne zaman bu kadar korkmuştum hatırlamıyordum. Adımı bile unutmuştum artık. *Ben burada ne halt yapıyordum?*

Adamın elini belime attığı sırada çığlık atmaktan kendimi alıkoyamayacaktım ki burnumdan gelen sıvıyla eli gevşedi ve kaşları çatıldı. Tam o an, gözümün önüne gözlerinin kayışını izledim. Bilincini kaybetti ve yere yığıldı.

Ellerimle yüzümü kapattım ve titremekten alıkoyamadım kendimi. 19 yaşında falan değildim, hâlâ küçücük bir çocuktum ben. Hâlâ saçma sapan işler yapıyordum. Hâlâ peşimi bırakmıyordu aptallığım, hâlâ yatağımın altındaydı canavarlar. Hâlâ masallara inanmıyordum ve hâlâ sütümü içmeden odamdaki saksıya döküp uyuyordum. Hâlâ bitirmiyordum tabağımı yemek saatlerinde, hâlâ yalnızca uyumak istiyordum.

Hâlâ *ölmek i*stiyordum.

Kapı bir anda çarpılarak açıldığında bir süre ellerim yüzümde kaldı ama sonunda korumaların gelmediğini fark ettiğimde biraz olsun yavaşlayan kalp çarpıntımla beraber ellerimi indirdim. Avuçlarımdaki yara bantları kanla lekelenmişti, burnum kanıyordu. Elimin tersiyle dudaklarımla burnum arasındaki kısmı sildiğimde elimin üstü de kan oldu.

Yavaşça geri döndüm.

Kalkavan'ın üzerinde siyah bir ceket, pantolon ve beyaz bir gömlek vardı. Uzun boynunun yan tarafını kaplayan dövme kim bilir bedeninde nereye uzanıyordu. Koyu renk saçları dağılmıştı ve nefes nefese kalmıştı. Kirpiklerinden öfke damlıyordu yeryüzüne, okyanusları dingindi ama. Neden dingindi? Benim canım çıkmıştı son yarım saatte, onun okyanusları neden sakindi?

Neden her gemiye geçiş izni verdiği boğazları, neden kurulmasına izin verdiği limanlarındaki sular sakindi de benim teknem oralarda bir yerlerde alabora olmuştu?

Bütün ifadem, bütün bedenim titriyordu.

"Acele etmeliyiz, gel," dedi ve dönüp kapıdan çıktı. Donmuş uzuvlarımı hareket ettirip peşinden çıktığım sırada koridor bomboştu, kimse yoktu. Bu sırada az önce aşağıda yanında olan kumral kızın odaya yürüdüğünü fark ettim. İçeri girdikten sonra kapıyı kapattı.

Pars yukarı çıkarken peşinden adımlarımı attım ve üçüncü kattaki odaya girdiğinde peşinden girdim ama o ışıkları açmadı. Koltuğun kenarında gördüğüm ceketimi alıp peşinden duvarda açtığı kapıdan içeri girdiğimde kapı ardımdan kapandı ve ileride görünen loş ışığa doğru yürüdüm.

İçerisi oldukça dar ve tozluydu, o an aklıma Kayra'nın söyledikleri gelmişti.

Ve Zamir'in.

Evine dön küçük kız.

Neden bugün benim dışımda herkes haklıydı?

Yan taraftaki dar merdivenleri hızlıca inen Kalkavan'ı gördüğümde onu takip ettim ve onunla birlikte birkaç kat merdiven indim. En sonunda ardından sokak lambasının ışığının göründüğü bir kapıdan dışarı çıktığımızda hiç bilmediğim bir yerde gecenin ortasındaydık.

Bana hiçbir şey söylemeden hızlı adımlarıyla ilerlemeye başladığında ona yetişmek için sokak boyunca koşturdum. "Yavaş ol," diye mırıldanıyordum ama duymuyordu.

Yağmurun da çiselemeye başlayarak asfaltı dövdüğü ve sessizliğin bir çığ gibi büyüyerek ikimizi de tek lokmada yuttuğu karanlık sokağın sonunda tek tük arabanın geçtiği caddeye çıktığımızda kenara park edilmiş siyah Lamborghini'yi görür görmez tanıdım. Pars yaklaştığında kilidi açtı ve hızlıca şoför koltuğuna bindi.

Arabaya birkaç adım kala sonunda adımlarımı yavaşlattım ve nefes alışverişlerimi düzenlemeye çalışarak yanındaki koltuğa yavaşça geçip oturdum.

Ve kapıyı kapattım.

O an fark etmiştim. Engin okyanusların ardında insanların yaşadığı bir şehir değil, öldüğü bir çöl vardı. Orada Güneş doğmaz, Ay onun ışığını çalardı. Ne çok tıklatılmış kapısı, ne çok çökmüştü şehirler üzerinde. Ötede sakin görünen okyanus, yakından ne çok gemi yutmuştu birkaç saniyede.

O an fark etmiştim. Yaşamaya çalışmak, yaşamak ve yaşayamamak arasında çok büyük farklar vardı. Yaşamaya çalışan bir insan geri çekilir, yaşayan bir insan çekip gider ve yaşayamayan ise her şansı kucaklardı. Çünkü yaşamaya çalışan bir insan kaybetmek istemeyeceği şeyler edinirdi, yaşayan bir insan zaten bütün bunlara sahipti ama yaşayamayan bir insan asla böyle değerlerden haberdar olmamıştı.

Pusulası bozulana dek.

O an fark etmiştim. Pars Kalkavan bana bakmıyor, benimle konuşmuyordu.

Siyah Lamborghini, boş yolları altında bir sakız gibi çiğneyerek sitenin önüne geldiğimizde tükürüp attığında, kapalı otoparkın ışıkları gözümü alıyordu. Buraya gelene kadar kaç kere yutkunmuştum hatırlamıyordum bile, sürekli dudaklarım da kuruyordu üstelik.

Pars, arabayı tek hamlede park ettiğinde çizgilere bakmadan dışarı çıktı ve ben de elimdeki ceketimle peşinden çıkıp asansöre yürüdüm.

Onun evinde kaldığım gerçeğinden nefret ediyordum. 33. katta yaşadığı gerçeğinden nefret ediyordum. Bazen gerçeklerden çok nefret ediyordum.

Tepemde oluşan buz sarkıtları birer birer kafama düşüp beynimi yararken asansör durduğunda kabinden dışarı çıktık ve o hızlıca ilerleyip eve şifreyi girdikten sonra açılan kapıyı ittirdi.

Ama içeri girmedi.

"Pars, sen gelmiyor musun?"

"Geç içeri," dedi oldukça düz bir ifadeyle başka bir yere bakarak.

Bana kızgındı. Bunu çok net bir şekilde görebiliyordum ama nereden başlasam, ne yapsam bilmiyordum. Daha önce hiç böyle bir durumla karşılaşmamıştım.

"Pars-"

"Liva, tek yapman gereken o siktiğimin arabasına binip eve gelmek ve uyumaktı. Hepsi buydu." Kafasını kaldırdı ve gözlerini gözlerime dikti. "Şimdi, geç içeri."

Ensesinden tutulmuş yavru bir kedi kızgın okyanuslara atılıyordu şimdi. Düştükten hemen sonra soğuk yüzünden donup hipotermi geçirerek ölmeyi beklerken cayır cayır yanmaya başlamıştı yalnızca, sanırım kedilerin yanılgısı da buydu. Bazı okyanuslar soğutmazdı içini, alevlere verirdi.

Pars Kalkavan'ın okyanusları da böyleydi işte. *İçine dünyaları sığdırdığı iki gözü, şimdi hiç görmemiş biri için gökyüzü.*

17

Dilsiz Kalp Gitme Demez

Yağmur yağıyordu.

Sırf bunun için bile nefret edebilirdim bu şehirden.

Bulutlar asla dağılmıyordu gökyüzünden, asla mavi kalmıyordu yukarısı. Sanki Güneş sabah doğuyor, ardından tekrar batıyordu. Yeryüzüne ne kadar yakın olduğunu belli eden kara bulutlar, sokaktayken bile uzansam dokunabilecekmişim gibiyken 33 katlı bir binanın 33. katından seyrediyordum ben de.

Elimde tuttuğum kupanın içindeki çay soğuyordu. Bağdaş kurarak oturduğum halı ise beyaz ve yumuşaktı, tıpkı üzerimdeki bol kazağım gibi. Hafta sonu olduğundan gidecek bir okulum yoktu ve ben de sürekli ders çalışıp ardından salona gelerek boş boş oturuyordum. Temizlik malzemelerini bulduğumda temizlik yapmayı denemiştim ama ev o kadar temizdi ki oldukça kısa sürmüştü. Televizyonda hiçbir şey yoktu, en azından benim ilgimi çekecek hiçbir şey yoktu.

Yaklaşık on dakika önce kapalı olan perdeleri hafif kenara çekip yere oturarak şehre çöken sisi izlemeye koyulmuştum. Saat gece yarısına geliyordu ve ışık saçan sokak lambalarını seçebiliyordum ama hepsi buydu, sis başka bir şeyi göstermek bir yana belli bile etmiyordu. Sanki gökyüzü süitinde kalıyor gibiydim; bu eve dair hiçbir aidiyet hissi taşımıyordum, oldukça yabancı ve yavan kalıyordum bu evde. Oldukça yalnız.

İrem'in evindeki olaydan sonra onunla okulda bir kere konuşma şansım olmuştu sadece. Bir önceki gün ne olursa olsun muhtemelen babası yüzünden şoku atlatamadan okula gelmişti ve bütün gün suskun bir şekilde sırasında oturmuştu. Onunla konuşmak istediğimde sürekli yorgun olduğunu bahane etmiş, olayları ailesine anlattığından ve Pars'ın onu takip ettirdiğinden habersiz bir şekilde yedi yirmi dört onu izleyen iki polisin güvenliği için atandığından bahsedip konuyu kapatmıştı.

Aynı günün gecesi olanlardan bir haberdi. Elbette ki öyleydi, aslında İrem her şeyden bir haberdi ve ben sürekli etrafındayken ona ihanet etmiş gibi hissetmekten kendimi alıkoyamıyordum. Onu korumak için ona söylemediğim şeyleri asıl bilmiyor oluşu onu gerçek tehlikeye atmıyor muydu?

Ama bütün bunları konuşabileceğim hiç kimse yoktu.

Pars, o gece beni eve bıraktıktan sonra bir daha gelmemişti. Sabah beni Eastern okula bırakıp eve geri getirmişti ve onun dışında bütün hafta sonunu evde çıldırmakla geçirmiştim. Ayrıca birkaç gün sonra bahar balosu gibi lanet bir organizasyon vardı ve katılmak zorundaydım çünkü balodan sorumlu olan sanat hocalarından ek puan almam gerekiyordu. Üstelik mekânı hazırlayan öğrencilerden biriydim, kutuları taşıyana kadar belim kopmuştu.

O günü hatırladım. Pars o gün salona gelmişti, oraya nasıl geldiğini sormaya gerek duymamıştım çünkü beni takip ettirdiğini biliyordum. Benden onunla bir yere gelmemi istemişti ama hemen ardından aldığı mesajla teklifini geri çevirip gitmişti. Nereye, kiminle gittiğini öğrenmem de Tolga Arıkan sayesinde çok uzun sürmemişti tabii ki.

İstemsizce bahar balosuna gelme teklifini de hatırladım. Başka şart olarak sunmuştu ama daha sonra istersem hâlâ gelebileceğini söylemişti. Birincisi, ortalarda yoktu. İkincisi, onun gibi birinin benim gibi biriyle bahar balosunda işi yoktu.

Düşüncelere dalmışken iyice soğuyan çayımı masanın üzerine bıraktım ve derin bir nefes alıp sıyırdığım perdeden görünen sis görüntüsüne biraz daha yaklaştım. Dün onu aramıştım ama şehir dışında ve meşgul olduğunu söyleyip kapatmıştı. Bir şeye ihtiyacım olursa Eastern'ı aramamış söylemişti ama hiçbir şeye ihtiyacım yoktu.

Belki. Biraz. Yani, yalnızlık dışında. Bunu da Eastern'dan nasıl isteyebilirdim ki? Onu çaya falan mı davet etmem gerekiyordu? Ya da kek ve kahve hazırlayıp arabada yiyebilirdik, beni alışveriş merkezine götürmesini söylerdim ve aşağı indikten sonra tekrar geri binip eve dönmeyi isterdim; eminim gıkını çıkarmazdı.

O akşam yatmadan önce duş aldım ve sabaha kadar aralıklarla uyanarak huzursuz bir gece geçirdim. Bir şeyler sürekli beni rahatsız ediyordu, kafamın içinde göremediğim şeyler vardı ve ben onların silik hayaletleriyle uğraşıyordum. Sürekli çocukluğumdan anılar hatırlamam ve hepsinin de cani üvey "babam"la ilgili olması beni eve tıkıldığım bu iki günde psikolojik olarak çok yaralamıştı. Sürekli duş alırsam geçmişin kirinden ve şimdiki huzursuzluğumdan arınabileceğim hakkında saçma bir düşüncem vardı, Pars elinde su faturasıyla gelip beni evinden atsa hiç de haksız sayılmazdı.

Ama yoktu işte.

Sabah okul üniformamı giyinip kuçük bir tost yaptıktan sonra evden çıktığımda, Eastern siyah BMW'yle beraber bahçedeki heykel havuzun yanında bekliyordu. Ona, "Günaydın," dedikten sonra benim için arka kapıyı açmasına karşın önden dolanıp ön koltuğa bindim ve emniyet kemerimi bağlarken tostu ağzımla tuttum.

"Günaydın hanımefendi," dedi Eastern. Uzayan kızıl saçlarını kestirmişti ve her zamanki gibi jilet gibi bir takım giyiyordu. Benim emniyet kemerimi taktığıma emin olduktan sonra gaza bastı ve bahçeden çıktı.

"Pars'tan bir haber aldın mı?" Geriye yaslanıp saçlarımı tek omzumda topladım ve çantamı arka koltuğa bıraktım.

Eastern, "Beyefendi iyi," diyerek cevapladı sorumu. "Yakın zamanda dönecektir."

"Bu hayatımda duyduğum en üstü kapalı cevaptı." Yandan ona bir bakış attım. Yalnızca yola odaklıydı, asla bana bakmıyordu. "Benimle 'siz'li konuşman gerekmez, benden büyüksün ve asıl benim öyle hitap etmem gerekirdi ama sanırım ağzım biraz bozuk."

Eastern'ın kaşları çatıldı. "Bunu yapamam küçük hanımefendi. Doğrusunu isterseniz, bir nesil ailem Kalkavanlar için çalıştı ve asla saygıda kusur etmediler."

İstemsizce kaşlarım kalktı. "Voah, cidden mi? Ama biliyorsun, ben Kalkavan değilim. Pars'la da yakın olduğum söylenemez hatta, birkaç haftaya muhtemelen bir daha yüzümü görmezsin o yüzden bu işkence devam ederken arkadaş olabiliriz."

"Eğer evde sıkılıyorsanız sizi dilediğiniz her yere götürebilirim," derken yavaşça sağa sapıyordu. Okula yaklaşmıştık. "Ve Kalkavan olmamanız konusunda, ne olursa olsun beyefendinin evinde kalıyorsunuz ve hizmet etmek beni görevim."

Bir an bana döndü ama hemen ardından tekrar önüne bakmaya başladı. Okul binasını buradan görebiliyordum ama kırmızı ışıkta durmuştuk. "Neden öyle baktın?" diye sordum istemsizce.

Yutkundu. "Bunu söylemem doğru olur mu bilmiyorum ama kişisel görüşüm öyle yakın bir zamanda yok olmayacağınız yönünde. Beyefendi evine ilk defa bir misafir getiriyor."

Tekrar yeşil ışık yandığında gaza bastı, bu sırada ben de şaşkınlıktan kaşlarımı kaldırmıştım. "Yeni falan mı aldı buradaki daireyi?"

Kafasını olumsuz anlamda salladı. "On sekiz yaşına bastığı gün aldı."

Pars 22 yaşındaydı, bu denkleme göre dört yıldır burada yaşıyor olmalıydı. "Peki ya Giray? Kayra, Zamir?" Kaşlarımı çattım. "Naz? Kardeşi, Dolunay?"

Eastern cevap vermedi. Arabayı okulun önüne çekmişti. "İyi dersler hanımefendi."

Kemerimi çözüp arkaya uzanarak çantamı aldım. "Nerelisin, Eastern? İsmini doğru telaffuz ediyor muyum?"

Kafasını salladı. "İrlandalıyım ve evet, doğru telaffuz ediyorsunuz."

Kapıyı açıp dışarı çıktıktan sonra kapatarak kaldırıma çıktığımda, ben kapıdan içeri girmeden Eastern'ın da gitmeyeceğini biliyordum bu yüzden çiseleyen yağmurla beraber hızlanarak içeri girdim ve binanın giriş kapısına doğru yürüdüm. Eastern cidden doğruyu mu söylüyordu? Pars'ın evde bir torba uyuşturucu ya da bir çuval para sakladığı yoktu, gerçi bunları saklıyor olsa bile arkadaşlarından daha çok güvendiği kimse olamazdı hayatında. Belki de hiç fırsat olmamıştı, kendisinin de otel gibi kullandığı bir evdi sonuçta.

Merdivenlerden yukarı çıkarken kafamı kaldırdığımda, bir elinde defter ve diğer elinde fotokopilerle aşağı inen, uzun boylu kumral bir çocukla karşılaştım. Beni görünce gülümsedi ve kulakları dikleşti. Önümde durmuştu. "Günaydın."

Hafifçe kaşlarımı çatarak gülümsemeye çalıştım. "Günaydın, Yağız. Bayağı neşeli görünüyorsun."

Ellerindekileri kaldırdı. "Sorma, öyleyim. Az önce geçen hafta kaçırdığım Trigonometri konusunun notlarını fotokopi çektirdim ve aşağı inerken hayatımı nasıl da iyice uçuruma sürüklediğimi düşünüyordum, yani aklı başında bir insan sözel falan seçer. Bense düpedüz sayısalcıyım ve bu da benim intihar ipim gibi bir şey. Fizikle nefes alıyorum evet ama Matematik beni aşar."

"Öyle mi?" Kaşlarımı kaldırdım. "Fizik de Matematik gibi değil mi ama? Sadece birkaç paragraf eklenmiş daha kurallı versiyonu."

"İşte sorun da orada zaten, Matematik kuralsızlıktır, anarşizmdir. Bu devlet nasıl Matematik işletiyor bu yaşta çocuklara anlamıyorum..."

Gülerek yanından geçmeye çalıştım ama benimle birlikte kenara kaydı. "Hey baksana, az önce koridorda İrem'le karşılaştım ve bayağı kötüydü. Bir konuş istersen."

İrem hâlâ aynı halde miydi? Başka bir şeyler daha olabilir miydi? "Sağ ol," diyerek Yağız'ı atlattım ve merdivenlerden hızla tırmanarak sınıfa yürüdüm ama içeri girmeden fark etmiştim, İrem koridorun sonundaki kaloriferin üzerine çıkmış, mermere oturmuştu yüzünü avuçlarının içine almış öylece yeri seyrediyordu.

Böylece sınıfa girmeden dosdoğru yanına yürüdüm. "Saçların toplu okula gelmişsin. Bir sorunun olduğunu beş kilometre öteden hissettim o yüzden itiraz faslını bir an önce geçebiliriz, neyin var?"

"İtiraz etmeyecektim ki," diye mırıldandı sıkıntılı bir sesle, ellerini aşağıya sarkıtıp aşağı atlayarak. Kalorifere yaslandı ve kollarını göğsünde birleştirdi. "Ben de seni bekliyordum zaten."

Kaloriferin bir kısmında boşluk bırakmıştı. Çantamı kenara bırakıp yanında yerimi aldım ve kaloriferden vücuduma yayılan ısıyla gevşedim ama anlatacakları yüzünden nefesimi tutmuştum. "Anlat o zaman."

"Aslında çok da şaşılacak bir şey değil, annemle babam sürekli kavga ediyor sadece. Babam çekip gidiyor, annem de ağlıyor. Mira sürekli tatlı yapmaya başladı, evde kilo alımı alarmı var ama yemeye devam ediyoruz. Bak," dedi işaretparmağıyla alnını göstererek. "Sivilcelerim çıkmaya başladı. Şeker çok zararlı bir şey cidden."

"Biraz kilo alman iyi, herkes sınav senesinde kilo alır ve sivilceleri çıkar," diye mırıldandım ellerimi hırkamın cebine sokarak. "Öteki konu hakkında... Söyleyebileceğim bir şey yok. Perşembe günkü olaydan bir şeyler çıktı mı?"

Kafasını olumsuz anlamda salladı. "Hayır. Kameraları sökmüşler, evin hiçbir yerinde de parmak izi veya ipucu sayılabilecek bir şey yok. Sayılarını bile bilmiyoruz. Neden geldikleri hakkında da bir şey çıkmadı. Çalışanlar yüzlerini ya da kaç kişi olduklarını görmemiş, girişte portmantonun olduğu küçük odaya kapatıp ağzılarını ve gözlerini bağlamışlar." Dönüp omzunun üzerinden bahçe duvarının karşı kaldırımındaki polis arabasına baktı. "İki polis sürekli takip ediyor beni. Yine de evimde güvende hissetmiyorum Liva. Biliyor musun Mira'ya hiçbir şey söylemediler çok korkar diye. Bendeki değişimin farkında ama erkek arkadaşımla kavga ettim sanıyor."

"Sahi," diyerek araya girdim. "O iş ne âlemde? Odana ağaçtan tırmanıp giren kişinin Tolga olduğunu sanıyordum ama Pusula'dayken Kayra sanki aşinaymış gibi gayet güzel tasvir etti. Neler oluyor?"

Elleriyle yüzünü sıvazladı. "O durum da karışık. Şöyle ki..."

Şöyleydi ki, İrem aynı anda iki kişiyle çıkıyordu. Gerçi oturup *biz çıkıyoruz*, olaylarını ikisiyle de konuşmamıştı ama anlattığına göre bir gün Tolga beliriyordu yanında; ertesi gün de Kayra kapısındaydı ve ikisiyle de takılıyordu.

"Nasıl takılmak?" diye sordum istemsizce.

"İşte, geziyoruz... Yemek yiyoruz, film izliyoruz, sohbet ediyoruz. Kafam o kadar karışık ki nasıl bir durumun içine düştüğümü anca fark edebiliyorum. Tolga sürekli bir yerlerde çıkıyor karşıma, Kayra da bazen okul çıkışına geliyor motoruyla. Tabii sen ortalarda yoksun bir süredir bilmiyorsun. Gerçi Pars Kalkavan sana anlatır diye düşünmüştüm."

"Pars Kalkavan neden bana seni ve Kayra'yı anlatsın?" Kaşlarım çatılmıştı. "Ayrıca birkaç gündür o da ortalarda yok. Evime geri döneceğim."

İrem'in eli kolumda belirdi. "Saçmalama, o sapık ortaya çıkana kadar gidemezsin. Bizim eve gel derdim sana ama ev ev değil, cehennem sanki. O kadar sık kavga ediyorlar ki artık keşke ayrılsalar diyecek duruma geldim."

"O kadar kötü mü ya?" Omuzlarım çöktü. "Gerçi benimki de soru... Üzgünüm. Yani bu durum seni böyle kötü etkilediği için, üstelik daha birkaç gün önce saldırıya uğramışken."

Elini boş ver dercesine salladı. "Pars Kalkavan nereye kayboldu peki? Ben de dün Kayra'yı aradım ama telefonu kapalıydı. O çocuklar ne yapıyor anlamış değilim, bir gariplik seziyorum her seferinde ama ne zaman Kayra'ya bu konuyu açsam geçiştiriyor sürekli. Sen bir şeyler biliyor musun?"

Yutkundum. Dudaklarım istemsizce aralandı ama boğazımdan çıkmadı sözcükler, yalnızca kafamı olumsuz anlamda sallamakla yetindim.

"Pekâlâ, beni dinle, biraz araştırma yaptım ama elime geçen pek bir şey yok," diyerek bana döndü. "Pars Kalkavan, Kayra Duru, Giray Kalendar, Zamir Ulubatık. Dördü de aynı liseden mezun. Zamir'in adı sürekli olaylara karışmış, bayağı öfkeli ve fevri hareketleri olan bir çocuk. İTÜ'de makine mühendisliği kazanmış ama kaydını dondurmuş. Giray'dan Pars'ın en yakını olarak bahsediyorlar hep, lisedeyken arkadaş grupları ortakmış. Giray da İstanbul'da hukuk kazanmış ama gitmemiş. Kayra tam bir Kazanova, onu tanımayan kız yok. Aşk hayatı bayağı eğlenceli ve hızlıymış, tam bir sanat adamı. Lisedeyken yarı zamanlı konservatuvar okumuş ve birçok enstrümanı çalmayı biliyor, yine İstanbul'da İşletme kazanıyor ama yarıda bırakıyor. Pars'a gelirsek... Onun hakkında çok şey duydum ama hepsinin doğru olduğunu düşünmüyorum, elenmesi gereken noktalar var çünkü yalnızca dedikodulardan ibaret olmaları yüksek ihtimal."

Şaşkınca ağzım açıldı. "Bütün bunları nereden öğrendin?"

"Ben ülkedeki en popüler gençlerden biriyim, Instagram'da 200.000 takipçim var ve tanımadığım kimse yok. En yakın arkadaşının kim olduğunu ve yapabileceklerinin kapasitesini hâlâ kavrayamadın mı cidden?"

Anlamış gibi kafamı salladım. "Pekâlâ. Pars hakkında... Neler var?"

Sırıttı. "İlgini en çok bu noktanın çekeceğini bildiğimden bayağı bir araştırdım. Pars lisenin ilk iki senesini İstanbul'da Saint Benoit Fransız Lisesi'nde okumuş, çocukken Fransa'da yaşıyormuş. Ailesi onu resmen iki yaşından sonra Fransa'daki halasının yanına sürgün etmiş ve ortaokul sonuna kadar hiç geri dönememiş. Ardından buraya geliyor ve lisenin üçüncü sınıfından itibaren burada yaşamaya başlıyor. Sence de çok garip değil mi? Yani tamam, Soyhan ülkede İstanbul'dan sonraki en büyük ve popüler şehir olabilir ama Fransızca anadilin gibiyken ve ailen oradayken neden bir anda buraya taşınasın ki? Üstelik yıllarca ailesinden uzakta yaşaması çok acımasızca. Bir kız kardeşi varmış mesela, Dolunay'dı galiba ismi. O kıza hiçbir şey yapmamışlar, İstanbul'da şımartılarak el bebek gül bebek büyümüş. Hatta kimse Kalkavan ailesinin erkek bir mirasçısı olduğunu bilmiyormuş, ta ki babası hastalanana dek."

Kaşlarım çatıldı. "Kimse bilmiyormuş derken akrabalarından mı bahsediyorsun?"

"Hayır, ben de yeni öğrendim. Kalkavan ismi ülkenin en zengin ailelerinden birinin ismi, Fransa ve Türkiye arasında ihracat ve ithalatta söz sahibiler. İstanbul'un göbeğinde değeri milyon dolarlar eden koca bir binaları var ve buraya da yakın zamanda bir tane inşa edilmiş, büyük caddeye. Sahil tarafında olana."

İstemsizce aklıma alışveriş için büyük caddeye gittiğim gün geldi, Samet ve diğer çocuklar büyük bir binanın güvenliğinin önünde, Pars'ı beklediklerini söylemişlerdi. Başta anlayamamış olsam da güvenliğin bize gitmemizi söylediği zaman Pars geldiğinde güvenliği hallettiğini hatırlıyordum.

"Her neyse, babası bir sene önce hastalanmış ve yatağa düşmüş. Pars da Boğaziçi'ndeki eğitimini yarıda bırakıp şirketin başına geçmiş geçici olarak. Başta yönetimdeki herkes karşı çıkmış ama Pars işleri önceden babasından öğrendiğinden üstüne katıp şirketi resmen arşa çıkarmış. Bütün bunların hepsi bir yılda olmuş. Ama basına hiçbir şekilde fotoğrafını sızdırtmıyormuş, bütün işleri buradaki merkezden hallediyormuş. Çok havalı değil mi? Bence bütün bunlar o çatı katındaki rezidans dairesini açıklıyor, ya da neden şu an ortadan kaybolduğunu. Benim sana tavsiyem, hemen çocuk yapman. Daha on dokuz yaşındayız biliyorum ama benim babaannem babamı doğurduğunda on beş yaşındaymış ve..."

Bir süre sonra ondan kopmuştum.

Bütün bu şirket olayları arasında nedense ilgimi yalnızca daha bebekken Fransa'ya yollanması çekmişti. Bunun sebebi ne olabilirdi?

İrem çoktan lafını bitirmiş olmalı ki zilin çalmasıyla yaslandığı yerden kalkıp, "Ders neydi?" diyerek konuyu tamamen okulla ilgili işlere çevirdi. Böylece dedikodu seansımız da son bulmuştu.

İrem her zaman olayları çabucak sindiren ve asla büyütmeyen taraf olmuştu. Bir şeyler yaşandığında o gününü tamamen ağlamaya ve bir şekilde içindeki öfkeyi, acıyı dışarı vurmaya adıyordu ama ertesi gün hayatına kaldığı yerden devam ediyordu. Onun gibi olmayı isterdim.

Çünkü ben geçmişe takılı yaşayan bir insandım. En başta sağlıklı bir birey olarak bir eyleme başvurduğumda, karşımdakilerin geçmişimi araştırıp dosyalayarak önüme koyması ve psikolojik desteği bitirdikten sonra aklı yerinde damgası alma şartının yüzüne vurulmasının başlıca sebebiydi bu.

Ama zamanı gelene kadar kendimle konuşmaktan korktuğum bir konuydu da ayrıca.

Eskiden korkmazdım, gelecek hakkında düşünmekten. Artık korkuyordum. Bir şeyler beni engelliyordu, engellemek istiyordu. Bir şeyler beni geri çekiyordu.

Uzun bir okul gününün ardından İrem'le ayrıldığımızda okul bahçesindeydim ve arka çıkışa doğru ilerliyordum. Dünkü sis kalkmıştı, bunun yerine yağmur yağıyordu ama bir şemsiyem yoktu bu yüzden kapüşonumu kafama geçirmiştim.

Bütün günüm sabah İrem'in anlattıklarını sindirmek, üzerine yorum yapmak ve soru işaretleriyle kendimi yaralamakla geçmişti.

Üstelik oldukça sıkılmıştım Eastern'ın beni sabah okula bırakması ve akşam alması olayından. Pars Kalkavan kim oluyordu da bana hiç uğramadığı evinin kapılarını sonuna kadar açıyordu? Bana? Bir yabancı sayılırdım, hatta bir *yabancıydım* onun için. Üstelik o böylesine parıltılı bir hayatın içine altın kaşıkla doğmuşken. Eastern'ın söylediklerini abartmaya gerek yoktu, Pars yalnızca o evi umursamıyordu bu yüzden diğerlerinin hiç gelmemesinde bir terslik yoktu. Kendi bile gelmiyordu. Hatta muhtemelen, beni bir çocuk olarak gördüğünden yalnızca güvenliğim için Eastern'ı tepemde tutuyordu. Kendi uğraşmak istemiyordu. Bu yüzden cumartesi günü aradığımda konuşmayı kısa kesip kapatmıştı ve yine bu yüzden üstünü değiştirmek, duş almak için bile olsa gelmiyordu evine. Cuma gecesi Pusula'da dikkatsizce Naz'ın teklifini kabul edip kendimi o mafya babasının kollarına atmam rezaletinden sonra, böyle düşünmemesi için bir neden de yoktu gerçi.

Hayatımın aptallıklarını yapıyordum, çünkü etrafım gittikçe kalabalıklaşmaya başlamıştı ve gürültüye alışık değildim.

Çocukluğum tavan arasında geçmişti. Orası o kadar sessiz oluyordu ki, kendi kalp atışımı geçtim sürekli etrafta dolanan bir fare olmasa damarlarımdaki kanın akışını bile duyabilecektim. Fare buna izin vermiyordu. O fareyi birkaç kere görmüş, asla yerini bulamamıştım ve yine o fare yüzünden, asla tavan arasında uyuyamamıştım.

Ve ben çoğu gecemi tavan arasında geçirirdim.

Arka kapıdan çıktıktan sonra etrafta bir BMW için bakınıyordum, nasıl olacaktı bilmiyordum ama bu gece eşyalarımı toplayıp bir otele gidecektim ve daha sonra da yarım gün iş ilanlarıyla uğraşıp bir ev kiralayacaktım. Eski evimi satamazdım çünkü orası annemin eviydi ve orada başkalarını görmek istemiyordum, zaten müstakil olduğundan muhtemelen satın alan kişi yıkıp yerine bir apartman dikmek isteyecekti.

Üvey "babamın" banka hesabıma aktardığı paranın bir miktarını çekebilirdim belki bir süreliğine, gurur yaptığımdan falan değildi ama şu an sahibi olduğu şirketin anneme ait olduğunu ve aslında bana miras kalmış olması gereken yeri gasp ettiğini biliyordum. Miktar fazla olsa da bir kısmını çekmeye hakkım vardı. Onunla ilgili hiçbir şeyi istemesem bile, başkaları için etrafta dolanan bir yabancı sıfatını almak şu an yaşadığım hayat için kabul edilemez gibi geliyordu.

İşleri başa sararsak, en başında zorla kendimi bütün her şeye dahil eden bendim. Serdar, İrem'le beni Karadelik'te Pars ve diğer çocukların önüne çıkardığında eğer USB'nin evde olduğu yalanını atmasaydım asla Pusula'ya gitmez, Taylan'ın görüş açısına girmezdim. Böylece Kayra ufak bir oyunculuk teklifi etmezdi, bende merakımdan emniyet müdürlüğü veri tabanına girip Taylan'ı ve diğerlerini araştırmazdım. Tolga'nın kim olduğunu öğrenmez, İrem'le ilişkisini didiklemez ve kimsenin sabıka kaydına bakmazdım. Böylece İrem'in babası Köksal Bey'in de pislik, bipolar ve şerefsiz bir mafya olduğunu öğrenmezdim. Adam resmen bölge başsavcısıydı ama temiz olmadığından emindim.

Bütün bunları başıma saran bendim ama şimdi Pars Kalkavan'ı beni çocuk olarak gördüğü ve uzak durduğu için suçlayabiliyordum, cidden harika bir insandım.

"*Livania.*"

BMW'yi arayan bakışlarım tek bir yerde sabitlendi ve adımlarım durdu. Dünya üzerinde, bana bu isimle seslenen tek bir kişi vardı ve onunla aramızda binlerce kilometre olduğuna emindim. Saat 5'ti, saat farkını saymazsak ve İngiltere'de de saatin 5 olduğunu düşünürsek muhtemelen şu an cam vitrininin yanındaki antika sallanan sandalyesinde oturmuş sütlü çayını yudumlarken kitap okuyordu. Üzerinde her zamanki asil çiçekli elbiselerinden biri ve evde giydiği deri babetlerinden vardı. Buna bahse girebilirdim, hayır, muhtemelen sesini duymasam şu an bunu yapıyor *olurdu*.

Ama buradaydı.

Saçları tamamen beyazdı ve omuzlarına geliyordu. Ela gözleri yeşille harmanlanmış, dökülen kirpiklerinden kalanlara özenle rimel sürülmüş, her zamanki koyu renk rujunu ince dudaklarına özenle yedirmişti. Teni daha az buruşmuş değildi, bu mesafeden oldukça yumuşak görünüyordu. Başında kırmızı bir şapka vardı, üzerinde de aynı renk uyumlu bir kaban ve siyah, ince çoraplarının altına geçirdiği siyah rugan topuklu ayakkabıları. Ellerini ceplerinden çıkartırken giydiği dantelli siyah eldivenleri görebilmiştim, bir adım gerisinde durup başına siyah bir şemsiye tutan yardımcısıyla da beraber tam olarak 70'lerin Fransa'sından fırlamış gibi duruyordu.

Ya da İngiltere mi demeliydim?

"*Büyükanne?*" lafı çıktı istemsizce ağzımdan. Türkçesi çok iyi değildi bu yüzden direkt olarak İngilizceye geçiş yapmıştım. Orada duruyordu, birkaç adım uzağımda ve tamamen gerçekti.

Asla yeteri kadar yakın olamamıştık. Babam gittiğinde gelmediğini hatırlıyordum, annem öldüğünde gelmediğini hatırlıyordum ama asla, asla geldiğini hatırlayamıyordum. Hafızamın tozlu bir köşesindeki silik anılara sahipti sadece, neden şimdi çıkıyordu karşıma? Neden böyle?

Topuklu ayakkabılarının sesleri düz asfaltta yankılanırken ellerini önünde birleştirdi ve hafif bir gülümseme kondurdu ince dudaklarına. "*Livania, seni böyle sağlıklı görebildiğime çok sevindim. Onca yıl seni hiç değiştirmemiş, hâlâ çok güzelsin.*" Elini uzatıp koluma koydu ve hafifçe okşadı. "*Buraya seninle konuşmak için uzun bir yoldan geldim, benimle bir kahve içmek ister miydin?*"

Nutkum tutulmuştu. Onu bir daha asla göreceğimi düşünmemiştim, çocukluğumun paslı ve tozlu hatıralarla dolu küçük odacığına hapsetmiştim bir büyükannem olduğu düşüncesini. Hiç çıkarıp da sermemiştim önüme, hiç uzatmamış elimi.

Uzatsam tutar mıydı ki?

Aile bağları hakkında bir kitap okumuştum 16 yaşındayken, kitabın arkasında kafamızda nasıl sorular olursa olsun kitapta mutlaka bulacağımız yazıyordu ama hayatıma dair en ufak bir iz bile bulamamıştım o sayfaların arasında. Başlıklar şöyleydi: Babanızın karşı çıktığı bir düşünceye sahipseniz ne yapmalısınız? Annenizin hoşuna gitmeyen bir şey yaptığınızda bunu en kolay nasıl ifade edersiniz? Akrabalarınızın yakınlık dereceleri. Kardeşler arası işbirliği ve sorunların hızlı çözümü.

Çatışacağım bir babam yoktu ya da yanlış yapacağım bir annem. Tanıdığım tek akrabam büyükannemdi ve onu en son yıllar önce görmüştüm, biyolojik babamın annesi olduğundan belki de babamın bizi terk edişiyle o da bağını koparmıştı. Kardeş? Bunu hiç aklımdan geçirmemiştim bile. Geçirmek de istemiyordum.

Bu dünyada bağlandığım, o burada diye gitmek istemeyeceğim kimse yoktu.

Sona yaklaşmışken ise Tanrı benimle dalga geçer gibi herkesin yolunu benimkine çıkartıyordu.

Dönüp yan tarafıma baktım, siyah bir BMW park edilmişti ve ön tarafında bir şemsiye taşıyan Eastern dikiliyordu. Büyükannem ona baktığımı fark edince, "*Arkadaşınla konuştum ve seni daha sonra evine bırakacağıma söz verdim,*" diyerek düşüncelerimi açıklığa kavuşturdu. Eastern'a bakıp kafamla sorun olmadığını söyledikten sonra büyükanneme döndüm. "*Pekâlâ, gidebiliriz.*"

Büyükannem cevabımla gülümseyerek koluma girdiğinde, arkamıza geçip şemsiye tutan yardımcısına, "*Sorun yok Richard,*" diyerek benimle birlikte ilerledi ve Richard'ın açtığı dev gibi bir cipin arka kapısından içeriye geçti. Ben de yanına oturup kapıyı kapattığımda motoru çalışan araba sokakta ilerliyordu.

"*O kadar uzun zaman oldu ki,*" diyerek elimi tuttu büyükannem ve dizinin üzerine koydu. "*Seni çok özlemişim Liva, yerini bulmak için çok uğraştım.*"

Hafifçe gülümsedim fakat samimiyetsiz bir gülüştü bu. "*Çocukluğumdan beri aynı evde kalıyorum, beni bulmanız beş dakikanızı almamıştır.*"

Şaşkınca geri çekildi. "*Fakat yardımcım Richard bir haftadır eve bakınıyordu ama ev hep boştu, kimse kapıyı açmıyordu. Bunun için okulunu bulmaya çalışıyordum ben de.*"

Elimi alnıma şaplatma isteğiyle doldum çünkü haklıydı, bir

haftadır *Pars Nerede Olduğu Bilinmeyen Kalkavan'ın* evinde kalıyordum. Elbette kapıyı açan olmazdı.

"*Evimle ilgili ufak bir sorun yaşıyorum bu yüzden bir süreliğine arkadaşımda kalıyordum,*" diyerek cevapladım onu. Pahalı bir yasemin kokusu geliyordu ceketinden doğru, bunca zaman parfüm zevkinin değişmemiş olması şaşırtıcıydı.

Araba büyük caddede sahil kıyısındaki oldukça pahalı bir restoranın otoparkında durduğunda Richard derhal inip kapıyı açtı ve büyükannem indi, ardından ben de inip okul çantamı tek omzuma aldım. Gergince ellerimi saçlarımda gezdiriyordum çünkü okul formam ve dağınık görüntümle buraya kesinlikle uymuyordum, hatırladığım kadarıyla da büyükannem aşırı kuralcı biriydi ve böyle disiplinsizliklerden nefret ederdi.

İçeri girerken vestiyere ceketini bıraktığında ben de giydiğim deri ceketi bıraktım ve hırkamın önünü üstüme kadar çekip eteğimi düzelttim. Neyse ki eteğim griydi ve kapüşonlum da koyu renkti, böylece çok da okul formasıymış edasıyla sırıtmıyordu.

Garson bizi cam kenarında bir masaya yerleştirip mönüleri önümüze bıraktığında geri çekilip karar vermemiz için yok oldu.

"*Sormadan seni buraya getirdim ama Soyhan'da bildiğim tek yer burası. Eğer mönüyü beğenmezsen başka bir yere de gidebiliriz.*"

Mönüyü açtığım an önüme çıkan birçok zengin yemekten kafamı kaldırmadan, "*Önemli değil,*" diye cevapladım onu ve daha önce hiç yemediğim bir makarnayı seçip mönüyü kapattım.

"*Seçtin mi?*"

Kafamı salladım. Elini kaldırdığında başka bir garson anında burada belirmişti. Siparişlerimizi verdikten sonra yine gergince ellerimi masanın üzerinde birleştirdim ve ona bakmaya başladım, zira onun sabahtan beri yaptığı da buydu. Devamlı yüzümü süzüyordu. "*Oğluma çok benziyorsun.*"

"*Onun genlerini taşıyorum.*"

Seslice nefes verdi. "*Açıkçası Livania, buraya gelip sana karşı dürüst olarak kendimi açmak istedim çünkü benim tek çocuğum oğlumdu ve şimdi İngiltere'de sahip olduğum kendi evim ve birkaç dairemi miras olarak bırakabileceğim kimsem yok. Ne yazık ki ben de tek çocuktum ve biliyorsun ki büyükbaban sen doğmadan önce vefat etti. Onca yıl senin yanına gelmemem büyük sorumsuzluktu fakat hatalarımın farkındayım, iki yıldır genetik olarak ailemden miras kalan kan kanseri hastalığının pençesinde tükenmekteyim. Bunun bir mazeret olmadığını biliyorum, bunun için söylemiyorum, yalnızca bilmeni istiyorum ki tüm kalbimle, seni yalnız bıraktığım için çok üzgünüm Liva. Özür dilerim."*

Yutkundum. Yalnızca 6 yaşındayken mutlu mesut bir şekilde İngiltere'deki o bahçeli evde, elimde kurabiyelerle terastaki salıncağa koşuşturduğumu hatırlıyordum. Koşmanın bir hanımefendiye yakışmayacağını söylerdi hep. Arka odalardan birindeki küçük kütüphanesini karıştırır dururdum, buna çok sinirlense de görmezden gelirdi çünkü içimdeki karıştırma güdüme engel olamıyordum ve yalnızca küçük bir çocuktum.

Onun tek torunuydum.

"*Yanı bir anda içindeki büyükanne-torun ilişkisinin canlandığını ve bavullarını toplayıp buraya geldiğini mi söylüyorsun?*" diyerek derin bir nefes verdim. "*Kanserin hakkında üzgünüm.*"

Üzgündüm. *Onun kanseri hakkında.*

Masanın üzerinden elime uzanıp tuttu ve okşadı. "*Her şey için çok üzgünüm, çocuğum. Lütfen beni affet.*"

Tuttuğu elime indirdim bakışlarımı. 60 yaşındaki hasta bir kadına işkence ettirecek değildim.

"*Annemle hiç anlaşamazdın, biliyorum. Bu yüzden babam bizi terk ettikten sonra sen de görmek istemedin...*"

"*Anneni bilmiyordum. Oğlum gittikten sonra neler olduğunu...*" dedi gözlerinden anlaşılan derin bir üzüntüyle. "*Bunca yıldır neler yaşadığını, yalnız olduğunu bilmiyordum. O zengin bir kadındı ve sana iyi bakar sanıyordum ama... Sonradan evlendiğini ve olanları yeni öğrendim. Peşi sıra gelen olayları ve diğer her şeyi yeni öğrendim.*"

Gözleri doluyordu ki, garson servis açmak için geldiğinde ellerimizi geri çektik ve o da parmaklarıyla kirpiklerinin altından sızan gözyaşlarını temizledi. Garson servisi açtı, ardından bir diğeri tabaklarımızı getirdi. İçecek olarak su istemiştim, şişe masaya bırakıldığı an kapağını açıp bardağa doldurarak kafama diktim.

Sonrasında sohbet, açlıktan karnımın guruldayor olmasına rağmen gelen bir samimiyetle makarnamı soğutacağım bir raddede ilerledi.

Büyükannem anlattıklarına göre birkaç senedir sürekli rehabilitasyon merkezine gidip geliyordu, kanserini henüz atlatabilmiş değildi ama büyük bir ilerleme kaydettiğinden doktorundan izin alıp buraya gelmişti. "*Okuluna yakın bir yerde ev tuttum,*" dedi makarnamı yemem için eliyle tabağımı işaret ederken. "*Ve senin de yanıma taşınmanı umuyordum. Bu yaşlı kadına ömrünün geri kalanında eşlik etmeni. Zorunda değilsin elbette fakat bundan sonraki eğitim masraflarını üstlenmek istiyorum. Şimdiye kadar nasıl geçiniyordun?*"

Annemden kalan pahalı mücevherleri satıyordum ama gelirimin asıl kaynağı internet tabanlı yaptığım korsan bilgi alışverişiydi, bunu da öylece ona söyleyecek değildim bu yüzden yalnızca, "*Annemden kalan biraz para ve mücevher vardı,*" diyerek kısa kestim.

"*Pekâlâ, genç hanım, bundan sonra böyle şeylere ihtiyacın olmayacak.*" Gülümsedi. "*Şu an kelimelerle ifade edemiyorum fakat beni tam olarak affedememiş olsan da yüzüme tükürmediğin için çok mutluyum Livania, olabildiğim kadar yanında olmaya çalışacağım. Umarım bu yaşlı kadını kalan ömründe seversin.*"

"*Lütfen kalan ömrünüzden bahsetmeyi kesin, tedavinizin iyi gittiğini söyleyen sizdiniz. Ayrıca buraya mı taşınıyorsunuz?*"

Kafasını salladı. "*Çok iyi bir fiyata İngiltere'deki dairelerimden birini sattım ve parayı bankaya yatırdım. Tedavim buradaki gelişmiş bir hastanede devam edecek.*"

Sağa dönmeye çalışırken sola doğru bir adım atmak, muhtemelen hayatım boyunca yaptığım en çılgınca şeydi ama son birkaç haftadır geçirdiğim değişim sonucu artık eylemlerimin sonuçlarını çok daha iyi tartamaz hale gelmiştim çünkü eskisi kadar derin bir yalnızlığın içerisinde değildim. Nasıl oluyordu da kurtarılmayı diliyordu insanlar? Nasıl oluyordu da geceleri ellerini açıp dua ediyorlardı Tanrı'ya? *Ben gideceğim*, demek mi gerekiyordu benim durumumda? *Beni cennetine al ya da cehennemine. Çünkü hayattayken dünyanda barındırmadın.*

Büyükannemle yemek yedikten sonra ayrıldığımızda, Richard beni ciple Pars Kalkavan'ın oturduğu sitenin önüne bırakmıştı. Ona taşınmakla ilgili kararımı yarın bildireceğimi söyleyip telefon numarasını almıştım ama çoktan karar vermiştim bile, tanımadığım birine yük olacağıma çat kapı çıkıp gelen büyükannemle aynı çatı içerisinde gergin bir ortamda yaşardım bu çok daha iyiydi.

İçimde garip bir hisle binaya girip asansörle 33. kata çıktığımda, kapının önünde dururken çekingence elimi kutucuğa götürdüm ve şifreyi girdim. Kapı otomatik bir sesle açıldığında içerisinin ışıklarının zaten yanıyor olduğunu fark etmiştim.

Gelmişti.

Çantamı ve ceketimi kenara bırakıp etrafa göz atarken salonda ilerleyip koridora girdim ve nerede olabileceğini düşünerek odasının kapısını tıklattım ama ses gelmedi. Uyuyor olabilir miydi? Saat henüz 8'di.

Bir kere daha tıklattıktan sonra "Giriyorum," diye mırıldanarak kapıyı açtığımda, banyo kapısının altından sızan sarı ışığı ve su sesini fark ettim. Duş alıyordu. İçerinin yalnızca loş aydınlatma sistemi açıktı.

Gözüme yatağın üzerine bırakılmış bir ceket ve bir çanta çarptı. Onun dışında her şey yerli yerinde görünüyordu.

Yalnızca bir saniye sonra banyo kapısı açıldığında gördüğüm görüntünün şokuyla kalp atışlarım hızlanırken hızla arkama döndüm ve ne diyeceğimi bilememenin verdiği ağız kuruluğuyla yutkunmaya çalıştım. Su sesinin kesildiğini nasıl fark etmezdim? Çocuğun belinde bir havlu vardı yalnızca, hepsi buydu!

"Eee, insanlar genelde kıyafetleriyle birlikte banyoya girer ve kurulanıp giyinip çıkarlar," diye mırıldandım istemsizce.

"Hayır," dedi günlerdir tınısı kulaklarımdan silinen kadife ses. "Bu senin yaptığın şey. İnsanlar genelde ne isterlerse onu yaparlar."

Kaşlarımı kaldırdım ama bunu görmeyeceğini biliyordum. İlerleyip dolabının kapaklarını açtığını duydum. "Günlerdir yoktun."

"Şehir dışındaydım, aradığında sana söylemiştim."

"Evet ama çok kısa bir konuşmaydı ve hiçbir şey anlamadım."

"Çok da önemli şeyler değildi."

"Eminim öyledir," diye mırıldandım sessizce ama odada kuş uçmuyordu, duyduğuna emindim. Giyindiğini kıyafetlerinin hışırtısından anladığımda, "Eşyalarımı toplamak için geldim," diye devam ettim.

"O ev güvenli değil, Kedi. Bunu daha önce konuşmuştuk."

"Artık dönebilir miyim?"

"Dön."

Yavaşça arkamı döndüğümde, altına siyah bir pantolon ve üstüne de kısa kollu bir tişört geçirmiş olduğunu gördüm. Çoraplarını giyiyordu. Saçları ıslaktı, bu haliyle olduklarından daha koyu görünüyorlardı. Tişörtünün boyun kısmı ensesine uzanan dövmesini belli edecek kadar açıktı.

"Büyükannem İngiltere'den döndü ve burada bir eve yerleşti, beni yanına davet ediyor."

Ayağa kalktığında bakışları bana döndü, istemsizce kaşları kalkmıştı. Aynı şeyi düşündüğümüze emindim. *Bunca sene neredeymiş?*

Ama bunun yerine tek söylediği, "Pekâlâ," oldu.

Kaşları kaldırma sırası bendeydi. Ama bir şey söylemedim. İlerleyip ışıklarını kapatmadığı banyoya girdi ve kurutma makinesinin sesinden saçlarını kuruttuğunu anlamış oldum.

Bu konuşmanın uzatılacak bir yanı yoktu. Çocukluğunu Fransa'da, ergenliğini İstanbul'un göbeğindeki en popüler liselerden birinde geçirmiş, ülkenin sayılı zengin ailelerinden birinin oğlu ve o ailenin şirketinin mirasçısıydı. Şimdiye kadar görüp geçirdiği yerleri, birlikte olduğu kızları ve tüm o ihtişamı düşünemezdim bile. Her ne kadar sebebini bilmediğim bir şekilde bir uyuşturucu ve kadın ticareti mafyasını bir kahraman edasıyla arkadaşlarıyla birlikte çökertmek istese de asıl olduğu kişiyi asla değiştiremezdi ve artık gözüme hiç olmadığı kadar uzak geliyordu.

Bir adım atıp kollarını kaldırışını, bir eliyle saçlarını karıştırıyorken diğer eliyle de kurutma makinesini tutuşunu izledim.

İşte, bu o andı. Aramızda yalnızca birkaç adım vardı, ama aynı zamanda da aramızda milyonlarca kilometre vardı.

O tarz kızların sahip olabileceği türden bir erkek, diye düşünmeden edemedim. Bir keresinde İrem'le bu konuyu konuşmuştuk ve ben kesinlikle toplum içerisinde böyle bir ayrımın var olmadığını, bu ayrımı kişinin inşa ettiğini savunmuştum ama bu tezimin yanlış olduğunun kanıtı canlı kanlı önümde duruyordu.

Saçlarını kurutma işlemi bittiğinde kollarımı göğsümde birleştirdim ve ağırlığımı diğer ayağıma verdim. "Yarın sabah gitmiş olurum. İrem ve Tolga olayı dahil güvenliğimizle alakalı bir şey olursa haber verirsin değil mi?"

İçeri geçtiğinde önümden geçmiş, arkamdaki çekmecelerden birini açmış, koluna bir saat takıyordu. Mentollü şampuanının kokusu üzerimdeki yorgunluktan eser bırakmamıştı. Kaşlarını kaldırdı. "Yani bırakıyor musun? Artık karışmayacak mısın?"

"Son olanlardan sonra, belki de bu en iyisidir diye düşündüm. En başından beri benim meselem değildi, yalnızca kötü baş karakterlerden birinin İrem'le çok yakın bir ilişkisi olduğunu öğrendiğimde kalmak ve daha fazlasını öğrenmek istedim ama neredeyse bir mafya babasının yatağına gireceğimi idrak ettiğimde... Riskler, belki de kaldıramayacağım düzeyde diye düşündüm."

"Böyle düşünmene çok sevindim," dedi kafasını sallayarak ve karşımda durdu. "Güvenliğinizle ilgili bir şeyler olursa kesinlikle ararım. Köksal ve Tolga olaylarından da haberdar edeceğim."

"Teşekkür ederim," dedim gözlerine bakarak. Aramızda bir adımlık mesafe bırakmıştı. Loş ışıktan dolayı maviliklerindeki okyanus durgun ve koyuydu, oldukça sakin ve iyi görünüyordu. Birden içime çöken huzurla tüylerim diken diken oldu. Dudaklarım aralanmıştı. *Ellerimi uzatıp koku alma duyularımı sarmalayan mentollü şampuanla yıkanmış saçlarına daldırmak, durgun okyanuslarına çok daha yakından bakmak, doymuş olsam dahi yediğini görmek için onunla akşam yemeğine oturmak ve o uyurken yakınına bir yere kıvrılmak istiyordum.*

Hayır. Bunlar gerçeklikten çok uzaktaydı. Ellerimi iki yanımda indirerek tırnaklarımı avuç içlerime batırdım kendime gelmek için ve hafifçe gülümseyerek, "İyi geceler öyleyse," diye mırıldandım ve dönüp dışarı yürüdüm.

"Saat 8," dedi arkamdan. Böylece koridorda ona dönmüştüm, arkamdan geliyordu.

Salonda durdu. "Dışarı mı çıkıyorsun?" diye sordum elindeki ceketi ve araba anahtarlarını gördüğümde.

Kafasını salladı. "İyi geceler."

Tırnaklarımı daha derine sapladım ve dudaklarımı birbirine bastırarak el salladım.

İlerledi, kapıyı açtı ve arkasından kapattı.

Bir süre öylece salonda dikildim. Hiç, gitmenin, bu kadar sorun yaratacağını düşünmemiştim içimde ama henüz tam iyileşmemiş avuç içlerimdeki kabuk bağlamış yaraları yeniden kanatan tırnaklarım diyordu ki; *gitme* desin. Neden öyle desindi ki? Bunun bir anlamı yoktu. Bulaştığım iş dolayısıyla başıma aldığım belanın sebebiydi burada kalıyor olmam, benden başka da kimsenin suçu değildi. Şimdi ortaya büyükannem gibi koruyucu bir faktör çıkmışken ve birlikte yaşamak istiyorken, daha fazla burada kalamazdım. Burada bir yüktüm. Bu eve ya da Pars Kalkavan'ın yakınında bir yerlere ait değildim.

Bunu şimdi fark ediyor olmam ne yazıktı.

Ağrım vardı. Azaltması için ilaçlarımı aldıktan sonra uyudum.

Yemyeşil çimenliğe yeni ekildikleri belli olan çiçekleri süzüyordum, oldukça hoş bir evin bahçesindeydim. Geriden gelen kahkahaları duyabiliyordum bu yüzden arkama döndüğümde, aralarından seçebildiğim İrem'in yüzünü gördüm. Kırmızı bir bandana takmıştı ve üzerinde kot bir etekle siyah bir atlet vardı. Elindeki maşanın ucundan dumanı tüten et parçası sarkıyordu, onu birinin ağzına doğru uzatıyordu. Bulanıklığın kaybolmasını beklerken bunun Giray olduğunu fark ettiğimle şokla gözlerim açıldı.

Dahası da vardı. Zamir elindeki tabakları masaya diziyordu ve yanında sarışın bir kız vardı, arkası dönüktü. Bol bir eşofman ve beyaz bir atlet giymişti. Biraz bekleyince teras kapısından içeceklerle çıkan Kayra ve esmer kızı fark ettim.

Kaşlarım çatılırken evi çıkartmaya çalışıyordum ve bir anda belime sarılan ellerle irkildim. Oldukça sıcak ve kaslı olduğunu hissettiğim bir göğüs sırtıma yaslanırken aynı mentol kokusu burnuma doldu. "Seni fazladan et çıkarmaya gerek var mı diye sorman için buraya yolladım ama sen bahçede boş boş geziniyorsun öyle mi Kedi?" Yanağını yanağıma sürterek, kafasını omzumun üzerinden çıkarıp bana dönmüştü.

Ona bakınca tüylerim diken diken oldu. Güneşin vurduğu engin denizleri andıran mavi gözleri benimkilere bakıyordu ve yüzünde hoş bir gülümseme vardı, yanaklarındaki hafif çukurlaşmalar dikkat çekiyordu. Oldukça sakin, huzurlu ve mutlu görünüyordu.

"Neden öyle bakıyorsun?" diye sorduğunda belimin üzerinden birleştirdiği kollarının varlığını yeni fark etmiş gibi irkildim ve başımı eğip kollarına baktım. Dövmeleri duruyordu, hafif belirgin damarları ve büyük elleri vardı.

"Neredeyim?" diye sordum istemsizce, sesim neredeyse titriyordu ama o kadar kısık çıkmıştı ki bu soru ağzımdan, bunu fark etmezdi.

"Evindesin."

Sıçrayarak uyandım.

Hayatım boyunca hiç bu kadar *korkunç* bir rüya görmemiştim.

Sonunda güneş perdelerin arasından sırıtıyordu ve duvardaki saat neredeyse 7'yi gösteriyordu. Saatlerdir kesintisiz uyuyordum.

İlaçların yan etkisi olmalıydı.

Kalkıp yüzümü yıkadım ve dişlerimi fırçaladıktan sonra okul formamı giyinip dün gece toplayıp çantama tıkıştırdığım eşyalarımın yanına pijamalarımı da katlayarak bıraktım. Bugün hastaneye gidip Dr. Lamen'i ziyaret edecektim, ama ondan önce okula gitmeli ve öğle arasından sonra büyükannemle buluşup konuşmalıydım.

Saçlarımı tarayıp topladıktan sonra odadan çıkıp mutfağa yürüdüğümde, etrafta yoktu. Pars Kalkavan ya uyuyordu ya da dün gece çıktıktan sonra bir daha gelmemişti. *Klasik.*

Beynimin resmen yasak olanı uydurarak o saçma rüyayı bana gösterdiğine inanamıyordum.

Yine de bir süre evde oyalandım. Ufak bir tost yaptım, iki bardak suyu yudumlayarak içtim ve odaların birinden veda etmem için fırlamasını bekledim ama muhtemelen evde yoktu bile.

Bir daha buraya uğramayacağımdan okul çantamı ve eşyalarımı koyduğum çantamı alarak daireden ayrıldığımda Eastern her zamanki gibi aşağıdaydı. Elimdeki büyük çantayı görünce yanıma gelip çantayı aldı ve bagaja attı. Ön koltuğa oturup kemerimi bağlarken o da yanımdaki şoför koltuğuna geçmiş, arabayı çalıştırıyordu. "Günaydın, küçükhanım. Sanırım evden ayrılıyorsunuz."

Kafamı salladım ve derin bir nefes verdim. "Dün okuldan sonra büyükannemle konuştuk ve buraya taşındığını öğrendim. Beni yanına davet etti."

"Hmm," diye bir ses çıkardı Eastern. Meraklı olduğunu hissetmiştim ama yine de zamanı geldiğinde acımasızca bıçağı boğazıma sürtüp kafamı kopartacak soğukkanlı bir katil gibi bakıyordu.

Ona gitmek istediğim hastanenin ismini söyledikten yalnızca 20 dakika sonra, hastanenin açık otoparkına girmiştik. Tek hamleyle arabayı park ettiğinde, "Yarım saate dönerim, hâlâ gitmem gereken bir okulum var," diyerek emniyet kemerimi çözdüm ve kapıyı açıp dışarıya çıktım.

Bir süredir eskiden içinde yüzdüğüm derin sessizlikten uzakta bir hayat yaşıyordum ve muhtemelen bu yeni hayatın bana kazandırdığı en büyük eksiklik, hesapladığım ihtimaller ve kontrol ettiğim davranış bozukluklarımdı. Eskiden bütün bunlar hakkında düşünürken bana yardımcı olan bir Dr. Lamen vardı fakat artık neredeydi ve bir süre nerede olacaktı, bilmiyordum.

Onu otoparkta öylece yatarken bulduğum günün üzerinden birkaç gün geçmişti, artık yalnızca o anın hayaletleriyle uğraşıyordum. Gerçek miydi yoksa hayal mi?

Geçmişin ölü ruhları cennetin bahçesinde saklambaç oynarken, melekler kapıyı çaldığında ve birinin buraya ait olmadığını söylediğinde kimse bir adım atıp da öne çıkmazdı. Bunca zamanını dünyada büyük bir zulüm içerisinde geçirmişken ve yaşadıklarının psikolojik ağırlığı zihninden bir kanser gibi sökülüp atılmışken, elbette ki rahatını bozmak istemezdi kimse. Ama bu rahatını bozup bozmamakla ilgili değildi, bu ateşe atılmakla ilgiliydi.

Dünyada ise *birileri* ateşe *itiliyordu.*

Danışma masasına ulaştığımda dört ayrı sekreterin bilgisayar başında olduğunu gördüm ve meşgul görünen diğer üçünü geçip son kalana döndüm yüzümü. Bilgisayarda kart oyunu oynuyordu. "Merhaba, birkaç gün önce ameliyata alınan yakınım Lamen Fettahoğlu hakkında bilgi almak istiyordum."

Saçlarını tepesinde topuz yapmış esmer kız bana bir bakış attıktan sonra masaüstünde açık olan kart oyunu sekmesini kapattığında, "Nesi oluyorsunuz?" diye sordu.

"*Arkadaşıyım,*" diye mırıldandım. Hastası olduğumu söylesem, muhtemelen sohbet can sıkıcı yerlere çekilebilir ve bana hakkında hiç bilgi vermeyebilirdi.

Birkaç sekme açıp, ismini arattığında bakışlarını ekrandan çekmeden, "Cuma akşamı geç saatte özel bir kliniğe nakli gerçekleşmiş," diye mırıldandı.

Kaşlarım kalktı. "Hangi klinik?"

"Üzgünüm, bu bilgiye yalnızca kan bağı olan birileri erişebilir."

"Ama ben onun arkadaşıyım, bilmeye hakkım var," diyerek itiraz ettiğimde, "Üzgünüm hanımefendi," diye cevapladı ve kart oyunu sekmesini yeniden açtı. Bu, *öğrenemezsin işte uğraştırma beni de çek git* demekle aynı şeydi.

Dönüp otoparka geri yürürken aklımda birçok düşünce vardı. Öncelikle, ağır yaralı ve ameliyattan yeni çıkmış bir yoğun bakım hastasını hangi şartlar altında ve nasıl özel bir kliniğe nakletmiş olabilirlerdi? Üstelik bu gerekli miydi? Burası zaten büyük ve gelişmiş imkânlara sahip bir hastaneydi.

Bu işte bir bit yeniği vardı.

Otopark'a, Eastern'ın yanına döndüğümde bahçedeki banklardan birine oturmuş kitap okuyor olduğunu gördüm. Beni gördüğünde kitabını ceketinin cebine sıkıştırmış ve arabaya doğru yürümeye başlamıştı. "İşiniz çabuk bitmiş."

"Ziyaret edeceğim kişinin başka bir yere nakledildiğini öğrendim," diyerek ön koltuğa bindim ve kemerimi bağladım. Araba bir dakika sonra caddedeki akan trafiğin içinde, okuluma doğru hareket ediyordu.

Eastern yol boyunca hiçbir şey sormadı ve ben de gergince yolu izleyip durdum. Sonunda okulun önünde beni indirdiğinde çantamı da almış, ona el sallıyordum. "Görüşürüz Eastern, bundan sonra gelmene gerek yok. Teşekkür ederim bıraktığın için."

"Rica ederim küçükhanım," dedi Eastern ve açık pencereyi kapatıp içeri girmem için bekledi. Her zamanki gibi, içeri girdiğimi görene kadar gitmeyecekti.

Elimdeki siyah, eşyalarımı doldurduğum çantayla beraber sessiz okul merdivenlerinden çıkarken saate bakıp ikinci dersin başında olduklarını fark ettiğimde kafeteryaya inip sıcak bir şeyler içmekle, elimdeki çantayla beraber sınıfa dalıp onlarca gözü üzerime çevirmek arasında bir tercih yapmaya çalışıyordum ama şansıma ki tam da içeride olmam gereken sınıfın kapısı açıldığında ve İrem dışarı çıktığında olduğum yerde durdum.

Bana bakıp kaşlarını çattı, ardından yanıma doğru yürümeye başladı. "Hey, nerelerdeydin?"

"Eşyalarımı toplamakla uğraşıyordum," diye mırıldandım.

Ağzı açık kaldı. "O şerefsiz piç seni evden attı mı?"

"Hayır, çok daha başka şeyler oldu," diye mırıldandım. "Anlatırım ama sen nereye gidiyordun?"

"Revire," dedi eliyle karnını ovalayarak. "Karnım çok feci ağrıyor, biraz yatmak istedim. Hem ders çok sıkıcı, herkes uyukluyordu."

Kafamı salladım ve beraber merdivenlere yöneldik, revir bir alt kattaydı.

"O zaman evine geri mi dönüyorsun? Sapık sorunu halloldu mu?"

Derin bir nefes alarak, "Dün okul çıkışıma büyükannem geldi," dedim ve revirin kapısını tıklatıp içeri girdim. Hemşire yoktu. İrem geçip sedyeye uzanınca, "Hadi canım, yok artık. İngiltere'deki mi?" diyerek esnedi.

Kafamı salladım ve kalanını anlattım. Bir restorana gittiğimizden ve konuştuğumuz şeylerden bahsettim.

"Sanırım hayat sana *ikinci bir şans* sunuyor Liva Uz," diye mırıldandı İrem kolunu alnına koyarak. "Öyle durmuyor mu sence de?"

Öyle durabilirdi, eğer hayat bana ilk şansımı vermeyi unutmuş olmasaydı.

Ama çok geç değil miydi?

Hayır, bu durum bir şans olayından oldukça uzak bir şeydi. Oraya gidecek ve 60 yaşındaki kanserli büyükannemle birlikte ölümün kapımızı çalmasını ve bizi kendi zihnimizin köhne cennetine götürmesini bekleyecektik ve hepsi buydu. Bu ikinci bir şans ya da yeni bir hayat demek değildi, bu bir davetti.

Şeytanın daveti. Tatlı bir davet.

Ama artık doğru gelmiyordu. Beni eskiye göre çok daha farklı kulvarlara iten bir şey filizleniyordu göğüs kafesimde, isimlendiremiyordum. Deniz kenarlarına gidip nefes almak istiyordum sadece. Sohbet etmek, *maviye* bakmak; *mavi bakmak.*

"Tolga'dan bahsederken herkes kurtarılmayı hak eder demiştin," diye mırıldandım oturduğum koltuktan dışarıyı süzerken. Tek görebildiğim bahçede dökülen yaprakları süpüren yaşlı hademeydi. "Peki ya *kendini* kurtarılacak duruma *bile bile* düşüren biri? O da hak eder mi?"

"Soruların, içinde cevaplarını barındırıyor," diye geveledi ağzının içinde uykulu bir şekilde. Sanırım uykuya dalmak üzereydi. "*Herkes.*"

Herkes kurtarılmayı hak eder.

Belki de doğru soruyu sormuyordum.

Çünkü belki de karanlığa ışık tutup kendimizi neyden kurtaracağımızı görmemiz gerekirdi bazen.

Herkes kurtarılmayı hak eder.

Peki neyden?

Köşeye sinmiş, uzayan tırnakları ve acı çığlıklarıyla duvarları tırmalayan o yaratıktan.

O uyuyor, yiyor, düşünüyor, duyuyor ve konuşuyor; o nefes alıyor. Ağlıyor, gülüyor, yürüyor ve bazen koşuyor. Okuyor, yazıyor ve siliyor.

Belki de o *kendimizizdir.*

Belki de karanlık taraf, aslında benliğimize tutulmuş bir aynadır ve biz kendimizi, kendimizden kurtarmaya çalışıyoruzdur ama asla gözümüze sarılmış kumaşı çıkarmadığımızdan göremiyoruzdur. Körüzdür.

Belki hüzün bir *illüzyon*, mutluluk bir *lütuftur* ve herkes bu lütufla dünyaya gelmiştir ama kendini zehirliyordur.

Belki de yalnızca gözümüzün önündeki perdeyi indirmemiz gerekiyordur.

Bahçede dolanan gözlerimi içeriye çevirdiğimde, İrem'in çoktan uyumuş olduğunu görmüştüm. Bir süre zihnimde koşuşturan düşüncelerimi susturmak amacıyla yüzümü ovaladım ve gözlerimi kapatıp geriye yaslandım. Zilin sesiyle tekrar açmak zorunda kalmıştım ama.

Çantamla beraber çok ses yapmamaya çalışarak revirden çıkarken sınıfa geçip sırama oturduğumda, öğle teneffüsüne kadar süren kanlı savaştan aklımda yalnızca tek bir soru canlı kalabilmişti.

Herkes kurtarılmayı hak eder.

Peki kendimizi kurtarmamız gereken şey, yine kendimizsek?

Şimdiye kadar çok fazla kitap okumamış, dizi ve filmlerden uzak durmuş, zihnimi ve duygularımı aç bırakmıştım. Gelişme çağında bir genç, neredeyse bir yetişkin olarak büyüdüğüm süreçte yanımda yalnızca kendim vardım. İrem bile yanımda olduğu çoğu zaman aslında benden kilometrelerce ötedeydi, kendimi ona getirmek için yapabileceğim hiçbir şey yoktu. Belki de buna hiç uğraşmadığımda, kendimi kendime de getirememiştim hiçbir zaman.

Fakat neden şimdi? Neden şimdi kuşatıyordu bu düşünceler beynimi? Yıllar önce neredeydiler? Neden Dr. Lamen beni silkip kendime getirmeye çalışırken bu kadar uzaktım bu düşüncelerden?

Anlamıyordum. Sanki beynimde bir engel vardı ve yavaş yavaş kalkıyordu.

Öğle teneffüsünde anca uyanan İrem'e veda ettikten sonra bir saat önceden aradığım büyükannemle okul çıkışında, aynı cipte buluştuğumuzda üzerinde lavanta renginde hoş bir elbise ve beyaz bir kaban vardı. Kırmızı bir ruj sürmüş, kalın bir gerdanlık takmıştı. Asla bakımsız evden dışarıya adımını atmazdı.

"*Bu kararı vermene çok sevindim tatlım,*" diyerek elini elimin üstüne koydu ve kırışıklıkları belli olana kadar gülümsedi. "*Bunu kutlayalım. Çok hoş bir kafe keşfettim dün akşam, kahveleri enfes. Richard, lütfen bizi oraya götür.*"

Richard bizi daha önce önünden birkaç kere geçtiğim, Pusula'ya yakın bir kafeye götürdüğünde içerisi sakin ve sıcaktı. Büyükannem sürekli evin dekorasyonundan ve hangi renklerin hastalıklara ve ruha iyi geldiğinden bahsedip duruyordu. Anlattığına göre çoktan benim için bir oda hazırlamıştı çünkü teklifini kabul etmemi umuyordu.

Fakat benim aklım fazlasıyla karışıktı. Doktorum gizemli bir şekilde ameliyatının ardından 24 saat geçmeden başka bir kliniğe nakledilmişti ve danışmadaki sinir bozucu kadın bana neresi olduğunu söylemiyordu. Beynimin bir tarafı bu düşünceyle şok edilmişken, diğer tarafı da hayat tercihlerim ve kararlarımın dengesizliği yüzünden felç geçiriyordu. Bütün bunların arasında ise büyükannemin bahsettiği renk uyumu ve ruha yansıtılışı, %1'lik bir kısma bile sahip değildi.

Bu yüzden gözlerinin içine bakıyor, gülümsüyor, kafamı sallıyor, arada ona katıldığımı belli ediyor ve bunu sürekli tekrarlıyordum ki, karşı taraftan bu tarafa çatık kaşlarla gelen bir sarışın fark ettim. Yeşil gözleri kararmıştı ve baştan aşağı simsiyah giyinmişti.

Doğruca oturduğumuz masaya geldiğini algıladığımda onunla göz göze gelip gözlerimi büyülttüm fakat bu onu alıkoymadı. Masaya ulaştığında suratındaki gergin havayı anında silip, "Merhaba Liva, bu ne sürpriz," diyerek gülümsedi ve büyükanneme döndü. "Bu kadın da kim böyle? Ablan falan mı?"

Gözlerimi devirecekken kendimi büyükanneme saygısızlık olmasın diye zor tutuyordum. "Seni anlamıyor, o İngiliz ve büyükannem."

"Ah!" diyerek elini uzattı ve hafifçe eğildi. "*Merhaba hanımefendi, benim adım Tolga ve torununuzun yakın bir arkadaşıyım.*"

Ne *yakın* ama.

"*Bu kadar yakışıklı arkadaşların olduğunu bilmiyordum Livania,*" diyerek memnunca gülümsedi büyükannem ve bana göz kırptı ama yalnızca gergince gülümsemekle yetindim.

"İzninizle Liva'yı bir dakikalığına çalabilir miyim? Ödevlerle ilgili önemli bir şey soracaktım."

Şaşkınca ona baktım ama büyükannem, "*Elbette,*" diyerek bana baktığında itiraz etmeden ayağa kalkmış, Tolga'yla beraber arka tarafa yürüyordum.

"Senin derdin ne? Büyükannemle tanışıp neyi ispatlamaya çalışıyorsun?"

"Bir şeyi ispatlamaya çalıştığım yok, şimdi beni çok iyi dinle çünkü bu çok önemli bir mesele." Dönüp hafifçe eğildi ve göz teması kurdu. "Kalkavan'a ulaşamıyorum ama ona çok önemli bir şey söylemem lazım. Hayat meselesi."

Dalga geçercesine güldüm. "Ne zamandan beri ona yardım ediyorsun?"

"Etmiyorum," dedi sert bir sesle. "Sadece ona geçen seferden borçluyum ve bu bilgiyi ona ulaştırmazsam bu borcu bir daha nasıl kapatabilirim bilmiyorum. Eğer ben ona bir şeylerden vermeden o benden bir şeyler isterse benim tarafımdaki yıkımın daha fazla olacağını biliyorum bu yüzden..." Derin bir nefes aldı ve daha kısık sesle devam etti. "Ona git ve Bünyamin'in adamının yalan söylediğini söyle. Ona güvenmesin. Dün gece buluştuğu kadın hiçbir zaman hafta sonu olacak açık arttırmanın bir parçası olmadı, kadın Taylan'ın sevgililerinden biri."

"Dalga mı geçiyorsun? Çünkü Taylan'ın erkeklerden hoşlandığını biliyorum," diyerek kaşlarımı çattım.

"Erkeklerden *de* hoşlanıyor," diyerek göz devirdi.

"Yani o kadın her kimse aslında bir casus?"

Kafasını salladı. "Bünyamin'e çalışıyor, muhtemelen bir şeyleri ses kaydına almak ve kanıtlamak için orada."

"Borcunu başka bir şekilde ödeyebilirdin, onların oyununu mahvetmek senin amacın değil miydi? Bünyamin'le beraber çalışıyorsunuz zannediyordum, şimdi ise mükemmel bir planın içinde asıl casusluğu sen yapıyorsun."

"Asla borcumu geciktirmem," dedi sert ve tok bir sesle. "Sonuçları ne olursa olsun asla borçlu kalmam. Şimdi git ve bunu ona söyle yoksa çok geç olacak."

Alnımı ovaladım. "Nerede olduğunu bile bilmiyorum."

"Ya evdedir ya Pusula'da. İstanbul'dan dün gece döndü diye biliyorum. Ne olursa olsun o telefonunu açık tutması gerekir, bu çocuğun derdi ne? Her neyse. Ben borcumu ödedim. Gerisi beni ilgilendirmez." Telefonu çalmaya başlamıştı. "Şimdi gidiyorum."

Dönüp arka taraflardaki bir masaya oturduğunda masada ondan başka birkaç arkadaşının daha olduğunu görmüştüm, demek ki beni görmesi tamamen tesadüftü.

Pars'ın dün gece buluştuğu kadın kimdi ki? Ve hangi amaçla buluşmuştu? Eve uğradığında, duş alıp giyindiğini ve çıktığını görmüştüm. Nereye gittiğini sormamıştım ama cevap vereceğinden de şüpheliydim. Yine de beni ilgilendirmezdi. Detaylara takılıp duruyordum, sonra da tökezleyince sinirleniyordum.

Masaya dönüp büyükanneme gitmem gerektiğini söylediğimde, bir süre beni kalmam için ikan etmeye çalıştı ama ardından evin adresini verip gitmeme izin verdi.

Biraz sonra hava kararacaktı ve soğuk çökmüştü. Caddede trafik vardı, bu yüzden arka sokaklardan yürüyüp caddenin ilerisine, tıkanıklığın bittiği yere ulaşmaya çalıştım. Bir yandan da telefonumla Pars'ı arıyordum ama haklıydı, açmıyordu. Sonunda Pusula'ya yakın bir yerlerde diğerlerini aramak aklıma geldiğinde Tolga daha önce neden yapmadı diye düşünürken diğerlerinin de telefonlarını açmamasıyla sebebini anladım. Bu kadar önemli işler yapıyorlardı ama telefonlarını açmıyorlardı, öyle mi?

Pusula'nın olduğu caddenin başına ulaştığımda etrafta tek tük insan fakat birçok araba vardı. Bu kadar işlek bir caddede Pusula gibi bir yerine var olduğuna inanamıyordum.

Bir süre gözlerimi uzakta görünen Pusula'nın neon tabelasına sabitledim ama sonunda, arka sokağından birinin fırlayıp bu tarafa doğru koştuğunu gördüğümde kaşlarım çatıldı. Caddenin bu tarafında kaldırımdaki insan kalabalığı çoğaldığından ve tam iş çıkış saati olduğundan göremiyordum ama koşan her kimse oldukça uzundu ve simsiyah giyinmişti.

Bir süre sonra durduğumda koşanın Pars olduğunu anladım. Ne olmuştu? Neden koşuyordu? Onu daha önce hiç koşarken görmemiştim. Belki de geç kalmıştım, kadın onu kandırmıştı ve Bünyamin istediği kanıtı almıştı eline.

Bu düşünceyle öfkelenip kendime kızdım çünkü kafeden çıktıktan sonra bir taksiye binebilirdim ama bu trafikte arabanın mı yoksa yürümenin mi daha hızlı olacağını kestirememiştim işte.

Pars ortalıktan kaybolduğunda kaşlarım çatıldı. Göz temasımı kaybetmiştim, hem kimden kaçtığını da görmemiştim.

Birkaç adım ilerleyip kafamı kaldırarak baktığımda gerçekten ortalıktan kaybolmuştu.

O sırada yan taraftaki karanlık sokağın başından bir ses duydum. Caddeden sokağın yalnızca başına taşan ışık, derin nefesler almakta olan uzun boylu ve kıyafetleri karanlığa karışmış bir bedenin gözlerini aydınlatıyor; onları bir çift elmasmış gibi parlatıyordu.

Kalkavan.

Hızlı adımlarla sokağın başına vardığımda daha ona yaklaşamadan eli bileğimi kavradı ve beni olduğu tarafa doğru çekip karanlıkta sırtımı duvara yasladı. Şokla gözkapaklarım sonuna kadar açılırken bir kolunu caddenin gözüktüğü tarafa bakan görüşümü kapayarak duvara yaslamış, üzerime eğilmişti ve nefes alışverişlerini düzene sokuyordu. "Kedi," diye mırıldandı sessizce. "Filmlerde kötü adamdan kaçan adamın bir kadını karanlık sokağa çekip köşede üzerine eğildiği sahneleri hatırlıyor musun? Her zaman hayat kurtarır."

Kaşlarım çatıldı ve yutkundum. "Hiç öyle bir film izlemedim."

Onun da kaşlarının çatıldığını hissetmiştim. "Öyle mi? Yazık olmuş."

Oldukça yakın duruyordu. Bedeni neredeyse bedenimin üzerindeydi ama çok da yaslanmıyordu, yine de hissedebiliyordum. Saçlarından hafif de olsa şampuan kokusu geliyordu ve biraz parfümüne karışmıştı. Koyu renk saçları alnına dökülmüştü. Nereye bakacağımı bilmediğimden gözlerine değil, daha aşağıya, bilmiyorum, belki de dudaklarına bakıyordum.

Ne yapmaya çalıştığını biliyordum. Her kimden kaçıyorsa benimle kamufle olmaya çalışıyordu.

"Burada ne işin var?" diye sordu milim kımıldamadan. Hatta her saniye, daha da yaklaşıyormuş gibi hissediyordum bu yüzden kalbim ağzımda atıyordu.

"Tolga sana bir mesaj iletmemi söyledi. Sana borçluymuş," diye mırıldandım ve kelimeleri toparlamaya çalıştım. "Bünyamin'in adamına güvenmemeni, dün gece buluştuğun kadının da Taylan'ın sevgililerinden biri olduğunu ve Bünyamin'e çalıştığını söyledi."

Hafifçe güldüğünü işittim. Gülerken kafasını eğmişti bu yüzden alnı neredeyse alnıma değecekti. "O it bütün bunları bilmediğimi mi sanıyor? Borcunu ödemek istiyorsa ben istediğimde bana iyilik yapmalı, böyle emrivaki bilgiler işime yaramaz."

Pekâlâ.

Kafasını eğdiğinde hafifçe saçlarıma yaklaştığını ve nefes aldığında da kokladığını hissettim. "Bu benim şampuanım mı?"

Kızarmaktan yalnızca bir adım gerideydim. "Evdeki tek şampuandı."

Ona bakıp tepkisini görmeye çalıştım ama karanlıkta net fark edememiştim. "Rahatsız olduysan özür dilerim, sormam gerekirdi."

"Hayır," dedi. "Saçlarında güzel durmuş."

Kaşlarım çatıldı. "Ne güzel durmuş?"

"Bu koku."

Bedeninin altında kaskatı kesildiğimi hissediyordum. Neden böyle şeyler yapıyordu? Sanki yalnızca birilerinin inine köstebek gibi sızıp içten çökertmek ve etrafındaki kızları etkilemek için doğmuş gibiydi, başka bir amacı var mıydı bilmiyordum ama bu ikisinde gayet başarılı olduğunu söyleyebilirdim. Bu sinir bozucuydu. Burada ondan ve bana hissettirdiklerinden kurtulmaya çalışıyordum!

"Daha ne kadar böyle duracağız?" diye fısıldadım gergin bir şekilde.

"Niye? Rahatsız mı oldun?" diye sorarken bir yandan da kafasını çevirip etrafa bakıyordu. Bir tehdit görmemiş olmalı ki, geri çekildi ama karşımdan ayrılmadı.

"Kimden kaçıyordun?"

"Sevimsiz bir arkadaştan. Hiç hoşuna gitmeyecek bir şeyini aldım," diyerek elini cebine attı ve bir çakmak çıkardı.

Kaşlarımı kaldırdım. "Bunca adrenalin ve hepsi bir çakmak için miydi?"

Gülerek kaşlarını çattı. "Beni ne zannediyorsun, sigara tiryakisi mi? Bu bir çakmak değil, bir anahtar." Eliyle çakmağı ikiye ayırdığında gözlerimi büyülttüm ama kırmamıştı, çakmak zaten ikiye ayrılan bir yapıdaydı.

Kaldırdığında çakmağın bir kod şekli aldığını gördüm. Muhtemelen elektronik iz isteyen bir kasa, bir kapı gibi bir şeyin anahtarıydı.

"Sizin dünyanızda hiçbir şey olduğu gibi değil," diye mırıldandım istemsizce ve ellerimi ceketimin ceplerine soktum. "Her neyse. Ben gidiyorum."

Yanından geçecekken, "Nereye?" diye sorduğunda dönüp ona baktım.

"*Evime.*"

Ah, hayır. Rüya aklıma geliyordu. Çok acı vericiydi.

Caddeden sızan ışık tekrar yüzünü aydınlatmaya başlamıştı. Hatlarının gölgeleri bile güzeldi. Üzerinde dünkü deri ceketi, ince bir kazak ve pantolon vardı. Dövmesi her zamanki gibi gizemli bir şekilde ensesine yükseliyor ve bakma isteği uyandırıyordu. Orada öylece durmuş, bana bakıyordu.

"Neredeyim?"

"Evindesin."

Hayatımda gördüğüm en korkunç rüyaydı, çünkü ben asla evimi bulamayacağıma inanan bir yolcuydum ve yalnızca *ona* yolun kenarından bakıp geçecek herhangi biri.

Hayatımda gördüğüm en korkunç rüyaydı, çünkü hiçbir zaman rüyalarımda ait olduğum yerde ve mutlu olduğumu görmezdim. Her zaman acı, kasvet, karanlık ve korku vardı.

Alışkın değildim.

Birinin etrafımda dolanıp bütün yaşam sistemimi ve düzenimi alt üst etmesine alışkın değildim.

"Gidiyorsun yani?" diye sordu sakince, gözlerimin içine bakıyordu.

Kafamı salladım. "İstediğin bu değil miydi?"

"Ben asla gitmeni istemedim," diye söylendi, söylediği şey önemsizmişçesine. "Yani evimden. Orayı zaten çok kullanmıyorum."

"Biliyorum." Derin bir nefes aldım. "Gelişmelerden haberdar edersin."

Kafasını salladı. "İyi geceler," dedi geri geri yürüyüp, sokağın karanlığına bulanırken.

"İyi geceler, Pars Kalkavan."

Ama ne olursa olsun, hiçbir zaman kendimden kurtulamazdım. Bunu biliyordum. Kendi zayıflıklarımdan, kendi duygularımdan, kendi isteklerimden.

Ve ilk defa, hayatımda ilk defa o gece, gerçekten ihtiyaç duyduğumu hissettiğim birinin bir kutunun içinde kapımın önüne bırakılmasını diledim Tanrı'dan.

Çünkü eğer bu isteğimle çok geldiyse, kendime yenilmeye hazırdım.

18

Bir Ev İnşa Etmek

Sözde-üvey-babamın da önünde sonunda, beni o büyük ve oldukça soğuk, eski evde terk ettiği günü anımsadım istemsizce.

Mutfağa yığılmış ve artık pislikten bakteri yuvasına dönmüş bulaşıklardan gelen kokuyu hâlâ çok net hatırlıyordum. Salonun ortasında dikiliyor ve yalnızca karanlığın bir daha hiç çökmemesini diliyordum çünkü tavan arası korkunç oluyordu, üstelik hava karardığında dışarıya çıkmaya korkacak kadar küçüktüm. Etraf o kadar tehlikeli oluyordu ki asıl büyük tehlike evde miydi yoksa dışarıda mıydı ayırt edemiyordum.

Annem gideli günler oluyordu. O günden sonra yalnızca bir iki kere eve uğramıştı, her seferinde ayıktı. Eskisine göre toparlanmış ve bir şekilde mutlu görünüyordu, asıl midemi bulandıran buydu.

Bir süre sonra gittiğini ve bir daha gelmeyeceğini anladığımda ne yaptığını da az çok anlamıştım aslında. Ben reşit değildim, annemin sahip olduğu maddiyat hakkında söz sahibi olamamam bir yana bana bir şey bıraktığından da pek emin değildim. Bununla beraber o adamın bankadaki parayı ve şehir merkezindeki iki evin tapusunu da alıp kaçtığını öğrendiğimde, bir süre yalnızca çıkış kapısının önünde bağdaş kurarak oturup bundan sonra ne yapmam gerektiğini düşünmüştüm.

O bir süre, muhtemelen hayatımın boş boş yere baktığım en uzun süresi olmuştu çünkü saatlerce, belimin ve bacaklarımın ağrısını hiç umursamadan kalkmamıştım oradan. Annem yeni gitmişti- Kimi kandırıyordum? Annem çok uzun zaman önce gitmişti. Canımı yakan o adam da gitmişti. Parayla birlikte de olsa gitmişti işte bir şekilde. Artık yalnızdım. Bir karar vermem gerekiyordu, bir yön belirlemem ve sürünerek de olsa koşarak da olsa yol kat etmem gerekiyordu.

Çünkü herkesin yaptığı buydu.

Dışarıda bir hayat vardı. Dışarıda *böyle* bir hayat vardı.

Ve ben de bir kimsesiz olarak o kapıdan dışarı adımımı attığımda, onlardan biri olacaktım. Yalnızca düşünmem ve karar vermem gerekiyordu.

Ama koku çok net ve keskindi.

Önce bulaşıkları yıkamalıydım.

"*Anlamadım tatlım, koltuk takımlarını mı beğenmedin? İstersen önce bir kendi odana bak, Richard çantanı içeri bırakmıştı.*"

Büyükannemden adresini aldığım büyük, bahçeli eve adımımı ilk attığımda, merdivenlerden inip yanıma gelen büyükannemin ilk söyledikleri buydu. O sırada salonun ortasında dikiliyordum, bana kapıyı açan yardımcı kadın arkamdan ceketimi almak için gelmişti ama ben etrafa bakmakla meşguldüm.

Her şey oldukça ferah, temiz ve düzenli görünüyordu. Salondan bahçeye açılan cam kapının ardındaki havuzu, geniş salıncağı ve koltuk takımını görebiliyordum. Dışarıdan ilk gördüğümde de anlamıştım zaten... Bu ev, o tarz evlerdendi. Mutlu ve kalabalık ailenin içinde gülüp tartıştığı, yemek pişirip akşam sofrada beraber yedikleri, hafta sonları gezmeye gidip müsait zamanlarında gelen misafirleri ağırladıkları.

O an anlamıştım. Bu üçüncü hayatımdı.

İlkinde korkup kaçmış, saklanmıştım çünkü şiddetin pençeleri vardı ve o pençelere sahip kollar ev ne kadar büyük olursa olsun her odaya, hatta tavan arasına bile uzanabilmişti. Tavan arası yatağım, yatağın altındaki öcü üvey babam ve uyurken sarıldığım ayıcığım da zihnimin tozlu dumanlı anı kutucuğunda oldukça silik ve bulanık bir şekilde bana hafifçe tebessüm eden çocukluk hatıralarımdı.

İkincisi başlayalı çok olmamıştı. Bana ağzımı açıp kendimi dış dünyaya karşı savunmayı öğreten, düştüğümde ayağa kalkmaktan daha fazlasını yapabileceğimi gösteren bir adamla tanışmıştım.

Ne garipti ki, üçüncüsü tam da o adam bir gece yarısı beni sessiz ve karanlık bir sokakta naif bir iyi geceler dileğiyle baş başa bırakıp gittikten sonra başlıyordu.

O gece yeni odamda çift kişilik geniş, hoş kokulu ve yumuşak yastıklı yatağıma yatmış tavanı izlerken aklımda yalnızca tek bir düşünce vardı: Geleceğimi teslim ettiğim kumar masasına gidip onu geri almak.

Ama hayat, oyunun ortasında pes edip bilerek kaybetmiş bir şaklabana ikinci bir şans verir miydi?

•

"Hâlâ bir elbise almamış olmana inanamıyorum. Bahar balosu bu hafta sonu! Çıkışta sizinle gelip bu konuyu saygıdeğer büyükannenle paylaşacağım. Eminim o sana iyi bir fırça çeker."

"Okul çıkışlarında doğruca eve gitmen gerekiyor sanıyordum. Kapıdaki özel şoförle birlikte."

İrem göz devirerek geri yaslanıp rahatça oturduğu koltukta pozisyon değiştirdi ve eteğini düzeltip dik oturdu. "O şoförü ve kafam kadar olan arabasını atlatabileceğime dair inançlıyım. Bana yardım etmelisin."

"Baban delirir ve bu sefer seni kuleye falan kapatır," diyerek kucağımdaki test kitabını masanın üzerine bıraktım.

"Bu adam ben üniversitede İstanbul'u kazandığımda ne yapacak? Bütün evi olduğu gibi arabanın arkasına atıp oraya mı taşınacak? Artık on dokuzum, beni kuş gibi kafese tıkmayı kesip özgür bırakması lazım."

"Geçen haftaki saldırının etkisini bu kadar çabuk atlatabilmiş olmana seviniyorum İrem ama hâlâ nedeni bilinmediği için belki de babanın disiplin anlayışına bir süre uymalısın." Yutkunarak ifadesini görebilmek için yüzüne baktım.

"Liva Uz? Bunu cidden sen mi söylüyorsun yoksa şu an okul bahçesinde karşılıklı oturduğum kişi en yakın arkadaşımın maskesini takmış bir suikastçı mı?"

Kaşlarımı kaldırarak ona baktım. "Bilmiyorum İrem, belki de biraz kontrol iyidir."

"Kontrol iyi falan değildir. Bugün cuma ve ben gece dışarı çıkıp biraz eğlenmek istiyorum. Geliyor musun yoksa beni babama mı ispiyonlayacaksın?" Kumral saçlarını geri itip bana gözlerini kısarak baktı.

Ona şaşkın surat ifademle baktım. "Tabii ki seni babana ispiyonlamayacağım İrem, delirdin mi? Kim olduğumu sanıyorsun?"

Bana, karşı atak yapacakmış gibi baktı ama hemen ardından sakinleşti ve omuzları çöktü. "Bilmiyorum," dedi keyifsiz bir şekilde. "Son zamanlarda çok değiştin ve bu iyi bir şey mi yoksa kötü bir şey mi anlayamıyorum. Hâlâ benim en yakın arkadaşımsın değil mi? Tarikatımdan çıkmak falan mı istiyorsun yoksa?"

Gülerek kaşlarımı kaldırdım. "Tabii ki hâlâ arkadaşız İrem. Etrafımda senden başka kimsem yok."

O da güldü. "Hayır, var. Artık bir büyükannen var ve o zengin bir İngiliz. Baskıcı bölge savcısı babamla yer değiştirebilseler güzel olurdu." Durdu. "Bir dakika. Bir de şu mavi gözlü Yunan Tanrısı var. Pars Kalkavan? Evinden ayrıldın diye ilişkiniz kesildi deme?"

Kaşlarımı çattım. "Teknik olarak zaten bir ilişkimiz yoktu."

"O çocuğu kaçıramazsın. Küçük Livalar planlıyorduk!"

Gözlerim fal taşı gibi açıldı. "Bu senin planındı. Ben yalnızca okuluma devam etmek ve geçmişi silip atmak istiyorum."

Durdu. Bir an konuyu başka bir yere saptıracak gibi bakmıştı ve öyle de yaptı. "Geçmişten daha önce hiç bahsetmemiştin. Sanırım bu iyi bir şey." Zil çalarken ayağa kalktı ve elini uzattı. "Kararımı verdim. Değişiyorsun Liva Uz ve bu iyi bir şey."

Değişiyorum ve bu iyi bir şey.

Yeni evimde uyandığım ilk sabah hiçbir şey alışık olduğum gibi değildi. Uyandığım an kendime gelmek için duş almış ve formamı giyip çantamı hazırlayarak okula gitmek için aşağı inmiştim, beklediğim şey dolu bir kahvaltı masası ve başında beni gülümseyerek bekleyen bir büyükanne de değildi. Benimle okulum ve sınavlar hakkında sohbet etmiş, fikir vermişti.

Ardından evdeki diğer yardımcıyla tanışmıştım, önceki gece ilk geldiğimde bana kapıyı açan 30'larındaki kadınla. Kahverengi dalgalı saçları vardı ve diz altı uzun etekler giyiniyordu, oldukça sade bir tarzı vardı. Adı Sare'ydi.

Ve Richard beni okula bırakmıştı. Giderken etraftaki otobüs duraklarını öğrenip burada okula nasıl gideceğime ve nasıl döneceğime bakmıştım. Yine de dönüşte buna pek ihtiyacım olmamıştı çünkü yine Richard'la beraber eski evime dönüp kalan, almam gereken eşyalarımı almıştık.

O akşam odamda ders çalıştıktan sonra İrem'le telefonda görüntülü görüşürken fark etmiştim etrafımdaki bu düzenli dağınıklığı. Sanki hayat en baştaki karışıklık yüzünden özür dileyip önüme başka bir yaşam servis ediyordu ve bu o kadar çabuk olmuştu ki, nasıl uyum sağlamam gerektiği hakkında hiçbir fikrim yoktu.

Büyükannem öğlenleri evde olmuyordu çünkü ya etrafı geziyordu ya da hastanede oluyordu.

Benim için işin en komik yanına gelirsek... Mutfakta her zaman sıcak ev yemeği oluyordu. Belki de her şeyi bir kenara itsek bile, buna asla alışamayacaktım.

Cuma günü öğleden sonra İrem ve Mira ile birlikte, yaklaşık on metre geriden bizi takip eden bir koruma eşliğinde şehrin en büyük alışveriş merkezinde dolaşıyorduk. Her ne kadar gelmemek için ortaya birçok bahane sürsem de –mesela büyükannem kanser, evde yalnız ve ölüyor– İrem hiç tınlamamıştı. Ona evdeki yatılı hizmetli kadından bahsetmiş olmalıydım.

Mira başını telefonundan ayırmadan, "Sizin okuldan nefret ediyorum. Eğlenceli şeyleri hep siz düzenliyorsunuz," diye homurdandı. "Bizim ise az önce kamp planlarımız eklenen ekstra dersler yüzünden iptal oldu."

"Sana kaydını bizim okula aldıralım dedim ama şu uzun boylu basketbolcu çocuk yüzünden Kuzey Lisesi'nden bir türlü vazgeçemedin."

İrem ona karşı atak olacak şekilde bir cevap verirken bir yandan da ilerideki mağazayı işaret ediyordu. Altın kapıları olan ve muhtemelen pahalılığı yüzünden içeride çalışanların cirit attığı bu mağazayı daha önce ne görmüş, ne duymuştum.

"Çocuğu kaptın mı bari?" diye sordum dönüp Mira'ya bakarak. Telefonunu indirdi ve surat astı. İfadesinden çoktan anlamıştım ama ağzını araladığı için söyleyeceklerini bekledim.

"Hayır. Zaten geçen sene son sınıftı, bu sene gitti. İstanbul'a taşınmış galiba. Baksana İrem," diyerek İrem'in önüne geçti. "Aynı senin gibi böyle sarı ombreli çatlak bir kız vardı, Mine'ydi adı. Ne koştu çocuğun peşinden var ya... Sonra ne oldu biliyor musun? Bırak çocuğu, arkadaş grubundan birini bile kapamadı. Asıl çocuk adı sanı belli olmayan saçlarından yüzü görünmeyen dansçı bir yabancının oldu. Üç harfli bir adı vardı. Naz mıydı neydi? Neyse. Kapışsanız bence sen kazanırdın."

İrem, "Tabii ki ben kazanırdım," diyerek omuz silktiğinde Mira'nın yaptığı isim tahmini yüzünden aklım bir anlığına da olsa Pars Kalkavan'a gitti.

Onu yalnızca birkaç gündür görmüyordum ama sanki yıllar önce karşılaştığım biriymiş gibi geliyordu. Büyükannem gelmeden önce olanların hepsi gerçek miydi yoksa masal mıydı? İrem'in ara ara görüp bana anlattığı suikastçı kâbusları olmasa muhtemelen bir sabah kalkar ve her şeyi bir kitaptan kopma olarak hatırlardım. Sanırım en acısı da bu olurdu. Sahip olmadığın birini kaybetmenin ne demek olduğunu bilemezdi sonuçta, değil mi insan?

"Bu annemin geçen gün bana fotoğrafını attığı bir elbise," diyerek korumalı elbiselerin olduğu kısma gitti ve kan kırmızısı, straplez bir elbiseyi çıkartarak üzerine tuttu.

Mira, "Oha," dedi. "Düştüm."

Kaşlarım çatıldı. "Ne zaman?"

Mira'nın omuzları çöktü. "Öyle değil canım, yani bayıldım anlamında. Yeni akım bu. Twitter kullanmıyor musun sen?"

İrem, elbisenin kendi bedenini görevliye sipariş verirken, "Sosyal medyaya hiç adım atmamış bir safkan duruyor karşında Mira, hadi ona bir Instagram hesabı açmayı teklif et," diye söylendi.

Ellerimi kaldırdım. "Hesap açsam bile yapabileceğim hiçbir şey yok. Tanıdığım yalnızca üç insan var: İrem, büyükannem ve sen, Mira. İçeride ne yapabilirim ki?"

"Crush'ın falan yok mu?"

İrem'e döndüm. Soru işaretleriyle baktığımı fark edince, "Hoşlandığın biri yani," diyerek beni yanıtsız bırakmadı.

Aydınlanmış gibi kafa sallayarak Mira'ya döndüğümde kafamı olumsuz anlamda sallıyordum ki İrem, "Hiç de bile!" diye homurdanarak yanımıza yürüdü. Kenardaki çift kişilik koltuğun önünde duruyorduk. "Geçen gün sana bahsettiğim şu Fransız çocuk var ya? Mavi gözlü olan? Onunla tanışıyorlar."

Mira bir anda buz kesip gözlerini kocaman açarak bana döndüğünde, "Tanışmak hoşlanmak anlamına gelmez," diye hayıflanarak İrem'e baktım. "Bu konuyu konuşmuştuk."

"Evet, en son sen onun evinde kalıyordun ve biz küçük Parslar Livalar yapmayı konuşuyorduk."

Mira şokla kolumu kavradı. "Sen ciddi misin? Liva sende bu potansiyel var mıydı ya? Kafayı yemek üzereyim, geçen seneki Pamir Yelkıran vakasından daha büyük bir şey bu. Ne kadar ileri gittiniz?"

"Kızın aklına girmeyi bırak İrem." Ona dik dik bakarak Mira'ya döndüm. "Arkadaş bile değiliz, evinde kalmama gelirsek de o an yardıma ihtiyacım vardı ve birkaç günlüğüne yardım etti. Ben onun evinde kalırken o eve uğramıyordu bile. Hiçbir şey olmadı. Bir haftadır konuşmuyoruz da zaten, çünkü konuşacak bir şey yok. Sandığınız gibi bir şey yok."

Görevli İrem'e elbisenin hazır olduğunu işaret edince İrem kabinlere yönelmeden önce, "Keşke olsaydı ama," diyerek yanımızdan ayrıldı.

Mira'ya döndüm. Garip bir şekilde vücudumu süzüyordu. O öyle bakınca kafamı eğip ben de vücudumu süzmeye başladım: Okuldan sonra eve uğramak için yalnızca on dakikam olduğundan altıma bir kot, üstüme ince bir badi ve ceket alabilmiştim. Saçlarımı da tepeden toplamıştım ve hepsi buydu. Son zamanlarda büyükannem yemek olaylarını sıkı tuttuğundan eskisi kadar aşırı zayıf değildim, acaba kilo aldığımı mı fark etmişti?

Neden bunu sorun ediyordum ki, çok normal bir şeydi.

O zaman nereme bakıyordu?

"Mira?"

Kaşlarını çatarak, "Aslında giderin var, halledilir," dedi ve telefonunu çantasına atıp elbiselerin arasında dolanmaya başladı.

Peşinden yürüyüp, "Ne halledilir?" diye sordum hızlıca.

Beyaz bir elbiseyi çıkarıp üzerime tutarken bana bakmıyordu bile. "Şu Kalkavan ve sizin aranız diyorum, yapılabilir."

"Mira ne saçmalıyorsun?"

"Bir şey saçmalamıyorum Livacığım, şöyle ki... Ben adamı gözünden anlarım. Sen o çocuktan hoşlanıyorsun."

"Sen ise uyduruyorsun. Gözümden anladığın falan yok. İki cümlesini ettim diye hemen-"

"Çok iyi bir yalancı olduğunu biliyorum, bu yüzden seninle tartışmayacağım. Kabul, duyguları gizlemek konusunda son seviye yeteneklisin ama seni yıllardır tanıyorum Liva ve daha önce hiç adınla aynı cümlede bir erkeğin isminin geçtiğini duymadım, hele de yardım amaçlı bile olsa evinde kaldığın bir erkeğin. Kaldı ki burada mavi gözlü, uzun boylu, siyah saçlı ve dövmelerin efendisi olmuş aşırı seksi bir erkekten bahsediyoruz, türünün en özellerinden. Öyle biriyle daha önce aynı okulda bulundum ve etrafında dönen kirli işleri, tavlamak için kırk takla atan kızları hayal bile edemezsin. Böyle erkekler önünde sonunda senin gibilere kalıyor, hikâyenin sonu hep aynı bitiyor Liva. Biraz inancın olsun."

Ağzım açık kalmıştı.

İrem arkadaki kabinden, "*Ta-daaa!*" diye bağırarak çıktığında bir saniyede öfkeyle ona döndüm. "Seni gammaz! Sana anlattığım her şeyi doğrudan ikizine anlatıyorsun değil mi?"

İrem çıktığı gibi kabine geri girerken, "Ya sana çaktırmadan ikna et demiştim Mira, Allah seni kahretsin bu kızın gazabı kütle çekim yasalarına aykırı düzeyde oluyor ya!" diye bağırıyordu.

Mira eliyle ağzını kapattığında gözleriyle bana masum bakışlar atıyordu.

Yine de her zaman böyle olduğunu zaten bildiğimden ne kadar hızlı çıkıştıysam o kadar hızlı sönmüştüm. İrem elbette ki her şeyi Mira'ya anlatırdı, etrafında yalnızca iki gerçek arkadaşı vardı ve doğrusunu söylemek gerekirse Mira'nın hayatını da bana anlatmıyor değildi. Bu yeterince adildi.

Mira'ya dönüp, "O çocukla ilgilenmiyorum, kimseyle ilgilenmiyorum. Şu an büyükannem ve okulum dışında bir şeyle ilgilenmek istemiyorum hatta, açık konuşmak gerekirse."

"Vay be, beni saçımdan tuttuğun gibi İrem'in kabinine fırlatırsın diye sandığımdan çıkacak kuaför masrafını anneme nasıl yamayacağımı düşünüyordum ben de. Yaklaşık 500 TL kurtardım şu an."

Ellerimle yüzümü sıvazladım. "Al birini vur ötekini."

"*Kıyamet bittiyse çıkabilir miyim elbisem çok güzel oldu da bu güzellikle sizin gözlerinizi de kutsamak isterim.*"

İrem kabinden seslendiğinde gülerek, "Çık, çık," diye homurdandım ve o tarafa yürüdüm yavaş adımlarla.

Günün geri kalanı akşam saat 8'e kadar normal geçmişti. İrem ve Mira'yla beraber alışverişten döndüğümde akşam yemeği saatiydi ve büyükannemle birlikte masada oturuyorduk. Ne yaparsam yapayım İrem'i ikna edememiştim, zaten sonunda baloda ona eşlik edecek kişinin Tolga olduğunu öğrendiğimde ise bir kez daha olsun mızmızlanmadan gelmeyi kabul edip birkaç elbise denemiş ve birini satın almıştım.

Büyükannem bana bir kredi kartı vermişti ama onu kullanmamıştım. Dürüst olmak gerekirse hiçbir şeye alışabilmiş değildim ve yıllardır yanımda olmayan bir kadının parasını da hiç gocunmadan harcayabilecek bir kapasitem yoktu.

Daha önümdeki sıcak ev yemeğine bakınca duyduğum rahatsızlığı yok edememiştim.

Yemek masasının tam karşısındaki duvar saati 8'i gösteriyorken koltuğun üzerindeki telefonum çalmaya başladığında büyükannemin bakışıyla kalkıp telefonu açtım ve koridora yürüdüm. Arayan İrem'di.

"Mira ve erkek arkadaşıyla beraber Pusula'ya gidiyoruz bu akşam. Sen de geliyor musun? Tabii ki geliyorsun. Yarım saatin var, Serkan bizi arabasıyla götürüyor. Bu arada Serkan dediğim Mira'nın erkek arkadaşı, çok tatlı bir çocuk biliyor musun? Her neyse. Yarım saat. Unutma."

Tam ağzımı açmıştım ki telefon bir anda suratıma kapandığında şokla ekranı kulağımdan uzaklaştırıp öylece bakakaldım.

Tamam, İrem emrivakilerin kraliçesiydi ama bu tarz bir konuşmaya daha önce tanık olmamıştım.

Onu tekrar aradığımda, "Ne oldu, giyecek elbisen mi yok? İstersen sana getirebilirim," diyerek araya girmişti ki sözünü kestim. "İrem, büyükannemle yemek masasındayım ve onu yalnız bırakamam. Size iyi eğlenceler."

"Ne diyorsun? Duyamıyorum? Hat kesiliyor galiba-"

Telefon ikinci kez suratıma kapandığında büyükannemin içeriden seslendiğini duydum bu yüzden küçük adımlarla salona yürüdüm. "Efendim büyükanne?"

Yanına gelip yerime geçerken çatal ve bıçağını tabağının iki yanına bırakmış, dirseklerini masaya yaslayarak ellerini ovuşturmuştu. "*Konuşmana şahit oldum, arkadaşlarınla dışarı çıkacaksan beni evde bırakmanla ilgili endişenin sebebi nedir? Aşağı katta bana eşlik edecek bir çalışanım var ve biliyorsun ki yalnızca iki saat sonra uyuyorum.*"

Yutkundum. Buna ne cevap vereceğimi bilmiyordum.

Gülerek, "*Şu geçen seferki yakışıklı da mı geliyor yoksa, o yüzden mi gerginsin?*" diye sordu ve suyunu yudumladı.

Ellerimi kaldırıp olumsuz anlamda sallayarak, "*Hayır, hayır,*" diye mırıldandım. Tolga'dan bahsediyordu ve böyle bir şey söz konusu bile değildi. "*O çocukla hiçbir ilişkim yok, hatta kendisi İrem'in erkek arkadaşı sayılır. Ben sadece...*"

Oraya gitmek istemiyordum. Oraya gidersem onu görme ihtimalim vardı ve bu temeli kırıp yeniden inşa etmeye çalıştığım hayatım için çok tehlikeli bir hareketti. Ona her şeyden uzak kalacağımı söyledikten sonra mekânında belirmek doğru bir davranış olmazdı ama bunu nasıl büyükanneme söyleyebilirdim ki? Kaldı ki İrem gibi bir faktör vardı. Mekân olarak bilerek orayı seçmişti, biliyordum.

Büyükannem tebessüm etti. "*Yemeğin bittiyse odana çıkıp hazırlanabilirsin. Sare birazdan gelip sofrayı toplar.*"

Önce biraz uyuşukluk edip tabağımdaki bezelyeyi ve tavuğu tırtıkladım ama hemen ardından pes edip çatalımı bıraktım ve "İyi akşamlar, afiyet olsun," diyerek kalkıp odama yöneldim.

İrem'in aramasının üzerinden 10 dakika geçmişti bu yüzden hızlıca giyinsem iyi olurdu.

Bir şeyi istediği zaman sonuna kadar bırakmama özelliğine bazen hayranlık duyar, çoğu zaman –genelde üzerimde kullandığı için– sinir oldurdum ama o, o kadar uzun zamandır yanımdaydı ki yalnızca bir dakika öfkeli kalabiliyordum.

Sıradaki soru ise şuydu: Ne giyecektim, oraya gittiğimde ne yapacaktım ve eğer Kalkavan'la karşılaşırsam ne yapacaktım? Basit düşünmem lazım... Pantolon ve kazak iyidir. Oraya gidince sessiz bir köşe bulup uyuyabilirim, şanslıysam Oğuz bar tezgâhının altına yatar yapar. Kalkavan'la karşılaşırsam da kör numarası yaparım.

Deri siyah pantolonumu giyinip üzerine de yine siyah, ince ve kısa bir kazak geçirdim. Duş almaya vaktim yoktu bu yüzden saçlarımı tarayıp tepemde toplayacaktım. Altıma da botlarımı giyip yanıma ceket alırsam bu iş hallolmuş demekti. İrem'in ya da pek benzer ikizinin neler giymiş olabileceğini az çok tahmin edebiliyordum bu yüzden deri bir pantolonum, deri bir eteğim ve deri bir taytım vardı her zaman dolabımda. Beni elbiselerden kurtaran yegâne üç parçaydı bunlar. Öteki türlü, mesela ilk İrem'le dışarı çıkışım gibi, beni evine sürükleyip dolabından kafama silah dayasalar giymeyeceğim şeyler fırlatıyordu üzerime ve gece boyunca tartışmaktan hiçbir şey yapamıyorduk.

Dişlerimi fırçalayıp küçük çapraz çantamın içine birkaç şey sıkıştırdıktan sonra merdivenlerden aşağı indim ve büyükannem için etrafa bakındım ama masayı toplayan Sare dışında kimse yoktu etrafta, ki o da mutfaktaydı gelen ses dolayısıyla.

Derin bir nefes alarak kapının yanındaki boy aynasında üzerimi düzeltip botlarımı giyindim ve dışarı çıkıp etrafa bakındım. Henüz gelmemişlerdi, erken bile çıkmıştım.

Hava hafif serindi. Ellerimi ceketimin ceplerine sokarak yutkundum ve karanlık gökyüzüne çevirdim başımı. Şehrin ışıkları yüzünden kaybolmuştu bütün yıldızlar. Oysaki eskiden yok edemezdi bu ışıkları gökyüzünün yıldızlarını, tavan arası onları izleyebilmek için yeterince yüksek, sessiz ve güzel bir yerdi. Uyuyamadığım zamanlar yıldızları saymaya kalkmak gibi salaklıklar yapıp dururdum ama işe yarardı.

Bir gece tavan arasının tavandaki kapısını yıldız sayarken yine açık unutmuştum ve gecenin bir yarısı Ay ışığı tam yüzüme vurup beni uyandırmıştı. Bir süre o ışığı izleyip kendi kendime konuşmuştum. 14 yaşındaydım. Bir gün ben de etrafta çalan ritimli müziklerle bir aptal gibi etrafta sallanıp dans edecek kadar mutlu olabilecek miydim? Aptallık göreceliydi, mutluluk ise kesinlikle en büyük aptallıklardan biriydi. İnsanlığın sahip olması gereken bir aptallıktı mutluluk. Bir gün bana da ışıl ışıl gelecek miydi etraf, gökyüzündeki bulutlar dağıldığında ve güneş açtığında? Bahar mevsimi kapıyı çaldığında giyinip sahile inebilecek, arkadaşlarımla ortalığı dağıtabilecek miydim? Her şarkı anlamlı ve haz verici, her küçük olay sevinç kaynağı olabilecek miydi benim için?

Bir gün bu kadar yaşadığımı hissedebilecek miydim ben de?

Bir anda çalınan kornayla hayal âlemimden sıyrılıp sıçradığımda, tam önümdeki kaldırımda durmuş siyah spor arabayı fark ettim. Ön koltukta Mira ve yanındaki şoför koltuğunda da esmer bir çocuk oturuyordu. Mira el salladığında arka koltuktan İrem fırladı ve eliyle *gel* işareti yaptı.

Dolanıp arka koltuğa, yanına binerek kapıyı kapattığımda ön koltukta oturan Serkan gazlamıştı.

"Sen de istiyordun biliyorum, hiç uğraştırmadın beni bu sefer aferin."

İrem'e göz devirerek geriye yaslandığımda dikiz aynasından bakan Serkan'la tanıştık ve Mira bize internette popüler olan bir olaydan bahsetmeye başladı. Olay karışık olduğundan ve herkes zaten biliyormuş gibi anlatmaya başladığından pek de ilgiyle takip edememiştim söylediklerini. İrem yanımda telefonuyla Instagram'da geziniyordu ve ben de ona bakıyordum yalnızca.

Araba Pusula'nın arka otoparkında durduğunda herkes aynı anda kapıları açıp indi.

Mira, siyah ve parlak, askılı kısa bir elbise giyiniyordu ve üzerinde de pofuduk ceketi vardı. İrem onun aksine kahverengi bir etek ve krem rengi bir badi tercih etmişti. Eskiye göre gelişme vardı, oldukça sadeydi. Serkan da siyah bir pantolon ve kısa kollu beyaz bir tişörtün üzerine ceket giyinmişti. Arabadan inince güneş gözlüklerini takınca garipsedim ama benden başka herkes sorun yokmuş gibi yoluna devam edince kaşlarımı çatmayı bırakıp İrem'in yanında, Mira'yla Serkan'ın arkasında yürümeye başladım.

"Lütfen erken dönelim," diye mırıldanırken giriş kapısındaki izbandut korumaları süzüyordum. "Yarın bahar balosu var. Enerjimi tüketirsen elbiseyi geri iade eder bütün akşam yatarım."

"Tamam," dedi İrem korumalara kimlik gösterirken. "3'te evdeyiz. Söz."

"Yuh," diye homurdanırken çantamda cüzdanımı arıyordum ki korumalar geri çekildi.

Serkan, Mira ve İrem ileri geçmiş, adamlara kaşlarını çatarak bakıyorken arkadan gelen çifti görünce bozmadan ilerledim.

"Gördün mü? Sana söylemiştim. Kimse öylesine biri için kimliksiz giriş izni verdirmez korumalarına."

Mira, İrem'in söylediklerine kafa sallarken şaşkınlığını belli ediyordu. "Adını bile söylemedi."

"Anlamadım kızlar, olay ne?"

Serkan'ın kalın sesini duyunca Mira önemsiz bir şeymiş gibi elini havaya savurdu ve "Boş ver," dedi.

İrem'i geri çekip kulağına eğildim. "Tek bir laf daha et ve cehenneme VIP biletini en önden ayarlayayım."

"Gerçekler, bebeğim." Gülüyordu. Koridor bitince elimden tuttu ve ileri çekti. "Gerçekler!"

En son bağırmıştı ama içerideki ses yüzünden duyan olmamıştı.

Müzik çok da gürültülü değildi, ses kalitesi çok iyiydi. Şükürdü ki bugün bit pazarı günlerinden biri değildi, etrafta normal insanlar vardı. İlerideki koltuklara geçerken bar kısmını kontrol ettiğimde Oğuz'u göremediğim için dudak büzdüm ve önüme dönüp onları takip ettim.

Daha koltuklara otururken karşıdan gelen tanıdık yüzü gördüğümde bile irkilmiştim. Kayra, lacivert bir eşofman takımı giyinmişti ve gayet rahat ama özenli görünüyordu. Deri koltuğa oturup geriye yaslanırken İrem'in onu fark etmesini bekledim ama ne sipariş edeceklerini tartışıyorlardı.

Etrafa baktım. Kayra'dan başka tanıdık bir yüz yoktu. *Yoktu.* İçimde bir şeyler ne cüretle burkuluyordu bilmiyordum. Belki de artık, yalnızca, ne doğru ve ne yanlış hiç bilmediğimdendi bu. Yapmam gereken bir takım işler vardı, mesela gidip kendi hayatımı kurtarmak gibi ama bir haftadır bundan çok daha farklı işler peşindeydim; mesela sınavlarıma girmek ve arkadaşımla vakit geçirmek gibi. Büyükannemle beraber öğünlerimi yemek masasında, sıcak yemeklerle karşılamak gibi. İnternetteki filmlere bakmak ve sipariş etmek için birkaç popüler kitap ismi not almak gibi.

19 yaşındaki bir genç kızın hayatına yetişmeye çalışmak gibi.

Yarın yeniden doğsam, yapacağım ilk iş kimseden yardım almadan kendi evimi inşa etmek olurdu muhtemelen. Önceki hayatımda kemiklerime kadar kırıldığım her bir gün için bir tuğla eksiltirdim evden. Böylece yalnızca bir kapısı ve üst üste binmiş yedi penceresi olan, oldukça transparan bir evim olurdu. Perdeleri hiç çekmezdim dışarıdaki aydınlığı eve buyur edebilmek için, çünkü çok sık uğramazdı gündüzler benim kaldığım evlere... Şehri bile terk etmişti Güneş.

Bedeni ışığından mahrum bırakan Güneş; ruhu Ay'ın parıltısının altında azad ediyordu bu şehirde. Etini kemiğinden sıyırmıyordu ama kemiklerini kırıp etine karıştırıyordu işte.

Yarın yeniden doğsam, yapacağım ilk iş kimseden yardım almadan kendi evimi inşa etmek olurdu. Muhtemelen. Sahilde koşuşturmak için kumsalın önüne iliştirirdim hemen. Kapısı da olmazdı, penceresi de. Böylece kimseyi ardında bırakmazdı, kimse kapısından çıkıp da sonsuza kadar kaybolamazdı.

Kimseyi kör etmezdi evin karanlığı. Odaların çatısı da olmazdı, ruhumu çalanı da.

"Ooo kimleri görüyorum, hiç de söylemiyorsunuz gelirken."

Kayra koltukların önünde durduğunda Serkan onu gördüğü an kaşlarını çattı. Bir erkek olsam, muhtemelen ben de Kayra gibi birini gördüğümde kaşlarımı çatardım çünkü bir erkek olarak çok güzeldi ve ilgi çekiyordu.

İrem fırlayıp Kayra'ya sarıldığında, "Eşofmanlarına göz diktim," diyerek ondan ayrıldı ve Mira'yla Serkan'a onu takdim etti. Kayra selam verdikten sonra bana dönmüştü. Yandan bakıyordu. "Liva, öldün sandım. İnsan bir arar."

"Neyi haber verecektim, kaçta yatıp kaçta kalktığımı mı? Bunu zaten biliyorsunuz sanıyordum."

İzlendiğimi bildiğini biliyordum, kim bilir benim hakkımda benim bile bilmediğim neler biliyordu.

Dudaklarını büktü. "Öyle deme ama Kraliçem, yemin ederim bak şu kaç yüz metre karelik alanda en sevdiğim dişi organizma sensin."

İrem öksürdüğünde Kayra hemen dikleşip, "Yani ikinci sevdiğim, ikinci," diyerek düzeltti ve önümden geçip İrem'in yanına oturdu. O oturunca alan daraldı bu yüzden hızlıca kalkıp karşı koltuğa oturdum ben de.

"Eee nasıl gidiyor okul?"

Kayra, kolunu koltuğun arkasına atıp İrem'e çok sevdiği o açık uçlu sorulardan birini fırlattığında *bu iş uzar* diye düşünerek geriye yaslanıp Serkan'ın içkileri getirmek için Mira'yla beraber gidişini izledim.

İki dakika sonra da İrem tuvalete gitmek için kalktı ve Kayra ile yalnız kaldık.

Koltukta geriye yaslanmış, kafamı geriye atmış, hayata attığım en bezmiş bakışlarımdan birini atıyorken Kayra koltuğunda dikleştiğinde bakışlarım ona döndü.

"Sen gitsene ya," dedi kaşlarını kaldırarak.

"Kalk sen git," diye homurdandım.

"Öyle değil... Pars aşağıda."

Pozisyonumu ve surat ifademi bozmadım. "Peki bundan bana ne?"

Omuz silkti. "Bilmem, belki konuşmak istersin diye söyledim. Burada böyle yalnız oturuyorsun falan, her an bir beyefendi kılıklı zibidi gelebilir ve ben ağzımı İrem'in yanında bozmak istemem çünkü cidden küfürden hoşlanmıyor."

Kaşlarımı kaldırarak güldüm. "Öyle bir şey olmaz merak etme."

"Olursa?"

"Koltuk taklidi yaparım."

Kahkaha attı, bir ara bakışları arkama kaymıştı. Muhtemelen Mira ve Serkan geliyordu. "Ciddiyim. Kalk git, acı çekiyormuş gibi duruyorsun."

"Ben hep acı çekerim. Günlük hobimdir. Arada buradakiler de daha somut başka şeyler çekiyor ben bir şey diyor muyum?"

Kaşlarını sonuna kadar kaldırarak bana baktı ve kafasını eğdi. "Sen iyi misin cidden?"

"Neden olmayayım? Büyükannemin pembe panjurlu evine taşındım ve beni meyve ve çay saatleri hariç günde üç öğün sıcak ev yemeğiyle besliyor. Birkaç ay sonra da üniversite sınavına gireceğim bu arada. Artık ergen sorunlarım var sadece gördüğün kadarıyla. İyi *olmak* için bir neden göremiyorum."

Kaşları çatıldı.

"*Olmamak*. İyi *olmamak* için bir neden göremiyorum."

"Ben görüyorum," diye mırıldandı bıyık altından ama çok kesik duymuştum, tam ağzımı açmış ne gevelediğini soracaktım ki arkamda bir hareketlenme fark ettim. Birinin telefonu çalıyordu, aramaya cevap verdiğinde ses kesildi.

"*Efendim?*"

Şokla koltukta doğrulup kafamı normal pozisyonuna getirirken arkamdan çıkıp ileriye, arka tarafa ilerleyen siyah siluetle beraber sonuna kadar açılmış gözlerimi Kayra'ya çevirdim. "Pars arkamda mıydı yani? Ne zamandır? Neden söylemiyorsun?"

"Ne bileyim, konfetili falan giriş yapmak isterse bozmayayım diye düşündüm."

Koltuğun küçük deri yastığını Kayra'ya fırlatırken Pars çoktan kaybolmuştu, İrem ve Mira da bu tarafa doğru geliyordu.

"İki dakika kayboldum hemen bir har gür, iki dakika ya."

İrem söylenerek yerine geçerken Serkan da elindeki tepsiyi masaya bıraktı.

"Fıçı falan getirseydiniz direkt, hortum bağlardık midelerinize bardaklar kirlenmezdi en azından," diye homurdandım ağzımın içinde.

İrem kahkaha attı. "Hayırdır Liva, sen bu kadar sağlıkçı değildin eskiden, ne oldu?"

"Huysuz o biraz bugün, ondandır," diye gülerek ona attığım yastığı kenara bıraktı Kayra ve İrem yanına geçip otururken kolunu onun oturduğu kısmın arkasına attı.

İrem'e bir bakış attığımda ne söylemek istediğimi anlamış gibi Kayra'nın koluna baktı ama herhangi bir harekette bulunmadı. *Kıza bak, baloya başkasıyla kulübe başkasıyla* diye düşünmeden edemedim. Son zamanlarda Tolga'nın İrem'i değil de İrem'in Tolga'yı oynattığı kanaatindeydim. Nedense bu konuda bir şikâyetim yoktu ama Kayra tarafının ne hissettiği konusunda düşünmem gerekiyordu. Umarım İrem bu düşünme olayında benden çok daha iyi iş çıkarıyordu.

Birkaç dakika sonra masanın etrafına oturmuş herkes koyu bir sohbete girmişti, ben ise sürekli lafın oradan oraya dolaşmasını izliyor ve dinliyordum. Açıkça söylemek gerekirse akşam yemeğimi bitirmeden masadan kalktığım için pişmandım, sabah da kahvaltıda ilk derse geç kalacağımı bildiğim için pek bir şey yememiştim.

İrem geçen sene okulda olan ve sonradan faciaya dönen tiyatro kulübü etkinliğini anlatırken Kayra'nın dikkati dağıldığında kime baktığını görmek için kafamı çevirdim. Telefon konuşmasını bitiren Pars Kalkavan olduğunu sanma gafletine düşmüştüm ne yazık ki, fakat gelen Naz'dı. Onu, o geceden sonra hiç görmemiştim.

Saçlarını dalgalandırmıştı. Kırmızı bir ruj dışında bir şey sürmemişti yüzüne, soluk duruyordu. Siyah bir kot üzerine dizlerini geçen bir çizme giyinmişti ve üzerinde de ince bir kazak vardı. Doğrudan buraya geldiğini fark ettiğimde karşıdaki karanlık koridordan da siyah bir siluet çıktı ve her şey saniyeler içerisinde oldu. Pars Kalkavan, Naz'ı fark ettiği an adımlarını büyültüp onu masaya ulaşamadan, kolundan tuttuğu gibi bar tezgâhının arkasındaki kapıdan içeri çekti.

Kayra da benimle bu olaya tanıklık etmişti ki gözlerimiz önümüze dönerken aynı anda kesişti. Tek kaşımı kaldırıp sorarcasına ona baktım, omuz silkti ve nefes verdi. İrem dönüp onu, kendisini dinlememekle azarlamaya başlamıştı.

Birkaç dakika sonra bar kapısı açıldı ve ilk çıkan Pars oldu. Tezgâhı geçip buraya doğru yürürken giydiklerini süzdüm. Üzerinde uzun bacaklarını saran bir kot ve kısa kollu siyah bir tişört vardı. Siyah saçları dağılmıştı. Gözleri içerinin karanlığını delip geçen bir maviye bürünmüştü, okyanuslar durgundu ama az önceki fırtınanın izleri limanlarına vuruyordu.

Tişörtünden daha da belli olan, ensesine uzanan dövmesini süzerken masanın önünde durduğunu fark ettim. O gelmeden önce fark eden herkes sohbeti kesmişti.

Mira oturduğu koltukta gerilirken Serkan'ın Pars'a düşmanca baktığını gördüm. İrem alttan Serkan'a ayağıyla bir tane geçirip, "N'aber patron?" diye sordu. "Bize katılsana."

"Kalsın, öylesine geçiyordum."

Başımı eğdiğimde parfümünün kokusu boğazımı sarmaladı ve dilim kurudu.

"Bensiz parti ha?"

Naz'ın sesini duyduğumda başımı kaldırmamla kendini Kayra'yla aramızdaki tekli koltuğa attığını görmem bir oldu. *Bu hızlıydı.*

"Ne, biliyor musunuz? Son yarım saattir sizi izliyorum ve çok sıkıcısınız. Pars, otursana," diyerek Pars'a yanımın boş olduğunu gösterdiğinde koltukta biraz öne kayıp ellerini çırptı. Herkes ona bakıyordu. "Ufak bir oyun oynamaya ne dersiniz? Bar bugün biraz sıkıcı ve normale göre sessiz ama bizim enerjiyi yükseltebileceğimize inanıyorum."

Önce İrem'le, daha sonra Pars'la göz göze geldim. Pars hemen bakışlarını benden Naz'a çevirmişti. Suratı nötrdü bu yüzden ne düşündüğünü tahmin etmeme imkân yoktu ama öylece Naz'a bakıyor olmasının da iyiye işaret olduğunu düşünmüyordum.

Pars, Naz'ın önünden geçtiğinde yanıma oturacağını anladım bu yüzden biraz daha kenara kayıp ona yer açtım. Kendini yanıma bıraktığında geriye yaslanmış, Naz'ın gerideki servis yapan kıza seslenişini izliyordum. "Tatlım bize sayımızın üç katı kadar shot hazırla, ekstra likör. İki şişe de yedekte istiyorum."

İrem'in gözü Naz'ı hiç tutmamıştı, bunu görebiliyordum. Bacak bacak üstüne atıp öne eğildiğinde boğazını temizledi. "Merhaba, Naz. Ne yapıyorsun?"

Naz ona gülümsedi. "Merhaba, *İrem*. İyiyim sen ne yapıyorsun?"

Kayra oturduğu koltukta gerildi çünkü İrem de gerilmişti. İrem'in Naz'ın ismini ve tipini bilme sebebi, benim ona, onun hakkında birkaç şey anlatmış olmamdı ama Naz'ın İrem'in ismini biliyor olması; işte bu yeni bir şeydi.

Naz gözlerini Mira'nın üzerinde gezdirdiğinde Mira soğukkanlı bir şekilde ismini sesli söyledi ve Serkan'ı işaret ederek onu da tanıttı. Kafamı çevirerek Pars'a baktığımda öylece Naz'ı izliyor olduğunu gördüm.

Aralarında ne oluyordu?

Ya da ne olmuştu?

"*Never Ever* oynuyoruz. Yurtdışında oldukça popüler. Şöyle ki, bu oyunda şu andan önceki yaşamında cesur olanlar kazanır. Sırayla *ben hiç saçımı kızıla boyatmadım* gibisinden cümleler kuracağız ve gerçekten yapmamış olanlar patır patır dökülecekler. Yapmayanların cezası shot atmak. Nasıl?"

Naz gülerken sırıttığında Serkan, "Aaa, biliyorum bu oyunu. Geçen yaz kamptayken-" diyerek konuşmaya başlamıştı ki Mira onun kolunu çimdikledi ve Serkan yutkunarak, "Oynamıştık," diye tamamladı cümlesini. "Güzel oyun."

"Bu kadar mı sıkılıyor canın senin cidden?" diye homurdandığını duydum Pars'ın. Ne duyulmayacak kadar sessizdi cümlesi, ne de herkesin duyabileceği kadar gür çıkmıştı sesi. Yalnızca ben, Naz ve Kayra duyabilmiştik.

Servis eden kız siparişleri getirip masaya bıraktığında Naz gözlerini hepimizin üzerinde gezdirdi. "Eee, ilk kim başlamak ister?"

"Benim bir fikrim var," dedi İrem. "Bu mükemmel fikri atan kişi olarak, ilk sen başlamaya ne dersin? Bayağı hevesli duruyorsun da." Sonlara doğru sesi sanki birazdan üstüne atlayacakmış gibi çıkmıştı.

Aslında ona Naz'ın gayet iyi biri olduğunu anlatmıştım ama şu anki davranışından sonra İrem'in benim önceden söylediklerime kulak vereceğini hiç zannetmiyordum.

Naz ona yalnızca gülümsemekle yetindi. Daha sonra gözlerini doğrudan bana çevirdi. Ona bakarken istemsizce kaşlarım çatıldı. Şimdiye kadar nötr surat ifademi korumuştum ama sanırım buraya kadardı. Bu kıza neler oluyordu böyle?

Geriye yaslanıp bacak bacak üstüne atarken, "*Ben hiç*... psikoloğa gitmedim."

Gevşeyen kaşlarım aniden yeniden çatıldı.

"Ne alaka?" diye söylendi Mira. "Hayal gücün hiç gelişmemiş," diye homurdandı.

Yine de shot bardaklarına uzananları izledim. Psikoloğa gitmek utanılacak bir şey değildi ama yine de öylece ortalık yerde söylenmesi beni rahatsız etmişti.

Kayra, İrem, Serkan, Pars ve Naz shot atarken Mira'yla göz göze geldim. Bana bakarak omuz silkti. Mira daha önce Psikolog'dan zihinsel tedavi mi görmüştü?

Serkan, Mira'ya uzaylı görmüş gibi bakarken, "Ne bakıyorsun puşt?" diye ağzında geveledi Mira. "Çok mu komik?"

"Yo, hayır," diye mırıldandı Serkan sakince. "Yalnızca, bilmiyordum."

"Bilmen bir şeyi değiştirmez."

"Pekâlâ," diyerek araya girdi Naz ve kafasını Pars'a doğru çevirdi ama Kayra atılıp, "Benden devam etsin," diyerek dikkatleri üzerine çekince Naz ısrar etmedi.

"Ben hiç," diyerek derin bir nefes aldı Kayra. "Pantolonuma işemedim."

İrem kahkaha atarken Mira bir anda, "Bana mı oynuyorsunuz lan?" diye kükrediğinde geriye yaslanıp gülmemek için elimi ağzıma bastırmıştım ama bir kıkırtı boğazımdan yükselmişti bile. İrem dönüp ikizine öpücük atarken Serkan, Mira'nın omzuna kolunu atıp, "Üzülme ben de son kız arkadaşımın ayakkabılarına kusmuştum," diyerek onu teselli etmeye çalıştı.

Ama cümlesi amacından sapmıştı ki Mira, Serkan'ın kolunu itip, "*Iyyy*, pis *hödük*," diye homurdanınca bu sefer masadaki herkes gülmeye başladı.

Mira ve Kayra hariç ben dahil herkes shot attı.

İrem dönüp Kayra'ya bir bakış attı.

Kayra da İrem'e aynı bakışı attı. "Ne?"

"Pantolonuna mı işedin?"

"Küçükken," dedi. "Aşağıdaki uzantının ne işe yaradığını çözmeye çalışıyordum."

İrem elini kaldırıp Kayra'nın ensesine şaplatırken çıkan sesle gözlerimi büyülttüğümde Mira kocaman bir kahkaha savurdu ve İrem de "Aptal," diye mırıldandı.

"Ben hiç..." diyerek düşünmeye çalıştı İrem. "Ben hiç âşık *olmadım.*"

Sakince herkes gibi shot bardağına uzanacakken bir anda aslında uzanan tek kişinin ben olduğumu fark ettiğimde, üzerime dönen bakışlarda gezdirdim gözlerimi.

"Hiç mi?" diye sordu Naz.

"*Asıl ben,*" diye mırıldandım ve onlara döndüm. "Hepiniz mi?"

Pars bile bardaklara uzanmamıştı. Ne demem gerekiyordu? Herkesin ilkini anlatmasını dinlemem falan mı gerekiyordu? Yoksa tahmin mi yapmalıydım?

Pars Kalkavan, Fransa'da güzel, sarışın bir kıza âşık olmuş olabilirdi. Lise için Türkiye'ye döndüğünde istemeden ayrılmış olabilirlerdi ve hâlâ onun acısını içinde taşıyor olabilirdi. Ya da... İstanbul'daki o görkemli Fransız Lisesi'nde de birine vurulmuş olabilirdi. Her sabah uzun saçlarını örüp öğleden sonra ördüklerini salan ve daima ferah şampuan kokan birine... Dudaklarını sürekli çilekli kremle nemlendiren birine ya da...

Naz kaşlarını kaldırıp geriye yaslanırken shot bardağına uzanıp kafama diktim ve bardağı geri bırakırken kolumu, Pars'ın çıplak koluna çarpmamla tüylerimin diken diken oluşunu izledim. Anca fark edebiliyordum, kısa kollu tişörtü kolundaki dövmeyi kapatacak kadar uzun değildi. Kaç tane dövmesi vardı bu adamın?

Koluna çarptığımda kafası hafifçe bana doğru döndü ve saniyelik bir şekilde göz göze geldik. Suratı ifadesizdi.

Benimki de öyleydi.

İkimiz de önümüze döndük.

Mira, boğazını temizledi. "Hm... Ben hiç, bu masanın etrafında oturan kişilerden birine karşı bir *arzu* yahut *hoşlantı* hissetmedim."

İlk başta kimseden çıt çıkmadı.

Giyindiğim ince badi içerisinde gerildim. Boğulacak gibiydim. Saniyeler geçiyordu ama kimse shot bardaklarına uzanmıyordu. *Bu nasıl bir cehennemdi böyle?* Mira, kesinlikle İrem'den daha şeytanice düşünen bir kızdı. Asla böyle bir şey aklıma gelmezdi. İrem'in de aklına gelmemiş olmalıydı ki sırasını âşık olmakla sıvamıştı.

Ama bu? *Arzu veya hoşlantı?* Bu başka bir şeydi.

Önce shot bardaklarından birine uzanmak istedim. Bunu yapabilirdim. Bunu yapabilir ve her şeyi, göğüs kafesimde dallanıp budaklanan bütün hisleri yok sayabilirdim. Kimsenin bir şey demeye hakkı yoktu. Kimse bir şey diyemezdi de zaten. Bunca zaman yalnızca mantıklı bahanelerin arkasına sığınarak yapmıştım ne yaptıysam, kimse doğrudan parmak basamamıştı duygularımın üzerine.

Ama uzanmadım. Shot atmak içimden gelmedi. O boğazımı yakan sıvı, sanki bu sefer yine ağzıma dolsa boğazıma sarılıp orada kördüğüm olacak gibiydi yalanım yüzünden. Belki yeterince iyi yalan söylersem, ben de inanabilirdim buna.

Ama kendimi kandırmayı bırakalı günler oluyordu.

Gözlerimi Mira'ya çevirdiğim an göz göze geldik. Bana sırıtıyordu. *Seninle daha sonra görüşeceğiz.*

"Hmm..." diye bir ses çıkardı Serkan. "O zaman sıra bende?"

"Öyle görünüyor," diyerek seslice nefes verdi Naz. "Ne söyleyeceğine dair bir fikrin var mı?"

Serkan kaşlarını çatıp Mira'ya döndü. "Aslında, yok."

"Biraz düşün," dedi Mira ve Naz'a bir bakış attı. Naz omuz silkmişti.

Serkan dudak büzdü. "Cidden bir fikrim yok."

"Sana fikir vermeme ne dersin yakışıklı?"

"Pençelerini erkeğimin üzerinden çek," diye homurdandı Mira, gözlerini devirerek.

Naz, elini boş vermesini istemiş gibi havada savurdu. "Merak etme güzelim benim gözüm çok daha gelişmiş modellerde."

"Mesela?" diye sordu Serkan.

"Hm... Mesela... Ben hiç bu masanın etrafında oturan kişilerden biriyle yatmadım, gibi. Bunlar sadece öneri tabii ki."

Mira, "Aptal," diye mırıldanırken Serkan, "Tamam," dediğinde ona sanki şu dakikadan sonra artık bir sevgilisi yokmuş gibi baktı ama Serkan çoktan, "Ben hiç bu masanın etrafında oturan kişilerden biriyle yatmadım," cümlesini sesli dile getirmişti.

İrem'le aynı anda shot bardaklarına uzanınca bir anlığına yalnızca donup kaldık. Eğildiğimiz masanın üzerinden göz göze gelince yavaş yavaş geri çekilmiş, ellerimizdeki shot bardaklarını dökmemek için kenara bırakmıştık.

İrem şokla Kayra'ya bakarken Mira önce ağzını sonuna kadar açtı, ardından geriye yaslanıp dudaklarını dişledi. Serkan ve Mira bu oyunun dışındaydı.

Peki, İrem'le ben yalnızca shot bardaklarına uzanan kişilersek... *Kayra, Pars ve Naz...*

İrem shot bardağını kafasına dikti. Ardından onunla yetinmeyip bir shot daha attı ve Kayra kaşlarını çatıp, "Ne yapıyorsun?" demeye kalmadan uzanıp Serkan'ın viskisini de kafasına diktikten sonra koluna dolanan Kayra'nın elini itip çantası ve ceketiyle beraber koltuktan kalktı.

"İrem, dur-"

Kayra ona uzandıysa da İrem onu öyle bir itmişti ki koskoca çocuk koltuğa geri devrilmişti. "Beni arama bir daha. Sakın."

Serkan, Mira'ya bakıp olanları anlamış gibi, "Hassiktir oradan," diye homurdanırken Mira'yla beraber kalkıp İrem'in peşinden gitmişlerdi.

Kayra kafasını ellerinin arasına alıp öfkeyle Naz'a döndüğünde, Naz omuz silkerek ayağa kalktı ve "Eh," dedi. "Ne demişler? Kaldıramayacağın oyunu oynamayacaksın."

Kayra koltuğun üstünden atlayıp dışarıya koşuştururken Naz da gittiğinde, yalnızca Pars ve ben kalmıştık.

Bir şeyler ummamam gerektiğini biliyordum ama kalkıp da yüzüne bağırıp çağırasım geliyordu. Bir şeyler hissetmemem gerektiğini biliyordum ama üzerine atılıp kıskançça, aptalca ve haddim olmayan bir öfkeyle çığlık atasım geliyordu.

Yalnızca bir el önce, resmen ona karşı hislerim olduğunu kabul etmişken şimdi hemen yanımdaki kızla *gerçekten* bir şeyler yaşamış olduğunu öğreniyordum ve yalnızca, bu ikisi bir anda, *aynı anda*, çok ağır gelmişti. Üstelik Kayra'nın da bir zamanlar bile olsa yine aynı kıza kapılmış olması...

Yutkunarak gözlerimi kırpıştırdım ve hâlâ yanımda oturan ve gözlerine vuran dalgalarının kıyıyı hırpaladığı adamı görmezden gelerek çantamı ve ceketimi aldığım gibi ayağa kalktım. "İyi geceler," diye mırıldandım istemsizce; ne çok sesli, ne duyulmayacak gibi. Tıpkı onu son gördüğümde bana söylediği gibi.

Çıkmak için yanından geçip gidecektim ki iki bacağı arasına bir adım atmışken sıcak, büyük ve kemikli eli bileğime dolandı.

Ona döndüm. Öylece yüzüme bakıyordu. Yüzü o kadar güzeldi ki, beni biraz daha çekse de kucağına oturup ona daha yakından baksam diye düşünmeden edemiyordum ve kendime yaptığım bu saygısızlık beni kahrediyordu.

"Bereni bende unutmuşsun," diye mırıldandı o kadifemsi sesiyle ve ne söylemek istediğini idrak etmeye çalıştım. Bende derken, evinde unuttuğumu mu kast ediyordu? Doğru olabilirdi, son zamanlarda hava ılımıştı ve artık bere takmaya ihtiyaç duymuyordum bu yüzden ortadan kaybolan bir beremi fark etmem bir sonraki Kış'ı bulabilirdi.

"Aşağıda," derken bileğimi bıraktı ve kenara geçip ayağa kalktı.

Derin bir nefes aldım ve o alandan çıkıp yürümeye başladım. Arkamdan geliyordu. Merdivenlere yaklaşınca önüme geçti ve aşağı seri bir şekilde indi.

Peşinden inip demir kapıyı açışını ve içeri girişini izledim. Işıklar peş peşe yandı ve geniş masaya ilerledi. Karşısında durup ellerimi ceketimin cebine sokarken, eğilip masanın altındaki çekmecelerin birinden beremi çıkartışını izliyordum. Profili loş ışıkta kusursuz görünüyordu, çene hattı ve dağılmış saçları insanı cezbediyordu. Kendisi büyük bir günah makinesiydi, elbette ki Naz gibi yürüyen bir östrojenle şansını denemişti.

Acaba kaç kere denemişti?

Kaşlarım çatıldı.

Kalkavan, elinde koyu gri beremle doğrulduğu an yutkundum ve istemsizce, "Naz'la ne oldu?" diye sormadan edemedim.

Tek kaşını kaldırdı. Yanıma doğru yürürken beremi uzatmıştı. Alıp çantama koydum. "Sana söylemiştim, o benim çocukluk arkadaşım ve-"

"Onu demiyorum," diyerek lafını kestim. "Orası beni ilgilendirmez... Ondan bahsetmiyordum. Sadece bugün çok farklıydı. Masaya gelmeden önce de onu nasıl bar kapısından dışarı sürüklediğini gördüm. O geceden sonra... Bir şey mi oldu?"

Sıkkınca kaşlarını çattı ve ellerini pantolonunun cebine soktu. Böylece kol kasları gerilmişti. "Ona işlerimden uzak durmasını söyleyince sinirlendi."

"Ufak hayat kadını rolünde ona eşlik etmem tamamen benim isteğimdi, onun bir suçu yoktu."

"Yok muydu?" Histerikçe güldü. "Seni hiçbir fikrinin olmadığı bir tehlikenin içine böyle düşüncesizce süsleyip püsleyip atması suç değil de ne?"

"Bazı beklenmedik şeyler oldu ve o da buna göre hareket ederek bana yardımcı oldu-"

Lafımı keskin bakışlarıyla kesti. "Ne kadar kolay konuşuyorsun bu konu hakkında. Pek rahatsız olmadın o gece sanırsam."

Kaşlarımı çattım ve bir adım yaklaşıp gözlerinin içine baktım. "Benimle doğru konuş. Tabii ki çok korktum ve birkaç dakika için de olsa binlerce kötü ihtimali geçirdim aklımdan ama kurtuldum."

"Ben vaktinde odaya geldim ve seninle bu işi gerçekten yapan bir kadının yerini değiştirdim diye, kurtuldun Kedi Surat; evet. Aksi takdirde o adam tek başına o odada uyansaydı seni hatırlar, bulur ve işte o zaman gerçekten bütün dünyanı başına yıkardı. Naz sadece anı kurtarmayı düşünür, bu adamlar bir ömürlük oyunlar oynuyor."

Bunu bilmiyordum. Bir anlık şaşkınlığımla kaşlarım gevşemiş ve ağzım açılmıştı. Surat ifademi gördüğünde kafasını sallayarak devam etti. "O gece dışarıdan bir arama geldi ve gitmem gerekiyordu. Ya gitseydim, Liva? Ya Naz sana ilaç ulaştıramasaydı? Bunları hiç mi düşünmüyorsun? Her zaman her iş yolunda gitmez! Giray'a bak, hâlâ toparlanabilmiş değil. Dağ gibi adama bunu yapan, kemik yığını küçük bir kıza neler yapmaz."

Yutkunarak başımı eğdim. "Yeter. Bütün bunlardan sonra

her şeyi bırakıp büyükannemin yanına yerleştiğimi biliyorsun. Buraya beremi almaya geldim."

"Buraya çok daha önce, arkadaşlarınla geldin," dedi çenemden tutup başımı tekrar kaldırarak. Yeniden engin maviliklerine bakıyordum şimdi. "Neden, burası? Sırf caddede onlarca bar var."

Buraya gelme fikrini İrem'e veren muhtemelen Mira'ydı, hatta bunun da ötesinde belki de İrem'in Mira'dan fikir almasına bile gerek kalmadan her şey ayarlanmıştı. Kendilerince bana iyilik ettiklerini düşünüyorlardı ama günün sonunda yalnızca zararlı çıkıyordum.

"İrem, Kayra'yı görmek istedi," diye yalan söyledim ben de. Mira haklıydı, yalan söylemek konusunda iyiydim.

Pars inandı. Elini çenemden çekti ve bir adım geri gidip saçlarını karıştırdı. "Geç oldu. Eve gitmelisin."

"Burası çok *karanlık* Pars," diye mırıldandım kendi kendime. "Sen de eve gitmelisin." Adı dudaklarımdan çıkarken çenem titremişti resmen.

Beni duyduğu an kafasını kaldırıp yüzüme baktı. Yine ifadesiz bakıyordu. Onunla tanıştığım ilk zamanlar da bu kadar ifadesizdi. Sanki bir hırsız gelip mimiklerini soymuş gibiydi.

"Biraz karanlık iyidir," diye cevapladı beni.

"Ama aydınlıkta görebilirsin ancak her şeyi." Kurumuş dudaklarımı ıslattım. "Her şeyin var. Bir annen, baban, kız kardeşin, kardeşim diyebileceğin dostların... Bir geleceğin var, Pars. Orada, aydınlıkta. Güneş'in alnında. Sen ise bir penceresi bile olmayan bu dört duvar arasına tıkmışsın kendini. Elini tutmaya çalışanı eli silahlı pezevenk mafya, yüzünü görmeye çalışanı uyuşturucu kaçakçıları bir yere savuruyor. Herkes kaçıyor senden."

"Korkularımız kaçmaz," diye mırıldandı hızlıca. Konuşmanın sonuna doğru eğdiğim kafamı tekrar kaldırdım ve etrafta gezdirdiğim bakışlarımı yüzünde sabitledim ben de. "Korkularımız kaçmaz bizden. Karanlığın içinde bir tek onlara sarılabiliriz. Belki de bunu bildiklerinden kaçmazlar hiç..." Yutkunduğunda âdemelması titredi. "Sen hiç canavarlardan kaçarken aydınlığa sığınan bir çocuk gördün mü? Aydınlık kabul etseydi korkak sokak çocuklarını, korkular yüz bulabilirler miydi sanıyorsun sarılmaya? Belki de aydınlık sandığın kadar güvenli değildir, Kedi. Sırlarımızı apaçık eder. Daha çocukken bile, bile bile karanlığın kollarına koşarız biz de."

Nutkum tutulmuş bir şekilde yüzüne bakakaldım.

Hayır, Mira yanılıyordu. Pars Kalkavan, kitaplardaki yakışıklı zengin başrol tanımına uymuyordu. Herkes bunu klasikleri bilirdi ama çok az kişinin bildiği bir şey daha vardı: Okyanusun ta kendisi bu kadar derinse, kendini kendi derinliklerinde tek bir hatayla boğabilirdi.

Pars Kalkavan *da* boğulabilirdi.

Kendi gözlerinde. Yeterince iyi bir hata yaparsa.

Ne söyleyeceğimi bilmediğim bir sırada ağzımı açmıştım ki bir titreşme sesi bütün odayı kapladı. Pars elini cebine atıp siyah telefonunun ekranına baktığında kaşları çatılmıştı. Aramayı cevapladı. "Zamir?"

Bekledi. Bir süre onu dinledi. Ardından bir an gözleri benimle buluştuktan sonra boştaki eliyle yüzünü sıvazladı ve "Tamam, tamam geliyorum," diyerek telefonu cebine attı.

"Ne oldu?" diye sordum istemsizce. Hiç hoşuna gitmeyen şeyler duymuş gibi bir hal almıştı suratı.

"Burada kal, bir saate gelirim," diyerek kapıya yöneldi. "Sakın dışarı çıkma. Bir şey olursa, ben ya da çocuklardan başka birinin sesini duyarsan perdenin arkasındaki geçitten arka otoparka çıkmanı ve taksiye atlayıp gitmeni istiyorum. Duydun mu beni? Sakın dışarı çıkma."

"Ne?" Şokla yüzüne bakıyordum. "Ne geçidi?"

"Geçen sefer 3. kattaki odada duvar kâğıdıyla birleşmiş bir kapı vardı, hatırlıyor musun?" Eliyle yüzünü sıvazladı. "Neyse, siktir et! Kimse gelmeyecek. Geçide girsen bile yolunu bulamazsın. Dediğimi unut. Yalnızca burada bekle. Kimse gelmeyecek."

Kafamı salladım. Yukarıda işler karışmışa benziyordu. Ben, kim olduğunu sorma fırsatı bile bulamadan Pars çıktığında demir kapıyı kapattı ve odada yalnız başıma kaldım.

Geçip koltuğa oturduğumda gözüm kenarda duran perdeye takılmıştı. Odada pencere yoktu, öyleyse neden duvar kenarında öylesine kenara yığılmış boylu boyunca aşağı uzanan bir perde vardı?

Kim yukarıda olabilirdi ki hem? Taylan ya da Bahtiyar gelmiş olabilir miydi? İkisi de olabilirdi, ikisinin de beni görmemesi gereken sağlam nedenlerim vardı ve Pars bunları çok iyi biliyordu bu yüzden bu kadar sıkı tembihlemişti.

Aradan geçen bir saatten sonra koltuktan uzanıp tavanı izlemekten uykum geldiğinde bir süre kapının dibinde dışarıdaki sesleri dinlemeye çalıştım ama bu oda zemin katın da altında, eksi birinci kattaydı ayrıca kapı demirdendi bu yüzden elbette ki hiçbir şey duyamazdım.

Ben de küçük adımlarla perdeye doğru yürüdüm. Perde, tavana sabitlenmişti ve kumaşı çok kaliteliydi. Buraya ilk geldiğimde odanın dizaynına uygun olarak çocuklardan birinin astırmış olabileceğini düşünmüştüm ama şimdi farklı bir nedenden orada olduğunu biliyordum.

Perdeyi çektim. Duvar pürüzsüzdü, hiçbir şey yoktu. Gözlerimi kapatıp 3. kattaki odanın kapısını nasıl açtıklarını hatırlayınca iki avucumu birden duvara yasladım ve ileri doğru bir itme kuvveti uyguladım.

İkinci denememde kapı içe göçüp açıldığında, sonuna kadar gidip duvara çarptı ve karanlık, sonu görünmez geçit gözlerimin önüne serildi.

Siktir. Bu gerçek miydi?

O geceden sonra bunun neredeyse büyük bir yanılsama olduğuna emindim ama şimdi gözümün önündeydi. Pars, bir saat olmasına karşın hâlâ gelmemişti üstelik hiçbir şekilde ses de duyamıyor, dışarıdan bilgi alamıyordum. Birçok şey olmuş olabilirdi ama demir kapıdan geçip yukarı çıkmaktansa bu geçitten arka otoparka geçmek çok daha mantıklı bir tercihti bu yüzden bir kez tereddüt ettikten sonra telefonumun el feneri özelliğini aktifleştirip ilerleyerek kapıyı arkamdan kapattım.

Merdivenlerden yukarı çıkmam gerekiyordu, mantıken 3. kattan aşağı birkaç kat inip otoparka çıkmıştık bu yüzden bir kat yukarı; zemin kata çıkıp daha sonra yolumu bulmam gerekiyordu. İçeri sokak lambasının ışığını sızdıran kapıyı da hatırlıyordum. Yapacağım şey çok kolaydı.

Ama o karanlıkta gördüğüm ilk şey, aşağı inen merdivenler

oldu ve o sessizlikte duyduğum ilk şey de büyük bir kalabalığın çığlık sesleri.

Korku bütün bedenimi ele geçirerek titretirken istemsizce bir adım sağa atıp aşağı inen merdivenlerden iki basamak inerek eğildim ve ışığı ileriye tuttum. Birkaç merdiven sonra önü düz yoldu ve o kadar da dar değildi. İleriden gelen insan sesini duyabiliyordum.

Geçit, bir caddeye de açılıyor olabilir miydi? Öyleyse işim çok daha kolay olmaz mıydı?

Derin bir nefes alarak küçük adımlarla aşağı indim ve önüme ve ileriye ışık tutmak suretiyle dümdüz ilerledim. Önümde koyu kırmızı boyanmış bir kapı vardı. Arkasından gelen sesler artık daha netti, bu kapının bir caddeye açıldığına neredeyse emindim. Onca yol gelmiştim.

Işığı diğer elime alarak kapı koluna uzandım ve aşağı indirdim. Aralıktan sızan gürültüyle beraber gözlerimi içeriye çevirdiğimde, ilk gördüğüm şey yerdeki geniş ve kirli kırmızı halı olmuştu; ardından ilerleyen insan kalabalığını ve kenardaki beyaz gömlekli görevlileri fark etmiştim. Kapalı bir alandı, krem rengi boyanmış duvarlar da kirliydi. Herkes nereye gidiyordu? Burası neresiydi?

İçeri geçip kapıyı arkamdan kapattığımda insanların geldiği koridorun gerisine daha geniş bir açıyla bakma şansım oldu; yukarıdaki merdivenlerden iniyorlardı. Eğer onların tersi istikamette ilerleyip yukarı çıkarsam dışarı da çıkabileceğimi düşünüyordum.

Ama başımı diğer tarafa çevirince, çok daha ilgi çekici ve soru işaretleriyle dolu bir yer gördüm.

Yaklaşık üç metre boyundaki dev kapıların önünde hayatım boyunca gördüğüm en kaslı adamlar duruyordu ve gözleri kapıdan içeri girenlerin üzerinde geziniyordu. Açık kapılardan ise koridora dolan ses, muhtemelen büyük bir stadyumda oynanan bir maça taraftarların yaptığı soluksuz bir tezahürat kadar gürültülüydü.

Burası neresiydi ve neden Pusula'daki geçitler buraya açılıyordu? Nasıl olmuştu da buraya düşmüştüm böyle?

Etraftaki kadın azlığından dolayı saçımı topuz yapıp ceketimin fermuarını sonuna kadar çektim ve çantamı önüme alıp ellerim cebimde, başımı eğerek kalabalığın arasına karıştım.

O iki dev adamın arasındaki kalabalıktan içeri gireceğim sırada kolumun kırılacak şekilde çekilmesiyle içeri girmekten son anda alıkonulmuştum. Kolumu çeken güçlü kişi beni karanlık bir koridora soktuğunda çığlığı ve tekmeyi basacaktım ki ellerinden biriyle ağzımı kapattı ve yüzünü yüzüme eğerek, "*Şşşt*," diye fısıldadı.

Gözlerimin önünde bir çift mavi okyanus çalkalanıyordu.

"Deli misin sen? Buraya nasıl gelebildin?"

Nefes alışverişlerim yakınlığı yüzünden sıklaşmıştı. Koridor dardı bu yüzden neredeyse tek beden olacak şekilde üzerime eğilmişti ve beni duvara bastırıyordu.

Yavaşça elini ağzımdan çektiğinde, "Burası neresi?" diye sordum ama sesim çok yüksek çıkmış gibi tekrar, "*Şşşt!*" dedi ve etrafı süzdükten sonra üzerine giyindiği hırkasını çıkarıp bana uzattı. "Sessiz ol ve giy şunu. Kapüşonunu kapat. Hırkayı da aşağı çek. Kız olduğun anlaşılmasın."

Yana kaydığında uzattığı hırkasını ceketimin üzerinden giyip fermuarını sonuna kadar çektim ve aşağı indirip kapüşonunu kafama geçirdim. Ardından ona döndüm. Etrafa bakıyordu. "Pars."

"Başından büyük işlere kalkışmaya bayılıyorsun Kedi."

"Burası neresi?"

Dönüp bana bir bakış attı. Ardından seslice nefes verdi ve elimden tuttu. "Sakın sesini çıkarma ve başını kaldırma. Duydun mu beni?"

Kafamı salladım. Arkasından onunla beraber ilerlemeye başladığımda elinin sıcaklığı benim yalnızca soğuk elimi değil, bütün vücudumu ısıtıyordu. Ayaklı kalorifer sistemi gibiydi.

Ama onun hakkında düşünemeyecek kadar dağılmıştı dikkatim. Etraf çok gürültülü ve farklıydı. Daha önce buna benzer bir yer gördüğümü hatırlamıyordum.

O iki dev adamın arasından bu sefer Pars Kalkavan'ın elini tutmuş ve onun kokusunun her yanına sindiği hırkasıyla beraber geçerken başımı kaldırmadım.

Ama kapıdan içeri girdiğimizde, başım istemsizce kalkmış; ağzım ve gözlerim istemsizce açılmış, kulaklarım istemsizce feryat etmişti.

Yüzlerce insan tribünlerdeydi. Aralarda dolanan elemanlar içki satıyordu. İleride, yukarıdaki VIP salonunda cam bir fanusun içinden aşağıyı izleyen takım elbiseli adamları görebiliyordum ve aşağıda ise, koca bir ring ve içinde dövüşen iki boksör vardı.

Yanımdan geçmeye çalışan huysuz ve dövmeli büyük bir adam homurdanınca Pars elimi bırakıp kolunu belimden geçirerek beni de kendisiyle birlikte kenara çekti ama kolunu belimden çekmedi. Yüzümü göğsüne doğru çevirip bu tarafa bakan meraklı yüzlerden saklamaya çalışırken kulağıma eğilmişti.

"Merakına yenik düşüp sularına indiğin bu kara delik, Kedi Surat; tanıştırayım... *Zırh.* Yaşadığın şehir hakkında hiçbir şey bilmiyorsun."

19

Kimsenin Sağ Çıkamadığı Bir Adam

Bir defasında vazgeçmeyi denedim.

Yol çok uzun, hava fazlasıyla soğuk, hayat fazlasıyla durgun ve ayaklarım çırılçıplaktı. İnsanların aslında bütün çabası, çıplak ayakları pürüzsüz bir yüzeyde ilerleyebilsin diyeydi; yollarındaki taşlar ve engeller kalksın, böylelikle sona konfor ve lüks içinde yürüyebilsinler diye. Adım atmanın da bir adabı vardı ama, öyle hızlıca ve telaş içinde yürünmezdi bu yol. Yürünmemeliydi.

Yolu temizlemek adına hiçbir çabam yoktu... Adım atmıyor, koşuyordum üstelik. Her şey sonunda olacağına varacak, her şey sonunda sona erecekse eğer; ilerlemek zorunda olduğumuz bu yolu temizlemek için yıllarca uğraşıp adımlarımızı yavaşlatmak boşunaydı zannımca çünkü hepimizin yönü dünyanın sonuna kadardı. *Dünyamızın* sonuna kadar, belki.

Neden uğraşıyorduk ki? Çiçekli yollarda cennetimizi kucaklamak için?

Köprünün diğer yanında cehennem sıcak kollarını bize açmışken... Üstelik çiçeklere bile gerek yokken.

Yaşamak kolay değildi, nefes almak kolaydı.

Nefes almak, nefes vermek... Sonra? Bir daha nefes *almak* ister miydin?

Bunun için bir nedenin var mıydı?

Benim yoktu. Bir hafta öncesine kadar.

"Nasıl koca bir caddenin altında öylesine büyük bir arena

olabiliyor? Bu yasal mı? Değilse nasıl yapıldı? Kimsenin ruhu nasıl duymaz?"

Pars Kalkavan, üzerindeki kot ve kısa kollu siyah tişörtle beraber arabasının şoför koltuğuna otururken bana bir bakış attı ve kapıyı kapatıp otopark çıkışına doğru gazlarken, "Bu kadar çok soru soracağını biliyordum, sana perdenin arkasındaki geçitten hiç bahsetmemeliydim," diye mırıldandı.

"Pekâlâ," diye homurdanırken önüme döndüm. "Ama çoktan bahsettin. Gerçekten ağzımı kapalı tutamayacağım bu konuda. Bana anlatmak zorundasın, zaten elinde altına imzamı attığım bir gizlilik sözleşmesi var. Emniyet Müdürlüğü'ne falan öteceğimi düşünüyorsan diye söylüyorum."

Kırmızı ışıkta durduğunda kaşlarını çatmıştı. "Öteceğini düşündüğümden değil, sadece yorgun olduğum için."

Kurumuş dudaklarımı ıslattım. Beni o Zırh denen cehennemden çıkardığından beri şaşkınlığımı anca atabilmiştim bu yüzden beni eve bırakmadan önce koparabileceğim ne varsa koparmak istiyordum. "Yukarıda, kiminle görüşüyordun da asla çıkmamam gerektiğini söyledin?"

"Bahtiyar geldi, yanında Tolga piçi de vardı. Ortalığı dağıtıp gittiler."

Kaşlarım çatıldı. "Bunu çok sık yaparlar mı?"

"İşleri yolunda gitmediğinde, evet. Geçen gece zulalarını patlattık."

Kaşlarım kalktı. "Sık sık bir şeyleri patlatır mısınız siz? Nasıl fark edilmiyorsunuz?"

"Bu işin Taylan'la bir alakası yoktu, tamamen Bahtiyar'ın kendi pisliği. Hatta Taylan'ın öğrenmemesi için canını verir çünkü en başta söylemediği için sonradan bahsederse güvenini kaybedeceğini biliyor. Biz patlatınca da öfkesini dillendiremedi." Omuz silkti. "İstediğini yapsın, umurumda değil. O zehirlerle gençleri bağımlı hale getiriyorlar. Geçen hafta eski dershane sokağında bir çocuk aşırı dozdan ölü bulundu, medya haber yapamıyor çünkü Ankara Emniyet Müdürü baskı uyguluyor."

Soyhan sokaklarında uyuşturucu ve ölü bulunan bir çocuk... Tüylerim diken diken olmuştu. Bu şey gerçekti ve insanlara zarar veriyor, hayatlarını ellerinden alıyordu. Derin bir nefes verdiğimde yeşil ışık yanmıştı bu yüzden tekrar gaza bastı. "Haklısın. Zırh'ı anlatacak mısın artık?"

Bana bir bakış attıktan sonra yarım ağız sırıttı. "Asla unutmuyorsun değil mi?"

Kafamı olumsuz anlamda salladım. "Mümkün değil. Orada gördüğüm şey bilim kurgu filmlerinden fırlama gibiydi. O mimari, o ihtişamlı ring ve yüzlerce insan... Aklım almıyor."

"Zırh, yıllar önce İstanbul'a yatırım yapan bir grup işadamı tarafından eğlencelik olarak yaptırıldı. İstanbul jeolojik açıdan müsait olmadığı için Soyhan'a yapmayı planladılar ve devletin haberi olmadan düşük seviyeli memurlara rüşvet vererek inşaatını iki yıl gibi bir sürede tamamladılar. Başta yalnızca zevk düşkünü zengin iş adamları ve rütbeli askerler kullanıyordu, ardından alan genişletildi ve yüksek ücretlerle halka açıldı. Fakat yine de çok sağlam gizlenir yeri, çoğu kişi için bir efsanedir. Cuma geceleri gönüllüler dövüşüyor, gecenin sonunda kazanan sağlam para kaldırıyor. Bir gecede hayatın değişebiliyor. Bir şehir efsanesi."

Ağzım açık kalmıştı. "Peki Pusula'daki geçitlerle bağlantısı ne? En başta, geçitlerin yapılma amacı ne?"

"Pusula'nın binası iki yıllık, inşa edilirken bizzat Taylan Arıkan tarafından Zırh'a erişimi sağlandı. Pahalı müşteriler içeriden sıkıldığında aşağıya inebiliyorlar, onların girişi koridorun sonundaki geçitten korumalarla birlikte sağlanıyor. Çoğu VIP. Başıboş dolanamazlar çünkü geçitler yolunu bilmeden giren insanların kolayca kaybolması için yapılmış. Kayra ilk girdiğinde saatlerce onu aramıştık."

"Ve bana acil bir durum anında orayı kullanmamı söyledin," diye mırıldandım. "Ortadan kaybolmamı istediğini daha nazik bir şekilde dile getirebilirdin."

Bana bakarken tek kaşını kaldırdı. "Bahtiyar aşağıdaki demir odayı biliyor ve geçen sefer girmeye çalıştı bu yüzden yeni bir atak yaparsa senin geçitte kaybolmanı o odada bulunmana tercih ederim. O adam izini bıraksın diye o kadar uğraştım, bir anda seni önüne atacak değilim."

"Harika," diye mırıldandım.

Omuz silkti.

Bir süre sessizce yolu izledim. O yanımdayken ne söylemem gerektiğini bilmiyor, o gittikten sonra aklımda biriken sorular ve konularda boğuluyordum. Sık sık bir araya gelsek tatmin olur muydum hiç, çok merak ediyordum.

"Yeni evimin yolunu da biliyorsun demek, ha?"

Yol tanıdık gelmeye başladığında ağzımı açmıştım. Ona baktım, hafif sırıttı. "Büyükannenin yanına taşınman iyi oldu, kadının dövüş sanatlarında usta bir uşağı var ve seni okula götürüp getiriyor. Ağzına yemek de tıkıyordur muhtemelen, yüzüne renk gelmiş."

Kaşlarımı çatarak elimi yüzüme götürdüm. Yüzüme renk mi gelmişti? Ne zaman fark etmişti bunu? Neden böyle söylemişti?

Yutkundum. Susamıştım. "Hakkımda bilmediğin bir şey yok değil mi?"

Bu soruma cevap vermedi, ikimiz de cevabını biliyor ve susmayı tercih ediyorduk.

Caddeye girdiğinde, "Bir şey soracağım," diye mırıldandım.

"Bir şey soracağın ya da söyleyeceğin zaman önceden haber vermene gerek yok."

"Bazen gerçekten gerek oluyor ama olası bir felç vakasını önlemeye çalışıyorum burada. Alışkanlık." Güler gibi oldum ama hemen toparlandım. Evin önünde durmuştu. Ona döndüm. "Naz, psikoloğa gittiğimi nereden biliyordu? İrem bile bilmiyor ama o öylece oyundayken söyleyebildi ve söylerken beni kastettiğini biliyorum."

Pars dilini altdudağında gezdirdikten sonra bana dönüp gözlerini gözlerime kenetledi. Dışarıdan vuran sokak lambası ışığı altında hatları keskin, gözleri yoğun ve siyah saçları oldukça hoş görünüyordu. Çene hatlarına ve görünen dövmesine bakmaktan gözlerine odaklanamıyordum bu pozisyonda.

"Seni takip ettirdiğim elemanı köşeye çekip sıkıştırmış. Evine giren yabancı adam dahil birçok şeyi biliyor ama ciddi bir zararı dokunacağını düşünmüyorum, böyle küçük oyunlar düzenleyecektir yine de. Geçen seferki rolünüz yüzünden onu kovdum, çok sinirlendi."

Kaşlarım havalandı. "Ne yani? Sana sinirlenip bana mı çatıyor?"

"Haksız sayılmaz, sen olmasan o küçük rollerde eğleniyordu."

Bana teklif eden oydu. Ama bunu sesli bir şekilde söylemedim. Bunun yerine omuz silktim. "Bu arada... Evime giren o adamdan ne haber? Hâlâ bir şey çıkmadı mı?"

"Hayır," dedi Pars kısaca. Bu garipti çünkü uzun zamandır böyle kısa cevaplar vermiyordu. Şimdi ise yalnızca kestirip atmış gibiydi.

"Pekâlâ," diye mırıldandım. "İyi geceler öyleyse."

"İyi geceler."

Ve hepsi buydu. Neden her zaman böyle ayrılmak zorundaydık, anlamıyordum. Masada o saçma oyunu oynarken resmen, açıkça ona olan hislerimi kabullenmiştim ve bunu anlamaması imkânsızdı. Bir şeyler olmasını bekliyor ama hayal kırıklığına uğruyordum, bu yeni his bana neler yaptırıyordu anlamıyordum ama onsuz yaşamak istemiyordum. Kuru ve keskin dikenli dallarla kaplanmış göğüs kafesimde, güller açıyordu sanki. Serçeler oradan oraya uçuşuyor, kanatlarını öyle bir hevesle çırpıyorlardı ki...

Emniyet kemerimi çıkartırken istemsizce onunkine göz gezdirdim. Takmıyordu. Kapıyı açarken, "En azından emniyet kemerini tak Kalkavan," diye mırıldandım ve çantamı da alıp kapıyı açarak dışarı çıktım. Evin ışıkları yanmıyordu, saat çok geçti. Büyükannem ve Sare Hanım çoktan uyumuş olmalıydı.

Bahçe kapısına dönecekken garip bir hisle araba camından içeri baktım ve Pars'ı gördüm. Ellerinde koyu renk bir şey vardı.

Bir... *sıvı?*

Kaşlarım şokla çatılırken ve şaşkınlıktan ağzım sonuna kadar açılırken kapattığım kapıyı geri açtım ve çantamı içeri fırlatıp telaş içinde diz üstü durarak koltuğa çıktım. "Ne oldu?"

Direkt ellerini görmüştüm. Ellerinde kan vardı.

"Anlamadım," diye mırıldandı ve eliyle hafifçe tişörtünü sıyırdı. *Siktir.* Tişörtü ıslanmıştı. Kalçasının hemen üstünde, arka taraftan tenine girmiş keskin ve parlak bir metal vardı. Sesim titrerken, "N-nasıl oldu bu?" diye sormaktan alıkoyamamıştım kendimi. Bir yandan da gözlerimi her yerde gezdiriyor, bir neden arıyordum.

Ki, takılı emniyet kemeriyle göz göze geldim.

"Emniyet kemerini taktığın için," diye mırıldandım şok içerisinde ve tişörtünü kaldırıp nereden yara aldığına baktım.

"Senin suçun değil," diyerek sakince nefes almaya çalıştı. "Bunu buraya Bahtiyar'dan başkası kurmuş olamaz. Hazırlandığımı biliyordu."

"*Neye* hazırlandığını?"

"Bir dövüş var," diye mırıldandı. "Bir ay sonra. Önemli."

"Ne dövüşü?" Ona yakın duruyor ve doğrudan gözlerinin içine bakıyordum. Yüzü ekşimişti, canı yanıyor olmalıydı. "Her neyse, siktir et dövüşü. Şimdi ne yapacağız? Kanıyor." Tişörtü biraz daha sıyırıp başımı kaldırdım ve tavanın ışığını açtım. Işığı açmamla ağzımdan bir hıçkırık kaçmıştı ki elimle ağzımı kapattım. "Bu resmen canilik..."

Bıçak tırtıklıydı.

Histerik bir şekilde güldü ama canı yanmış gibiydi bu yüzden yüzünü buruşturmuştu. "Dur tahmin edeyim, bıçak tırtıklı değil mi? O pezevengin en sevdiğinden."

"Çıkartamayız," diye mırıldandım dudaklarımı kemirirken. Tırtıklı bıçak, onu çıkartırken girdiğinden çok daha acıtır ve hasar verirdi.

"Neyse ki çok yaslanmıyordum koltuğa," diyerek elini kanayan yere götürdü Pars. "Bagajda ilk yardım çantası var, getirsene."

"Ne?" Şok içerisinde ona baktım.

"Bu şekilde araba süremem, Oğuz'a gideceğim ama ondan önce bıçağı çıkarıp ufak bir pansuman yapmak zorundayız. O kadar da derin değil. Beklersem mikrop kapabilir."

Elbette. Oğuz tıp öğrencisiydi.

Hızlıca koltuktan kalkıp arabadan çıktım ve bagaja ilerleyip kapağı açtım. Arkadaki ilk yardım çantasını aldıktan sonra bagajı kapatıyordum ki etrafın çok sessiz ve ıssız olduğunu fark etmiştim. Sabahın erken saatlerinde de böyle oluyordu. Ev, sahil şeridindeydi bu yüzden etraf soğuktu da.

Çantayla beraber yanındaki koltuğa oturduğumda hızlıca kapıyı kapatıp dizlerimin üstünde ona dönük bir şekilde oturdum ve el freninin üzerine çantayı bırakıp ona baktım. "Ne yapmam gerekiyor?"

Bana baktı. "Bıçağın sapı koltuğun içinde, bu yüzden benim ileri doğru gitmem çıkması için yetecektir ama hızlıca etrafını temizleyip kan akışını durdurmak için sarmazsan kan kaybı fazla olur ve bilincimi kaybedebilirim. Eğer bilincimi kaybedersem kucağıma otur ve arabayı doğruca evime sür ve Eastern'ı ara. Halleder."

Ona şaşkınca kaşlarımı kaldırarak baktım. "Unut bunu. Sakın bilincini kaybetme, bilincini kaybedersen ölürsün."

Kahkaha attı ama bıçak acıttığı için aniden yarıda kesilmişti kulaklarımı kutsadığı sesi.

Bir anda düşündüğüm şeyle yanaklarımın içini ısırdım ve dudaklarımı ıslatarak odaklanmaya çalıştım. Çantayı açıp gerekli birkaç şey çıkardım: Bolca sargı bezi, daha çok sargı bezi, kalan sargı bezinin tamamı.

"Tamam," diye mırıldandı ve sağ kolunu kaldırıp tişörtü yukarı kadar sıyırdı. "Bu kolumdan çıkartmama yardım et, yarayı göremiyorum."

Kafamı salladım ve tişörtün sağ kısmını yukarı sıyırdım. Yavaşça kolunu büküp aşağı indirdi ve tişört genişledi; böylece tişört boynundan sol tarafına sarkıyordu, sağ kısımdan tamamen çıkarmıştı. Bıçak acıtıyor olmalıydı ki sürekli yüzünü buruşturuyordu.

Onun hırkasını ve ceketimi çıkarıp ince kazakla kaldım, terlemiştim. Çıkardıklarımı arka koltuğa atarak sargı bezini katladım ve "Hazırım," diye mırıldandım.

"Yavaşça çıkaracağım," diyerek ellerini iki yanda açtı; sol eliyle yanındaki kapının kulpunu, sağ eliyle de benim oturduğum koltuğun başını tutmuştu. Yutkundu, âdemelması oynadı. Gözlerini kapattı ve derin nefesler almaya başladı. Birkaç saniye sonra, yavaşça kendini ileri itiyordu ki inleyerek durdu.

Refleks olarak elimi koluna koydum ve "Yapma," diye mırıldandım hızlıca. "Yapma. Yapmak zorunda değilsin. Ambulans çağıralım."

Kafasını geriye attığında gözlerini açmıştı. "O kadar kolay değil. Hastaneye gidersem gecenin bir körü kimin arabamın koltuğuna tuzak kurduğunu öğrenmek için polis bulaşır, ardından da Taylan bulaşır ve bu onun hiç hoşuna gitmez. Böyle olaylardan yara alıyorsan sessizce halletmek zorundasın. Bu dünya sana bunu emreder."

"Hâlâ nasıl konuşabiliyorsun anlayamıyorum," dedim akan kanı gördükten sonra bezi bıçağın girdiği yere bastırarak. "Çok az kaldı. Yapabilecek misin?"

Kafasını salladığında bezi daha güçlü bastırabilmek için dizlerimin üzerine kalkıp ona yaklaştım ve kafasından biraz daha yukarıda durduğumda ona yukarıdan bakmaya başladım. Gözlerini açmış, yüzüme bakıyordu. "Üç dediğimde, hızlıca çekileceğim ve sen de bastıracaksın."

Kafamı salladım. Yutkundu. Okyanuslardaki dalgalar hafifliyor, sahil suları çekiliyordu. Tsunami yakındı.

Bir elimle bezi bıçağın yakınında tutarken diğer elimle nereden tutunacağımı bilmediğimden yavaşça tepkisini ölçmek için omzuna koydum. Sağ omzunda tişört hâlâ üzerindeydi, zaten çıkartsa muhtemelen dövmesinin tamamını sonunda görebilirdim. Burası yeterince aydınlıktı.

"Bir," diye mırıldandı ve seslice nefes verdi. "İki..."

Ve geliyordu...

"Üç."

Kendini bir anda öne çekerken dizlerimden aldığım gücü kaybettim ama yaraya bezi bastırmam gerektiğini bildiğimden hızlıca bezi kan akışının olduğu yere kapatıp düşmemek için de omzundaki elimi boynuna dolamıştım; böylece kucağına oturdum ve direksiyonla bedeni arasında sıkıştım. Aynı zamanda alçaldığımdan, koltuktan tutunan elini çekmek zorunda kaldı ve belimden tutarak kontrol sağladı. Her şey bittiğinde kafasını omzumla boynum arasında bir yere bastırdığını yeni fark ediyordum. Saçları yüzüme değiyordu ve parfümüyle şampuanı arasında karışık, hoş bir şekilde kokuyordu.

Kalp atışlarım hiç olmadığı kadar hızlı atarken elimi yumruk yapıp yarasına bastırdım ve bütün vücudunun kasıldığını hissettim, çenemi omzundan yukarı çıkarıp aşağı baktığımda her yerin kan olduğunu görebilmiştim. "Kalkavan," diye mırıldandım nefes nefese. "Sakın bana bilincini kaybettiğini söyleme. Yemin ederim seni öldürürüm."

Sesim o kadar güçlü çıkmıştı ki ben bile inanamamıştım ama ağlayacak gibiydim. Öylece bana sarılmıştı ve hareket etmiyordu. Eli belimde, kafası boynumdaydı ve bir elimi boynuna dolamış; ensesinden tutunurken ne kendi bedenimi ne de kalbimi hissediyordum artık.

Elim acıyordu. Muhtemelen düşerken bıçak elimin üzerini çizmişti.

Midemde kelebekler değil, keskin kanatlı serçeler uçuşuyor ve içimi boydan boya yırtıyorlardı ama kanayan yerlerde baharın habercisi çiçekler açıyordu sanki. Çok acımasızcaydı bu, o kanıyordu ve ben çiçek açıyordum.

"Pars," dedim kesikçe nefes alırken oldukça umutsuz bir sesle. Bir yandan da eğer gerçekten bilincini kaybettiyse hem kanamayı azaltmaya çalışıp hem de nasıl araba süreceğimi düşünüyordum. Hem de onun *kucağında.*

"Bayılmadım," diye kesik bir ses çıktı dudaklarından, yavaşça kafasını kaldırdı ve yüzüme oldukça yakın bir yerde durduğunda göz göze geldik. "Ama yine de kucağımda bu arabayı sürmek istersen hayır demem."

"Aptal mısın? Dalga geçilecek zaman mı? Ödüm patladı." Sargı bezini yaraya bastırdığımda sırtı doğruldu ve inledi.

"Dalga geçmiyordum," diye mırıldandı kendi kendine, bıçaktan uzağa, köşeye doğru kayarken. Hâlâ kucağından kalkmamıştım, bacaklarının üzerinde oturuyordum.

Elimi ensesinden çekip kapıdan tutundum ve sargı bezini çekmeden kalkmaya çalıştım. Böylece bir an yüz yüze aşırı yaklaştık ve dudaklarına bakakaldım ama hızlıca toparlanıp nefes alışverişlerimi düzene sokma çabasında bir şekilde koltuğuma geri oturdum. Artık bezi iki elimle tutabiliyordum.

"Bezi koltukla aramda sıkıştırırsan eve dönebilirsin. İyi geceler."

"Pars yemin ederim şurada seni bir yumruklarım bir de diğer tarafında bıçak yarası açılır çift taraflı kanarsın. Ya sür şu arabayı ya da ambulansı arıyorum."

Terlemişti. Kafasını salladı ve yavaşça uzanıp motoru çalıştırdı. Araba kolayca ve sessizce düz asfaltta yol almaya başladığında yolların boş olmasına seviniyordum.

Yol hızlıca altımızdan kayıp giderken koltuktan çıkan bıçakla göz göze geldim. Kanına bulanmıştı ama keskin kısımları hâlâ parıl parıl parlıyordu. Kanını akıtmıştı bu bıçak onun. Her yer kanıydı. Ellerim, üstüm... Böyle bir yarayı kapatamazdı yara bantları. İlk defa arka cebimdeki küçük kâğıt parçalarının bir değeri olmadığını ve seni dış dünyadan koruyamadığını fark ediyordum. Bunca yıldır altına saklandığım şeyler yalnızca bir kaçış yoluydu. Pars Kalkavan haklıydı.

Hayat da ruhunu böyle derin ve büyükçe yaralarsa, yara bantları o kanlı yarıkta yok olur giderdi.

Lamborghini, Pusula'nın arka otoparkında durduğunda Pars telefonunu açıp uzattı. Ekranda Zamir'in ismi yazıyordu. Zamir anında açtığında beklemeden boş elimle telefonu kulağıma götürdüm. Pars'ın cidden hiç hali kalmış gibi görünmüyordu, yol boyunca da ağzını açmamıştı.

"Efendim patron?"

"Patron yaralı, ben Liva," diye mırıldandım. Zamir en son bana Pusula'dan def olmamı söylemişti ama bunu aklıma getirmemeye çalışıyordum. "Arka otoparktayız. Acil gel."

Zamir telefonu cevap vermeden kapattıktan saniyeler sonra Pusula'nın arka kapısı tekmelenerek açıldığında karanlıkta üç kişi görünüyordu: Zamir, Giray ve Oğuz.

Başımı eğip Pars'ın telefonunu kenara bıraktım ve başımı eğip yüzünün hizasına geldim, gözlerine bakmaya çalışıyordum ama kapalıydı. Okyanus mavileri kapalıydı. Aşırı kan kaybetmişti. "Aç gözlerini. Açmazsan bastırırım bak."

Bezi hafifçe bastırdığımda zayıf bir sesle inledi ve derin bir nefes eşliğinde gözlerini araladı. Göz göze geldiğimiz anda iki kapı da sesli bir şekilde açılmıştı.

"Hassiktir bu ne hal!"

"Çok konuşmayın da Liva'yı çıkartın," diyerek araya girdi Giray, Zamir'e bakarak. Oğuz anında hareketlenip Zamir'i kenara çekti ve bakışlarını içeri çevirerek elini elimin üstüne koydu. Böylece bezi benden devraldığında, Giray beni geriye çekmiş ve arabadan çıkmama yardım etmişti.

"Çok hareket ettirme, kan dolaşımını hızlandırır," dedi Oğuz, Zamir'le beraber Pars'ın kollarına girerek onu ileriye doğru yürütürken. "Çok kan kaybetmiş, nakil gerekecek. Kan grubun ne?"

Cevap gelmemişti.

"A Negatif," dedi Giray hızlıca. "Bilincini mi kaybediyor?"

Giray beni bırakıp hızlıca kapıyı açtığında peşlerinden içeri girdim ve ilerledim. Doğruca sola sapmışlardı. Giray öne geçip boş duvarı ittirdiğinde duvar içe göçtü ve karanlık geçit açıldı.

Zamir hızlıca Giray'a bakıp, "Liva'yı eve gönder," dedi ama Giray bana dönüp ağzını açamadan, "Çok konuşma da işine bak," diye homurdandım kanlı ellerimle saçlarımı geriye ittirirken peşinden ilerleyerek.

"Kız hakkında hüküm vermeyi bırak Zamir. Bunu tartışacak uygun zaman değil."

Giray'ın cevabıyla geçidin girdiğimiz kapısı kapandığında Oğuz boş eliyle ışığı açtı ve sağa girdiler. Merdivenlerden aşağı inerken Pars sürükleniyor gibiydi. Sonunda biraz daha ilerlediğimizde Giray önden geçip kapıyı açtı ve boş, kırmızı halıyla kaplanmış ve ışıklandırması iyi olan bir koridora girdik. Oğuz sağdaki kapıyı açtığında hızlıca ilerlediler. Ben ise etrafa bakıyordum.

Giray beni içeri çekip kapıyı kapattığında içerisinin bir revir odası olduğunu fark etmiştim. Pars'ı sedyeye yatırdıklarında Zamir, "Ben kan bulmaya gidiyorum," diyerek girdiği gibi çıktı.

Oğuz hızlıca dolaplardan gerekli malzemeleri çıkartırken ceketini de bir kenara atmıştı.

Giray gergince ellerini çırptı. "Ben ne yapayım?"

"Tişörtünü çıkar," dedi Oğuz. Elindeki yeşil, ince kumaşın ortasını kare bir şekilde keserek ilerledi ve Giray, Pars'ın tişörtünü sıyırıp attıktan sonra yaranın olduğu yere kumaşı yerleştirdi. Kumaşın üzerine de bir takım metal eşyalar bırakmıştı.

Ellerine eldiven geçirdikten sonra yanına eğilip küçük bir şişenin içine iğneyi batırdı ve yaranın olduğu kısma enjekte etti.

"Kaç dakika oldu?" diye sordu Oğuz bana dönmeden. Başta soruyu izliyor olduğum şey yüzünden idrak edememiştim ama kendime geldiğimde, "Bilmiyorum, belki 20 dakika," diye cevapladım.

"Bu iyi. Fazla olmamış. On dakika daha sürseydi..."

"Ona söyledim!" diye bağırdım bir anda Giray'a Pars'ı işaret ederek. Gözlerim dolmuştu bir anda. "Ona ambulans çağıralım dedi ama o, o orospu çocuğu Taylan yüzünden bir şeyler geveleyip buraya gelmekten bahsetti!"

Giray, havalanmış kollarıma sahip çıkmaya çalışarak beni yatıştırdı ve önüme geçip görüş açımı kapattı. "Sakin ol Liva, sorun yok. Böyle bir şeyden zarar görecek biri değil o. Yarın sabah kalkar yine koşusuna çıkar kesin, bak gör."

Yutkunarak elimin tersiyle yüzümün önüne gelen saçlarımı ittiğimde, Giray'ın gözleri kanlı ellerime çevrildi. "Gel senin üzerini değiştirelim, ellerini yıka bir."

"Gitmiyorum bir yere," diye karşı çıktım bir an ama Giray'ın başından beri hüküm sürdüğü kontrolcü tavrı yüzünden başımı sallayıp onunla beraber odadan çıktım. Beni geçidin karanlığına geri soktu, bu sefer yukarı çıkmadan düz ilerledik ve sağa dönüp uzunca yürüdükten sonra duvarı ittirdi.

Kapı açıldı. İçerisi, demir kapılı odaydı. Giray ilerlediğinde ben de çıktım ve peşimden kapı kapandı.

Başımı aşağı indirdiğimde kaldırdığım ellerimin titriyor olduğunu gördüm. Ellerimi birbirine geçirip kurumuş dudaklarımı yaladım ve derin bir nefes aldım. Şimdi ne yapmam gerekiyordu?

"Banyoda temizlenebilirsin, kotun için üzgünüm ama arabada Pars'ın hırkasını görmüştüm. Onu getiririm. Bir de buralarda bir yerlerde tişörtler olması lazım..."

Nereye gittiğine bakmak için kafamı kaldırmıyordum bile, ellerime bakıyordum sürekli. Keskin metalik koku beni esareti altına almıştı. Ne çok karşılaşır olmuştum bu renkle...

"Buldum," diyerek koltuğun üzerine tişörtü bıraktı Giray. "Temizlenince burada kal istersen. Ya da beni ara."

Kafamı salladım. Demir kapıyı açıp yukarı çıktığında yavaş adımlarla banyoya girip ellerimi yıkamaya başlamıştım. Yüzüme de bulaşmıştı. Üzerimdeki siyah ince kazak ise, tamamıyla kandı. Ellerimi ve yüzümü yıkadıktan sonra dönüp koltuğun üzerindeki tişörtü aldım ve kazağı çöpe atıp tişörtü giyindim. Kısa kollu ve büyüktü, yeni gibi kokuyordu. Muhtemelen buraya kıyafet istiflemişlerdi lazım olursa diye.

Saçlarımı iyice toplayıp tepemde topuz yaptığım sırada Giray'ın elinde hırkayla geri geldiğini gördüğümde, "Ben de geliyorum," dedim ve hırkayı alıp üzerime geçirdim. İtiraz etmedi, bunun yerine ilerleyip perdeyi kaldırdı ve duvarı ittirip kapıyı açtı. Yeniden sessiz, soğuk ve karanlık geçide adım attığımızda kalbim midemde atıyordu.

Sonunda yeniden kırmızı halıyı ve iyi aydınlatılmış koridoru gördüğümde Giray'dan önce revir kapısını açıp içeri girdim ve gözlerimi direkt olarak sedyenin olduğu köşeye çevirdim: Pars orada yatıyordu, koluna serum bağlamışlardı ve yanındaki askılıkta bir kan paketi asılıydı.

Oğuz'u kenarda duvara yaslanmış, kollarını göğsünde bağlamış bir şekilde gördüm. Zamir ortalıkta yoktu. Giray arkamdan girince direkt olarak, "Kayra nerede bu arada?" diye sordu.

Oğuz, "Bilmiyorum," dedi. "Zamir onu bulmaya gitti."

"Durumu nasıl?"

"İyi gayet. Bir iki saate uyanır. Bir hafta antrenman yok. Benim de söylemeye cesaretim yok, o yüzden sen söylersin. Biraz yatsa iyi olur. Dikişlerini zorlamasın."

Giray suratını buruşturduğunda gözlerimi ikisinin arasında gezdirdim. "Ne antrenmanı?"

Oğuz, "Şey," dedi. "Spor işte. Bilirsin."

Nedense yalnızca spor değil gibiydi. Pars arabada bir dövüşten bahsetmişti. Zırh'ı gördükten sonra aklıma kötü şeyler gelip duruyordu sürekli, mesela kapıdaki korumalar gibi dev adamların ringde üstüne oturarak kaburgalarını kırdığı rakipleri gibi.

Böyle bir şey olmazdı değil mi? Sonuçta Pars, para kazanmakla ilgili olduğunu söylemişti ve kendisinin paraya ihtiyacı olduğunu hiç zannetmiyordum.

"Benim gitmem lazım, birkaç saat sonra sınavım var. Biraz uyusam iyi olur. Size iyi geceler," diyerek ceketini de alıp kapıya yöneldi Oğuz. "Bir saatten önce uyanırsa sakın serumlarını sökmesin. Liva sana güveniyorum, buna izin verme."

Kafamı salladım. Oğuz odadan çıktığında Giray ilerleyip masanın önündeki iki tek koltuktan birine oturmuştu. "Otursana," dedi. "Yorgun olmalısın. Hem saat 4'e geliyor."

Başımı odadaki duvar saatine çevirdiğimde gerçekten saatin 4'e geldiğini ve Oğuz'un gerçekten de birkaç saat sonra sınavı olduğunu fark etmiştim. Ve benim de katılmam zorunlu kılınan bir balo vardı...

"Okulun var, değil mi?" diye sordu Giray. "Seni eve bırakabilirim."

Kafamı olumsuz anlamda sallayarak karşısına oturdum. "Hayır, yarın cumartesi. Daha kötüsü. Bahar Balosu var." Yüzüne dikkatli bakınca sağ gözünün etrafındaki geçmeye başlayan yeşilimsi bir renk almış eziği ve dudağının kenarındaki kabuk bağlamış yarayı fark etmiştim. "Geçmiş olsun bu arada, toparlamışsın."

Kaşlarını kaldırıp sırıttı. "Çabuk toparlarız biz. Dert etme."

"Burası neresi?" diye sordum etrafta gözlerimi gezdirmeye başladığımda. "Yanlış anlamadıysam zaten zemin katın altında olan demir odadan bir kat daha aşağı indik ve epey yol gittik."

Giray derin bir nefes alıp geriye yaslandığında, bana anlatmak için doğru kelimeleri seçmeye çalıştığını anlar anlamaz, "Zırh'la mı bağlantılı?" diye sordum.

Suratının aldığı şok ifadesi görülmeye değerdi. Önce kaşları çatıldı ve sırtı doğruldu, ardından anlamaya çalışarak Pars'a baktı ve son olarak bana dönüp ağzını açtı. "Pars'ın orayı sana kendi isteğiyle göstermesine imkân yok."

Omuz silktim. "Zaten ben kendim buldum."

Gözleri sonuna kadar açıldı. "Ciddi misin? Geçide mi girdin? Tek başına?"

"Gece yarısı Bahtiyar, Tolga ve adamları yukarı geldiğinde ben demir odadaydım ve Pars, acil bir durum olursa perdenin arkasındaki geçidi kullanmamı söyledi."

"Ama acil bir durum olmadı," dedi Giray.

"Ama bir saat içinde geleceğini söyledi ve gelmedi. Yukarı çıkamazdım. Önceden üçüncü kattaki geçitten arka otoparka çıktığım için buradan da bir yolunu bulurum sandım."

"Bunun yerine Zırh'ın yolunu buldun." Geriye yaslanarak alkışladı. "Bravo. Kayra ilk girdiğinde-"

"Saatlerce kaybolmuştu. Biliyorum, gözüm korksun diye söyledi."

"Gözünü böyle bir şeyle korkutabileceğini sanmıyorum, hayır," dedi Giray ve gülerek geriye yaslandı. "Eee, ne düşünüyorsun?"

"Korkunç olduğunu."

Sırıttı. "Evet, biraz öyle. Şehrin altında başka bir şehir. Kilometrelerce öteye uzanıyor."

Kaşlarımı kaldırdım. "O kadar büyük mü?"

"Eskiden değildi. Yapı çok sağlam olduğu için mimaride genişletilmeye gidildi. Rus ve İtalyan mafyaları özellikle yatırım yapıyor. Yeraltı dünyasında istedikleri her şey var... İçki, kadın ve kumar."

"Taylan," diye mırıldandım. "O ve diğer gizli ortaklar işin kadın ve uyuşturucu kısmında değil mi?"

Kafasını salladı. "Bu çok daha büyük bir organizasyon... Yalnızca Taylan'ı devirmekle durmayacaksınız." Bunu yeni fark ediyordum. Gözlerimin parıldadığına emindim. *Ama korkuyla.* Giray yanılıyordu, korkmuştum. "Bu nasıl mümkün olabilir?"

"Yalnızca dört kişi değiliz bu işte," dedi derin bir nefes vererek. "Bunu bilsen, yeter. Biz yalnızca içerideki adamlarız."

"*İki dakika uyuyorum ve her şeyi ötüyorsun. İnanılmaz.*"

Yan taraftan gelen tok sesle kafamı saniyesinde çevirdiğimde, Giray ayaklanmış yanına yürüyordu. "Ulan iki dakika tutsun seni şu anestezi be. Vur kafayı yat işte."

Kollarımı göğsümde bağlayarak ayağa kalktığımda, Pars'ı süzdüm. Üzerinde hiçbir şey yoktu, altında kot pantolonu vardı sadece. Doğrulmaya çalıştığı an ensesindeki dövmesinin göğsüne uzanan bir kısmını gördüm ama Giray ona engel olunca geri yatmak zorunda kaldı. "Kalkmak yasak. Serumun bitmesi lazım."

Pars derin bir nefes verdi ve kafasını bize doğru çevirdi. Gözleri hafif kanlanmıştı. "Kaç saat oldu?"

"En fazla bir saat. Uyu işte," diye mırıldandı Giray.

"Üstüme bir şeyler getirsene."

Pars'ın sözüyle, Giray kafasını salladı ve bana bir bakış attıktan sonra odadan çıktı.

Ve işte, ikimiz odada yalnız kalmıştık. Duvarlar arasında, sessiz ve sakin bir suskunluğun içinde. Dikiş atılan bıçak yarasının üstü sargı beziyle kaplıydı, hafif esmer ve pürüzsüz teni altında uzanıyordu. Dikkatli bakınca dikişin altında, kasıklarına doğru da bir dövmesi olduğunu gördüm ama ne olduğunu anlayamadım, duvardan tarafa bakan göğsünün kenarında da çinçe harflerle dövmeleri vardı. *Çocuğun her yerinden yeni bir dövme çıkıyordu.*

"Pekâlâ," diye mırıldandım. "Şu an üzerinde hiçbir şey yok, yani şu ensene uzanan dövmenin tamamını göstermek istersen diye söylüyorum."

Göz göze geldik. Bir süre öylece yüzüme baktı. Sanki beni tartıyor gibiydi. Ardından Yavaş bir hareketle sedyeden güç alarak doğrulmaya çalıştı.

"Yavaş ol." Kolundan tutup yardım etmeye çalıştım ama yardımımın ona hiç de etki etmediği belliydi. Yavaşça oturdu ve elini sargı bezinin olduğu yere bastırdı, biraz arkada kalıyordu bu yüzden eğilip dönerek bakmıştı.

Elini saçlarından geçirdikten sonra önüne döndüğünde, ben de tam önünde dikiliyordum. Sedyede oturduğu için boyuna ilk defa yetişebilmiştim.

Okyanusları durgun ve sessizdi. O mavilikleri, benim ela gözlerime çevirdiği an kafasını hafifçe eğip yana çevirdi ve boynuna uzanan kısmı gösterdi. "Ne görüyorsun?"

"Güller," diye mırıldandım. "Yelkovan, akrep... Bir saat var. Fransızca bir şeyler yazıyor."

"Evet."

"Ve göğsüne uzanıyor... Sol göğsüne." *Kalbine uzanıyordu.*

O hâlâ gözlerimin içine bakıyordu ama ben dövmeyi süzüyordum.

"Nasıl uzanıyor?"

"İnce bir dal, gülleri ve yaprakları dökülmüş. Yalnızca dikenleri kalmış, kalbine uzanıyor." Söylediğim şeyin farkındalığıyla içime bir hüzün çöktü ve başımı kaldırdığımda göz göze geldik. "Pars, orada ne yazıyor?"

Fransızca dersi alıyordum ve bir şeyler çıkarabiliyordum ama harfler küçücüktü ve yakından bakmayan biri asla o gülün içine yazılmış sözleri göremezdi bu yüzden sormam gerekiyordu.

"*Il y a longtemps que je t'aime, jamais je ne t'oublierai,*" diye mırıldandı yutkunarak. Âdemelması oynamıştı.

Aksanı o kadar iyiydi ki, net bir şekilde söylemesine rağmen bir an duraksadım ve idrak etmeye çalıştım. *Il y a longtemps que je t'aime, jamais je ne t'oublierai. Seni çok uzun zaman sevdim, asla unutmayacağım.*

Nefesim kesildi. "Sen, daha önce-"

"Annemin adı *Rose*'ydi," diyerek sözümü kesti ve yeniden göz göze geldik. Bacaklarının arasında duruyordum, ne zaman bu kadar yakınlaşmıştım fark etmemiştim bile. "Fransız'dı. Beni doğurduktan sonra hastalandı ve yalnızca bir süre daha yaşayabildi. Çocukken, geceleri uyumam için başımda kısıkça söylediği şarkıyı hâlâ hatırlıyorum. Fakat küçüktüm, hatırlayabildiklerim sınırlı. Yalnızca o büyük evde yalnızdık ve hayali bir saat vardı, zaman işliyordu. Tedavi hiçbir işe yaramıyordu. Bir gün gidecekti. Ve gitti."

Dudaklarımı birbirine bastırdım. Ne acınası bir durumdu ama, onu anlıyordum ve bunu içten bir şekilde hissediyordum. Ben de annemin gözlerimin önünde eriyip gitmesine izin vermiştim. Onun için yapabileceğim hiçbir şey yoktu, küçüktüm ve hiç kimsem yoktu. Ellerimden kayıp gitmesine izin vermiştim.

Güller, annesini simgeliyordu. Akrep ve yelkovan, o zamanlar evde hayaletini hissettiği saati... Ve sözler de annesinin başında söylediği şarkının sözleriydi.

"O zaman Dolunay'la babadan kardeşsiniz," diye mırıldandım sessizliğin ve hüznün ağır kokusunu uzaklaştırmak amacıyla. "Şu an İstanbul'da yaşayan annen, öz annen değil."

Kafasını salladı. "Aslında burada da bir ev var, arada geliyorlar... Bir dakika," diyerek durdu ve kaşlarını çattı. "Sen İstanbul'da yaşadıklarını nereden biliyorsun?"

Şaşkınlıkla ağzım açılacakken kendimi tutup, "Hep sen mi benim geçmişimi karıştıracaksın?" diye diklendim. Kaşlarını kaldırdığında seslice nefes vermiştim. "İrem geçen gün yaptığı ufak araştırmayı benimle paylaştı da."

Anladığını ifade etmek için kafasını salladı.

"Bunun hakkında ne yapacaksın?" diye sordum, sarılmış yarasını göstererek. "Biraz daha sağa otursaydın ve koltuğa tam yaslansaydın kalbini delip geçebilirdi o bıçak."

"O kadar uzun olduğunu zannetmiyorum," diye mırıldandı kafasında tartarken. "Bahtiyar'ın amacı beni öldürmek değil, ölürsem başına ne tür bir bela alacağını biliyor. Hem Taylan da suçu direkt Bahtiyar'a yükler. Onun amacı bana zarar vermek. Yoluma engel koymak."

Kaşlarım çatıldı. "Arabada dövüşten bahsettin, Oğuz da bir hafta antrenman yok dedi."

Sıkıntılı bir şekilde nefes verdi. "Zırh'da Tolga'yla maçım var. Bir ay sonra. Yönetimle alakalı bir bahis. Ama daha çok, Bahtiyar ve Taylan'ın egolarının yarıştığı bir dövüş olacak diyebiliriz."

Şokla yüzüne baktım. "Böyle bir şeyi yapamazsın, o maçlarda üzerinizde hiçbir şey olmuyor. Alacağın tek bir yumrukla dikişlerin açılır."

"O zamana kadar dikiş falan kalmaz, merak etme."

Ellerimle yüzümü sıvazlayarak sessizce ofladım. Artık gözlerim acıyordu, birazdan güneş doğacaktı ve lanet gün başlayacaktı. Gitmem gerektiğini biliyordum, eğer o baloda bir yere yığılıp kalmak istemiyorsam ya da topukluların üzerinde can vermek; uyumalıydım.

Keşke uzun bir elbise alsaydım. Böylece İrem altımda topuklu mu spor ayakkabı mı olduğunu anlamazdı.

Ellerimi yüzümden indirirken saçımı topuz yaptığım lastik kopup ayaklarımın dibine düşünce elimi saçıma atıp yere bakarken şaşkınlığımı gizleyemedim. Nasıl kopmuştu o?

Yüzüme gelen saçları ellerimle kulağımın arkasına iterek önüme döndüğümde Pars'ın yüzünde hiçbir ifade yoktu. Okyanusları boş boş yüzüme bakıyordu sadece.

"Eve gitmem lazım," diye mırıldandığımda eli kolundaki serum iğnesine uzanıyordu ki "Sakın," diyerek homurdandım. "O serum bitecek. Oğuz öyle söyledi." *Gerekirse eve emekleyerek giderim ama o serum bitecek.*

"Oğuz daha Tıp'ın başında. Bir bok bilmiyor."

"Öyle mi? O zaman sökelim dikişlerini de sen baştan dik, belki yanlış dikmiştir bir bok bilmiyor sonuçta."

Bana kaşlarını kaldırarak baktı.

Kulağımın arkasından çıkıp önüme düşen perçemi sol elimle tekrar yerine tıkıştırıyordum ki, Pars kaşlarını çatarak elime uzandı ve kendine doğru çekti. Ellerim *buz* gibiydi, elleri *sıcacıktı*. Her zamanki gibi.

"Bu ne zaman oldu?"

"Bıçağa sürtündü galiba arabadayken," diye mırıldandım artık kanamayan ama kesinlikle acıyan kesiğe bakarak. Elimin üstü, bileğime kadar boydan boya çizilmişti.

"Haklısın."

"Ne?"

"Haklısın," diye mırıldandı tekrar ederek. "Benim yanımda sürekli yaralanıyorsun."

Elimi arka cebime attım ve elime gelen iki yara bandıyla beraber çıkarıp havada sallayarak kaşlarımı kaldırdım. "Çözümü yok değil."

"Yara bandı yaraları iyileştirmek için değildir, Kedi. Saklamak içindir," diyerek elimdeki yara bantlarını aldı ve kenara bıraktı. "Biliyor musun? Sen bunu çok iyi beceriyorsun."

Elimin üstündeki yaraya baktım. Aslında haklıydı, yara bantlarının iyileştirici özelliği olduğu falan yoktu. Sadece üzerini kapatıp derinin iyileşmesine katkıda bulunuyordu, hepsi buydu.

Dövmesindeki dalın nasıl da kalbine doğru giderken çiçeklerini ve yapraklarını döküp yalnızca dikenleriyle kaldığını hatırladım. Pars'la göz göze geldik. Elimi uzatıp kenara bıraktığı yara bantlarından birini aldım ve açtım.

"Elini Oğuz'a göstermelisin, mikrop kapabilir."

Yara bandının iki kanadını da çıkartacakken uzanıp Pars'ın kalbine doğru götürdüğümde, tam da dalın keskin ucunun bittiği yere tutmuştum. Kanatlarını açtım ve yara bandı göğsüne yapıştı.

Kafasını eğip ne yaptığıma baktı. Ardından tekrar bana döndüğünde, kaşlarımı kaldırıp sırıttım. Yara bandını yapıştırırken daha da yakınına girmiştim, şimdi yüzlerimizin arasında o kadar da mesafe yoktu.

"Anıların mezarlığına hoş geldin. Kendi acını kendin seçebilirsin."

Göz göze geldik. Yutkunduğunda âdemelması yeniden oynadı. Geri çekileceğim sırada ise kolumdan tutmuştu. Tekrar başımı kaldırıp ona baktığımda yüzü daha da yakınımdaydı. Ne yaşamış olduğu önemli değildi, günün sonunda daima saçlarından o hoş şampuan kokusunu ve teninden yükselen parfümün naifliğini hissedebiliyordunuz.

"*Yapma*," dedi okyanusları, ela gözlerimin içinde dolaşırken. Artık içinde kıyılara çarpan dalgalar ve çıkan lodosun şiddetini görebiliyordum. "Yapma. Kalbime dokunma, orada yaşamak istemezsin. Kimse sağ çıkamıyor."

Bir anda kapı aniden açıldığında kolumu tutan elinin de gevşemesiyle birkaç adım kenara çekildim ve ikimizin de bakışları kapıya çevrildi: Gelen Giray'dı, elinde temiz kıyafetler vardı. Gözlerini şaşkınca ikimizin üzerinde gezdirirken, "Yanlış bir zamanda geldim değil mi? Huyum kurusun," diye söylendi.

"Hayır," dedim tekrar gözümün önüne düşen saçları kulaklarımın arkasına sıkıştırarak. "Ben de tam çıkıyordum. Büyükannem uyanıp da beni evde bulamazsa meraklanır."

Pars, "Liva," diyerek adımı dudaklarından çıkardıysa da bir etkisi olmadı. Ona dönüp son bir kez baktım ve "Geçmiş olsun," diye mırıldandıktan sonra "İyi geceler Giray," diyerek kapıdan dışarı çıktım. Ben çıkarken onun sırtını soğuk duvara yasladığını ve gözlerini kapattığını görmüştüm.

Sırf beni eve bırakmak için bile kolundakileri sökecek adamın, bu durumda haydi haydi peşimden gelebileceğini biliyordum; eğer söz konusu Pars Kalkavan ise bu mümkündü.

Ama o sadece, gitmeme izin vermişti bu gece.

Ve onunla 100 hayat yaşasak
Yeniden doğup yeniden ölsek birlikte;
Aldığı hiçbir nefesi
Benim için vermezdi, bilirdim.

20

Yokuşlar ve Yok Oluşlar

"Tüm millet pistte salınırken bütün gece arka masaların birinde yalnız başına tıkınmak istemiyorsan o demode şalı yerine bırak. Elbisenin bütün dekoltesini bozuyorsun."

İrem homurdanarak Beste'nin ayna karşısında omuzlarına tuttuğu beyaz şalı işaret etti ve elindeki pudrayı masanın üzerine bıraktı. Yaklaşık yarım saattir bütün makyaj malzemelerini, üzerini boşalttığı masasına dizmekle meşguldü çünkü akşamki bahar balosu için titiz çalışıyordu. Onu suçlayamazdım, bu balo için oldukça fazla çalışmıştı ve hoşlandığı çocuklardan biri de orada olacaktı. *Tolga.* Bu konu hakkında bir şey yapamamam can sıkıcıydı.

Belki de ona İrem'in aslında onunla birlikteyken Kayra'yla da ilgilendiğini ve hatta ona bahçesindeki ağaçtan yukarı tırmanmayı öğreterek pencereden odasına aldığını söylemem yeterdi. Eğer bir parça gururu varsa kavga ederler ve ayrılırlardı. Yine de böyle bir şey yapıp İrem'le aramı bozacak kadar aptal değildim, o sahip olduğum tek arkadaşımdı ve şimdi kendimi dibe batırdığım okyanustan yüzeye çıkıp nefes almak için çabalarken bu asla yapmak isteyebileceğim bir şey olamazdı.

Beste şalı kenara bıraktı ve çileden çıkmış kabarık sarı saçlarını tepesinde gevşek bir şekilde topuz yaptı. "O şalı takmayı düşünmüyordum zaten. Sadece gidene kadar beni sıcak tutması için yanımda getirdim."

İrem son far paletini de bırakırken omuz silkti ve bu sefer de fırçaları dizmeye başladı. "Pekâlâ, ilk kimden başlayayım?"

Beste'yle göz göze geldiğimizde oturması için sandalyeyi işaret ettim. Onunla okulda birkaç kere konuşmuştuk çünkü İrem'in resim kulübünde sıra arkadaşı olduğunu ve ödevlerde her zaman bir takım olduklarını biliyordum. Bizimle takıldığı pek olmamıştı ama ne vardı ki balodan bir gece önce arkadaşlarıyla kavga etmişti, bu yüzden bugün buradaydı. Uzun sarı saçları ve bembeyaz bir teni olan zarif bir kızdı. Naz'la tamamen zıtlardı. Biri melek, diğeri şeytan görünüşünde gibiydi. Bir mıknatısın iki zıt kutbu.

Ben hiçbir zaman belirgin olamamıştım. Ben yalnızca, bendim işte. Aynı kumral saçlar. Aynı ela gözler. Aynı beden. Aynı ten. Aynı ses. Aynı sessizlik.

Beste ilerleyip sandalyeye oturduğunda İrem onun başına saçlarını geri çekmesi için bir saç bandı taktı ve eline aldığı kremi yüzüne yaymaya başladı. Bu sırada Mira birkaç kez gelip kıyafetlerimize bakmış ve İrem'in dolabından birkaç şey yürütüp ortadan kaybolmuştu.

Geriye yaslanıp cebimde ağırlık yapan telefonumu çıkardım ve ekrana baktım. Dün gece Zırh'ın revirinde olanlardan sonra bir taksi bulup eve dönebilmiştim ve öğlen çok geç bir saatte İrem'in aramasıyla uyanmıştım. Saçlarımı kurutmaya vakit bile bulamadan kıyafetimle birlikte buraya geldiğimde Beste'yle beraber onun arkadaş grubu hakkında konuşuyorlardı. Tam anlamamıştım ama sanırım bir erkek meselesiydi ve gruptaki diğer üç kişi aynı fikri paylaşırken Beste yalnız kalmıştı.

Bir arama daha almıştım sabah, Richard beni İrem'in evinin önünde indirmeden hemen önce. Pars aramıştı ama aklım o kadar karışıktı ki aramayı reddetmiştim. Kendime itiraf etmek zordu ama utandığım için böyle yaptığımı biliyordum. Sonuçta dün gece olan şey, reddedilmekti değil mi? Ufak bir aramayı reddetmek onda, bende dün gece uyandırdığı hisleri uyandırmamış olmalıydı. Farklı şeylerdi.

Zaten önemli olsaydı tekrar arar veya mesaj atardı.

"Bitti," deyişini duydum İrem'in ve elimde döndürdüğüm

telefonum kayarak koltuğun arasına girdi. Ne çabuk bitmişti? Ya da ben uzun süredir bu anda değildim.

Beste bana döndü. "Nasılım?"

Kaşlarımı kaldırdım. Müthiş görünüyordu. Su yeşili bir elbise giyinmişti ve parlak kırmızı ruj ve metalik bir makyajla farklı versiyon bir Beste'ye dönüşmüştü.

Bir an, okuldaki diğer kızların akşam için neye dönüşmekte olduklarını düşündüm. Eğer 19 yaşında ve hormonlarınızı üst seviyelerde yaşayan bir kızsanız muhtemelen böyle geceler için, erkekleri etkilemek ya da hemcinslerinizin yanında çok daha özgüven sahibi olmak için, en iyisine oynardınız. İrem'in şu an Beste'ye yaptığı buydu. Ve muhtemelen bana yapacağı da.

"Elbiseni giy de gel," dedi İrem parmaklarını gevşetirken. "Kıyafete göre ilham topluyorum. Bu şekilde olmaz."

Kafamı salladım ve kalkıp elbisemle beraber küçük banyoya girdim. Üzerimdekileri çıkartırken bir yandan da çok başka şeyler hakkında düşünüyordum. Mesela dün geceki tırtıklı bıçak olayı... Gerçek miydi? Saat o kadar geçti ki ve olanların ardından o kadar uzun uyumuştum ki, ayırt edemiyordum. Belki de hepsi hayal gücümdü. Belki de Pars bana asla öyle sözler söylememişti. Ne de olsa Tolga, Pars'ın eski kız arkadaşından bahsedip duruyordu ve Pars'ın da hayalimde *oradan kimse sağ çıkamıyor* dediğini uydurmam çok da uçuk bir şey değildi.

Ama elimdeki yara bandı? İşte bu her şeyi kabullendiğim kısımdı. Hâlâ ayılamadığımdan mıydı neydi bilmiyordum ama son birkaç saattir bu döngü içerisindeydim.

Elbisem siyah, düz ve kısaydı. Aslında straplez gibiydi ama yanlarından iki aşırı ince askı sırtıma uzanıyordu. Vücudumu böyle sarması hoşlandığım bir şey değildi, bir yudum su içsem dahi karnım çıkacakmış gibi hissediyordum ve sürekli dik durmak oldukça zordu.

Kıyafetlerimi katlayıp içeri bıraktım ve kısa eteği aşağı çekiştirirken İrem'e doğru yürüyerek sandalyeye oturdum.

Beste, "O harika bir elbise," diye mırıldandığında teşekkür ettim ve aynadaki kendime baktım.

"Biliyorum," dedi İrem. "Çünkü ben seçtim. Her zaman en iyisini bilirim."

Gülerek önümdeki makyaj malzemesi koleksiyonunu süzdüm. "Bu kısmı tutabildiğin kadar sade tutabilir misin?"

"Evet, biliyorum," diyerek bandı kafama geçirdi İrem. "Sana ne yapacağımı çok iyi biliyorum."

Baz dediği kremi yüzüme yaydıktan sonra biraz beklerken aynadan Beste'nin saçlarını yapışını izledim. Saçlarını dalgalandırıyordu. Ben düzleştirdikten sonra tepemde sıkıca toplamayı planlıyordum.

Ardından İrem fondöten sürdü. Yüzümün belli kısımlarına koyu, belli kısımlarına açık renk kremler yaydı. Elmacık kemiklerimin üstünü aydınlattı ve kaşlarımı tarayarak hafifçe doldurdu. Siyah göz kalemi ve rimelle gözlerimi büyültüp belirginleştirdi. Ardından kırmızı, likit mat bir rujun fırçasını dudaklarıma yaklaştırdı. İşi bittiğinde aynadaki kesinlikle her zamanki benden çok uzak bir bendi ama aynı zamanda son zamanlarda çok fazla karşılaştığım bir bendi.

"En yakın arkadaşıma yaptığım şeyle gurur duyuyorum," dedi İrem ve kendini alkışladı. Beste bir ton iltifat sıralayıp odadan kaçmama sebep oldu ve İrem kendiyle ilgilenirken ben de banyoda saçlarımı düzleştirip bir fırça yardımıyla saçlarımı tepemde sımsıkı topladım. Böyle üşüyeceğimi bildiğimden deri ceketimi de getirmiştim ve aslına bakarsak tüm gece üzerimden çıkarmamayı planlıyordum.

Yaklaşık bir saat sonra, İrem'in şoförü bizi evden alıp mekâna götürdüğünde hava kararmıştı ve bu elbisenin içinde karnım guruldiyordu. Aç ve üzgündüm; dün gece geç bir saatte reddedilmiş ve bu öğlen oldukça geç bir saate kadar uyumuştum. Dolayısıyla Mira'nın getirdiği meyve tabağından başka bir şey yoktu midemde. Birazcık karbonhidrat için deliriyordum arka koltukta ama İrem ve Beste sürekli sosyal medya hesaplarına atacakları fotoğraflardan bahsedip duruyorlardı. Evin önünde Mira onların bir düzine fotoğrafını çekmişti. Ne yazık ki birine zorla dahil edilmiştim.

Şoför durduğunda ve İrem için kapı açıldığında, Beste kendi indi ama İrem hızlıca dolanıp benden önce kapımı açarak bana elini uzattı. Ona gülümseyerek arabadan çıkarken ayaklarıma giydiğim ince, açık, siyah topuklularla dik durmaya çalışıyordum. Eserine bakıp sürekli sırıtıyordu. Kapıyı kapatırken eğilip, "Eğer içerideki çocuklardan biri olsaydım seni kapmak için adam öldürürdüm," diye mırıldandı ve Beste yanımıza geldiğinde açık pencereden şoföre eğilip zamanı geldiğinde gelip alması için onu arayacağını söyledi.

Kapının önünde bir düzine erkek ve birkaç kız vardı. Herkes olabileceğinin en iyi versiyonu olmuş gibi görünüyordu bu gece. Kenardaki ağacın yanında dikilen ve sigara içen çocuklardan biri ıslık çaldığında kaşlarımı çatarak başımı o taraftan önüme çevirdim. İrem ve Beste yürümeye başladığında, ben de ilerliyordum.

İçerisi kalabalıktı ve ışıklandırma düşündüğümden çok daha iyiydi. Masalar ve sahnenin dizaynı için ne kadar uğraştığımı düşündüğümde kollarım sızladı, bütün bunları ek puanlar için yapmıştım ama benim için bir şey ifade etmiyorlardı. Gözlerimin içinde her genç kızın sahip olduğu lise son sınıf balo heyecanı yoktu. Ben yalnızca bugün buraya en yakın arkadaşı tarafından süslenerek sürüklenmiş herhangi biriydim. Aslında aklımda tüm gece atıştırmalıkları mideme indirmek vardı ama yanlış elbise tercihim yüzünden göbeğim çıkmasın diye bunu bile yapamayacaktım.

Siyah smokini içinde bir anda önümüzde beliren Tolga ve birkaç adım gerisindeki arkadaşlarıyla karşılaştığımızda Tolga'nın eğilip İrem'in elini öperken, "Fantastik görünüyorsun," diye mırıldandığını duydum. Arkadaşları da bu sırada beni ve Beste'yi baştan aşağı süzmekle meşguldü. Adlarını hatırlamaya çalıştım ama o kadar uzun zaman olmuştu ki anımsayamıyordum.

Tolga doğrulurken bana göz kırptığında iki parmağımı ağzıma götürüp kusuyormuş gibi yaptım ama hızlıca toparlanıp nötr surat ifademi yeniden takındım. Onu görünce midem bulanıyordu. Bütün bu pis işlerin içinde babasıyla beraber olduğuna inanamıyordum. Eklemem gerekirse Pars'la Zırh'ta dövüşmek için iddiaya girdiğine de inanamıyordum.

"Teşekkür ederim!" diye şakıdı İrem elini onunkine geçirirken. "Nereye oturuyoruz?"

Şokla İrem'e baktım. Nereye *oturuyoruz* mu? Biz mi? Hepimiz mi? Bütün geceyi Tolgaların masasında geçirmekten mi bahsediyordu o?

"Şurada," diyerek ilerideki, bar kısmına en yakın masayı gösterdi Tolga ve İrem dönüp onun koluna girdiğinde ilerlemeye başladılar. Böylece İrem dönüp bana elini uzatmış ve kolumdan tutarak peşinden sürüklemeye başlamıştı. Beste'ye gergin bir bakış attım ama o çoktan Tolga'nın arkadaşlarından biriyle konuşmaya başlamıştı bile.

"Dur tahmin edeyim, kendi isteğinle gelmedin."

Aniden yanımda beliren esmer çocuğa bir bakış attım. Boyu oldukça uzundu ve diğerlerinin aksine gömleğini de siyah tercih etmişti. Sigara kokusunu aldığımda yüzümü buruşturmamak için zor tuttum kendimi. "Nasıl anladın?" diye sordum imayla. "Çok iyi gizlediğimi düşünüyordum halbuki."

"Evet, etrafa gülücükler saçıyorsun." Güldü.

Herkes masaya oturduğunda hâlâ boş bir sandalye vardı. Çocuk yanıma oturduktan sonra "Ben Asır bu arada," diyerek elini uzattı. Bir saniye içinde yapmacık bir şekilde tebessüm ederek, "Liva," diye mırıldandım.

"Evet, bunu zaten biliyorum. Pusula'da bilardo oynamıştık. Hatırlıyorsun değil mi?"

O geceyi nasıl unutabilirdim ki? Tolga saçma salak konuşarak sinirimi bozmuştu ve sarhoş olup Pars'ı karşısında soyunan bir kızla odada basmıştım. Ardından saçma salak şeyler söyleyip çocuğun ayakkabılarına kusmaya çalışmıştım. Gecenin sonu ise Taylan'ın beni kaçırmasıyla sonlanmıştı. Daha sonra Pars gelip beni almıştı ve Taylan bunun bir bedeli olacağını söylemişti. O zaman çok üzerinde durmamıştım ama nasıl bir bedelden bahsediyor olabilirdi ki?

Asır'a bakıp kafamı salladım. "Maalesef hatırlıyorum."

"Hoşuna gitmedi."

"Böyle bir anıya sahip olmamayı dilerdim."

"Eğlenmiştik."

"Şu an burada ne kadar eğleniyorsam orada da o kadar eğlenmiştim," diyerek önüme döndüm ve geriye yaslanıp dik durdum. Etrafımdan insanlar geçiyor, içki ve atıştırmalık dağıtımı yapılıyor, bir kısım da dans ediyordu. İrem ve Tolga sürekli birbirlerinin kulaklarına eğilip bir şeyler söyleyerek gülüşüyorlardı, Beste de diğer çocukla durgun bir sohbet içerisindeydi.

Asır bir süre sonra bir şeyler içmek isteyip istemediğimi sorduğunda onu başımdan def etmek için istediğimi söyledim ve kalkıp gitti. Bu sırada ben de bu işkenceyi nasıl sonlandırabileceğimi düşünüyordum ki küçük askılı çantamın içinde bir şey titreşmeye başladı ve telefonum olduğunu anlar anlamaz çıkarıp ekrana baktım. *Pars*.

Bugün ikinci arayışıydı.

Tolga'ya bir bakış atıp ayağa kalktım ve konuşmak için daha sakin bir yer bulmak amacıyla ilerlemek istedim ama İrem'in eli bileğime yapıştı. Ona döndüm. "Nereye gidiyorsun Külkedisi? Daha bir saat bile olmadı. Dans edeceğiz."

"Lavaboya gidiyorum," diyerek elimi çektim. "Size iyi eğlenceler."

"Henüz eğlence başlamadı *Külkedisi*," diyerek İrem'in kullandığı lakabı kullandı Tolga. Sırıtıyordu. "Çabuk dön."

"Ah, evet, tabii."

Onlara göz devirerek kalabalığın içinde ilerledim ve sessiz bir yer aradım ama her yer oldukça dolu ve gürültülü görünüyordu. Bu yüzden adımlarımı dışarıya yönlendirip kapıdan çıktım. Kapının önünde sigara içenler yüzünden rahat edemeyeceğimi bildiğimden de binanın yan tarafına ilerleyip sahilin önüne yürümüştüm. Bu sırada Pars'ın araması sonlandı ama onu tekrar aradığımda ikinci çalışta açtı.

"Efendim?"

"Üzerinde güzel bir elbiseyle baloda olduğunu ve sıkıldığın için kurtulma bahaneleri aradığını söyle."

Kaşlarımı kaldırdım. "Vov, aklımı okudun."

"Yalnızca tahmin ediyordum," diye mırıldandı. "Geçen hafta sana bahsettiğim bağış gecesini hatırlıyor musun?"

"Evet."

"Bu gece."

Yutkundum.

"Bu işlerden uzak durduğunu biliyorum ve benim istediğim de bu ama orası tamamen güvenli olacak ve benim yanımda bir kadına ihtiyacım var. İçeri girebilmek için."

"Pezevenk âleminizin düzenlediği partilerde içeriye damsız girilmeme kuralını acilen kaldırması gerekiyor."

Hafifçe gülüşünü duydum. "İletirim."

Bekledi. Dün gece olanlardan sonra şimdi oldukça gergin bir ortam oluşmuştu. "Geliyor musun?"

"Hayır. İçeriye dönüp birbirinin aynısı smokinli erkekler ve başı simli kızlar arasında alkol zıkkımlanmayı tercih ederim."

"Ah."

Durdum. "Tabii ki geliyorum!"

"Bunu duyduğuma sevindim. On dakikaya oradayım."

Telefonu kapattıktan sonra kollarımı göğsümde birleştirdim ve bir adım geri atarak etrafı süzdüm. İşte yine oluyordu, o geliyordu ve biz beraber bir şeyler yapıyorduk. Bunun sonunu iyi görmüyordum ama her ne olacaksa olmasına izin veriyordum.

Bu noktada hayatımın ne yöne kaydığını bilmiyordum, aslında önceden bir hayatım olduğunun ve bir yöne doğru ilerlediğinin bilincinde bile değildim. Aptal bir uyuşturucu bağımlısına benziyordum, tek fark uyuşmak için madde kullanmama ihtiyacım yoktu; kendi kendimi yalnızca aklımla da zehirleyebiliyordum.

"Hey."

Yan tarafımdan gelen sesle telefonumu küçük askılı çantamın içine attım ve ona doğru döndüm. Bembeyaz dişleriyle sırıtıyordu ve ellerini, üzerindeki takımın kumaş pantolonunun ceplerine geçirmişti. Saçları hafif dalgalı ve uzundu, kontrollü bir şekilde tarandıkları için muhtemelen sprey ya da jöle gibi bir şey kullanmış olmalıydı.

Rahatsız edici derecede sigara kokuyordu. Sigaradan nefret ediyordum ama tercihlerine saygı duymam gerektiği için yüzümü buruşturmaktan kendimi alıkoydum.

Bu çocuk, biz içeri girerken arkadaşıyla kapının önünde tüttüren çocuktu. Göz göze geldiğimizi hatırlıyordum.

Kaşlarımı kaldırarak hafifçe selam verdim. "Hey."

"Bu havada burada boş boş dikilerek içerideki ortamı kaçırıyorsun," diyerek yanımda durdu ve gözlerini önümüzdeki sahil şeridine dikti.

"O ortamın müptelası olduğum söylenemez." Yutkundum. Boğazım acıyordu. Belki de hasta oluyordum. Yine de üzerime aldığım tek şey deri ceketimdi ve daha fazlasını şu an için bir yerden bulabileceğimi düşünmüyordum.

"Hmmm," diye mırıldandı ve bana bir bakış attı. "Aynı okulda olduğumuza emin misin? Seni daha önce hiç görmediğime yemin edebilirim."

Bu muhtemelen üzerimdeki elbise, saçım ve makyajımdan kaynaklanıyordu. Bütün bunlar olmadan fazlasıyla sıradan bir kızdım ve görülmem imkânsızdı. Onun adını bilmiyordum ama okuldaki popüler erkeklerden biri olduğunu biliyordum, bunu bilmem için yalnızca ona bir göz atmam yeterdi. Uzun boylu, hafif kaslı ve zayıftı. Düzgün bir yüzü ve öylece yanıma gelip konu açmasından anlaşıldığı kadarıyla özgüveni vardı. Saçları kumraldı, belki biraz sarıya kaçıyordu.

Bir anda gözlerimin önünde Pars'ın smokinli hali geldi. Onu bir keresinde öyle görmüştüm, yine bir maskeli baloya katılmıştık ve sonradan o evin ailesine ait olduğunu öğrenmiştim çünkü odasını bulmuştum.

Kafamı sallayıp kendime geldim ve çocuğun sorduğu ama duyamadığım soruyu yinelemesi için yüzüne baktım. "Ne dediğini tam duyamadım."

"Diyorum ki," dedi tekrar gülümseyerek. "İçeri gelip bir şeyler içmek ister misin? Bütün gece burada dikilmek istemezsin herhalde."

"Aslında birini bekliyordum," diye mırıldandım ellerimi birbirine sürtüp etrafa bakarak. Hâlâ gelmemişti. On dakika ne kadar uzun bir süreydi.

"Ah," dedi anlamış gibi ve kaşları kalktı. "Öyle mi?"

Kafamı salladım.

"Öyleyse şu an gitmem gerekir," diye mırıldandı ve elini uzattı. "Bu arada ben Koray."

Nazikçe elini sıktım. "Liva."

"Tanıştığıma memnun oldum."

"Evet ben de."

Hafifçe gülümsediği sırada omzunun üzerinden karşıdan gelmekte olan simsiyah bir spor araba gördüm. Bu arabayı daha önce de görmüştüm, bir Audi'ydi ve camlar her ne kadar siyah film kaplı olsa da içinde kimin oturduğunu biliyordum.

Araba tam önümüzde durduğunda Koray bir adım geri gidip el salladı ve arkasını döndükten sonra binaya yürümeye başladı.

Ön koltuğun kapısını açtım ve şoför koltuğundaki adama bir bakış attıktan sonra kapıyı kapatıp emniyet kemerimi bağladım. Bunun olmasından nefret ediyordum çünkü neredeyse ellerim birbirine dolanmıştı ve o lanet kemeri geçiremeyecektim.

Klik sesiyle geri yaslandım ve arabayı sürdüğünü fark ettim. Fazla sessizdi.

Üzerinde kollarını geriye sıyırdığı beyaz bir gömlek vardı ve ilk iki düğmesi açıktı, ona tam olarak ensesine uzanan dövmesinin olduğu taraftan baktığım için bunun ne kadar iyi bir karar olduğunu net bir şekilde söyleyebiliyordum. Dövmeleri hakkında söylemek istediğim birçok şey vardı aslında ama yalnızca zihnimde konuşuyor olarak kalmam muhtemelen ikimizin de yararındaydı.

Okyanuslar bir saniyeliğine bana döndüğünde, saliselik bir farkla gözleri elbisemin oturduğum için yukarı kaymış eteğine baktı ve anında önüne döndü. "Bahar balonuz nasıldı?"

Hafifçe kalkıp hızlıca eteği aşağı çekiştirerek düzelttim ve hiçbir yararı olmasa da küçük çantamı kucağıma bıraktım. Doğrusunu söylemek gerekirse biraz utanmıştım. "İyiydi."

Bana bir bakış attıktan sonra tekrar önüne döndü. Dudakları hafifçe gülümsemişti ama sonra kaybolmuştu. "Eğer iyiydi diye kestirip atıyorsan kesinlikle beğenmemişsindir."

"İnsanlar hakkında genelleme yapan insanlar hakkında bir teorim var, o da bunun saçmalık olduğu."

Caddeden yukarı çıkan bir yola saptığında tekrar benimle göz teması kurdu. "İnsanlar hakkında genelleme yapmıyordum, senin huyundan bahsediyordum."

"Ah."

Elimin üzerindeki yara bandıyla oynamaya başladım. Bunu bilemezdi. Beni ne kadar tanıdığını sanıyordu ki? Ama haksız olduğunu da söyleyemezdim çünkü kestirip atmak istemiştim ve balolar pek de ilgi alanım değildi.

Dedi bir gecede iki baloya giden kız.

"Şu açık arttırma gerçekten de olacak mı?" diye sordum yara bandıyla daha fazla oynamamam gerektiğini fark ettiğimde. Kesik hâlâ sızlıyordu ve yara bandı oynadığım sürece yapışkanlığı daha da kaybedip açılıyordu. "Gizli sözcüklerle insan pazarlama..."

"Aslında gerçekten de bir bağış gecesi ama bağışlar yardım kuruluşlarına değil de doğrudan patronların ceplerine gidecek. Ve evet, açık arttırmada satılan şeyler aslında insanlar olacak..."

"Nasıl biliyorlar?"

Kırmızı ışıkta durduğumuzda bana baktı. "Neyi?"

"Kimi satın aldıklarını?"

"Satın almıyorlar," diye mırıldanırken elini saçlarından geçirip dağıttı. "Kiralıyorlar. Bir hafta, bir ay, belki bir yıl..."

Yutkundum. "Bunun hakkında ne yapacaksınız?"

"Bu gece orada olacak şey hakkında yapabileceğimiz bir şey yok."

Dudaklarım aralandı ve kaşlarım kalktı. "O zaman sen de kiralamak falan için mi gidiyorsun?"

Kahkaha attı. "Ne?" Yeşil ışık yandığında tekrar gaza basmadan önce bana bakmıştı. "Tabii ki hayır. Giray'ın sana öttüğü grubu hatırlıyor musun? İçeride ve dışarıda adamlarımız olduğunu söylemiştik. Bizden olanlar. Çoğu bu gece orada olacak. Gizli ortakların kimliklerine ulaşmaya çalışacağız."

"Bu bir maskeli davet miydi?"

Kafasını olumsuz anlamda salladı. "İyi ki değil. O şeyleri takmaktan nefret ediyorum."

"O zaman suratlarına bakıp anlayabiliriz," diye mırıldandım.

Dalga geçercesine bana baktı. "Evet, eğer isimleri ve hayat hikâyeleri alınlarında yazıyor olsaydı."

Ona gözlerimi devirdim. "Evet ama bir davetli listesi olmalı."

"Liste yok."

Bir anda orman yoluna girdiğimizi fark ettiğimde arka tarafa bakıp şehirden uzaklaştığımızı fark ettim. "O zaman içeri girenleri ve çıkanları nasıl kontrol ediyorlar?"

"Köşk hiçliğin ortasında. Kimsenin yolunun rastgele oraya düşeceğini ve içeriye iki tek atmak için öylesine gireceğini zannetmiyorum."

"Anladım. Tamam. Dalga geçmene gerek yok," diye homurdanarak ona ters bir bakış attım.

"Dalga geçmiyorum."

"Bu dalga geçmek değilse son birkaç yıldır insanlara nasıl davranıyorum bilmiyorum."

Tekrar baktı. Okyanuslar karanlıkta koyulaşmışlardı ama hâlâ parıldıyorlardı. Sırıttı. "Yani bu işin ustası olduğunu söylüyorsun?"

"Hayır, sadece dalga geçtiğinde bunu anlayabildiğimi söylüyorum."

"Neden seninle dalga geçeyim?"

Bazen sadece insan bunu yapardı işte, bilmiyorum. Ben yaptığımda genelde bunun karakterim olduğunu söylüyor ve üzerinde fazla düşünmüyordum, aslında karşı taraf yaptığında da umursadığım söylenemezdi ama bu sefer rahatsız olmuştum işte. Ve nedenini bilmiyordum. Tıpkı onun neden dalga geçmiş olabileceğini de bilmediğim gibi.

Sorusunu yanıtsız bıraktım ve başka bir tane sordum. "Neden beni aradın? Böyle işlerde yanına Naz'ı aldığını sanıyordum. Siz suç ortağı gibi bir şeysiniz sonuçta."

"Aradım ama açmadı," dedi kısaca.

Bir anda karnıma koca bir yumruk yemişim gibi hissettim. Yani ilk *onu* aramıştı. "Belki de böyle şeyler için bu gece bir kız da sen kiralamalısın. Hem onun çenesini soru sormaması için kolayca kapatabilirsin de."

"Saçmalıyorsun."

"Bilmiyorum. Belki de."

Bir şey söylemedi. Yaklaşık bir dakika boyunca arabanın ve yolun sessizliğini dinledim ama onunla aynı ortamda yalnız başımayken sessizlik katlanamayacağım kadar gürültülü oluyordu bu yüzden boğazımı temizledim ve dudaklarımı araladım. "Geçen sefer beni bulamasınlar diye demir odaya kilitleyip geçitleri öğretmiştin ama şimdi tam da herkesin içinde olduğu bir partiye götürüyorsun."

"Pusula'nın önünden kaçırıldığın geceyi hatırlıyor musun?" diye sordu lafımı bitirdiğim anda.

"Seni gelip Taylan'ın elinden kurtardım. Bunu asla yapmazdım," diye mırıldandı. "Taylan da tam olarak bu yüzden senin peşine adamlarını taktı ve ben de tam olarak bu yüzden senin peşine kendi adamlarımı taktım. Daha kötüsü, Bahtiyar'ın da bunu biliyor olması. Ve senin ortalarda görünmemen onlara seni unutturmuyor çünkü böylelikle daha çok çaba harcadığımı düşünüyorlar. Bu gece bu düşünceyi yıkmam gerekiyor. Eğer ortalıkta değerli bir şey varsa, onu saklarsın ve diğerleri daha çok meraklanır. Ama onu herkesin gözünün önüne koyarsan, kimse umursamaz."

Bunu asla yapmazdım. Yani başkası olsa gelip almayacağını söyleyecek kadar acımasızdı ama nedensizce bu cümlesinden mutlu olmuştum. Başkası olsa gelip almazdı ama beni gelip almıştı.

Ama devamı? *Eğer ortalıkta değerli bir şey varsa, onu saklarsın ve diğerleri daha çok meraklanır. Ama onu herkesin gözünün önüne koyarsan, kimse umursamaz.* Bunu söylemişti. Tam olarak böyle söylemişti. Eğer onun için yeterince değerli olsaydım, beni saklardı ama öyle değildim ve bunun hakkında endişelenmemeleri gerektiğini onlara göstermek istiyordu.

Altdudağımı ısırdım ve kafamı pencere tarafına çevirip gelen gözyaşlarımı geriye ittim. En son ne zaman ağladığımı hatırlamıyordum bile ama bunun böyle kalmasını sağlamalıydım, daha birkaç haftadır tanıdığım bir adamın gelip canımı böyle yakması benim için adil değildi.

Boğazımı temizleyip gözyaşlarımı geriye yolladım ve İrem'in yaptığı güzel makyajı böylelikle kurtardım. "Sence işe yarayacak mı?"

"İşe yaramayacak olsa seni çağırmazdım."

Elbette. Zaten beni neden arayacaktı ki başka? Neyimiz vardı ki bizim? Kimdi o benim için? Ya da ben neydim ona göre? *Hiçbir şey. Hiçbir şey. Hiçbir şey.*

Belki de kancaya evrilip kafamızı gagalayan bütün soru işaretlerini kendi haline bırakıp acıyı kabullenmek en iyisiydi, çünkü o soruların cevapları kalp kırıcı olabiliyordu. Kafanız kırılsa alçıya alabilirdiniz ne de olsa, ama kalp alçı tutmuyordu.

Araba sonunda şatafatlı bir köşkün büyük, demir kapılarının önünde durduğunda korkunç görünen korumalar kapıyı açtılar ve araba büyük bahçede ilerledi. Diğer arabaların da park edildiği kısma sürdüğünde en köşeye ve en karanlığa park etmişti. Emniyet kemerimi çözüp onunla beraber indiğimde, arka koltuğun kapısını açtı ve henüz askısında duran gömlekle ceketi çıkardı. Arabanın arkasından dolanıp ne yaptığını görmek için yanına gittiğim sırada az önce üzerinde olan gömleği sıyırmıştı. Gözlerimi büyültüp şaşırdığımı belli ederek, "Ne yapıyorsun?" diye sordum.

"Giyiniyorum," dedi sakince, sanki çok normal bir şey yapıyormuş gibi.

Aslında öyleydi, yani giyinmekten bahsediyorduk ama bunu beklemiyordum bu yüzden şaşırmıştım. Arkamı dönüp küçük çantamın ince, taşlı askısını omzuma geçirdim ve ayaklarıma baktım. Açık ve bantlı, siyah topuklu ayakkabılar giyinmek tam bir cehennemdi ama şimdiye verdikleri acının bana pek de bir etkisi olmamıştı bu yüzden hâlâ ayaklarımdan çıkarıp çöpe fırlatmamak için kendimi tutabiliyordum ama gecenin ilerleyen saatlerinde görecektik.

O sırada arabanın camından Pars'ın görüntüsünün bir ayna gibi yansıdığını fark ettim. Gömleğinin kollarını giyiyordu, gömlek yine beyazdı ama ütülüydü. Gözlerimi biraz aşağıya kaydırınca altındaki pantolonu yukarı çekmesi gerektiğini çünkü kasıklarında olduğunu gördüm. Aslında bu görüntüden sonra kesinlikle bakmayı kesmem gerekirdi ama kaslarının üzerinde, kasıklarından aşağıya inen başka bir dövmeyi fark ettiğimde bunu yapamadım. Neye benzediğini net göremiyordum ve daha önce fark etmemiştim ama oradaydı işte.

Ve gömleği giydi. O beni yakalamadan önce önüme döndüm ve dudaklarımı birbirine bastırdım.

"Eğer arabanın camından dikizleyeceksen arkanı dönmenin ne mantığı var ki?"

Bir anda boynumdan yukarıya bir ateş bastı. Beni görmüş müydü ki?

Öylece donup kalmadığımı göstermek için boğazımı temizleyerek ona döndüm. Ceketini giyiniyordu. Göz göze geldik. "Buna nezaket denir."

"Buna röntgenlemek denir. İnsanları röntgenleyen insanlar hakkında bir teorim var, o da bunu inkâr etmeyi asla becerememedikleri."

Beni tekrar ettiğini fark ettiğimde ağzım açık kalmıştı ama o gülüyordu. Çıkardığı gömleği arka koltuğa bırakıp kapıyı kapattı ve kapılar otomatik olarak kilitlendi.

Ben hâlâ ona şok olmuş bir şekilde bakıyorken yanımdan geçip köşke yürümeye başlamıştı. Dönüp seslendi. "Geliyor musun?"

Bunu yaptığına inanamıyordum. Gafil avlanmıştım.

Peşinden hızlı adımlarla yürüdüm ve yanına ulaştım. Ona bir bakış atmıştım ama bunu umursamamıştı. İnce olmasına rağmen uzun topuklular giydiğimden artık omzuna değil çenesine geliyordum ve bu bana biraz daha özgüven veriyordu.

Köşk aşırı büyüktü. Soyhan'da böyle yerler olduğunu bilmiyordum ve Pars'layken neredeyse bunlardan bir avuç görmüştüm. Işıklandırması korku filmlerinden fırlamış gibiydi ama içerinin daha çok karnaval havasında olduğuna bahse girebilirdim.

Kapıya yaklaşırken her yerde dolanan kulaklıklı korumaları fark ederek gerildim. Nereye geldiğimi yeni fark ediyordum ve açıkçası gerilmemek elde değildi. İçeride rezil insanlar vardı, oturup insan pazarlayan ve bunun üzerinden espriler yapıp para kazanan. Yalnızca belalarını bulmalarını istiyordum.

O sırada Pars'a bir bakış attım. *Belki de çoktan bulmuşlardı.*

İhtişamlı kapıdan içeri girerken Pars elimi tuttuğunda bir an içeri bakmaktansa eğilip ellerimize baktım. Elleri sıcacıktı ve ellerim buz gibiydi. *Aynı tas aynı terane.*

•

Girişte görevli kadın ceketimi aldığında ince askılar dışında çıplak hissediyordum. Bu elbise gerçekten küçük ve kısaydı.

Her yerde devasa yemek masaları vardı ve etraftaki bir düzine garson sürekli içki dağıtıyordu. Arka fonda çalan müzik romantik bir filmden geliyor gibiydi ama buradan birazı görünen bahçeye bir bakış attığımda aslında canlı müzik olduğunu fark ettim. Takım elbise giymiş esmer bir adam mikrofonla dans ediyor gibiydi.

Herkes parıldıyordu. Her yaştan insan yiyor, içiyor, sohbet ediyor ve kahkahalar atıyordu.

Bir an bütün bu insanların gerçekten bir bağış için toplanmış olduğu saçma bir dünya hayal ettim. Toplanan paranın Samet ve arkadaşları gibi çocukların ihtiyaçlarına gideceğini düşünme gafletine düştüm... Kalbim öfkeyle doldu. Bir anda herkes, çirkin şeytanlara dönüşmüştü.

Pars elimi sıkıp dikkatimi dağıtarak bahçeye yöneldiğinde merdivenlerden dikkatlice indim ve etrafa göz gezdirdim. Burada da manzara farklı değildi ama ortada koca bir çikolata şelalesi vardı. Etrafındaki çikolata kaplı çilekleri ve diğer meyveleri gördüğümde karnımın guruldayacağı farkındalığıyla belki sesi bastırabilirim diye elimi oraya götürdüm. *Lütfen uslu dur. Seni besleyeceğim, yemin ederim. Sadece bu şeytanların evinde kirli paralarıyla aldığı yemeklerle olmaz.*

Nereye ilerlediğimizi fark ettiğimde kaşlarımı çatmıştım çünkü ilerlediğimiz ayaklı masada, elindeki kırmızı şaraba dikkatlice bakan güzel bir kız duruyordu. Hayatımda gördüğüm en saf güzelliğe sahip kızlardan biri olabilirdi çünkü kahverengiydi. Kahverengi gözler, kahverengi saçlar, hoş ve uyumlu buğday teni... Siyah, kollarını saran transparan bir elbise giyinmişti. Elbise kısaydı ve güzel fiziğini ortaya çıkarıyordu. Saçları mükemmel bir şekilde topuz yapılmıştı. Suratındaki makyaj oldukça sadeydi ve muhtemelen şarap yüzünden dudakları ve yanakları pembeleşmişti.

Ona doğru geldiğimizi fark ettiğinde şaşırdı. Ben de şaşkındım çünkü kim olduğunu bilmiyordum ve evet, ona doğru yürüyorduk.

Masaya geldiğimizde Pars elimi bıraktığı için bir saniye boşluğa düştüm ama çantamın askısını düzelterek toparladım.

Kız, ikimizi de hızlıca süzdükten sonra yutkundu.

Pars hafifçe ona doğru eğildi. "O nerede?"

Niye eğiliyorsun? Eğilmeden konuşulmuyor mu?

Kız şaşırdı. Kaşları kalkmıştı. "Kim nerede?"

"Sevgilin," dedi Pars kısaca ve istemsizce içim rahatladı. "Seni burada nasıl yalnız bırakabildi?"

"O benim sevgilim falan değil." Kız öfkelenmişti. Seslice nefes verdi. "Ve hangi cehennemde olduğunu bilmiyorum. Umurumda da değil."

"Öfkeli olmanın zamanı değil," dedi Pars etrafa bakarken.

"Her neyse," diye homurdandı kız. "Hem sen kimsin? Neden sana onun nerede olduğunu söyleyeyim?"

"*Kalkavan*," diye bir ses duydum aynı anda arkamdan. İstemsizce dönüp bakmıştım. Merdivenlerin yanından, arka taraftaki karanlık çalılıklardan bu tarafa geliyordu. Üzerinde baştan aşağı simsiyah bir takım vardı ve tıpkı Pars gibi kravat takmak yerine gömleğinin ilk iki düğmesini açık bırakmıştı. Dövmesi yoktu, istemsizce boynundan yukarı uzanan bir dövme aradım ama o başka biriydi.

O kumraldı, saçları sarıya kaçıyordu ve gözleri kahverengiydi. Bir girdap gibi. Okyanusları yoktu.

Yanımıza ulaştığında Pars sırıttı ve elini uzatınca tokalaşıp kısaca sarıldılar. Dönüp kıza baktığında şarabını yudumladığını ve göz devirdiğini gördüm. Onu bu kadar öfkelendiren neydi, merak etmiştim.

Pars, tokalaşma faslını geçtiklerinde çocuk bana döndü. Muhtemelen Pars'ın yaşlarındaydı çünkü daha küçük ya da daha büyük göstermiyordu.

Elini uzattı. Tutup sıktım. "Liva."

Başını salladı. "Pamir."

Bu ismi bir yerde duymuştum.

Ellerimizi çektiğimizde kızı gördüm. Şarap bardağını o kadar sıkı tutuyordu ki bir anda elinde patlatacağını ve kırıkları adının Pamir olduğunu öğrendiğim sevgilisi olmadığını söylediği sevgilisinin kafasında paralayacağını düşündüm.

Burnumun ucuna bir yağmur damlası düştüğünde şaşkınca elimle sildim. Kafamı kaldırdığımda gökyüzündeki kara bulutları görmüştüm, az önce Dolunay'ı gördüğüme de yemin edebilirdim.

Pamir dolanıp kızın yanına geçti ve elini beline koyduktan sonra kulağına bir şeyler fısıldadı. Kız şarap kadehini sıkmayı bıraktı ama bir şey söylemedi. Bunun yerine bana elini uzattı.

"Nil."

Elini tutup sıktım. "Liva."

"Evet az önce duydum."

Pars sırıtışını bastırdı.

Bugün herkesin derdi neydi böyle? *Hadi toplanıp Liva'yı yerin dibine sokalım* kulübü mü kurmuşlardı?

"Diğerleri nerede?" diye sordu Pamir, hafifçe masaya eğilerek. "Şimdiye gelmiş olacaklarını sanıyordum."

"Geldiler zaten," diye mırıldandı Pars ve etrafta dolanan garsonlara göz gezdirdi. Hiçbirini daha önce görmemiştim bu yüzden çenemi kapalı tuttum.

"Giray?"

"Hazır."

"Şuradaki," diyerek kaşlarıyla canlı müziğin olduğu alanın önündeki masayı gösterdi Pamir. "Beyaz ceketli bunak."

Pars, yanından geçen bir garsondan bir kadeh şampanya aldıktan sonra yarısına kadar içip kadehi masaya bıraktı. "Başlayalım o zaman."

Pamir dönüp Nil'in alnına bir öpücük bıraktığında, "Yarım saate dönerim," dedi ve Pars'a işaret edip ilerledi.

Pars bana döndüğünde kaşlarımı çatmıştım. "Yani beni konu mankeni olarak getirdin?"

"Bir şeyler yiyebilirsin," dedi etrafa bakıp. "Çok sürmez. Zaten çok durmayı da planlamıyoruz, istediğimizi alıp gideceğiz."

Kafamı salladım.

"Ciddiyim," dedi. "Ye. Karnının guruldadığını duydum."

"Bir şeyi de duyma zaten," diye kendi kendime homurdandığımda gülerek döndü ve Pamir'le beraber kalabalığa karıştılar.

Masaya döndüğümde Nil'in de homurdandığını fark etmiştim. Yeniden kadehine çatık kaşlarla bakıyordu.

"Neden bu kadar öfkelisin?" diye sordum istemsizce yanına yaklaşarak. Başka türlü zamanın geçeceğini zannetmiyordum çünkü o da pek ilk konuşmayı başlatan birine benzemiyordu.

Bana baktı. "Aslında değilim. Sadece içimden öfkeli olmak geliyor."

Kaşlarımı kaldırdım. "Neden?"

"Bilmiyorum. Zaten bilmediğim için." Bana bir bakış attı. "Sen, o şeyin... Pars'ın yanında mısın? Yani bu grubun? Bütün bu şeyin içinde misin?"

Kafamı salladım. "Biraz evet."

"Burada olduğuna göre evet."

Omuz silktim.

"Pamir'i tanıyor musun?"

Kafamı olumsuz anlamda salladım. "Bir yerlerde ismini duymuş gibiyim ama... Hayır, tanımıyorum."

"O zaman bu şeyin sandığım kadar içinde değilsin. En azından, benim kadar bir şeyler bilmeyen birine rastlamak güzel. Etrafımdaki herkes benden çok şey biliyor." Dudaklarını birbirine bastırdı. "Kendi özel hayatım hakkında bile."

"Nasıl... Yani?"

Bana bir bakış attı. Beni süzüyordu. Sanki güvenilir olup olmadığıma karar vermeye çalışıyordu. "Ufak bir kaza geçirdim ve hafızamı kaybettim."

Kaşlarımı kaldırdım. Bunu beklemiyordum. "Ciddi misin? Bu kötü olmuş. Geri gelecek mi?"

Kafasını olumsuz anlamda sallarken oldukça çaresiz görünüyordu. "Hayır. En başından beri hiç umut yoktu zaten. Neyse ki günlük falan tutmuşum da biraz fikir edinebildim..."

Günlük tutmak. Bunu uzun zamandır yapmıyordum. Bir tarih vermek gerekirse Pars'la tanıştıktan sonra belki birkaç cümle anca yazmıştım. Dr. Lamen olsaydı...

Göğsüme bir ağırlık çöktü. Dr. Lamen, saldırıdan sonra kaldırıldığı hastaneden başka bir yere nakledilmişti ve benim bu konuda kafamda hâlâ soru işaretleri vardı. Bu konuyu Pars'a söylemem gerekiyordu, kontrol edebilirdi.

"Ne kadar zaman oldu?"

Kafasında bir tarttı. "Sanırım... Birkaç ay. Tam olarak altı ay."

"Pamir'le bu arada mı tanıştınız?"

Güldü. "Hayır. Onun söylediğine göre on üç yıldır tanışıyormuşuz. Komik değil mi? Ben de inanmadım. Günlüğümü okuyunca anladım zaten. Pislik. Benden faydalanmaya çalıştı. On üç yıl ne ya? Hangi aptal..."

Bir anda durduğunda kaşlarımı kaldırdım. Bana bir bakış attıktan sonra "Her neyse," diye mırıldandı. "Bir şeyler yemek ister misin? Erkek arkadaşın karnının guruldadığını söyledi ve açıkçası ben de açım."

"O benim erkek arkadaşım değil."

"Az önce ben de Pamir için öyle söyledim ama her akşam yatıyoruz."

Kaşlarım kalktı.

Öksürdü. "Yani aynı yatakta uyuyoruz. O anlamda söylemek istemedim. Yani..."

"Sevgilinle arandaki seks hayatını konuşmak istediğimden emin değilim, daha tanışalı on dakika oldu."

"O benim sevgilim değil!"

"Evet ama her akşam yatıyorsunuz."

Yanakları kıpkırmızı olmuştu. "Bu meseleyi kapatabilir miyiz lütfen?"

Gülerek kafamı salladım. "Tabii."

"Güzel." Derin bir nefes aldı ve eliyle yüzüne hava göndermeye çalıştı. Bu sırada benim gözlerim de ilerideki çikolata şelalesine çevrilmişti. Cidden kepçeyle başımdan aşağı dökmek istiyordum.

Nil, nereye baktığımı gördüğünde elini bileğime sarıp, "Gel," dedi ve gülerek beni peşinden götürdü. Çikolata şelalesine ulaştığımızda üzerine uzun çubuklar batırılmış çileklerden birini alıp şelalenin içinde çikolataya boğduktan sonra kenardan aldığı küçük tabağı altına tutarak bana uzattı. "Bunlardan sen gelmeden önce onlarca yedim bu yüzden kenardaki tuzlulara yöneleceğim."

Tabağı ve çubuğu elinden alırken resmen gözlerim parıldıyordu. Her ısırışımda yaşama içgüdümün tazelendiğini hissediyordum.

Ne, hissediyordum dedim?

Hayatım tepetaklak olmuştu. Dr. Lamen olsaydı muhtemelen sözleşmeyi eliyle yırtıp atar ve...

Ama yoktu. Ona ne olduğu hakkında bir fikrim de yoktu.

İkinci bir çileği çikolataya batırırken onu düşünmemeye çalıştım. Şu an, tam şu an yapabileceğim hiçbir şey yoktu ve kendime eziyet etmek istemiyordum. Ayrıca aç olduğumdan dikkatim etrafımdaki yiyecekler dolayısıyla dağılıp duruyordu.

Nil bir şampanya kadehi uzattığında sarı sıvıya bakarak, "Ben içmem," diye mırıldandım.

Dedi, İrem'in alkol projesi için başından aşağı likör döken kız.

"Boğazına içkiyi dayayan kötü kız olmak istemem ama zamanın hızlı geçmesini istiyorsan en azından bir kadeh içmelisin, bu kesinlikle altı ay önce yeniden doğduğumda fark ettiğim ilk şeydi. Tabii sarhoş olmamak kaydıyla. O zaman işler karışıyor."

Elindeki kadehi aldıktan sonra bir yudum aldım ve ardından tekrar çilek ve çikolata randevuma geri döndüm. Aslında buradaki hiçbir şeyi yememeyi düşünüyordum ama nasıl olsa çoğu gecenin sonunda çöpe gidecekti.

Bir an, Samet ve diğer çocukların merdivenlerden sevinçle inip bu çikolata şelalesine koştuklarını hayal ettim.

Uzandığım çileği bir anda bırakmış ve elimdeki kadehle beraber arkamı dönmüştüm. *Neyim vardı benim böyle?* Yapamıyordum işte. Burada olmak kadar rahatsızlık duyduğum bir şey yoktu. Belki de bahar balosunda kalıp İrem ve Tolga'yı gözetlemeliydim.

Siktir. Eğer bu gecenin baş kahramanı tam olarak Taylan Arıkan ve gizli şövalyeleriyse, o zaman biricik oğlunun aptal bir lise son sınıf balosunda tıkılı kalmasının imkânı yoktu. O zaman iki ihtimal vardı: Ya İrem'i orada bırakıp gelecekti –ki İrem onu parçalardı– ya da onu da beraberinde getirecekti.

Ve Tolga, onu memnuniyetle buraya getirirdi.

Nil, tuzlu krakerin üzerinde peynirli bir şeylerin olduğu garip yemekten yerken gözlerim etrafa çevrildi ve sarı iki kafa görmeyi umdum. Lanet olsun, belki de Kayra'ya balodan bahsetmeli ve Tolga yerine onunla gitmesi için İrem'i ikna etmeliydim. O aptal sürekli en yakın arkadaşımı böyle organizasyonlara sürükleyip duruyordu, geçen seferi unutmamıştım. İlişkilerin bu kadar ileri düzey olması beni deli ediyordu. İrem'le bu konuyu konuşmam gerekiyordu ve bu sefer bu konu bir yere varmalıydı. Belki de cidden onu Kayra'ya ve Tolga'ya her şeyi anlatmakla tehdit edersem...

Hayır. Ne biçim birine dönüşüyordum ben böyle?

Ama o zaman, onu nasıl koruyacaktım?

İstemsizce şampanya kadehini kafama dikip Nil'e baktım. Bana döndüğünde *sorun ne* der gibi baktı.

"Masaya geri döneceğim, midem bulanıyor. Aç karna çikolata iyi bir fikir değilmiş."

Kafasını salladı. "Hadi gidelim."

Biz masaya geri dönerken. bu sırada canlı müziğin olduğu prefabrik sahneye bir kürsü getirilmişti ve 50'lerinde bir adam elindeki kartlarla mikrofonu ayarlıyordu. Bu sırada herkes bahçede toplanmaya başlamıştı.

Etrafta gezen garsonların birinden bir kadeh daha aldığımda on saniye sonra yarısına inmişti bile. Bu kadar çok içmek istemiyordum ama burayla ilgili her şey sinirlerimi bozuyordu ve bugün biraz daha hassastım.

Birkaç dakika sonra sunucu adam açılış konuşmasına başladığında herkes masalarındaydı ve ellerinde numaraların yazılı olduğu kartonlar vardı.

Pamir'in uzaktan geldiğini gördüğümde yanında Pars'ı bulamadım. Ufak yudumlarla şampanyayı bitirirken bir yandan da etrafı süzüyordum.

Pamir geldiğinde Nil ona baktı. "Gidiyor muyuz?"

Kafasını salladı ve bana döndü. "Tekrar tanıştığıma memnun oldum Liva. İyi akşamlar."

Ona hafifçe gülümsedim ve Nil'e döndüm. "İyi akşamlar."

Nil de karşılık verirken Pamir'in ceketini çıkarıp onun omuzlarına bıraktığını fark etmiştim. Dönüp ilerlemeye başladıklarında önümden geçen garson bu sefer ben istemeden masaya bir kadeh kırmızı şarap bıraktı ve gitti.

Harika.

Artık aç, hafif sarhoş, öfkeli ve bir de yalnızdım. Bir de bu işin bu kadar kısa süreceğinden habersizdim. Pars da geldiğinde ne olacaktı? Beni eve bırakacaktı ve bu gece de bitecekti. Muhtemelen pazartesi okula gittiğimde –ki pazar günü sağ kalırsam– İrem beni öldürecekti. Gerçi kendisi de burada değilse, orası başka...

Ne zaman içtiğimi hatırlamadığım şarap bittiğinde garsonlar yenisini getirmeden masadan ayrılıp içeriye yürüdüm. İşemem gerekiyordu. Midem resmen alkolle büzüşmüştü ve neden ona bunu yaptığım hakkında küfürler savuruyordu.

Alt katta tuvaleti bulamayınca üst kata çıkmaya başladım. Bir kat daha vardı, burası üç katlıydı ve gerçekten büyüktü. İkinci kata ulaştığımda loş aydınlatmanın eşliğinde üç kapıyı açtım: İlki yatak odasıydı, ikincisi de yataklı sade bir odaydı ama üçüncüsü tam olarak hedefimdi. İçeriye girip işimi hallettikten sonra ellerimi yıkadım ve kızarmış yanaklarımı kuruladığım soğuk ellerimle serinletmeye çalıştım. Kırmızı rujum tamamıyla yok olmuştu, kadehler o rengi dudaklarımdan çalmıştı. Üzerimdeki tek renk de yok olmuştu.

Neden olduğunu bilmediğim öfkeli adımlarla banyodan çıktığımda Pars Kalkavan da merdivenlerin önündeydi. Beni gördüğü an çatmış olduğu kaşlarıyla üzerime yürümeye başladı. "Nereye kayboldun sen?"

Güldüm. "Ne var? İşemek için de izin mi almam lazım?"

Hafifçe üzerime eğildi. "Sarhoş musun?"

"Hayır, o kadarcık içki bana işlemiyor. Sadece hafif kafam iyi."

"Ne kadarcık içki?"

Kaşlarımı çatıp hatırlamaya çalıştım. "Sanırım üç kadeh. Dört de olabilir, senin şu garsonlardan biri masaya bırakmıştı. Telepati yapabiliyor galiba."

"Yani sarhoşsun."

"Değilim, o kadar da değil dedim!" Sesim yükselmişti. "Bak bu gece balo gecesi. Yaşıtlarım o mekânda kusuyordur şu anda. Bana hesap soramazsın. Orada olsaydım da içecektim."

Bir şey söyleyemeyeceğini fark ettiğinde nefesini dışarıya üfledi ve elini koluma koydu. "Tamam, tamam bir şey demiyorum. Gidelim."

"Hayır..." Elini kolumdan ittim. Başım dönüyordu. Aç karna içmek gerçekten iyi bir fikir değildi. "Biraz oturabilir miyiz?"

Yüzümü süzdü. "İyi misin?"

"Biraz oturalım..." Dönüp banyoyu bulmadan önce girdiğim odaya daldım ama ışıkları açmadım. Zaten odanın dörtte üçü pencereydi ve aşağıdan yeterince ışık giriyordu. Yatağın üstüne oturduğumda çantamı kenara savurdum ve derin bir nefes aldım.

Pars içeri girdiğinde kapıyı kapattı. "Yalnızca 15 dakika."

"Her şeyin planlı mıdır senin?"

"Hayır, yalnızca bu gece uğramam gereken bir yer var."

Kaşlarımı çattım. "Nasıl bir yer?"

"Bir arkadaş."

"Ne çeşit bir arkadaş?"

Adımları pencereye ilerlemişti, aşağıya bakıyordu. "Çok soru soruyorsun."

Yüzümü buruşturdum. "Biliyor musun? Haklısın. Sonuçta sen benimle ilgilenmiyorsun."

Bana döndü. Okyanuslar, aşağıdan gelen ışık süzmeleri yüzünden parıldıyordu. "Taylan Arıkan beni görmüş müdür?" diye sordum o cevap vermeyince, devam ederek. "Ya diğerleri? Bahtiyar? Değersiz olduğumu anlamışlar mıdır?"

Kaşlarını çattı. "Görmüşlerdir, bu onlara yeter."

"Pamir de Nil'ini bu yüzden mi getirdi sence? Değersiz olduğunu görsünler diye? Hiç sanmıyorum."

"Onların ilişkisi farklı," dedi yanıma oturduktan sonra. "Herhangi birinin onlara zarar verebileceğini zannetmiyorum."

"Neden? Süper güçleri mi var?"

Bana döndü. Biraz şaşırmış gibiydi ama güldü. "Gibi bir şey."

Neden dudaklarına baktığımı bilmiyordum. Yalnızca ondan hoş bir koku geliyordu ve aralık, yumuşak dudakları gözlerimin önündeydi işte. Bilmiyorum, belki de alkol yüzünden pembeleşmişlerdi. Boynundaki siyah çizgilere dokunmak istiyordum, o dövmenin onun için ne anlam ifade ettiğini biliyordum ve bana anlattığı o ana geri gitmek istiyordum. *Il y a longtemps que je t'aime, jamais je ne t'oublierai.*

O da bana yakındı. Başta yüzüme, gözlerime bakıyor olsa da sonradan bakışları kırmızı rujun silindiği dudaklarıma kaymıştı.

"Eğer daha iyiysen gidebiliriz-"

Lafını bitirmesine izin vermeden benden kesinlikle beklenmeyecek bir hareketle sağ elimi yanağına götürdüm ve kafasını kendime çevirip ona uzanarak dudaklarımı dudaklarına bastırdım. Sonrasında ne yapacağımı bilmiyordum, sonrasını hep planlardım ama alkol bedeninize girdiğinde beyninizi saf dışı bırakıp kalbinizi başkomutan ilan ediyordu ve kalp organı düşünmek gibi bir fonksiyona sahip değildi.

Yumuşak dudaklarını araladığında bir elini belime sardı ve böylece üzerine abanmaktan kucağına çıkmaya hızlıca terfi etmiş oldum. İki kolumu da boynuna sardığımda ellerinden birini yüzüme çıkardı ve yüzümü istediği şekilde yönlendirdi. Benden alkol tadı aldığına emindim, resmen bütün gece o masada dikilip içmiştim.

Bir an sanki biri bana elektrik şoku vermiş gibi hissettim, vücudum bir anda alev alev olmuştu. Hayır... Belki de bu... Ellerinden biri kalçama kadar çıkmış elbisemin altından bacağıma sürtündüğü içindi. Bilmiyordum. Ellerimi saçlarının arasına daldırdığım ve karıştırdığım an gelen mentollü kokuyla kendimden geçmemek için dayandım. Bu kokudan nefret ediyordum, beni her zaman gafil avlıyordu.

Dudakları dudaklarımdan kaydığı sırada onları tam olarak üşümüş yüzümdeki gamzemin olduğu yere bastırdı, yine sıcak olan oydu; soğuk olan bendim. Bu his insanı çileden çıkartırdı. Öpücükleri çenemden boynuma, oradan da göğüs dekolteme kaydığı sırada beni çevirip sırtımı yatakla buluşturdu ve bir elini dekolteden aşağı, elbisemin üzerinden aşağı kaydırdı. Baştan aşağı titrememek için kendimi zor tutuyordum, içimde şimşekler çakıyordu.

Tekrar dudaklarıma yöneldiğinde beklemeden kafamı yukarı uzattım ve boynuna asılıp onu kendime çektim. Üzerimdeydi, onu tamamen hissediyordum. Ellerim kol kaslarında, boynunda, saçlarında geziniyordu. Dudaklarının arasında hissettiğimden daha fazla beni *evde* hissettiren bir his yoktu. Bundan daha yakın olabilir miydik bilmiyordum, yalnızca eğer fazlası varsa dahasını istiyordum.

Nefes alışverişlerim derinleşip kesikleştiğinde, öpücükleri zayıfladı. Ne yaptığımızı ve neye doğru gittiğimizi, en basitinden nerede olduğumuzu idrak ettiğimde ben de geri çekilmiştim. Alnını bir süre nefes almak için alnıma yasladıktan sonra geri çekilip elini kalkmam için uzattı ve ben doğrulup ayağa kalkarak üzerimi düzeltirken elini saçlarından geçirdi.

Ne yapmam, ne söylemem gerektiğini bilmiyordum. "Özür dilerim, ben..."

"Sorun değil."

Ellerimle yüzümü sıvazlarken bir yandan da nefes alışverişlerimi düzenlemeye çalışıyordum. Hayatımda hiç bu kadar utandığımı hatırlamıyordum, ayrıca az önce ne olduğunu da bilmiyordum. Sadece ona dokunmuştum ve diğer her şey beraberinde gelmişti.

"Hayır, ben..." Yüzüne baktığımda tekrar konuşamadım ve seslice nefes vererek başımı başka bir tarafa çevirdim.

Bu da *neydi* böyle? Alkolün üzerimde bıraktığı ağırlığın yok olmasının zamanı mıydı? Sanki az önce olan şeyle bütün sarhoşluğum gitmişti ve zihnim öncekinden daha da uyanık bir hale gelmişti. Bunun olmasını istememiştim, böyle olmasını istememiştim. Onu öperken kafam nasıl bulanıksa şimdi de öyle kalmalıydı...

Bütün bu sessizliğin içinde bir titreşme sesi duyduğumda nefesimi tuttum ve ona döndüm. Sonunda bakışlarını benden cebine çevirip ne söyleyeceğimi beklemeyi bırakmış, gelen aramaya cevap veriyordu. "Biliyorum," dedi karşı tarafa. "Geç kalmayacağım."

Harika. Ne kadar da nazik açmıştı telefonu... Çocuklardan biri olmasına imkân yoktu. Benim aramamı cevaplarken bile *ne var, kısa kes* diyebiliyordu. Gerçi, neye dayanarak *bile* diyebiliyordum ki?

Dudaklarımı birbirine bastırırken aramayı sonlandırıp kemikli, büyük ellerinde tuttuğu siyah telefonunu cebine geri atışını izledim. Göz göze geldik. "Çıkmamız gerekiyor."

Evet, tabii, çıkabiliriz tabii ki. Kaçta alırsın beni?

Kafamı salladım. Başımı eğerek açtığı kapıdan hızlı adımlarla çıkarken arkamdan seslendi. "*Liva.*"

Liva mı? İsmimin bu olduğunu biliyordum ama hey, sadece öfkeli olduğunda adımı kullanıyordu. Öfkeli miydi? Yaptığım şeye sinirlenmiş miydi? O zaman neden karşılık vermişti ki? Beni kucağına çekerken iyiydi? Ya da dudaklarını boynumdan aşağı indirirken...

Alkolün etkisinden hâlâ kurtulamamış olmalıyım ki ona dönmeden önce alnıma bir tane şaplak attım. Döndüğümde bana çantamı uzatıyordu. Ah. Elbette. Elbette içinde cüzdanım, param ve anahtarlarım olan o küçük lanet şeyi *unuttum.*

"Teşekkürler," dedim kısık bir sesle ve bana bir bakış attı. Merdivenleri gösteriyordu. Hemen önünde dikiliyordum. Kafamı sallayarak tırabzanlara tutundum ve herhangi bir kendimi öne atıp intihar etme girişimim olmayacağından emin oldum, bugünlerde beynim ve başka taraflarım çok farklı kararlar alıyordu ve hangisine uyacağım belli olmuyordu.

Merdivenlerden aşağıya, gürültülü açık arttırmanın yapıldığı bahçe kapısının hemen yan tarafından indiğimizde içeri girdiğimiz kapıya ilerledik. Ben ceketimi alırken o da yanımda beklemişti. Sonrasında otoparka ilerledik ve büyük bir sessizlik içerisinde Audi'ye atladık.

Daha önce böyle bir durumun içerisine düşmemiştim. Daha öncesinde böyle bir duruma düşenler hakkında kimseyle konuşmamış, bir kitap okumamış ya da filmini seyretmemiştim. Hiçbir tecrübem yoktu. Bu yüzden *gerçekten* ne diyeceğimi, ne yapacağımı bilmiyordum ama ne kadar cesur olduğumu o da ben de anlamıştık bu gece. *Herhalde.* Bu yüzden ceketimi giydikten sonra geriye yaslanıp emniyet kemerimi bağladım ve gözlerimi kapatıp başımı pencere tarafına çevirerek kafamı bir yerlere çakıp bayılmak için Tanrı'ya yalvardım. Çünkü hiç uykum yoktu. *Hiç.*

Ve yol uzundu.

Ama Pars hiçbir şey sormadı. Bunun yerine müzik çaları açtı ve sakin bir şarkı arka planda tüm yol boyunca yerini benzerlerine bırakarak çaldı. Ben de gözlerimi kapatarak zihnimde sürekli uyumam gerektiğini, gözlerimi açmamın çok tehlikeli olduğunu ve asla konuşmamam gerektiğini tekrarlayıp durdum.

Araba boş yollarda son hızla giderken sonunda sürekli bir o tarafa, bir bu tarafa dönmeye başladığında yaklaştığımızı anlamıştım bu yüzden tek gözümü açıp nerede olduğumuzu kontrol ettim. Sahil yolundaydık ve birkaç saniye sonra evin önünde duracaktı. Gecenin bu saatinde yollar bu kadar boş olduğu için bu kadar çabuk geleceğimizi tahmin etmeliydim.

Gözlerimi açıp doğruldum ve emniyet kemerimi çıkardım. Çantam kucağımdaydı ve zincirini çok sıkı tutuyordum, bu da elime muhtemelen iz bırakacaktı.

Evin önünde durduğunda yutkundum ve ona baktım. "Bıraktığın için sağ ol. İyi geceler."

Bana döndü. Ceketini ne ara çıkarmıştı? "Ne yani, soru yok mu? Sadece iyi geceler mi?"

"Ah, evet..." Altdudağımı dişledim ve hızlıca bir şeyler düşündüm. "Şampuan markan ne?"

Ne dediğimi idrak ettiğimde Pars kahkahasını bastırarak bir saniyeliğine başka bir yöne dönmüştü. Gözlerimi büyülterek boğazımı temizledim ve tekrar göz teması kurduğumuzda, "Takım elbiseni nereden aldın?" diye sordum bu sefer. Ne?

Cidden bu mu?

Kapa çeneni. Daha iyi bir fikrin varsa sen konuşsaydın kara kedi.

"Takım elbisemi nereden aldığımı merak ettiğini sanmıyorum, gerçi şampuan markamı cidden merak ediyor olabilirsin ama geçen sefer evimdeyken onunla yıkanmıştın yani muhtemelen hatırlıyorsundur."

"Ah, evet."

"Kısa cevaplar? Hiç senlik değil." Gözlerini kıstı. "Söylemek istediğin başka bir şey mi var?"

"Hayır," diyerek çantamı aldım ve "Nereye gideceksen geç

kalıyorsun, ben gitsem iyi olur. Saat geç oldu," diye devam ederek kapıya uzandım.

"Peki," dedi. "İyi geceler *Kedi.*"

Arabadan çıkarken dönüp ona bir bakış attığımda öylece beni izliyordu. Tekrar öyle seslenmesine sevinmiştim, aslında başta bunu anlamsız buluyor ve sızlanıyordum ama artık öyle gelmiyordu. Kapıyı kapattıktan sonra dönüp kaldırıma çıktım ve bahçe kapısından içeri girerek evin kapısına yürüdüm. Ben anahtarlarımla kapıyı açarken o hâlâ bekliyordu. Kapıyı açtım, içeri girdiğimde girişin ışığı otomatikman yandı ve kapıyı kapattığım an gazladı.

Ertesi sabah uyandığımda saat neredeyse 1 olmak üzereydi ve İrem'den birkaç cevapsız aramam, birkaç da mesajım vardı. Henüz telefon elimdeyken benimle bir kafede buluşmak istediğini söyleyip adresi mesaj attığında hızlıca duş alıp dolaptan bir kot pantolon, siyah bir tişört ve ceketimi alarak saçlarımı kuruttuktan sonra giyindim. Çantamla beraber merdivenlerden aşağı iniyorken neredeyse, nerede ve kiminle yaşadığımı unutmuş bir vaziyette öylece çıkıp gidecektim.

Büyükannem salonda oturuyor ve kitap okuyordu. Vitrinin yanındaki tekli koltuktaydı, hep oraya oturur ve önündeki küçük masaya bir bardak kahve bırakırdı. Gözlüklerini hafif düşük takmıştı. İnci gözleri bana dönünce kitabının ayracını araya koyarak bana döndü. "*Günaydin*, iyi uyudun mu?"

"*Günaydın demek için bir hayli geç fakat teşekkür ederim büyükanne, iyi uyudum.*" Benimle Türkçe konuşmuştu ama ona İngilizce cevap vermiştim çünkü kelimeleri okuyuşu bana kendi dilimi unutturacak seviyedeydi.

"*Türkçe çalışıyordum*," dedi gülümseyerek ve beni süzdü. "*Bir yere mi gidiyorsun? Sabah kahvaltıya inmen için Sare sana seslendi ama cevap alamayınca yorucu bir gece geçirmiş olabileceğini düşündük. Eğer açsan bir şeyler hazırlayabilirsin. Sare, çıtır börek yapmış.*"

"*Evet, yorucu bir geceydi.*" Dudağımı ısırdım. "*Ama yemeği şimdilik pas geçeceğim, İrem'le buluşmaya gidiyorum orada bir şeyler yerim.*"

Kafasını sallayarak gülümsedi. "Pekâlâ, küçükhanım. İyi eğlenceler."

"Görüşürüz."

Ona el sallayarak ilerledim ve spor ayakkabılarımı giyinip evden çıktım. Güneş ışığını görünce şaşırmıştım çünkü bu Soyhan'da sık rastlayabileceğiniz bir durum değildi.

Caddeden aşağıya yürüyüp duraktan bir otobüse bindiğimde telefonumdan adresi kontrol ediyordum. Kafeye en yakın durakta indiğimde bir süre etraftaki kalabalığı şaşkınca izledim. Sahil şeridindeki kafelerin caddedeki mağazalar dolayısıyla da kalabalık olduğunu biliyordum ama bugün her yer bir tık ekstra kalabalık görünüyordu. Gelirken de sahilde koşu yapan birçok kişi görmüştüm. Muhtemelen havanın açık ve güzel olmasından kaynaklıydı.

Herkes kendini otomatikman dışarı atmıştı.

İrem'in bahsettiği kafeden içeri girerken renkli büyük koltuklar arasında onun oturduğu masayı aradım, birkaç saniye sonra köşedeki dört kişilik masa gözüme çarptığında İrem yalnız değildi. Karşısında Mira oturuyordu ve Mira'nın yanındaki koltuk da alışveriş paketleriyle doluydu.

İrem beni görünce Mira'yla olan sohbetini kesip gözlerini büyülterek kalktı ve "Sen neredesin?" diyerek hafif öfkeli bir tınıya sahip sesini üzerimde kullandı. Bir yandan da sarılıyordu. "Bütün gece endişeden öldüm! Tuvalete gideceğim deyip kalktın ve sonra gelmedin. Burnu halkalı garip bir çocuk sarhoş olup masamıza kustu. Beste de sürekli tuvalet deliğine falan düştüğünle ilgili espri yapıp durdu. Gerçekten çok zor bir geceydi!"

Ondan ayrılıp Mira'ya da kısaca sarıldıktan sonra İrem'in yanındaki boş koltuğa oturdum. "Sadece... sıkıldım ve ayrıldım. Zaten en başından bana göre değildi. O kadar sesi kaldıramıyorum." *Yalan söylüyordum.*

"O kadar hazırlandın ve içeriye girişinin beşinci dakikasında baloyu terk ettin ha?" diyerek takıldı Mira, önündeki dondurmadan bir kaşık ağzına atarak. Onu izlemek acıktırmıştı. Dün neredeyse hiç yememiştim ve saat neredeyse 3 olmak üzereydi.

Ben garsona el işareti yapıp buraya gelmesini işaret ederken İrem gülerek, "Biliyor musun? Bu tam senlik bir hareket. Beşinci dakikada ayrılmak yani. Üstelik o makyajla. Cidden uğraşmıştım... En azından fotoğraf çekinmeliydik," diye mırıldanıyordu. Önünde bir bardak limonata ve pasta vardı.

Menüden bir yemek tabağı seçtikten sonra siparişimi verdim ve geriye yaslandım.

"Tolga'yla nasıl geçti?" diye sordum ona istemsizce. En yakın arkadaşımı, tanıdığım en karanlık çocuklardan biriyle orada yalnız bıraktığıma inanamıyordum ama salon insan kaynıyordu ve Tolga'nın da silah çıkarıp onu rehin alacak hali falan yoktu, bu yüzden endişelenmemin yersiz olduğunu düşünüyordum.

"O konuda..." Dudaklarını birbirine bastırdı. "Kavga ettik."

"Ne?" dedim hızlıca.

"Sevindiğini bu kadar da belli etmene gerek yok Liva. Gözlerin parladı resmen."

"Yani, ben..." Yutkundum ve ona baktım. "Neden kavga ettiniz?"

"Kayra gelmiş," dedi Mira, keyifle arkasına yaslanarak. Sırıtıyordu.

"Sizi gördü mü?" İrem'e döndüm. Ağzım açık kalmıştı.

"Tam olarak değil," dedi İrem. "Ama biliyor gibiydi... Bilmiyorum. Benden, Tolga'dan bir şey almamı istedi."

"Ne?"

"Evet... Neden bilmiyorum. Ceketinin cebindeki telefonunu istedi ve bu çok garip çünkü Tolga'nın telefonunun pantolonunun cebinde olduğuna yemin edebilirim. Bütün gece cebindeydi. Ama Tolga ceketinin cebindeki bir telefondan bahsetti. Bunu nasıl bilebilir?"

Şaşkınlıkla kaşlarımı kaldırdım. "Ve... Yaptın mı?"

Güldü. "Saçmalama Liva, tabii ki yapmadım. Kayra'nın da neden bunu istediğine akıl sır erdiremedim zaten, kıskançlıktan falan mı yaptı acaba diye düşünüyorum çünkü tek mantıklı gerekçesi bu olabilir. Tolga ve Kayra yani... Ne alaka?"

Değil mi ama?

Garson hamburger tabağımı getirdiğinde suyu kafama diktim ve bir ısırık aldım.

"En son ne zaman yemek yedin sen? Aslan avına böyle bakmıyordur," diye homurdandı İrem. "Kendine hiç dikkat etmiyorsun. Seni büyükannene şikâyet edeceğim."

"Şşşt, şşşt!"

Bir anda Mira'nın sesi araya girdiğinde ben çoktan hamburgeri yarılamıştım bile. İrem'le birlikte ona baktık, o da başka bir yere bakıyordu. Kasanın o tarafa...

Bir kız ve bir erkek kasa kısmında sipariş veriyordu. Sanırım karton kutuda kahve alıyorlardı. Kızın uzun kahve saçları ve düzgün hatları vardı. Siyah bir pantolon ve tişört giyinmişti, elinde kot ceketini tutuyordu. Arkasındaki çocuk ise bir elini tezgâha yaslamış, diğeriyle de kızın belini tutuyordu. Çocuk baştan aşağı siyah giyinmişti. Bu bana Pars'ı hatırlattı ama bu çocuk kumraldı.

Bekle... Onları tanıyordum.

Mira şaşkın bakışlarıyla onları izlerken İrem ona ne olduğunu sordu ama Mira kızıp izlemeye devam etti, ben de kalkıp yanlarına doğru ilerlemeye başladım.

"Liva, dur, nereye!"

Mira arkamdan seslendiyse de durmadım. Onları şimdi hatırlıyordum, Mira'nın bahsettiği Kuzey Lisesi'nden mezun olan meşhur çift onlardı. Nil ve Pamir.

Nil, kasiyerin uzattığı kutu kahveleri alıp birini sevgilisine uzatırken beni fark etti ve şaşkınlıkla ağzı açıldı.

"Selam," dedim gülümseyerek. "Karşılaştık."

"Soyhan küçük," dedi Pamir kaşlarını oynatarak ama daha sonrasında telefonu çalınca Nil'le göz göze geldiler. Pamir, "Bir dakikaya geliyorum," diyerek kafenin bahçesine çıktığında Nil'le yalnız kalmıştık.

"Burada ne arıyorsun?" diye sordu Nil kahvesinden bir yudum alarak. Yumuşak bir ses tonuyla sormuştu ve gayet mutlu olduğu belliydi.

"Arkadaşlarımla yemek yiyorduk," diyerek İrem ve ikizi Mira'nın oturduğu masayı işaret ettim. "İstersen sen de gelebilirsin. Hatta arkadaşlarımdan biri, Mira, senin mezun olduğun okulundan. Belki tanıdık bir yüz görmek yardımcı olur."

Kaşları kalktı. "Gerçekten mi? Kuzey'den mi?" Kafasını uzatıp masaya baktı. Mira ona arkası dönük oturuyordu ve önüne bakıyordu ama İrem'in yüzünü gördüğüne emindim. İrem, Nil'i fark edince ona gülümseyip el salladı.

Nil dönüp bahçeye baktı ama Pamir hâlâ telefonla konuşuyordu. "Ben.. Bilmiyorum."

"Sadece o telefon konuşmasını bitirene kadar."

Gülümsedi. "Tamam. Pekâlâ."

Dönüp ona yolu gösterdim. Birkaç saniye sonra masaya ulaştığımızda İrem ve Mira ayağa kalkmıştı. "Kızlar bu Nil, Nil; İrem ve Mira."

İrem öne uzanarak ona hafifçe sarıldı. "Merhaba!"

"Tanıştığıma memnun oldum."

Sıra Mira'yla geldiğinde, Mira şaşkın bakışlarını yok etmeye çalışıyordu. "Merhaba Nil."

"Merhaba."

Hafifçe sarıldılar. Ardından Mira, yanındaki koltuktaki paketleri masanın altına koydu ve Nil böylelikle karşıma oturmuş oldu.

"Böyle... Karşılaşmak garip," diyerek güldü Mira, Nil'e dönerek. "Muhtemelen beni hatırlamazsın ama aynı voleybol takımındaydık. Ben o zamanlar onuncu sınıftaydım."

Nil derin bir nefes aldı. "Hmm... Zayıf bir hafızam var. Bunun için üzgünüm."

"Sorun değil..."

Mira önüne dönerken ben de tabağımdaki patatesleri didikliyordum.

"Eee," dedi İrem. "Siz ikiniz nasıl tanıştınız?"

Nil'le göz göze geldik. Ona kaş göz yapamazdım çünkü yanımdaki dünyadaki en sinsi ve açıkgöz iki kız kardeş oturuyordu, hemen anlarlardı ama Nil'in bir şekilde dün geceki bağış gecesinden bahsetmemesini umuyordum.

Neyse ki karşımda akıllı bir kız oturuyordu. "Bizi Pars tanıştırdı," dedi Nil, bahçe kısmına bir bakış atarak. "Erkek arkadaşımla yakınlar."

Mira öksürerek dondurmasını yuttu. "Öyleler mi?" Ardından hepimizin bakışları bahçeye dönmüştü. Nil o tarafı göstermişti çünkü Pamir artık telefonla değil, karşısındaki Pars'la konuşuyordu.

"Aman tanrım," diye mırıldandı Mira. Kız felç geçiriyordu. "Böyle bir görüntüyü dünyanın neresinde görebilirsiniz?"

Nil huzursuzlandığında İrem alttan Mira'nın ayağına vurdu ve önümüze döndük ama ben alttan alttan tekrar o tarafa bakıyordum. Pars'ın burada ne işi vardı? Beni görürse buraya gelir miydi? Neden gelsindi ki...

"Birlikte olmanıza çok sevindim," dedi Mira. "Okulun gözde çiftiydiniz. Okuldan sonra da ilişkinizin devam etmesi harika bir şey."

"Öyle miydik?" diye mırıldanarak kahvesinden bir yudum aldı Nil. Muhtemelen hafızasını kaybettiği için hatırlamaya çalışıyordu ama bunun işe yaramadığını söylemişti.

O sırada Pamir ve Pars'ın yanına gelen esmer kızı gördüm. Tamam, hava ılıktı ama mini bir etek giyecek kadar değil... Ve üzerinde askılı bir atlet ile siyah kısa bir kot ceket vardı. Gür siyah saçlarını dalgalandırmış, hoş bir makyaj yapmıştı.

Naz. Onlarla konuşurken elini Pars'ın koluna koyup okşayınca önüme döndüm.

Yoksa dün gece onun yanına mı gitmişti? İlk tanıştığımızda da böyle oluyordu... Naz arıyordu ve Pars gidiyordu. Asla şaşmazdı.

"Pars'ın yanındaki kız kim?" diye sordu Mira, İrem ve Nil odaklanamadığım bir konuşma içerisindeyken.

"Naz," diye mırıldandım istemsizce.

Mira kaşlarını kaldırdı. "Birlikteler mi?"

"Hayır," dedi Nil. "Pars, Liva'yla birlikte değil mi?"

İrem'in limonatası boğazında kalınca hafifçe sırtını sıvazladım.

"Ne? Öyle mi?" İrem'in kocaman olmuş gözleri bana döndü.

"Hayır, değiliz," dedim cevap olarak. "Nil bizi, hep birlikte gördüğü için muhtemelen öyle düşünüyordur."

Nil'in kaşları da kalkmıştı çünkü muhtemelen bu söylediğime inanmamıştı. Ama inanmaması için bir sebep yoktu, biz henüz dün gece tanışmıştık ve Pars bana karşı o anlama gelecek bir harekette bulunmamıştı.

Gerçi ben bulunmuştum. Sarhoş kafayla çocuğun üzerine atlayıp onu öpmüştüm.

"Bence yakışırdınız," diyerek kollarını göğsünde birleştirip geriye yaslandı Nil ve dönüp bahçeye bir bakış attı. Onunla aynı anda dönüp baktığımda, o üçü de buraya bakıyordu. Pamir, Nil'in bizimle oturduğuna şaşırmış gibiydi. Naz bana dümdüz bir suratla bakıyordu. Pars ise... Anlayamıyordum. Yalnızca dudakları aralanmıştı ve buraya bakıyordu. O da en az Naz kadar suratsızdı.

"En son bu kadar yakışıklı bir surat gördüğümde geçen hafta İstanbul'da Boğaziçi Üniversitesi gezisindeydim ve o çocuğun Pars'tan daha çok dövmesi vardı. Ciddiyim."

Mira konuyu dağıtmaya çalıştığında İrem, "Sen ve bir çocuğu beğenmek mi?" diyerek kız kardeşiyle dalga geçti. "Kuzey Lisesi olayını ve Serkan'ı öğrenene kadar lezbiyen olduğunu düşünüyordum."

"Kuzey Lisesi olayı mı?"

Nil sorunca Mira'nın eli ayağına dolandı. Tabii dolanırdı... Eskiden hoşlandığı çocuğun sevgilisi yanında oturuyordu.

"Hiç," dedi Mira. "Okulda bir çocuktan hoşlanıyordum ama benim için ulaşılmaz ve imkânsızdı. Zaten üst sınıflardandı ve gitti. Hepsi bu. Serkan da erkek arkadaşım."

Nil kafasını salladı. "Ben de... Birinin, benim için ulaşılmaz ve imkânsız olduğu konusunda neredeyse emindim, hatta eminden de öteydim ama..." Hafifçe bahçeye baktı ve ardından önüne döndü. "Demek istediğim, eğer gerçekten seviyorsan vazgeçmemen gerektiği. Eğer beynini omuzlarının üzerinde taşıyorsa, sevgine sahip çıkacaktır."

Bir peri masalının içinde yaşamıyorduk ama Nil'in o cümleleri kurarken Pamir'e nasıl baktığını görmüş ve bütün hikâyeyi merak etmiştim çünkü fazlası olduğunu anlamıştım. Bu çok farklı bir histi... Etrafında hiç inanmadığın peri masallarını yaşayan insanların olduğunu fark etmek. Gerçek olabileceğini hissetmek. Çünkü karşımdaki güzel kıza ve bahçedeki sevgilisine bakıyordum da muhtemelen tam olarak o çeşit bir peri masalının içindeydiler. Yalnızca on dakika önce kasanın önünde onun Nil'e nasıl baktığını, onu nasıl tuttuğunu görmüştüm. Böyle bir bakışa daha önce hiç rastlamamıştım.

Bu hissi biliyordum ama. Yıllarca kalbini demir kapılar ardında nöbetçi askerlerle sakladıktan sonra, öylece yoldan geçen biri için bütün bu ihtişamlı korumayı yok etmeyi. Anlamsızdı, evet öyleydi. Kime sorarsanız sorun, herkes bunun bir aptallık olduğunu söylerdi.

Açıkça sizi reddetmiş o kişi, onu kendinizi tutamayarak öptüğünüz gecenin ertesi günü başka bir kızla gözünüzün önünde dikiliyorken hem de.

Çünkü Naz, elini Pars'ın kolundan çekmiyordu ve lanet olsun ki Pars bundan hiç de rahatsızlık duymuyordu, çünkü onu engellemek amacıyla hiçbir şey yapmıyordu.

Beni görmüştü de. Duygularımı biliyordu. Bu yaptığının yalnızca canımı yakacağını da biliyordu. Bu kadar kaba biri miydi cidden? Yoksa ben mi çok ince düşünüyor ve beni hiç umursamayan birinden ufak nezaket hareketleri bekliyordum?

Nil'e baktım. *Hayır.* Dün, Pamir yalnızca benimle tanışırken bile öyle sinirlenmişti ki... Onu çok seviyordu ve kıskanıyordu. Bir kızla tanışırken bile.

Gerçek sevginin bu olduğunu söylemiyordum ama Naz'a ve elini koluna koyduğu Pars'a bakınca benim de hissettiğim tam olarak buydu. *Öfke.*

Çek elini onun üzerinden.

Çoktan bitmiş hamburgerimin ardından patateslerimi karıştırırken Nil ve Mira saçla ilgili bir sohbete daldılar ve Nil, saçının eskiden gerçekten uzun olduğunu ama bir çeşit gri ombre yaptırdıktan sonra zarar gördüğü için kestirdiğini anlattı. Mira saçlarının arasına sürekli farklı renkler attırırdı bu yüzden bu konu ilgisini çekmişe benziyordu.

Sonunda garson soğuk patateslerimle oynadığım tabağımı aldığında ne zaman geldiklerini fark etmediğim bir üçlü masamızın dibinde dikiliyordu. Pamir, ellerini Nil'in koltuğunun başlığına koydu ve üzerine doğru eğilip alnına bir öpücük kondurdu. "Sohbet bayağı koyu görünüyor."

Naz'la göz göze geldik. "Hey, bebek."

Bunu öyle bir ses tonuyla söylemişti ki neredeyse bana olan

tavrının 180 derece döndüğünü söyleyebilirdim. Bu da neydi böyle? Biz en yakın arkadaşlar değildik! Aksine kavga etmiştik.

"Hey," diye mırıldandım keyifsizce.

Okyanuslar durgundu. Selam vermek kasıtlı hafifçe kafasını salladığında önüme döndüm ve geriye yaslanıp bacaklarımı kendime çektim. Onunla konuşmak falan istemiyordum. Hem neden içeriye girmişti ki? Naz'ını da alıp gitseydi.

Mira, Naz'a dik dik bakarken arkasında kim olduğunu fark ettiğinde donup kaldı. İrem ona kahkaha atarken masadakiler tanıştı ve Nil bir saniyeliğine tuvalete gitmek için izin isteyip masadan kalktı. Pamir, onun koltuğunun kenarına oturmuştu.

Ve tekrar Pars'la göz göze geldik. "Sen bir gelsene."

Kafamı öne eğip işaretparmağımla kendimi gösterdim. "Ben mi?"

İrem yandan elini uzatıp belimi dürtüklediğinde söylenerek kalktım ve yanına yürüdüm. Ben Pars'ı takip ederken, Naz dik dik bakıyordu.

Pars'ın üzerinde kot pantolon, tişört ve ceket vardı. Koyu renk saçları dağınıktı. Her zamanki gibi ona yakın durduğumda parfüm ve şampuan kokusunu alabiliyordum. Bir an, dün gece aramızda geçenler aklıma geldiğinde boynumdan yukarıya ateş bastı ve gergince dudaklarıma eziyet etmeye başladım.

"Bu sabah takip ediliyordun," dedi Pars, kasanın yanındaki koridorun önünde durduğumuzda. Biri yanımdan geçmek istediğinde ben sırtım dönük olduğu için görmemiştim ama o elini belime koyarak beni kenara çektiğinde yalnızca konuşan iki kişi için fazla yakınlaştık.

Aynı hızla geri çekildim ve kollarımı göğsümde bağladım. "Öyle mi?"

Kafasını salladı. "Siyah bir cip. Plakası sahte. Sen otobüsten inerken kaybolmuş."

"Harika," diye mırıldandım. "Yani beni takip eden birileri var ama bu komik çünkü beni takip eden birilerini de takip eden birileri var ve sen hepsini takip ediyorsun..."

Kafasını eğip güldüğünde dudaklarının yanlarındaki hafif gamzeler belirginleşti ve ardından kafasını kaldırdığında göz göze geldik. Ne diyeceğimi bilmiyordum. Neden bir şey söylemiyordu? Hayır... Dudaklarıma mı bakıyordu? Hayır. O şaşı mıydı? Neden dudaklarıma bakıyordu?

Hızlıca, "Dün baloya Kayra gelmiş," dedim.

Söyleyeceklerime dikkat kesildi. "İrem'den Tolga'nın ceketinin cebindeki telefonunu almasını istemiş. İrem, Tolga'nın telefonunun pantolon cebinde olduğunu söyledi ve Kayra'nın ceket ayrıntısını vermesine şaşırmış çünkü bunu bilmesine imkân yok. Yani ona göre. Yine de telefonu almamış zaten." Kaşlarımı çattım. "Kayra'nın İrem'e yaklaşmasının sebebi aslında İrem değil, değil mi? Hepsi Tolga için. Çünkü Tolga, İrem'e ilgi gösteriyor. Ve onu batırmak, şantaj için kullanmak ya da başka herhangi şeytanca bir iş için değil... Yalnızca... İlgi gösteriyor işte."

Okuldaki boş sınıfta, Tolga'ya İrem'den uzak durması gerektiğini ve onu kullandığını söylediğimde nasıl delirdiğini hatırladım. Oyun oynayamayacak kadar aklını kaybetmişti ve duvara yumruğunu geçirmişti.

Pars kaşlarını çattıktan sonra dudaklarını yaladı. Bunu yapması tüylerimi diken diken etmişti. O dudaklar dün gece benimkilerin üzerimde miydi? Biri çıkıp bunu teyit edebilir miydi çünkü burada aklımı kaçırmak üzereydim.

O sırada Pamir'in büyük adımlarla buraya yürüdüğünü gördüm. Yanımızdan geçtiğinde o kadar öfkeliydi ki negatif enerjisi bütün algılarımı katletmişti. O koridora daldığında masadakiler şaşkın bakışlar eşliğinde ayaklandı ve Naz buraya koşmaya başladı. Pars o sırada çoktan Pamir'in peşinden içeriye dalmıştı bile.

"Ne oldu?" diye sordum şaşkın bakışlar eşliğinde, Naz'a dönerek.

"Bilmiyorum," dedi Naz ve kaşlarını çattı. "Ama iyi bir şey olmadığı belli. Telefonuna baktı ve fırladı."

Yutkundum. Bir saniye sonra Naz da peşlerinden ilerlemeye başladığında ben de onu takip ediyordum.

Bir anda kendimi ve diğerlerini kızlar tuvaletinde bulduğumda Pamir'in aynaların önünde telefonunu neredeyse büyük avuçlarında ezmek üzere olduğunu fark ettim. Pars da gerisinde dikiliyordu. Dönüp elini saçlarından geçirdi ve gergince dilini dudaklarında gezdirdikten sonra telefonunu çıkarıp birini aramaya başladı. Ama karşı taraf cevap vermiyordu.

Ve aynaya, kocaman kırmızı harflerle yazılmış yazıyı o zaman gördüm.

İTAAT ET.

Pars'ın aradığı her kimse cevap vermiyordu ama bu sefer Giray'ı aradığını gördüğümde, telefon açıldı ve ortamdaki gerginlik yüzünden algılayamayan beynimin gerisinde bir şeyler söyledikten sonra aramayı sonlandırdı.

Naz eliyle yüzünü sıvazlayıp endişeli bir şekilde Pamir'e bakarken, her şey bir anda gerçekleşti. Avucunda telefonunun olduğu elini yumruk yaparak yazının olduğu aynaya savurdu ve ayna büyük bir gürültüyle parçalara ayrılırken geri çekilip sırtımı duvara yapıştırdım.

"Dur!" diye kükremişti Pars ama bu ona engel olmamıştı.

Naz korkuyla geri sıçrarken içeriden gelen sesleri duydu ve tuvaletin kapısını kapatarak kilitledi.

Yere kan damlıyordu. Pamir'in eli kim bilir ne haldeydi.

İtaat et.

O an fark ettim.

Nil yoktu.

"Malik'i içeri tıkarken o orospu çocuğunun peşimden geleceğini anlamalıydım," diye bağırdı. O sırada Pars musluğu açmıştı ve elini suyun altına tutmasını işaret ediyordu. Daha önce hiç böyle bir öfke görmemiştim, omuzları şiddetle yükselip alçalıyordu.

"Bunu ona Taylan mı yapıyor?"

Naz'ın ürkek sesini duyduğumda Pars ona bir bakış attı ve "Mümkün," diye mırıldandı. "Ama benim aklıma başka biri geliyor."

Pamir ona döndü. Bu sırada ben de kenardaki havlu peçetelerden birkaç tane üst üste almış, ona uzatıyordum. Pamir elini sildiğinde bütün peçeteler kan oldu.

"Önce bir çıkalım şuradan," dedi Pars.

"Ben burayı hallederim, siz gidin."

Naz'ın sesiyle Pars ona dönüp kafasını salladı ve Pamir ilerledi. Kapıyı açıp dışarı çıkarken ben de peşlerinden ilerliyordum.

Ön taraftaki kalabalığın arasından geçmek yerine arka çıkışa yöneldiklerinde kapının üzerinde yazan *Personel Harici Giremez* yazısını hiç umursamadan içeriye girdiler. Buna hiç şaşırmamıştım çünkü iki dev gibi adam, öfkeli ve kaslıydılar. Onlara kim engel olabilirdi ki?

İçeride eşyaların ve kutuların bulunduğu odadan arka çıkışa açılan başka bir kapıya çıktıklarında Güneş artık bulutların arkasına saklanmıştı ve hava biraz soğumuştu. *Peh. Soyhan'dan ne beklenirdi ki zaten?*

Ön tarafa yürüdüklerinde Pars, siyah Audi'nin bagajını açtı ve ufak bir ilk yardım çantasını bagajın üzerine bıraktı.

"Sen nereye?" diye sordu Pars, yanında dikildiğimde bana ters ters bakarken.

Pamir ön kaputun orada dikiliyordu ve eli kanıyordu.

"Nil benim arkadaşım... Gibi bir şey. Yardım edeceğim."

"Arkadaşlarının yanına dönmen bayağı sağlam bir yardım olur," diyerek karşı çıktığında okyanuslar gözlerinde debeleniyordu.

"Onu kaçırdılar mı?"

"Bilmiyoruz."

"Ama tuvalete gitti ve yok."

"Liva."

"Pekâlâ." Derin bir nefes aldım ve Audi'nin arka kapısını açarak içeriye oturdum. Pars bana elindeki ilk yardım çantasıyla bir bakış attığında kollarımı göğsümde bağlamış bekliyordum.

Bu sırada Pamir çattığı kaşlarıyla telefonuna bakıyordu. O kadar sert ve öfkeli görünüyordu ki diğer sağlam elini de Audi'nin kaputuna indirse hiç şaşırmazdım.

Sonra bir şey oldu. Gevşer gibi oldu ama tekrar sert ifadesine geri döndü ve Pars yanında durduğunda ona ekranı gösterdi. Cebimdeki telefonum gelen mesajla titrerken huzursuzca yerimde kıpırdandım. Bir süre ne konuştuklarını duyamadım ama birkaç dakika sonra, ikisi de dolanıp ön koltuklara bindiler.

Bir anda yanımdaki kapı da açıldığında Naz içeriye atladı ve "Gazla," diye seslendi.

Pars gaza bastığında güçbela kapıyı kapayabildim. "Ne oluyor?"

Pamir telefonunu arkaya attığında refleks olarak tuttum ve açık ekrana baktım.

Kimden: Bilinmeyen Numara

Yarım saat içinde adresteki depoda ol. Polis yok, bir başkasına söylemek yok, herhangi bir numara yok.

İtaat et. ;)

Şaşkınlık içerisinde ekrana bakakaldığımda, elim istemsizce cebime gitti ve kendi telefonumu çıkarıp gelen mesaja baktım. Aynısıydı. Naz mesajları görünce başımı kaldırdım ve dikiz aynasından Pars'la göz göze geldik.

"Aynı mesaj hepimize geldi," dedi Naz telefonunu sallarken. "Bahse varım Bahtiyar. Geçen seferki toplantıda Pars'ı gömemedi ve hasetliğinden çatladı. Ben olsam Liva'yı kaçırırdım ama onu davete götürmekle kaçırmaya değmez olduğunu gösterdiğine göre... Nil daha mantıklı bir seçim olurdu. Öyle de oldu."

Şokla Naz'a döndüğümde göz göze geldik ama tepkimi görüp de bundan haz almasını istemediğim için başımı cam tarafına çevirdim. *Bunu bile* ona söylemiş miydi yani? *Bunu bile mi?*

Yakınlaşmamızdan da haberi var mıydı?

Pars arabayı deli gibi kullanıyordu. Hız limitinin çok üzerindeydi ve doğruca çevreyolundan otobana sapmıştı.

Yaklaşık yirmi dakika sonra araba ağaçlık bir yola girdiğinde de yolun taşlı ve toprak olmasına aldırmadan hızını azaltmadı.

Ve ağaçların arasında, geniş bir yere yayılmış eski fabrika binalarını gördük. Bacaları tütmüyordu, muhtemelen terk edilmişti.

Herkes aynı anda arabadan indiğinde derin bir nefes aldım ve gerginliğimi saklamaya çalıştım. Hafif yağmur çiseliyordu ve hava her on dakikada bir, bir derece daha düşüyormuş gibi hissediyordum. İstemsizce elimle ceketimin üzerinden kollarımı ovuşturdum.

"Şuradan," dedi Pars ve Pamir etrafı süzerken bize yolu gösterdi. Gergin adımlar eşliğinde fabrikanın kapısına ulaştığımızda Pars dönüp bana baktı ve göz göze geldik.

Fakat hiçbir şey söylemedi. İkisi birlikte fabrikanın ağır demir kapısını büyük bir gürültü eşliğinde açtılar ve loş bir aydınlatmaya sahip deponun içine girdik.

"*Vay, vay, vay... On dakika erken bile gelmişler, sevgili misafirlerim.*"

Bir anda depoda yankılanan ve bir mikrofonla konuşulduğu belli olan sesten dolayı korkarak sıçradığımda Naz kolumu tuttu ve hafifçe sıktı. *Sakin ol*, demek istiyordu. *Onun, senin korktuğunu anlamasını istemezsin.*

"Biliyordum," dedi Pars tükürürcesine. "Piç."

"*Kapa çeneni Kalkavan. Ve daha sonra, dön ve deponun kapısını da kapat.*"

Pars küfrederek dönüp kapıyı kapattığında bir anda ışıklar oynadı ve deponun ortasında toplandı. Şokla ortadaki sandalyeleri ve sandalyelerde oturan kişiyi gördüm. *Nil.* Elleri arkadan bağlanmıştı ve ağzında bant vardı. Kafasını kaldırınca kan çanağına dönmüş gözlerini gördüm. Pamir'in ağzı açıldı ve ona doğru hamle yapmak istedi ama Pars onu tuttu. Kenardaki eli silahlı adamları gösteriyordu. Onları ben de yeni fark ediyordum. Karanlığın içindeydiler, hepsi siyah takım giyinmişti ve fazlaydılar. Yaklaşık 20 kişi.

Ama daha fazlası vardı. Gerideki adamlardan biri, esmer ve uzun boylu çocuğu tutuyordu ve kafasını kaldırdığında, kim olduğunu anladığım an şok geçirdim.

Yağız. Onun burada ne işi vardı?

Yankılanan sesin kaynağını bulmaya çalışırken yukarıda, yerden birkaç metre yüksekteki balkonu fark ettim. Tolga oradaydı. Üzerinde basit beyaz bir tişört ve kot pantolon vardı. Yüzünde ise iğrenç bir sırıtış.

"Buyurun," dedi Tolga. "Oturun. Size sürprizlerim var."

"Yağız," diye fısıldadım bir adım atıp Pars'ın kolunu tutarak. "Onun burada ne işi var?"

"Ah," dedi Tolga gülerek. "Yakışıklı arkadaşının ne işinin olduğunu mu soruyorsun, Liva? Aslında onu getirmemin belli bir amacı yok, sadece eğlenceli olacağını düşündüm. Bir şeyler karıştırıyor ama anlayamadım. Umarım araştırmasına yardımcı oluruz bu akşam."

"Çocuğu bırak gitsin Tolga!" diye bağırdı Pars. "Bütün bunlarla hiçbir ilgisi yok."

"Hayır, istemiyorum. Neden yapacakmışım ki?"

"Elbette istemezsin," diye mırıldandı Naz. "Çünkü orospu çocukluğu yapmanın tam sırası."

"Değil mi?" diyerek ona döndü Tolga. "Hem de dün geceden sonra."

Gergince başımı kaldırıp Tolga'ya baktım, gözlerini nasıl da Pars ve Naz arasında gezdirdiğine. Daha sonra Pars dönüp Naz'a baktı ve önüne döndü.

"Oturun."

Pamir'in nefes alışverişleri korkunç sıklıktaydı ve doğrudan Nil'e bakıyordu.

Adım atmaya başladığımızda, ışığın yoğunlaştığı o çembere de yakınlaşmaya başladık ve yukarıda, karanlığın içinde sallanan metalleri fark ettim. Nefesim kesildi. Bir an adımlarım durdu ama Naz kolunu uzatıp beni çekti ve yürümeye devam ettim.

"Cani," diye fısıldadı Naz. "Bu kimin aklına gelir?"

Yukarıda, sandalyelerin üzerinde bıçaklar asılıydı ve Nil tam olarak onların altında oturuyordu. Burası, birazdan tam da bizim oturacağımız yerdi çünkü altı sandalye vardı.

İlerideki adam Yağız'ı bıraktığında, Yağız seslice nefesini üfleyerek ilerledi ve yanımıza geldi.

Tolga, "Pamir sen Nil'in karşısına otur," dedi. "Liva sen Pamir'in sağ yanına, Naz sen sol yanına. Pars sen Nil ve Naz'ın arasına. Yağız sen de Nil'in yanına oturuyorsun ve Liva da senin yanına oturuyor."

Bizi nasıl oturttuğuna baktım. Pars'la karşı karşıyaydık ve Naz onun yanında oturuyordu, diğer yanında da Nil vardı. Adamlardan biri onun ağzındaki bandı çıkardığında inledi ve Pamir küfretti. "Ellerine sahip çık pezevenk."

"Çıkmazsam ne yaparsın?"

Adam, Nil'in ellerini çözerken ona diklendiğinde Pamir ayağa kalkacak gibi oldu ama Tolga'nın, "A-a," sesiyle hepimiz ona döndük. "Yerinde olsam bunu yapmazdım."

Yukarıdan bir gıcırdama sesi geldi. Kafamı sakince yukarı kaldırdığımda, Nil'in başına denk gelen bıçağın diğerlerine göre biraz daha aşağıda durduğunu fark ettim.

Pamir'in nefesi kesildi ve yutkundu. Sakince yerine geri otururken Nil'in ellerini çözen adam sırıtıyordu. İpi kenara attıktan sonra geri çekildi ve yerine yürürken, "Tamamdır patron!" diye seslendi.

"Bugün buraya toplanma nedenimizi biliyor musunuz sevgili arkadaşlarım?"

Tolga'nın sesi kulaklarımda yankılandığında yutkundum. *Hayır seni puşt. Başımın üzerinde keskin koca bir bıçak sallanırken hele, düşünemiyorum bile.*

"Ufak bir oyun oynayacağız. Beni eğlendirmek için. Çünkü bana bunu borçlusunuz."

Pars ona sertçe baktı ve dudakları aralandı. Hayatımda gördüğüm en psikopat bakışlara sahipti. "Biz sana bir sikim borçlu değiliz Tolga. Bu saçma oyunun bittikten sonra buradan elimizi kolumuzu sallaya sallaya çıkacağız ve sonra, oyun oynama sırası bize geldiğinde burada oturduğumuz her saniyeyi sen katıyla ödeyeceksin."

Tolga kahkaha attı. "Biliyor musun? Bu gece o kadar eğleneceğim ki Kalkavan, eğer kapıdan sağ çıkarsan benden intikam almana izin vereceğim."

Yağız yutkundu. Yanımda oturuyordu ve hiçbir şeye dair hiçbir fikri yokmuş gibi görünüyordu. Oldukça korkmuş gibiydi.

"Pekâlâ," dedi Tolga. "Hadi başlayalım. Öncelikle kuralları açıklıyorum. Ben size ipuçları vereceğim ve siz de bu ipuçlarından yola çıkarak neyi anlatmanızı istediğimi anlayıp anlatacaksınız. Eğer süreyi uzatır, lafınızı uzatır, fazla bekler ya da yalan söylemeye kalkarsanız... Ya da benim istediğim şeyleri yapmazsanız, her saniye kafanızın üzerine denk gelen bıçaklar biraz daha aşağı inecekler. Çok yukarıda durmalarına aldanmayın, belli bir yakınlığa geldikten sonra artık yavaşça inmeyecekler, bir anda saplanacaklar. *Bum*!"

"Sen psikopatsın!" diye bağırdı Nil.

"Teşekkür ederim tatlım ama benim de canımı yaktılar yani bunu yapmak boynumun borcu gibi bir şey."

"Bu kadar şerefsiz olduğunu bilmiyordum Tolga!" diye bağırarak kervana katıldım ben de. Sesimin titrememesi iyi bir şeydi.

"Sevgili arkadaşın beni kandırmadan önce değildim!" diye kükredi Tolga, sonunda hiç de mutlu olmadığını belli eden bir sesle. "Beni aldattı!"

"İrem mi?" Şokla ağzım açıldı.

Tolga delice bir kahkaha savurdu. "Aslında bu yeni bir şey değil, o kaşında piercing olan sarı dallamayla kırıştırdığını biliyordum ama onun için cebimden babamla aramda olan bir iş adına önemli olan bir şeyi çalmak? İşte bunu beklemiyordum. Çünkü bilirsin! Lise balosu! Eğlenirsin, içersin ve sevgilini öpersin!"

"Telefonu aldı mı?" Kalp atışlarım çığırından çıkmıştı. Pars'la göz göze geldiğimizde, "Bana almadığını söylemişti," diye mırıldandım. "Bana almadığını söyledi!"

Pars seslice nefes verdi ve başını başka bir tarafa çevirdi. Bunu biliyor muydu? Bana söyleyecek miydi?

İrem neden almadığını söylemişti o zaman?

"Aşkıma ihanet etti," dedi Tolga yukarıdan. "Beni sizin aptal istekleriniz için silip attı. Taraf tutmaz zannediyordum ama... Çok yanılmışım."

Tolga gerçekten İrem'i seviyor muydu yani? Bu hikâyenin konusu, ihanetle sarsılan âşık bir çocuk muydu?

"En eğlencelisinden başlayalım o zaman," diyerek tekrar moralini yükseltti Tolga ve ses tonunu acıdan uzaklaştırdı. "Naz, dün gece neler oldu bize anlatmak ister misin?"

Naz başını kaldırıp Tolga'ya baktı. "Dalga mı geçiyorsun?"

"Ah, dalga geçmediğimi başını biraz daha kaldırıp üzerindeki soğuk metallere bakarak da anlayabilirsin bence. *Öt.* Hemen."

Naz derin bir nefes verdi, bir saniyeliğine gözlerini kapattı ve yeniden açtı. "Barda zengin bir piçle takılıyordum ama sarkıntılık etmeye başlayınca kavga ettik. Sonra Pars geldi ve adamı dövüp beni eve bıraktı."

Kaşlarımı kaldırdım. Demek bu yüzden ayrılmıştı, Naz'ın yanına gitmişti. Bu konuda haklıydım. Bunu tahmin etmiştim. Yine de kötü hissediyordum.

"Bu kadar olmadığını biliyorsun," dedi Tolga ve yukarıdaki ipler gıcırdadı. Naz'ın kafasının üzerindeki bıçak biraz aşağıya doğru hareket ettiğinde şokla ona döndüm. Gözleri sonuna kadar açılmıştı. "Seni orospu çocuğu! Takip mi ettiriyorsun!"

"Anlat! Ayrıntılı!"

Naz kaşlarını çatarak Pars'a baktı. "Tamam. Of, lanet! Canım sıkkındı, tamam mı? İçiyordum, yanıma gelip sarkıntılık eden herifin ilgisi başta hoşuma gitti çünkü masmavi gözleri vardı ve yakışıklıydı ve..."

Ve *ona* benziyordu.

"... içki falan ısmarlıyordu, ne bileyim işte. Ama olmasını istediğim kişi değildi." Önüne döndü. "Tuvalete gidince Pars'ı aradım, gelmesi gerektiğini ve iyi hissetmediğimi falan söyledim ki doğru, sarhoştum. Daha sonra geldi ve o sırada birlikte içtiğim çocuk aşırı sırnaşıyordu, istemiyordum, elini bacaklarımdan yukarıya çıkarınca bir anda geriye savrulup yüzüne yumruk yedi. Sonra Pars'la arabaya döndük ve beni evime götürdü. Bu kadar işte! Daha ne istiyorsun!"

Tolga balkonda öne eğiliyor ve sırıtıyordu. "Hayır," dedi. "Sen hikâyenin en heyecanlı kısmını atlıyorsun. Arabada ne oldu? Neden otoparktan on dakika boyunca çıkmadınız?"

Tüylerim diken diken oldu. Tolga'yla göz göze gelmiştik. Ne olmuştu? Neden bu hikâyenin sesli anlatılmasını istiyordu?

Pars, "Bu çok saçma," dedi tükürürcesine. "Bununla ne gibi bir şey elde etmeyi planlıyorsun?"

"Kalbim kırık," dedi Tolga sahte bir üzüntüyle. "Sizin de kalbiniz kırılsın."

Dudaklarımı birbirine bastırdım ve başımı kaldırdım ifademi düz tutmaya çalıştım. Pars bana bakmıyordu, ben de istemsizce Naz'a dönmüştüm. Ben asla ile başlayan cümleler kurduğumuz oyunu Pusula'da oynarken ne hissettiysem, şu an da onu hissediyordum. Kalbim çatlıyordu. Orta yerinden çatırdıyordu.

Bıçak biraz daha indiğinde Naz yukarı bakıp çığlık attı ve gözlerini kapatıp, "Öpüştük!" diye bağırdı.

"Daha detaylı!"

"Koltuğumdan kalkıp kucağına oturdum!"

"Başka?"

"*Kes şunu Tolga*!"

Pars'ın sesi, tuvaletteyken Pamir'inkinden çok daha gürültülü bir şekilde çıktığında oturduğum sandalyeden şokla irkilmiştim. Gözlerim yanıyordu ve kafamı kaldırıp bakmak istemiyordum çünkü duyduklarım birer zehirli ok gibi göğsümün ortasına saplanıyordu.

"Neden?" diye söylendi Tolga. "Neden yapayım ki bunu?"

Naz bana bakıyordu ama ben başımı Yağız'ın kot pantolonuna çevirip gözlerimi yerde tuttum.

"Bir şartla," dedi Tolga. "Liva, üstünü çıkar."

"Ne?"

Pars şaşkınlıkla Tolga'ya baktığında, çöken sessizlikle birlikte ben de başımı kaldırıp Tolga'ya döndüm.

"Eğer Naz'ın anlatmaya devam etmesini istemiyorsan, ceketini ve tişörtünü çıkar."

"Hayır," diye hırladı Pars oturduğu yerde.

Tolga ona aldırmadı. "Seçim senin Liva."

Yutkundum. Daha fazlasını duymak istemiyordum ama zaten ceket ve tişörtle bile çok üşüyordum, nasıl onlarsız yalnızca sutyenle oturabilirdim ki?

Göğüs kafesim sanki durduğu yerde kapaklarını içime gömüyordu, kalbim oturduğu yerde inciniyordu ve tek suçu, atmaktı. Tek suçu atan, kanlı canlı bir kalp olmaktı.

"Pekâlâ, bu kadar beklemek yeter," dedi Tolga. "Çıkar yoksa bıçak yaklaşır. Ve eminim Liva, bıçağın şimdiden bu kadar yaklaşmasını istemezsin."

Sarsılarak Tolga'ya döndüğümde Pars, "Yapmasın ama benim üzerimdekini yaklaştır," dedi öfkeyle. "İki katı yaklaştır!"

Neler söylüyordu? Tolga dosyamı biliyordu, geçen sefer beni o otel odasına kapatıp davette Pars'ın Naz'ı öpmesini sağladığında da arabasına binmemin sebebi o lanet dosyaydı. Onu nereden bulmuştu? Bütün bunlarda nasıl haberdar olabiliyordu?

Ceketimi çıkarıp arkaya attığımda doğrudan Pars'ın gözlerinin içine bakıyordum. Öfkeliydi ama bana bakarken ifadesi nötrleşti. Tişörtümün eteklerinden tuttuktan sonra başımdan çıkardığımda Pars gözlerini gözlerimden ayırmamıştı hâlâ.

Artık yalnızca pantolonum ve siyah sutyenimleydim.

"Benim tepemin tasını arttırma Kalkavan yoksa pantolonunu da çıkarttırırım," diye mırıldanarak güldü Tolga.

Ama onun ne dediği umurumda bile değildi. Pars'ın okyanusları içeride büyük bir fırtınaya ev sahipliği yapıyordu ve o fırtına, gözlerini gözlerimden çekmiyordu. Halbuki ben alkolün indirdiği gardımla ona koşmuştum dün gece, ne olacağını bile düşünmeden; öyle körcesine, ona atılmıştım ve o gidip hiçbir şey hissetmediğini ama önceden yattıklarını kabul ettiği biricik Naz'ının kollarına mı atmıştı kendini?

Bu aşkı öldür, diye fısıldadı kara kedi.

Sana sahip olmanın nasıl bir şey olduğu hakkında hiçbir fikrim yok, ama seni kaybetmek ne demek biliyorum.

Tolga ellerini birbirine sürtüyordu. "Pekâlâ, sıra Yağız efendide o zaman."

Pars'la gözlerimiz, Tolga'nın ağzından çıkan sözcüklerle kesildiğinde Pars duygusuzca, "Yağız ne alaka?" diye söylendi.

"Ah," dedi Tolga. "Sen bilmiyorsun değil mi?"

"Neyi?"

Tolga sırıttı. "Yağızcığım, bize anlatmak istediğin bir şey var mı?"

Yağız bana baktı ve ardından önüne döndü. Hiçbir şey söylemiyordu. "Bunu itiraf edeceğime başıma o bıçağı yerim daha iyi."

Öyle duygusuz bir şekilde söylemişti ki, sanki az önce yanımda korkuyorum ayaklarına numara yapmış gibiydi.

"Ben zaten senin başındakini aşağı indirmeyeceğim ki, Liva'nınkini indireceğim."

Yağız başını kaldırıp öfkeyle ona baktığında Pars, "Yağız ne alaka?" diye bastırarak ikinci kez tekrar etti.

Tolga, "Anlatıyor musun yoksa indireyim mi?" diye söylendiğinde Yağız hâlâ ağzını açmamıştı. Bu yüzden gözlerimi kapatıp bıçağın biraz daha indiğini haber verecek o göğsümü korkuyla dolduran gıcırtıyı bekledim.

Korku mu? dedi kara kedi. *Sen zaten bunu istemiyor muydun? Sevgili ölüm... Senin platoniğin değil miydi?*

Sus.

Bıçak biraz daha indiğinde Pars, "Öt yoksa buradan sağ çıksan bile fazla hayatta kalmazsın," dedi karanlık bir sesle, doğrudan Yağız'a bakarak. Bir süre göz göze bakıştılar.

Yağız, "Emin misin?" diye sordu.

Pars ona öyle bir bakmıştı ki hiçbir şey söylemesine gerek yoktu.

Yağız bana baktı ve "Özür dilerim Liva," diye mırıldandı. Ardından önüne döndü. "Tolga'nın sana gizli numaradan mesaj attığı zamanlar duş aldıktan sonra salonda yattığın geceyi hatırlıyor musun?"

Pars'ın omuzları oturduğu sandalyede tek nefesle büyümüş gibiydi. "Ha'siktir oradan."

"Duş aldığımı nereden biliyorsun?" diye sordum saniyede yüz kez gözlerimi kırpıştırıp anlattığı şeylere inanmak için kendimi zorlarken.

"Gördüm."

Pars'ın gözleri büyüdü. "Neyi gördün orospu çocuğu?"

"Bakmadım!" diye bağırdı Yağız. "Ama duş aldığını gördüm. Odandaki pencereden."

Gözlerimi kapatarak söylediklerini yerine oturtmaya çalıştım. Nefeslerim sıklaşmıştı ve ufak bir şok daha geçiriyordum.

"Senin orada ne işin vardı?"

Pars kendine hâkim olmak için çok çalıştığını belli edercesine yutkunarak âdemelmasının boynunda oynamasını sağladığında, bir anlığına tanıdık bir şey görmek ve buna tutunmak için boynundan kulağının arkasına ve ensesine uzanan dövmesine baktım.

"Gizli bilgi," dedi Yağız. "Yalnızca evden bir şey almam istendi ve alıp çıktım."

"Alıp çıktığın falan yok, duş bir saatte alınmaz!"

Pars'ın dediğini umursamadan, "Mesajlarımı sen mi sildin?"

diye sordum Yağız'a ithafen. "O gece..." Pars'a baktım ama adını anmak istemiyordum. "Tolga'nın gizli numaradan attığı mesajlara tekrar bakmak istediğimde silinmişlerdi."

"İçeriye birinin girdiğini anlamaman gerekiyordu..."

"Mesajlarımı silmek ne kadar akıllıca bir hareket?"

"Öyle değil," dedi Yağız. "Telefonun oradaydı ve... Mesaj geldiğinde baktım. Artık okundu olarak göründüğü için hepsini silmek zorunda kaldım."

"Sen hayatımda gördüğüm en aptal-"

"Kes şunu!" Pars'a dönerek bağırdığımda bir an ona böyle bir tepki verdiğime inanamayarak bana baktı ama onu bir kez daha görmezden geldim.

"Uuu," dedi Tolga. "İşler kızışıyor."

"Evet Yağız ama evime neden girdin? Kim senden ne istedi? Hâlâ bunların cevabını söylemiyorsun. Beni gerçekten yalnızca okuldan mı tanıyorsun yoksa başka bir şeyler de mi var işin içerisinde?"

"Evet Yağız," dedi Tolga sahte bir cilveyle. "Söyle bize."

Yağız öfkeyle Tolga'ya ters ters bakarak, "Bu konu hakkında bilgi veremem," dedi. "İstersen kafama bıçağı indir, yine de söyleyemem."

"Böyle hiç eğlencesi yok ama!" diye bağırdı Tolga.

"Tolga," diyerek ismini bastırdı Yağız. Bir süre Tolga'yla sessizce bakıştılar. Ardından Tolga keyfi kaçmışçasına, "Tamam," dedi. "Of, tamam be. Dön önüne."

"Hayır-" diyerek araya girmek istedim ama bu sefer de Tolga'nın ilgisini çekmiştim. "Liva, hey, senin vücudun bu kadar güzel miydi ya? Neden kapatıyorsun ki üstünü? Gözümüz gönlümüz açıldı vallahi. Değil mi Yağız? Gerçi sen sutyensiz de görmüşsündür şimdi, duş falan."

"Kapa çeneni," dedi Pars ters ters Tolga'ya bakarak.

"Kaparım," dedi Tolga. "Ama Liva konuşursa. Mesela dosyası hakkında."

"Ne dosyası?"

Naz sessizliğini bozup araya girdiğinde kafamı çevirerek, "Hayır," dedim ama bu Tolga'yı durdurmadı.

"Eğer söylemezsen Naz anlatmaya devam eder."

"Naz istediği kadar devam edebilir, isterse geçmişe gidip daha fenalarını anlatsın bu umurumda değil!"

"Elbette değil*miş* gibi davranacaksın." Tolga güldü. "Ama bu önemli değil. On saniye içinde anlatmaya başla yoksa Pars, Pamir ve Nil'in başlarının üstündeki bıçaklar konuşmadığın her saniye daha da yaklaşacak."

"Ne?" diyerek şokla kükredi Pamir. "Bana bak Tolga, senden çok daha fena bir zibidiyi babasıyla beraber yok ettim. Bu sikik oyununa devam edersen senin için de aynısını yapacağımı keyifle söyleyebilirim. Bizimle uğraşmak istiyorsan en azından kızları bırak gitsinler!"

"Onlar olmadan sizin gibi adamlarla nasıl uğraşabilirim?" Tolga'nın sesi sakindi. "Aslına bakarsan, sizin de benimle uğraşabilmenizin sebebi İrem'di. Ama artık o hayatımda yok. Ona bir şey yapmayacağım çünkü ileriki zamanlarda zaten hırpalanacak, bu ona yeter. Ama kendimi tatmin etmem lazım."

"İleriki zamanlarda zaten hırpalanacak derken neyi kast ediyorsun?" diye sordum içimde büyüyen korkuyla Tolga'ya dönerek.

"Konuşmaya başla, belki ağzımdan bir kelime duyabilirsin. Süren başladı. 10..."

Yutkundum. Bunu anlatmaya nasıl başlayabilirdim ki? Bütün bu şeyler... Çok fazlaydı. Bu durma noktasıydı. Buna devam edemezdim.

Çaresizce gözlerimi herkesin üzerinde gezdirdim. Bütün bunları duyduktan sonra benim hakkımdan ne düşüneceklerdi? Eskiden olsa asla umursamazdım ama şimdi... Çok fazlaydı. Ben bunu daha önce kimseye anlatmamıştım, şimdi öylece başımın üzerinde bıçaklar sallanıyor diye...

Tolga'nın, "Bir," diyen sesini duyduğum an, "Tamam!" diye bağırdım. "Tamam, anlatıyorum!"

"Hemen başlasan iyi edersin."

Nefes almaya çalıştım, derin bir nefes ama dünyada oksijen kalmamış gibiydi. Başım dik gıkımı çıkaramayacağımdan başımı eğdim. "Bundan bir yıl önce, on sekizinci yaş günümde okul için sağlık raporu çıkarmak amacıyla hastaneye gittim."

"Keşke patlamış mısır da getirseydim," dedi Tolga.

Gözlerimi kapatarak yutkunmaya çalıştım ama boğazımdaki yumru gitmiyordu. "Tahlillerden sonra öğrendim ki, genetik olarak hastayım. Annemden kalma yalnızca X kromozomuyla nesilden nesile geçen bir hastalık. Dünyada çok az örneği var, bu yüzden yıllar boyunca ilaç geliştirilememiş ve kurtulan sayısı az. Hikâyesi basit... Hücrelerin değişiyor, insan DNA'sının kaldıramayacağı bir yapıya evriliyor ve yıllar içerisinde organların iflas ediyor. Ölüyorsun."

"A-ha," dedi Tolga. "Devam et."

"Doktor... Erken teşhis koydu. Bunun çok önemli olduğundan ve tedavi yöntemlerine başvurmam gerektiğinden bahsetti. O akşam son hastası bendim, raporlarım kayıtlara geçmedi. O gece... Eve dönerken... Bir trafik kazasında hayatını kaybetti. Hastalığım böylece raporlara hiç geçmedi."

Titreyen dudaklarımı birbirine bastırdım. Soğuk yüzünden de titriyordum. Çok korkuyordum. Hiç bu kadar çaresiz hissetmemiştim. Biri sipsivri bir bıçakla tenimi kıyıyor gibiydi.

"Devam et, Liva," sesini duydum birinin. Başta anlamakta güçlük çektim bu yüzden başımı kaldırıp karşıma baktım. Pars'ın gözleri kıpkırmızıydı, ağlamıyordu ya da öyle bir duygu belirtisi yoktu ama suratındaki ifade beni çok korkutmuştu.

Sesim incelirken, "Diğer seçeneği seçtim," dedim.

"Ne seçeneği?"

"Tedaviyi reddettim."

"Ve?" diyerek araya girdi Tolga.

"Ben..."

"Liva," dedi Pars. "Liva. Ne yaptın?"

Gözlerimi kapattım. Yanaklarımdan aşağı yaşlar süzülüyordu, yıllar sonra ilk kez ağlıyordum. Bu kadar zayıf olduğumu bilmiyordum.

Her gece yatmadan önce gözlerimi yeterince sıkı yumarsam kâbusların beni rahat bırakacağını zannederdim, yastığı başımın altına koymak yerine kollarımla sarılırsam yeterince güvende hissedeceğimi ve yeterince sessiz bir hayat yaşarsam, sessizce gideceğimi.

Hepsi yalandı. Ben sadece karanlığın içinde kendimi kandırmanın daha kolay olacağını düşünmüş olmalıydım. Ve sonrasında kendimi öyle güzel kandırmıştım ki, bu yalana en çok ben inanmıştım.

"Liva," dedi Pars tekrar, hayatım boyunca hiç duymadığım bir ses tınısıyla. Sanki aramızdaki mesafeye rağmen kollarını etrafıma sarıp beni göğsünde kaybediyordu. Sanki sorun olmadığını, devam etmem gerektiğini ve bütün bunları beraber aşacağımızı söylüyordu.

"Adımı anma," diyerek dişlerimi sıktım. "Adımı daha fazla anma! Gitmedim tamam mı? Hastalığı unutmayı seçtim! Çünkü böylece sessizce tıpkı istediğim gibi erkenden ölecektim! Cesaret edemediğim intiharım önümde duruyordu işte!"

Pars'ın gözleri şokla açılmış, doğrudan yüzüme bakıyordu. Suratındaki ifade paramparça olmuş gibiydi, *o* paramparça olmuş gibiydi.

"Dr. Lamen'e bu yüzden gidiyordu," dedi Tolga düz bir sesle. "Ötenazi birkaç ay önce yasalaştı ve o ilk giden olmak için başvurdu. Dr. Lamen onun aklının yerinde olduğunu ve bunu bilinçli bir şekilde istediğini onaylayan belgeye imza atması gereken doktordu. Psikolojik durumunun araştırılmasının sebebi de İngiltere'deki büyükannesi dışında hiçbir akrabasının olmaması."

"Neden geçmiş zamanla konuşuyorsun?" diye döndüm ona dönerek, gözyaşları içinde.

Tolga boğazını temizledi. "Şey," dedi. "Çünkü o *öldü.*"

"Ne?"

Bana bir doktor gibi değil de abla gibi yaklaşabilirsin Liva.

Yanında olduğumu biliyorsun, ben buradayım çünkü senin ihtiyacın var.

Yeşil koltuk, tahta masa, aptal kamera.

Asla kapını çalanı yarı yolda bırakma.

"Hayır!"

"Pekâlâ, bu kadar yeter!" diye bağırdı Pamir. "Sıra bende!"

Tolga kaşlarını çatmıştı, herkes bir anda Pamir'e döndü. "Öyle mi? Aslında senin hakkında pek bir şey bilmiyorum Pamir Yelkıran. Malik'i tanırdım ve hepsi bu. Bize ne anlatacaksın?"

"Nil'i nasıl aldattığımı."

Gözlerim yuvalarını zorlayacak derecede açılırken bakışlarımı Nil'e çevirdim.

"Ne?" diyebildi sadece kısılan, ihanet acısıyla kavrulmuş sesiyle.

"Bu doğru," dedi Pamir. "Hafızanı kaybetmeden önce sen bana âşıktın ve ben seni kullanıyordum, çok işime yarıyordun bu yüzden her şeyden sonra da bunun devam etmesini istedim. Gelip seni buldum. O kafeye kahve almak için rastgele girdiğimi mi sanıyorsun? Dünya böyle ince tesadüflerin dönebileceği bir yer değil, aç gözlerini." Duygusuzca güldü. "Ama itiraf etmelisin, günlük olayı inanılmaz eğlenceliydi. Yalnızca son günlüğünün üzerinde biraz oynamam yetti. El yazını taklit edip kafana koymak istediklerimi yerleştirdim ve bum... Benim kollarımdaydın."

"Hayır," dedi Nil sarsılarak. "Sen böyle bir şey yapmazsın."

"Beni ne kadar tanıyorsun ki?" dedi Pamir hızlıca. "Yalnızca altı aydır. Ondan öncesi? Yok. Aptalsın işte. Ödlek baban da sen aptal olduğun için hayatını kaybetti."

"Hayır!"

Bir şeyler uğulduyordu.

"Oğlum ne yapıyorsun lan?" diyerek araya girdi Tolga. "Siz bir saat önce sevişiyordunuz lan. Bıçak altına oturunca şeytan dilini mi açtı?"

Pamir gülüyordu. "Tüm o aşk saçmalığını yaşarken, evde ya da yatakta ne kadar çaresiz göründüğünü görmeliydin..."

O an uğuldayan şeylerin ne olduğunu anladım: Deponun metrelerce yukarıdaki pencereleri bir anda patladığında dışarıdaki fırtınanın şiddetli rüzgârı içeriye doldu. Tolga'nın üzerinde bulunduğu balkon platformun demirleri büyük bir gıcırdamayla çöktüğünde Tolga kendini geriye atıp küfrederek merdivenlerden aşağı yuvarlandı.

"Benimle dalga mı geçiyorsun!" diye bağırdı Nil ayağa kalkarak. "Ben sana güvenerek annemi arkamda bırakıp buraya geldim! *Annemi*! *Her şeyimi*!"

"Öyleyse her şeyin bir oyun olduğunu söylemememem gerekir."

Sanki söylenen her kelimede yer sarsılıyordu. Dışarıdan uçan birkaç nesne ve kırık dallar camları kırılmış pencerelerden içeriye girdiğinde rüzgârla birlikte sandalyem geriye uçtu ve deponun kapısı kulakları sağır eden bir gürültüyle kendi içine göçerek uçup gitti.

Elleri silahlı korumalardan birkaçı Tolga ayağa kalkarken onun kollarına girip deponun çıkışına koşturmaya başladıklarında kalanlardan birkaçı havaya ateş açıp silahlarını bize yönelttiler. Hepimiz ayaklanmıştık.

"Sakın hareket etmeyin!" diye bağırdı öndeki kel olan.

Nil öyle bir öfkeyle ona döndü ki... Kafamızın üzerindeki bıçaklar yerlerinden koparak bize silah doğrultan adamlara uçtu ve onları deponun duvarlarına yapıştırarak bedenlerine saplandı.

Naz korkuyla çığlık atarken Yağız ortalıktan kaybolmuştu.

Neler olduğuna *inanamıyordum.*

Pars elleriyle yüzünü sıvazlayarak, "Sıçtığımın yarım akıllısı..." diye homurdandı ve Pamir'e doğru bağırarak Nil'i gösterdi. "Al sıçtığın boku temizle şimdi!"

Devam edecek...